國家古籍整理出版專項經費資助項目

簡帛《詩論》《五行》疏證

常　森　著

北京大學出版社
PEKING UNIVERSITY PRESS

圖書在版編目(CIP)數據

簡帛《詩論》《五行》疏證 / 常森著. —北京：北京大學出版社，2019.8

ISBN 978-7-301-30609-3

Ⅰ.①簡… Ⅱ.①常… Ⅲ.①詩歌理論－研究 ②五行－研究 Ⅳ.①I052 ②B2

中國版本圖書館 CIP 數據核字(2019) 第 158294 號

書　　　名	簡帛《詩論》《五行》疏證 JIANBO 《SHILUN》《WUXING》 SHU ZHENG
著作責任者	常　森　著
責任編輯	徐　邁　劉　方
標準書號	ISBN 978-7-301-30609-3
出版發行	北京大學出版社
地　　　址	北京市海淀區成府路 205 號　100871
網　　　址	http://www.pup.cn　　新浪微博：@北京大學出版社
電子信箱	pkuwsz@126.com
電　　　話	郵購部 010-62752015　發行部 010-62750672 編輯部 010-62752022
印　刷　者	北京中科印刷有限公司
經　銷　者	新華書店
	650 毫米×980 毫米　16 開本　24.75 印張　430 千字 2019 年 8 月第 1 版　2019 年 8 月第 1 次印刷
定　　　價	76.00 元

未經許可，不得以任何方式複製或抄襲本書之部分或全部内容。
版權所有，侵權必究
舉報電話：010-62752024　電子信箱：fd@pup.pku.edu.cn
圖書如有印裝質量問題，請與出版部聯繫，電話：010-62756370

目　録

從"中國古典學"説起（代序）／1

上博戰國楚竹書《詩論》疏證／18

説　明／18

第一章／19

第二章／25

第三章／28

第四章／32

第五章／47

第六章／73

第七章／93

第八章／111

第九章／120

第十章／124

馬王堆漢墓帛書《五行》篇疏證／134

説　明／134

第一章／135

第二章／140

第三章 / 142

第四章 / 143

第五章 / 143

第六章 / 145

第七章 / 149

第八章 / 154

第九章 / 155

第十章 / 157

第十一章 / 158

第十二章 / 160

第十三章 / 164

第十四章 / 168

第十五章 / 173

第十六章 / 178

第十七章 / 183

第十八章 / 187

第十九章 / 195

第二十章 / 198

第二十一章 / 205

第二十二章 / 209

第二十三章 / 214

第二十四章 / 216

第二十五章 / 218

第二十六章 / 220

第二十七章 / 223

第二十八章 / 224

附　論 / 227

衛宏作《詩序》説駁議
　　——兼申鄭玄子夏作《大序》、子夏毛公作《小序》説 / 227
新出土《詩論》以及中國早期詩學的體系化根源 / 268
《詩經》學誤讀二題 / 296
"思無邪"作爲《詩經》學話語及其意義轉換 / 304
孟子四端説探源 / 328
論《莊子》"卮言"乃"危言"之訛
　　——兼談莊派學人"言无（無）言"的理論設計和實踐 / 334

相關簡帛古書及其中書篇名目要覽 / 354

主要參考文獻 / 359

書名篇名索引 / 365

後　記 / 388

從"中國古典學"説起（代序）

一

　　説起來或許叫人難以接受，當我國學者蜂起而且羣情激昂地討論什麼是"古典學"，或者什麼是"中國古典學"時，"古典學"這一範疇大概已經定義兩百年了。客觀上説，討論不能不從這一事實開始。110年前，英國著名人類學家馬雷特（Robert Ranulph Marett）編撰出版了《牛津六講：人類學與古典學》一書。他在前言中指出，"荷馬，赫西俄德，希羅多德——把這些歸於古典學不會遭到任何質疑"；緊接着他基於羅馬文化"習得"的特性，解釋了將關於羅馬的課題（比如巫術、净化等）歸於古典學的合理性。①牛津大學古典學教授休·勞埃德-瓊斯（Hugh Lloyd-Jones）評價説，由"最偉大的希臘研究專家"、德國學者尤里奇·馮·維拉莫威兹-莫侖道夫（Ulrich von Wilamowitz-Moellendorff）撰寫的《語言學史》（1921年初版，1927年再度發行），是關於古典學這一主題的簡明歷史，"讓人驚奇的是，這本出版

---

　　① 〔英〕R. R. 馬雷特編《牛津六講：人類學與古典學》，何源遠譯，北京大學出版社2013年版，前言頁10—11。案：古典學中羅馬與希臘之關係，誠如後來英國學者瑪麗·比爾德（Mary Beard）與約翰·漢德森（John Henderson）所説，"羅馬文化固然可能依賴希臘，但同時，我們許多關於希臘的認識都是通過羅馬和通過希臘文化的羅馬化表現而獲得的。希臘常常是通過羅馬的眼睛呈現在我們面前的"（〔英〕瑪麗·比爾德、〔英〕約翰·漢德森《當代學術入門：古典學》，董樂山译，遼寧教育出版社、牛津大學出版社1998年版，頁40）。

於60年前的書仍然是該領域最好的書"。①而在這部被稱爲"*History of Classical Scholarship*"（即"古典學的歷史"）的著作英譯本中，維拉莫威茲指出："古典學術的本質……可以根據古典學的主旨來定義：從本質上看，從存在的每一個方面看都是希臘—羅馬文明的研究。"他強調，"該文明是一個統一體，——儘管我們並不能確切地描述這種文明的起始與終結"；"把古典學劃分爲語言學和文學、考古學、古代史、銘文學、錢幣學以及稍後出現的紙草學等等各自獨立的學科，這祇能證明是人類對自身能力局限性的一種折中辦法，但無論如何要注意不要讓這種獨立的東西窒息了整體意識，即使專家也要注意這一點"。②維拉莫威茲在定義古典學的任務時，說："該學科的任務就是利用科學的方法來復活那已逝的世界——把詩人的歌詞、哲學家的思想、立法者的觀念、廟宇的神聖、信仰者和非信仰者的情感、市場與港口熱鬧生活、海洋與陸地的面貌，以及工作與休閒中的人們注入新的活力。"③正如休·勞埃德-瓊斯在回顧古典學的歷史時所説的，"希臘藝術和文學的巨大影響甚至最終必定會彌漫在各個大學和它們所提供的教育之中。……最終古典學在中學和大學成爲一門獨立的學科。到19世紀末期，當英國的各個大學爲古典學術設立了學位考試之後，古典學術的地位在課程中的位置凸顯了"。④1960年4月，哈佛大學人類學教授克萊德·克拉克洪（Clyde K. M. Kluckhohn）在一次演講中提到，自己"羞於回想起自己當時爲從古典學研究轉向人類學研究而找的藉口，那就是有意思的關於希臘的研究已經都被做完了"。⑤1995年，英國學者瑪麗·比爾德（Mary Beard）與約翰·漢德森（John Henderson）在定義古典學時指出："古典學所涉及的不止是古代希臘和羅馬的實際遺迹，建築，雕塑，陶器，繪畫。它還涉及（這裏僅舉少數幾例）古代世界所寫的，如今作爲我們文化的一部分仍在誦讀和辯論的詩歌，戲劇，哲

---

① 〔德〕維拉莫威茲《古典學的歷史》，陳恒譯，生活·讀書·新知三聯書店2008年版，〔英〕休·勞埃德-瓊斯導言，頁1—2。

② 參閱〔德〕維拉莫威茲《古典學的歷史》，頁1—2。

③ 〔德〕維拉莫威茲《古典學的歷史》，頁1。

④ 〔德〕維拉莫威茲《古典學的歷史》，〔英〕休·勞埃德-瓊斯導言，頁6。

⑤ 〔美〕克萊德·克拉克洪《論人類學與古典學的關係》，吳銀鈴譯，北京大學出版社2013年版，頁23。

學，科學和歷史。"①由上舉材料足可見出，在西方，古典學是相當古老而且成熟、穩定的學科。這種歷史事實造成的一個結果是，要麼我們自己重立名目以求安全，要麼我們甘冒以下的風險：所有重新定義"古典學"的努力，都可能被斥責爲不懂"古典學"的人別有用心地吆喝"古典學"。現在看來，我國學界尚無拋却這一名號、改弦更張的明確有力的動作，筆者還是得冒險談一談"古典學"，特別是要談一談"中國古典學"——我們完全擁有這種言説的權力。

二

從事實和邏輯層面上説，我們顯然不能將中國古典學等同於所有關於古代中國的研究；具體言之，就是不能將它等同於對中國古代文學或者文獻或者語言的研究，不能將它等同於對中國古代歷史或者哲學的研究，不能將它等同於對中國古代文學的研究加上對中國古代文獻的研究，再加上對中國古代語言的研究或者別的，而且毫無疑問，也不能將它等同於對中國古代文學、語言、文獻的研究加上對中國古代歷史的研究，再加上對中國古代哲學的研究等等。所有這些簡單化的思考和處理，都會使中國古典學喪失獨立或被給予特別重視的理據。

古典學的成立其實有一個極爲重要的考慮，即它的研究對象不僅是古代的，而且是從整個歷史來説最具有本源性質、最具有典範意義的。所以瑪麗・比爾德和約翰・漢德森指出："從某種意義上來説，重新發現希臘就是重新發現作爲一個整體的西方文化的起源。它使我們看到了所有歐洲文明的起源，超越了地方的、民族的紛争。儘管這些紛争總是會再度浮到表面上來……但關鍵的一點是，希臘給了西方文化共同的根，而這是所有受過教育的人至少是可以共同享有的。"他們又強調："受古典文化啓發的現代西方傳統中，我們可以追溯到的任何啓蒙，都把希臘人看作是始作俑者〔創始者〕。"他們還具體舉證説："在亞里斯多德之前，柏拉圖用他的超凡脱俗的老師蘇格拉底所領導的戲劇式討論（如今一般稱爲'對話'）的形式，寫了哲學論文。……這些討論無休無止地和深奥地探討了一些基本和終極的問題，希臘哲學使這些問

---

① 〔英〕瑪麗・比爾德、〔英〕約翰・漢德森《當代學術入門：古典學》，頁6。

題直至今天仍是西方文化的規範。"①古典學成立而且被世世代代推尊的根本原因,就在於其核心對象具有垂範千古的啓發和本源作用。把握了這一基本點,中國古典學的核心對象就十分清楚了,即中國古典學的要務應該是研究中國先秦兩漢時期的典籍、思想學說或者文明。在漫長的中國古代傳統中,祇有這一時期的典籍、思想學說或文明,纔是最純正、最具有本源性質的東西。吕思勉極深刻冷靜地指出:"歷代學術,純爲我所自創者,實止先秦之學耳。"他所推舉的"先秦之學"主要是指先秦諸子百家之學。②羅根澤談自己做《中國學術思想史》的計劃,說是"擬先將中國學術思想分爲四個時期";其中第一個時期是從上古至東漢之末,他稱之爲"純中國學時期"。③這些判斷都十分精確和直截。後人歸到經、史、子、集各部的先秦兩漢典籍乃是我國古代名副其實的"元典",是我國古代悠久傳統的根和魂。後代的典籍固然浩如煙海,可在古代主流傳統中,其中絶大多數著作都立足於承襲和弘揚元典的核心思想和價值。中國歷史上的主流傳統以及反傳統——前者如儒學,後者如道家、墨家學說等,都是在這一時期產生和定型的;更嚴格一點講,在這一時期,中國古代的主流傳統已經定型,而作爲一種傳統,中國古代的反主流傳統也已經定型,兩者均貫穿千百年歷史,延續不衰。從另外一些角度考察,也可以得出同樣的認知。先秦兩漢時期的語言文字具有本源意義,是顯而易見的事實,這裏毋庸贅言。至於文學,如果將"唐詩""宋詞""明清小說"等視爲不同的文學形態,先秦兩漢時期看起來尚缺乏這種文學。然而中國文學最本質的東西,比如言志抒情等等,此時已經强有力地奠定了。此時諸多文學形式往往也是最具有本質意義的形式,所以不斷爲後世的有識之士取資。每當過度形式化的、非本質的條條框框成爲文學創作的桎梏,他們便回過頭去從這些本源中尋求解放的途徑和力量。在這一方面,我們必須同時强調,先

---

① 參閲〔英〕瑪麗·比爾德、〔英〕約翰·漢德森《當代學術入門:古典學》,頁11—12、頁79、頁84。案:該書中文譯本依據的英文版中的"originators"其實不應該翻譯爲"始作俑者"。"始作俑者"本意指以陶製或木製之人偶殉葬的人。孟子稱孔夫子曾痛批:"始作俑者,其無後乎!"(《孟子·梁惠王上》)嗣後用來比喻某種壞事或惡劣風氣的肇始人。

② 參閲吕思勉《先秦學術概論》,《吕思勉文集·中國文化思想史九種》,上海古籍出版社2009年版,頁459。

③ 羅根澤編著《古史辨》第四册,自序,海南出版社2005年,頁19。

秦兩漢典籍垂範後代文學的價值並不限於《詩》《騷》一類"純文學"作品，逸出現代人文學視野、通常歸於哲學的諸子或經書，以及通常歸於史學的史傳，也都是不可忽視的，它們甚至真正具有"根本"意義。吕思勉就曾指出："中國文學，根柢皆在經史子中，近人言文學者，多徒知讀集，實爲捨本而求末；故用力多而成功少……"又説："讀諸子者，固不爲研習文辭。然諸子之文，各有其面貌性情，彼此不能相假；亦實爲中國文學，立極於前。留心文學者，於此加以鑽研，固勝徒讀集部之書者甚遠。"①

其他方面的例子毋庸再加舉列了，道理已經十分清楚：將中國古典學的核心研究對象限定在先秦兩漢時期不僅不背離古典學成立的基本意旨，而且契合中國文明發展的實際，具有充足的現實和邏輯依據。後一方面無疑更爲重要。不過，古典學的研究對象具有巨大的延展性。瑪麗·比爾德和約翰·漢德森曾指出，"古典學也應該包括對古典學的研究"；"……古典學不可能成爲一種萬無一失地鎖在二千年前的過去中的學科。因爲古典學不斷地從它的藝術和文學作品在千年來的大量讀者中間引起的增殖化反應和再創造中發現更豐富的紋理——它的意義有了改變和更新"。②同樣的道理，中國漢代以後從各方面闡釋和研探先秦兩漢元典的著述本身就是古典學的，因此成爲中國古典學核心研究對象的自然延伸（這裏可以從更寬泛的意義上使用"元典"一詞，不必將它局限於典籍）。瑪麗·比爾德和約翰·漢德森還説："古典學……是一門存在於我們與希臘人和羅馬人的世界之間的距離中的學問。古典學所提出的問題是就我們與'他們的'世界之間的距離所提出的問題，同時也是我們同'他們的'世界之鄰近以及我們對它之熟悉所提出的問題。它存在於我們的博物館裏，在我們的文學、語言、文化以及思想方式之中。古典學的目的不僅僅是發現或者揭露古代世界……它的目的也是對我們同那個世界的關係進行界定和辯論。"③中國古典學同樣有這種弘大宗旨，它看似衹注目於過去，實際上有極強烈的現世關懷，不能從根本意義上契合這種現實關懷的故紙堆從來就不是中國古典學的核心

---

① 參閲吕思勉《經子解題》，《吕思勉文集·中國文化思想史九種》，頁170、頁169—170。
② 參閲〔英〕瑪麗·比爾德、〔英〕約翰·漢德森《當代學術入門：古典學》，頁105、頁96。
③ 〔英〕瑪麗·比爾德、〔英〕約翰·漢德森《當代學術入門：古典學》，頁5—6。

對象。關於中國古典學核心對象的時間斷限仍然可以討論，不過筆者不傾向於將其下限確定在漢以前（亦即將它限定在先秦）。裘錫圭提出："我們認爲中國的'古典學'，應該指對於作爲中華文明源頭的先秦典籍（或許還應加上與先秦典籍關係特別密切的一些漢代的書，如《史記》先秦部分、《淮南子》《説苑》《新序》《黄帝内經》《九章算術》等）的整理和研究，似乎也未嘗不可以把'古典學'的'古典'就按字面理解爲'上古的典籍'。"①裘錫圭的説法有相當道理，但他劃定的下限却值得商討（至於古典學不限於"典籍"，上文已經論及，毋庸重複）。中國古典學之源頭固然在先秦，可其一系列核心範式的確立到漢代纔宣告完成，因此從時間上説，將中國古典學的主體對象限定在先秦兩漢時期更加合理。至於有些學者主張將中國古典學的時間下限進一步向後移，比如移到宋，甚至移到新文化運動以前，也都有一些道理——中國古典學之核心研究對象的自然延伸確實貫穿了漢以後的整個中國歷史。關鍵問題是無論怎麽爭，中國古典學的核心對象在什麽地方以及中國古典學是什麽，應該不存在任何疑問。説白了，越具有本源性的元典，就越有資格成爲古典學的核心。

三

也許是因爲在爭論"古典學"或者"中國古典學"時過度投入，大多數學者都忽略了一個基本事實，即就本質而言，中國傳統原本就是古典學的傳統。

文獻記載，在孔子（前551—前479）生前大約半個世紀，楚莊王（前613—前591在位）使士亹傅太子箴，士亹向賢大夫申叔時請教教學事宜。申叔時列舉了"春秋""世""詩""禮"等教育科目，並且闡發了各科的宗旨：

> 教之春秋（韋昭注：以天時紀人事，謂之春秋），而爲之聳善而抑惡焉，以戒勸其心；教之世（韋注：世，謂先王之世繫也），

---

① 裘錫圭《出土文獻與古典學重建》，李學勤主編《出土文獻》第四輯，中西書局2013年版，頁1。

而爲之昭明德而廢幽昏焉,以休懼其動(韋注:休,嘉也);教之詩,而爲之導廣顯德(韋注:顯德,謂若成湯、文、武、周、邵、僖公之屬,諸詩所美者也),以耀明其志;教之禮,使知上下之則;教之樂,以疏其穢而鎮其浮(韋注:樂者,所以移風易俗,蕩滌人之邪穢也。鎮,重也。浮,輕也);教之令,使訪物官(韋注:令,謂先王之官法、時令也。訪,議也。物,事也。使議知百官之事業);教之語(韋注:語,治國之善語),使明其德,而知先王之務用明德於民也;教之故志(韋注:故志,謂所記前世成敗之書),使知廢興者而戒懼焉;教之訓典,使知族類,行比義焉(韋注:訓典,五帝之書。族類,謂若惇序九族。比義,義之與比也)。(《國語·楚語上》"申叔時論傅太子之道"章)

申叔時所舉"春秋""詩""禮""樂"等,殆均爲古代篇什之類名,所以不能將相關書籍直接等同於後人熟知的儒家經典。然而這些科目都有周代禮樂文化的鮮明特徵,它們即便不能等同於後世的儒典,也必定導夫先路,跟儒典有十分密切的關聯,其教育目的則完全是周文化或者儒家式的。以一批典籍爲傳統價值的本源,基於闡釋、發明來授受傳播,最終在現實社會各層面上達成它們的規範作用,這從本質上說就是古典學的。

不過局限於貴族子弟的教育,跟面向社會大衆的教育有天壤之別。孔子推動私學成立和發展,纔具有真正的革命性的意義。在歷史前行的進程中,並非每一個人都有改變歷史的機會,有這種機會者也並非人人都能改變歷史,而孔子既把握了改變歷史的機會,又深刻改變了歷史。他將傳統典籍《易》《詩》《書》《禮》《樂》,以及基於魯國史自作的《春秋》,建構爲核心典籍(六者即通常所謂的六經,亦稱六藝），①奉行"有教無類"（《論語·衛靈公》）之教育宗旨，"自行束脩以上……未嘗無誨焉"（《論語·述而》），其"弟子蓋三千焉，身通六藝者七十有二人"（《史記·孔子世家》），由此創立了戰國顯學之一、"中國傳統文化中一主要骨幹"的儒學。②孔子建構並確立了儒家核心典籍，在闡釋與研究的基礎上，通過有組織的活動形式，自覺向廣大社會授受傳播，在一定範圍內，真正將經典負載的價值落實到普遍的個人行為、人際關係、社會秩序等方面，久久為功，形成一個有基底、有方向、有發展空間、有生命活力、穩定而且有序的文明。就這一點而言，柳詒徵（1880—1956）對孔子的如下評價一點都不過分："孔子者，中國文化之中心也。無孔子則無中國文化。自孔子以前數千年之文化，賴孔子而傳；自孔子以後數千年之文化，賴孔子而開。"③貫穿於孔子教育及其思想學術活動內部、作為儒家立派根基的恰恰是古典學的本質；孔子固然是中國古代最偉大的思想家、教育家和學者，卻也堪稱中國古代第一位具有劃時代意義的古典學家。

單從經學方面看，孔子所建構的儒家經學既是價值的本源，又是規範世俗社會的制高點、依據或者思想庫。湖北荊門郭店戰國楚墓出土、上博館藏戰國楚竹書所見之儒典，產生於孔門七十子至孔子之孫子思（前483—前402）時期，包含着一批總結孔子經學研究和傳播授受的無可置疑的材料，早期傳世文獻（比如《史記·孔子世家》）中的相關記載得到了證實。不過從孔子之時直到漢代以前，儒家經學主要是在民間

---

① 由於《樂經》至戰國秦漢間業已遺失，漢代儒學之核心典籍其實祇有五經；自此以下則有七經、九經、十二經、十三經之演進，又有四書之獨立。大要言之，儒家經典至西漢、東漢時期有七經之演進，即六經加上《論語》，或者五經加上《論語》與《孝經》；唐代科舉之明經科考《周禮》《儀禮》《禮記》，《左傳》《公羊傳》《穀梁傳》，以及《易》《書》《詩》，合稱九經，而明經各科必須兼通《論語》和《孝經》；唐文宗太和七年（833）至開成二年（837）刻十二經，乃在九經與二兼經以外增加《爾雅》；中唐出現"孟子升格"運動，遭五代十國之亂而偃旗息鼓，宋仁宗慶曆（1041—1048）前後重新振作，《孟子》先後作為科舉取士科目之兼經，刻爲石經，並在目錄學上進入經部，最終於南宋時代完成了由"子"升"經"的全部過程，由是而產生了後人熟知的十三經。同時，有宋一代，《大學》《中庸》《論語》《孟子》被建構為儒學的核心典籍，通常被稱爲四書。四書歷元、明迄清末備受尊崇，跟五經並列，其實際地位和影響則或凌駕於五經之上。（其詳請參閱許道勛、徐洪興《中國經學史》，上海人民出版社2006年版，頁65—75）

② 錢穆謂儒學爲"中國傳統文化中一主要骨幹"（參見氏著《朱子學提綱》，臺北，東大圖書股份有限公司1991年版，頁1）。

③ 柳詒徵《中國文化史》，上海古籍出版社2001年版，頁263。

層面上展開，亦即主要是局限在先後相繼的大約十代儒家學者範圍內。入漢，儒家核心經典相繼被立於學官；武帝（前140—前87在位）時，《易》《書》《詩》《禮》《春秋》五經之學全部完成了從民間學術到官學的本質上的躍升。朝廷在體制最高層面上置五經博士，又爲博士置弟子員，又興太學（參見《漢書‧武帝紀》），又"令天下郡國皆立學校官"（《漢書‧循吏傳》），經學授受和傳播由此被納入分層佈設、相輔相成的體制層面上。漢代以降，儒家經學固然經歷了種種變化，但至少新文化運動以前其宗本未失，這裏無須細論。①總之，在體制各個層面上綿延古代社會兩千餘年的儒家經學非常集中地凸顯了中國傳統的古典學特質。

一些植根於經學，又跟體制核心有深刻關聯的重大活動，也都呈現出鮮明的古典學意義。比方說，西漢宣帝甘露三年（前51），朝廷召集現任博士與經學造詣精深的官員，另有一位善習《魯詩》的布衣，共二十二人，成功舉辦了石渠閣會議，"……諸儒講五經同異，太子太傅蕭望之等平奏其議，上（案即宣帝）親稱制臨決焉"（《漢書‧宣帝紀》）。東漢章帝建初四年（79），太常召集大夫、博士、議郎、郎官及諸生在白虎觀論定五經異同，歷時一個月之久。此次會議由五官中郎將魏應（生卒年不詳）專掌問難，章帝"親稱制臨決"（《後漢書‧肅宗孝章帝紀》）。由《後漢書》可以查知，這次會議的參會人員有九位今文經學家、兩位古文經學家，還有一位不詳研習何經。②諸如此類的活動都包含強有力的政治因素，可其基本性質卻都是古典學的。蔡邕（133—192）曾評價說："昔孝宣會諸儒於石渠，章帝集學士於白虎，通經釋義，其事優大，文武之道，所宜從之。"（《後漢書‧蔡邕傳》）作爲會議的焦點，宗本在"文武之道"的"通經釋義"正是中國

---

① 2011年11月23日至25日，臺灣"中研院"主辦"秦漢經學國際研討會"。會上有學者提出，中國至漢武時期纔有經學，經學漢以後纔存在。這是對中國學術思想史的一個重大誤解。中國經學經歷了兩大階段：漢以前，經學處於民間層面，主要學說創立者及傳承授受者是孔子及其數代後學；漢武帝時期，經學完成了由民間學術向官學的轉化，其時教官主要由朝廷"博士"及州郡王國的"文學"充任，經學的核心傳承授受者是研習儒術的士大夫。從學說體系上說，這兩個階段的經學有根本關聯。對漢以前經學的發展，學界原本祇依據《論》《孟》《荀》等儒典建立起若干抽象的認知，新見《詩論》《書自命出》（或《書意論》）等儒典則提供了大量前所未知的信息。

② 參閱許道勛、徐洪興《中國經學史》，頁98—105；以及吳雁南、秦學頎、李禹階主編《中國經學史》，福建人民出版社2001年版，頁88—92、頁125—128。

古典學的根基。

漢唐經學之後，宋儒推舉四書，以《大學》《中庸》《論語》《孟子》爲最高價值與理念之本源。比如朱熹（1130—1200）説："……《大學》《中庸》《語》《孟》四書，道理粲然。人只是不去看。若理會得此四書，何書不可讀！何理不可究！何事不可處！"①這種觀念歷元、明而迄於清末，對中國古代思想與學術、體制與社會發揮了重大影響。這一時期的四書之學不僅仍然是古典學的，而且與儒家傳統之經學有根本上的同一性。

儒學和儒家經學是中國古典學的主幹，但同樣不可忽視的應該是諸子學説，其成立與發展都有古典學的特質。吕思勉説，先秦諸子百家之學，乃中國歷代學術中"純爲我所自創者"。而依《莊子·雜篇·天下》——"一個時代的學術的結論"，②老子（道家）、墨子（墨家）、莊子（道家）、惠子（名家）等人的學説無不本源於"古之道術"，簡言之即本乎古學。我國現存最早的書目《漢書·藝文志》蓋以劉歆（？—23）《七略》爲藍本，而《七略》則是依據劉向（前77—前6）的《別録》，故《漢志》所説斷非一己師心之論。《漢志》載録諸子之儒、道、陰陽、法、名、墨、縱横、雜、農、小説十家，謂十者各出於古代某種職官，簡言之即源於官守。其謂儒家蓋出於司徒之官，道家蓋出於史官，陰陽家蓋出於羲和之官，法家蓋出於理官，名家蓋出於禮官，墨家蓋出於清廟之守，縱横家蓋出於行人之官，雜家蓋出於議官，農家蓋出於農稷之官，小説家蓋出於稗官等等。這些説法並不完全可靠，却也有不少依據。③然則，歷史上真正稱得上是原創、作爲中國歷代學術之源與根的諸子百家之學，其成立全部都有古典學的意義。漢代以下直到今天，人們對先秦諸子各家典籍學説、價值規範的研

---

① 黎靖德編《朱子語類》卷第十四，《大學》一《綱領》，中華書局1994年版，頁249。
② 參見馬叙倫《〈莊子·天下篇〉述義》，龍門聯合書局1958年版，吕思勉序，頁2。
③ 《漢志》將兵家及其著述歸於"兵書略"而非"諸子略"。今人常斥其謬，認爲兵家應該歸到諸子中。比如有學者稱，"先秦的兵家言毫無疑義地屬於諸子學的範圍"（參見沈福林主編《兵家思想研究》，軍事科學出版社1988年版，頁4）。不過《漢志》同樣將兵家之源歸結於古代的官守，稱兵家蓋出於古司馬之職。又，前人論先秦諸子產生、興盛的原因，無外乎本乎古學（《莊子·雜篇·天下》創此説）、因於時世（《淮南子·要略》篇創此説）、原乎官守（《漢志》遵此説）三個根本方面，三説具體主張及得失，請參閱拙著《先秦諸子研究》，人民教育出版社2008年版，頁12—24。

探與詮釋、追隨與弘揚,更凸顯了古典學的立場和宗旨。

除以上犖犖大者,足以證明中國傳統具有古典學特質的事項還有很多。西漢成帝(前32—前7在位)、哀帝(前6—前1年在位)時期,劉向、劉歆父子先後領校羣書,也是中國古典學史上的重大事件。《漢志》總序稱:

> 昔仲尼没而微言絶,七十子喪而大義乖。故《春秋》分爲五,《詩》分爲四,《易》有數家之傳。戰國從衡,真僞分争,諸子之言紛然殽亂。至秦患之,乃燔滅文章,以愚黔首。漢興,改秦之敗,大收篇籍,廣開獻書之路。迄孝武世,書缺簡脱,禮壞樂崩,聖上喟然而稱曰:"朕甚閔焉!"於是建藏書之策,置寫書之官,下及諸子傳説,皆充祕府。至成帝時,以書頗散亡,使謁者陳農求遺書於天下。詔光禄大夫劉向校經傳諸子詩賦,步兵校尉任宏校兵書,太史令尹咸校數術,侍醫李柱國校方技。每一書已,向輒條其篇目,撮其指意,録而奏之。會向卒,哀帝復使向子侍中奉車都尉歆卒父業。歆於是總羣書而奏其《七略》,故有《輯略》,有《六藝略》,有《諸子略》,有《詩賦略》,有《兵書略》,有《術數略》,有《方技略》。

如上文所論,孔子是古典學家,又是古典教育家和思想家。孔子根據思想體系和學説宗旨確立並使用經典文本,所以他在典籍文本方面的貢獻主要限於六經範圍内。劉向、劉歆等人校理羣書,根本目的不在創立並落實自己的思想體系和學説宗旨,因此能够從更完整的文獻學意義上校理五經羣籍,建立關乎典籍的目録學知識、理論以及典籍校讎實踐方法之體系(包括相關的學術史),他們自然也是極重要的古典學家。法國學者皮埃爾・阿多(Pierre Hadot)曾評價柏拉圖哲學云,"柏拉圖哲學最深的意圖","並不是寫來爲了'告知'(informer)人們,而是爲了'塑造'(former)他們";"他的哲學並不在於構造出一個關於實在世界的理論體系,然後通過一系列在方法上顯示這個體系的對話,'告知'自己的讀者這個體系。相反,他的著作在於'塑造'人——就是説,通過讓讀者效仿對話,例如想象自己的在場、對理性的要求以及善的規範，由此形成經驗而改變每個個人"。①我們也可以這樣說，孔子作爲古典學家的根本意圖是爲了"塑造"人，而劉向、劉歆等人校理羣書的根本意圖，則是"告知"人們關於典籍的知識、理論以及校理方法。當然，前者是以"告知"人爲基礎的，而後者也關聯着"塑造"人，②但他們的關注核心畢竟有所不同。

諸如此類顯示中國傳統具有古典學特質的例子毋庸一一舉列，通敏兼人的讀者自可觸類旁通。

四

裘錫圭曾提出："我們使用'古典學'這個名稱，是晚近的事，但是從實質上看，古典學在我國早就存在了。發源於孔子及其弟子的經學，就屬於古典學的範疇。對於先秦諸子和屈原、宋玉等人的《楚辭》等先秦著作的整理和研究，自漢代以來也不斷有學者在進行。西漢晚期成帝、哀帝兩朝，命劉向、劉歆父子等人全面整理先秦以來典籍。他們所做的，大部分是古典學的工作。"③從實質上說，古典學在我國早就

---

① 〔法〕皮埃爾·阿多《古代哲學的智慧》，上海譯文出版社2018年版，頁93。
② 最典型的例子是《列女傳》《新序》以及《説苑》。《漢書·楚元王傳》云："向以爲王教由內及外，自近者始。故採取《詩》《書》所載賢妃貞婦，興國顯家可法則，及孽嬖亂亡者，序次爲《列女傳》，凡八篇，以戒天子。及采傳記行事，著《新序》《説苑》凡五十篇奏之。數上疏言得失，陳法戒。書數十上，以助觀覽，補遺闕。上雖不能盡用，然內嘉其言，常嗟歎之。"《列女傳》《新序》以及《説苑》有十分鮮明的"塑造"人的意圖，它們是劉向校理典籍的附屬產品。劉向《説苑敘錄》云："護左都水使者光禄大夫臣向言，所校中書説苑襍事，及臣向書民間書誣（憮/同、兼）校讎。其事類衆多，章句相溷，或上下謬亂，難分別次序。除去與《新序》復重者。其餘者淺薄不中義理，別集以爲百家後，令以類相從，一一條別篇目，更以造新事，十萬言以上，凡二十篇七百八十四章，號曰《新苑》（案即《説苑》），皆可觀。"劉向《別錄》則說："臣向與黃門侍郎歆所校《列女傳》，種類相從爲七篇，以著禍福榮辱之效，是非得失之分，畫之屏風四堵。"（見嚴可均校輯《全漢文》卷三七、卷三八）徐復觀認爲，《説苑敘錄》所謂"中書説苑襍事"，"乃劉向對許多積聚在一起的一堆零星言論所加的統一稱呼，並非先有'説苑'一書"；"劉向先已從這一堆材料中，撰爲《新序》一書。……不中義理的材料，也不輕易拋棄，另外編在一起（'別集'），以列於百家之後。……把《新序》裏已經採用過的，及淺薄不合義理的除掉，剩下的材料（'餘者'），則以類相從的分配到擬定的篇題中去，再加上新的材料，即漢代的材料，勒爲十萬言以上的《新苑》一書，可供皇帝的觀覽"（參閱氏著《兩漢思想史》第三卷，華東師範大學出版社2001年版，頁40—41）。要之，《列女傳》《新序》以及《説苑》三者主旨在於"塑造"人，而都跟劉向、劉歆父子的校書活動直接相關。
③ 裘錫圭《出土文獻與古典學重建》，李學勤主編《出土文獻》第四輯，頁3。

存在是無可置疑的,然而裘錫圭的舉證相當有限,且在内容上偏於典籍研究甚或偏於典籍之整理,在時間上局限於先秦兩漢時期。我們應該意識到,中國古典學建立範式的時期是先秦兩漢時期;這些範式並不限於典籍,雖然典籍居於核心位置;這些範式對整個中國古代具有"元典"意義,圍繞它們形成的主幹傳統一直延續到清代,流衍至當今。中國古典學的核心對象,亦即中國古典學賴以成立的根基,無疑是一系列傳統賴以生成的先秦兩漢時期的"元典",但後人對這些"元典"的整理以及再整理、闡釋以及再闡釋、研究以及再研究等(這些内容構成了後代傳統的重要基幹),也都應該納入中國古典學的視野,儘管它們説到底是捧月之衆星。對於中國古典學來説,回歸這一現實,可能比一切空頭計較都更爲重要。

話説回來也必須強調,雖然中國古典學研究的面向應該是全方位的,然而古典學"元典"中的經典毫無疑問是核心中的核心,——它們自然關聯着歷代學者對這些經典的研究和詮釋。裘錫圭提出:"我國學術界使用'古典學'這個詞,是借鑒了西方學術界的'古典研究'的。古典研究指對於作爲西方文明源頭的古希臘、羅馬文明的研究。古典研究以古希臘語、古拉丁語的研究和希臘、羅馬時代典籍的整理、研究爲基礎,涵蓋了對希臘、羅馬時代各個方面,諸如哲學、文學、藝術、科技、歷史等的研究。……我們的古典學的涵蓋面不必如西方的古典研究那樣廣。這是由先秦時代的語言和歷史跟我們的關係所決定的。"① 裘錫圭幾乎將中國古典學的研究範域縮小爲古籍整理以及相關的文獻學研究,看上去過於狹小和逼仄。他曾這樣説:

> 雖然先秦時代的漢語、漢字,跟今天使用的漢語、漢字很不一樣,却没有必要把先秦時代漢語、漢字的研究,從漢語言文字學裏分割出來,納入古典學的範圍。同樣,也没有必要把對先秦時代各個方面的研究都從相關學科裏分割出來,納入古典學的範圍。

> 對先秦典籍的整理、研究應該包含以下内容:搜集、復原(對在流傳過程中有殘缺的或本身已經亡佚、只在其他古書中有引文的書以及新發現的散亂的書儘量加以復原)、著録、校勘、注釋

---

① 裘錫圭《出土文獻與古典學重建》,李學勤主編《出土文獻》第四輯,頁1。

解讀以及對古書的真偽、年代、作者、編者、產生地域、資料的來源和價值、體例和源流（包括單篇的流傳、演變，成部的書的形成過程和流傳、演變等情況）的研究。爲了做好這些工作，必須對典籍的實質性內容有較透徹的理解。即以校勘而論，對異文的去取就往往不能只停留在語言文字層面上去考慮，更不用說注釋解讀等工作了。所以一位好的古典學者，不但要有文獻學和文字、音韻、訓詁等語言文字學方面的良好基礎，還要對那些跟所整理、研究的典籍的實質性內容有關的學科有較深的瞭解。……中國的古典學不必將有關學科中關於先秦的研究全都納入其範圍。①

裘錫圭還從古書真偽與年代、古書體例與源流、古書校勘與解讀三個方面，舉列若干實例，以揭示新出土文獻對重建中國古典學的重要性。②這些論斷有很多值得高度重視，可關鍵問題是，將中國古典學的研究範域局限於有以上具體規定的先秦典籍的"整理和研究"，大抵還祇是傳統的文獻學研究，這僅僅是中國古典學的基礎或開始，遠遠不是它的全部或結束，甚至不是它的主幹。裘錫圭強調爲了做好古籍整理及其文獻學研究，"必須對典籍的實質性內容有較透徹的理解"，可稱卓見，但對中國古典學來說，更重要、更高一級的追求，乃是基於古籍整理及其文獻學研究，來透徹理解古籍的"實質性內容"，並在此基礎上定位"我們同那個（古典）世界的關係"。就中國古典學所研究的典籍而言，義理的價值纔是重中之重。偏離這一根本點，其他方面弄得再好，也可能僅僅是得到那個盛寶貝的匣子（買櫝還珠）。

古典學元典的重要性，不僅在於它們具備一般的文獻學價值，而且在於作爲文獻，它們承載着無盡的精神財富，包括對社會人生以及天人關係的洞見、哲思和智慧，對情感及精神世界的挖掘與表現，價值關懷與擔當，文化、歷史認知與經驗，對個人外部行爲及內部思維、情感的規範和協調，對人際關係與社羣秩序的規範和協調，對民族文化身份的塑形和認同，安身立命之道，爲文學出言談之道等等；簡括地說，古典學元典的核心價值在於那直接關涉人之生存的文化。不會有人否認具

---

① 裘錫圭《出土文獻與古典學重建》，李學勤主編《出土文獻》第四輯，頁1—2。
② 裘錫圭《出土文獻與古典學重建》，李學勤主編《出土文獻》第四輯，頁8—17。

備讀懂古典學元典的能力是從事古典學研究的基礎；連古典學元典都讀不懂，中國古典學是不可想象，也無法達成的。但這僅僅是起點，而非目的地。有鑒於此，西方古典學涵蓋哲學、文學、藝術、科技、歷史等範域的研究，作爲一般模式是不可動搖的，中國古典學也必須如此。衹不過無論是中國古典學，還是西方古典學，都必須同時拒斥"讓這種獨立的東西窒息了整體意識"。相對於傳統的文、史、哲等學科，中國古典學的研究方向和方法應該是"全息的"，至少需要在各個層面上實現融通。比如不能從主觀或客觀上將諸子哲理層面拱手讓給哲學研究者，將諸子言説藝術層面拱手讓給文學研究者；不能從主觀或客觀上將《詩經》經學層面拋給哲學研究者，將其言志抒情層面拋給文學研究者。諸如此類毋庸一一舉列。唯有如此，中國古典學纔能跟傳統的文學，或者文獻學，或者史學，或者哲學等學科，清晰地區隔開來，具備獨立的充足理由。

五

春秋戰國時期是我國一系列重要傳統奠基和確立的時期，是我國思想學術、文化、制度、文明各方面"元典"生成的時期，因此也是我國古典學需要大力研探的核心時期。對於這一時期的學術思想、制度、文化或文明的研究，一切真正意義上的開拓，一切真正意義上的撥亂反正或推陳出新，都具有重要價值。夏含夷（Edward L. Shaughnessy）論郭店簡、上博簡的重要性，説："郭店簡和上博簡的重要性是多方面的。對於中國思想史的研究來説，它們是無價之寶。作爲中國思想史的黄金年代，戰國時期一直是後世思想家的靈感源泉。然而，衹有相對極少的文獻可以確定寫於這一時期，因此每有新文獻出土都戲劇性地爲整個文獻庫錦上添花。與新文獻相比，傳世文獻的新寫本也許同樣重要，比如郭店《老子》和同時出現在郭店與上博簡中的《緇衣》。它們不僅爲這些文獻提供了新的早期寫本，還使我們向其原型邁進了一大步，因爲它們都抄寫於秦漢時期的文字標準化之前。"[①]夏含夷對秦漢時期"文字

---

① 〔美〕夏含夷《重寫中國古代文獻》，上海古籍出版社2012年版，頁13。

標準化"的肯定性意義估計不足,他鼓吹的"重寫中國古代文獻"的口號也幾乎不可能成爲現實,可他高度肯定新出早期文獻的重要性,是合乎實際的。裘錫圭評價20世紀50年代以來古代文字資料、無字遺物或遺迹、戰國及漢代所抄寫古書大量被發現的意義,説:"由於這批資料的出土,很多久已亡佚的先秦古書得以重見天日,不少傳世的先秦古書有了比傳世各本早得多的簡帛古本,古書中很多過去無法糾正的錯誤和無法正確理解的地方得以糾正或正確理解,不少曾被普遍懷疑爲漢以後所僞作的古書得以證明確是先秦作品,不少曾被普遍認爲作於戰國晚期的古書得以證明是戰國中期甚至更早的作品,先秦古書的體例也被認識得更清楚了。出土的古書之外的古代文字資料以及沒有文字的古代遺物和遺迹,有些也具有幫助我們糾正古書中的錯誤,理解古書中的難解之處,以至確定古書時代的作用。"①這些説法已漸漸成爲學術界的共識。

顯然,正是在古典學意義上,我國新出簡帛的價值得到了有力的凸顯。《詩論》《五行》等新出秦漢以前的文獻(從時間上説,它們大約關聯着從孔子到孔門七十子以及子思子的時代),是照亮先秦學術思想史一系列巨大黑洞的光。很多極爲重要的學術思想關聯和軌迹在失蹤千百年後,因它們而重現人間,中國古典學本體及其研究和認知被刷新被改寫,令人既驚且喜。中國古典學不得不重新開始,簡帛古書的價值仍將得到持續不斷的發掘。

對中國古典學而言,古書的整理和研究,包括對其文本的校注,是必須邁過的門檻,簡帛古書的校注尤其如此。要使簡帛古書在各領域得到廣泛有效的利用,高質量的校注是必不可少的。所以裘錫圭指出:"要進行古典學的重建,必須更快、更好地開展新出文獻的整理和研究。……新出文獻,有些尚未正式發表,有些還未發表完畢。已經發表的新出文獻,有不少還需要重新整理。"②

應該認識到,簡帛古書的高質量的校注,有賴於對簡帛古書的高質量的研究。而從研究角度來説,並非有了出土文獻,就自然而然可以獲

---

① 裘錫圭《中國古典學重建中應該注意的問題》,《裘錫圭學術文集·簡牘帛書卷》,復旦大學出版社2012年版,頁336。

② 裘錫圭《出土文獻與古典學重建》,李學勤主編《出土文獻》第四輯,頁17—18。

得對中國古典學本體和中國學術思想發展的新認知。要獲得這些方面的新認知，必須進行積極的建構。這意味着既要因應千百年傳統知識、想象和思維定勢的影響，廓清層累的歷史障蔽，又要在簡帛古書和傳世文獻之間實現有效的貫通，其困難可想而知。研究傳世文獻不能單單就這些傳世文獻下工夫，研究新出古書也不能單單就這些新出古書下工夫。對於這兩方面研究來説，發掘二者間的歷史關聯是不可偏離的重要基礎。中國古典學必須從這裏再出發，中國古典學的重大突破也必將在這裏出現。簡帛古書的高質量的校注，來源於高質量地把握簡帛古書跟傳世文獻的歷史關聯。此前，我們在這一方面下的工夫可能還遠遠不夠。

學術界對新出簡帛古書還瀰漫着一股不分青紅皂白的懷疑。説簡帛古書不存在任何作偽的事實，無疑是武斷，可大多數簡帛古書恐怕是想作偽都做不出來的，——如果把簡帛古書等同於在一批古簡或幾片舊帛上寫一些文字，就完全偏離了事實的根本。對於嚴肅的學者來説，認真研讀這些古書是第一位的。如此可以避免這樣一種可能，即你還在懷疑或游移，歷史却已經被大幅度改寫了。

上博戰國楚竹書《詩論》疏證

説　明

（一）李零據簡文書寫形式斷定，《詩論》祇是《子羔》篇的一部分，其前面的部分現存十五簡，多已殘斷，其後面的部分現存六簡，也不完整，篇題"子羔"寫在卷首第三簡背面。[①]然同篇三部分内容並不連貫，基於體系的相對完整性，我們仍然把孔子集中論《詩》的部分提取出來，稱之爲"詩論"。又，第一簡"行此者，丌又不王虐"一語，李零先生以爲是《詩論》前一部分文字的結束語，[②]可以進一步研究。

（二）學界稱《詩論》爲"《詩序》"或"古《詩序》"者甚多，概所不取。

（三）各簡文字以馬承源主編《上海博物館藏戰國楚竹書》第一册（上海古籍出版社2001年版）所收《孔子詩論》圖版及釋文（簡稱整理本）爲底本，重文符號及合文改回本字；原簡章節符號予以保留，用長方形黑方塊"■"表示；隨文依整理本標示簡號（即括號中的中文序數），以方便讀者研讀時參稽各本。

（四）各簡編聯、章節劃分主要參照姜廣輝《古〈詩序〉復原方案》（修正本）（刊載於《經學今詮三編》，《中國哲學》第二十四輯，遼寧教育出版社2002年版）。此外參閱李學勤《〈詩論〉分章釋

---

① 參閲李零《上博楚簡三篇校讀記》之《〈子羔〉篇"孔子詩論"部分》，中國人民大學出版社2007年版，頁5—8。
② 參閲李零《上博楚簡三篇校讀記》之《〈子羔〉篇"孔子詩論"部分》，頁7。

文》（刊載於《經學今詮三編》），李零《上博楚簡三篇校讀記》（中國人民大學出版社2007年版）等。

（五）竹書第二至第七簡上下兩端留白，第一簡上下端殘缺，當亦爲留白簡。本校釋依姜廣輝《復原方案》之例，以加粗之方框"■"表示留白簡之缺文，以不加粗之方框"□"表示竹書下葬後殘損之文字，以"…"表示不知缺字具體字數，而知缺字不多，以"……"表示不知缺字具體字數，而知缺字較多。除此之外，整理中補足之文字則外加方框，以爲識別。

第一章

□□□□□孔子曰：〔1〕《訿》，亓猷埄門與？〔2〕戔民而豫之，亓甬心也酒可女？曰：《邦風》氏已。〔3〕民之又戚悲也，〔4〕上下之不和〔5〕者，亓甬心也酒可女？ 曰：《少頖》氏已。〔6〕□□□（四）□□□可女？ 曰：《大頖》氏已。〔7〕又城工者可女？曰：《訟》氏已。〔8〕■

〔1〕據姜廣輝《復原方案》，第四簡上端留白處缺八字，據李學勤《分章釋文》補"孔子"二字。①

〔2〕"《訿》，亓"句："訿"字簡文中出現數次，整理本或隸定爲"訿"，李守奎等《上海博物館藏戰國楚竹書（一—五）文字編》（以下簡稱《文字編》）、饒宗頤主編《上博藏戰國楚竹書字匯》（以下簡稱《字匯》）隸定爲"訿"。②《說文·言部》謂，"詩，志也，從言，寺聲。𧥑，古文詩省"。該字當爲"詩"之異體。本簡"訿"字，馬承源釋文考釋及李學勤、姜廣輝等學者所作釋文均未加書名號，觀其下文具體展開爲《邦風》《少頖》《大頖》以及《訟》（即傳世《國風》《小雅》《大雅》和《頌》），則此"訿"字乃專指《詩經》，須加書名號。亓，

---

① 參閱李學勤《〈詩論〉分章釋文》、姜廣輝《古〈詩序〉復原方案》（修正本），《經學今詮三編》（《中國哲學》第二十四輯），遼寧教育出版社2002年版，頁138、頁173。

② 參閱馬承源主編《上海博物館藏戰國楚竹書》（一），上海古籍出版社2001年版，頁123；李守奎、曲冰、孫偉龍編著《上海博物館藏戰國楚竹書（一—五）文字編》，作家出版社2007年版，頁115；饒宗頤主編《上博藏戰國楚竹書字匯》，安徽大學出版社2012年版，頁760。

同"其",簡文多見,此下不一一出注。牻門,即廣大之門。整理本隸定爲"坪門",讀爲"平門",馬承源釋文考釋實以吳王闔閭始築城,四面八門,北面稱爲平門、齊門,且斷言,該詞在簡文中可能泛指城門,"詩其猶平門"或指"詩義理猶如城門之寬達"。廖名春認爲當隸定爲"牻門",讀爲"廣聞"。李守奎等隸定爲"羋門",以"羋"爲"坪"之異體,謂在簡文中讀"平",又疑爲"平"之繁體,與簡文"堇""垔"等字同例。饒宗頤主編《字匯》亦將"門"上一字隸定爲"坪"。黃懷信將學界作"平門"解説者歸納爲十二種,全部予以否定,解"平門"爲"平齊、區分門類的門"。①諸説均未的當,該詞當隸定爲"牻門",其意指廣大之門。參閱第十章注1釋"牻惎"。案:簡文此句,殆以城門之廣納人物,類比《詩》之蘊蓄宏富。孔子嘗曰:"《詩三百》,一言以蔽之,曰'思無邪'。"(《論語·爲政》)孔子本意是指三百篇之蘊藏既富且廣,無所不包,與《詩論》謂《詩》猶牻門意正相通。詳細考證,請參閱附論《"思無邪"作爲〈詩經〉學話語及其意義轉換》;並參第十章注4。

〔3〕"戔民"句:戔民,整理本釋文及考釋等均釋爲"賤民",認爲指地位低下之人,②不確,當釋爲"殘民",殘害百姓之謂。《上海博物館藏戰國楚竹書》(二)收録《容成氏》,其第四十一簡云:"湯於是虗(乎)誩(徵)九州之帀(師),昌黿四囗(海)之内,於是虗天下之兵大忌(起),於是虗咢(亡)宗鹿(戮)族戔(殘)羣(羣)女(焉)備(服)。"其末句意即"於是乎亡宗、戮族、殘羣乃服","戔"讀爲"殘",與本篇同。《上海博物館藏戰國楚竹書》(五)收録《三德》,其第四簡有謂"敕(求)利戔兀新(親),是胃(謂)遷(罪)","戔"字意思和用法亦同。《説文·戈部》:"戔,賊也,从二戈。"段注云:"此與'殘'音義皆同,故'殘'用以會意,今則'殘'行而'戔'廢矣。《篇》《韻》皆云傷也。"《左氏春秋》宣公二年(前607)記:"二年春,鄭公子歸生受命于楚伐宋,宋華元、樂吕御之。二月壬子,戰于大棘,宋師敗績,囚華元,獲樂吕及甲車四百六十乘,俘二百五十人,馘百人。……將戰,華元殺羊食士,其御羊斟不與。及戰,曰:'疇昔之羊,子爲政;今日之事,我爲政。'與入鄭師,故敗。君子謂羊斟非人也,以其私憾,敗國殄民,於是刑

---

① 參閲馬承源主編《上海博物館所藏戰國楚竹書》(一),頁130;廖名春《上海博物館藏詩論簡校釋》,《中國哲學史》2002年第一期,頁17;李守奎、曲冰、孫偉龍編著《上海博物館藏戰國楚竹書(一—五)文字編》,頁599;饒宗頤主編《上博藏戰國楚竹書字匯》,頁221;黃懷信《上海博物館藏戰國楚竹書〈詩論〉解義·前言》,社會科學文獻出版社2004年版,頁13—14。

② 參閲馬承源主編《上海博物館藏戰國楚竹書》(一),頁131。

孰大焉？《詩》所謂'人之無良'者，其羊斟之謂乎！殘民以逞。"谻，原寫作"谻"，《說文》所無，整理本、李守奎等《文字編》均隸定爲"谻"，李守奎等又指出，此字乃"谷""兔"雙音符；廖名春讀爲"裕"；黃德寬等謂"谻"字乃包山簡"豫（豫）"之省形，从予聲，當釋爲"豫"；李零隸定爲"谻"，讀爲"逸"。①簡文中"兔"字兩見，一見第五章"兔萱"（簡二十三），一見第五章"又兔"（簡二十五），其字形稍有殘泐，却仍可看出與"谻"字右旁完全相同。故該字當隸定爲"谻"，其釋義，則李零之說可從。甬，通"用"，簡帛文獻中常見。酉，同《說文·酉部》"醬"之古文，簡文中多讀爲時間副詞"將"。②可，通"何"。女，通"如"。《邦風》，今《毛詩》作《國風》；整理本馬承源考釋謂《邦風》乃是初名，漢初避劉邦諱改稱《國風》。③氏，通"是"。已，整理本隸定爲"也"，此從鄭任釗之隸定，④語氣詞，表示肯定。《尚書·洛誥》記王曰："公定，予往已。"《戰國策·秦策三》"范雎曰臣居山東"章："今秦，太后、穰侯用事，高陵、涇陽佐之，卒無秦王，此亦淖齒、李兌之類已。"案：《詩論》此二語大意是説，殘害人民使之逃逸，民心如何，觀《邦風》可知。民逸爲治國之失，儒家自然關注。《荀子·哀公》篇記："定公問於顏淵曰：'東野（子）〔畢〕之（善）馭〔善〕乎？'顏淵對曰：'善則善矣。雖然，其馬將失（逸）。'定公不悦，入謂左右曰：'君子固讒人乎！'三日而校（校人，掌養馬之官）來謁，曰：'東野畢之馬失。兩驂列（裂），兩服入廐。'定公越席而起曰：'趨駕召顏淵！'顏淵至，定公曰：'前日寡人問吾子，吾子曰：東野畢之馭善則善矣，雖然，其馬將失。不識吾子何以知之。'顏淵對曰：'臣以政知之。昔舜巧於使民，而造父巧於使馬。舜不窮其民，造父不窮其馬，是舜無失民，造父無失馬也。今東野畢之馭，上車執轡，銜體正矣；步驟馳騁，朝禮畢矣；歷險致遠，馬力盡矣。然猶求馬不已，是以知之也。'定公曰：'善！可得少進乎？'顏淵對曰：'臣聞之：鳥窮則啄，獸窮則攫，人窮則詐。自古及今，未有窮

---

① 參閱馬承源主編《上海博物館藏戰國楚竹書》（一），頁130—131；李守奎、曲冰、孫偉龍編著《上海博物館藏戰國楚竹書（一——五）文字編》，頁458；廖名春《上海博物館藏詩論簡校釋》，《中國哲學史》2002年第一期，頁17；黃德寬、徐在國〈上海博物館藏戰國楚竹書（一）·孔子詩論〉釋文補正》，《安徽大學學報》（哲學社會科學版）2002年第二期，頁2；李零《上博楚簡三篇校讀記》，頁31。
② 李守奎、曲冰、孫偉龍編著《上海博物館藏戰國楚竹書（一——五）文字編》，頁658。
③ 馬承源主編《上海博物館藏戰國楚竹書》（一），頁129。
④ 鄭任釗《對〈孔子詩論〉釋讀的一點意見》，http://www.jianbo.org/Wssf/2002/zhengrenzhao01.htm，訪問日期2017年12月13日。

其下而能無危者也。'"《韓詩外傳》卷二第十二章所記基本相同。《莊子・外篇・達生》有類似文字，而記爲東野稷、衛莊公、顏闔之事。從《詩經》學範圍內看，安集百姓問題其實是一個普遍的關懷，不局限於《國風》。比如，《大雅・召旻》云："旻天疾威，天篤降喪，瘨我饑饉，民卒流亡。我居圉卒荒。"鄭箋云："天，斥王也。疾，猶急也。瘨，病也，病乎幽王之爲政也，急行暴虐之法，厚下喪亂之教，謂重賦稅也，病中國以饑饉，令民盡流移。"又云："荒，虛也。國中至邊竟以此故盡空虛。"又如，《詩序》云："《鴻鴈》，美宣王也。萬民離散，不安其居，而能勞來還定安集之，至于矜寡，無不得其所焉。"鄭箋云："宣王承厲王衰亂之敝而起，興復先王之道，以安集衆民爲始也。《書》曰：'天將有立父母，民之有政有居。'宣王之爲是務。"《詩序》又云："《楚茨》，刺幽王也。政煩賦重，田萊多荒，饑饉降喪，民卒流亡，祭祀不饗，故君子思古焉。"凡此均可見安集百姓，乃政教之要務。惡政導致民之欲逸，《國風》中固有甚昭著者。比如，《魏風・碩鼠》有"逝將去女，適彼樂土"，"逝將去女，適彼樂國"，"逝將去女，適彼樂郊"的呼告。《邶風・北風》篇云："北風其涼，雨雪其雱。惠而好我，攜手同行。其虛其邪？既亟只且！"《詩序》謂："《北風》，刺虐也。衛國並爲威虐，百姓不親，莫不相攜持而去焉。"（關於《北風》一詩，參閱第五章注14）凡此均可見民爲政傷之用心。又，廖名春謂"戔"通"踐"，有"善"意，"欲"讀爲"裕"，"戔民而裕之"即"親善百姓而使之寬裕"。①解"戔"爲"善"頗感迂曲，不必申說。民得親善而表達其用心於詩謠，與民遭殘傷而表達其用心於詩謠，乃一體兩面，道理内通。《左氏春秋》襄公三十年（前543）記："鄭子皮授子產政……子產使都鄙有章，上下有服，田有封洫，廬井有伍。大人之忠儉者，從而與之；泰侈者，因而斃之。豐卷將祭，請田（田獵）焉。弗許，曰：'唯君用鮮（杜注：鮮，野獸），衆給而已（杜注：衆臣祭，以芻豢爲足）。'子張（豐卷）怒，退而徵役（杜注：召兵，欲攻子產）。子產奔晉，子皮止之，而逐豐卷。豐卷奔晉。子產請其田里，三年而復之，反其田里及其入焉。從政一年，輿人誦之曰：'取我衣冠而褚之，取我田疇而伍之。孰殺子產，吾其與之。'及三年，又誦之曰：'我有子弟，子產誨之。我有田疇，子產殖之。子產而死，誰其嗣之？'"這也是政治對百姓善或惡，百姓謠歌諷誦，表達用心的典型例子。不過，《詩經》尤其是其中《國風》部分，幾無爲政者"善民而裕

---

① 廖名春《上海博物館藏詩論簡校釋》，《中國哲學史》2002年第一期，頁17。

之"、民之用心形諸歌詠的顯例。

〔4〕"民之"句：又，通"有"，簡帛及傳世文獻極爲常見，此下不再出注。戠忎，殆猶言"感倦"或"感患"，意指憂勞或憂患。戠，整理本原隸定爲"憨"，馬承源考釋謂其上半爲聲符，讀作"撲"，"撲""罷"雙聲假借；①李守奎等隸定爲"感"，並據《廣雅・釋詁》訓爲憂。②周鳳五、李零據郭店楚簡《眚自命出》上篇簡三十四所見"戠"字（案見"憂斯戠，戠斯戁"語，與傳世《禮記・樂記》之"慍斯戚，戚斯嘆"對應），釋之爲"感"。③該字當隸定爲"戠"，讀爲"感"。忎，即"倦"。李守奎等引《集韻・線韻》，"倦，或作'悓'"，言"忎"字簡文中多讀爲"倦"，當即"倦"之異體。④上博簡《中弓》篇有云："型（型/刑）正（政）不緩（緩），惪（德）孝（教）不忎（倦）。"又，劉樂賢謂"倦""患"古音相近，可以通假，該字當爲"患"。李學勤、姜廣輝、李零、黃德寬等學者亦均讀爲"患"。⑤此説亦可從。上博簡文《昔壴論》有云："凡惥（憂）忎（患）之事谷（欲）任，樂事谷逡（後）。"郭店簡《眚自命出》下篇作："凡憂患之事谷（欲）迬（任），樂事谷後。"

〔5〕上下之不和：指君臣貴賤不和睦不融洽。儒典向來重"和"。《尚書・多方》記周公稱成王命以告誡四國多方，有云："自作不和，爾惟和哉！爾室不睦，爾惟和哉！爾邑克明，爾惟克勤乃事，爾尚（上）不忌于凶德。"《周官》云："宗伯掌邦禮，治神人，和上下。"《論語・微子》篇記："丘也聞有國有家者，不患寡而患不均，不患貧而患不安。蓋均無貧，和無寡，安無傾。"

〔6〕此處殘缺五字，據周鳳五之説補，⑥所補"也"字據簡文上言《邦風》氏已"改爲"已"，所用文字則改從簡文。《少頣》，即《小夏》，傳世《毛詩》作《小雅》；"少"通"小"，"頣"爲"夏"之異體，通"雅"。《墨子・天

---

① 馬承源主編《上海博物館藏戰國楚竹書》（一），頁130、頁131。
② 李守奎、曲冰、孫偉龍編著《上海博物館藏戰國楚竹書（一——五）文字編》，頁493。
③ 周鳳五《〈孔子詩論〉新釋文及注解》，上海大學古代文明研究中心、清華大學思想文化研究所編《上博館藏戰國楚竹書研究》，上海書店出版社2002年版，頁158；李零《上博楚簡三篇校讀記》，頁31。
④ 李守奎、曲冰、孫偉龍編著《上海博物館藏戰國楚竹書（一——五）文字編》，頁497—498。
⑤ 劉樂賢《讀上博簡劄記》，《上博館藏戰國楚竹書研究》，頁383—384；李學勤〈詩論〉分章釋文〉、姜廣輝《古〈詩序〉復原方案》（修正本），《經學今詮三編》（《中國哲學》第二十四輯），頁138、頁174；李零《上博楚簡三篇校讀記》，頁30；黃德寬、徐在國《〈上海博物館藏戰國楚竹書（一）・孔子詩論〉釋文補正》，《安徽大學學報》（哲學社會科學版）2002年第二期，頁2。
⑥ 周鳳五《論上博〈孔子詩論〉竹簡留白問題》，《上博館藏戰國楚竹書研究》，頁189。

志下》云："非獨子墨子以天之（志）爲法也，於先王之書《大夏》之道之然：'帝謂文王……'"俞樾《諸子平議·墨子二》："《大夏》即《大雅》也。'雅''夏'古字通。《荀子·榮辱》篇曰'越人安越，楚人安楚，君子安雅'，《儒效》篇曰'居楚而楚，居越而越，居夏而夏'，是'夏'與'雅'通也。下文所引'帝謂文王'六句，正《大雅·皇矣》篇文。"

〔7〕據周鳳五、姜廣輝等學者之説，簡四下端與簡五上端之留白殆各缺八字，今參考諸家觀點，並依簡文用字之例，補苴如此。①廖名春所補爲，"曰《小雅》是也。……者將何如？《大雅》"；李零所補爲，"曰《小雅》是也。……其用心將何如？《大雅》"。②廖補主要是依據下文評《訟》詩的模式，其實嚴格依據這一模式，其所補"將"字可去，則尚有五字缺失。李補主要是依據上文評《邦風》《少顗》的模式，參考簡文這一部分，李補"其用心將何如"之上當有一句陳述，然而今所餘空間殆僅有二字，難以容下一句話。何況由簡文評《訟》詩之語，孔子評《大顗》未必繼續使用評《邦風》和《少顗》的語例。《大顗》，亦即《大夏》，傳世《毛詩》作《大雅》。

〔8〕"又城"句：大意是説有成功者（其用心）何如，觀《訟》詩可知。城，通"成"。工，通"功"。《訟》，傳世《毛詩》作《頌》。《説文·言部》："訟，爭也，从言，公聲，曰謌訟。"段玉裁注："'訟''頌'古今字，古作'訟'，後人假'頌皃'字爲之。"傳世《毛詩序》云："頌者，美盛德之形容，以其成功告於神明者也。"廖名春將"又"字讀爲"侑"，解釋爲祭祀、報享，③錄此以備參考。案：有不少學者熱衷於據孔子論《詩》之順序，來推斷當時《風》《雅》《頌》的編排順序。其實無論哪一種説法都很難從《詩論》中得到足夠支持。由本章得出的結論與根據第十章得出的結論甚至完全相反。就這一問題而言，抛開相當完備的《詩三百》，而據一個極不完備的《詩論》立説，顯然並不妥當。《詩三百》本身就是足夠有力的證明。

---

① 參閱周鳳五《論上博〈孔子詩論〉竹簡留白問題》，《上博館藏戰國楚竹書研究》，頁189；姜廣輝《古〈詩序〉復原方案》（修正本），《經學今詮三編》（《中國哲學》第二十四輯），頁174。

② 廖名春《上海博物館藏詩論簡校釋》，《中國哲學史》2002年第一期，頁17；李零《上博楚簡三篇校讀記》，頁31。

③ 廖名春《上海博物館藏詩論簡校釋》，《中國哲學史》2002年第一期，頁18。

第二章

《清宙》，王惪也，至矣！[1]敬宗宙之豊，目爲丌杏；[2]"秉殳之惪"，目爲丌𩁹；[3]"肅雝顯相"□□□□□（五）□□□□□□□□□□。[4]行此者，丌又不王虐？[5]■

〔1〕"《清宙》"句：《清宙》，今《毛詩·周頌》作《清廟》。宙，从宀苗聲，同"廟"。《説文·广部》"廟"字之古文作"庿"，从广苗聲。段注云："見《禮經》十七篇。凡十七篇皆作'庿'，注皆作'廟'。"从广、从宀，義或近同，《説文·宀部》"宅"字古文或作"厇"，亦爲一例。案傳世《清廟》云："於穆清廟，肅雝顯相。濟濟多士，秉文之德。對越在天，駿奔走在廟。不顯不承，無射於人斯。"《詩序》云："《清廟》，祀文王也。周公既成洛邑，朝諸侯，率以祀文王焉。"廖名春認爲，"王惪"即頌文王之德，"至矣"是説《清廟》是頌文王之德之最。①此章所論固與文王之德有密切關係，但由下文"行此者，丌又不王虐"一句反問，可知其所謂"王德"具有超越性，或者説具有不限於文王的普遍意義，而可以理解爲"王天下之德"。此章除首尾兩句，中間部分是就《清廟》來申説"王惪"，可惜殘缺頗甚，尚存的意思大要是以禮爲本，以德爲質。總之，"《清宙》"句意思乃説，《清廟》詠歌的，是王天下之德啊，達到極點了。

〔2〕"敬宗"句：豊，後世作"禮"。《説文·豊部》云："豊，行禮之器也，从豆、象形。凡豊之屬皆从豊，讀與'禮'同。"周伯琦《六書正譌》上聲八薺："豊……即古'禮'字。禮形於器，假借。後人以其疑於'豐'字，禮重於祭，故加'示'別之。"目，《説文·已部》釋爲从反已，段注云，"與'已'篆形勢略相反也，'已'主乎止，'目'主乎行，故形相反。二字古有通用者。……今字皆作'以'，由隸變加'人'於右也"；此説殆未明所以，甲金文"目"字象耕地之農具，爲"耜"字所出，"以"字象人用"目"形，故古文借"目"爲"以"，而訓爲"用"。②此字簡文及傳世文獻中屢見，以下不再出注。

---

① 廖名春《上海博物館藏詩論簡校釋》，《中國哲學史》2002年第一期，頁18。
② 漢語大字典編輯委員會《漢語大字典》第一卷，四川辭書出版社、湖北辭書出版社1986年版，頁105；並參閱徐中舒主編《甲骨文字典》，四川辭書出版社2006年版，頁1592—1593。

杳，同"本"；李守奎等云，"'本'之異體。从臼，構形不明"。①所謂"敬宗廟之豐"，當是就《清廟》首句"於穆清廟"而發。"穆"意爲敬。《尚書·金縢》篇記太公召公曰："我其爲王穆卜。"孫星衍疏："穆者，《釋詁》云'穆穆，敬也'，單言亦爲敬。"屈原《九歌·東皇太一》云："穆將愉兮上皇。"王逸章句："穆，敬也。"《詩論》此語之下文針對"秉文之惪""肅雈 㬎相"等語發論，而此數語正是《清廟》之下文。

〔3〕"秉孞"句：秉孞之惪，即"秉文之德"。毛傳："執文德之人也。"鄭箋："濟濟之衆士，皆執行文王之德。"孞，李守奎等認爲所加"口"當爲飾符。②馬承源考釋云，在簡文中，"孞"和"文"不完全相同，如文王之"文"不从口，文章之"文"从口，簡文中"文"或寫作"吝"；小篆時代，"孞"廢而統一爲"文"。③此説殆未確，依傳統解釋，"秉孞之惪"之"孞"正是指文王。

𥁕，整理本、李守奎《文字編》等隸定爲"叢"，馬承源考釋認爲從並"業"，李守奎等徑釋之爲"業"。④李零認爲，"此字與郭店楚簡用爲'察''竊'等字者所从相同（'察'是初母月部字，'竊'是清母質部字），我們從上博楚簡的用字情況看，實應讀爲'質'（端母質部字），來源是'對'字（端母物部字）"。⑤季旭昇又指出，"此一偏旁字與'質''察''竊''淺''帶''業''羮'都有關係。此處似以讀'質'較妥"。⑥

〔4〕"肅雈"句：闕文據《毛詩·清廟》補，"㬎"字之寫法依第八章。肅雈㬎相，即"肅雝顯相"。"雈"當爲"雝"之異構，甲文"雝"从隹从口，口本作○，即環形，又或作囗，即連環形，象鳥足爲繮絡羈絆不能飛逸之形，故从雝之字皆有阻塞、壅蔽、擁抱、旋繞之義。⑦㬎，即"㬎（𤎢）"；《説文·日部》："㬎，衆微杪也，从日中視絲，古文以爲'顯'字。"據姜廣輝《復原方案》，第

---

① 李守奎、曲冰、孫偉龍編著《上海博物館藏戰國楚竹書（一——五）文字編》，頁361。
② 李守奎、曲冰、孫偉龍編著《上海博物館藏戰國楚竹書（一——五）文字編》，頁435。
③ 馬承源主編《上海博物館藏戰國楚竹書》（一），頁126。
④ 馬承源主編《上海博物館藏戰國楚竹書》（一），頁132；李守奎、曲冰、孫偉龍編著《上海博物館藏戰國楚竹書（一——五）文字編》，頁743、頁751。
⑤ 李零《上博楚簡三篇校讀記》，頁32。
⑥ 季旭昇主編、陳霖慶等合撰《〈上海博物館藏戰國楚竹書（一）〉讀本》，北京大學出版社2009年版，頁25。
⑦ 徐中舒主編《甲骨文字典》，頁397。

上博戰國楚竹書《詩論》疏證　27

五簡下端仍缺六字。據李零釋文，簡一上端缺十一字。①案：學界一般認爲，《詩論》簡二至簡七爲留白簡。②簡一上下兩端殘缺，姜廣輝根據上下文關係，亦以留白簡視之，簡二至簡七上下端之留白約略各有八九字，則簡一上端十一字當非全爲留白缺字，姜廣輝全標爲留白缺字，可商，然此事殆已無可奈何。③此句當仍是論《清廟》。結合傳世《毛詩》，"駸相"二字外尚可補出一部分。方案至少有兩種：

第一種補法可能更好。簡文上文就《清廟》"於穆清廟"論其本，就"秉叟之意"論其質，接下來殆就"肅雝駸相"論其容色，就"對越在天，駿奔走在廟"等論其事行。肅雝，指容色儀文敬且和；鄭箋謂"其禮儀敬且和"，《正義》謂"其祭之禮儀，既内敬於心，且外和於色"，均是，但二者將其歸到主祭者周公身上，未確，當是指"相"亦即助祭者。"駿奔走"云云，指其事之敏疾勤勉。《禮記·大傳》云："牧之野，武王之大事也。既事而退，柴於上帝，祈於社，設奠於牧室（鄭注：牧室，牧野之室也。古者郊關皆有館焉）。遂率天下諸侯，執豆籩，逡奔走。追王大王亶父、王季歷、文王昌，不以卑臨尊也。上治祖禰，尊尊也。下治子孫，親親也。旁治昆弟，合族以食，序以昭繆，別之以禮義，人道竭矣。"鄭注"逡奔走"云："逡，疾也。疾奔走，言勸事也。《周頌》曰：'逡奔走在廟'。"鄭玄（127—200）據今文《詩》注《禮》，故與箋《毛詩》釋"駿"爲大不同，但亦相通。《毛詩正義》云："以其俱來，故訓'駿'爲大。大者，多而疾來之意。《禮記·大傳》亦云'駿奔走'，注'駿，疾也。疾奔走，言勸事也'。其意與此相接成也。"總之，"逡（駿）奔走"指言勸事。《離騷》云："忽奔走

---

① 姜廣輝《古〈詩序〉復原方案》（修正本），《經學今詮三編》（《中國哲學》第二十四輯），頁174；李零《上博楚簡三篇校讀記》，頁11。
② 關於簡文《詩論》之留白問題，請參閱周鳳五《論上博〈孔子詩論〉竹簡留白問題》，《上博館藏戰國楚竹書研究》，頁187—191。
③ 姜廣輝《古〈詩序〉復原方案》（修正本），《經學今詮三編》（《中國哲學》第二十四輯），頁172、頁174。

以先後兮,及前王之踵武。"'忽奔走'與"逸(駿)奔走"意同。

〔5〕"行此"句:王,動詞,稱王。黃懷信提出"王,指王天下,即統一天下。這是戰國特有的一個帶有時代特色的詞彙。如《孟子》說'以齊王,猶反手也','王之不王,非不能也,不爲也'等";由此斷定《詩論》成書時代"應該比較接近"。①此說不無道理,但從《詩經》學範圍內理解《詩論》之"王"顯然更好。《詩·大雅·皇矣》云:"維此王季,帝度其心。貊其德音,其德克明。克明克類,克長克君。王此大邦,克順克比。比于文王,其德靡悔。既受帝祉,施于孫子。"鄭箋"王此大邦"之"王",云:"王,君也。王季稱'王',追王也。"該詩下文敘文王事,説:"度其鮮原,居岐之陽,在渭之將。萬邦之方,下民之王。"鄭箋謂,"爲萬國之所鄉,作下民之君"。周人追稱王季、文王爲"王",而且相關的動詞性的"王"也在使用。《詩論》此章乃就《清廟》論文王之必"王",不可與戰國"王天下"之"王"等視。唇,李守奎等指出,簡文中該字大都用爲語氣詞或介詞,亦有讀作"號""呼"者,或作從口虎之形聲字,但並非《説文》從口從虎之"唬";②此處讀作"乎",簡文常見,以下不再出注。

第三章

孔子曰:誩亡隱志,樂亡隱情,文亡隱音。〔1〕□□□□□□□□□□□□□□□□□□□(一)〔2〕

〔1〕"孔子"句:詩與志、樂與情以及文與意之關係,乃史上常見話題。孔子殆謂,志、情、意幽微而內在,却可由詩、樂、文得到高度呈現,並傳達給閱讀者。三語互文見義,詩、樂、文各有側重,然而詩並非不關情、意,樂並非不關志、意,文並非不關志、情。先秦傳統觀念中有三種層面的"詩言志"。《左氏春秋》襄公二十七年(前546)記:"鄭伯(簡公)享趙孟(趙武,晉大夫)于垂隴,子展、伯有、子西、子產、子大叔、二子石從。趙孟曰:'七子從君,以寵武也。請皆賦,以卒君貺,武亦以觀七子之志。'子展賦《草蟲》。趙孟曰:'善哉,民之主也!抑武也不足以當之。'伯有賦《鶉之賁賁》。趙孟曰:'牀笫之言不踰閾,況在野乎?非使人之所得聞也。'子西賦《黍苗》之四章。趙孟曰:

---

① 黃懷信《上海博物館藏戰國楚竹書〈詩論〉解義·前言》,頁6。
② 李守奎、曲冰、孫偉龍編著《上海博物館藏戰國楚竹書(一——五)文字編》,頁64。

'寡君在，武何能焉？'子產賦《隰桑》。趙孟曰：'武請受其卒章。'子大叔賦《野有蔓草》。趙孟曰：'吾子之惠也。'印段賦《蟋蟀》。趙孟曰：'善哉，保家之主也！吾有望矣。'公孫段賦《桑扈》。趙孟曰：'"匪交匪敖"，福將焉往？若保是言也，欲辭福祿，得乎？'卒享，文子（趙武）告叔向曰：'伯有將爲戮矣！詩以言志，志誣其上，而公怨之，以爲賓榮，其能久乎？幸而後亡（杜注：言必先亡）。'"昭公十六年（前526）記："夏，四月，鄭六卿餞宣子（韓宣子起）於郊。宣子曰：'二三君子請皆賦，起亦以知鄭志。'子齹賦《野有蔓草》。宣子曰：'孺子善哉，吾有望矣。'子產賦鄭之《羔裘》。宣子曰：'起不堪也。'子大叔賦《褰裳》。宣子曰：'起在此，敢勤子至於他人乎？'子大叔拜。宣子曰：'善哉，子之言是！不有是事，其能終乎？'子游賦《風雨》。子旗賦《有女同車》。子柳賦《蘀兮》。宣子喜曰：'鄭其庶乎！二三君子以君命貺起，賦不出鄭志，皆昵燕好也。二三君子，數世之主也，可以無懼矣。'宣子皆獻馬焉，而賦《我將》。子產拜，使五卿皆拜，曰：'吾子靖亂，敢不拜德！'宣子私覿於子產，以玉與馬，曰：'子命起舍夫玉，是賜我玉而免吾死也，敢不藉手以拜？'"這裏涉及的是用詩層面的言志和觀志（就賦詩者言爲言志，就其接受對象言爲觀志），春秋時期常見。《尚書·堯典》記舜曰"詩言志"。上博簡文《民之父母》及傳世《禮記·孔子閒居》均記載了孔子的"五至"説，前者謂"勿（物）之所至者，《志（詩）》亦至安（焉）"，後者謂"志之所至，《詩》亦至焉"。郭店簡《語叢一》綜論六經，有曰："《詩》，所以會古含（今）之恃（志）也者。"《禮記·樂記》："詩，言其志也。"《毛詩大序》："詩者，志之所之也，在心爲志，發言爲詩。"《莊子·雜篇·天下》綜論六經，有謂："《詩》以道志……"《荀子·儒效》綜論《易》以外之五經，有云："《詩》言是，其志也。"這些主要是"作詩"層面的詩言志。從《詩論》體系上看，"訾（詩）亡隱志，樂亡隱情，㫃亡隱音"三者意味着從認知和接受層面上確認了詩言志。《詩論》全部內容均可從詩作認知和接受層面上坐實"訾（詩）亡隱志""㫃亡隱音"，其中論《詩》樂的部分則可從認知和接受層面上坐實"樂亡隱情"。諸如第一章謂"戔民而愈之，丌甬心也酒可女？曰：《邦風》氏已"等等，第四章謂"《關雎》之改，《樛木》之訾（持），《漢廣》之酯（智），《鵲巢》之逿，《甘棠》之保（報），《綠衣》之思，《鶪鶪》之情，害（盍）？曰：童（動）而皆臤（賢）於丌初者也"等等，第五章謂"虗（吾）目《葛覃》戉（得）氏（祇）初之訾（志）"等等，第十章論《頌》《雅》《風》之言及聲等等，是最典型的例證。裘錫圭云："詩言志，樂表情，文達意。但詩文之志意不見得一目瞭然，樂之情也不是人人都能聽出來的。孔子之意當謂，如能細心體察，詩之志、樂之情、文之意都是可知的。"①此說甚是，唯忽視了三語之互文關係。毫無疑問，以上三個層面的"詩言志"有其相通性。從認知、接受上確認的詩言志（"耑亡隱志"云云），必以"作詩"層面上的詩言志爲前提。用詩層面的言志、觀志有較大特殊性，往往是以詩之舊瓶裝己之新酒，可從用詩一方來説，其機理類似"作詩"層面的言志，從觀志一方來説，其機理接近於從認知和接受層面上確認詩言志。故以上材料均可貫通，而孔子詩言志、"耑（詩）亡隱志"觀念最爲凸顯。有學者認爲："'詩亡隱志'是説賦詩的人既要有自己的意向，亦要表現吟詠者的態度；'樂亡隱情'，指音樂是道德情感的反映；'文亡隱意'意爲文章須直言。"②顯然不够切當。孔子，二字原寫作"𫘤"，即"孔"字右下加一個兩小畫的合文符號。合文符號的用法不完全同一，此處表示下一字包含在"孔"字之中，"𫘤"字應讀爲"孔子"。類似例子如郭店《茲衣》有"《寺（詩）》員：'虘（吾）𫘤（大夫）恭且鹼（儉），林（廉）人不斂。'""夫"右下加一個合文符號，表示"大夫"。《詩論》現存六處"孔子曰"，"孔子"皆用合書，除了簡七（第九章），別處右下皆有合文符號。此篇簡文中的"孔"字寫法異於常見，而近於"𠁁"。《古文四聲韻》上聲董韻於"孔"下録"𠁁"，注明出自《籀韻》。《篇海類編》人物類子部録"𠁁"，謂音孔，義同。《隸辨》上聲董韻"𠁁"字下録《衡立碑》"儀問𠁁芬"，按稱《張壽碑》"有𠁁甫之風"，"孔"亦作"𠁁"。《尚書隸古定釋文·咎繇謩》"𠁁壬"條引："《集韻》：孔，古作𠁁。"《字彙補》字部："𠁁，古孔字。"廖名春認爲，"孔"先訛爲"𠁁"，再訛爲"尹"。③《詩論》之合文"𫘤"或"尹"當讀爲"孔子"，上博竹書《魯邦大旱》中，該符號所指人物與子貢對話，自稱"丘"，是一個鐵證。④ 亡，通"無"。隱，馬承源考釋謂該字以"㔶"爲聲符，音"鄰"，按辭

---

① 裘錫圭《關於〈孔子詩論〉》，《經學今詮三編》（《中國哲學》第二十四輯），頁141。
② 劉冬穎《出土文獻與先秦儒家〈詩〉學研究》，知識産權出版社2010年版，頁31。
③ 參閱郭忠恕編《汗簡》、夏竦編《古文四聲韻》合刊本，中華書局2010年版，頁96上；宋濂撰，屠隆訂正《篇海類編》，見《續修四庫全書》二二九經部小學類，上海古籍出版社1995年版，頁656上；顧藹吉編撰《隸辨》，中華書局1986年版，頁82上；李遇孫撰《尚書隸古定釋文》，見劉世珩校刊《聚學軒叢書》第二集，清光緒中劉氏刊本；梅膺祚編撰《字彙》、吳任臣編撰《字彙補》合刊本，上海辭書出版社1991年版，《字彙補》頁49下。又參廖名春《上海博物館藏詩論簡校釋》，《中國哲學史》2002年第一期，頁9。
④ 其他證明，可參閱馬承源考釋，見馬承源主編《上海博物館藏戰國楚竹書》（一），頁123—125。

意可讀爲"離","離""殹""鄰"均爲雙聲,韻部爲同類旁對傳;①邱德修讀爲"鄰",釋爲"泯"之借字;②李學勤、裘錫圭、周鳳五等均釋爲"隱";③李守奎等謂此字乃"惻隱"之"隱"。④案:此字與第五章"丌殹志必又㠯俞也"之"殹"當爲同字之異構,而第五章此語,乃基於《木芯》論民性,其下文謂"《木芯》又藏恁而未旻達也","藏恁(藏願)"正是"殹志"的同意表達,足可證明"殹"乃"隱"字,其意爲藏。李零已疑此二語可以互釋,但堅持"慇"字實相當於古書中的"憐",從閱讀習慣看,讀"吝"更順,"吝志""吝情""吝言"指藏而未發的志、情、言。⑤饒宗頤亦讀爲"吝"。⑥樂,《説文·木部》釋云,"五聲八音總名,象鼓鞞;木,虡也"。旻,即"文",已見第二章注3。《論語·學而》記子曰:"弟子入則孝,出則悌,謹而信,汎愛衆而親仁。行有餘力,則以學文。"何晏(190—249)注引馬融:"文者,古之遺文。"邢疏:"注言'古之遺文'者,則《詩》《書》《禮》《樂》《易》《春秋》六經是也。"《論語·述而》記:"子以四教:文、行、忠、信。"邢疏:"此章記孔子行教,以此四事爲先也。文,謂先王之遺文。行,謂德行;在心爲德,施之爲行。中心無隱謂之忠。人言不欺謂之信。此四者有形質,故可舉以教也。"孔子言"文"、教以"文",固當以六經爲主,然"文"之意則當是泛言文章。音,該字下部殘損,整理本隸定爲"言",馬承源考釋引孔子"言之無文,行而不遠"之説(案見《左氏春秋》襄公二十五年),謂"這一語論可以看作是'旻(文)亡隱(離)言'的具體解釋"。⑦朱淵清基於《詩》與歌樂之關係,着眼於《詩》是唱的,也稱"音",故而斷定該字爲"音"。⑧姜廣輝等學者亦釋作"言",李學勤、裘錫圭等學者則釋作"意"。⑨李學勤提出,《詩論》簡文"言"字出現了幾次,字的

---

① 馬承源主編《上海博物館藏戰國楚竹書》(一),頁125—126。
② 參閲邱德修《〈上博簡〉(一)"詩亡鄰志"考》,《上博館藏戰國楚竹書研究》,頁295—305。
③ 李學勤《〈詩論〉分章釋文》、裘錫圭《關於〈孔子詩論〉》,《經學今詮三編》(《中國哲學》第二十四輯),頁138、頁139—141;周鳳五《〈孔子詩論〉新釋文及注解》,《上博館藏戰國楚竹書研究》,頁156。
④ 李守奎、曲冰、孫偉龍編著《上海博物館藏戰國楚竹書(一——五)文字編》,頁501、頁627。
⑤ 李零《上博楚簡三篇校讀記》,頁11—12。
⑥ 饒宗頤《竹書〈詩序〉小箋》,《上博館藏戰國楚竹書研究》,頁228、231—232。
⑦ 馬承源主編《上海博物館藏戰國楚竹書》(一),頁126。
⑧ 朱淵清《上博〈詩論〉一號簡讀後》,中國詩經學會編《詩經研究業刊》第一輯,學苑出版社2001年版,頁280—281。
⑨ 姜廣輝《古〈詩序〉復原方案》(修正本),李學勤《〈詩論〉分章釋文》,裘錫圭《關於〈孔子詩論〉》,《經學今詮三編》(《中國哲學》第二十四輯),頁174、頁138、頁140。

頂上都没有短横，這個字却有小横，故可肯定此字爲"意"而非"言"，其寫法可參看《金文編》；古時詩歌都付於弦歌，以音樂表情，以文辭達意，釋"意"比釋"言"好。①這是一個相當重要的觀察。其他簡文中之"言"字上部多有短横，《詩論》中的"言"字基本上都没有。然而揆度殘損部分的空間大小，該字殆爲"音"，而通"意"。上博簡《瓦先》有云："又（有）出於或（域），生出於又，音出於生，言出於音，名出於言，事出於名。"其中"音"字即通"意"。

〔2〕據李零、姜廣輝釋文，簡一下端殆缺二十三字。②案：該簡亦似爲留白簡，其上下端之留白與簡二至簡七約略相同，則二十三字並非全爲留白之缺字，姜廣輝全標爲留白缺字，③可商。

第四章

《關疋》之改，〔1〕《梂木》之旹，〔2〕《樛苤》之眚，〔3〕《鵲樔》之遑，〔4〕《甘棠》之保，〔5〕《緑衣》〔6〕之思，《鷰鷰》〔7〕之情，害〔8〕？曰：童而皆臤於丌初者也。〔9〕《關疋》㠯色俞於豊，〔10〕□□□□□□□□〔11〕（十）兩矣，丌四章則俞矣。〔12〕㠯蓝䛠之敚，衾好色之㥅，〔13〕㠯鐘鼓之樂，（十四）合二姓之好，〔14〕反内〔15〕於豊，不亦能改虖〔16〕？《梂木》福斯在君子，不□□□□□□□□□□□□□，不亦能眚虖？《樛苤》□□□□，不（十二）求不可旻，不攴不可能，不亦眚瓦虖？〔17〕《鵲樔》出㠯百兩，不亦又黹乎？〔18〕《甘棠》（十三）…思及丌人，〔19〕敬䈞丌峚，〔20〕丌保厚矣。甘棠之䈞，㠯卲公…（十五）□□□□ □□□□□□□□□青䈞也。〔21〕《關疋》之改，則丌思貪矣。〔22〕《梂木》之旹，則㠯丌录也。〔23〕《樛苤》之眚，則眚不可旻也。〔24〕《鵲樔》之遑，則黹者（十一）百兩矣。《甘棠》之保，美卲公

---

① 李學勤《談〈詩論〉"詩無隱志"章》，《文藝研究》2002年第二期，頁31。
② 李零《上博楚簡三篇校讀記》，頁11；姜廣輝《古〈詩序〉復原方案》（修正本），《經學今詮三編》（《中國哲學》第二十四輯），頁174。
③ 姜廣輝《古〈詩序〉復原方案》（修正本），《經學今詮三編》（《中國哲學》第二十四輯），頁174。

也。[25]《緑衣》之憂，思古人也。[26]《鶎鶎》之情，㠯兀蜀也。[27]

〔1〕"《䦕疋》"句：《䦕疋》，今《毛詩·周南》作《關雎》。整理本馬承源考釋謂"關"寫作"䦕"大約是楚國較流行的寫法；"雎"和"疋"音近通用，同部雙聲，"疋"與"足"同一字形見於《説文·疋部》，"疋"讀爲"足"亦可。①改，整理本隸爲"改"，馬承源考釋稱"改"字在簡文中無義可應，當是從巳聲的假借字，而《關雎》是賀新婚之詩，故該字當讀爲"怡"，"改""怡"雙聲疊韻。李守奎等隸定爲"改"，釋爲"改"，並指出，上博館藏簡文《周易》之《革》卦卦辭及其"六二"爻辭等有幾處"改日"，今本作"巳日"，除此之外，楚文字中"改"皆讀爲"改"，疑爲同形字。饒宗頤主編《字匯》隸定爲"改"。②該字當即"改"字。傳世《詩序》謂："《關雎》，后妃之德也，風之始也，所以風天下而正夫婦也。"又謂："……《關雎》《麟趾》之化，王者之風。"有學者提出，簡文所謂的"改"即《詩序》之"風""正""化"，也就是《詩序》所謂的"移風俗"或《禮記·樂記》所謂"移風易俗"。③此説值得商榷。簡文此章論《䦕疋》《梂木》《虁㠭》《鵲樔》《甘棠》《緑衣》《鶎鶎》諸詩，採用循環推進之方式，前面提挈要旨，後面加以申説。"《䦕疋》之改"的具體指向，是"反内於豊"（簡十二）；主人公起初好色之願有越禮者，終則復歸於禮，故謂之改，贊之曰"不亦能改摩"。可見"改"字與《詩序》所謂"風""正""化"等等並非一事。

〔2〕"《梂木》"句：《梂木》，今《毛詩·周南》作《樛木》；梂，通"樛"。旹，即"時"，構形與《説文·日部》"時"之古文同，讀爲"持"。上博簡文《頌㜽氏》云："文王旹（持）故旹而孝（教）民旹，高下肥毳（磽）之秎（利）尽（盡）䛑（知）之。䛑天之道，䛑埊（地）之利，思（使）民不疾。"第一個"旹"即通"持"。《齊詩》説有云："《詩》者，持也。""在於敦厚之

---

① 馬承源主編《上海博物館藏戰國楚竹書》（一），頁139。
② 參閲馬承源主編《上海博物館藏戰國楚竹書》（一），頁139；李守奎、曲冰、孫偉龍編著《上海博物館藏戰國楚竹書（一—五）文字編》，頁174、頁168；饒宗頤主編《上博藏戰國楚竹書字匯》，頁423。
③ 廖名春《上海博物館藏詩論簡校釋》，《中國哲學史》2002年第一期，頁10。

教，自持其心，諷刺之道，可以扶持邦家者也。"①在儒學範圍內，人需要持守的是修齊治平的價值。

〔3〕"《樛茝》"句：《樛茝》，今《毛詩·周南》作《漢廣》。樛，李守奎等指出，楚之"樛"字皆讀爲"漢水"之"漢"。②《説文·水部》："漢，漾也，東爲滄浪水，从水，難省聲。"漾爲漢水之上流，則據《説文》，"樛""漢"實乃一字之異構。李守奎等學者特別説明《説文·水部》有"灘"字。③案其釋云："水濡而乾也，从水鸛聲。《詩》曰'鸛其乾矣'。灘，俗'鸛'，从隹。"據此，"灘"字實非"漢水"之"漢"。段注批評"漢"字"从水難省聲"之説，認爲"鸛""難""嘆"字从"堇"得聲，"漢"下亦云"堇聲"是矣，"難省聲"之説蓋淺人所改，乃不知文殷元寒合韻之理也。然而上博《詩論》數以"樛"字爲"漢水"之"漢"。此外值得注意的是，上博簡文《頌壁氏》云，"雫（禹）乃從樛昌南爲明（名）浴（谷）五百，從樛昌北爲明（名）浴（谷）五百"，亦以"樛"指"漢水"之"漢"；鄂君啓節之舟節也有兩個如此使用"樛"的例子。許慎"漢水"之"漢"從"難"得聲之説，似亦非向壁虛構。茝，殆即《説文·之部》"茞"字，其釋云："艸木妄生也，从之在土上，讀若皇"；該字整理本以及饒宗頤主編《字匯》隸定爲"茞"，李守奎等學者隸定爲"茝"，視爲"茞"之異構。馬承源考釋云："'茞'爲'往'字的聲符，'廣''茞'一聲之轉。"④昏，亦即"矯（智）"。《説文·白（疾二切）部》："矯，識詞也，从白从亐从知。"《亐部》謂："亐，於也，象气之舒。"該字形變作"于"。段玉裁注謂"矯"與矢部之"知"音義皆同，故二字多通用。徐灝《説文解字注箋》曰："'知''矯'本一字，'矯'隸省作'智'。智慧者，知識之謂也。古書多以'知'爲'智'，又或以'智'爲'知'。"

〔4〕"《鵲檼》"句：《鵲檼》，今《毛詩·周南》作《鵲巢》。鵲，整理本隸定爲"舃"，李守奎等學者亦然，又謂該字乃"烏"之異體，見《説文》

---

① 案："詩，持也"，乃孔穎達疏解《詩譜序》所引《詩含神霧》文；"在於敦厚之教，自持其心，諷刺之道，可以扶持邦家者也"，乃成伯輿《毛詩指説》所引《詩含神霧》文。〔日〕安居香山、中村璋八輯《緯書集成·詩含神霧》有收錄（見該書河北人民出版社1994年版，頁464），王先謙《詩三家義集疏》以爲《齊詩》説（見該書上册，中華書局1987年版，頁3）。
② 李守奎、曲冰、孫偉龍編著《上海博物館藏戰國楚竹書（一——五）文字編》，頁505。
③ 同上。
④ 參閱馬承源主編《上海博物館藏戰國楚竹書》（一），頁139—140；饒宗頤主編《上博藏戰國楚竹書字匯》，頁220；李守奎、曲冰、孫偉龍編著《上海博物館藏戰國楚竹書（一——五）文字編》，頁323。

"烏"字之篆文。①案：《説文》"烏"之篆文从隹，昔聲，段注稱"雖"隸變从烏，而《字彙》戌集隹部謂"雖"同"鵲"。槭，整理本隸定爲楝，考釋以爲該字所从之"臬"殆"卓"之繁筆，爲聲符；②黄德寬和徐在國《〈上海博物館藏戰國楚竹書（一）·孔子詩論〉釋文補正》（以下簡稱《釋文補正》）、李守奎等學者編著之《文字編》、饒宗頤主編之《字匯》均隸定爲"楝"，視之爲"巢"字異體。③後説是。該字原寫作"𣏐"，其右旁實即"巢"字。望山一號楚墓竹簡有"己未之日，賽禱王孫巢"，"巢"字原寫作"𣏐"，④與該字右旁相同。逗，"歸"之異體。《説文·止部》謂："歸，女嫁也，从止从婦省，𠂤聲。"

〔5〕"《甘棠》"句：《甘棠》，今見《毛詩·召南》。其文云："蔽芾甘棠，勿翦勿伐，召伯所茇。/蔽芾甘棠，勿翦勿敗，召伯所憩。/蔽芾甘棠，勿翦勿拜，召伯所説。"保，馬承源釋文考釋謂讀爲"褒"，指褒揚召伯，不確；李學勤讀爲"報"，其説可從。⑤《詩論》第五章有云："《木苽（瓜）》又（有）臧（藏）愿（願）而未旻（得）達也……因木苽之保，以俞（喻）丌𢝌（願）者也。"（簡十九、十八）舊説多不得其旨，其意當指《木苽》之主人公懷藏願望而未得表露，因彼投我以木苽，遂拿瓊琚等回報之，以明永以爲好之願。今《毛詩·衛風·木瓜》云："投我以木瓜，報之以瓊琚。匪報也，永以爲好也。/投我以木桃，報之以瓊瑶。匪報也，永以爲好也。/投我以木李，報之以瓊玖。匪報也，永以爲好也。"《詩論》之評與文本若合符契，"保"讀爲"報"，《木瓜》本身即爲確證。

〔6〕《綠衣》：今見《毛詩·邶風》，要旨在"思古人"。如其第三、第四章云："綠兮絲兮，女所治兮。我思古人，俾無訧兮。/絺兮綌兮，淒其以風。我思古人，實獲我心。"

〔7〕《鷰鷰》：今《毛詩·邶風》作《燕燕》。該詩前兩章云："燕燕于飛，差池其羽。之子于歸，遠送于野。瞻望弗及，泣涕如雨！/燕燕于飛，頡之頏

---

① 李守奎、曲冰、孫偉龍編著《上海博物館藏戰國楚竹書（一——五）文字編》，頁202、頁207。
② 馬承源主編《上海博物館藏戰國楚竹書》（一），頁140。
③ 參閱黄德寬、徐在國《〈上海博物館藏戰國楚竹書（一）·孔子詩論〉釋文補正》，《安徽大學學報》（哲學社會科學版）2002年第二期，頁3；李守奎、曲冰、孫偉龍編著《上海博物館藏戰國楚竹書（一——五）文字編》，頁300、頁328；饒宗頤主編《上博藏戰國楚竹書字匯》，頁392。
④ 參閱湖北省文物考古研究所、北京大學中文系編《望山楚簡》，中華書局1995年版，頁75、頁98注七十五；程燕編著《望山楚簡文字編》，中華書局2007年版，頁61。
⑤ 參閱馬承源主編《上海博物館藏戰國楚竹書》（一），頁140；李學勤《〈詩論〉説〈關雎〉等七篇釋義》，《齊魯學刊》2002年第二期，頁92。

之（毛傳：飛而上曰頡，飛而下曰頏）。之子于歸，遠于將之。瞻望弗及，佇立以泣！"

〔8〕害：通"曷"，什麽。

〔9〕"童而"句：舊説多不得其解。童而皆，猶言"動輒都"。童，通"動"。"動"作狀語時含有"動輒"之意，意爲一動就、動不動就，其"輒"義是通過句法表示的。"動輒"作爲副詞，現在可知的較早用例見於東漢《吳越春秋》和《太平經》。"動"作爲副詞，意指"慣常"，則在西漢前期已經出現，見於《史記·律書》。① 臤於，猶言"善於"，大抵是指"對……善"。臤，同"賢"。傳世《老子》第七十五章謂："夫唯無以生爲者，是賢於貴生。"意指唯有淡然對待生，不怎麽把生當一回事，纔是善於珍重生命。此語傅本作"無以生爲貴者，是賢於貴生也"，意思更加顯豁。引申之，"臤（賢）於"可理解爲尊崇、敬重。在《詩論》中，"臤於丌初"有另外一種同意的表述，即"氏（祇）初"，見其第五章所記孔子曰，"虐曰《萬甝（葛覃）》旻（得）氏初之旹（志），民眚（性）古（固）然，見丌芺（美），必谷（欲）反（返）丌本"；"氏初"和"反丌本"又是相通的，後者乃申説前者。案：《詩論》以"童而皆臤於丌初"概括"《闗疋》之改"等項，大抵是指世人動舉皆崇重其初始。其下文基於所舉諸詩，來申説民性祇初重本的一系列具體表現，如謂《關雎》詠歌以禮合二姓之好（此乃男女婚姻之本），《樛木》堅信祇有善德君子纔能得到福禄（此乃强調修善爲獲福之本，亦即修善爲初），《漢廣》詠歌主人公不求不可得、不攻不可能（此乃指個體行爲之本在以道德規範自律），②《鵲巢》歌詠親迎（此爲男女婚姻之初），《甘棠》表達對召公的回報（此謂不忘本初），《緑衣》表達思古人之情（不忘本初），《燕燕》歌詠情深而至遺忘形骸（此亦不忘本初之意），凡此皆爲重本敬初。又，重本敬初觀念在其他傳世儒典中常見。《荀子·王制》篇云："天地者，生之始也；禮義者，治之始也；君子者，禮義之始也（楊倞注：始，猶本也。言禮

---

① 參閱張振羽《〈三言〉副詞研究》，湖南師範大學出版社2012年版，頁131—132；蔣冀騁《近代漢語詞彙研究》，湖南教育出版社1991年版，頁63—64。

② 案：有時，儒家所謂"可"或"不可"是基於政教倫理標準作出的論斷，而非指言一般所説之准許或個人意願、能力之可否。比如孔子曰："富而可求也，雖執鞭之士，吾亦爲之。如不可求，從吾所好。"（《論語·述而》）魯季氏富於周公，冉求爲之聚斂而附益之。孔子曰："非吾徒也。小子鳴鼓而攻之，可也。"（《論語·先進》）此類"可""不可"均指相關行爲在道義上是否具備適當性。其他如孟子曰："可欲之謂善，有諸己之謂信。充實之謂美，充實而有光輝之謂大，大而化之之謂聖，聖而不可知之之謂神。"（《孟子·盡心下》）朱熹《集注》云："天下之理，其善者必可欲，其惡者必可惡。其爲人也，可欲而不可惡，則可謂善人矣。"此注雖是基於理學，大旨還是可取的。

義本於君子也）……"《禮論》篇云："故禮上事天，下事地，尊先祖而隆君師，是禮之三本也。故王者天太祖（以太祖配天），諸侯不敢壞，大夫士有常宗，所以別貴始。貴始，得（德）之本也。"《春秋》僖公十五年（前645）記："己卯，晦，震夷伯之廟。"《穀梁傳》云："晦，冥也。震，雷也。夷伯，魯大夫也。因此以見天子至于士皆有廟。天子七廟，諸侯五，大夫三，士二。故德厚者流光，德薄者流卑。是以貴始，德之本也。始封必爲祖。"《禮記·檀弓上》記君子曰："樂，樂其所自生。禮，不忘其本。古之人有言曰'狐死正丘首'，仁也。"《鄉飲酒義》記："亨狗於東方，祖陽氣之發於東方也。洗之在阼，其水在洗東，祖天地之左（東）海也。尊有玄酒，教民不忘本也。"鄭玄注云："大古無酒，用水而已。"就是説，玄酒乃祭禮中當作酒用的清水。這些説法均與竹書《詩論》之本旨相通。又可參見本章注18以及第五章注4。

〔10〕"《關雎》"句，大意是説，《關雎》以好色之事來説明人須遵禮。下文謂《關雎》主人公雖有好色之願，最終則反納於禮，是其好色終不勝其好禮。《五行》篇將"《關雎》目色俞於豊"之意發揮得更加明白，對《關雎》的具體解讀則有所不同（參見《五行》説文第二十五章）。俞，《五行》篇作"愉"，均當讀爲"喻"，指説明。《荀子·正名》篇云："同則同之，異則異之，單足以喻則單，單不足以喻則兼，單與兼無所相避則共，雖共，不爲害矣。"又云："實不喻然後命，命不喻然後期，期不喻然後説，説不喻然後辨。"

〔11〕據李零估算，簡十下端殘缺九字。①

〔12〕"丌四"句："兩矣"，馬承源考釋以爲是"百兩矣"之殘文，②即是論《鵲巢》，非是。本章循環遞進論析《關雎》諸詩，依其順序，此語仍當是説《關雎》。丌，同"其"。俞，仍當讀爲"喻"，與前文"俞於豊"相貫。整理本讀爲"愉"，馬承源考釋謂"意思是從'求之不得'到四章'琴瑟友之，鐘鼓樂之'的境地，則情懷愉悦"，③此説亦未確。傳世《關雎》，毛公分爲三章，一章章四句，二章章八句，朱熹《詩集傳》同；鄭玄分爲五章，章四句。而《詩論》大概分《關雎》爲四章。若與傳世文本無大異，《詩論》所分第一章殆爲："關關雎鳩，在河之洲。窈窕淑女，君子好逑。"第二章殆爲："參差荇菜，左右流之。窈窕淑女，寤寐求之。求之不得，寤寐思服。悠哉悠哉，輾轉反側。"第三章殆爲：

---

① 李零《上博楚簡三篇校讀記》，頁16。
② 馬承源主編《上海博物館藏戰國楚竹書》（一），頁143。
③ 同上。

"參差荇菜,左右采之。窈窕淑女,琴瑟友之。"第四章殆爲:"參差荇菜,左右芼之。窈窕淑女,鐘鼓樂之。"馬承源將"琴瑟友之"與"鐘鼓樂之"連言,已乖離本文。《詩論》下文提出,"琴瑟友之"句傳達的是主人公好色之願,"鐘鼓樂之"句則是説主人公祝賀淑女與其夫的婚姻之好,總謂之爲"反内於豊",全部評價則緊緊圍繞一個"改"字。將《詩論》所謂"合二姓之好"理解爲主人公本人依禮與淑女成婚,亦可通。《論語·八佾》載子曰:"《關雎》樂而不淫,哀而不傷。"朱熹《集注》云:"淫者,樂之過而失其正者也。傷者,哀之過而害於和者也。《關雎》之詩,言后妃之德,宜配君子。求之未得,則不能無寤寐反側之憂;求而得之,則宜其有琴瑟鐘鼓之樂。蓋其憂雖深而不害於和,其樂雖盛而不失其正,故夫子稱之如此。欲學者玩其辭,審其音,而有以識其性情之正也。"朱熹即以"鐘鼓樂之"指言主人公本人求而得之之事。不過據《詩論》,孔子殆未如《詩序》《毛傳》《鄭箋》等以"后妃之德"説《關雎》,而且他認爲文本中"琴瑟友之"與"鐘鼓樂之"之功能並不相同。又,《荀子·大略》篇云:"《國風》之好色也,傳曰:'盈其欲而不愆其止。其誠可比於金石,其聲可内於宗廟。'"《史記·屈原列傳》云:"《國風》好色而不淫,《小雅》怨誹而不亂。"儒家原本不避"好色",《詩經》學迴避好色更無可能。故馬承源考釋特意强調此簡"'好色'指'淑女',並非貶義",①顯示了他的過度擔憂。

〔13〕"目盍"句:大意是説,用琴瑟友之之歡悦,傳達自己喜歡淑女之心願。盇开,在簡文所論《關雎》中與"鐘鼓"並列,參照傳世《關雎》,可知即讀爲"琴瑟"。《説文·琴部》收之"琴",小篆作"珡",乃象形字,其古文作"𡘺",以金爲聲,上半與同部"瑟"之古文"䇆"相近。段注云:"以'金',形聲字也。今人所用'琴'字乃上从小篆,下作'今'聲。""开"字未見於字書,殆爲象形字。瑟之形像古琴而無徽位。則"𡘺䇆"與"盇开",構形之旨正同。郭店簡《眚自命出》上篇有"聖(聽)盇开(琴瑟)之聖(聲)",張守中等把"盇"字收録在金部,謂通"琴",把"开"字收在"丌""奠"字下,謂通"瑟",②似可商榷。敓,見《説文·攴部》,本爲强取之義,从攴,兑聲。段注云:"此是'爭奪'正字,後人假'奪'爲'敓','奪'行而'敓'廢矣。"通"悦",簡帛文獻中常見。怣,李零謂簡文多用爲"疑",又謂讀爲"凝",其前説可從,後説則值得商榷。李守奎等以該字爲"疑"字之或體,从心矣聲;李學

———————————

① 馬承源主編《上海博物館藏戰國楚竹書》(一),頁144。
② 張守中等撰集《郭店楚簡文字編》,文物出版社2000年版,頁189。

勤、姜廣輝等讀爲"擬"。①"疑"通"擬"，意指比擬、指向或傳達。廖名春謂其意即"喻"。近是。馬承源考釋謂"惎"從矣聲，讀爲"嬉"，"嬉""矣"同部音近。不確。②悆，整理本讀爲"忨"，馬承源考釋謂，該字有"貪""愛"二義，在簡文中與"敓（悦）"字相對應，當釋爲愛。其說不當。廖名春指出該字爲"願望"之"願"，李守奎等謂楚之"悆"均讀"願望"之"願"，與《說文·心部》之"忨"不同。此説可從。③《毛詩·鄭風·野有蔓草》云："野有蔓草，零露溥兮。有美一人，清揚婉兮。邂逅相遇，適我願兮。"此即所謂好色之願。

〔14〕"合二"句：闕文姜廣輝補爲"成兩姓之"。④於義可取，參照傳世文獻改"成"爲"合"、改"兩"爲"二"。黃懷信補爲"擬婚姻之好"。意思略近。⑤案：儒家重視婚姻，認爲婚姻"合二姓之好"，爲政事之本。《禮記·哀公問》篇記載："公曰：'敢問何謂爲政？'孔子對曰：'政者正也，君爲正，則百姓從政矣。君之所爲，百姓之所從也。君所不爲，百姓何從？'公曰：'敢問爲政如之何？'孔子對曰：'夫婦別，父子親，君臣嚴。三者正，則庶物（衆事）從之矣。'公曰：'寡人雖無似也，願聞所以行三言之道。可得聞乎？'孔子對曰：'古之爲政，愛人爲大。所以治愛人，禮爲大。所以治禮，敬爲大。敬之至矣，大昏爲大。大昏至矣！大昏既至，冕而親迎，親之也。親之也者，親之也。是故君子興敬爲親，舍敬，是遺親也。弗愛不親，弗敬不正。愛與敬，其政之本與！'公曰：'寡人願有言然（焉、也）。冕而親迎，不已重乎？'孔子愀然作色而對曰：'合二姓之好，以繼先聖之後，以爲天地宗廟社稷之主，君何謂已重乎？'"又，《禮記·昏義》云："昏禮者，將合二姓之好，上以事宗廟，而下以繼後世也，故君子重之。"廖名春將該句補爲"喻求女之好"。⑥這還是接着上文"惎好色之

---

① 參閲李零《上博楚簡三篇校讀記》，頁18；李守奎、曲冰、孫偉龍編著《上海博物館藏戰國楚竹書（一——五）文字編》，頁499、頁647；李學勤《〈詩論〉分章釋文》、姜廣輝《古〈詩序〉復原方案》（修正本），《經學今詮三編》（《中國哲學》第二十四輯），頁135、頁174。

② 參閲廖名春《上海博物館藏詩論簡校釋》，《中國哲學史》2002年第一期，頁11；馬承源主編《上海博物館藏戰國楚竹書》（一），頁144。

③ 參閲馬承源主編《上海博物館藏戰國楚竹書》（一），頁144；廖名春《上海博物館藏詩論簡校釋》，《中國哲學史》2002年第一期，頁11；李守奎、曲冰、孫偉龍編著《上海博物館藏戰國楚竹書（一——五）文字編》，頁431、頁479。

④ 參閲姜廣輝《古〈詩序〉復原方案》（修正本），《經學今詮三編》（《中國哲學》第二十四輯），頁174。

⑤ 黃懷信《上海博物館藏戰國楚竹書〈詩論〉解義》，社會科學文獻出版社2004年版，頁4。

⑥ 廖名春《上海博物館藏詩論簡校釋》，《中國哲學史》2002年第一期，頁11。

恋"説,使上文"《闗疋》曰色俞於豊"以及下文"反内於豊,不亦能改虐"等要旨失去了着落。

〔15〕内:《説文·入部》釋云"入也,从（口）〔宀〕,自外而入也"。林義光《文源·殽列指事》部分謂該字古作"⟨⟩","⟨⟩象屋形,入其中爲"内"象。朱珔《説文假借義證》云:"凡自外入之爲'内',所入之處亦爲'内'。今人分去、入二聲,而入聲之'内'以'納'爲之。"該字常見義爲入、納。郭店簡文《眚自命出》上篇云:"衍（道）臽（始）於青（情）,青生於眚。臽者近青,終者近義。智（知）青（情）者能出之,智宜（義）者能内之。""内"與"出"相對,即用其入義。本簡"内"字,整理本釋文以及李零《上博楚簡三篇校讀記》（以下簡稱《校讀記》）等均讀爲"納"。①二義相通。

〔16〕虐:同"乎"。案:孔子屢言"過則勿憚改"（見《論語·學而》《子罕》）。

〔17〕"《梂木》"數句:簡十二下端,李零估測缺二十九字;李學勤認爲簡十二與簡十四原屬一支,黃懷信從此説,認爲簡十二下端缺八字左右。②今依前説,並據上下文義、語例,參酌姜廣輝、廖名春諸家之説,將簡十二下端補爲"□□□□□□□□□□□,不亦能岂虐?《樛枽》□□□□,不"。③簡十三上端據文義補"求不"二字。該章運用循環遞進之方式,論説《闗疋》《梂木》《樛枽》《鵲巢》《甘棠》《緑衣》《鷄鷄》七詩,上文之簡十與下文之簡十一在《梂木》《鵲巢》之間論析《樛枽》,故此處於《梂木》下、《鵲巢》上論析的應該是《樛枽》。就本章各簡之編聯及部分闕文之補苴而言,這種循環遞進的邏輯關聯是一個重要依據,此下不再一一説明。此外,依據上下文義,尤其是下文簡十一所説"《樛枽》之眚,則眚不可得也",於"可得"前又補"求不"二字。姜廣輝、李零諸家同。④《梂木》福斯在君子……不亦能岂虐:言《梂木》之善於持守。斯,即"斯"。《毛詩·周南·樛木》云:"南有樛木（毛

---

① 馬承源主編《上海博物館藏戰國楚竹書》（一）,頁142;李零《上博楚簡三篇校讀記》,頁16。

② 李零《上博楚簡三篇校讀記》,頁16;李學勤《〈詩論〉簡的編聯與復原》,《中國哲學史》2001年第一期,頁5;黃懷信《上海博物館藏戰國楚竹書〈詩論〉解義》,頁4。

③ 參閱姜廣輝《古〈詩序〉復原方案》（修正本）,《經學今詮三編》（《中國哲學》第二十四輯）,頁174;廖名春《上海博物館藏詩論簡校釋》,《中國哲學史》2002年第一期,頁11—12。

④ 姜廣輝《古〈詩序〉復原方案》（修正本）,《經學今詮三編》（《中國哲學》第二十四輯）,頁174;李零《上博楚簡三篇校讀記》,頁16。

傳：木下曲曰樛），葛藟纍（纏繞）之。樂只君子，福履（釐）綏（安）之！/南有樛木，葛藟荒之（毛傳：荒，奄）。樂只君子，福履將之（鄭箋：將，猶扶助也）！/南有樛木，葛藟縈之。樂只君子，福履成之！"通篇講福在君子，是其所"持"也。《詩論》殆謂《樛木》之"君子"以德言，而非以位言，強調的是修德與致福之間的關係。《孟子·公孫丑上》記孟子云："禍福無不自己求之者。《詩》云：'永言配命，自求多福。'《太甲》曰：'天作孽，猶可違；自作孽，不可活。'此之謂也。"《周易·謙·彖傳》："謙，亨，天道下濟而光明，地道卑而上行。天道虧盈而益謙，地道變盈而流謙，鬼神害盈而福謙，人道惡盈而好謙。謙尊而光，卑而不可踰，君子之終也。"《󰀀󰀁》□□□□□，󰀂不求不󰀃可戛，不攴不可能，不亦酓亙虖；謂《󰀀󰀁》知常道。今《詩·周南·漢廣》云："南有喬木，不可休（息）〔思〕。漢有游女，不可求思。漢之廣矣，不可泳思。江之永矣，不可方（乘泭以求濟）思。/翹翹錯薪，言刈其楚。之子于歸，言秣其馬。漢之廣矣，不可泳思。江之永矣，不可方思。/翹翹錯薪，言刈其蔞。之子于歸，言秣其駒。漢之廣矣，不可泳思。江之永矣，不可方思。"《詩論》謂《漢廣》主人公"󰀂不求不󰀃可戛，不攴不可能"，其下文將《漢廣》之"酓"歸結爲"酓不可戛"（簡十一），比較契合該詩本旨。《管子·牧民》篇云："不爲不可成，不求不可得，不處不可久，不行不可復。……不求不可得者，不彊民以其所惡也……"朱熹曰："《漢廣》知不可而不求，《大車》有所畏而不敢，則猶有所謂禮義之止也。"①均可作爲參考。戛，整理本隸定爲"㝵"，讀爲"得"。李守奎等隸定爲"戛"，以爲楚文"得"當作"戛"，從又（右手）持貝會意，所從之貝常爲省形，復或訛而與"目"接近，故成"戛"形。②攴，馬承源釋文考釋謂待考，李守奎等謂爲"攻"之異體，③指致力於，與前句"󰀂不求不󰀃可戛"之"求"意思相通一致。郭店簡文《城之聞之》有云，"……君子之求者（諸）㠯（己）也深。不求者丌（其）㫒（本）而攻者丌末，弗得矣（矣）"，"攻"爲"攻"之異體字，④故此簡文同樣可證"攻"與"求"大指相同。亙，"恒"字之初文。

————————

① 朱熹《晦庵先生朱文公文集·雜著·讀呂氏詩記〈桑中〉篇》，《朱子全書》第二十三冊，上海古籍出版社、安徽教育出版社2002年版，頁3373。
② 馬承源主編《上海博物館藏戰國楚竹書》（一），頁142、頁141；李守奎、曲冰、孫偉龍編著《上海博物館藏戰國楚竹書（一——五）文字編》，頁157、頁98—99。
③ 馬承源主編《上海博物館藏戰國楚竹書》（一），頁143；李守奎、曲冰、孫偉龍編著《上海博物館藏戰國楚竹書（一——五）文字編》，頁156、頁173。
④ 李守奎、曲冰、孫偉龍編著《上海博物館藏戰國楚竹書（一——五）文字編》，頁173。

〔18〕"《鵲樔》"句：殆謂《鵲樔》所敘女子出嫁，迎者盛多；"百兩"即百乘，"兩"爲量詞，用於車輛。衛，整理本隸定爲"篁"，馬承源考釋云，該字從辵從㚒，"㚒"與金文"𡩸"主體部分接近，見《井人妄鐘》《楚簋》銘文等，疑讀爲"𡩸"。《楚簋》"𡩸揚天子丕顯休"，"𡩸揚"相應於"對揚"；《𣪘簋》"昉在位作𡩸在下"，"作𡩸"和"作配"相應。又《詩經·大雅·皇矣》"帝作邦作對"，"作𡩸"和"作對"意思相同。簡文當是匹配之意。簡文謂"出曰百兩"，"是門當户對之意"。黄德寬、徐在國將該字隸定爲"適"，但依從整理本釋之爲匹配或門當户對；廖名春將該字隸定爲"適"，讀爲"離"，"不亦有離"指"'離'其所當'離'，'歸'其所當'歸'"；李零徑讀"離"，解爲離而嫁人；李守奎等持説與李零接近，而將該字隸定爲"適"；饒宗頤主編《字匯》隸定爲"遃"。①以上諸説似均可商。該字簡文中凡三見，原寫如下（左一至左三）：

簡十三　簡十一　簡二十七　姜廣輝隸定

姜廣輝考訂説，該字右上之符號"十"或"↓"，乃上古"午"字的兩種寫法。《儀禮·大射》有謂"度尺而午"，鄭注云："一縱一橫曰午，謂畫物也。"賈公彦疏云："云'午'，十字……"該字右側"午"形下之符號"⚱"，乃古"𠙹"字，見於《殷虚書契前編》一·二三·七、二·三七·七、四·一七·七，以及《戬壽堂所藏殷虚文字》二五·十、四三·五等（案：叔卣銘文有"賞叔鬱𠙹"語，"𠙹"字極清晰，亦同此形）。②該字其餘部分即常見"辵"字，從彳從止。故簡文該字乃從辵從𠙹，午聲，隸爲以上右圖之形。合其意符言之，其意爲"敬迎""迎至而止"。"午"字古音疑母魚部上聲，與"御"相同，因而該字通

---

① 馬承源主編《上海博物館藏戰國楚竹書》（一），頁141—142、頁143；黄德寬、徐在國《〈上海博物館藏戰國楚竹書（一）·孔子詩論〉釋文補正》，《安徽大學學報》（哲學社會科學版）2002年第二期，頁3；廖名春《上海博物館藏詩論簡校釋》，《中國哲學史》2002年第一期，頁12；李零《上博楚簡三篇校讀記》，頁17；李守奎、曲冰、孫偉龍編著《上海博物館藏戰國楚竹書（一——五）文字編》，頁93；饒宗頤主編《上博藏戰國楚竹書字匯》，頁721。

② 案：叔卣可能是成王時候製作，其銘文拓片參見王海文《叔卣》，原載於《故宫博物院院刊》1960年第二期，今見蘇天鈞主編《北京考古集成》第二卷《石器時代至隋唐》，北京出版社2000年版，頁1142。

"御"。①總體言之，姜說較契合《鵲巢》及《詩論》兩方面的意指。案傳世《鵲巢》詩云："維鵲有巢，維鳩居之。之子于歸，百兩（輛）御之。／維鵲有巢，維鳩方（有）之。之子于歸，百兩將之。／維鵲有巢，維鳩盈之。之子于歸，百兩成之。"兩者輛也，御者迎也，將者送也；該詩乃敘"之子"往嫁，百乘迎之，百乘送之，以成其事。《詩論》看重御，殆視之爲親迎。儒家禮制特重親迎。《毛詩·大雅·大明》云："文王嘉止，大邦有子。大邦有子，俔（譬）天之妹。文定厥祥，親迎于渭。"毛傳云："謂賢聖之配也。"鄭箋云："賢女配聖人，得其宜，故備禮也。"《春秋》桓公三年（前709）記："公子翬如齊逆女。……夫人姜氏至自齊。"《穀梁傳》云："逆女，親者也。使大夫，非正也。……其不言翬之以來，何也？公親受之于齊侯也（注：重在公）。子貢曰：'冕而親迎，不已重乎？'孔子曰：'合二姓之好，以繼萬世之後，何謂已重乎？'"又，《荀子·大略》篇謂："聘士之義，親迎之道，重始也。"孔子、荀子等儒家學者以及《穀梁傳》等儒家經典均極重視親迎之禮，並明確視之爲"始"。若《詩論》所謂"《鵲巢》出目百兩，不亦又儷乎"是指親迎，且它被視爲"童而皆臤於丌初"的例證，則正與孔、荀以及《穀梁傳》所說"重親迎"——"重始"觀念一致。而不限於婚配方面的更普泛的重始崇本觀念，除《詩論》外，在《荀子》《穀梁傳》《禮記》等儒典中也極爲突出，參閱本章注9。

〔19〕"《甘棠》"句：第十三簡下端，據本章文義及語例補"棠"字，並可參閱李學勤、姜廣輝諸家之說。②第十五簡上端，姜廣輝以爲闕文不多但不知具體字數，並參照《孔子家語·好生》篇補"思"字。③黃懷信依李學勤說，斷定第十三、第十五簡原屬於一支，故此處僅補"思"字而徑連上簡。④案《孔子家語·好生》篇載孔子曰："吾于《甘棠》，見宗廟之敬，甚矣，思其人，必愛其樹，尊其人，必敬其位，道也。"劉向《〈鄧析〉書錄》云："《詩》之'蔽芾甘棠，勿翦勿伐，召伯所茇'，思其人，猶愛其樹也，況用其道，不恤其人乎？"（《全漢文》卷三七）類似材料又可參見《說苑·貴德》篇等，均可作爲參考。

---

① 參閱姜廣輝《關於古〈詩序〉的編連、釋讀與定位諸問題研究》，《經學今詮三編》（《中國哲學》第二十四輯），頁154—156。
② 參閱李學勤《〈詩論〉分章釋文》以及姜廣輝《古〈詩序〉復原方案》（修正本），《經學今詮三編》（《中國哲學》第二十四輯），頁135、頁174。
③ 姜廣輝《古〈詩序〉復原方案》（修正本），《經學今詮三編》（《中國哲學》第二十四輯），頁174。
④ 黃懷信《上海博物館藏戰國楚竹書〈詩論〉解義》，頁5。

〔20〕"敬螽"句：即敬愛其樹。螽，从虫惡聲，通"愛"；"惡"同"愛"，參閲第五章注11。查，讀爲"樹"。

〔21〕"甘棠"句：第十五簡下端闕文，姜廣輝不確定字數，但認爲缺字不多，黄懷信斷定爲缺十字，並補之爲，"甘棠之螽，曰邵公 之故也 。《 緑衣 》 憂無已 ， 憂無 "。①依本章循環論述之詩篇次序，簡十五下端以及接下來簡十一上端之殘缺處，確當有論《緑衣》《鳲鳩》的文字。邵公，即邵公，"邵"通"召"；典籍亦常寫作"召公"，爲周文王子，姬姓，名奭，食采於召，作上公，爲二伯，故每稱"召公"或"召伯"。傳世《詩序》云："《甘棠》，美召伯也。召伯之教，明於南國。"孔疏釋詩意曰："謂武王之時，召公爲西伯，行政於南土，決訟於小棠之下，其教著明於南國，愛結於民心，故作是詩以美之。經三章，皆言國人愛召伯而敬其樹，是爲美之也。"簡十一上端之闕文，李零推算爲十八字，黄懷信推算至少有十七字。依本章循環論述之詩篇次序，闕文處當承上簡論《緑衣》，接着論《鳲鳩》。黄懷信依語例及詩意補該簡上端論《緑衣》之部分爲，" 亡（忘）， 不亦有思乎 "，又謂以下論《鳲鳩》，除篇名外，具體不可補。②"青螽也"乃是論《鳲鳩》之殘留部分。"青螽"即"情愛"；"青"通"情"，簡文中常見，往往用作名詞，此簡之用法不很明確，殆可理解爲誠。

〔22〕"《閟定》"句：大意是說，《閟定》主人公由好色之求反納於禮，其改之，則其思進益矣。賹，整理本隸定爲"賹"，李守奎等隸定爲"賹"，視爲"賹"之或體（"骨"字爲《説文·口部》"嗌"之籀文）。③賹，同"鎰"，李學勤讀爲"益"，並依《戰國策·中山策》"中山雖益廢王"注，釋之爲大；姜廣輝讀爲"溢"，釋之爲過，認爲《詩論》乃指言《閟定》主人公之思"稍有所過"；李零讀爲"益"，以爲形容思之過甚。④案："賹（賹）"通"益"，簡文中實指進益。《五行》經文第二十三章謂" 目（侔）而 知之，胃（謂）之進之"，第

---

①　姜廣輝《古〈詩序〉復原方案》（修正本），《經學今詮三編》（《中國哲學》第二十四輯），頁175；黄懷信《上海博物館藏戰國楚竹書〈詩論〉解義》，頁5。

②　李零《上博楚簡三篇校讀記》，頁15；黄懷信《上海博物館藏戰國楚竹書〈詩論〉解義》，頁6。

③　參閲馬承源主編《上海博物館藏戰國楚竹書》（一），頁141；李守奎、曲冰、孫偉龍編著《上海博物館藏戰國楚竹書（一——五）文字編》，頁336。

④　參閲李學勤《〈詩論〉說〈關雎〉等七篇釋義》，《齊魯學刊》2002年第二期，頁91；姜廣輝《關於古〈詩序〉的編連、釋讀與定位諸問題研究》，《經學今詮三編》（《中國哲學》第二十四輯），頁175、頁158；李零《上博楚簡三篇校讀記》，頁15、頁17。案：李學勤所據乃《中山策》"犀首立五王"章"中山雖益廢王，猶且聽也"一語之注。

二十四章謂"辟（譬）而知之，胃之進之"，第二十五章謂"諭（喻）而知之，胃之進 之 "，諸"進"字與此簡之"員"字意義相通。特別是，《五行》說文第二十五章先云，"'榆（喻）而 知 之，胃之進 之 '：弗榆也，榆則知之 矣 ；知之則進耳。榆之也者，自所小好榆虐所大好"；接下來便引《關雎》來作申說，最後歸結於"緜色榆於禮，進耳"。對照《詩論》所說"《關疋》吕色俞於豊……《關疋》之改，則丌思貴矣"，可知《五行》明顯承繼了《詩論》的話題和主旨。有《五行》爲證，《詩論》之"員"指進益，更絶無可疑。

〔23〕"《樛木》"句：殆謂《樛木》之持守，在於它堅認福禄歸於有德君子。禄，通"祿"；《說文·示部》謂，"祿，福也"。郭店簡文《六惪》篇云："唯（雖）才（在）中（草）茆（茅）之中，苟臤（賢），必貢（任）者（諸） 父兄，貢（任）者（諸）子弟，大材埶（設）者（諸）大官，少（小）材埶者少官，因而它（施）录（禄）焉，叟（使）之足以生，足以死，胃（謂）之君，以宜（義）叟人多。宜者，君惪（德）也。"

〔24〕"《雙埜》"句：殆謂《漢廣》之智根源在於知不可得（而不求之）。簡文前論《漢廣》之"䚈（知）亙（恆）"，乃基於主人公"不求不 可得，不攴不可能"，此處結語則謂《漢廣》之智乃在於"䚈不可得"，則其論《漢廣》，要歸實在於" 不求不 可得，不攴不可能"之前半。孔子嘗謂："富與貴是人之所欲也，不以其道得之，不處也；貧與賤是人之所惡也，不以其道（得）〔去〕之，不去也。君子去仁，惡乎成名？君子無終食之間違仁，造次必於是，顛沛必於是。"（《論語·里仁》）"不以其道得之"，即得之而不可；"不以其道（得）〔去〕之"，即去之而不可。依儒家觀念，人時時刻刻意識到這種可與不可，堅執正確的持守，便是道義。又，傳世《詩序》云："《漢廣》，德廣所及也。文王之道被于南國，美化行乎江、漢之域，無思犯禮，求而不可得也。"其對《漢廣》的具體解讀亦與《詩論》不同，無足怪焉，然"求而不可得"殆有舊說之源而誤衍"而"字，所謂"無思犯禮、求（而）不可得"，與《詩論》持說近同。

〔25〕"《鵲樔》"二句：殆謂《鵲巢》詠女子出嫁，而男方迎者有百車；《甘棠》報答召公而敬愛其所止息之樹，歸根結底還是贊美召公。歸，女子出嫁。第十六簡上端之缺文，參照姜廣輝之說補，並參酌李零《校讀記》。① "《鵲樔》

---

① 姜廣輝《古〈詩序〉復原方案》（修正本），《經學今詮三編》（《中國哲學》第二十四輯），頁175；李零《上博楚簡三篇校讀記》，頁15。

之逑，則覷者 百兩矣 ”，語意殆同上文“《鵲槃》出㠯百兩，不亦又覷乎”。“《 甘棠 》 之保 ， 美 邵公也”，語意上承“ 思 及丌人，敬愛丌查，丌保厚矣。甘棠之蠹，㠯邵公…”。其他可參考《詩論》上文對兩詩之論述。

〔26〕“《綠衣》句”：殆謂《綠衣》主人公之憂，是由於思古人（故人）。今《毛詩·邶風·綠衣》云：“綠兮衣兮，綠衣黃裏。心之憂矣，曷維其已？/綠兮衣兮，綠衣黃裳。心之憂矣，曷維其亡？/綠兮絲兮，女所治兮。我思古人（故人），俾無訧兮。/絺兮綌兮，凄其以風。我思古人，實獲我心。”《詩論》之評與原詩之義契合。惪，同《說文·心部》之“惪”，從心從頁，《說文》釋之爲憂。《說文·夊部》收“憂”，釋云“和之行也，從夊惪聲”。是“憂愁”之“憂”本字作“惪”。段注於“惪”字下云，“自段‘憂’代‘惪’，則不得不段‘優’代‘憂’”；於“憂”字下云，“‘憂’今字作‘優’，以‘憂’爲‘憂愁’字”。

〔27〕“《鳲鳩》”句：殆謂《鳲鳩》主人公深情如斯，乃因其情超越了外在形貌而成爲決定性的存在。蜀，馬承源釋文考釋以爲當讀作“獨”，又謂假借爲“篤”亦可，“蜀”“篤”聲韻皆通轉，“篤”乃言情之厚。①李學勤、姜廣輝諸家均讀爲“獨”。②案：“蜀”通“獨”，簡帛文獻中常見。舊說往往不得其在本篇中的特殊意義。《五行》經文第七章據《曹風·鳲鳩》《邶風·燕燕》倡言君子慎其獨之說，其說文第七章解經文所引“嬰嬰（燕燕）于罪（飛），駐馳（差池）亓（其）羽”，云：“嬰嬰，（與）〔興〕也，言亓相送海也；方亓化，不在亓羽矣。”又解經文“‘之子于歸，袁（遠）送于野。詹忘（瞻望）弗及， 汲（泣） 涕如雨。'能駐馳亓羽然笱（後）能至哀”，云：“言至也。駐馳者，言不在唯經也；不在唯經，然笱能 至 哀。夫喪，正經脩領而哀殺矣。言至内者之不在外也。是之冑蜀也。蜀者，舍體也。”這是《五行》承《詩論》話題和範疇而接着説的又一個典型例子，頗能顯示《詩論》“蜀（獨）”字之特旨。其詳請參閱《五行》篇相關内容。

---

① 馬承源主編《上海博物館藏戰國楚竹書》（一），頁145。
② 參閱李學勤《〈詩論〉分章釋文》以及姜廣輝《古〈詩序〉復原方案》（修正本），《經學今詮三編》（《中國哲學》第二十四輯），頁136、頁175。

第五章

　　孔子曰：虗㠯《萬繇》㝵氏初之善，[1]民眚古然，[2]見丌兇，必谷反丌本。[3]夫萬之見訶也，則（十六）㠯蔟莜之古也。[4]后稷之見貴也，則㠯文、武之惪也。[5]虗㠯《甘棠》㝵宗宙之敬，民眚古然，甚貴丌人，必敬丌立，敓丌人，必好丌所爲，亞丌人者亦然。[6] 虗㠯 （二十四）《木苽》 㝵 㣎帛之不可造也，[7]民眚古然，丌隩志必又㠯俞也，丌言又所載而后内，或前之而后交，人不可斈也。[8]虗㠯《斯杜》㝵雀□ 之不可無也， 民眚古然 （二十），[9]□□□□女此可，斯雀之矣。[10]偗丌所惡，必曰：虗奚舍之？賓贈氏也。[11]

　　孔子曰：《七衘》䣁難。[12]《中氏》君子。[13]《北風》不絕人之怨。[14]《子立》不□□□□□□□[15]（二十七）□□□□□□□□□□□□□□[16]《麕鳴》㠯樂台而會，㠯道交，見善而孛，冬虖不猒人。[17]《兔蒀》丌甬人，則虗取。[18]（二十三）□□□□□□□□□□□□□□□□《白舟》 又 㒸志，既曰天也，獣又忌言。[19]《木苽》又臷忑而未㝵達也，交□□□□□□□[20]（十九）□□□□□□因木苽之保，㠯俞丌忌者也。[21]《斯杜》則情悥丌至也。[22]■（十八）

　　[1]"虗㠯"句：殆謂吾讀《萬繇》而得敬初之志。虗，通"吾"；李守奎等指出，楚之第一人稱代詞多作"虗"，當是在表音字"虎"下加"土"構成的分化字，"土"可能具有表音作用，其下部當是"人"旁與"土"借筆省形。①《說文·虎部》："虎，山獸之君，从虍〔从儿（古文奇字人）〕，虎足象人足。"段注云："儿謂人之股脚也。……虎之股脚似人，故其字上虍下儿。虍謂其文，儿謂其足也。"廖名春謂"虗"字从虍从壬，"壬"爲意符，"壬"像人立於土上。②其實"虗"字像人之部分乃虎足之形，其詮解當以前説爲是。萬繇，上字整理本隸定稍異，下字整理本未隸定；黃德寬、李守奎等編著《文字編》、饒宗

---

① 李守奎、曲冰、孫偉龍編著《上海博物館藏戰國楚竹書（一—五）文字編》，頁48、頁258—259、頁266—268。

② 廖名春《新出楚簡試論》，臺北，臺灣古籍出版有限公司2001年版，頁62。

頤主編《字匯》等將二字隸定爲"萬軸"。馬承源考釋指出二字爲篇名，却未能與今本對照確認。黄德寬、李守奎等讀爲"葛覃"，陳劍未隸定，李零將上字隸定爲"萬"，將下字隸定爲从古从尋，亦均讀二字爲"葛覃"。黄德寬等指出，"曷""害""萬"古通。《尚書·湯誓》"時日曷喪"，《孟子·梁惠王上》所引"曷"作"害"。《逸周書·度邑》"害不寢"，《史記·周本紀》作"曷爲不寐"。《易·損》卦辭"曷之用？二簋可用享"，漢帛書本"曷"作"萬"。因此，簡文"萬"可讀爲"葛"。"尋"聲之字每每與"覃"聲之字通用。如《淮南子·天文》篇"火上蕁，水下流"，高誘注："蕁，讀若'葛覃'之'覃'。"《淮南子·原道》篇"故雖游於江潯海裔"，高誘注："潯，讀'葛覃'之'覃'也。"李零云："'覃'是定母侵部字，'尋'是邪母侵部字，讀音亦相近，郭店楚簡《成之聞之》簡三十四'簟席'的'簟'字就是从尋得聲。"①案《毛詩·周南·葛覃》云："葛之覃兮，施于中谷，維葉萋萋。黃鳥于飛，集于灌木，其鳴喈喈。/葛之覃兮，施于中谷，維葉莫莫。是刈是濩，爲絺爲綌，服之無斁（毛傳：斁，厭也）。/言告師氏，言告言歸。薄汙我私，薄澣我衣。害（何）澣害否？歸寧父母。"氏初之嵩，馬承源考釋謂不易解釋。廖名春謂"氏"讀爲"祇"。陳劍亦謂"氏"疑讀爲"祇"，"祇"从"氏"聲，跟"氏"古音不同部，但"氏"字本由"氏"字分化而來；"祇"字古書常訓爲"敬"，"氏初"猶言"敬始""敬本"，跟"反（返）本"一樣，都是儒家文獻中常見的觀念。李零疑"氏初"指始初。②陳説可從。"氏（祇）初"即敬初，與簡文接下來"反（返）丌（其）本"之説意思一貫。嵩，通"志"。上博簡《民之父母》載孔子論"五至"，"嵩（詩）"均寫作"志"，可見二字相通。傳世《詩序》云："詩者，志之所之也，在心爲志，發言爲詩。"

〔2〕"民嵩"句："民嵩"即人性。"民"字《説文·民部》釋爲"衆

---

① 參閲馬承源主編《上海博物館藏戰國楚竹書》（一），頁145；李守奎、曲冰、孫偉龍編著《上海博物館藏戰國楚竹書（一——五）文字編》，頁29、頁166；饒宗頤主編《上海藏戰國楚竹書字匯》，頁679、頁233；陳劍《〈孔子詩論〉補釋一則》，《經學今詮三編》（《中國哲學》第二十四輯），頁223；黃德寬、徐在國〈上海博物館藏戰國楚竹書（一）·孔子詩論〉釋文補正》，《安徽大學學報》（哲學社會科學版）2002年第二期，頁4、頁2；李零《上博楚簡三篇校讀記》，頁17。案：嚴格地説，帛書《周易》用的是"萬"的變體"鑫"（參閲裘錫圭《釋"壹"》，《古文字論集》，中華書局1992年版，頁13）。

② 馬承源主編《上海博物館藏戰國楚竹書》（一），頁145；廖名春《上海博物館藏詩論簡校釋》，《中國哲學史》2002年第一期，頁12；陳劍《〈孔子詩論〉補釋一則》，《經學今詮三編》（《中國哲學》第二十四輯），頁224；李零《上博楚簡三篇校讀記》，頁17。

萌"。郭沫若云,"民"以及从"民"之字,卜辞及殷彝未见,周代彝器,如康王时盂鼎、克鼎、齐侯壶等,"民"字"均作一左目形而有刃物以刺之",故可断言"周人初以敵囚為民時,乃盲其左目以為奴徵"。①古籍中,"民"字的確可指有別於君、官之平民。《禮記·王制》篇謂:"司徒(鄭注:地官卿,掌邦教者)脩六禮以節民性,明七教以興民德,齊八政以防淫,一道德以同俗,養耆老以致孝,恤孤獨以逮不足,上賢以崇德,簡不肖以絀惡。"諸"民"字即與職官相對。然"民"字亦常泛指人。《左氏春秋》成公十三年(前578)記劉康公曰:"吾聞之:民受天地之中以生,所謂命也。"此"民"字不可能單指奴隸或者有別於君、官之平民。孔子亦常以"民"字泛指人。樊遲問知(智),子曰:"務民之義,敬鬼神而遠之,可謂知矣。"(《論語·雍也》)此"民之義"指的便是"人之義"。《禮記·禮運》篇記孔子曰:"何謂人義?父慈、子孝、兄良、弟弟(悌)、夫義、婦聽、長惠、幼順、君仁、臣忠十者,謂之人義。""眚"通"性","民眚"之指"人性",與"民之義"之指"人之義"正相當。其他例證不一一舉列。要之,孔子所謂人性乃所有人的最大同一性,故曰"性相近也,習相遠也"(《論語·陽貨》)。古然,本來如此;古,通"固"。屈子《離騷》云:"鷙鳥之不羣兮,自前世而固然。"案:關於"氏(祇)初"與"民眚"之關係,需要略作說明。有學者認為,"民眚古然"是指簡文接下來說的"見丌(其)党(美),必谷(欲)反(返)丌本",而非指它所緊承的"氏(祇)初","見丌党,必谷反丌本"的範圍,比"氏(祇)初"要廣,孔子所得出的"氏(祇)初","僅是源自人對於人之'見其美,必欲反其本'"。②實際上,簡文意思是說敬初之志基於人性而具必然性,下文"見丌党,必谷反丌本",既是申說"民眚",又是基於民性詮釋"氏(祇)初"。

〔3〕"見丌"句:意謂人見物事之美,一定回求其本初。党,讀為"美"。該字《說文》未收,簡文中多讀為"美";馬承源考釋云,"媺""微"皆以此字為聲符,該字與"美"同音,今讀作"美"。③谷,通"欲"。簡文中常見,如郭店簡《城之聞之》云:"是古(故)谷(欲)人之惡(愛)昌(己)也,則

---

① 郭沫若《甲骨文字研究·釋臣宰》,《郭沫若全集》考古編第一卷,科學出版社1982年版,頁70—71。

② 〔澳〕陳慧(Shirley Chan)、廖名春、李銳《天、人、性:讀郭店楚簡與上博竹簡》,上海古籍出版社2014年版,頁166。

③ 李守奎、曲冰、孫偉龍編著《上海博物館藏戰國楚竹書(一——五)文字編》,頁393;馬承源主編《上海博物館藏戰國楚竹書》(一),頁146。

必先惡人；谷人之敬呂也，則必先敬人。"《説文·欠部》："欲，貪欲也，從欠，谷聲。"段注云："'欲'者，衍字。貝部'貪'下云'欲也'。二篆爲轉注。今'貪'下作'欲物也'，亦是淺人增字。凡此書經後人妄竄，蓋不可數計。獨其義例精密，迄今將二千年，猶可推尋以復其舊。是以取目云後有達者理而董之也（案《説文解字敘》原作'庶有達者，理而董之'）。感於物而動，性之欲也。欲而當於理則爲天理，欲而不當於理則爲人欲。欲求適可斯已矣，非欲之外有理也。古有'欲'字，無'慾'字，後人分別之，製'慾'字，殊乖古義。《論語》申棖之'欲'，'克、伐、怨、欲'之'欲'，一從心（案指前者），一不從心，可徵改古者之未能畫一矣。'欲'從欠者，取慕液之意；從谷者，取虚受之意。《易》曰：'君子以徵忿窒欲。'陸德明曰'欲'孟作'谷'。晁説之曰：'谷，古文"欲"字。'晁氏所據《釋文》不誤。今本改爲'孟作"浴"'，非也。"晁説今見吕祖謙（1137—1181）撰《古易音訓》（有宋咸熙輯本）。丌本，整理本釋文作"一本"，李學勤、姜廣輝均釋爲"其本"；①細揆圖版，"一"當是"丌"之漫漶。本，指事物之初始。《禮記·樂記》云："樂者，音之所由生也，其本在人心之感於物也。"《正義》云："本，猶初也。物，外境也。言樂初所起，在於人心之感外境也。"《大學》云："知止而后有定，定而后能靜，靜而后能安，安而后能慮，慮而后能得。物有本末，事有終始，知所先後，則近道矣。"《吕氏春秋·無義》篇："……義者百事之始也，萬利之本也，中智之所不及也。"案：孔子定義爲人之性的"見丌峕，必谷反丌本"，乃儒家禮制之根源與宗旨。《禮記·禮器》云："禮也者，反本脩古，不忘其初者也。"《禮記·樂記》云："樂也者，施也；禮也者，報也。樂，樂其所自生；而禮，反其所自始。樂章（彰）德，禮報情，反始也。"《禮記·祭義》云："天下之禮，致反始也，致鬼神也，致和用也，致義也，致讓也（鄭注：致之言至也，使人勤行至於此也）。致反始，以厚其本也。致鬼神，以尊上也。致物用，以立民紀也。致義，則上下不悖逆矣。致讓，以去争也。合此五者以治天下之禮也，雖有奇邪（詭詐邪僞），而不治者則微矣。"《荀子·禮論》篇謂："禮有三本：天地者，生之本也；先祖者，類之本也；君師者，治之本也。無天地，惡生？無先祖，惡出？無君師，惡治？三者偏亡，焉無安人。故禮上事天，下事地，尊先祖而隆君師。是禮之三本也。"以上特言其犖犖大者，若細細分疏，可言者尚

---

① 馬承源主編《上海博物館藏戰國楚竹書》（一），頁145；李學勤《〈詩論〉分章釋文》以及姜廣輝《古〈詩序〉復原方案》（修正本），《經學今詮三編》（《中國哲學》第二十四輯），頁136、頁175。

多。比如,結合其他材料,可知孔子所謂"氐(祇)初""反……本"之人性,與他接下來據《甘棠》所論宗廟之禮便密切相關。《孔子家語·哀公問政》篇載:"宰我問於孔子曰:'吾聞鬼神之名,而不知所謂,敢問焉。'孔子曰:'人生有氣有魂。氣者,人之盛也;魄者,鬼之盛也。夫生必死,死必歸土,此謂鬼;魂氣歸天,此謂神。合鬼與神而享之,教之至也。骨肉斃於下,化爲野土,其氣發揚於上者,此神之著也。聖人因物之精,制爲之極,明命鬼神,以爲民之則,而猶以是爲未足也,故築爲宮室,設爲宗祧(宗廟),春秋祭祀,以別親疏,教民反古復始,不敢忘其所由生也。衆人服自此,聽且速焉,教以二端。二端既立,報以二禮。建設朝事,燔燎羶薌,所以報氣也。薦黍稷,羞肺肝,加以鬱鬯,所以報魄也。此教民修本,反始崇愛,上下用情,禮之至也。君子反古復始,不忘所由生,是以致其敬,發其情,竭力從事,不敢不自盡也。此之謂大教……'"《禮記·祭義》篇也嘗論及反古敬初與宗廟祭祀之關係。凡此均可發明簡文之意蘊。要之,孔子將敬初返本歸結爲"民眚",又基於此對禮制加以詮釋,凸顯了他以人性爲禮制根源的基本取向。參閱第四章注9及本章注1。

〔4〕"夫萬"句:意謂,葛受到歌詠,是因爲由葛之纖維製作的絺綌的緣故,是由於見到絺綌之美而推及其原本。今《葛覃》前兩章,正是由絺綌之美(由"服之無斁"一語可知),推原而歌詠葛延生於谷中。萬,李守奎等認爲該字所從之"禹"旁當爲"萬"之省訛,讀爲"葛"。裘錫圭指出:"甲骨文'萬'字應該就是'萬'的初文。……'萬'音'害','害'與'禹'古音也相近。'害'爲匣母字,'禹'爲于母(喻母三等)字。于母古歸匣母。'禹'屬魚部,'害'屬祭部,韻似遠隔。但是從古文字資料看,'害'的古音跟魚部實有密切的關係。所以'萬'字由從虫變爲從'禹',可能也有兼取'禹'字以爲音符的用意。"李零也認爲"萬"通"葛","'萬'是匣母月部字,'葛'是見母月部字,讀音相近"。① 據後說,"萬"可通"葛",而不必是"萬"之省訛。《説文·艸部》:"葛,絺綌艸也,从艸,曷聲。"葛爲藤本蔓生植物,有塊根,莖皮之纖維可織葛布。訶,通"歌"。郭店簡文《眚自命出》上篇云:"聞笑(笑)聖(聲),則鮮(鮮)女(如)也斯憙。昏(聞)訶(歌)詠(謠),則舀(慆)女也斯奮。"莁荍,"莁"字,整理本因其左半殘缺,未予隸定,李守奎等學者作殘文處理,陳劍隸定爲"莁";"荍"字,整理本隸定爲"𦯄",以爲字書所無,辭意未明,陳劍

---

① 李守奎、曲冰、孫偉龍編著《上海博物館藏戰國楚竹書(一—五)文字編》,頁29;裘錫圭《釋"萬"》,《古文字論集》,頁13;李零《上博楚簡三篇校讀記》,頁17。

指明整理本誤認該字左下部分，認爲當是一豎貫穿四個斜筆，故隸定爲"茨"。陳劍又將"葩茨"兩字讀爲"絺綌"。①其説可從。細葛布爲絺，粗葛布爲綌，或引申指葛服。古，通"故"，古文中常見。郭店簡文《魯穆公昏子思》云："夫爲亓（其）君之古（故）殺亓身者，嘗又（有）之矣。互（亟）爯（稱）亓君之亞（惡）者，未之又也。"

〔5〕"后稷"句：大意是説后稷之所以受敬重，是因爲周文王、周武王之德行好。后稷，周人先祖，名棄，虞舜任之爲農官后稷，故稱其人爲后稷。《尚書·堯典》記帝舜曰："棄，黎民阻飢，汝后稷（居稷官）播時百穀。"文、武，指周文王、周武王，爲興建周朝的關鍵人物。前人論及周朝之興，或單舉文王，或單舉武王，亦或將文、武並列，如《毛詩·大雅·雲漢》謂"文武受命"，鄭玄《詩譜·小大雅譜》謂"文王受命，武王遂定天下"，等等。貴，敬重，尊重；參見本章注6。

〔6〕"虔曰"句：大意是説，吾從《甘棠》詩中認知的是宗廟禮制中的敬，人性本來如此，誠崇重其人，一定尊敬其位，悦其人，一定喜歡其所爲，厭惡其人，亦一定厭惡其所爲。宙，即廟，該字又見中山嚳王壺銘文，《説文·广部》列爲"廟"之古文。甚貴亓人，必敬亓立，此語乃由《甘棠》一詩敬重卲伯休憩之甘棠樹引申而來。甚，相當於"誠"。《戰國策·秦策四》"秦昭王謂左右"章記："王曰：'以孟嘗、芒卯之賢，帥強韓、魏之兵以伐秦，猶無奈寡人何也！今以無能之若耳、魏齊，帥弱韓、魏以攻秦，其無奈寡人何，亦明矣！'左右皆曰：'甚（誠）然。'"貴，意爲尊重、敬重。簡文"甚貴亓（其）人，必敬亓立（位），敓（悦）亓人，必好亓所爲"二語，"敓""好"同意，"貴""敬"亦同意。《孔子家語·好生》篇載孔子論《甘棠》，與簡文基本一致，而作"尊其人，必敬其位"。凡此均可證簡文"貴"當解釋爲尊。除此之外，《五行》經文第十五章云："貴貴，亓（其）等尊賢，義。"説文第十五章有謂："貴貴而不尊賢，未可胃（謂）義也。"《孟子·萬章下》記孟子曰："用下敬上，謂之貴貴；用上敬下，謂之尊賢。貴貴、尊賢，其義一也。"這裏屢屢以"貴貴"與"尊賢"並列，又以"用下敬上"定義"貴貴"，謂"貴貴"與"尊賢"爲一義即道理相同，亦均可證明其中作爲動詞的"貴"，使用的是尊、敬之意。"亓立

---

① 參閱馬承源主編《上海博物館藏戰國楚竹書》（一），頁153；李守奎、曲冰、孫偉龍編著《上海博物館藏戰國楚竹書（一——五）文字編》，頁686；陳劍《〈孔子詩論〉補釋一則》，《經學今詮三編》（《中國哲學》第二十四輯），頁222—223。

即"其位","立"通"位"。《周禮·春官·小宗伯》:"小宗伯之職,掌建國之神位,右社稷,左宗廟。"鄭注云:"故書'位'作'立'。鄭司農云:'立'讀爲'位',古者'立''位'同字。古文《春秋經》'公即位'爲'公即立'。"《孔子家語·廟制》篇載孔子論《甘棠》,有"周人之於邵公也,愛其人,猶敬其所舍之樹",就這一具體事件而言,"丌立(其位)"即指"其所舍之樹",《詩論》基於此進一步發揮。亞,通"惡"。郭店簡文《兹衣》記夫子曰:"好娩(美)女(如)好兹(緇)衣,亞(惡)亞(惡)女亞(惡)逑(巷)白(伯),則民(臧)〔咸〕放(力)而埜(型)不屯(頓)。"上博館藏《紂衣》所記大同。案:"虘曰《甘棠》得宗窬之敬",實際意味着"虘曰《甘棠》得宗窬之禮"。在儒家觀念中,"敬"與"禮"有極密切的關係。孔子嘗曰:"上好禮,則民莫敢不敬。上好義,則民莫敢不服。上好信,則民莫敢不用情。"(《論語·子路》)邢昺(932—1010)《論語疏》云:"禮毋不敬,故上好行禮,則民化之,莫敢不敬也。人聞義則服,故上好行義,則民莫敢不服也。以信待物,物亦以實應之,故上若好信,則民莫不用其情;情,猶情實也。言民於上,各以實應也。"朱熹《論語集注》曰:"好義,則事合宜。情,誠實也。敬、服、用情,蓋各以其類而應也。"也就是説,"敬"與"好禮"、"服"與"好義"、"用情"與"好信"均類同,"敬"指向"禮","服"指向"義","用情"指向"信"。屈原《招魂》辭云:"朕幼清以廉潔兮,身服義而未沬。"《離騷》則説:"皇天無私阿兮,覽民德焉錯輔。夫維聖哲以茂行兮,苟得用此下土。瞻前而顧後兮,相觀民之計極。夫孰非義而可用兮,孰非善而可服?"舉凡"服義"、用義、服善,均可發明孔子"上好行義,則民莫敢不服"之意。"敬"與"禮"的高度同一性,由"用情"與"信"、"服(義)"與"義"的一致性,完全可以確認。而其他典籍,特別是其他儒典中,也有不少材料可以證明這一點。如《孝經·廣要道章》記孔子之言曰:"安上治民,莫善於禮。禮者,敬而已矣。"鄭玄注云:"敬者,禮之本也。"(袁鈞輯《鄭氏佚書·孝經注》)郭店儒典《語叢一》謂"豊(禮)生於妝(莊)","妝(莊)"即恭敬之意。《吕氏春秋·孝行》篇云:"居處不莊,非孝也。"高誘注云:"莊,敬。"《左氏春秋》僖公十一年(前649)記內史過告王曰:"禮,國之幹也;敬,禮之輿也。不敬則禮不行,禮不行則上下昏,何以長世?"僖公三十三年(前627)記臼季曰:"敬,德之聚也。能敬必有德……"成公十三年(前578)記孟獻子曰:"禮,身之幹也;敬,身之基也。"《正義》云:"幹以樹木爲喻,基以牆屋爲喻。樹木以本根爲幹,有幹,故枝葉茂焉;牆屋以下土爲基,有基,乃牆屋成焉。人身以禮、敬爲本,必有禮、敬,身乃得存。"同年又記劉子(康公)曰:"……君子勤禮,小人盡力。勤禮莫如致敬,盡力莫如敦篤。敬在養神,篤在守業。"而成公十八年記臧武仲對季文子曰:"事大國,無失班爵而加敬焉,禮也。"總之,"敬"與"禮"幾乎就是一而二、二而一者,"敬"被普遍視爲"禮"的基源,至少是被普遍視爲踐行"禮"不可離棄的載體。①
《詩論》此句論《甘棠》,從邏輯上可分爲四個有密切關聯的要點,上一章"《甘棠》…思及丌人"云云,則是《詩論》論《甘棠》的另一個要點,可一併考慮。這些論說,與傳世《左氏春秋》《孔子家語》明顯有相關或一致之處。爲醒眼目,特製爲表1(說明:《詩論》各要點分欄表示,並標序號;相關文獻亦分欄標示不同要點,並據其對應於《詩論》的位置標明序號。爲節省篇幅,有若干欄與鄰近空白欄作了合併):

表1 《詩論》與《左氏春秋》《孔子家語》相關內容比較

	(1)	(2)	(3)	(4)	(5)
《左氏春秋》			(3)武子之德在民,如周人之思召公焉,愛其甘棠,況其子乎?(襄公十四年,前559)		
			(3)《詩》云:"蔽芾甘棠,勿翦勿伐,召伯所茇。"思其人,猶愛其樹,況其道而不恤其人乎!(定公九年,前501)		
《詩論》	(1)孔子曰:……虖曰《甘棠》旻宗宙之敬,	(2)民眚古然,		(4)甚貴丌人,必敬丌立,	(5)敓丌人,必好丌所爲,亞丌人者亦然。
			(3)《甘棠》…思及丌人,敬盍丌查,丌保厚矣。甘棠之蚉,呂邵公…		

---

① 當然在先秦,尤其是春秋時期,儒家所謂"禮"並非衹有這一個意義層次,它還有一個幾乎無所不包的意涵。徐復觀嘗評價說,"在春秋時代的許多道德觀念,幾乎都是由禮加以統攝","春秋時的道德觀念,較之春秋以前的時代,特爲豐富;但稍一推究,殆無不以禮爲依歸";"因爲禮是當時一切道德的依歸,所以一談到禮的具體內容和效果時,也幾乎是包括了一切"(參見氏著《中國人性論史·先秦篇》,九州出版社2014年版,頁44—45)。

（續表）

	（1）	（2）	（3）	（4）	（5）
《家語·好生》	（1）孔子曰：吾于《甘棠》，見宗廟之敬，		（3）甚矣，思其人，必愛其樹，	（4）尊其人，必敬其位，道也。	
《家語·廟制》	（1）孔子曰：……周人之于召公也，愛其人，猶敬其所舍之樹，況祖宗其功德而可以不尊奉其廟焉？			（4）孔子曰：……周人之于邵公也，愛其人，猶敬其所舍之樹，	

表1中材料顯示了以下值得注意的信息：其一，《詩論》論《甘棠》第三個要點兩次見於《左氏春秋》所記，可見孔子論《詩》之部分內容有其歷史淵源。其二，《詩論》論《甘棠》第一、第三和第四三個要點均出現在《孔子家語》中，且第一、第四兩個要點出現了兩次，從某種意義上證明《家語》所載材料，其價值實不可輕忽。①其三，《家語·好生》《廟制》所記均冠以孔子曰，又可佐證《詩論》論《詩》之主體是孔子而非卜子。其四，孔子論《甘棠》的突破性進展，乃在於將"思及丌人，敬益丌查"，"甚貴丌人，必敬丌立"，"敓丌人，必好丌所爲，亞丌人者亦然"，歸結爲人性，並基於此演繹出宗廟祭祀之禮。②又，孔子以《甘棠》得宗廟之敬，綰合點在於由愛而生的對"位"的敬。在《甘棠》詩中，民所敬者乃召公所舍之樹。宗廟中供奉的則是先祖之神位。廟的排列講究位次。《禮記·王制》謂："天子七廟，三昭三穆，與太祖之廟而七。諸侯五廟，二昭二穆，與太祖之廟而五。大夫三廟，一昭一穆，與太祖之廟而三。士一廟。庶人祭於寢。"鄭注云："此周制。七者，大祖及文王、武王之祧，與親廟四。大祖，后稷。"廟之排列分昭分穆，亦即中間設始祖廟，兩旁分列昭廟和穆廟。春秋中期建

---

① 陳慧等根據上博館藏戰國楚竹書《子路初見》篇之內容與今本《孔子家語·子路初見》篇相仿，斷言："……《孔子家語》的原型材料，自戰國中晚期至漢初以至西漢末年，一直廣爲流傳。因此，《孔子家語》王肅僞造說是不能成立的。"（〔澳〕陳慧、廖名春、李銳《天、人、性：讀郭店楚簡與上博竹簡》，頁157）其說殆是。

② 有學者謂："'民性固然'指的是'甚貴其人，必敬其位，悅其人，必好其所爲，惡其人者亦然'，而不是'宗廟之敬'，這裏的'惡其人者亦然'，猶可以說明這一點……愛屋及烏式的感情，絕不限於宗廟之敬，孔子正是從中提升出禮制上的宗廟之敬。"（〔澳〕陳慧、廖名春、李銳《天、人、性：讀郭店楚簡與上博竹簡》，頁318）準確地說，簡文意思是，宗廟之敬與民眾對甘棠的敬一樣，意味着對特定對象的特定的愛，它們都基於人性之本然；基於人性的敬有各種取向，宗廟之敬乃其中一端。

造的秦國宗廟即呈這種"品"字形佈局,這已經體現了對"位"的重視。而更重要的,則是祭祀的木主(木製神位)。《禮記·王制》云:"天子七廟,三昭三穆,與大祖之廟而七。"鄭玄注云:"此周制。七者,大祖及文王、武王之祧,與親廟四。大祖,后稷。"所謂七廟實爲五廟二祧,即父、祖、曾祖、高祖、始祖之廟,與文廟、武廟。《禮記·祭法》云:"……王立七廟,一壇一墠,曰考廟,曰王考廟,曰皇考廟,曰顯考廟,曰祖考廟,皆月祭之。遠廟爲祧,有二祧,享嘗乃止。"孔穎達疏:"'遠廟爲祧'者,遠廟謂文、武廟也,文、武廟在應遷之例,故云'遠廟'也;特爲功德而留,故謂爲'祧'。'祧'之言超也,言其超然上去也。"《周禮·春官·司巫》:"祭祀,則供匰主及道布及蒩館。"孫詒讓《正義》云:"凡主藏於廟中,以石爲室,謂之祐。……五廟二祧之主,亦藏以石室,當祭時出主於室,則以匰盛之,以授大祝,不敢徒手奉持,恐褻神也。匰即筐笥之屬,每祭則司巫共之。逮祭畢,主復歸於室,即去匰別藏之,主蓋不常藏於匰也。"①故祭祀實乃向神位致敬。除此之外,"當毀廟之主遷入太祖廟後,其神位的班次亦分昭穆"。②《春秋》文公二年(前625)曰:"八月,丁卯,大事于太廟,躋僖公。"《公羊傳》云:"大事者何?大祫也。大祫者何?合祭也。其合祭奈何?毀廟之主,陳于太祖;未毀廟之主,皆升,合食于太祖,五年而再殷祭。"何休解詁云:"毀廟,謂親過高祖,毀其廟,藏其主于大祖廟中。……大祖,周公之廟。陳者,就陳列大祖前,大祖東鄉,昭南鄉,穆北鄉,其餘孫從王父。父曰昭,子曰穆。昭取其鄉明,穆取其北面尚敬。"在這些祭祀禮儀以及《甘棠》詩中,由於所敬愛之對象分別與甘棠或宗廟神位有特定關係,樹與神位成了被敬愛對象的替代物。孔子曰"目《甘棠》旻宗宙之敬",以此。又,《詩論》對宗廟之禮十分看重。故其第二章云:"《清廟》,王惪也,至矣!敬宗宙之豊,目爲丌杏;'秉殳之惪',目爲丌𢆶;'肅雝㬎(顯)相',以爲丌□,'對越在天,駿奔走在廟',以爲丌□。行此者,丌又不王虐?"又,孔子評論《甘棠》,表明他以基於人性的愛爲禮制之根據。《論語·陽貨》篇記:"宰我問:'三年之喪,期已久矣。君子三年不爲禮,禮必壞;三年不爲樂,樂必崩。舊穀既没,新穀既升,鑽燧改火,期可已矣。'子曰:'食夫稻,衣夫錦,於女安乎?'曰:'安。''女安則爲之!夫君子之居喪,食旨不甘,聞樂不樂,居處不安,故不爲也。今女安,則爲之!'宰我出。子曰:'予之不仁也!子生三年,然

---

① 孫詒讓《周禮正義》,中華書局1987年版,頁2066—2067。

② 參閱李衡眉《昭穆制度研究》,齊魯社1996年版,頁6。

後免於父母之懷。夫三年之喪，天下之通喪也。予也有三年之愛於其父母乎？'"孔子這裏是將子女對父母的愛作爲三年喪制的依據，跟他評論《甘棠》，以敬愛爲宗廟之禮的依據相同。這種愛與敬被定義爲人性，表明孔子禮學蘊藏着人性的溫暖，值得高度關注。其後孟子闡發埋葬之禮之所由起（見《孟子·滕文公上》），仍是沿襲孔子思想的路徑。

〔7〕"虖曰"句：簡二十四下端，李零認爲殘缺二字，簡二十上端，李零認爲殘缺三字；所缺部分，李學勤補"吾以""得"，姜廣輝又依文義補"木瓜"於其間，爲篇名。①簡文接下來評說該詩，謂"丌隱志必又目俞也"，而下文又謂"《木芯》又寚悤而未旻達也"（簡十九），二句語意一致，可證明此處所論確爲《木芯》。《木芯》即今《毛詩·衛風·木瓜》，"芯""瓜"同。爲方便閱讀，今將該詩復録於此："投我以木瓜，報之以瓊琚。匪報也，永以爲好也。/投我以木桃，報之以瓊瑶。匪報也，永以爲好也。/投我以木李，報之以瓊玖。匪報也，永以爲好也。"《詩論》該句殆謂，吾從《木芯》一詩得到的認識是，以幣帛等禮物饋贈是不可或缺的（下文同樣強調這是人性的必然）。帀帛，即幣帛，這裏指饋贈的禮物。帀，馬承源釋爲"幣"之古寫，李守奎等釋爲"㡀"之異體。②今從後説。《説文·㡀部》："㡀，敗衣也，从巾，象衣敗之形。"通"幣"。迲，《説文》無，整理本隸定爲"迖"，而馬承源考釋按意解爲"去"，李守奎等隸定爲"迲"，謂爲"去"字之異體。③《説文·去部》謂"去"字从大，凵（去魚切）聲，甲金文字"去"从大从口（口、凵可通），殆象人跨越坎陷。④故而"迲"字簡文亦或作"迖"。案：晁福林認爲此簡所缺詩作篇名當爲"鹿鳴"，⑤殆未意識到此處文字，其主旨與簡十九、簡十八論《木芯》有深刻的互文關係（見本章下文），而它們確鑿無疑是論《木芯》。與此同時，《孔叢子·記義》篇載孔子曰，"吾……於《木瓜》，見包且（苞苴）之禮行也"；毛傳解《木瓜》末章"匪報也，永以爲好也"，引"孔子曰：'吾於《木瓜》，見苞苴之禮行'"（鄭箋：

---

① 李零《上博楚簡三篇校讀記》，頁16、頁13；李學勤《〈詩論〉分章釋文》、姜廣輝《古〈詩序〉復原方案》（修正本），《經學今詮三編》（《中國哲學》第二十四輯），頁136、頁175。
② 馬承源主編《上海博物館藏戰國楚竹書》（一），頁149；李守奎、曲冰、孫偉龍編著《上海博物館藏戰國楚竹書（一——五）文字編》，頁383。
③ 馬承源主編《上海博物館藏戰國楚竹書》（一），頁149；李守奎、曲冰、孫偉龍編著《上海博物館藏戰國楚竹書（一——五）文字編》，頁90、頁296。
④ 參閱徐中舒主編《甲骨文字典》，頁549。
⑤ 參閱晁福林《從上博簡〈詩論〉第20號簡看孔子的"民性"觀》，《河北學刊》2005年第四期，頁110—111。

"以果實相遺者,必苞苴之")。這一評判,與《詩論》就《木瓜》論幣帛之不可去可互證互明(孔子論《詩》非一蹴而就,來自各種途徑的記載本質上相同,而諸多細節比如角度、側重點等或有參差,殆顯示了歷史"層累"的過程)。參閱本章注19、注20。

〔8〕"丌陞"數句:申言上句所說"民眚古然",從人性角度揭明何以謂"芾帛之不可造"。丌陞志必又旨俞也,此句乃承上語,說明基於人性,其懷藏之志必以某種憑藉傳達。本章下文云:"《木苽》又(有)竆志(藏願)而未夏(得)達也……因木苽之保(報),旨俞(喻)丌意(願)者也。"所謂"竆志"與此句所謂"陞志"同義。整理本讀"陞"字爲"離",又讀"俞"爲"逾",謂該句大意爲"若廢去禮贈的習俗,這個使人們離志的事情太過分了"。①李學勤讀"陞"爲"隱",讀"俞"爲"抒";姜廣輝有一個不同,即讀"俞"爲"喻";李零讀"陞"爲"吝",讀"俞"爲"輸",釋該句之意爲藏而未發的志必有以輸泄。②案:"陞志"即"竆志(藏願)","陞"當讀爲"隱",與"竆"同義,"志"猶"意"。"俞"通"喻",與簡文第四章"《關疋》旨色俞於豊",本章下文"因木苽之保(報),旨俞丌意(願)者也"之"俞"相同,意爲說明或表達。在《詩論》中,"俞"陞志、"達"竆志、"俞"意等說法均可互相發明,"俞"與"達"同義是毋庸置疑的。彼以木瓜、木桃、木李投我,我以瓊琚、瓊瑤、瓊玖報之,以表明"永以爲好"之願,即所謂"陞志"有以"俞"也。"永以爲好"之願藏而未得達,因用瓊琚等回報彼之饋贈來說明己願,此即所謂"因木苽之保(報),旨俞丌意者也"。之所以用這種表達方式,《詩論》接下來說是因爲人不可干犯唐突。又可參閱本章注20。丌言又所載而后内,或前之而后交,殆謂其言被相關禮物如幣帛等承載着,而後被接收到(即如《木瓜》主人公永以爲好之言,用回贈對方以瓊琚等禮物來傳達),而有時,先致禮而後纔發生言行的交接。前之,廖名春謂交前以幣帛爲贄。③是。后,通"後"。内,參見第四章注15。郭店簡文《眚自命出》上篇云:"凥(幣)帛,所以爲信與訐(證)也,其訶(詞)宜道(導)也。"這也是論說以幣帛導詞的適當性,強調以幣帛之禮導出言語交接,幾乎可以作"丌言又所載而后内,或前之

---

① 馬承源主編《上海博物館藏戰國楚竹書》(一),頁149。
② 李學勤《〈詩論〉分章釋文》、姜廣輝《古〈詩序〉復原方案》(修正本),《經學今詮三編》(《中國哲學》第二十四輯),頁136、頁175;李零《上博楚簡三篇校讀記》,頁13—14。
③ 廖名春《上海博物館藏詩論簡校釋》,《中國哲學史》2002年第一期,頁13。

而后交"一語的注腳。《國語·晉語四》"重耳婚媾懷嬴"章記子餘對晉公子,引《禮志》曰:"將有請於人,必先有入焉(韋注:必先有以自入)。欲人之愛己也,必先愛人。欲人之從己也,必先從人。無德於人,而求用於人,罪也。"《禮記·曲禮上》云:"男女非有行媒,不相知名;非受幣,不交、不親。"《正義》曰:"'非受幣,不交、不親'者,幣謂聘之玄纁束帛也。先須禮幣,然後可交親也。"凡此均可爲"前之而后交"之例。郭店簡《語叢一》云:"《豊(禮)》,交之行述(術)也。"儒家之禮乃人與人交接的行爲規範。案《莊子·雜篇·外物》云:"荃者所以在魚,得魚而忘荃;蹄者所以在兔,得兔而忘蹄;言者所以在意,得意而忘言。"言以意爲宗,故簡文此語雖是討論以幣帛導言,實際上也是討論以幣帛導意。人不可牟也,此語將踐行"木苙之保""芾帛"之禮的根源歸結爲人不可觸犯,它仍然是在人性的層面上展開討論。牟,整理本隸定爲"觓",馬承源考釋謂《説文》無,待考。姜廣輝釋爲"干",且引《春秋穀梁傳》定公四年(前506)"挾弓持矢而干闔廬"注:"見不以禮曰干"。李零疑讀爲"捍",又説"人不可捍"殆指感染力深,爲聽者所不可抗拒。①該字簡文寫作"牟"。黃德寬、徐在國認爲釋"觓"不可從,當隸作"牟",從角從牛,釋作"觸";郭店簡"牛"字或作"十",見《穿達以時》簡五,與"牟"字下部所從相同(案其簡七"牛"字寫作"十",亦可爲證),古璽"觸"字作"牟""牟"或"牟",與簡文"觸"字所從同。②其説是。《玉篇·角部》謂"觸,抵也,據也",與"悑"同,"牟"爲其古文。簡文"人不可牟也",是説與人交接,不能如牛以角蠻橫觸之,此幣帛等禮所由起。郭店簡《語叢一》云:"《豊(禮)》,交之行述(術)也。"關於牛以角觸物,郭店簡文《售自命出》上篇云:"牛生而倀(根),鴈(雁)生而䡋(儌),亓(其)眚(性)肰(然)也。"《淮南子·兵略》篇謂,"凡有血氣之蟲,含牙帶角,前爪後距,有角者觸"。案:"丌陧志"以下數句,論述基於人性的人與人交接之道,自然涉及施事及受事雙方。"丌陧志必又曰俞也",主要是就施事者而言的;"丌言又所載而后内,或前之而后交",主要是就施事、受事雙方之交接而言的;"人不

---

① 馬承源主編《上海博物館藏戰國楚竹書》(一),頁149;姜廣輝《古〈詩序〉復原方案》(修正本),《經學今詮三編》(《中國哲學》第二十四輯),頁175、頁180;李零《上博楚簡三篇校讀記》,頁14。

② 黃德寬、徐在國《〈上海博物館藏戰國楚竹書(一)·孔子詩論〉釋文補正》,《安徽大學學報》(哲學社會科學版)2002年第二期,頁5。案:所引古璽文字,參見故宮博物院編《古璽文編》,文物出版社1981年版,頁98。

可犨也", 則主要是就受事者而言的。但三者均又汎言一切人。此外, 此數句乃從不同層面上指言人性。有學者説:"……古代也有賦詩等方式言志。'忢志必有以諭'的方式, 比使用幣帛行禮要廣泛得多。"①此説良是, 然孔子基於人性論幣帛之禮, 並非僅就言志立言, 至少還有一個重要層面, 即"人不可犨"。對孔子來説, 行幣帛之禮以導言、達志是合宜的, 故强調其不可去, 而賦詩言志等等, 則不必有政教倫理層面的適當性。《左氏春秋》襄公二十七年(前546)記, 鄭伯享趙孟(武)於垂隴, 子展、伯有、子西、子産、子大叔、二子石從。趙孟請七子皆賦詩。伯有賦《鶉之賁賁》(見傳世《毛詩·鄘風》)。趙孟曰:"牀笫之言不踰閾, 況在野乎? 非使人之所得聞也。"卒享, 趙文子(武)告叔向曰:"伯有將爲戮矣! 詩以言志, 志誣其上, 而公怨之, 以爲賓榮, 其能久乎? 幸而後亡(杜注: 言必先亡)。"這是賦詩言志乖違於禮的典型例子。要之, 賦詩言志實不可同"不可造"的幣帛之禮相提並論。論者又説:"……'其忢志必有以諭'和'幣帛之不可去', 是不同層次的問題。'其忢志必有以諭', 指'民性固然'的方面; 而'幣帛之不可去', 則關係到禮的問題。"②應該明確的是, "丌陘志必又㠯俞"祇是孔子此處所揭人性之一面, "人不可犨(觸)"等等, 也是孔子對人性的重要認知, 他是基於所有這些方面確證"帀帛之不可造"的。

〔9〕"虖曰"句: 簡二十之下端, 李零判斷有一字殘去下部, 據殘筆看似爲"見"字, 接下去全部殘缺者則有九字。李學勤補尚有部分殘餘之字爲"㞋(服)", 姜廣輝從之。③案: 補"㞋(服)"字值得商榷。審圖版, 該字殘存之上部殆爲"目"。且下文謂"女此可, 斯雀之"(簡二十七), "雀"字即承此而言, 故可證簡文此處所論並非"雀服"之事。姜廣輝將全句補足爲"吾以《朸杜》得雀 服之不可輕也 , 民性古然 ", 且引《禮記·緇衣》"上不可以褻刑而輕爵"爲證。④是姜氏又承李説, 讀"雀"爲"爵禄""爵位"之"爵", 亦誤。簡文所論"爵囗"與"賓(儐)贈"之事有關, 故"雀(爵)"當關聯宴飲之事, 不應解釋爲官爵之類。此外, 簡文上文依據人性論敬初返本、宗廟之敬及幣帛之禮之必然性, 補爲"××之不可輕", 則是針對輕之之事實而言的, 實不足以顯示其出

---

① 〔澳〕陳慧、廖名春、李鋭《天、人、性: 讀郭店楚簡與上博竹簡》, 頁169。

② 〔澳〕陳慧、廖名春、李鋭《天、人、性: 讀郭店楚簡與上博竹簡》, 頁170。

③ 參閲李零《上博楚簡三篇校讀記》, 頁20; 李學勤《〈詩論〉分章釋文》, 《經學今詮三編》(《中國哲學》第二十四輯), 頁136。

④ 姜廣輝《古〈詩序〉復原方案》(修正本), 《經學今詮三編》(《中國哲學》第二十四輯), 頁175、頁180。

於人性之必然。今參閱以上文義修正。斲杜，整理本之釋文作"折杜"。馬承源考釋謂該詩今本《毛詩》中未見，但有《杕杜》，一在《國風‧唐風》，一在《小雅‧鹿鳴之什》，前者言"人無兄弟"，後者言"征夫遑止""征夫歸之""征夫邇之"。孔子云"折杜則情憙其至也"，那麼簡文所論當是《小雅‧杕杜》。"折"簡文作𣂪，小篆作𣂽，金文作𣂒、𣂓等。戰國簡書"大"字作𠀇、𠂆、𠂉、𠂊誤作"木"，而𠂆誤作"大"，"折"遂誤作"杕"。由此"折杜"遞演爲"杕杜"，今本有可能是傳鈔之誤。① 何琳儀認爲，其説與字形不合，"折"乃"杕"之音變，二字均屬於舌音月部，故可相通。黃德寬、徐在國説略同。② 《斲杜》當即《杕杜》。傳世《毛詩》於《唐風》部分有《杕杜》及《有杕之杜》二篇，在《小雅》部分亦有《杕杜》，而其首句均爲"有杕之杜"。李零認爲《詩論》所説乃《唐風‧有杕之杜》。③ 可從。雀，通"爵"，作名詞時指飲酒之器、飲酒之禮等，作動詞時指飲之以酒。《國語‧魯語下》"孔丘論大骨"章云："賓發幣於大夫，及仲尼，仲尼爵之。"韋注："爵之，飲之酒也。"案：簡文"虗曰"句殆謂以酒待客之禮不可或缺。今《有杕之杜》云："有杕之杜，生于道左。彼君子兮，噬肯適我？中心好之，曷飲食之？／有杕之杜，生于道周。彼君子兮，噬肯來遊？中心好之，曷飲食之？"所謂"飲食之"，正是以酒食待客之意，與簡文意思相契。簡文"得雀□之不可無也"一語，"雀（爵）"用作名詞，"斯雀之"一語（下文，簡二十七），"雀（爵）"用作動詞，二者相貫。

〔10〕據李零估測，簡二十七上端殘缺四字。④ 由於缺少這幾個關鍵字，全句意思頗難明了。"女"殆通"如"。"可"殆通"何"。案：整理本以"可斯"連讀。馬承源考釋云："篇名，或讀爲'何斯'。今本《詩‧小雅‧節南山之什》有篇名《何人斯》，但詩意與評語不諧。《詩‧國風‧召南‧殷其靁》有句云：'殷其靁，在南山之陽，何斯違斯，莫敢或遑。'此'何斯'或不在詩篇之句首，詩篇名取字在第二句以下的，也有其例，如《桑中》《權輿》《大東》《庭燎》等皆是。但詩義與評語難以銜接，今闕釋。"⑤ 何琳儀認爲《可斯》即《殷其靁》，

---

① 馬承源主編《上海博物館藏戰國楚竹書》（一），頁148。
② 參閱何琳儀《滬簡〈詩論〉選釋》，《上海館藏戰國楚竹書研究》，頁251；黃德寬、徐在國《〈上海博物館藏戰國楚竹書（一）‧孔子詩論〉釋文補正》，《安徽大學學報》（哲學社會科學版）2002年第二期，頁5。
③ 李零《上博楚簡三篇校讀記》，頁14。
④ 李零《上博楚簡三篇校讀記》，頁19。
⑤ 馬承源主編《上海博物館藏戰國楚竹書》（一），頁157。

又謂"雀"讀爲"爵"，其意爲盡；"《可斯》雀之矣"，大意爲《何斯》亦即《殷其靁》情感淋漓盡致。①李零等學者以爲即《何人斯》；李零又疑"雀"當讀爲"誚"（"誚"是從母宵部字，"雀"是溪母藥部字，讀音相近），因爲《何人斯》是譏刺讒人之詩。②又有學者認爲該詩乃是佚篇。③以上諸說均值得商榷。簡文此句雖有殘缺，但所存部分之"雀之"乃是承上文"雀□"而言的，參照上文論《葛覃》《甘棠》《木瓜》之例，當可斷言它仍是評析《杕杜》，而非另論他篇。又，許全勝讀此語之"雀"爲"截"（通"截"），釋之爲斷，並引《詩序》蘇公作《何人斯》以絕暴公之說以證成之；于茀進一步張揚其説。④凡此均與上文"虔曰《㮦杜》㞢雀□ 之不可無也 "語意相悖，殆未明簡文之義例。

〔11〕"禦忑"句：殆仍就《有杕之杜》作發揮，意謂迎接其所愛，一定說，吾何所安置他止息呢？這是説迎接餽贈賓客之事。禦，即"御"，迎接；參閲第四章注18。忑，愛。《說文·心部》釋曰："惠也，从心，旡聲。𢤲，古文。"朱珔《說文假借義證》指出："夊部'夒，行皃也'，今'惠忑'字皆假'愛'字爲之，而'忑'廢。即'夒'之本義亦廢矣。"舍，止息。《莊子·外篇·山木》"莊子行於山中……出於山，舍於故人之家"，即用此義。李零讀作"捨"。⑤賓贈氏也：李零釋"賓贈"爲喪禮用語，且引證《儀禮·既夕禮》"凡贈幣，無常"，注謂"賓之贈也。玩好曰贈，在所有"，以及《荀子·大略》篇"貨財曰賻，輿馬曰賵，衣服曰襚，玩好曰贈，玉貝曰晗"。于茀引《小雅·何人斯》

---

① 何琳儀《滬簡〈詩論〉選釋》，《上博館藏戰國楚竹書研究》，頁254。
② 參閲李零《上博楚簡三篇校讀記》，頁19；許全勝《〈孔子詩論〉零拾》，《上博館藏戰國楚竹書研究》，頁369；于茀《金石簡帛詩經研究》，北京大學出版社2004年版，頁229—231；潘嘯龍《〈何人斯〉之本義與〈孔子詩論〉的評述》，《詩騷與漢魏文學研究》，安徽人民出版社2008年版，頁38—46；趙玉敏《孔子文學思想研究》，北京大學出版社2010年版，頁119。
③ 如劉冬穎《出土文獻與先秦儒家〈詩〉學研究》，頁26。案：劉冬穎謂《可斯》《牆又薺》《聿而》《菜萭》《角䡅》《河水》《中氏》七篇均爲佚詩（見前引書，頁26、頁39），殆未關注相關研究。趙玉敏認爲佚詩有三篇，其中一篇未見篇名，另外二篇是《仲氏》《河水》（見氏著《孔子文學思想研究》，頁121）。"可斯"非篇名，見筆者正文所論；《牆又薺》，今《毛詩·鄘風》作《墻有茨》。整理本"聿"字之釋文，李守奎等以爲未安，但李守奎、曲冰、孫偉龍編著《上海博物館藏戰國楚竹書（一—五）文字編》，頁399；李零隸定爲"枊"，謂"聿而"以音近讀爲"芣苢"（見氏著《上博楚簡三篇校讀記》，頁21）。《菜萭》，今《毛詩·王風》作《采葛》。"《角䡅》"當釋作"《角枕》"，疑得今《毛詩·唐風》之《葛生》。《中氏》，殆即《毛詩·周南》之《螽斯》。《河水》，殆即今《邶風·新臺》。參見本書《詩論》疏證的相關內容。
④ 許全勝《〈孔子詩論〉零拾》，《上博館藏戰國楚竹書研究》，頁369；于茀《金石簡帛詩經研究》，頁230。
⑤ 李零《上博楚簡三篇校讀記》，頁20。

"出此三物，以詛爾斯"，及毛傳所謂"三物，豕、犬、雞也。民不相信則盟詛之。君以豕，臣以犬，民以雞"，謂即"賓贈"之事。于茀又謂"也"實當隸定爲"已"，釋爲"已止"之"已"；"氏已"大致相當於"而已"，"賓贈氏已"乃言君子之絕，已於"賓贈"；"君子之絕如是，'息舍'之，並贈以禮物，且公開表明絕交之意"。①凡此似均可商。"賓"當通"儐"，指引導、迎接賓客，與上文"御（御）"字意思相承相貫。"贈"確實用於喪禮。除上引李零所舉列，例證還有很多。如《禮記·檀弓下》云："既封，主人贈，而祝宿虞尸。"鄭玄注："贈，以幣送死者於壙也。"然"贈"字使用範圍遠遠不限於此。《毛詩·鄭風·女曰雞鳴》有云："知子之來之，雜佩以贈之！知子之順之，雜佩以問之！知子之好之，雜佩以報之！"據該詩本文，此當爲"女"對"士"之表白，鄭箋等舊說將其間贈饋繫於主國之臣以燕禮樂異國賓客（即其大夫以君命出使者）之厚意，並不確當，然此"贈"字斷非指喪禮之"贈"。又，李零基於讀"瑳"爲"離"、讀"舍"爲"捨"以及釋"賓贈"爲喪禮用語，詮解"御丌所愛，必曰：虐奚舍之？賓贈氏也"數語，云："人一旦失去他所愛的人，一定會說我怎捨得下他（或她）呢，所以要在喪禮上送玩好之物給他。這是表達對所愛之人的懷念，內容與上'《甘棠》之愛'有關。"②此可備一說。但"御丌所愛"數語顯非評說《甘棠》。從文本組織形式看，簡文前面評析的詩有《葛覃》《甘棠》《木苽》《杕杜》（《有杕之杜》），"御丌所愛"數語不應越過《木苽》《杕杜》（《有杕之杜》），而回到《葛覃》之後的《甘棠》。《詩論》"御丌所惡，必曰：虐奚舍之"，實際上是對《有杕之杜》所謂"中心好之，曷飲食之"的關聯性引申。

〔12〕"《七衕》"句：《七衕》，今《毛詩·唐風》作《蟋蟀》。馬承源考釋謂"七"與"蟋"爲同部聲母通轉字，"衕"釋爲"衚（衕）"，與"蟀"爲同音。③昏（知）難，馬承源考釋據《蟋蟀》詩中"日月其除""日月其邁""日月其慆（毛傳：慆，過也）"數語，謂所難爲日月不可能停留之事；李零亦謂《蟋蟀》一詩"是歎歲月之逝"。④傳世《蟋蟀》凡三章，云："蟋蟀在堂，歲聿其莫。今我不樂，日月其除。無已大康，職思其居。好樂無荒（鄭箋：荒，廢亂

---

① 李零《上博楚簡三篇校讀記》，頁20；于茀《金石簡帛詩經研究》，頁230—231。
② 李零《上博楚簡三篇校讀記》，頁20。
③ 馬承源主編《上海博物館藏戰國楚竹書》（一），頁157。
④ 參閱馬承源主編《上海博物館藏戰國楚竹書》（一），頁157；李零《上博楚簡三篇校讀記》，頁20。

也），良士瞿瞿（驚遽貌）。/蟋蟀在堂，歲聿其逝。今我不樂，日月其邁。無已大康，職思其外。好樂無荒，良士蹶蹶。/蟋蟀在堂，役車其休。今我不樂，日月其慆（毛傳：慆，過也）。無已大康，職思其憂。好樂無荒，良士休休（毛傳：休休，樂道之心）。"各章内涵均分爲前後兩截，前半説歲月流逝，當及時爲樂，後半則持箴誡態度，警示好樂無荒。其所知之難顯然不是日月之不可停留，那是任何人都無法阻止或改變的，也不會是及時行樂，而祇能是指好樂無荒。故該詩有謂"良士瞿瞿"，毛傳云"瞿瞿然顧禮義也"，朱子《集傳》謂"瞿瞿，却顧之貌"；"良士蹶蹶"，毛傳、朱子《集傳》均解"蹶蹶"爲"動而敏於事"；"良士休休"，毛傳謂，"休休，樂道之心"，朱子《集傳》云，"休休，安閑之貌。樂而有節，不至於淫，所以安也"。《蟋蟀》唯此爲難，故反復强化。孔子謂"《七衡》智難"，當指此。《孔叢子·記義》篇載孔子讀《詩》及《小雅》，喟然歎曰，"吾……於《蟋蟀》，見陶唐儉德之大也"，亦可證孔子評《蟋蟀》，着眼的乃是歲月流逝中的道德持守。

〔13〕"《中氏》"句："中氏"，馬承源認爲當讀爲《仲氏》，係篇名，今本《詩經》中未見。李學勤謂指《燕燕》末章，内有"仲氏任只，其心塞淵"云云。李零以音近讀"中氏"爲"螽斯"（"中"爲端母冬部字，"螽"爲章母冬部字，古音相近；"氏"是禪母支部字，"斯"是心母支部字，古音也相近）。廖名春認爲《燕燕》簡文屢見，不可能稱爲《仲氏》。《詩經》言及"仲氏"的還有《小雅·何人斯》，但《何人斯》的"仲氏"與"君子"無涉。簡文"中氏"當爲篇名，指《螽斯》。①李、廖之説是。案今《毛詩·周南·螽斯》云："螽斯羽，詵詵兮。宜爾子孫，振振兮。/螽斯羽，薨薨兮。宜爾子孫，繩繩兮。/螽斯羽，揖揖兮。宜爾子孫，蟄蟄兮。"毛傳謂，振振，仁厚也；繩繩，戒慎也；蟄蟄，和集也。孔子謂"《中氏》君子"，殆解釋該詩所詠"爾"之子孫所以如此仁厚、戒慎、和集，乃因他是有德君子。傳世《詩序》云："《螽斯》，后妃子孫衆多也。言若螽斯不妒忌，則子孫衆多也。"孔子並未將詩旨聚焦於后妃。學界或據漢以來舊説詮釋簡文"君子"，失之。

〔14〕"《北風》"句：整理本、李學勤《釋文》等於"絀（絶）"字下斷

---

① 參閲馬承源主編《上海博物館藏戰國楚竹書》（一），頁158；李學勤《〈詩論〉與〈詩〉》，《經學今詮三編》（《中國哲學》第二十四輯），頁124；李零《上博楚簡三篇校讀記》，頁20；廖名春《上海博物館藏詩論簡校釋》，《中國哲學史》2002年第一期，頁14。

句，姜廣輝、李零等於"怨"字下斷句。①後說是。今《毛詩·邶風·北風》篇云："北風其涼，雨雪其雱。惠而好我，攜手同行。其虛其邪（馬瑞辰通釋：虛者，舒之同音假借；邪者，徐之同音假借）？既亟只且！/北風其喈，雨雪其霏。惠而好我，攜手同歸。其虛其邪？既亟只且！/莫赤匪狐，莫黑匪烏。惠而好我，攜手同車。其虛其邪？既亟只且。"孔子謂"《北風》不绝（絕）人之怨"，殆謂該詩所敘，乃爲政者殘民以逞，導致民怨沸騰、百姓將相攜而逸也。可爲參證者，《詩論》第一章載孔子曰："《峕（詩）》，丌（其）猷（猶）謗門與？戔（殘）民而獫（逸）之，丌甬（用）心也酒可女？曰：《邦風》氏（是）已。"依孔子之見，《邦風》中《北風》一詩當即敘爲政者"戔民而獫之"之事。傳世《詩序》云："《北風》，刺虐也。衛國並爲威虐，百姓不親，莫不相攜持而去焉。"鄭玄注該詩首句云："寒涼之風，病害萬物。興者，喻君政教酷暴，使民散亂。"又注末章"莫赤匪狐，莫黑匪烏"，云："赤則狐也，黑則烏也，猶今君臣相承，爲惡如一。"蓋孔子以後，學者相承有此說。參閱第一章注3。绝，馬承源考釋認爲是《說文·糸部》"絕"字古文"𦃢"之一半，係"絕"字之別體；李守奎等學者認爲該字乃"𢇍"字之異寫，从刀省，而"𢇍"字與《說文》"絕"之古文形近。②可釋爲"絕"。案：今人常以男女之事詮解《北風》，與《詩論》有異。值得注意的是該詩"惠而好我，攜手同車"句，阜陽漢簡《詩經》作"惠然好我，攜手同居"（S045）。胡平生、韓自強云："居、車，上古音皆爲見母魚部字，謂之同音相通本無問題。《莊子·徐無鬼》'乘日之車'，《莊子釋文》：'司馬云：以日爲車也。元嘉本車作居。'是古本即有以'居'代'車'者。唯姚際恒曾對'攜手同車'質疑云：'同車''同歸'，文義重複，'且云同歸，安知非車乎？'故聞一多讀此詩，遂以'歸'釋爲'之子于歸'之'歸'，謂'車者親迎之車'，以此詩爲新婦贈婿之辭。今據《阜詩》之'攜手同居'，倘讀如字，則首章云'同行'，二章云'同歸'，三章云'同居'，詩意正循序而漸進，層層深入，

---

① 參閱馬承源主編《上海博物館藏戰國楚竹書》（一），頁157；李學勤《〈詩論〉分章釋文》、姜廣輝《古〈詩序〉復原方案》（修正本），《經學今詮三編》（《中國哲學》第二十四輯），頁136、頁175；李零《上博楚簡三篇校讀記》，頁19。

② 參閱馬承源主編《上海博物館藏戰國楚竹書》（一），頁157—158；李守奎、曲冰、孫偉龍編著《上海博物館藏戰國楚竹書（一——五）文字編》，頁584。

亦甚順暢而無扞格。疑此詩實爲女子求偶之辭。"[1]《北風》所敍，確當爲女子求偶之事。然其一，如前所揭，新出《詩論》傳世《詩序》以及漢儒傳統説解並不如此看。而《阜詩》是否是使用今人常見之"同居"意，尚需進一步討論。其二，聞一多等學者之説可能違背了事實。"歸"固然常指女子出嫁，但在這一義項中，"歸"字僅僅指言女方，即便夫婿親迎，也不太可能合夫婦雙方而謂之"同歸"。《周易·漸》之卦辭云："女歸吉，利貞。"《正義》謂："'女歸吉'者，歸，嫁也，女人生有外成之意，以夫爲家，故謂嫁曰'歸'也。"就此語義，豈能謂婿與婦"同歸"？《毛詩·豳風·七月》嘗敍採桑女子"殆及公子同歸"，然其所謂"同歸"是就隨嫁媵妾與出嫁之公女而言的，並非指言婿婦兩方。更重要的是，以親迎之禮解《北風》之"攜手同車"云云，十分牽强，因爲傳統親迎禮中不當有婿婦攜手同車而歸之事。《禮記·昏義》記夫婿親迎之始末，云："父親醮子而命之迎（鄭注：酌而無酬酢曰醮），男先於女也（疏：釋命親迎之意。所以必命迎者，欲使男往迎之，女則從男迎來也。是男子先迎，女從後至，是'男先於女'也。若男子不迎，女自來至，是女自先來，不得爲'男先於女'也）。子承命以迎。主人筵几於廟，而拜迎於門外（疏：主人，女之父，以壻來親迎，故拜迎於門外，以敵禮待之）。壻執鴈入，揖讓升堂，再拜奠鴈，蓋親受之於父母也（疏：'壻執鴈入，揖讓升堂，再拜奠鴈'者，主人就東階，初入門將曲揖，當階北面揖，當碑揖，至階三讓。主人升自阼階，揖，壻升自西階，北面奠鴈再拜。'蓋親受之於父母也'，於時女房中，南面，母在房户外之西，南面，壻既拜訖，旋降出。女出房，南面，立於母左，父西面誡之，女乃西行，母南面誡之，是壻親受之於父母。但'親受之'非是分明手有親受，示有親受之義，故云'蓋'以疑之）。降出，御婦車（疏：謂壻降西階而出，親御婦車也），而壻授綏（疏：謂婦升車之時，而壻授之以綏），御輪三周（疏：謂壻御婦車之輪三匝，然後御者代壻御之）。先俟於門外。婦至，壻揖婦以入（疏：謂婦至壻之寢門，壻揖，以婦入，則稍西避之，故魏詩云'宛然左辟'，謂此時也），共牢而食（疏：在夫之寢，壻東面，婦西面，共一牲牢而同食，不異牲），合卺而酳（疏：酳，演也；謂食畢飲酒，演安其氣。卺，謂半瓢，以一瓢分爲兩瓢，謂之卺。壻之與婦各執一片以酳，故云'合卺而酳'），所以合體同尊卑，以親之也（疏：'同尊卑'，謂共牢也。'所以合

---

[1] 胡平生、韓自强《阜陽漢簡詩經研究》，上海古籍出版社1988年版，頁55—56。案：姚際恒説參見氏著《詩經通論》，《姚際恒著作集》（一），臺北，"中研院"中國文哲研究所2004年版，頁93；聞一多説參見氏著《風詩類鈔乙》，《聞一多全集》第四册，湖北人民出版社1993年版，頁500。

體同尊卑'者，欲使壻之親婦、婦亦親壻，所以體同爲一，不使尊卑有殊也）。"鄭注說得更明白："壻御婦車，輪三周，御者代之。壻自乘其車，先道之歸也。"《儀禮·士昏禮》亦記親迎之事曰："壻御婦車，授綏，姆（女師）辭不受（鄭注：壻御者，親而下之。綏，所以引升車者；僕人之禮，必授人綏。孔疏：今壻御車，即僕人禮，僕人合授綏。姆辭不受，謙也）。婦乘以几，姆加景（鄭注：景之制蓋如明衣，加之以爲行道禦塵，令衣鮮明也。景亦明也），乃驅。御者代。壻乘其車先，俟于門外。婦至，主人揖婦以入。"鄭注云："驅，行也。行車輪三周，御者乃代壻。"要之，依親迎之禮，壻御婦車，車輪行三周即由御者替代，而自乘其車先導，俟婦於大門之外，二人並非同車而歸。其三，依據《阜詩》讀《北風》"攜手同車"爲"攜手同居"，其實並不合理。"同居"即同住，以"攜手"爲"同居"之行爲方式，實屬不辭。《北風》首章言"攜手同行"，次章言"攜手同歸"，末章言"攜手同車"，的確是層層深入加以敘寫：同行者不必同歸，故由"同行"至"同歸"，已進了一層，"同車"是同行、同歸的具體實施，故至"同車"又進了一層，三者並非簡單重複。《詩三百》善用重章疊句，各章相同位置之語詞旨意相同、相近而相貫者，比比皆是，不足爲怪。題材頗相類者，如《鄭風·有女同車》凡二章，云："有女同車，顏如舜華。將翺將翔，佩玉瓊琚。彼美孟姜，洵美且都！/有女同行，顏如舜英。將翺將翔，佩玉將將。彼美孟姜，德音不忘！"前敘"有女同車"，後敘"有女同行"，堪爲《北風》"攜手同行""攜手同車"二語之注脚，足以證明解《北風》之"同車"爲"同居"，不過是想當然耳。《有女同車》與《北風》之敘事次序不同，乃因前者爲既成之事，故先聚焦"同車"之實，再點破"同行"之意，後者則爲招邀將行之辭，故遞次明"同行""同歸"之意，最後以"同車"點破實行此意之具體着手處。如此看來，《阜詩》之"同居"倒是應該讀爲"同車"。爲了準確地理解《詩論》的相關評述，對此不能不予以辨析。又，《詩論》評析《北風》之所以凸顯政教之酷烈，而不以普通男女招邀視之，殆因該詩重點實在此事之所由，故篇中反復出現"其虛其邪？既亟只且"，以及"莫赤匪狐，莫黑匪烏"等強烈暗示，此數語本事難以捉搦，促使孔子做出了《詩論》所記的這一解釋。

〔15〕"《子立》"句：據李零估測，簡二十七下端殘缺九字。① 《子立》，整理本、李學勤《釋文》等均未作當篇名；馮勝君、姜廣輝等釋爲《子衿》

---

① 李零《上博楚簡三篇校讀記》，頁19。

（"立"上古音屬來紐緝部，"衿"上古音屬見紐侵部，緝、侵二部對轉，來紐、見紐關係密切，故"立""衿"二字古音相近可通）；李零也認爲應是篇名。①"子立"確當爲《詩三百》篇名之一，可簡文相關評論殘缺，無從深考。《詩三百》以"子"起頭的篇題殆亦衹能是《子衿》（今見《鄭風》）。

〔16〕據李零估測，簡二十三上端殘缺二十八字。②

〔17〕"麇鳴"句：《麇鳴》即《鹿鳴》，今見《毛詩·小雅》。馬承源考釋謂"麇"字从鹿从录录亦聲；李守奎等指出，"麇"爲"鹿"之異體，"下部變形音化爲录"。③《鹿鳴》詩云："呦呦鹿鳴，食野之苹。我有嘉賓，鼓瑟吹笙。吹笙鼓簧，承筐是將。人之好我，示我周行。/呦呦鹿鳴，食野之蒿。我有嘉賓，德音孔昭。視民不恌（偷），君子是則是傚。我有旨酒，嘉賓式燕以敖（毛傳：敖，遊也）。/呦呦鹿鳴，食野之芩。我有嘉賓，鼓瑟鼓琴。鼓瑟鼓琴，和樂且湛。我有旨酒，以燕樂嘉賓之心。"案：《詩論》謂《鹿鳴》"㠯樂㚔（始）而會"，即指"我有嘉賓，鼓瑟吹笙。吹笙鼓簧"，"我有嘉賓，鼓瑟鼓琴"云云；謂《鹿鳴》"㠯道交"，即指"人之好我，示我周行"（毛傳："周，至。行，道也"）；謂《鹿鳴》"見善而㳟（傚）"，即指"我有嘉賓，德音孔昭。視民不恌，君子是則是傚"；謂《鹿鳴》"冬（終）虖不猒（厭）人"，則當是指"我有嘉賓……和樂且湛"，不厭人則和樂矣。㚔，整理本隸定爲"訂"，馬承源考釋謂讀爲"詞"。李守奎等隸定爲"㚔"；李零指整理本隸定不準確，讀爲"詞"亦可商，當隸定爲"㚔"，據文義讀爲"始"，與下文"冬（終）"相對。④㳟，李守奎等謂爲"敎"之異體。⑤《說文》收"敎"字於敎部，釋云，"上所施下所效也，从攴从㳟"；收"㳟"字於子部，釋云，"放也，从子，爻聲"。段注《說文》釋"㳟"，曰："'放''仿'古通用。……'㳟'訓'放'者，謂隨之依之也。今人則專用'仿'矣。'敎'字、'學'字皆以'㳟'會意。'敎'者，與人

---

① 參閱馬承源主編《上海博物館藏戰國楚竹書》（一），頁157—158；李學勤《〈詩論〉分章釋文》，《經學今詮三編》（《中國哲學》第二十四輯），頁136；馮勝君《讀上博簡〈孔子詩論〉札記》，《古籍整理研究學刊》2002年第二期，頁12；姜廣輝《古〈詩序〉復原方案》（修正本），《經學今詮三編》（《中國哲學》第二十四輯），頁175；李零《上博楚簡三篇校讀記》，頁19。

② 李零《上博楚簡三篇校讀記》，頁28。

③ 參閱馬承源主編《上海博物館藏戰國楚竹書》（一），頁152；李守奎、曲冰、孫偉龍編著《上海博物館藏戰國楚竹書（一——五）文字編》，頁461。

④ 參閱李守奎、曲冰、孫偉龍編著《上海博物館藏戰國楚竹書（一——五）文字編》，頁61；李零《上博楚簡三篇校讀記》，頁28。

⑤ 李守奎、曲冰、孫偉龍編著《上海博物館藏戰國楚竹書（一——五）文字編》，頁179、頁647。

以可放也；'學'者，放而像之也。"許慎、段玉裁説殆是。冬，同"終"。馬王堆帛書《稱》篇有"詰詰作事，毋從我冬始"語，"冬始"即"終始"。猒，同"厭"。《説文·甘部》云："猒，飽也，从甘从肰。"段注曰："'厭'專行而'猒'廢矣。……'猒''厭'古今字，'猒''饜'正俗字。"

〔18〕"《兔苴》"句：《兔苴》當即今《毛詩·周南》之《兔罝》。苴，整理本釋爲"虘"，李守奎等隸定爲"苴"，謂該字見於《爾雅·釋草》，^①審圖版，後説近是。《爾雅·釋草》："菌，苴也。"郭璞注："作履苴草。"邢昺疏："菌……一名苴，即蒯類也。中作履底。"案傳世《兔罝》凡三章，云："肅肅兔罝，椓之丁丁。赳赳武夫，公侯干城。/肅肅兔罝，施于中逵。赳赳武夫，公侯好仇。/肅肅兔罝，施于中林。赳赳武夫，公侯腹心。"全詩核心正是用人之事。孔子謂"《兔苴》丌甬人，則虘取"，蓋肯定其用人有道，較契合詩作本旨。傳世舊説多牽强附會。如《詩序》云："《兔罝》，后妃之化也。《關雎》之化行，則莫不好德，賢人衆多也。"或以簡二十一之文字接續簡二十三，評《兔罝》之語遂成爲："《兔罝》其用人，則吾取貴也。"^②所謂用人"取貴"，實有違於儒墨諸家推重賢才的思想。孔子論爲政，曰"舉賢才"（《論語·子路》）。《五行》經文第二十一章云："君子，知而舉之，胃（謂）之尊賢。"説文第二十一章云："'君子，知而舉之'也者，猶堯之舉舜 也 ， 湯 之舉伊尹也。舉之也者，成（誠）舉之也。知而弗舉，未可胃尊賢。"

〔19〕李學勤、姜廣輝將簡十九與簡十八拼合，估測簡十九上端殘缺十六字，黄懷信估測殘缺十五字；李零不拼合，估測簡十九之上端殘缺二十七字。^③今從後説。此數語殘缺已甚，由簡文本身很難判斷所論究爲何篇。尚存文字中，"𣎆"字整理本未隸定和釋讀，而摹寫爲"𣎆"，李學勤空置，殆同整理本，姜廣輝、李零

---

① 參閲馬承源主編《上海博物館藏戰國楚竹書》（一），頁152—153；李守奎、曲冰、孫偉龍編著《上海博物館藏戰國楚竹書（一—五）文字編》，頁35。
② 廖名春《上海博物館藏詩論簡校釋》，《中國哲學史》2002年第一期，頁16。
③ 參閲李學勤《〈詩論〉分章釋文》，《經學今詮三編》（《中國哲學》第二十四輯），頁136，以及《上博館藏戰國楚竹書研究》，頁59；姜廣輝《古〈詩序〉復原方案》（修正本），《經學今詮三編》（《中國哲學》第二十四輯），頁175；黄懷信《上海博物館藏戰國楚竹書〈詩論〉解義》，頁8—9；李零《上博楚簡三篇校讀記》，頁12。

等讀爲"溺",李守奎等徑視作殘文。① 此字在簡文中寫作左下之形,而上博館藏《鮑叔牙(鮑叔牙)與級痽(隰朋)之諫》"老溺(弱)不墾(型)"之"溺"則寫作右下之形:

右字上部即"溺",寫法與上博簡《姑成豕(家)父》"參(曑)垟(封)歐(既)亡,公豕(家)乃潫(溺)"之"潫(溺)"等相同。而《詩論》"溺"字與右字之上半近同,其右上殘泐部分當爲"刀"符,尚有部分殘筆,因與鄰近的"弓"形相連,致使二者都難以辨認;其間較大的差別是,"溺"字左側多一"弓"字,應該是繁省之異。故整理本摹寫不當,"溺"字確可釋爲"溺"。"怨"字,馬承源考釋讀爲"捐";李守奎等認爲當讀爲"怨";李零指出該字簡文多用爲"怨",如簡十八有"因木苽(瓜)之保(報),旨俞(喻)丌怨"(案見本章下文),簡三有"多言難而怨退者"(案見第十章),可以互證。②
案:黃懷信以"强"釋"溺",又據文義於"强志"前補"柏舟"二字,謂指《鄘風·柏舟》之篇。③ 釋"溺"爲"强",就字形言似未甚切;釋"溺志"爲"强志",以爲指涉詩中"之死矢靡它"云云,亦未扣緊簡文謂該詩"又溺志"所把握的要點:"既曰天也,歆(猶)又(有)怨(怨)言"。將"溺志"釋爲"溺志"顯然更佳。《禮記·樂記》嘗載子夏(前507—前420)曰:"鄭音好濫淫志,宋音燕女溺志,衛音趨數煩志,齊音敖辟喬志。""溺志"即使心志沉湎於其中,不過子夏用此語頗多批評意味,《詩論》以之概括《鄘風·柏舟》,殆偏重於指涉一般的事實。《毛詩·衛風·氓》有謂"于嗟女兮,無與士耽",與士耽湎於男歡女愛之中,即所謂溺志。故簡文此句當補爲:"《 柏舟 》又(有) 溺(溺)志,既曰天也,歆(猶)又(有)怨(怨)言。"其大意是

――――――

① 參閱馬承源主編《上海博物館藏戰國楚竹書》(一),頁148;李學勤《〈詩論〉分章釋文》《〈詩論〉與〈詩〉》,《經學今詮三編》(《中國哲學》第二十四輯),頁136、頁124—125;姜廣輝《古〈詩序〉復原方案》(修正本),《經學今詮三編》(《中國哲學》第二十四輯),頁175;李零《上博楚簡三篇校讀記》,頁12—13;李守奎、曲冰、孫偉龍編著《上海博物館藏戰國楚竹書(一——五)文字編》,頁686。

② 參閱馬承源主編《上海博物館藏戰國楚竹書》(一),頁148;李守奎、曲冰、孫偉龍編著《上海博物館藏戰國楚竹書(一——五)文字編》,頁376;李零《上博楚簡三篇校讀記》,頁13。

③ 參閱黃懷信《上海博物館藏戰國楚竹書〈詩論〉解義》,頁9、頁85、頁89。

説,《柏舟》一詩,主人公之心志有所沉溺,所以既呼天啊,又發出怨尤之言。傳世《鄘風·柏舟》共二章,云:"汎彼柏舟,在彼中河。髧彼兩髦,實維我儀,之死矢靡它。母也天只! 不諒人只! /汎彼柏舟,在彼河側。髧彼兩髦,實維我特,之死矢靡慝。母也天只! 不諒人只!"兩章之"母也天只",即呼天之言(其中"天只"與簡文所引"天也",尤為一致),"不諒人只",即怨尤之言。主人公呼天搶地、怨天尤人,正見出其志有沉迷。而自誓"之死矢靡它""之死矢靡慝",亦可見主人公之有溺志。《詩論》以"又溺志"評《鄘風·柏舟》,概括極嚴,提挈甚當。《孔叢子·記義》篇載孔子讀《詩》及《小雅》,喟然而歎曰,"吾……於《柏舟》,見匹夫執志之不可易也",與《詩論》之評正相通。"白"通"柏",參見簡文第六章之"《北·白舟》"(簡二十六)及其注。李學勤、廖名春謂《詩論》"既曰天也,猷又怠言"乃評《毛詩·鄘風·君子偕老》。該詩鋪陳宣姜美貌,有曰"胡然而天也,胡然而帝也"。《小序》云:"《君子偕老》,刺衛夫人也。夫人淫亂,失事君子之道,故陳人君之德,服飾之盛,宜與君子偕老也。"簡文"既曰天也"是驚歎其容貌之美,"猶有怨言"是"刺"其有失"事君子之道"。①《詩序》是否得原詩本旨、是否與《詩論》一致,姑置之不論,驚歎宣姜容貌之美與刺宣姜有失事君子之道,尤其是後一方面,很難說是有溺志。又,"《白舟》"之上殘缺部分,當是評析其他詩篇。

〔20〕"木芯"句:簡十九最下面一個殘字,整理本疑為"交"字,李零指出就其殘餘部分看,與簡文"交"字大體吻合;②李學勤、姜廣輝以為簡十九和簡十八當直接綴合,故將簡十九最下殘文與簡十八最上殘文合釋為一個"因"字,黃懷信、李守奎等均承襲此說。③案:簡文"因"字,"大"形外圍之"口"形無論規則與否,均周匝密合。細審簡文這兩個殘字,採用合理的拼接方式來處理,左右上角總不能密合,故將二者拼為一個"因"字依據不夠充分,應予分釋。據李零估

---

① 參閱李學勤《〈詩論〉與〈詩〉》,《經學今詮三編》(《中國哲學》第二十四輯),頁124—125;廖名春《上海博物館藏詩論簡校釋》,《中國哲學史》2002年第一期,頁13。

② 參閱馬承源主編《上海博物館藏戰國楚竹書》(一),頁148;李零《上海楚簡三篇校讀記》,頁13。

③ 參閱李學勤《〈詩論〉簡的編聯與復原》,《中國哲學史》2002年第一期,頁6;李學勤《〈詩論〉分章釋文》、姜廣輝《古〈詩序〉復原方案》(修正本),《經學今詮三編》(《中國哲學》第二十四輯),頁136、頁175;黃懷信《上海博物館藏戰國楚竹書〈詩論〉解義》,頁8、頁91;李守奎、曲冰、孫偉龍編著《上海博物館藏戰國楚竹書(一——五)文字編》,頁330。

測，簡十九下端"交"字下殘缺約有八字。①寴忢，即"藏願"，意同本章前文所謂"陞志"（簡二十）。"志"爲心之所之，很大程度上可以理解爲"願"。故孔子屢次要弟子各言其"志"，弟子往往答以"願如何如何"，參見本書附論《新出土〈詩論〉以及中國早期詩學的體系化根源》。寴，李守奎等指出當是"貯藏"之"藏"。忢，李守奎等認爲是"忢"字之異構，讀爲"願望"之"願"。②達，傳達、表達。《論語·衛靈公》載孔子曰："辭達而已矣。"交，當與前文"或前之而后交"（簡二十）之"交"同意，參閱本章注8。

〔21〕據李零估測，簡十八上端殘缺十二字。③因木苤之保，目俞丌悥者也：大意是説，《木苤（瓜）》一詩之主人公，通過回報對方投我以木瓜，來表達自己永以爲好的心願。木苤，馬承源考釋謂即《毛詩·衛風·木瓜》原篇名，姜廣輝、李零等學者均加書名號，④不當，此處當是指對方投送自己的木瓜。保，通"報"；《木瓜》首章云"投我以木瓜，報之以瓊琚"，次章和末章又出現了功能相同的"報之以瓊瑶""報之以瓊玖"，足以爲證。俞，當讀爲"喻"，與簡文第四章《鳲疋》曰色俞於豐（簡十）以及本章"丌陞志必又曰俞也"（簡二十）之"俞"相同。悥，李守奎等《文字編》、饒宗頤主編之《字匯》均視爲"悁"字之異構，⑤在簡文中與其上文"寴忢"之"忢"意同，讀爲"願"。

〔22〕"《杕杜》"句：該句之《杕杜》仍然是指《唐風·有杕之杜》，其意爲，《有杕之杜》之主人公確實喜歡彼君子的到來。該詩通體流露出對君子"適我"、君子"來遊"的喜悦，故《詩論》謂之誠喜其至。參閱本章注11。情，誠，確實。《墨子·非攻上》："今至大爲不義攻國，則弗知非，從而譽之，謂之義。情不知其不義也，故書其言以遺後世。"王念孫《讀書雜志·墨子第一》曰："'情不知'即'誠不知'。凡《墨子》書中'誠''情'通用者，不可枚舉。"悥，喜悦；後作"喜"。案：李學勤、姜廣輝、李零等學者均於"情"字下斷句，

---

① 李零《上博楚簡三篇校讀記》，頁12。
② 參閱李守奎、曲冰、孫偉龍編著《上海博物館藏戰國楚竹書（一—五）文字編》，頁34、頁431、頁496。
③ 李零《上博楚簡三篇校讀記》，頁15。
④ 參閱馬承源主編《上海博物館藏戰國楚竹書》（一），頁148；姜廣輝《古〈詩序〉復原方案》（修正本），《經學今詮三編》（《中國哲學》第二十四輯），頁175；李零《上博楚簡三篇校讀記》，頁15。
⑤ 參閱李守奎、曲冰、孫偉龍編著《上海博物館藏戰國楚竹書（一—五）文字編》，頁490、頁376；饒宗頤主編《上博藏戰國楚竹書字匯》，頁551。

值得商榷。①

第六章

□□□□□□□□□□□□□《東方未明》又利訝。[1]《酒中》之言，不可不韋也。[2]《湯之水》丌惡婦愁。[3]《菜蕭》之惡婦□□□□□□□。[4]（十七）……《君子腸腸》少人。[5]《又兔》不弄時。[6]《大田》之衰章，皆言而又豊。[7]《少明》不……[8]（二十五）□□□□□忠。[9]《北·白舟》悶。[10]《浴風》惡。[11]《蓼莪》又孝志。[12]《陞又長楚》异而悓之也。□□□。[13]（二十六）□□□□□《相鼠》言亞而不憂。[14]《牂又薺》慙窘而不皆言。[15]《青蠅》皆□□□□□□□□□□□□□□□[16]（二十八）□□□□□□《恙而》不皆人。[17]《涉秦》丌絁？[18]《樹而》士。[19]《角櫛》婦。[20]《河水》皆□□□□□□□□□□□□□[21]（二十九）

[1] 據李零估測，簡十七上端殘缺十九字，李學勤、姜廣輝認爲此處無闕文，黃懷信謂此簡上端似圓弧形而殘，亦斷定"東"字上無其他殘缺文字。②案：《詩論》各簡上端弧形完整者，比如簡八至簡十、簡十四、簡二十一等，其首字均完整無損。簡十七上端雖似弧形，然現存第一字"東"之殘損殆有三分之一，很難說它原本就是該簡之首字，故該簡上端略作弧形，當係偶然所至。李守奎等學者將該字歸於殘文，謂關聯下文，對照傳世文獻，斷定當是"東"。③《東方未明》又利訝，《東方未明》一詩今見《毛詩·齊風》。"訝"字，整理本隸定爲"訝"，馬承源考釋以之爲"詞"之古寫，又謂"利詞"指"詩句直言朝政無序"；李零

---

① 參閱李學勤《〈詩論〉分章釋文》、姜廣輝《古〈詩序〉復原方案》（修正本），《經學今詮三編》（《中國哲學》第二十四輯），頁136、頁175；李零《上博楚簡三篇校讀記》，頁15。

② 參閱李零《上博楚簡三篇校讀記》，頁24；李學勤《〈詩論〉分章釋文》、姜廣輝《古〈詩序〉復原方案》（修正本），《經學今詮三編》（《中國哲學》第二十四輯），頁137、頁176；黃懷信，《上海博物館藏戰國楚竹書〈詩論〉解義》，頁9。

③ 李守奎、曲冰、孫偉龍編著《上海博物館藏戰國楚竹書（一一五）文字編》，頁686。

隸定爲"嘼",疑讀爲"始",指天未明;李守奎等隸定爲"訋",釋爲"詞"之異寫。①"利訋"當即"利詞",即敏捷巧辯之説。今《東方未明》云:"東方未明,顛倒衣裳。顛之倒之,自公召之。/東方未晞,顛倒裳衣。倒之顛之,自公令之。/折柳樊圃,狂夫瞿瞿。不能辰夜,不夙則莫。"《詩序》云:"《東方未明》,刺無節也。朝廷興居無節,號令不時,挈壺氏不能掌其職焉。"鄭玄箋:"號令,猶召呼也。挈壺氏,掌漏刻者。"該詩末章譏挈壺氏不勝任其事,殆《詩論》所謂"利訋"。《論語·鄉黨》云:"君命召,不俟駕行矣。"齊大夫景丑嘗引《禮》曰:"父召,無諾;君命召,不俟駕。"(《孟子·公孫丑下》)萬章曰:"孔子'君命召,不俟駕而行'。然則孔子非與?"孟子曰:"孔子當仕有官職,而以其官召之也。"(《孟子·萬章下》)郭店簡《告自命出》下篇有云:"人之攷(巧)言利訋(詞)者,不又(有)夫詘詘(殆形容樸質)之心則流。"

〔2〕"《㸁中》"句:《㸁中》,今《毛詩·鄭風》作《將仲子》;"㸁"同《説文·酉部》"醬"之古文,讀爲"將","中"通"仲"。"韋"通"畏"。傳世《將仲子》云:"將仲子兮,無踰我里,無折我樹杞。豈敢愛之?畏我父母。仲可懷也,父母之言,亦可畏也。/將仲子兮,無踰我墙,無折我樹桑。豈敢愛之?畏我諸兄。仲可懷也,諸兄之言,亦可畏也。/將仲子兮,無踰我園,無折我樹檀。豈敢愛之?畏人之多言。仲可懷也,人之多言,亦可畏也。"《詩論》認同《㸁中》以人言爲鑒戒的取向,故謂"《㸁中》之言,不可不韋也"。此評頗有深意。《將仲子》"畏父母"→"畏諸兄"→"畏人"之圖式,暗含了早期儒家對禮的部分認知。《五行》説文第二十五章云:"'榆(喻)而 知 之,胃(謂)之進 之 ':弗榆也,榆則知之 矣 ;知之則進耳。榆之也者,自所小好榆虖(乎)所大好。'菱芍(窈窕) 淑女 , 唔 眛(寤寐)求之',思色也。'求之弗得,唔眛思伏(服)',言亓(其)急也。'繇才繇才(悠哉悠哉),婘槫反廁(輾轉反側)',言亓甚 急也 。 急 如此亓甚也,交諸父母之廁,爲諸?則有死弗爲之矣。交諸兄弟之廁,亦弗爲也。交 諸 邦人之廁,亦弗爲也。 畏 父兄,亓殺(其繼)畏人,禮也。繇色榆於禮,進耳。"《五行》所發揮之《關雎》大義,含有與《詩論》評《㸁中》性質、取向均相同的圖式,即畏父母→畏兄弟→畏邦人,其間包含一個由親及疏展開的邏輯層次,《五行》以此爲基礎,十分明確地界定了"禮"。《詩論》評《㸁中》,殆即着眼於其"別(同)異""定親疏

---

① 參閲馬承源主編《上海博物館藏戰國楚竹書》(一),頁146;李零《上博楚簡三篇校讀記》,頁25;李守奎、曲冰、孫偉龍編著《上海博物館藏戰國楚竹書(一——五)文字編》,頁435。

的取向。《禮記·曲禮》云：："夫禮者，所以定親疏，決嫌疑，別同異，明是非也。"而《荀子·樂論》云："……樂也者，和之不可變者也；禮也者，理之不可易者也。樂合同，禮別異。禮樂之統，管乎人心矣。"

〔3〕"《湯之水》"句：《湯之水》，傳世《毛詩》作《揚之水》，"湯"通"揚"。恝，整理本隸定爲"悡"，認爲是《集韻》所說"憝"之省文，在此則可以看作楚國的簡體字，解其義爲離恨；李守奎等隸定爲"悡"，亦據《集韻·脂韻》視爲"憝"之省文。李零認爲該字非表示恨、怠之義的"憝"字；李學勤釋"悡"爲"烈"，姜廣輝從之。其說是。① "烈"者甚也。案：《毛詩·國風》有三首《揚之水》。《王風·揚之水》述離開家室在外戍守者思念家室，而急切盼望還歸。比如其首章云："揚之水，不流束薪。彼其之子，不與我戍申。懷哉懷哉！曷月予還歸哉？"朱熹《集傳》謂"彼其之子"乃戍人指其家室而言，可資參考。《鄭風·揚之水》之首章云："揚之水，不流束楚。終鮮兄弟，維予與女。無信人之言，人實迋女。"朱熹解"予""女"爲男女相謂，可能不妥。該詩主人公殆謂兄弟不多，唯予汝二人，勿爲他人不實之言所誑騙，其間並不關涉"惡婦"之意。《唐風·揚之水》之首章云："揚之水，白石鑿鑿。素衣朱襮，從子于沃。既見君子，云何不樂？"其末章云："揚之水，白石粼粼。我聞有命，不敢以告人！"舊說往往據晉人與曲沃桓叔之事來作解釋，未必完全準確，但全詩特別是其末章絕非敘述夫婦之事的口吻。馬承源考釋簡文及《王風·揚之水》之意均有可商榷處，但謂簡文辭意合乎《王風·揚之水》，則是可取的。② 《詩論》殆謂該詩主人公之所以眷眷懷歸，乃因其愛婦之情強烈，惟其如此，主人公反復詠歌懷歸之情，而注目於"彼其之子，不與我戍申"，"彼其之子，不與我戍甫"，"彼其之子，不與我戍許"。

〔4〕"《采萬》"句：據李零估測，簡十七下端殘缺十字。李學勤、姜廣輝認爲簡十七下端缺三字，而徑接簡二十五開題之"腸腸"，故李學勤補"君子"，姜廣輝據《采葛》詩意，又於"君子"之上補"深"字，亦即將"《采萬》"以下補爲"《采萬》之惡婦 深 。《 君子 》"。黄懷信則認爲簡十七之闕文均在下

---

① 參閱馬承源主編《上海博物館藏戰國楚竹書》（一），頁146—147；李守奎、曲冰、孫偉龍編著《上海博物館藏戰國楚竹書（一——五）文字編》，頁490；李零《上博楚簡三篇校讀記》，頁25；李學勤《〈詩論〉分章釋文》、姜廣輝《古〈詩序〉復原方案》（修正本），《經學今詮三編》（《中國哲學》第二十四輯），頁137、頁176。

② 馬承源主編《上海博物館藏戰國楚竹書》（一），頁147。

端,凡三十五字左右,並據《菜萬》詩意,將第一個缺字補爲"切"。①案《菜萬》,今《毛詩·王風》作《采葛》,整理本未釋出;②"菜"通"采","萬"通"葛",參閱第五章注釋4。傳世《采葛》全詩云:"彼采葛兮,一日不見,如三月兮。/彼采蕭兮,一日不見,如三秋兮。/彼采艾兮,一日不見,如三歲兮!"《詩論》殆謂此詩乃抒發男子愛婦之情懷,其殘缺之斷語補爲"深"或者"切",一方面參考了前後簡文之語例,一方面也是由詩意推得。

〔5〕李零以爲簡二十五向上銜接不明,位置也不明,故於該簡現存文字前加省略號以示意。黃懷信將簡二十五、二十六編聯爲一簡,斷定其上端缺二到三字,僅補"君子"。此前,廖名春、李學勤、姜廣輝、王志平等亦補"君子";周鳳五未補,釋"腸腸"爲"蕩蕩",視爲篇名。③《 君子 腸腸》少人,《君子腸腸》,今《毛詩·王風》作《君子陽陽》。"腸"通"陽";"少人"即"小人"。該詩云:"君子陽陽,左執簧,右招我由房,其樂只且!/君子陶陶,左執翿,右招我由敖,其樂只且!"《詩論》何以用"少人"評《君子陽陽》,文獻不足徵,不易琢磨。或者其意在批評該詩之"君子"爲樂而不敬,從德行上説乃小人之舉;或者其所謂"少人"之"少"或者"小人"之"小"乃用其輕視、鄙視之義,意在批評"君子"之"招"嫌於輕慢。孟子嘗曰:"昔齊景公田,招虞人以旌,不至,將殺之。志士不忘在溝壑,勇士不忘喪其元。孔子奚取焉?取非其招不往也……"(《孟子·滕文公下》)萬章請教:"敢問招虞人何以?"孟子曰:"以皮冠。庶人以旃,士以旂,大夫以旌。以大夫之招招虞人,虞人死不敢往。以士之招招庶人,庶人豈敢往哉?況乎以不賢人之招招賢人乎?欲見賢人而不以其道,猶欲其入而閉之門也。夫義,路也;禮,門也。惟君子能由是路,出入是門也……"(《孟子·萬章下》)這些或可作爲參考。案:馬承源謂簡二十五上下端殘,却以現有文字中最上面的兩個字即"腸腸"爲一句之首,以爲可能是《大雅·蕩之什》的篇名。傳世《蕩》詩起首爲"蕩蕩上帝,下民之辟","腸腸"很

---

① 參閱李零《上博楚簡三篇校讀記》,頁24;李學勤《〈詩論〉分章釋文》、姜廣輝《古〈詩序〉復原方案》(修正本),《經學今詮三編》(《中國哲學》第二十四輯),頁137、頁176;黃懷信《上海博物館藏戰國楚竹書〈詩論〉解義》,頁9、頁103。

② 馬承源主編《上海博物館藏戰國楚竹書》(一),頁147。

③ 參閱李零《上博楚簡三篇校讀記》,頁23;黃懷信《上海博物館藏戰國楚竹書〈詩論〉解義》,前言頁10、頁10;廖名春《上海博物館藏詩論簡校釋》,《中國哲學史》2002年第一期,頁16;李學勤《〈詩論〉分章釋文》、姜廣輝《古〈詩序〉復原方案》(修正本),《經學今詮三編》(《中國哲學》第二十四輯),頁137、頁176;王志平《〈詩論〉箋疏》,《上博館藏戰國楚竹書研究》,頁224;周鳳五《〈孔子詩論〉新釋文及注解》,《上博館藏戰國楚竹書研究》,頁155。

可能原本爲《蕩》之篇名。馬承源又説："孔子評論爲'小人'，與此評意相近的詩句有：'天生烝民，其命匪諶。靡不有初，鮮克有終。'這是第一章句。《蕩》共八章，自第二章開始，都是文王抨擊殷商的咨責之辭，一個王朝不能稱之爲'小人'。……其下七章與第一章在内容方面没有任何聯繫。第一章是指上帝與烝民，後七章是'咨女殷商'，當是另一篇内容，可能簡序亂列。與第一章綴合爲一篇。《大夏》既爲頌'盛德'，則此第一章與'盛德'無關之詩，可能原在《少夏》中。今本《大雅》中凡小序所言刺厲王的《民勞》《板》《抑》《桑柔》《瞻卬》《召旻》等包括《蕩》在内，都是反映嚴重的統治敗壞、社會衰退，和《大夏》之稱'盛德'不啻天淵之别，故此七章原當列入《少夏》之中，而爲漢儒整理時所混雜。"①這種論析在所有關鍵環節上都太過簡單化。

〔6〕"《又兔》"句：《又兔》殆即今《毛詩·王風》之《兔爰》，乃取其篇首二字爲題，《毛詩》之篇題則是撮取首句之重要字眼。今《兔爰》云："有兔爰爰，雉離于羅。我生之初，尚無爲。我生之後，逢此百罹。尚寐無吡（毛傳：吡，動也）！/有兔爰爰，雉離于罦。我生之初，尚無造（毛傳：造，僞也）。我生之後，逢此百憂。尚寐無覺！/有兔爰爰，雉離于罿。我生之初，尚無庸（鄭箋：庸，勞也）。我生之後，逢此百凶。尚寐無聰。"《詩論》以"不弄時"概括該詩意指，十分切當。弄，"奉"字之異構，②《説文·廾部》"奉"从手从廾，丰聲，簡文"弄"字从廾丰聲；讀爲"逢"。

〔7〕"《大田》"句：《大田》，今見《毛詩·小雅·甫田之什》。裹，《説文》無，李守奎等認爲係楚之"卒"字，又謂楚"衣""卒"之别，在是否有"爪"。③案今《大田》之卒章云："曾孫來止，以其婦子，饁彼南畝，田畯至喜。來方禋祀，以其騂黑，與其黍稷。以享以祀，以介景福。"這一章，詠田事而及禋祀四方之禮。鄭箋云："喜，讀爲饎；饎，酒食也。成王出觀農事，饋食耕者，以勸之也。司嗇至，則又（如）〔加〕之以酒食，勞倦之爾。"又云："成王之來，則又禋祀四方之神，祈報焉。陽祀用騂牲，陰祀用黝牲。"《正義》曰："此以田事爲主。成王出觀民事，因即祭祀，故云'成王之來，則又禋祀四方之神，祈報焉'，對'出觀'爲文也。此出觀之祭，則祭當在秋。'祈''報'並言者，言其報以成，而祈後年也。陽祀用騂牲，陰祀用黝牲，《地官·牧人》文也。

---

① 馬承源主編《上海博物館藏戰國楚竹書》（一），頁555。
② 參閲李守奎、曲冰、孫偉龍編著《上海博物館藏戰國楚竹書（一—五）文字編》，頁129。
③ 參閲李守奎、曲冰、孫偉龍編著《上海博物館藏戰國楚竹書（一—五）文字編》，頁142、頁412。

彼注云，陽祀南郊及宗廟，陰祀北郊及社稷。非四方之神，而引以解此者，以毛分'騂黑'爲三牲（案毛云：騂，牛也。黑，羊、豕也）。鄭以'騂黑'爲二色，故引《牧人》'騂''黝'以明'騂黑'爲別方之牲耳，非謂四方之祭在陽祀、陰祀之中也。知方祀各以其方色牲者，《大宗伯》云，青圭禮東方，赤璋禮南方，白琥禮西方，玄璜禮北方，'皆有牲幣，各放其器之色'。注云以爲禮五天帝人帝，而句芒等食焉。是五官之神，其牲各從其方色，則宜五色。獨言'騂黑'者，略舉二方以韻句耳，故易傳。大宗伯職，祀天乃稱禋（案《周禮・春官・大宗伯》：大宗伯之職……以禋祀祀昊天上帝）。五祀在血祭之中，而言'禋'者，此五官之神有配天之時，配天則禋祀。此祭雖不配天，以其嘗爲禋祀，故亦以'禋'言之。五祀在血祭之中，則用太牢矣，故上篇（案即《甫田》）云'與我犧羊，以社以方'，是方祭有羊。孫毓以爲方用特牲，非禮意也。"《詩論》是否也如此分章，由其論《閟予（關雎）》來看可能未必，參見簡文第四章注12。如其所謂卒章確指這一部分，"又（有）豊（禮）"之評易於理解，"晉（知）言"之說則殊難捉摸。又，黃懷信意識到這一問題，認爲《詩論》所論《大田》殆無今所見第四章，其所謂卒章指的是今所見第三章。黃氏云："其（案指傳世《大田》）卒章沒有'言'可以肯定。所以，也談不上'知言'。竊疑《詩論》所謂'卒章'，指今本第三章；'言'，當指'雨我公田，遂及我私'二句。因爲二句無疑是希望之言。先'公'後'私'，講得既合時宜，也合禮法，所以說'知言而有禮'。據此可知，《詩論》作者所見《大田》篇當缺第四章。《詩序》曰：'《大田》，刺幽王也。言矜寡不能自存焉。'無疑也指第三章言。"①此說頗可參考，但尚有待於更可靠的文獻依據。今見《大田》第三章云："有渰萋萋，興雨祈祈，雨我公田，遂及我私。彼有不穫穉，此有不斂穧；彼有遺秉，此有滯穗；伊寡婦之利。"又，"知言"在早期儒學中有兩義，一義是指善於辨析和認知他人言辭。孔子曰："不知命，無以爲君子也。不知禮，無以立也。不知言，無以知人也。"（《論語・堯曰》）何晏注引馬融曰："聽言則別其是非也。"朱熹《集注》云："言之得失，可以知人之邪正。"而孟子對公孫丑，嘗謂"我知言"，且解釋說，"詖辭知其所蔽，淫辭知其所陷，邪辭知其所離，遁辭知其所窮"（《孟子・公孫丑上》）。另一意是指知言說之道，言而得體、有識見。《左氏春秋》襄公十四年（前559）記載："秦伯問於士鞅（晉大夫，士匄子，懼於欒黶之汰虐而奔秦）曰：'晉大夫其誰先亡？'對曰：'其欒氏乎！'秦伯曰：'以其汰乎？'對曰：'然。欒黶汰虐已甚，猶可

---

① 黃懷信《上海博物館藏戰國楚竹書〈詩論〉解義》，頁108。

以免，其在盈（黶之子）乎！'秦伯曰：'何故？'對曰：'武子（欒書，黶之父）之德在民，如周人之思召公焉，愛其甘棠，況其子乎？欒黶死，盈之善未能及人，武子所施沒矣，而黶之怨實章，將於是乎在。'秦伯以爲知言，爲之請於晉而復之。"秦景公評士鞅論晉大夫欒氏先亡，而謂之"知言"，與《詩論》評《大田》卒章"暜言而又豊"，可以對看。

〔8〕"《少明》"句：李零以爲簡二十五向下銜接亦不明，位置也不明，故於該簡現存文字後加省略號以示意。姜廣輝以爲簡二十五下端缺字不多，而具體不確定。黃懷信斷定簡二十五下端缺二到三字，補"得歸"二字，以爲《詩論》乃言"《小明》不 得歸 "。① 《少明》，今《毛詩·小雅·谷風之什》作《小明》，詩凡五章，三章章十二句，二章章六句。其前三章敘"我征徂西，至于艽野（毛傳：艽野，遠荒之地）。……豈不懷歸？畏此罪罟"，"豈不懷歸？畏此譴怒"，"豈不懷歸？畏此反覆（鄭箋：反覆，謂不以正罪見罪）"。此三章之主旨確爲"不得歸"。然最後兩章云："嗟爾君子，無恒安處。靖共爾位，正直是與。神之聽之，式穀以女。/嗟爾君子，無恒安息。靖共爾位，好是正直。神之聽之，介爾景福。"這顯然翻出了新意。補簡文爲"《小明》不 得歸 "，祇是陳述了前三章最淺顯的事實，了無深意，似非《詩論》評三百篇之宗旨，待考。

〔9〕據李零估測，簡二十六上端殘缺六字。黃懷信斷定僅缺二到三字，並依語例及詩意補篇名"節南山"。② 《孔叢子·記義》篇載："孔子讀《詩》及《小雅》，喟然而歎曰：'吾……於《節南山》，見忠臣之憂世也……'"補"節南山"合乎孔子之意。《節南山》一詩今見《毛詩·小雅》，凡十章，六章章八句，四章章四句。其文曰："節彼南山，維石巖巖。赫赫師尹，民具爾瞻。憂心如惔，不敢戲談。國既卒斬，何用不監！/節彼南山，有實其猗。赫赫師尹，不平謂何！天方薦瘥，喪亂弘多。民言無嘉，憯莫懲嗟。/尹氏大師，維周之氐。秉國之均，四方是維。天子是毗，俾民不迷。不弔昊天，不宜空我師。/弗躬弗親，庶民弗信。弗問弗仕，勿罔君子。式夷式已，無小人殆。瑣瑣姻亞，則無膴仕（鄭箋：瑣瑣昏姻，妻黨之小人，無厚任用之，置其大位，重其祿也）。/昊天不傭，降此鞠訩。昊天不惠，降此大戾。君子如屆，俾民心闋。君子如夷，惡怒是違。/不弔昊

---

① 參閱李零《上博楚簡三篇校讀記》，頁23；姜廣輝《古〈詩序〉復原方案》（修正本），《經學今詮三編》（《中國哲學》第二十四輯），頁176；黃懷信《上海博物館藏戰國楚竹書〈詩論〉解義》，前言頁10、頁10、頁108—111。

② 參閱李零《上博楚簡三篇校讀記》，頁23；黃懷信《上海博物館藏戰國楚竹書〈詩論〉解義》，前言頁10、頁10—11、頁111—115。

天，亂靡有定。式月斯生，俾民不寧。憂心如酲，誰秉國成？不自爲政，卒勞百姓。/駕彼四牡，四牡項領（毛傳：項，大也）。我瞻四方，蹙蹙靡所騁！/方茂爾惡，相爾矛矣。既夷既懌，如相醻矣。/昊天不平，我王不寧。不懲其心，覆怨其正。/家父作誦，以究王訩。式訛爾心（鄭箋：訛，化），以畜萬邦。"該詩主旨是傾訴天降喪亂，庶民不寧，百姓勞苦，而執政師尹不副民望，冀上改悟以養萬邦。案：將簡文補爲"□□□《節南山》忠"，雖與詩意契合，且有《孔叢子》所記爲證，但也祇能是方案之一。孔子以《詩》教弟子，所論詩作甚多，竹書《詩論》及傳世文獻的相關記載也祇是其中一部分，其以"忠"論定的詩篇殆未必僅《節南山》一首，從傳世《毛詩》看，《大雅·召旻》等詩均亦適合這一評斷。故這一處理需要保留一定的開放性。

〔10〕"《北·白舟》"句：《北·白舟》，今《毛詩·邶風》作《柏舟》；"北"通"邶"，"白"通"柏"。簡文於篇名前加"北"以爲區分，是因爲另有《白（柏）舟》之篇，今見於《毛詩·鄘風》，參見簡文第五章注19。《邶風·柏舟》敘主人公"慍于羣小"，"覯閔既多，受侮不少"，雖有兄弟而"不可以據"，欲"奮飛"而去又勢所不能，《詩論》以"悶"字概括其指，十分精當。

〔11〕"《浴風》"句：浴，通"谷"；朱駿聲《説文通訓定聲·需部》"浴"假借爲"谷"。馬王堆漢墓帛書《老子》甲、乙本均有："浴神不死，是胃（謂）玄牝，玄牝之門，是胃天地之根。"其中"浴神"，傳世本正作"谷神"。忑，整理本隸定爲"忑"，讀爲"背"；王志平讀爲"倍"，取義相同；周鳳五讀爲"鄙"；黃德寬、李學勤等隸定爲"忑"，讀爲"背"或"悲"；李守奎等隸定爲"忑"，謂即《玉篇·心部》之"恬"（《玉篇》釋其義爲"恃"）。①案：今《毛詩》有兩首《谷風》，一見於《邶風》，一見於《小雅》。《邶風·谷風》云："習習谷風，以陰以雨。黽勉同心，不宜有怒。采葑采菲，無以下體。德音莫違，及爾同死。/行道遲遲，中心有違（懠）。不遠伊邇，薄送我畿（毛傳：畿，門內也）。誰謂荼苦？其甘如薺。宴爾新昏，如兄如弟。/涇以渭濁，湜湜其沚。宴爾新昏，不我屑以（鄭箋：以，用也）。毋逝我梁，毋發我笱。我躬不閱（毛

---

① 參閱馬承源主編《上海博物館藏戰國楚竹書》（一），頁156；王志平《〈詩論〉箋疏》，《上博館藏戰國楚竹書研究》，頁225；周鳳五《〈孔子詩論〉新釋文及注解》，《上博館藏戰國楚竹書研究》，頁163；黃德寬、徐在國《〈上海博物館藏戰國楚竹書（一）·孔子詩論〉釋文補正》，《安徽大學學報》（哲學社會科學版）2002年第二期，頁6；李學勤《〈詩論〉分章釋文》，《經學今詮三編》（《中國哲學》第二十四輯），頁137；李守奎、曲冰、孫偉龍編著《上海博物館藏戰國楚竹書（一——五）文字編》，頁498。

傳：閱，容也），遑恤我後。/就其深矣，方之舟之。就其淺矣，泳之游之。何有何亡，黽勉求之。凡民有喪，匍匐救之。/不我能慉，反以我爲讎。既阻我德，賈用不售。昔育恐育鞫（毛傳：鞫，窮也），及爾顚覆。既生既育，比予于毒。/我有旨蓄，亦以御冬。宴爾新昏，以我御窮。有洸有潰（毛傳：洸洸，武也。潰潰，怒也），既詒我肄（毛傳：肄，勞也）。不念昔者，伊余來墍（毛傳：墍，息也）！”全詩凡六章，章八句，敘述女主人公與丈夫共患難之後，不爲苦盡甘來之夫家所容，被夫家休棄的悲怨。《詩序》說之以“夫婦失道”“夫婦離絶，國俗傷敗”。《小雅·谷風》云：“習習谷風，維風及雨。將恐將懼，維予與女。將安將樂，女轉棄予！/習習谷風，維風及頹（暴風從上而下）。將恐將懼，寘予于懷。將安將樂，棄予如遺！/習習谷風，維山崔嵬。無草不死，無木不萎。忘我大德，思我小怨。”該詩凡三章，章六句，《詩序》說之以“天下俗薄，朋友道絶”。其實，兩首《谷風》，無論其主旨，還是核心表達方式，均頗爲一致。《小雅·谷風》當非詠歌朋友之事，其“將恐將懼，寘予于懷”語，明顯不符合通常的朋友親近之道。這意味着兩篇《谷風》均能契合《詩論》之評。馬承源讀“𢽾”爲“背”，以爲《詩論》所評乃《小雅·谷風》；王志平讀“𢽾”爲“倍”，以爲《詩論》所評乃《邶風·谷風》；周鳳五讀“𢽾”爲“鄙”，以爲《詩論》所評乃《小雅·谷風》；黃懷信讀“𢽾”爲“悲”，以爲《詩論》所評乃《邶風·谷風》。①就兩首《谷風》之文義言，主人公見背（倍）是詩歌所敘事實，“悲”纔是主人公基於見背而產生的情懷。從《詩論》評詩之特點來看，其以數言論詩，太半是就詩中主人公的行爲或情感狀態而言的。“倍（背）”非主人公之行爲，主人公乃是見倍（背）；“鄙”同樣祇能用於背棄主人公者，不能用到主人公身上。綜合這兩方面考慮，“𢽾”字當讀爲“悲”。從具體語境來看，《詩論》評《浴（谷）風》更可能是針對《邶風·谷風》，原因是它上文緊承“《北（邶）·白（柏）舟》”，很可能共用“北（邶）”這一標識。《詩論》有區隔同名作品的意識，儘管從現有文字看未能完全做到，比如它論《湯之水》即未標識所屬部分（參見本章注3），但在《邶風》《小雅》均有“谷風”篇題時，緊承“《北（邶）·白（柏）舟》”的《谷風》若非出自《邶風》，標識其所屬部分的必要性則更大。

〔12〕“《翏莪》”句：《翏莪》，即《蓼莪》，今見於《毛詩·小雅·谷風

_____

① 參閱馬承源主編《上海博物館藏戰國楚竹書》（一），頁156；王志平《〈詩論〉箋疏》，《上博館藏戰國楚竹書研究》，頁225；周鳳五《〈孔子詩論〉新釋文及注解》，《上博館藏戰國楚竹書研究》，頁163；黃懷信《上海博物館藏戰國楚竹書〈詩論〉解義》，頁117—122。

之什》；翏，通"蓼"。該詩抒發父母生"我"劬勞、"我"却不能回報其德之悲哀。如謂："父兮生我，母兮鞠我。拊我畜我，長我育我。顧我復我，出入腹我。欲報之德（鄭箋：之，猶是也），昊天罔極！"《詩論》謂《蓼莪》"又（有）孝志"，與文本之意契合。《孔叢子·記義》篇載，孔子讀《詩》及《小雅》，喟然而歎曰："吾……於《蓼莪》，見孝子之思養也……"可與《詩論》互證。

〔13〕"《陞又長楚》"句：李零認爲，簡二十六上下銜接不明，其下端殘缺殆有二十八字。李學勤、姜廣輝謂其下端並無闕文。黃懷信斷定其下端殘缺三字。①《陞又長楚》，今《毛詩·檜風》作《隰有萇楚》。陞，即《説文·𨸏部》之"隰"，《説文》釋爲"阪下溼也"。②長楚，即"萇楚"，又稱羊桃、獼猴桃；長，通"萇"。㝃，李守奎等指出，該字在楚簡中有"悔""敏""謀"等不同讀法，此處當讀爲"悔"。③案《毛詩·隰有萇楚》云："隰有萇楚，猗儺其枝。夭之沃沃，樂子之無知（鄭箋：知，匹也）！/隰有萇楚，猗儺其華。夭之沃沃，樂子之無家（鄭箋：無家，謂無夫婦室家之道）！/隰有萇楚，猗儺其實。夭之沃沃，樂子之無室！"該詩殆謂己有妃匹而樂其無者，故《詩論》評之曰"旻（得）而㝃（悔）之"。

〔14〕據李零估測，簡二十八上端殘缺八字，又有一字僅可見一殘筆，無法辨認。他説《詩經》中，憎惡之情最深的是《鄘風·相鼠》，即傾向於認定《詩論》"亞而不叀"一語乃評析《相鼠》。廖名春亦補"相鼠"。黃懷信判斷，"亞而不叀"之上是"言"之殘筆，當補；"言"之上則當補篇名"相鼠"。④"亞而不叀"之上補"言"字，是。該字殘畫爲"𠃉"，簡文"言"寫作"𠄞"形，補爲"言"，與殘筆契合；又，《詩論》常用"言……"句式評詩。第七章謂《《雨亡政》《即南山》皆言上之衰也"，"《少旻》《考言》則言讒人之害也"等，是一種類型，"言"用爲動詞。同章"《少㝃》丌言不亞，少又怎安"，是又一種類型，"言"用爲名詞。黃懷信將此處殘文補爲"言"，與《詩論》評詩體例亦合。亞，同"惡"。郭店簡文《魯穆公昏子思》記子思曰："亙（亟）再（稱）亓

---

① 參閲李零《上博楚簡三篇校讀記》，頁23；李學勤《〈詩論〉分章釋文》、姜廣輝《古〈詩序〉復原方案》（修正本），《經學今詮三編》（《中國哲學》第二十四輯），頁137、頁176；黃懷信《上海博物館藏戰國楚竹書〈詩論〉解義》，頁10。

② 李守奎、曲冰、孫偉龍編著《上海博物館藏戰國楚竹書（一——五）文字編》，頁607。

③ 參閲李守奎、曲冰、孫偉龍編著《上海博物館藏戰國楚竹書（一——五）文字編》，頁492、頁116—117。

④ 參閲李零《上博楚簡三篇校讀記》，頁22；廖名春《上海博物館藏詩論簡校釋》，《中國哲學史》2002年第一期，頁15；黃懷信《上海博物館藏戰國楚竹書〈詩論〉解義》，頁127—129。

（其）君之亞（惡）者可胃（謂）忠臣矣。"郭店簡文《兹衣》記孔子曰："好
媺（美）女（如）好兹（緇）衣，亞亞女亞迮（巷）白（伯），則民（臧）〔咸〕
放（力）而坓（型）不屯（頓）。""亞亞"二字，傳世本作"惡惡"。曼，
整理本隸定爲"廈"，李學勤隸定爲從"昏"從"攴"，解爲"憫"，姜廣輝從
其説；李守奎等隸定爲"曼"，認爲該字從"民"聲，讀爲"文"，饒宗頤主編
《字匯》隸定相同，而讀爲"閔"；李零認爲該字並非從"民"得聲，而是從
"敏"之古文得聲，讀爲"閔"，其用同"憫"。①案：簡文"曼"字寫作"🗝"，
李零所舉《古文四聲韻》卷三"敏"之古字作"𥁛"，與該字上半之"🗝"粗似，
後者是否即"敏"字古文，可能有待研究。案：黄懷信補爲"《 相鼠 》 言 亞而
不曼"的方案有一定參考價值。"曼"當讀爲"文"。今《毛詩·鄘風·相鼠》
云："相鼠有皮，人而無儀。人而無儀，不死何爲。/相鼠有齒，人而無止（鄭
箋：止，容止）。人而無止，不死何俟。/相鼠有體，人而無禮。人而無禮，胡不
遄死。"由於"亞"和"曼（文）"可以有兩種解釋，這一方案自然有兩種不同理
解：其一，指《相鼠》説的是"人"無禮儀容止之惡。禮節威儀俱可稱爲文。《荀
子·禮論》篇云："……至備，情文俱盡；其次，情文代勝；其下復情以歸大一
也。"楊注："情，謂禮意，喪主哀、祭主敬之類。文，謂禮物、威儀也。"其
二，指《相鼠》表達對無禮儀容止之"人"之厭惡，而不加文飾。《孝經·喪親
章》記孔子曰："孝子之喪親也，哭不偯，禮無容，言不文，服美不安，聞樂不
樂，食旨不甘：此哀戚之情也。"注解釋"不文"，云："不爲文飾。"

〔15〕"《牂又薺》"句：《牂又薺》，今《毛詩·鄘風》作《牆有茨》。牂，
整理本隸定爲"牂"，李零指出其右旁並非"章"，而是楚字"融"字所從，由
左旁"爿"得聲，相當於"牆"；李守奎等《文字編》、饒宗頤主編《字匯》隸
定爲"牂"，視爲"牆"字之異構。②郭店簡文《語叢四》："言而狗（苟），牂
（牆）又耳。往言剔（傷）人，坓（來）言剔呂（己）。""牆"字正作"牂"。
薺，通"茨"。《毛詩·鄘風·牆有茨》"牆有茨"，《説文·艸部》"薺"字下

---

① 參閱馬承源主編《上海博物館藏戰國楚竹書》（一），頁158；李學勤《〈詩論〉分章釋
文》、姜廣輝《古〈詩序〉復原方案》（修正本），《經學今詮三編》（《中國哲學》第二十四輯），頁
137、頁176；李守奎、曲冰、孫偉龍編著《上海博物館藏戰國楚竹書（一——五）文字編》，頁157；饒宗頤
主編《上博藏戰國楚竹書字匯》，頁783；李零《上博楚簡三篇校讀記》，頁22。

② 參閲馬承源主編《上海博物館藏戰國楚竹書》（一），頁158；李零《上博楚簡三篇校讀
記》，頁22；李守奎、曲冰、孫偉龍編著《上海博物館藏戰國楚竹書（一——五）文字編》，頁286；饒宗頤
主編《上博藏戰國楚竹書字匯》，頁569。

引作"牆有薺"。《毛詩·小雅》有《楚茨》一詩，謂"楚楚者茨"。《禮記·玉藻》謂"古之君子必佩玉，右徵、角，左宮、羽，趨以《采齊》"，鄭玄注云："齊，當爲'楚薺'之'薺'。""楚薺"即"楚茨"，蓋今文《詩》"茨"作"薺"。慭窨，讀爲"慎密"。"窨"字整理本隸定爲"睿"，馬承源釋文考釋謂從甘從宓；李守奎等隸定爲"窨"，謂從甘宓聲，即"蜜"字，《説文·䖵部》收其小篆作"䗃"，釋爲䖵甘飴；饒宗頤主編《字匯》隸定爲"睿"，亦視爲"蜜"之異構。①此簡"蜜"用同"密"。案《牆有茨》云："墙有茨（毛傳：茨，蒺藜也），不可埽也。中冓（內室）之言，不可道也。所可道也，言之醜也。/墙有茨，不可襄也（毛傳：襄，除也）。中冓之言，不可詳也。所可詳也，言之長也。/墙有茨，不可束也。中冓之言，不可讀也（毛傳：讀，抽也。鄭箋：抽猶出也）。所可讀也，言之辱也。"傳世《詩序》云："《墙有茨》，衛人刺其上也。公子頑通乎君母，國人疾之而不可道也。"其説未必準確，但頗可參考。該詩全篇充滿慎言之意，故《詩論》以"慭窨"概之；又謂之"不暜言"，殆指其所涉之事雖然邪惡不光彩，却有可言之道，依道言之則可也。孔子爲《春秋》，"是非二百四十二年之中"，"善善惡惡，賢賢賤不肖"（《史記·太史公自序》），非不言惡也，言之有道也。廖名春詮釋道，"爲了所謂'慎密'而不加以諷諫，就是'不知言'，即不懂得、喪失了言説的原則"。②其説是。關於"暜言"，參閱簡文本章注7。

〔16〕"《青蠅》"等句：據李零估測，簡二十八下端殘缺三十一字。③《青蠅》，殆即今《毛詩·小雅·甫田之什》之《青蠅》。蠅，即《説文·䖵部》之"蠅"；④許慎釋曰，"營營青蠅，蟲之大腹者，從䖵从虫"。黃德寬等認爲，"蠅"爲"蠅"之異體，從䖵興聲。古音"蠅"余紐蒸部，"興"曉紐蒸部，故"蠅"字可以"興"爲聲符。⑤傳世《青蠅》凡三章，曰："營營青蠅（毛傳：營營，往來貌），止于樊。豈弟君子，無信讒言。/營營青蠅，止于棘。讒人罔極，

---

① 參閱馬承源主編《上海博物館藏戰國楚竹書》（一），頁158；李守奎、曲冰、孫偉龍編著《上海博物館藏戰國楚竹書（一——五）文字編》，頁245、頁593；饒宗頤主編《上博藏戰國楚竹書字匯》，頁650。
② 廖名春《上海博物館藏詩論簡校釋》，《中國哲學史》2002年第一期，頁16。
③ 李零《上博楚簡三篇校讀記》，頁22。
④ 參閱李守奎、曲冰、孫偉龍編著《上海博物館藏戰國楚竹書（一——五）文字編》，頁594、頁595。
⑤ 黃德寬、徐在國《〈上海博物館藏戰國楚竹書（一）·孔子詩論〉釋文補正》，《安徽大學學報》（哲學社會科學版）2002年第二期，頁6。

交亂四國。/營營青蠅，止于榛。讒人罔極，構我二人（鄭箋：構，合也。合，猶交亂也）。"惜乎《詩論》"晉"字下關鍵內容殘佚。案：李學勤認爲簡二十八下端、簡二十九上端均無闕文，二者當直接綴合，關於《青蠅》的評語完整無缺，全句爲"《青蠅》晉悉（患）而不晉人"。①這是很有啓發意義的方案。謂《青蠅》之主人公知患，很容易理解，詩中"讒人罔極，交亂四國""讒人罔極，構我二人"數語，説得很明白。該詩除主人公外，指涉兩方面人物，一是"讒人"，一是"豈弟君子"。對於讒人，主人公知之甚明，則謂《青蠅》之主人公不知人，祇能從"豈弟君子"身上落實，其意可理解爲，若所謂"豈弟君子"能被讒人蒙蔽而離間，則主人公對其人品之認知還是存在欠缺的，不能算是知人。知人意味着看人準。《左氏春秋》隱公三年（前720）記載："宋穆公疾，召大司馬孔父而屬殤公焉，曰：'先君舍與夷而立寡人（杜注：先君，穆公兄宣公也。與夷，宣公子，即所屬殤公），寡人弗敢忘。若以大夫之靈，得保首領以没，先君若問與夷，其將何辭以對？請子奉之，以主社稷，寡人雖死，亦無悔焉。'對曰：'羣臣願奉馮也。'（杜注：馮，穆公子莊公也）公曰：'不可。先君以寡人爲賢，使主社稷，若棄德不讓，是廢先君之舉也，豈曰能賢？光昭先君之令德，可不務乎？吾子其無廢先君之功。'使公子馮出居於鄭。八月庚辰，宋穆公卒，殤公即位。君子曰：'宋宣公可謂知人矣。立穆公，其子饗之，命以義夫（杜注：命出於義也。夫，語助）。《商頌》曰："殷受命咸宜，百禄是荷。"其是之謂乎！'"原儒看重知人。《詩論》以外，如郭店簡文《語叢四》有云："車敳（轍）之䡊（鮒）酤（鯆），不見江沽（湖）之水。佖（匹）婦禺（愚）夫，不智（知）亓（其）向（鄉）之小人、君子，飤（食）韭亞（惡）智（知）終亓枼（世）。"不過，將簡二十九直接綴合在簡二十八之下，有一個明顯的問題，即"晉"與"悉"兩字之間隔，遠遠超出了簡文通常一個字的距離。黃懷信謂簡二十九"悉"字上當有一殘字，復據詩義補"讒"字，以與簡二十八文字連接。②然而評《青蠅》爲"晉讒"，祇道出了該詩最淺顯的事實，不太符合《詩論》評詩的總體風格。俟考。

〔17〕據李零估測，簡二十九上端殘缺九字。③"《悉而》"句：《悉而》，今《毛詩·周南》作《卷耳》。悉，整理本原隸定爲"悉"，考釋又謂與"卷"字

---

① 李學勤《〈詩論〉分章釋文》，《經學今詮三編》（《中國哲學》第二十四輯），頁137，《上博館藏戰國楚竹書研究》，頁59。
② 參閱黃懷信《上海博物館藏戰國楚竹書〈詩論〉解義》，頁131—135。
③ 李零《上博楚簡三篇校讀記》，頁21。

音相通；李守奎等隸定爲"悆"，謂簡文中多讀爲"倦"，當即"倦"之異體。①不智人，馬承源考釋云，"蓋云'我'之僕，其在馬勞累疲極之時，尚且不智於人，而有'吁矣'之歎"；李零謂："《卷耳》……是傷所懷之人不可見，故曰'《卷耳》不知人'"。②案傳世《卷耳》云："采采卷耳，不盈頃筐。嗟我懷人，寘彼周行。陟彼崔嵬，我馬虺隤（毛傳：崔嵬，土山之戴石者。虺隤，病也）。我姑酌彼金罍，維以不永懷！/陟彼高岡，我馬玄黃（王引之《經義述聞·毛詩上》云：虺隤，疊韻字，玄黃，雙聲字，皆謂病貌也）。我姑酌彼兕觥，維以不永傷！/陟彼砠矣，我馬瘏矣，我僕痡矣，云何吁矣（毛傳：石山戴土曰砠。瘏，病也。痡，亦病也。吁，憂也）？"俞平伯將此詩"說爲兩橛"，稱："此詩作爲民間戀歌讀，首章寫思婦，二至四章寫征夫，均係直寫，並非代詞。當攜筐採綠者徘徊巷陌、迴腸盪氣之時，正征人策馬盤旋、度越關山之頃。兩兩相映，境殊而情却同，事異而怨則一。由彼念此固可；由此念彼亦可；不入憶念，客觀地相映發亦可。"③《卷耳》從思婦與征人兩方面書寫彼此之懷人，寫思婦一面直接點破"嗟我懷人"，寫征人一面則始終未嘗點破，然彼之所以"永懷""永傷"，都是因爲一樣的"嗟我懷人"，所謂"云何吁矣"，所含答案就在此；謂"不入憶念……亦可"，有欠妥當。《詩論》殆着眼於思婦征人傷情至於刻骨，却均不知對方之境況，均不知何時得與所思所懷之人歡聚，故曰"《悆而》不智人"。"不智人"之"人"殆即承用詩中妻子一方"嗟我懷人"之說，又自然移至夫君一面。方玉潤《詩經原始》認爲，《卷耳》一詩當是"婦人念夫行役而憫其勞苦之作"，"〔一章〕因采卷耳而動懷人念，故未盈筐而'寘彼周行'，已有一往情深之概。下三章皆從對面着筆，歷想其勞苦之狀，強自寬而愈不能寬。"殆未契其"不智人"之妙。

〔18〕"《涉秦》"句：《涉秦》，殆即《毛詩·鄭風》之《褰裳》，殆取首章首句後二字爲題；"秦"通"溱"。今《褰裳》詩云："子惠思我（毛傳：惠，愛也），褰裳涉溱。子不我思，豈無他人？狂童之狂也且！/子惠思我，褰裳涉洧。子不我思，豈無他士？狂童之狂也且！"案：舊說將《詩論》"《涉秦》丌<!--字-->"語視爲陳述句，謂《詩論》之意，是說《涉秦》（亦即《褰裳》）主人公有將

---

① 參閱馬承源主編《上海博物館藏戰國楚竹書》（一），頁159；李守奎、曲冰、孫偉龍編著《上海博物館藏戰國楚竹書（一——五）文字編》，頁497—498。

② 參閱馬承源主編《上海博物館藏戰國楚竹書》（一），頁159；李零《上博楚簡三篇校讀記》，頁21。

③ 俞平伯《讀詩札記》，《俞平伯全集》第三卷，花山文藝出版社1997年版，頁11。

要與"子"斷絕關係之意。① 一般情況下，人們讀《褰裳》會有這種感覺，可《詩論》評詩不會如是淺陋。"《涉秦》丌䋤"應該是反問句，"丌（其）"表示反詰，相當於"豈"。該句意思是，《涉秦》（亦即《褰裳》）之主人公難道是要斷絕關係嗎？她祇是做出不在乎對方的樣子，心底於對方其實十分在意。祇有這樣理解，纔可以明白《詩論》極深刻把握了《涉秦》（亦即《褰裳》）一詩的本旨和匠心。該詩主人公斥對方"狂"，是期望他放下倨傲的架子；彼所謂"豈無他士"的表白僅僅是面子，裏子實際是渴求對方更多、更主動地接近和體貼自己。

〔19〕"《柎而》"句：柎，整理本隸定爲"聿"，謂"聿而"爲篇題，爲今本《詩經》所無；李學勤隸定爲"條"，且直接連前句作"《涉溱》其絕條而士"；李守奎等謂釋"聿"未安，但未釋出。該字原"𣎵"，李零隸定爲從木付聲之"柎"，謂"柎而"以音近讀爲"苯苴"；"柎"是幫母侯部字，"苯"爲並母之部字，古之、侯二部經常通假；"而"是日母之部字，"苴"是喻母之部字，古音亦近。② 許全勝認爲"柎而"應該讀爲"著而"，相當於傳世《毛詩·齊風·著》，其首句爲"俟我於著乎而"（毛傳："門屏之間曰著"），"而"爲語詞，今本篇題省略，今本篇題不省語詞之例有《簡兮》《皇矣》。姜廣輝釋作"著而"而存疑。③ 今《著》詩云："俟我於著乎而，充耳以素乎而，尚之以瓊華乎而！/俟我於庭乎而，充耳以青乎而，尚之以瓊瑩乎而！/俟我於堂乎而，充耳以黃乎而，尚之以瓊英乎而！"鄭箋首章云，"我，嫁者自謂也。待我於著，謂從君子而出至於著，君子揖之時也。我視君子，則以素爲充耳，謂所以縣瑱者，或名爲紞，織之，人君五色，臣則三色而已，此言素者，目所先見而云"；"尚，猶飾也。飾之以瓊華者，謂懸紞之末所謂瑱也。人君以玉爲之。瓊華，石色似瓊也"。鄭箋謂次章敍待我以庭、揖我於庭時，其紞乃見青色，其瑱乃見似玉之石其色似瓊似瑩；末章敍待我以堂時，其紞乃見黃色，其瑱乃見似玉之石其色似瓊。廖名春採許全勝之説，謂"《著》是描寫新郎迎親，故謂之'士'"。④ 其間邏輯關係實際上不很明晰。嚴格説來，《著》乃從女子視角寫男方，若以"士"概括之，則令人不

---

① 比如黄懷信《上海博物館藏戰國楚竹書〈詩論〉解義》，頁136。
② 參閱馬承源主編《上海博物館藏戰國楚竹書》（一），頁159；李學勤《〈詩論〉分章釋文》，《經學今詮三編》（《中國哲學》第二十四輯），頁137；李守奎、曲冰、孫偉龍編著《上海博物館藏戰國楚竹書（一——五）文字編》，頁399；李零《上博楚簡三篇校讀記》，頁21。
③ 參閱許全勝《〈孔子詩論〉逸詩説難以成立：與馬承源先生商榷》，《文匯報》2002年1月12日第八版"學林"；姜廣輝《古〈詩序〉復原方案》（修正本），《經學今詮三編》（《中國哲學》第二十四輯），頁176。
④ 廖名春《上海博物館藏詩論簡校釋》，《中國哲學史》2002年第一期，頁14。

明所以。案："柎而"當讀爲"芣苢"。今《毛詩·周南·芣苢》云："采采芣苢，薄言采之。采采芣苢，薄言有之。/采采芣苢，薄言掇之。采采芣苢，薄言捋之。/采采芣苢，薄言袺之。采采芣苢，薄言襭之。"一般認爲此詩所寫乃女子採芣苢之場面。比如方玉潤《詩經原始》云："讀者試平心靜氣，涵泳此詩，恍聽田家婦女，三三五五，於平原繡野、風和日麗中羣歌互答，餘音裊裊，若遠若近，忽斷忽續，不知其情之何以移而神之何以曠。則此詩可不必細繹而自得其妙焉。"舊説或謂《芣苢》乃傷夫有惡疾之辭，李零謂《詩論》以"士"字概《芣苢》，以此。① 即便以傷夫有惡疾之説解《芣苢》是合理的，何以用"士"評《芣苢》，仍然是一個問題，其間的邏輯不很順暢。《詩論》"《柎而》士"須與下句"《角𩎉》婦"對讀。《詩論》殆强調，跟通常的理解不同，《柎而》（《芣苢》）一詩採芣苢籽之主人公其實是男子，《角𩎉》（《葛生》）一詩詠歌百歲之後歸於其居、歸於其室的主人公其實是女子。《詩經》從事採摘活動者固以女子爲多，却不排除男子。《鄘風·桑中》云："爰采唐矣？沬之鄉矣。云誰之思？美孟姜矣（鄭箋：孟姜，列國之長女）。"《小雅·采薇》云："采薇采薇，薇亦作止。曰歸曰歸，歲亦莫止。"凡此之類，從事採摘者均爲男子。故以《芣苢》詩中從事採摘之主人公爲男子，也完全可通。至於該詩末章寫到"袺之""襭之"，即手提衣襟或者把衣襟插到腰帶裏，來兜着芣苢籽，實亦不能證明就是女子的行爲。中國歷代服裝有兩種基本類型，一爲上衣下裳制，一爲衣、裳連屬制。西周之前主要用上衣下裳，那時服裝不分男女，一律做成上下兩截：一截着在上身，稱"衣"；一截着於下身，稱"裳"。裳的形制類似於後世之圍裙。② 故男裝也有衣襟，而可用於兜東西。由山東嘉祥武梁祠黃帝像（見左圖），當可見古時上衣下裳之制。③ 此外，毛傳謂芣苢即馬舄、車前，"宜懷任焉"。陸璣疏謂芣苢即

山東嘉祥武梁祠黃帝像

---

① 李零《上博楚簡三篇校讀記》，頁21。案：以傷夫有惡疾説《芣苢》者，一般被認爲是今文《詩》説。《列女傳·貞順傳·蔡人之妻》記蔡人妻傷夫有惡疾，母將改嫁之，終不聽其母，乃作《芣苢》之詩。劉孝標《辯命論》云："顏回敗其叢蘭，冉耕歌其芣苢。"李善注此語，引《韓詩》曰："《芣苢》，傷夫有惡疾也。"

② 參閱繆良雲主編《中國衣經》，上海文化出版社2000年版，頁20；趙剛等編著《中國服裝史》，清華大學出版社2013，頁13。

③ 丁錫强編著《中華男裝》，學林出版社2008年版，頁19。

藥中車前子，其籽治婦人難產（《毛詩草木鳥獸蟲魚疏》卷上"采采芣苢"條）。類似説法與男子採車前子之説有無關聯，殆已無從考證。

〔20〕"《角幡》"句：《角幡》，整理本、李零《校讀記》均視爲篇名，而謂今本無。"幡"字李學勤隸定爲"幣"，且謂"角幣婦"仍指《涉溱》一詩，即完整句子作"《涉溱》其絕條而士，角幣婦"。姜廣輝、廖名春釋"角幡"爲"角枕"，認爲即今《毛詩·唐風》之《葛生》，乃取篇中"角枕"二字爲題。① 此説可取。王志平認爲，"幡"字殆从巾从審省聲。許全勝則提出，該字左从巾，右上从采，"審"字《説文》作"宷"，"潘""沈"通，"番"與"潘"字古音同。故疑"幡"字从宷（審）省聲，乃"枕頭"之"枕"之專字，其所从之臼，正像枕凹陷之狀。車轄亦曰枕，"枕"似本爲"車枕"之"枕"之專字，假借爲"枕頭"之"枕"。信陽楚簡遣策有"枕"字，左从木不从巾，右下从臼則與上博簡文同（案作"㮽"形）。于茀認爲許説甚是。"審"，上古音書母侵部字，"枕"，上古音章母侵部字，"幡"與"枕"音近。② 案傳世《葛生》篇云："葛生蒙楚，蘞蔓于野。予美亡此，誰與？獨處！／葛生蒙棘，蘞蔓于域（毛傳：域，營域也）。予美亡此，誰與？獨息！／角枕粲兮，錦衾爛兮。予美亡此，誰與？獨旦！／夏之日，冬之夜，百歲之後，歸于其居（鄭箋：居，墳墓也）！／冬之夜，夏之日，百歲之後，歸于其室（鄭箋：室，猶冢壙）！"鄭玄解《葛生》，有"夫從征役，棄亡不反，則其妻居家而怨思"之説，又解詩中"予美亡此，誰與？獨處"，云："言我所美之人無於此，謂其君子也，吾誰與居乎？獨處家耳。從軍未還，未知死生，其今無於此。"然該詩末二章誓言"百歲之後，歸于其居"，"百歲之後，歸于其室"，則主人公所美者之墓固已在矣。全詩分明是生無在一起相守之望，所以纔表白死則同穴之念，當爲釐婦悼亡夫之作。《伊川經説·詩解》謂爲"思存者，非悼亡者"，殆誤。《詩論》評曰："《角幡》婦"，殆謂該詩乃婦女痛悼其夫之辭。頗疑時人或以丈夫悼亡解此詩，故《詩論》特別強調。今人高亨即以該詩反復出現的"予美"指妻子，謂該詩乃男子追悼亡妻之作。而黃懷信亦堅稱："予美，我的美人，妻子也。⋯⋯可見這是一首悼念亡妻的詩。前三章，是在墳

---

① 參閱馬承源主編《上海博物館藏戰國楚竹書》（一），頁159；李零《上博楚簡三篇校讀記》，頁21；李學勤《〈詩論〉分章釋文》、姜廣輝《古〈詩序〉復原方案》（修正本），《經學今詮三編》（《中國哲學》第二十四輯），頁137、頁176；廖名春《上海博物館藏詩論簡校釋》，《中國哲學史》2002年第一期，頁14。

② 參閱王志平《〈詩論〉箋疏》，《上博館藏戰國楚竹書研究》，頁226；許全勝《〈孔子詩論〉零拾》，《上博館藏戰國楚竹書研究》，頁369；于茀《金石簡帛詩經研究》，頁238。

上哭臨；後二章，是在家中思念。總之所思悼的是同一個人——他的愛妻。《詩論》所謂'《角枕》婦'，是説《角枕》篇所思的是'婦'，絕不是《角枕》篇是'婦'所作。……應該説，'予美'，絕不可能指男性……"①這些説法可能失之過鑿。"美人"指男性，《詩經》中即有其例。《邶風·簡兮》云："簡兮簡兮，方將《萬》舞。日之方中，在前上處。碩人俁俁，公庭《萬》舞。/有力如虎，執轡如組。左手執籥，右手秉翟。赫如渥赭，公言錫爵。/山有榛，隰有苓。云誰之思？西方美人。彼美人兮，西方之人兮！"箋云："彼美人，謂碩人也。"此"有力如虎"之"碩人"——"西方美人"，不大可能是女性。此外，《詩論》以數言論斷作品，基本上都是基於詩篇主人公而言的。這意味着所謂"《角幡》婦"，乃指該詩主人公"予"乃是"婦"。

〔21〕"《河水》"句：據李零估測，簡二十九下端殆殘缺二十九字。《河水》，馬承源考釋謂爲逸詩。馬承源提及《國語·晉語四》記秦伯享重耳，"秦伯賦《鳩飛》，公子賦《河水》"（"秦伯享重耳以國君之禮"章），韋昭注稱，《河水》當爲《沔水》之誤，今見《小雅》，取其"沔彼流水，朝宗于海"之意，暗示自己返國，當朝事秦。馬承源強調，從簡文看，"河""沔"筆畫有清楚的區別，至少簡文之"河"字不可能誤認爲"沔"字。李零則強調馬氏釋文未及杜預注《左氏》之説。《左氏春秋》僖公二十三年（前637）亦記秦伯享公子重耳一事，謂"公子賦《河水》"，杜注云，"《河水》，逸《詩》。義取河水朝宗于海，海喻秦"。②兩書所記爲一事，可以互證，二者均謂重耳所賦爲《河水》，説明將"河水"視爲"沔水"之訛殆爲率爾之言，不可輕信。而《左氏春秋》《國語》與《詩論》從不同立場上涉及《河水》，應當也具有極強的互證關係。詩文標題相同者歷史上固然不少見，但在先秦文獻中，這種情況所佔比例不高。故《詩論》所評《河水》，與重耳所賦，應該就是同篇。這意味着，對《詩論》所評《河水》篇的解讀和指認一方面要符合《詩論》本身的文本構成，一方面也要符合《左氏》《國語》給出的歷史語境。案：許全勝認爲，《河水》即今《邶風·新臺》。該詩首章前二句爲"新臺有泚，河水瀰瀰"，《河水》之名即取自首章第二句，與今本《詩經》中《鄭風·褰裳》《秦風·渭陽》《陳風·宛丘》等詩之名篇同例。③然傳世

---

① 參閱高亨《詩經今注》，上海古籍出版社1980年版，頁160—161；黄懷信《上海博物館藏戰國楚竹書〈詩論〉解義》，頁142—143。

② 參閱李零《上博楚簡三篇校讀記》，頁21；馬承源主編《上海博物館藏戰國楚竹書》（一），頁159。

③ 許全勝《〈孔子詩論〉零拾》，《上博館藏戰國楚竹書研究》，頁370。

《新臺》云："新臺有泚，河水瀰瀰（毛傳：泚，鮮明貌。瀰瀰，盛貌）。燕婉之求，籧篨不鮮。/新臺有洒（毛傳：洒，高峻也），河水浼浼（水盛貌）。燕婉之求，籧篨不殄（腆）。/魚網之設，鴻則離之。燕婉之求，得此戚施。"這首詩不容易解釋。"燕婉"殆即燕安婉順，"籧篨""戚施"當均構成某種程度的反義。然不管作何種解釋，《新臺》都很難符合重耳賦《河水》的歷史語境。而且，如果《詩論》在"昏"字下絕句，釋《河水》爲《新臺》也很難跟這一斷語契合。又，廖名春作了詳細的考證。他認爲，重耳所賦、《詩論》所評之《河水》當即傳世《魏風》之《伐檀》，取"河水清且漣猗"句首二字爲題。《詩論》簡二十九所論《悉而》諸詩均出自《詩經》，《河水》亦必如此。《國語·晉語四》、《左氏春秋》僖公二十三年所記雙方賦詩，除《河水》外，《采菽》《黍苗》《六月》皆出自《小雅》，《鳩飛》即《小雅·小宛》，撮取首二句文字，以此類推，則《河水》亦不必爲逸詩。《詩論》"《河水》昏"一評，可證朱熹所謂"此詩專美君子之不素餐"（《詩序辨說》），①是正確的。這種"不素食"之"昏"，正是孟子所謂"勞心者治人"。重耳賦《河水》，意在說明自己"不素餐兮"，亦即不會辜負秦穆公的勉勵。②案：這一觀點頗有參考價值，可需要證明的環節甚多。其成立至少有賴於以下條件：要麼，《伐檀》主人公認識到彼君子不白吃飯，他們不稼穡、不狩獵，却因爲另有擔當和付出，可以享有糧食和獵物，而重耳和《河水》昏"之評者均把握了這種認識，持認同的立場。要麼，《伐檀》主人公並無這種認識，但重耳與"《河水》昏"之評者却認爲他有這種認識，且予以認同。在這些條件下，所謂"《河水》昏"，可以理解爲評者肯定該詩之主人公有一般人沒有的識見。從我國思想史上看，對於勞心者不必參加體力勞動的合理性，古人早有認識。該認識之產生不惟遠在孟子以前，甚且早於孔子。據《國語》，魯國公父文伯之母已有此說。公父文伯之母乃季康子從祖叔母（見《國語·魯語下》"公父文伯之母別於男女之禮"章），季康子與孔子大略同時，孔子卒於魯哀十六年（前479），季康子卒於魯哀二十七年（前468），均見載於《春秋》或《左氏》相關年份。《國語》記公父文伯之母論勞逸，有曰："君子勞心，小人勞力，先王

---

① 案：孟子早有君子雖不耕而食，却並非白吃飯之意。公孫丑曰："《詩》曰'不素餐兮'，君子之不耕而食，何也？"孟子曰："君子居是國也，其君用之，則安富尊榮；其子弟從之，則孝弟忠信。'不素餐兮'，孰大於是？"（《孟子·盡心上》）

② 廖名春《上海博物館藏詩論簡校釋》，《中國哲學史》2002年第一期，頁14—15。案：所引朱熹《詩序辨說》，見《朱子全書》第一冊，頁375。

之訓也。"同時記仲尼聞之，曰："弟子志之，季氏之婦不淫矣（案指她不驕縱安逸）。"（見《國語·魯語下》"公父文伯之母論勞逸"章）由此看來，"勞心""勞力"需要分職並行，當時已是相傳之舊説，而且孔子對此説有了解、有認同。後來孟子更完整地表述這種觀念，云："或勞心，或勞力；勞心者治人，勞力者治於人；治於人者食人，治人者食於人：天下之通義也。"（《孟子·滕文公上》）《詩論》主體內容是孔子評析詩以及《詩經》各部分作品。如果孔子對《伐檀》的理解確如上文所說，那麼《詩論》所評《河水》很可能就是《伐檀》。如果重耳也確實這樣理解《伐檀》，其所賦《河水》即《伐檀》的可能性就得到了相當程度的確認。然而這些問題，至少現在很難證實。更重要者，按如下通常讀法，《伐檀》主人公對彼"君子"不稼穡而享有糧食、不狩獵而享有獵物，其實充滿了不平："坎坎伐檀兮，寘之河之干兮（毛傳：干，厓也），河水清且漣猗。不稼不穡，胡取禾三百廛兮？不狩不獵，胡瞻爾庭有縣貆兮？彼君子兮，不素餐兮？/坎坎伐輻兮，寘之河之側兮，河水清且直猗。不稼不穡，胡取禾三百億兮？不狩不獵，胡瞻爾庭有縣特兮（毛傳：獸三歲曰特）？彼君子兮，不素食兮？/坎坎伐輪兮，寘之河之漘兮（毛傳：漘，厓也），河水清且淪猗。不稼不穡，胡取禾三百囷（圓倉）兮？不狩不獵，胡瞻爾庭有縣鶉兮？彼君子兮，不素飧兮？"從文本自身來說，將"彼君子兮，不素餐兮"等語理解爲反復強調不滿和質疑，則與上文銜接更緊密，也更自然；將其理解爲表示理解和認同的肯定性陳述，則少一個關鍵環節，邏輯上多少有點齟齬。且從我國思想史上看，期求在位者參加生產勞動可能是更古老的傳統，其流播亦甚久。陳相見孟子而道許行之言曰："賢者與民並耕而食，饔飧而治。"（《孟子·滕文公上》）許行爲神農之説，是農家在戰國時期的代表人物。《漢書·藝文志》評曰："農家者流，蓋出於農稷之官。播百穀，勸耕桑，以足衣食，故八政一曰食、二曰貨，孔子曰'所重民食'，此其所長也。及鄙者爲之，以爲無所事聖王，欲使君臣並耕，誖上下之序。"總之，無論是就文本自身言，還是從思想史方面説，證明《伐檀》主人公並非表達對"君子"之不滿，都不是一件輕鬆的事情。然而要確認重耳與"《河水》智"的評者認爲《伐檀》主人公對"君子勞心，小人勞力"持有同情的理解，就不能不面對這些難題。案：解《河水》爲《伐檀》之説可取。但由重耳賦《河水》一事，證《河水》即《伐檀》，是可行的；由重耳用《河水》之意，證《詩論》評《河水》之意，則大不可行。一者，春秋賦《詩》與《詩論》評詩有不同的性質，一者，《詩論》評詩不汲汲於因循。"《河水》智"之"智"，當係動詞性的"知"，其下文未完。《孔叢子·記義》篇載，孔子讀《詩》及《小雅》，喟然而歎曰，"吾……於《伐檀》，見賢之先事後食也"。《伐檀》主人公反復斥責"彼君子"不稼穡、不狩獵而坐享穀物獵物，凸顯的理念恰恰就是賢者先事而後食，孔子對此加以肯定。這與儒家"君子勞心，小人勞力"的觀念並不矛盾，因爲"勞心"也是"事"。孟子向陳相論堯舜之"勞心"，云："當堯之時，天下猶未平，洪水橫流，氾濫於天下。草木暢茂，禽獸繁殖，五穀不登，禽獸偪人。獸蹄鳥跡之道，交於中國。堯獨憂之，舉舜而敷治焉。舜使益掌火，益烈山澤而焚之，禽獸逃匿。禹疏九河，瀹濟、漯，而注諸海，決汝、漢，排淮、泗，而注之江，然後中國可得而食也。當是時也，禹八年於外，三過其門而不入，雖欲耕，得乎？后稷教民稼穡，樹藝五穀，五穀熟而民人育。人之有道也，飽食、煖衣、逸居而無教，則近於禽獸。聖人有憂之，使契爲司徒，教以人倫：父子有親，君臣有義，夫婦有別，長幼有序，朋友有信。放勳曰：'勞之來之，匡之直之，輔之翼之，使自得之，又從而振德之。'聖人之憂民如此，而暇耕乎？堯以不得舜爲己憂，舜以不得禹、皋陶爲己憂。夫以百畝之不易爲己憂者，農夫也。……堯舜之治天下，豈無所用其心哉？亦不用於耕耳。"（《孟子·滕文公上》）此堯舜聖人之"勞心"。誰謂"勞心"爲無所事事呢？《詩論》此語，殆可據義補爲："《河水》智（知）先事遂（後）食。"

第七章

《十月》善諀言，《雨亡政》《即南山》皆言上之衰也，王公恥之。[1]《少旻》多疑，疑言不中志者也。[2]《少鴟》丌言不惡，少又怎安。[3]《少叀》《考言》則言讒人之害也。[4]《伐木》□□（八），實咎於其也。[5]《天保》丌貝录蔑罿矣，巽募慎古也。[6]《諀父》之賕亦又臣也。[7]《黃鳥》則困而谷反丌古也，多恥者丌忍之虐？[8]《菁菁者莪》則昌人昌也。[9]《棠棠者芋》則昌人（九）貴也。[10]《贉大車》之囂也，則昌爲不可女可也。[11]《湛露》之貝也，丌猷酡與？[12]

[1]"《十月》"句：舊說往往認爲"王公恥之"一語僅指言《雨亡政》《即南山》兩詩，誤，它還針對上文提及的《十月》。《十月》善諀言，此語須與下文"王公恥之"連讀。《十月》，今《毛詩·小雅·節南山之什》作《十月之

交》，二篇題均取自篇首，唯字數多少有異。本章所論《巧言》以上諸詩，今均見於《小雅·節南山之什》。《十月之交》一詩譏"艷妻煽方處"，而皇父爲卿士，番爲司徒，家伯爲宰，仲允爲膳夫，聚子爲內史，蹶爲趣馬，楀爲師氏，七子皆用后孽寵，方熾之時並處位，擅權無道，致使下民孔哀，日月告凶，川沸山崩，高岸爲谷，深谷爲陵。《詩序》、毛傳繫之於周幽王（前781—前771在位）時，視"艷妻"爲褒姒，鄭箋繫之於周厲王（前877—前841在位）時，釋"艷妻"爲厲王妻。①《十月之交》斥言皇父作都邑於向，徹人墻屋，役作百姓，使其田畝卒爲汙萊，而不自知其非，曰，"予不戕，禮則然矣"；鄭玄箋釋此語云，"言皇父既不自知不是，反云我不殘敗女田業，禮，下供上役，其道然也。言文過也"。此處所揭之事實，正是郭店簡文《語叢四》所說，"竊（竊）鉤者戜（誅），竊邦者爲者（諸）侯。者侯之門，義士之所鷹（存）"。而《莊子·外篇·胠篋》云："彼竊鉤者誅，竊國者爲諸侯，諸侯之門而仁義存焉。"亦可作爲佐證。《詩論》謂"《十月》善諀言"，其下文進一步以"王公恥之"作爲概括，殆指皇父善於以巧言文過飾非，爲王公所恥。"善諀言"一語，是評者就詩歌主人公之施事對象（即皇父）而言的；在大多數情況下，評者所評都是詩歌主人公的言行或情感狀態，故此評相當特殊，但它主要是提挈一種事實，同時並不完整，下文"王公恥之"是對這一事實的定性，而這一定性顯然確認了主人公之取向。胡平生提出，自文義上看，"善諀言"之評應當是褒揚而非貶斥之辭，因此"諀言"不會是《尚書》說的辨佞之言。②這是誤把"善諀言"當成了一個完整的評論。廖名春引據《廣雅·釋言》"諀，訾也"等，謂"諀"爲誹謗之意，"善諀言"指善於批評君上。李零亦認爲"諀言"即訾議之言，於原詩刺王之意合，不必讀爲"諞言"。③這些觀點，也將"善諀言"視爲評者對《十月之交》的定性，若將它與"王公恥之"連讀，問題立刻就會凸顯。要之，《詩論》"《十月》善諀言，《雨亡政》《即南山》皆言上之衰也，王公恥之"一句，本意殆謂"善諀言"及"上之衰"均爲王公所恥。"諀言"之"諀"，馬承源考釋謂《說文》所無，从言卑聲，當讀爲"諞"；又引證《尚書·秦誓》"惟截截善諞言，俾君子易辭"，僞孔傳云，"惟

---

① 周幽王、周厲王在位時間，據夏商周斷代工程專家組編著《夏商周斷代工程1996—2000年階段成果報告》（簡本），世界圖書出版公司北京公司2000年版，頁88。
② 胡平生《讀上博藏戰國楚竹書〈詩論〉劄記》，《上博館藏戰國楚竹書研究》，頁280—281。
③ 廖名春《上海博物館藏詩論簡校釋》，《中國哲學史》2002年第一期，頁9；李零《上博楚簡三篇校讀記》，頁26。

察察便巧善爲辨佞之言，使君子迴心易辭"，認爲"善諈言"即"善諞言"。①李學勤、姜廣輝釋爲"譬"，黃德寬、李零等學者認爲"諈言"指訾議之言，於義可通，不必讀爲"諞言"。②據《詩論》該語上下文以及《十月之交》之文本，馬說於義爲長，"諞言"即巧言或辨佞之言。孔子曰："益者三友，損者三友。友直，友諒，友多聞，益矣；友便辟（馬融注：巧辟人之所忌，以求容媚），友善柔，友便佞，損矣。"（《論語·季氏》）鄭玄注"便佞"，云："便，辯也。謂佞而辨。"《說文·言部》："諞，便巧言也，从言，扁聲。《周書》曰'截截善諞言'，《論語》曰'友諞佞'。""諞言"即便佞之言。《雨亡政》《即南山》皆言上之衰也，《雨亡政》《即南山》二詩，今《毛詩·小雅·節南山之什》分別作《雨無正》《節南山》。"政"通"正"。"亡"通"無"。"即"通"節"；郭店簡文《吿自命出》下篇"宜，敬之方也。敬，勿之即也"，《語叢一》"豊，因人之情而爲之即叟（文）者也"等，"即"字均與"節"通。傳世《詩序》謂《雨無正》《節南山》二詩均爲刺幽王，鄭箋於《節南山》無異議，但以《雨無正》爲刺厲王（鄭箋《節南山》序云，"……幽王時，司徒乃鄭桓公友，非此篇之所云番也，是以知然"）。《節南山》謂尹氏大師，其任至重，爲周之本而持大政，當維四方，毗天子，化育天下使民不迷，今則不然。該詩首章云："節彼南山，維石巖巖。赫赫師尹，民具爾瞻。憂心如惔，不敢戲談。國既卒斬，何用不監！"鄭箋云："此言尹氏，女居三公之位，天下之民俱視女之所爲，皆憂心如火灼爛之矣。又畏女之威，不敢相戲而談語。疾其貪暴、脅下以刑辟也。"又云："天下之諸侯日相侵伐，其國已盡絕滅，女何用爲職不監察之？"尹氏太師之炙手可熱，天下諸侯之肆意侵伐，均爲周天子衰微之徵。孔子曰："天下有道，則禮樂征伐自天子出；天下無道，則禮樂征伐自諸侯出。"（《論語·季氏》）詩所謂"國既卒斬"，正是由於征伐自諸侯出。《節南山》下文"弗躬弗親""不自爲政"諸語，以及"誰秉國成"之問，亦似均可見王權被架空之態勢。《節南山》又謂："昊天不平，我王不寧。不懲其心，覆怨其正。"王既不寧，更可見上衰之甚矣。《雨無正》次章謂："周宗既滅，靡所止戾。正大夫離居，莫知我勩。三事大夫，莫肯夙

---

①　馬承源主編《上海博物館藏戰國楚竹書》（一），頁136。案：馬氏失察，將《尚書》僞孔傳當成了《詩經》毛傳。

②　參閱李學勤《〈詩論〉分章釋文》、姜廣輝《古〈詩序〉復原方案》（修正本），《經學今詮三編》（《中國哲學》第二十四輯），頁136、頁176；黃德寬、徐在國《〈上海博物館藏戰國楚竹書〉（一）·孔子詩論〉釋文補正》，《安徽大學學報》（哲學社會科學版）2002年第二期，頁3；李零《上博楚簡三篇校讀記》，頁26。

夜。邦君諸侯，莫肯朝夕。庶曰式臧，覆出爲惡。"鄭箋曰："周宗，鎬京也。是時諸侯不朝王，民不堪命。王流於彘，無所安定也。"又曰："長官之大夫，於王流于彘而皆散處，無復知我民之見罷勞也。"又曰："王流在外，三公及諸侯隨王而行者皆無君臣之禮，不肯晨夜朝暮省王也。"又曰："人見王之失所，庶幾其自改悔而用善人，反出教令，復爲惡也。"厲王被流，其衰至極矣。《國語》記其事云："厲王虐，國人謗王。邵公告曰：'民不堪命矣！'王怒，得衛巫，使監謗者，以告，則殺之。國人莫敢言，道路以目。王喜，告邵公曰：'吾能弭謗矣，乃不敢言。'邵公曰：'是障之也。防民之口，甚於防川。川壅而潰，傷人必多，民亦如之。是故爲川者決之使導，爲民者宣之使言……'王不聽，於是國莫敢出言，三年，乃流王於彘（案其故址在今山西霍州市東北）。"（《國語·周語上》"邵公諫厲王弭謗"章）《詩論》謂"《雨亡政》《即南山》皆言上之衰也"。極是。又，頗疑"皆言上之衰也"一語，亦關聯此前所評之《十月之交》。該詩特意凸顯艷妻盛，而七子熾，豈非正是上之衰也？王公恥之，此語概指上文所評《十月》《雨亡政》與《即南山》三詩，意指皇父之"善譖言"與"上之衰"兩面均爲王公所恥。前一面，參見本注上文，這裏僅梳理後一面。《十月之交》《節南山》《雨無正》三詩均凸顯了上之衰，《詩論》謂"王公恥之"，一方面與此事實直接相關，一方面也是演繹詩篇主人公之意。《十月之交》開篇即云："十月之交，朔月辛卯。日有食之，亦孔之醜。"毛傳云："之交，日月之交會。醜，惡也。"鄭箋云："周之十月，夏之八月也。八月朔日，日月交會而日食，陰侵陽，臣侵君之象。日辰之義，日爲君，辰爲臣。辛，金也。卯，木也。又以卯侵辛，故甚惡也。"鄭説陰陽君臣，不見得爲詩之本義，然大旨當不乖，故《十月》此數語堪稱恥於上之衰的最直接的表達。《節南山》末章謂"家父作誦，以究王訩。式訛爾心，以畜萬邦"，《雨無正》謂"庶曰式臧，覆出爲惡"，又謂"凡百君子，各敬爾身。胡不相畏，不畏于天"等等，殆亦均可佐證"王公恥之"之取向。《孔叢子·記義》篇載孔子讀《詩》及《小雅》，喟然而歎曰，"吾……於《節南山》，見忠臣之憂世也"，可與此互相發明。

〔2〕"《少旻》"句：《少旻》，今《毛詩·小雅·節南山之什》作《小旻》。"叁"字下面加重文符號，整理本釋爲"叁矣"（此乃誤以重文符號為合文符號），李學勤、姜廣輝、黄懷信等學者從之，似乎不妥，李零釋爲"叁叁"，

比較貼切。李守奎等認爲"叁"字从心矣聲，即"疑"之或體，可從。① "中"字原寫作"ㄎ"，各家均隸定或釋爲"中"，廖名春釋爲"忠"，殆讀"中"爲"忠"。②楚簡"中"字往往作此形，如郭店簡文《老子》甲組"國中又（有）四大安（焉）"，"中"字即如此寫。③此處之"中"指的是正符合。案：《詩論》此句殆謂《少旻》多疑，其所疑者乃在衆口嚻嚻而不中己志。《左氏春秋》定公元年（前509）記季孫曰："子家子亟言於我，未嘗不中吾志也。"簡文"言不中志"，可與此語對看。孔子嘗曰："見善如不及，見不善如探湯。吾見其人矣，吾聞其語矣。隱居以求其志，行義以達其道。吾聞其語矣，未見其人也。"（《論語·季氏》）朱熹《集注》："求其志，守其所達之道也。達其道，行其所求之志也。"孔子又說："志於道，據於德，依於仁，游於藝。"（《論語·述而》）而子夏則說："博學而篤志，切問而近思，仁在其中矣。"（《論語·子張》）在孔子的觀念體系中，志與道關係密切，志於道是體系的要求，故從某種意義上說，謂《小旻》主人公疑衆口嚻嚻不合於志，也就是說他懷疑衆口嚻嚻不合於道。今《小旻》一詩，《詩序》謂刺幽王，鄭箋以爲刺厲王。該詩之要在斥言謀事邪辟，不任賢者。如其前四章云："旻天疾威，敷于下土。謀猶回遹，何日斯沮（鄭箋：猶，道。沮，止）？謀臧不從，不臧覆用。我視謀猶，亦孔之邛（毛傳：邛，病也）！潝潝訿訿（衆口附和、詆毀誹謗），亦孔之哀。謀之其臧，則具是違。謀之不臧，則具是依。我視謀猶，伊于胡厎（鄭箋：于，往。厎，至也。……我視今君臣之謀道，往行之將何所至乎）！/我龜既厭，不我告猶（鄭箋：猶，圖也。卜筮數而瀆龜，龜靈厭之，不復告其所圖之吉凶。言雖得兆，占繇不中）。謀夫孔多，是用不集（毛傳：集，就也）。發言盈庭，誰敢執其咎（鄭箋：言小人争知而讓過）？如匪行邁謀，是用不得于道。/哀哉爲猶（謀），匪先民是程（法），匪大猶（道）是經。維邇言是聽，維邇言是爭！如彼築室于道謀，是用不潰于成（鄭箋：如當路築室，得人而與之謀所爲，路人之意不同，故不得遂成也）。"凡此指言謀之不善、謀

---

① 參閱馬承源主編《上海博物館藏戰國楚竹書》（一），頁136；李學勤《〈詩論〉分章釋文》、姜廣輝《古〈詩序〉復原方案》（修正本），《經學今詮三編》（《中國哲學》第二十四輯），頁136、頁176；黃懷信《上海博物館藏戰國楚竹書〈詩論〉解義》，頁161、頁164—165；李零《上博楚簡三篇校讀記》，頁25；李守奎、曲冰、孫偉龍編著《上海博物館藏戰國楚竹書（一—五）文字編》，頁647、頁499。

② 廖名春《上海博物館藏詩論簡校釋》，《中國哲學史》2002年第一期，頁9。

③ 更多的例子可以參閱滕壬生著《楚系簡帛文字編》（增訂本），湖北教育出版社2008年版，頁55—67。

之不合己志者，均係指斥言之不善、言之不合己志；而"發言盈庭"，"維邇言是聽，維邇言是爭"等等，更直接可以坐實《詩論》"怎言不中志者也"之"言"字。或僅僅將此"言"字坐實爲"發言盈庭"一語，或釋此"言"字爲動詞"指"，①均可商。《説文·言部》"謀"从言某聲，其古文一作"㥯"，从口母聲，一作"䚻"，从心母聲（段注謂从古文"言"，似未確）；"謀"从心者，乃因謀之行爲須心發揮心之官能思，从口、从言者，乃因謀之行爲須用"口""言"表達，故"言"字之意可以包括"謀"。此外，《小旻》詩中所謂"如匪行邁謀，是用不得于道"，"哀哉爲猶（謀），匪先民是程（法），匪大猶（道）是經"等等，凸顯了主人公期望謀所契合的價值就是道。該詩末尾兩章曰："國雖靡止，或聖或否。民雖靡膴，或哲或謀，或肅或艾（鄭箋：止，禮。膴，法）。如彼泉流，無淪胥以敗。/不敢暴虎，不敢馮河。人知其一，莫知其他。戰戰兢兢，如臨深淵，如履薄冰。"這些文字，更有力、更形象地表現了主人公之多疑慮，然這種情懷之根源，仍然是那謀事邪辟、不任賢者的政局。

〔3〕"少㲋"句：少㲋，當即今《毛詩·小雅·節南山之什》之《小宛》。"㲋"字整理本隸定爲"䨲"。馬承源考釋云："'䨲'字《説文》所無，从兔下有二肉。據以上所排序之詩，此'少䨲'或當爲《小宛》，但另簡篇名有《宛丘》，詩句引文與《宛丘》相同。不可能'宛'字作'䨲'，又再作'宛'。簡本、今本兩字併待考。"李學勤、姜廣輝隸定同，讀爲"宛"。李零謂此字从肉从三兔，上博楚簡《容成氏》講夏桀娶琬、琰事，其中與"琬"字相當的字即如此寫，故定"少䨲"爲"小宛"。李守奎等隸定爲"㲋"，謂原寫省形，下兩"兔"省去兔首；饒宗頤主編《字匯》隸定爲"㲋"。②少又怎安，怎，整理本如此隸定，而未有釋義。朱淵清釋爲"悸"，又引《小宛》末章"温温恭人，如集于木。惴惴小心，如臨于谷。戰戰兢兢，如履薄冰"，以爲證據。姜廣輝從朱氏之説。③此説可商。其一，《小宛》表達之"悸"，所謂"如集于木""如臨于谷""如

---

① 參閱馬承源主編《上海博物館藏戰國楚竹書》（一），頁136；黄懷信《上海博物館藏戰國楚竹書〈詩論〉解義》，頁165。

② 參閱馬承源主編《上海博物館藏戰國楚竹書》（一），頁136；李學勤《〈詩論〉分章釋文》、姜廣輝《古〈詩序〉復原方案》（修正本），《經學今詮三編》（《中國哲學》第二十四輯），頁136、頁176；李零《上博楚簡三篇校讀記》，頁26；李守奎、曲冰、孫偉龍編著《上海博物館藏戰國楚竹書（——五）文字編》，頁461；饒宗頤主編《上博藏戰國楚竹書字匯》，頁170。

③ 參閱馬承源主編《上海博物館藏戰國楚竹書》（一），頁136；朱淵清《讀簡偶識》，《上博館藏戰國楚竹書研究》，頁404—406；姜廣輝《古〈詩序〉復原方案》（修正本），《經學今詮三編》（《中國哲學》第二十四輯），頁176。

履薄冰"云云，顯然不是"少又（有）悸"。其二，"丌言不亞（惡），少又怎安（焉）"，當是評其得失、正反兩面，"不惡"和"有悸"似不能構成這種對待關係。李學勤釋"怎"爲"仁"。李零疑該字以音近讀爲"佞"，"佞"爲泥母耕部字，"年"爲泥母真部字，其説於意爲長。但李零又謂"丌言不亞（惡），少又（有）怎（佞）安（焉）"，"是説批評比較委婉"，則亦值得商榷。①其實讀"仁"亦可通"佞"。《説文·女部》釋"佞"云："巧讇高材也，从女信省。"段注云："小徐作仁聲，大徐作从信省。……考《晉語》'佞之見佞，果喪其田。詐之見詐，果喪其賂'，古音'佞'與'田'韻，則'仁聲'是也。"《尚書·金縢》篇記周公禱神，嘗謂"予仁若考能，多材多藝，能事鬼神"，俞樾云："仁，當讀爲'佞'。……'佞'從仁聲，故得叚'仁'爲之。'予仁若考'者，予佞而巧也。'佞'與'巧'義相近，'仁'與'巧'則不類矣。《史記·周本紀》'爲人佞巧'，亦以'佞''巧'連文，是其證也。古人謂才爲'佞'，故自謙曰'不佞'。佞而巧，故多材多藝，能事鬼神也。"（《羣經平議·尚書三》）案："《少髟》"句，大意是説，《小宛》其言無過惡之失，但稍失於佞，亦即稍失於逞其口才。《詩序》謂《小宛》爲大夫刺幽王，鄭箋以爲刺厲王。其中所謂"人之齊聖（鄭箋：中正通知之人），飲酒温克。彼昏不知，壹醉日富（鄭箋：童昏無知之人，飲酒一醉，自謂日益富，夸淫自恣，以財驕人）。各敬爾儀，天命不又"等等，意指多有可取者，故謂其言不惡。然該詩正言較少，興譬甚多，如謂"宛彼鳴鳩，翰飛戾天"，謂"中原有菽，庶民采之"。螟蛉有子，蜾蠃負之"，謂"題彼脊令，載飛載鳴"，謂"交交桑扈，率場啄粟"，謂和柔恭敬之人處亂世之中，雖無罪而猶恐懼，"如集于木"，"如臨于谷"，"如履薄冰"等等。《詩論》"少又（有）怎（佞）安（焉）"一語，殆就此而發，指《小宛》稍失於逞口才。《論語·公冶長》載："或曰：'雍也仁而不佞。'子曰：'焉用佞？禦人以口給（口才敏捷），屢憎於人。不知其仁，焉用佞？'"《論語·先進》篇載："子路使子羔爲費宰。子曰：'賊夫人之子。'子路曰：'有民人焉，有社稷焉。何必讀書，然後爲學？'子曰：'是故惡夫佞者。'"《論語·衛靈公》載："顔淵問爲邦。子曰：'行夏之時，乘殷之輅，服周之冕，樂則《韶》舞。放鄭聲，遠佞人。鄭聲淫，佞人殆。'"《論語·季氏》篇載："孔子曰：'益者三友，損者三友：友直，友諒，友多聞，益矣。友便辟，友善柔，友便佞，損矣。'"朱熹《集注》：

---

① 參閲李學勤《〈詩論〉分章釋文》，《經學今詮三編》（《中國哲學》第二十四輯），頁136；李零《上博楚簡三篇校讀記》，頁27。

"便佞，謂習於口語，而無聞見之實。"可見孔子屢屢以佞爲戒。

〔4〕"《少叏》"句：馬承源考釋謂，《少叏》即今《毛詩·小雅·節南山之什》之《小弁》。"叏"通"弁"。《曾侯乙編鐘》"音變"之字作"䫇"，從音叏聲，通作"變"，"弁""變"音同。《考言》即今《毛詩·小雅·節南山之什》之《巧言》。"考"通"巧"。《周易·履·上九》"視履考祥，其旋元吉"，《周易·蠱·初六》"有子，考無咎"，馬王堆漢墓帛書本均作"巧"。《尚書·金縢》周公曰"予仁若考能"，《史記·魯周公世家》引"考能"作"巧能"。①譖，馬承源考釋謂《說文》無，從言，蚰聲。《小弁》《巧言》二詩的重點在於描述"讒"人以及"巧言如簧"之人，則從言蚰聲音近字當讀如"誑"，指以謊言騙人，與"誑"義近。李零認爲，該字以言從蚰，右半與楚"流"字、"融"字所從相同，"譖人"也許是指"流人"（指傳播流言的人？）或"中人"（古稱閹人），而最大的可能是，"譖"字乃訛寫，原字當是從雙兔而非從雙蟲，讀爲"讒"。李守奎等認爲該字右半爲"㐬"之訛。②今依意讀爲"讒"。案：《詩序》謂幽王信褒姒之讒而放宜咎，太子之傅乃作《小弁》以刺王。該詩主人公反覆詠唱自己無辜遭害的憂傷，感慨自己生不逢時，不得瞻父，不得依母，而歸其因在君子信讒，曰："君子信讒，如或醻之。君子不惠，不舒究之。伐木掎矣，析薪杝矣。舍彼有罪，予之佗矣！"朱熹《集傳》云："言王惟讒是聽，如受醻爵，得即飲之，曾不加惠愛，舒緩而究察之。夫苟舒緩而究察之，則讒者之情得矣。伐木者尚倚其巔，析薪者尚隨其理，皆不妄挫折之。今乃捨彼有罪之譖人，而加我以非其罪，曾伐木析薪之不若也。"可見《小弁》所言，雖未必就是針對宜咎之事，但的確是言讒人之害。《詩序》又謂《巧言》乃大夫傷於讒，故作以刺幽王。該詩主人公痛慨自己無罪而遭亂，而歸其因於君子信讒，曰："亂之初生，僭（詐僞不信）始既涵。亂之又生，君子信讒。君子如怒（怒讒人），亂庶遄沮（毛傳：沮，止也）。君子如祉（福賢者），亂庶遄已。/君子屢盟（立誓相要），亂是用長。君子信盜（孔疏：……盜竊者必小人，讒者亦小人，因以盜名之），亂是用暴。盜言孔甘，亂是用餤（毛傳：餤，進也）。匪其止共（不供其職事），維王之邛（鄭箋：邛，病也）。"主人公痛斥彼讒人爲亂階。可見《巧言》所言亦是讒人之害。《詩論》評二詩，與其本文契合。

---

① 馬承源主編《上海博物館藏戰國楚竹書》（一），頁136—137。
② 參閱馬承源主編《上海博物館藏戰國楚竹書》（一），頁137；李零《上博楚簡三篇校讀記》，頁27；李守奎、曲冰、孫偉龍編著《上海博物館藏戰國楚竹書（一——五）文字編》，頁125。

〔5〕"《伐木》"句：簡八下端今存最後一字僅剩一半，但據上下文均論《小雅》詩篇，對照《毛詩》，可斷定該字爲"木"。據李零估測，其下殘缺兩字。"伐木"二字，姜廣輝以爲並非篇名，並據《小弁》"伐木掎矣，析薪扡矣"，補其下爲"掎矣"，於文義及本章體例不協；馬承源、李學勤、李零等俱以爲篇題。①該詩今見《毛詩·小雅·鹿鳴之什》，在《詩論》下文所論之《天保》以前。篇名下兩缺字，廖名春補上一字爲"弗"，可作參考，但最關鍵的字仍然闕如，黄懷信補二字爲"怨人"，於詩意不甚契合，姑存疑待考。②實，整理本隸定爲从宀从貴，馬承源考釋謂讀爲"貴"，又謂"孔子獨重責己之句"。李零認爲原字乃楚簡中常見之"實"字，李守奎等隸定爲"實"。③後説爲是。郭店簡文《忠信之衜》謂，"口𠭴（惠）而實弗从，君子弗言尔（爾）。心疋（疏）而貌䍙（親），君子弗申（施、用）尔"；又謂，"忠，息（仁）之實也。信，羛（義）之旲（基）也"。"實"字之寫法與此簡同。咎於其，即責於己。"其""己"可通。《毛詩·魏風·汾沮洳》有云："彼其之子，美如英。美如英，殊異乎公行。"《韓詩外傳》卷二第十七章引作："彼己之子，美如英。美如英，殊異乎公行。"案《詩序》云："《伐木》，燕朋友故舊也。自天子至于庶人，未有不須友以成者。親親以睦，友賢不棄，不遺故舊，則民德歸厚矣。"《伐木》篇謂："伐木許許（共同發力聲），釃酒有藇。既有肥羜（毛傳：羜，未成羊），以速諸父。寧適不來，微我弗顧。於粲洒埽，陳饋八簋。既有肥牡，以速諸舅。寧適不來，微我有咎。"正如《詩論》所説，該詩主人公實是責於己以求無咎也。朱熹《集傳》謂："言具酒食以樂朋友如此，寧使彼適有故而不來，而無使我恩意之不至也。孔子曰：'所求乎朋友先施之，未能也。'此可謂能先施矣。"朱子所引見《禮記·中庸》第十三章。

〔6〕"《天保》"句：所評《天保》，今見《毛詩·小雅·鹿鳴之什》，次於《伐木》。《天保》丌旲录薹置矣，"录"通"禄"，文獻中常見，參見簡文第四章注23。"薹置"即無疆。"置"同"疆"。《周禮·春官·肆師》："與

---

① 參閲李零《上博楚簡三篇校讀記》，頁26—27；姜廣輝《古〈詩序〉復原方案》（修正本），《經學今詮三編》（《中國哲學》第二十四輯），頁176；馬承源主編《上海博物館藏戰國楚竹書》（一），頁137；李學勤《〈詩論〉分章釋文》，《經學今詮三編》（《中國哲學》第二十四輯），頁136。

② 參閲廖名春《上海博物館藏詩論簡校釋》，《中國哲學史》2002年第一期，頁9、頁10；黄懷信《上海博物館藏戰國楚竹書〈詩論〉解義》，頁177。

③ 參閲馬承源主編《上海博物館藏戰國楚竹書》（一），頁138；李零《上博楚簡三篇校讀記》，頁27；李守奎、曲冰、孫偉龍編著《上海博物館藏戰國楚竹書（一——五）文字編》，頁369。

祝侯禳于畺及郊。"《天保》篇云："天保定爾，亦孔之固。俾爾單厚（毛傳：單，信也。或曰：單，厚也），何福不除（毛傳：除，開也）。俾爾多益，以莫不庶。/天保定爾，俾爾戩穀（毛傳：戩，福。穀，禄）。罄無不宜，受天百禄。降爾遐福，維日不足。/天保定爾，以莫不興。如山如阜，如岡如陵，如川之方至，以莫不增。/……/神之弔矣（毛傳：弔，至），詒爾多福。民之質矣，日用飲食。羣黎百姓，遍爲爾德。"凡此均可佐證《詩論》"丌見录葭疆"之評。巽募惪古也，整理本讀爲"饌寡，德故也"，復引詩中"吉蠲爲饎，是用孝享（毛傳：吉，善。蠲，絜也。饎，酒食也。享，獻也。鄭箋：謂將祭祀也）"，謂"'饌寡'是説孝享的酒食不多，但守德如舊"。①案：《天保》一詩敘"爾"得上天無疆之福禄，其間涉及"爾"之祭祀者唯"吉蠲爲饎，是用孝享。禴祠烝嘗，于公先王"數語，殆指擇吉日，齋戒滌濯，作酒食，以春祠夏禴秋嘗冬烝，祭祀先公先王，其主體內容並不涉及祭祀，故馬承源釋讀"巽募（饌寡），惪（德）古（故）也"，可能未得《詩論》本意。姜廣輝釋爲"遜寡德故也"；其考釋云，"巽"通"遜"，二字古音均爲心母文部，屬雙聲疊韻通假，"寡德"爲謙辭，"巽寡德"指處高位者以謙德處己，"《天保》其得禄葭疆矣，巽寡德故也"一語，是説"人君之所以得禄無疆，由其能遜以寡德的緣故"。②此説在小學上亦似可通，但其意從《天保》詩中找不到任何依據。李零釋文爲"選寡德故也"，且疑連下句爲讀，但沒有具體解釋文義。廖名春亦疑讀爲"選寡德故也"，且釋"選"爲善，引《漢書·王莽傳》"君以選故而辭以疾"，顏師古曰"選，善也"等爲證；又謂《詩論》是説《天保》得禄無疆，"是以君德爲善的緣故"。③案："寡"作爲謙稱，或限於王侯自指，或限於臣子對別國指稱本國之君及君夫人，與《詩論》此語意指不合。"募"字字形與本篇簡十五之"厚"字略似，或爲"厚"字之訛。"巽"殆讀爲"撰"，意指具備。屈子《天問》云："蓱號起雨，何以興之？撰體脅鹿，何以膺之？"殆問雨師屏翳（一稱號屏、蓱號）何以興起降雨，相傳風伯飛廉具有鹿身、自腋至腰作鹿之形，其何以膺受此體。王夫之通釋曰："撰，具也。"《三輔黃圖》卷五"觀"記："飛廉觀，在上林，武帝元封二年

---

① 馬承源主編《上海博物館藏戰國楚竹書》（一），頁138。
② 參閲姜廣輝《古〈詩序〉復原方案》（修正本）以及《關於古〈詩序〉的編連、釋讀與定位諸問題研究》，《經學今詮三編》（《中國哲學》第二十四輯），頁176、頁156。
③ 參閲李零《上博楚簡三篇校讀記》，頁25、頁27；廖名春《上海博物館藏詩論簡校釋》，《中國哲學史》2002年第一期，頁10。

作。飛廉，神禽，能致風氣者。身似鹿，頭如雀，有角而蛇尾，文如豹，武帝命以銅鑄置觀上，因以爲名。"①此可證飛廉"撰體脅鹿"之義，"撰"意指具備，當無異議。案：《詩論》"《天保》丌（其）㝵（得）录（禄）蔑置（疆）矣，巽（撰）厚惪（德）古（故）也"，是説該詩所詠歌之"爾"得上天無窮之禄，是因爲他具備大德。此意從儒家傳統中甚易理解。《周易·坤·象辭》謂："地勢坤，君子以厚德載物。"《左氏春秋》僖公五年（前655）記，宮之奇謂，"鬼神非人實親，惟德是依"，"神所馮依，將在德矣"；且引《周書》説，"皇天無親，惟德是輔"，"黍稷非馨，明德惟馨"，"民不易物，惟德繫物"。而且，《詩論》簡十二所謂"福斯在君子，不□□□□□□□□□□□□□，不亦能峀（持）虖"（第四章），實際上也是張揚德與福禄的關係。凡此均可爲參證。

〔7〕"《訢父》"句："訢"字爲整理本之隸定，馬承源考釋云，"訢"與"祈"同爲微部，也有可能是傳鈔之誤；李守奎等隸定爲"訤"，且謂該字"衣"下部所加"一"爲飾劃，非區别符號；饒宗頤主編《字匯》隸定爲"訢"。今從整理本。該字李學勤、姜廣輝、李零等徑讀爲"祈"。②"《訢父》"當即今《毛詩·小雅·鴻鴈之什》之《祈父》。賏，整理本讀爲"責"，馬承源考釋謂該字从貝从朿，金文作"賏"，《玉篇》謂即古文"責"（案見《玉篇》卷二五貝部）；③《説文·貝部》"責"从貝，朿聲，許慎解爲"求"，段注謂引伸爲誅責、責任等義，簡文此處即用其引伸義。《尚書·秦誓》記載秦穆公引古人之言曰："責人斯無難，惟受責俾如流，是惟艱哉！"僞孔傳云："人之有非，以義責之，此無難也。若己有非，惟受人責即改之如水流下，是惟艱哉。"李零謂依文義此字當讀爲"刺"。④其實"刺"亦爲指責、譏諷之義，《毛詩·大雅·瞻卬》"天何以刺"，毛傳謂"刺，責"，鄭玄解此語爲"天何以責王見變異乎"。故釋簡文此語，無須改字。又目，即"有以"，有因、有道理。案《祈父》詩云："祈父（毛傳：祈父，司馬也，職掌封圻之兵甲。鄭箋：此司馬也，時人以其職號之，

---

① 參見何清谷《三輔黄圖校釋》，中華書局2005年版，頁328。
② 參閲馬承源主編《上海博物館藏戰國楚竹書》（一），頁137、頁138；李守奎、曲冰、孫偉龍編著《上海博物館藏戰國楚竹書（一——五）文字編》，頁124；饒宗頤主編《上博藏戰國楚竹書字匯》，頁765；李學勤《〈詩論〉分章釋文》、姜廣輝《古〈詩序〉復原方案》（修正本），《經學今詮三編》（《中國哲學》第二十四輯），頁137、頁176；李零《上博楚簡三篇校讀記》，頁26。
③ 參閲馬承源主編《上海博物館藏戰國楚竹書》（一），頁137、頁138。
④ 李零《上博楚簡三篇校讀記》，頁27。

故曰祈父），予王之爪牙。胡轉予于恤（毛傳：恤，憂），靡所止居？/祈父，予王之爪士。胡轉予于恤，靡所厎（毛傳：至也）止？/祈父，亶不聰。胡轉予于恤，有母之尸饔（毛傳：尸，陳也。熟食曰饔。鄭箋：己從軍，而母爲父陳饌飲食之具。自傷不得供養也。朱熹《集傳》：尸，主也。饔，熟食也。言不得奉養，而使母反主勞苦之事也）!"該詩通篇指責祈父。《詩序》云："《祈父》，刺宣王也。"鄭箋稱："刺其用祈父，不得其人也。官非其人則職廢。祈父之職，掌六軍之事，有九伐之法。"孔疏稱："經三章皆勇力之士責祈父之辭，舉此以刺王也。"《詩論》以"睞"概括《祈父》本事，十分切當。"睞"與孔子概言《詩》之"怨"相近。《論語·陽貨》篇記子曰："《詩》可以興，可以觀，可以羣，可以怨。邇之事父，遠之事君。多識於鳥獸草木之名。"何晏注"可以怨"引孔安國曰："怨刺上政。"邢昺疏云："'可以怨'者，《詩》有君政不善則風刺之，'言之者無罪，聞之者足以戒'，故可以怨刺上政。"又，《詩論》強調《祈父》之責"又曰（以）"。據該詩本文，主人公責祈父，根源在於"有母之尸饔"，即自己不能奉養母親、使母親主勞苦之事。《毛詩·小雅·蓼莪》之主人公痛傷自己不能終養父母。《詩序》云："《蓼莪》，刺幽王也。民人勞苦，孝子不得終養爾。"鄭箋云："不得終養者，二親病亡之時，時在役所，不得見也。"《詩論》上一章謂"《蓼莪》又（有）孝志"（簡二十六）。其關注《蓼莪》與《祈父》，深意頗爲一致。《毛詩·唐風·鴇羽》之主人公亦責君政不善，使自己不得奉養父母。《詩序》云："《鴇羽》，刺時也。昭公之後，大亂五世，君子下從征役，不得養其父母，而作是詩也。"鄭箋云："大亂五世者，昭公、孝侯、鄂侯、哀侯、小子侯。"舊説所謂刺宣、刺幽、刺昭公等五世諸論，未必然也，但謂《鴇羽》《蓼莪》《祈父》等詩乃主人公刺政治不善、不得奉養或終養父母，基本上契合文本本意；《詩論》評《蓼莪》與《祈父》，可謂得之。

〔8〕"《黄鵀》"句："鵀"字，整理本、李守奎等《文字編》均如此隸定，視爲"鳴"之異寫；馬承源考釋謂簡本從鳥之字，鳥皆作左旁，《黄鵀》即今《毛詩·小雅·鴻鴈之什》之《黄鳥》。李學勤、姜廣輝等徑讀此字爲"鳥"，並且李學勤也指出，《詩論》所評顯然是《小雅·黄鳥》。李零讀此字爲"鳴"，以爲是"鳥"字之誤寫，又判斷"黄（鳴）〔鳥〕"爲《秦風》之《黄鳥》。①

---

① 參閲馬承源主編《上海博物館藏戰國楚竹書》（一），頁138；李守奎、曲冰、孫偉龍編著《上海博物館藏戰國楚竹書（一—五）文字編》，頁201；李學勤〈《詩論》分章釋文〉《〈詩論〉與〈詩〉》，姜廣輝《古〈詩序〉復原方案》（修正本），《經學今詮三編》（《中國哲學》第二十四輯），頁137、頁125、頁176；李零《上博楚簡三篇校讀記》，頁27。

案：此章簡文前後均論《小雅》之詩，《秦風》之《黃鳥》主旨是刺秦穆公以子車奄息、仲行、鍼虎"三良"從死，簡文所論則迴非此意，故當以馬説爲是。困而谷反丌古，即"困而欲返其故"。"谷"通"欲"，簡帛文獻中常見。"古"通"故"，殆謂過去、從前也。今《小雅·黃鳥》篇云："黃鳥黃鳥，無集于穀，無啄我粟。此邦之人，不我肯穀（毛傳：善也。鄭箋：不肯以善道與我）。言旋言歸，復我邦族。/黃鳥黃鳥，無集于桑，無啄我梁。此邦之人，不可與明（鄭箋：明，當爲盟，盟信也）。言旋言歸，復我諸兄。/黃鳥黃鳥，無集于栩，無啄我黍。此邦之人，不可與處。言旋言歸，復我諸父。"《詩論》以"困而谷反丌古"概言此詩之意，甚切。多恥者丌忎之虞，"忎"字整理本未注，李守奎等釋以《玉篇·心部》之"忼"（《玉篇》釋之爲"忌"），而李零逕讀爲"病"。①楚簡"病"字或寫作"疠"。"忎"、"疠"均從"方"得聲，故李零之讀法亦可取，於義則更長。依此簡文乃謂《黃鳥》主人公多恥辱之感，蓋亦即憂病於異邦之困。除此之外，簡文"忎"字寫作"𢡺"，亦或爲"忿"字之訛。馬王堆帛書《十六經·本伐》"忿"字寫作"𢗀"，睡虎地秦簡《爲吏之道》"忿"字作"𢗵"，俱與"𢡺"字形近。依此則《詩論》是説，《黃鳥》主人公受困於此邦而欲復歸故邦，乃因爲在此邦多感恥辱而忿之。詩中"此邦之人，不我肯穀"，"此邦之人，不可與明"，"此邦之人，不可與處"，皆爲忿悁之言。孔子對於"恥"，在道義層面上頗有肯定。子貢問曰："何如斯可謂之士矣？"子曰："行己有恥，使於四方，不辱君命，可謂士矣。"（《論語·子路》）孔子復曰："巧言、令色、足恭，左丘明恥之，丘亦恥之。匿怨而友其人，左丘明恥之，丘亦恥之。"（《論語·公冶長》）復曰："道之以政，齊之以刑，民免而無恥；道之以德，齊之以禮，有恥且格。"（《論語·爲政》）

〔9〕"萻萻者莪"句：所論《萻萻者莪》，今《毛詩·小雅·南有嘉魚之什》作《菁菁者莪》；"萻"字从缶，青聲，《説文》無。𦣞，即"嗌"。《説文·口部》釋"嗌"云："咽也，从口益聲。𦣞（𦣞），籀文嗌，上象口，下象頸脈理也。"整理本隸定爲"𦞢"，馬承源考釋謂爲古文"益"，未確；李守奎等隸定爲"𦣞"，解從《説文》，饒宗頤主編《字匯》同。②此簡中讀爲"益"。案

---

① 參閲馬承源主編《上海博物館藏戰國楚竹書》（一），頁137—138；李守奎、曲冰、孫偉龍編著《上海博物館藏戰國楚竹書（一——五）文字編》，頁479；李零《上博楚簡三篇校讀記》，頁26—27。

② 參閲馬承源主編《上海博物館藏戰國楚竹書》（一），頁137—138；李守奎、曲冰、孫偉龍編著《上海博物館藏戰國楚竹書（一——五）文字編》，頁47；饒宗頤主編《上博藏戰國楚竹書字匯》，頁298。

《菁菁者莪》云："菁菁者莪，在彼中阿。既見君子，樂且有儀。/菁菁者莪，在彼中沚。既見君子，我心則喜。/菁菁者莪，在彼中陵。既見君子，錫我百朋。/汎汎楊舟，載沉載浮。既見君子，我心則休。"詩中"既見君子，樂且有儀""既見君子，我心則喜""既見君子，我心則休"，殆謂自己與君子交遊而精神修養上獲得進益，故《詩論》概之曰"曰（以）人昇（益）"；李零謂"人"指"既見君子"之"君子"，是。①特別是"既見君子，樂且有儀"一句，簡文評者殆理解爲主人公見君子之後，心樂而且道義上有進益。《管子·弟子職》有云："先生將息，弟子皆起。敬奉枕席，問所何趾。俶衽則請，有常有否。先生既息，各就其友。相切相磋，各長其儀（黎翔鳳注：'儀'與'義'同；謂各增益其意蘊也）。周則復始，是謂弟子之紀。"孔子嘗曰："益者三友……友直，友諒，友多聞，益矣。"（《論語·季氏》）凡此均與《菁》詩之意及簡文所論契合。子思《五行》學說基於見賢人而知其有德，以建立德行生成的譜系（參見《五行》經與說第十七章、第十八章等），顯然更光大了這一取向。或將"《菁菁者莪》則曰人昇也"解爲"《菁菁者莪》則以益人也"，謂指使人長進，義與"長育人材"相同。②這些判斷顯然是被傳統說法拘囿。《詩序》云："《菁菁者莪》，樂育材也。君子能長育人材，則天下喜樂之矣。"相傳舊說固非完全背離《菁》詩與《詩論》之意，但"以人益"與"以益人"終究還是相反的。

〔10〕"《棠棠者芋》"句：缺字依姜廣輝所補。李零未將此簡與簡二十一編聯，且謂篇名後面的文字也許是"則以我益也"。③今從姜說。《棠棠者芋》，今《毛詩·小雅·甫田之什》作《裳裳者華》。李守奎等學者指出，"棠"字在楚簡中有"常""嘗""當"諸讀，此處通"裳"；"芋"字疑爲楚"華"字，與秦系"芋"字同形。④案《裳裳者華》云："裳裳者華，其葉湑兮（毛傳：湑，盛貌）。我覯之子，我心寫兮。我心寫兮，是以有譽（豫）處兮。/裳裳者華，芸其黃矣（毛傳：芸，黃盛也）。我覯之子，維其有章矣（鄭箋：章，禮文也）。維其有章矣，是以有慶矣。/裳裳者華，或黃或白。我覯之子，乘其四駱。乘其四駱，六轡沃若。/左之左之，君子宜之。右之右之，君子有之（鄭箋：多才多藝，

---

① 參閱李零《上博楚簡三篇校讀記》，頁28。
② 廖名春《上海博物館藏詩論簡校釋》，《中國哲學史》2002年第一期，頁10。
③ 參閱姜廣輝《古〈詩序〉復原方案》（修正本），《經學今詮三編》（《中國哲學》第二十四輯），頁176；李零《上博楚簡三篇校讀記》，頁28。
④ 參閱李守奎、曲冰、孫偉龍編著《上海博物館藏戰國楚竹書（一—五）文字編》，頁260、頁28。

有礼於朝，有功於國）。維其有之，是以似之。"舊注於其意往往不切。比如《詩序》云："《裳裳者華》，刺幽王也。古之仕者世禄。小人在位則讒諂並進，棄賢者之類，絕功臣之世焉。"幾乎完全不着邊際。《詩論》謂"《棠棠者芋》則目人貴也"，蓋謂其中之"我"因"子"而獲得尊貴，與《菁菁者莪》之"我"因"君子"而獲得進益構成比照。該詩"我覯之子，……是以有譽處兮"，"我覯之子，……是以有慶矣"，"我覯之子，……乘其四駱"等，正指言"我"因遇合"子"而得貴。又，《小雅·南有嘉魚之什·蓼蕭》一詩與《裳裳者華》在内容及表達形式上有驚人的一致性（參見表2）：

表2　《裳裳者華》與《蓼蕭》内容比較

小雅·甫田之什·裳裳者華	小雅·南有嘉魚之什·蓼蕭
裳裳者華，其葉湑兮。 我覯之子，我心寫兮。 我心寫兮，是以有譽處兮。	蓼彼蕭斯，零露湑兮。 既見君子，我心寫兮。 燕笑語兮，是以有譽處兮。
裳裳者華，芸其黃矣。 我覯之子，維其有章矣。 維其有章矣，是以有慶矣。	蓼彼蕭斯，零露瀼瀼。 既見君子，爲龍（寵）爲光。 其德不爽（差），壽考不忘。
裳裳者華，或黃或白。 我覯之子，乘其四駱。 乘其四駱，六轡沃若。	蓼彼蕭斯，零露泥泥。 既見君子，孔燕（安）豈弟。 宜兄宜弟，令德壽豈。
左之左之，君子宜之。 右之右之，君子有之。 維其有之，是以似之。	蓼彼蕭斯，零露濃濃。 既見君子，鞗革沖沖。 和鸞雝雝，萬福攸同。

首先，《裳裳者華》與《蓼蕭》具有一系列明顯相同的語文特徵，比如前者謂"我覯之子，我心寫兮。我心寫兮，是以有譽處兮"，而後者説"既見君子，我心寫兮。燕笑語兮，是以有譽處兮"等等。其次，《裳裳者華》前三章以華葉之盛起興，《蓼蕭》四章均以零露之盛起興，所引起之事均爲"我"覯面"君子"（《裳裳者華》前三章所謂"之子"實即"君子"，末章已明）。其三，《裳裳者華》與《蓼蕭》首章均詠歌"我"遘面君子而有安處。蘇轍《詩集傳》注"燕笑語兮，是以有譽處兮"，云："'譽''豫'通。凡《詩》之'譽'，皆言樂也。"王引之云："蘇氏之説是也。《爾雅》曰，豫，安也；豫，樂也（案均見《爾雅·釋詁》），則'譽處'，安處也。"（《經義述聞》卷六）其四，《裳裳者華》與

《蓼蕭》之次章，實均詠君子有善德故有福澤。朱子《詩集傳》注"其德不爽，壽考不忘"，云："其德不爽，則壽考不忘矣。褒美而祝頌之，又因以勸戒之也。"王引之云："亡，猶已也；作'忘'者，假借字耳。……壽考不忘，猶言'萬壽無疆'也。"（《經義述聞》卷五）《蓼蕭》所謂"壽考不忘（亡）"，正是"其德不爽"之福澤，與《裳裳者華》謂君子維其有章（禮文）是以有福澤，較然一致。《蓼蕭》第三章謂"宜兄宜弟，令德壽豈"，與次章主旨實同，其與《裳裳者華》之一致性，亦可作如是觀。其五，《蓼蕭》末章殆詠君子之車乘，"鞗革"（轡首垂）、"和鸞"（車上鈴）均可爲證，《裳裳者華》第三章則說"我"乘君子之車，兩者又是異曲同工。以上所述，意味着由《詩論》對《裳裳者華》的評析，可以窺見評者對《蓼蕭》的認知亦必不同於傳世之舊説。《詩序》、鄭箋等以王者澤及四海解《蓼蕭》，大抵是牽附詩中雨露澤被蕭蒿之事象，就文本言也是不着邊際。

〔11〕"《臧大車》"句：《臧大車》，今《毛詩·小雅·谷風之什》作《無將大車》，馬承源考釋謂傳世本衍"無"字，① 值得商榷。以"臧大車"爲此詩篇題，取名方式確實較爲特異，但如果相關文字一定有衍脱之誤，那毋寧説簡文脱漏了"無"字。"臧"字，李守奎等指出乃是"貯藏"之"藏"。黃德寬、徐在國亦謂該字从貝臧聲，爲"藏"之或體，由郭店《老子》甲本"藏"作"臧"（案見簡三十六，原文誤作簡六）、《大一生水》"藏"作"臧"（簡六）可證；古音"藏"從紐陽部，"將"精紐陽部，故"藏"可讀爲"將"。② 嚻，王志平疑讀爲"謷"，"嚻"爲曉母宵部字，"謷"爲疑母宵部字，"謷"從"敖"得聲，"嚻""敖"頗多通假例。廖名春云，《爾雅·釋言》"嚻，閑也"，簡文稱"無將大車""無思百憂"，憂讒畏譏，態度消極，故曰"嚻"；簡文"則以爲不可如何也"，則是認爲不能怎麼樣，毫無辦法，此是解釋"嚻"之"閑"義。劉信芳提出，"《詩·小雅·車攻》'之子于苗，選徒嚻嚻'，毛傳：'嚻嚻，聲也。'將車者時有呼聲，記其呼叫之狀，則謂之'嚻'也。擬其聲之狀（包括發聲所蘊含的情感），則爲'無'也。今駕馬者有'烏''於'之聲，'無'之類也"；"無"爲句首語氣詞。黃懷信認爲，詩中六言"無"，正是所謂"嚻"，因爲"嚻"字從

---

① 馬承源主編《上海博物館藏戰國楚竹書》（一），頁150。
② 參閱李守奎、曲冰、孫偉龍編著《上海博物館藏戰國楚竹書（一——五）文字編》，頁34；黃德寬、徐在國《〈上海博物館藏戰國楚竹書（一）·孔子詩論〉釋文補正》，《安徽大學學報》（哲學社會科學版）2002年第二期，頁5。

四"口",本有多口之義;"詩人雖猶衆口喧嘩相勸,實際上他也没有良策,所以説'則以爲不可如何也'。"①就《詩論》評詩之一般情形看,"嚻"字當落實到詩篇的敘事主體身上,劉信芳解以主體面對的他者,值得商榷。其他種種説解亦似未確。"嚻"殆通"叫"。《毛詩·小雅·北山》"或不知叫號,或慘慘劬勞。或棲遲偃仰,或王事鞅掌",《經典釋文》謂"叫"本又作"嚻",是其證(今《北山》恰在《無將大車》之前);毛傳云:"叫,呼。"女可,即"如何"。案:"《䪈大車》"句殆謂,《䪈大車》主人公之呼叫,則是認爲事已無可奈何。今《無將大車》云:"無將大車,祇自塵兮(鄭箋:將,猶扶進。祇,適也)。無思百憂,祇自疧兮(毛傳:疧,病也)。/無將大車,維塵冥冥。無思百憂,不出于熲(毛傳:熲,光也)。/無將大車,維塵雝兮(鄭箋:雝,猶蔽也)。無思百憂,祇自重兮(鄭箋:重,猶累也)。""無將大車""無思百憂",正是敘事主體之呼叫,前語爲興比,後語方顯本意;"無"爲禁止之詞,而凸顯呼叫語態,故既非衍文,又非語詞。而主人公之所以如此呼叫,是因爲他意識到"將大車""思百憂"徒害己而無益。《詩論》之評,與詩意合若符契。

〔12〕"寋霒"句:《寋霒》,今《毛詩·小雅·南有嘉魚之什》作《湛露》。寋,整理本隸定爲"審";馬承源考釋謂"審""湛"同部聲轉,"霒""露"雙聲對轉。李守奎等隸定爲"寋",認爲該字即"寀"字,又謂"寀"之篆文"寋"當爲"寋"之訛;該字从宀从米从甘,乃"糂"之初文。②貢,整理本隸定爲"賵",李守奎等隸定爲"貢",視爲"賸"之或體,从貝冐聲("冐"字爲《説文·口部》"嗌"之籀文),李學勤、姜廣輝釋爲"賸(溢)",李零釋爲"益"。後者於義爲長。③參閲簡文第四章注22。駝,馬承源考釋謂《説文》所無,《湛露》敘及"厭厭夜飲,在宗載考"等,"駝"當讀爲"酡","蓋雖未醉

---

① 參閲王志平《〈詩論〉箋疏》,《上博館藏戰國楚竹書研究》,頁222;廖名春《上海博物館藏詩論簡校釋》,《中國哲學史》2002年第一期,頁16;劉信芳《楚簡〈詩論〉試解五題》,謝維揚、朱淵清主編《新出土文獻與古代文明研究》,上海大學出版社2004年版,頁128;黄懷信《上海博物館藏戰國楚竹書〈詩論〉解義》,頁196。

② 參閲馬承源主編《上海博物館藏戰國楚竹書》(一),頁150;李守奎、曲冰、孫偉龍編著《上海博物館藏戰國楚竹書(一——五)文字編》,頁45。

③ 參閲馬承源主編《上海博物館藏戰國楚竹書》(一),頁150;李守奎、曲冰、孫偉龍編著《上海博物館藏戰國楚竹書(一——五)文字編》,頁336;李學勤《〈詩論〉分章釋文》、姜廣輝《古〈詩序〉復原方案》(修正本)、《經學今詮三編》(《中國哲學》第二十四輯),頁137、頁176;李零《上博楚簡三篇校讀記》,頁29。

而顏已酡"；李學勤讀如字，姜廣輝、李零從整理本。① 《詩論》所關注者當非飲酒顏酡。《玉篇·車部》："鴕，疾馳也。"周鳳五從之，讀"鴕"爲"馳"，可從。② 案今《湛露》詩云："湛湛露斯，匪陽不晞。厭厭夜飲（毛傳：厭厭，安也），不醉無歸。/湛湛露斯，在彼豐草。厭厭夜飲，在宗載考。/湛湛露斯，在彼杞棘。顯允君子，莫不令德。/其桐其椅，其實離離。豈弟君子，莫不令儀。"鄭箋釋"厭厭夜飲，在宗載考"，云："考，成也。夜飲之礼，在宗室同姓諸侯則成之，於庶姓，其讓之則止。昔者，陳敬仲飲桓公酒而樂，桓公命以火繼之。敬仲曰：'臣卜其晝，未卜其夜。'於是乃止。此之謂不成也。"録此備參。"顯允"指明、信，"豈弟"指和樂、平易。《詩論》謂"《湛露》之貴也，丌猷鴕與"，殆謂敘事主體所詠歌之君子德業進益，如車馬奔馳。周鳳五云："《小雅·湛露》共四章，結句爲'不醉無歸''在宗載考''莫不令德''莫不令儀'，所言始於燕私夜飲，進而祭宗廟、進而有德行、進而美姿儀；亦即由口腹之慾始，以修德修業終。簡文以車馬奔馳喻其進德之速，蓋美之也。"③ 其說殆是。《詩論》評詩，常就敘事主體而言，故"《湛露》之貴也，丌猷鴕與"一語，似亦可理解爲該詩主人公受益於"君子"，其進步快如車馳。與君子交遊，是學習和進步的關鍵。孔子謂"見賢思齊焉"（《論語·里仁》）。子思《五行》體系中，德行生成的一個重要基源，是見賢人而知其有德。而《荀子·勸學》篇云："學莫便乎近其人。《禮》《樂》法而不説，《詩》《書》故而不切，《春秋》約而不速。方其人之習君子之説，則尊以遍矣，周於世矣。故曰學莫便乎近其人。學之經莫速乎好其人，隆禮次之。上不能好其人，下不能隆禮，安特將學雜識志，順《詩》《書》而已耳，則末世窮年，不免爲陋儒而已。"黄懷信云："愚謂'贈'當讀爲'溢'，謂溢美之。《莊子·人間世》：'夫兩喜必多溢美之言。'宗廟成而慶賀之，賓主皆大歡喜，正是'兩喜'之時，宜有溢美之言。而詩言'顯允君子，莫不令德''豈弟君子，莫不令儀'，正是溢美之言。'鴕'，當讀爲'佗'。《説文》：'佗，負何（荷）也。'《漢書·趙充國傳》顏注：'凡以畜産載負物者皆爲佗。'即今'馱'之本字，謂背在背上。《詩論》是説：《湛露》篇（對君子）的溢美，就

---

① 參閱馬承源主編《上海博物館藏戰國楚竹書》（一），頁150；李學勤《〈詩論〉分章釋文》、姜廣輝《古〈詩序〉復原方案》（修正本），《經學今詮三編》（《中國哲學》第二十四輯），頁137、頁176；李零《上博楚簡三篇校讀記》，頁29。
② 參閲周鳳五《〈孔子詩論〉新釋文及注解》，《上博館藏戰國楚竹書研究》，頁155。
③ 參閲周鳳五《〈孔子詩論〉新釋文及注解》，《上博館藏戰國楚竹書研究》，頁162—163。

好像把他們馱在背吧！馱在背上，喻備加珍愛。猶今之家長，行路時將小孩馱於背上，愛也。《詩論》作者之意，是嫌詩人對'君子'過度抬愛。《詩序》曰：'《湛露》，天子燕諸侯也。'只是就事論事，也未必有依據。"① "賠"固可讀爲"溢"，但解《詩論》"賠"爲"溢美"或"溢美之"，增加了核心詞"美"字、"之"字；"鴕"固可讀爲"佗（馱）"，但解《詩論》"鴕"爲"把他們馱在背"，增加了"馱"的對象。如此增字爲釋，並不可取。

第八章

孔子曰：《备丘》虐善之，〔1〕《於差》虐憙之，〔2〕《尸鳩》虐信之，〔3〕《文王》虐兑之，〔4〕《清宙》虐敬之，《勅旻》虐敓（二十一）之，《昊天又城命》虐□之。〔5〕《备丘》曰："訇又情"，"而亡望"，虐善之。〔6〕《於差》曰："四矢戻"，"以御嬰"，虐憙之。〔7〕《尸鳩》曰："丌義一氏，心女結也"，虐信之。〔8〕《文王》曰："文王才上，於卲于天"，虐兑之。〔9〕（二十二）《清宙》曰："肅雝显相，濟濟多士，秉旻之憙"，虐敬之。〔10〕《勅旻》曰："乍競佳人"，"不显佳惪"，"於虐前王不忘"，虐敓之。〔11〕"昊天又城命，二后受之"，貴戚显矣。〔12〕《訟》□□□□□□（六）〔13〕

〔1〕"《备丘》"句：《备丘》，今《毛詩·陳風》作《宛丘》。备，整理本隸定爲"畐"，馬承源謂不見於字書。李零指出，"畐"字見於九店楚簡簡十三上至二十四上，爲楚建初十二值之一，相當於"畹"；讀爲"宛"。李守奎等隸定爲"备"，謂其構形殆爲从田夗省聲，爲"邍"之異體。② 戰國"邍（邍，同邍）"字之省文"备"，作"畐""畐""畐"等形。③ 本文"备"字寫作"畐"（簡二十一）、"畐"（簡二十二），殆訛省之結果。季旭昇云，"备"上古音在

---

① 黄懷信《上海博物館藏戰國楚竹書〈詩論〉解義》，頁199。
② 參閱馬承源主編《上海博物館藏戰國楚竹書》（一），頁151；李零《上博楚簡三篇校讀記》，頁30；李守奎、曲冰、孫偉龍編著《上海博物館藏戰國楚竹書（一——五）文字編》，頁87。
③ 參閱何琳儀《戰國古文字典：戰國文字聲系》下冊，中華書局1998年版，頁1014上、下。

疑紐元部合口三等，"宛"在影紐元部合口三等，當可通假。①案今《宛丘》云："子之湯（蕩）兮，宛丘之上兮。洵有情兮，而無望兮。/坎其擊鼓（毛傳：坎坎，擊鼓聲），宛丘之下。無冬無夏，值其鷺羽（毛傳：值，持也。鷺鳥之羽，可以爲翳。鄭箋：翳，舞者所持以指麾）。/坎其擊缶（毛傳：盎謂之缶），宛丘之道。無冬無夏，值其鷺翿（毛傳：翿，翳也）。"孔子曰"《宛丘》虐善之"，表明他在道義層面上對《宛丘》的肯定。

〔2〕"《於差》"句：《於差》，今《毛詩·齊風》作《猗嗟》。王玉珊云，"於"上古音影紐魚部，"猗"上古音影紐歌部，二字聲同韻近，可以通假。"嗟"由"差"得聲，二字同音。是以簡文"於差"可以讀爲"猗嗟"。②意，《説文·喜部》釋云"說也，从心从喜，喜亦聲"；徐灝《説文解字注箋》謂"'喜'、'意'古今字"。案今《猗嗟》云："猗嗟昌兮（馬瑞辰《通釋》：昌……引伸爲凡美盛之稱），頎而長兮。抑（懿）若揚兮（馬瑞辰：揚……謂美貌也），美目揚兮（馬瑞辰《通釋》：揚爲好目貌）。巧趨蹌兮（孔疏：禮有徐趨、疾趨，爲之有巧有拙，故美其巧趨蹌兮），射則臧兮。/猗嗟名兮（馬瑞辰：名當讀明。明亦昌盛之義），美目清兮（馬瑞辰《通釋》：狀其目之美）。儀既成兮（馬瑞辰《通釋》：儀即射儀）。終日射侯（箭靶），不出正（侯中）兮。展（誠）我甥兮！/猗嗟孌兮（毛傳：孌，壯好貌），清揚婉兮。舞則選兮，射則貫兮（毛傳：選，齊。貫，中）。四矢反兮（馬瑞辰《通釋》：謂矢復其故處），以禦亂兮。"孔子謂"《於差》虐意之"，表明他道義層面上對《於差》的肯定。

〔3〕"《尸鵤》"句：《尸鵤》，今《毛詩·曹風》作《鳲鳩》。李守奎等提出，《説文·人部》以"尸"字爲"仁"之古文，楚文字"仁"作"忎""㐆"，"尸"字疑是"尸"之繁體。③"鵤"爲"鳩"之異體，从鳥，召聲；《説文·口部》謂"召，高气也，从口，九聲"。馬王堆漢墓帛書《五行》經、說第七章引《鳲鳩》詩句均寫作"尸召"。案傳世《鳲鳩》曰："鳲鳩（秸鞠、布穀）在桑，其子七兮。淑人君子，其儀一兮。其儀一兮，心如結兮。/鳲鳩在桑，其子在梅（馬瑞辰《通釋》：梅當爲楳杏之楳，以下'在棘''在榛'類之，知皆小樹，不得爲梅柟也）。淑人君子，其帶伊絲。其帶伊絲，其弁伊騏（馬瑞辰《通釋》：馬文如博棊者謂之騏，弁飾如博棊者謂之璂，其義正同）。/鳲鳩在桑，其

---

① 參閱季旭昇主編、陳霖慶等合撰《〈上海博物館藏戰國楚竹書（一）〉讀本》，頁78。
② 同上。
③ 李守奎、曲冰、孫偉龍編著《上海博物館藏戰國楚竹書（一——五）文字編》，頁416。

子在棘。淑人君子，其儀不忒。其儀不忒，正是四國。/鳲鳩在桑，其子在榛（馬瑞辰《通釋》：此詩上言'在棘'，則'在榛'宜訓叢木）。淑人君子，正是國人。正是國人，胡不萬年！"孔子謂"《鳲鳩》虔信之"，表明他在道義層面上對《鳲鳩》的信從。

〔4〕"《文王》"句：《文王》，今見於《毛詩・大雅・文王之什》。苂，《説文》失收，簡文中多讀爲"美"。①案傳世《文王》曰："文王在上，於昭于天。周雖舊邦，其命維新（毛傳：乃新在文王也）。有周不（馬瑞辰《通釋》：不、丕古通用）顯，帝命不（丕）時（美）。文王陟降，在帝左右。/亹亹文王（毛傳：亹亹，勉也），令聞不已。陳錫哉周（《通釋》：陳錫即申錫也。申，重也。重錫，言錫之多。鄭箋：哉，始），侯文王孫子。文王孫子，本支百世（《通釋》：本如木之有本，支即枝也）。凡周之士，不顯亦世（《通釋》：不、亦二字皆語詞，'不顯亦世'謂其顯及世）。/世之不顯，厥猶翼翼。思皇多士（毛傳：思，辭也），生此王國。王國克生，維周之楨（毛傳：楨，幹也）。濟濟多士，文王以寧。/穆穆文王（《通釋》：穆穆即爲敬貌），於緝熙敬止（毛傳：緝熙，光明也）。假哉天命（毛傳：假，固也），有商孫子。商之孫子，其麗不億（《通釋》：麗者，歷之省借。《方言》《説文》竝曰：'歷，數也。'不爲語詞，不億即億；猶云子孫千億耳）。上帝既命，侯（乃）于周服（《通釋》：服，訓爲臣服之服）。/侯服于周，天命靡常。殷士膚敏，祼將于京（鄭箋：殷之臣壯美而敏，來助周祭）。厥作祼將，常服黼冔（毛傳：黼，白與黑也。冔，殷冠也）。王之藎臣，無念爾祖（毛傳：藎，進也。無念，念也）！/無念爾祖，聿脩厥德（毛傳：聿，述）。永言配命，自求多福。殷之未喪師（鄭箋：師，衆也），克配上帝。宜鑒于殷，駿命不易。/命之不易，無遏爾躬。宣昭義問（令聞），有虞殷自天（《通釋》：《爾雅・釋言》'殷……，中也'；……又度中道於天也）。上天之載（事），無聲無臭。儀刑文王，萬邦作孚（信服）。"孔子曰"《文王》虔苂之"，表明他以《文王》篇所敘文王之德爲美。

〔5〕"《清廟》"數句：本章亦用循環推進法論詩，所缺文字據下文之具體申說補足。又可參閱李學勤《釋文》、姜廣輝《復原方案》、李零《校讀記》以

---

① 李守奎、曲冰、孫偉龍編著《上海博物館藏戰國楚竹書（一——五）文字編》，頁393。

及黃懷信《解義》等。①《清𪉏》，今《毛詩·周頌·清廟之什》作《清廟》。"𪉏"字，《說文·广部》以爲"廟"之古文。《清廟》詩云："於穆清廟，肅雝顯相（鄭箋：於乎美哉，周公之祭清廟也。其禮儀敬且和，又諸侯有光明著見之德者來助祭）。濟濟多士，秉文之德，對越（答謝頌揚）在天。駿奔走在廟，不顯不承，無射（斁，厭）於人斯。"《詩序》云："《清廟》，祀文王也。周公既成洛邑，朝諸侯，率以祀文王焉。"鄭箋："清廟者，祭有清明之德者之宮也，謂祭文王也。天德清明，文王象焉，故祭之而歌此詩也。"孔子曰"《清𪉏》虗敬之"，表明他對《清𪉏》所敘文王之德充滿敬意。《剌殳》，今《毛詩·周頌·清廟之什》作《烈文》。剌，整理本隸定爲"剌"，馬承源考釋謂該字金文作"剌""剌"或"刺"，經典多作"烈"，音同；李守奎等隸定爲"剌"，視爲"剌（剌）"之異寫。②通"烈"。郭店簡文《眚自命出》上篇云："哭之斁（動）心也，溅（浸）潊（殺），丌剌（烈）繼繼（戀戀）女（如）也，慈肰（慼然）以終。樂之斁心也，濱（濸）深臓昌（鬱陶），丌剌（烈）則流女也以悲，條肰（悠然）以思。"傳世《烈文》詩曰："烈文辟公（《通釋》：烈文二字並列，烈言其功，文言其德也。……天子諸侯皆有君號，故通稱爲辟。天子曰辟王……諸侯則曰辟公），錫茲祉福。惠我無疆，子孫保之。無封靡于爾邦（毛傳：封，大也。靡，累也），維王其崇之。念茲戎功，繼序其皇之（鄭箋：皇，君也。《通釋》：謂諸侯世繼其先祖之緒以爲君也）。無競維人，四方其訓之（毛傳：競，彊。鄭箋：無疆乎維得賢人也，得賢人則國家彊矣，故天下諸侯順其所爲也）。不（丕）顯維德，百辟其刑之。於乎前王不忘！"孔子曰"《剌殳》虗敬之"，表明他從道義層面上對《剌殳》所敘充滿喜悅。《昊天又城命》，今《毛詩·周頌·清廟之什》作《昊天有成命》。"城"通"成"。郭店簡文《語叢三》："天型（刑）城（成），人與勿（物）斯里（理）。"傳世《昊天有成命》云："昊天有成命（《通釋》：成命猶言明命），二后受之（毛傳：二后，文、武也）。成王不敢康，夙夜基命宥密（恭儉信寬寧）。於緝熙，單（亶，信厚）厥心，肆其靖之（毛傳：肆，固。靖，和也）。"孔子曰"《昊天又城命》虗□之"，亦當是表明自己

---

① 參閱李學勤《〈詩論〉分章釋文》、姜廣輝《古〈詩序〉復原方案》（修正本），《經學今詮三編》（《中國哲學》第二十四輯），頁137、頁176；李零《上博楚簡三篇校讀記》，頁29—30；黃懷信《上海博物館藏戰國楚竹書〈詩論〉解義》，頁215、頁217、頁219。

② 參閱馬承源主編《上海博物館藏戰國楚竹書》（一），頁133；李守奎、曲冰、孫偉龍編著《上海博物館藏戰國楚竹書（一——五）文字編》，頁328。案：金文"剌"當讀"烈"，金文以"剌（剌）"爲"烈"等，可參閱戴家祥主編《金文大字典》，學林出版社1995年版，頁511—512、頁514—515。

對《昊天有成命》的肯定，惜乎據下文的申說難以將評語中的關鍵字補出。又，文王受命一事，簡文第九章嘗據《皇矣》《大明》諸詩集中討論，可以參看。

〔6〕"《㝬丘》"句：所引詩句，傳世《宛丘》作"洵有情兮，而無望兮"。訽，整理本隸定爲"訇"，據傳世之《宛丘》讀爲"洵"。李守奎等據《玉篇·言部》所收，隸定爲"詢"（案《玉篇》以"訇"爲"訇"之籀文），即"訇"之異構。①《說文·言部》云："訇，駭言聲，從言，勻省聲。漢中西城有訇鄉。又讀若玄。（訇），籀文不省。"《說文·勹部》："勻，少也，從勹二。"實際上，"勻"字乃從古"勹（旬）"字得聲。②郭沫若云："'訇'者'詢'之初文，甲骨文'旬'字多見，均作'勹'，金文'旬'字、'鈞'字均同此作。"于省吾亦認爲"訇"字從言從勹（古旬字），"勹"乃"勹"之形訛，"訇"即"詢"即"詢"。③"詢（訇）"通"洵"。亡，通"無"。案：孔子引《宛丘》"洵有情兮，而無望兮"，謂"虔善之"，殆認爲此語意味著不作非分之想、非分之求，故值得肯定。《詩論》肯定《關雎》主人公有好色之願，却能反納於禮，肯定《漢廣》" 不求不 可㝬，不攴不可能"（簡文第四章，簡十二、十三），與此處論《宛丘》有相通之處。《詩序》云："《宛丘》，刺幽公也。淫荒昏亂，游蕩無度焉。"鄭玄箋釋該詩首章，曰："子者，斥幽公也，游蕩無所不爲。……此君信有淫荒之情，其威儀無可觀望而則傚。"廖名春云，簡文說"吾善之"，特別是贊賞其中的"洵有情兮，而無望兮"，可見簡文以《宛丘》爲情詩戀歌，態度是"美"而非"刺"。④《詩論》肯定《宛丘》，當非僅僅以其爲情詩或戀歌。

〔7〕"《於差》"句：叀，《說文》所無，馬承源考釋云，《曾侯乙編鐘》銘"變商""變徵"之"變"作"馥"，從音，以叀爲聲符。李守奎等指出，此字有繁簡數種異體，多由個人書寫習慣所致，相同形體可讀爲"吏（史）"，又

---

① 參閱馬承源主編《上海博物館藏戰國楚竹書》（一），頁151—152；李守奎、曲冰、孫偉龍編著《上海博物館藏戰國楚竹書（一—五）文字編》，頁120。
② 參閱高鴻縉編著《中國字例》，臺北，三民書局股份有限公司1981年版，頁392。案：何九盈謂其說其是，參見氏著《音韻叢稿》，商務印書館2004年版，頁288。
③ 參閱郭沫若《弭叔簋及訇簋考釋》，《文物》1960年第二期，頁5；于省吾《雙劍誃殷契駢枝三編》附《雙劍誃古文雜釋·釋訇》，《雙劍誃殷契駢枝 雙劍誃殷契駢枝續編 雙劍誃殷契駢枝三編》，中華書局2009年版，頁328。
④ 廖名春《上海博物館藏詩論簡校釋》，《中國哲學史》2002年第一期，頁16。

可讀脣音元部字，當是"吏（史）"與"弁"同形。①《經典釋文》謂《韓詩》作"變"，釋之爲"易"。"叀（弁）""變"殆均通"反"。御，通"禦"。𡢆，李守奎等指出，當爲《說文·𠬪部》之"𤔦"，石經"亂"字、《說文·言部》"𢇮"字之古文。②《說文》釋云，"𤔦，治也，幺子相〔亂〕〔爭〕，𠬪治之也，讀若'亂'同。𤔔，古文𤔦"；又云，"𢇮，亂也，一曰治也，一曰不絶也，从言絲。𢆯，古文𢇮"。二古文之主體部分，與"𡢆"之主體部分相同。案：孔子所引詩句，傳世《猗嗟》作"四矢反兮，以禦亂兮"。鄭箋云："反，復也。禮，射三而止。每射四矢，皆得其故處，此之謂復。射必四矢者，象其能禦四方之亂也。"孔子謂"虔意之"，殆認爲其中有值得肯定的政教倫理價值。舊說往往以魯莊、齊襄事說《猗嗟》。如《詩序》云："《猗嗟》，刺魯莊公也。齊人傷魯莊公有威儀技藝，然而不能以禮防閑其母，失子之道，人以爲齊侯之子焉。"方玉潤竭力反對，也祇是將刺魯莊變爲美魯莊。其易序意，謂："美魯莊公材藝之美也。"具體闡釋則說："此齊人初見莊公而歎其威儀技藝之美，不失名門子，而又可以爲戡亂材。誠哉，其爲齊侯之甥也！意本贊美，以其母不賢，故自後人觀之而以爲刺耳。於是紛紛議論，並謂'展我甥兮'一句以爲微詞，將詩人忠厚待人本意盡情說壞。是皆後儒深文苛刻之論有以啓之也。愚於是詩不以爲刺而以爲美，非好立異，原詩人作詩本意蓋如是耳。"廖名春云，從《詩論》謂《猗嗟》"吾喜之"，其"美"而非"刺"更清楚。③值得注意的是，由現有材料看不出《詩論》評《猗嗟》一定涉及魯莊、齊襄之事。

〔8〕"《尸鳩》"句：所引詩句，今《毛詩·鳲鳩》作"其儀一兮，心如結兮"。毛傳："言執義一則用心固。"義，同"儀"，指準則法度。《說文·我部》："義，己之威儀也，从我羊。"朱駿聲《說文通訓定聲·隨部》謂"義"从羊我聲，"經傳多以'儀'爲之"。而王鳴盛云："……'義'字从羊我聲，古音本讀若'我'……只因後世音變，改讀……爲'誼'音。"④氏，通"兮"。何琳儀認爲，簡文"氏"應讀"只"；"只"與"兮"均爲語尾歎詞，在《詩經》

---

① 參閱馬承源主編《上海博物館藏戰國楚竹書》（一），頁152；李守奎、曲冰、孫偉龍編著《上海博物館藏戰國楚竹書（一——五）文字編》，頁5—6。
② 李守奎、曲冰、孫偉龍編著《上海博物館藏戰國楚竹書（一——五）文字編》，頁638。
③ 廖名春《上海博物館藏詩論簡校釋》，《中國哲學史》2002年第一期，頁17。
④ 王鳴盛《蛾術編·說字》卷一三上考證，《嘉定王鳴盛全集》第八册，中華書局2010年版，頁630。

《楚辭》中習見。① 《詩經·鄘風·柏舟》有："母也天只！不諒人只！"《楚辭·大招》幾乎通篇句尾用"只"，如謂："青春受謝，白日昭只。春氣奮發，萬物遽只……"女，後作"汝"，通"如"。案：孔子引"丌義一氏，心女結也"，而謂"虔信之"，殆表明自己相信執義一，則心不放佚。孟子記孔子之言曰，"操則存，舍則亡；出入無時，莫知其鄉"，且論斷説，"惟心之謂與"（《孟子·告子上》）。蓋孔子深知持心之要，倡言以義、禮、德持心。《大學》謂："知止而後有定，定而後能靜，靜而後能安，安而後能慮，慮而後能得。"又謂："為人君止於仁，為人臣止於敬，為人子止於孝，為人父止於慈，與國人交止於信。"孟子云："君子所以異於人者，以其存心也。君子以仁存心，以禮存心。"（《孟子·離婁下》）又云："居惡在？仁是也；路惡在？義是也。居仁由義，大人之事備矣。"（《孟子·盡心上》）知止之後的"定""靜""安""居""由"等等，均意味着心執守仁義等價值而不放佚。又，簡文第九章提供了孔子所謂"虔信之"的又一個典型案例，可以參閱。

〔9〕"《文王》"句：孔子所引詩句，傳世《文王》作"文王在上，於昭于天"，其美之，是由於他肯定其中的政教倫理價值。鄭玄箋此二語，云："文王初為西伯，有功於民，其德著見於天，故天命之以為王，使君天下也。"其說殆未得其本意。《五行》説文第二十三章云："'天監 在 下，有命既雜（集）'者也，天之監下也，雜命焉耳。逌（循）草木之生（性），則有生焉，而无 好惡焉 。逌禽獸之生，則有好惡焉，而无（無）禮義焉。逌人之生，則巍然 知亓好 仁義也。不逌亓所以受命也，逌之則得之矣。是目（偉）之已。故曰萬物之生而 知人 獨有仁義也，進耳。'文王在上，於昭于天'，此之胃（謂）也。文王源耳目之生而知亓 好 聲色也，源鼻口之生而知亓好犨（臭）味也，源手足之生而知亓好勞（佚）餘（豫）也，源 心 之生則巍然知亓好仁義也。故執之而弗失，親之而弗離，故卓然見於天，箸（著）於天下。"這種觀念部分地源於《詩論》，更可以說明孔子頌美" 文 王才上，於卲于天"的本意。才，通"在"。《周易·小畜·上九》"尚德載"，于省吾云："載、在、才、哉，古通。……金文'在'字、'哉'字多叚'才'為之。如'王在某'之'在'，叚'才'為之者，不勝枚舉。"② 卲，通"昭"。上博簡《紂衣》有云："古（故）長民者章志目（以）卲

---

① 何琳儀《滬簡〈詩論〉選釋》，《上博館藏戰國楚竹書研究》，頁253。
② 于省吾《雙劍誃易經新證》，《雙劍誃尚書新證 雙劍誃詩經新證 雙劍誃易經新證》，中華書局2009年版，頁649。

（昭）百眚（姓），肍（則）百眚至（至）行昌（己）昌兑（説）上。"

〔10〕"《清庿》"句：缺文據上下語例及傳世《毛詩》補，並參第二章與本章相關文字，對諸家之説略有修正。黄懷信據簡長，不補"肅雝覞相"四字，其他同。①案：孔子所引詩句，今《清廟》作"肅雝顯相。濟濟多士，秉文之德"。鄭玄解"於穆清廟"諸語，云，"於乎美哉，周公之祭清廟也。其禮儀敬且和，又諸侯有光明著見之德者來助祭"，又云，"濟濟之衆士，皆執行文王之德"。《管子·形勢》篇有云："濟濟多士，殷民化之，紂之失也。"殷紂失德，文王化成天下。孔子謂"虔敬之"，殆就此而言。《論語·泰伯》記載："舜有臣五人（禹、稷、契、皋陶、伯益）而天下治。武王曰：'予有亂臣十人（周公旦、召公奭、太公望、畢公、榮公、太顛、閎夭、散宜生、南宫适、武王后邑姜）。'孔子曰：'才難，不其然乎？唐、虞之際，於斯爲盛。有婦人焉，九人而已。三分天下有其二，以服事殷。周之德，其可謂至德也已矣。'"《論語·八佾》記載子曰："周監於二代，郁郁乎文哉！吾從周。"

〔11〕乍競佳人：今《烈文》作"無競維人"，意爲最强者是人。《説文·亡部》："乍，止也，一曰亡也。""亡"通"無"。"佳"通"惟"。不显佳惪：今《烈文》作"不顯維德"，意爲最明者是德；"不"通"丕"。於虘前王不忘：今《烈文》作"於乎前王不忘"。孔疏云，"文王、武王勤行……此求賢、勤德之事，故人稱誦之不忘也"；可參閱上注。案：孔子引此三語而謂"虔敬之"，殆推重其求賢尚德之取向。

〔12〕"昊天"句：孔子所引詩句，今作"昊天有成命，二后受之"。鄭箋云："昊天，天大號也。有成命者，言周自后稷之生而已有王命也。文王、武王受其業，施行道德。"馬瑞辰《通釋》以"明命"解"成命"，則詩意是説受命者爲文武二王。傳統"三王"之説，於有周一代或單舉"文王"，或單舉"武王"，亦或將文王、武王並列，如《詩經·大雅·江漢》謂"文武受命"，《昊天有成命》謂二后受命，鄭玄《詩譜·小大雅譜》謂"文王受命，武王遂定天下"等等。基於此，古人常把文、武合一，與禹、湯並稱三王，如汪瑗《楚辭集解》於《九歌》題解部分云，"……禹湯文武謂之三王，而文武固可爲一人也"。叡，李守奎等指出，簡文中多讀爲連詞"且"，也許與《説文·又部》之"叡"並非一字。②案：孔子引此語而評之曰貴且顯，意指不甚明確。或解爲文、武受命，代商爲天子，君

---

① 參閱黄懷信《上海博物館藏戰國楚竹書〈詩論〉解義》，前言頁11，正文頁15。
② 李守奎、曲冰、孫偉龍編著《上海博物館藏戰國楚竹書（一—五）文字編》，頁152—153。

臨天下，故曰貴且顯。①其實，代商爲天子的衹是武王，武王伐紂時文王已死。孔子當非就此意而言貴且顯。或謂貴指天之成命，顯指二后受之，②亦似不確。受命不必就顯。故文王受命，"三分天下有其二，以服事殷"（《論語‧泰伯》），難以稱之爲顯。孔子引"昊天又城命，二后受之"，而評之曰貴且顯，殆僅就天命而言。天命之貴，在於它是一種不可違逆的超越性的力量，是歷史興亡背後的必然性。劉向《諫營昌陵疏》云："孔子論《詩》，至於'殷士膚敏，裸將于京'，喟然歎曰：'大哉天命！善不可不傳于子孫，是以富貴無常；不如是，則王公其何以戒慎，民萌何以勸勉？'"（《全漢文》卷三六）《詩論》第九章記孔子論文王受命，有謂："文王隹（雖）谷（欲）已，叚（得）虖（乎）？"受命者不能遏止天命之來，喪失天命者亦不能遏止天命之去。另一方面，天命雖然幽微，而亦至顯。《中庸》第十六章記子曰："鬼神之爲德，其盛矣乎！視之而弗見，聽之而弗聞，體物而不可遺。使天下之人，齊明盛服，以承祭祀。洋洋乎如在其上，如在其左右！《詩》曰：'神之格思，不可度思，矧可射思。'夫微之顯，誠之不可揜，如此夫。"第三十三章云："……君子之道，闇然而日章；小人之道，的然而日亡。君子之道，淡而不厭，簡而文，溫而理。知遠之近，知風之自，知微之顯，可與入德矣。"從這一層面理解，則孔子就"昊天又城命，二后受之"發論，實已完整，而下文"訟……"，當是另起一意。廖名春在"貴獻㝅矣"之後，據上文孔子論《宛丘》諸詩而曰"虗善之"、"虗憙之"、"虗信之"、"虗敬之"、"虗敓之"之例，於"訟"字前後補"吾""之"二字，認爲前者由鈔漏，後者由脫簡，且將上文孔子論《昊天又城命》之斷語補爲"吾頌之"（簡二十二），③值得商榷。

〔13〕"《訟》"句：姜廣輝估計第六簡下端留白缺八字。黃懷信估計闕文有九字，又謂闕文末三字爲"吾□之"。④案：黃氏所補非是，"《訟》"句已另起一意，而且其前申說《昊天又城命》的文字，已經不再使用"吾……之"句式作斷語。

---

① 廖名春《上海博物館藏詩論簡校釋》，《中國哲學史》2002年第一期，頁18。
② 黃懷信《上海博物館藏戰國楚竹書〈詩論〉解義》，頁220。
③ 廖名春《上海博物館藏詩論簡校釋》，《中國哲學史》2002年第一期，頁17—18。
④ 參閱姜廣輝《古〈詩序〉復原方案》（修正本），《經學今詮三編》（《中國哲學》第二十四輯），頁177；黃懷信《上海博物館藏戰國楚竹書〈詩論〉解義》，頁14、頁219—220。

第九章

……"帝胃文王，予褱尔㮥惪"，害？[1]城胃之也。[2]"又命自天，命此文王"，〔害〕？[3]城命之也，信矣。[4]孔子曰：此命也夫！文王隹谷已，旻虘？此命也。[5]□□□□□□□（七）□□□□□□□寺也，文王受命矣。[6]

〔1〕"帝胃"句：該句原有殘缺，李學勤補"帝謂"等五字，姜廣輝從之。姜廣輝指出此五字以上缺字不多，但不知具體字數。①試將留白簡簡二至簡六下端之文字對齊，可斷定簡七上端在留白下方，缺損文字很可能有兩個，不可能超過三個。簡二至簡六，各簡留白部分之文字大抵爲八個（簡六上端留白部分當有八字加一個重文符號），則簡七上端，在"帝胃"五字上很可能佚失六字，而不少於五字。黃懷信在李補五字上又補"《大雅·皇矣》曰"五字。②非是。《詩論》所評篇什，除章六"《北·白舟》"（簡二十六）以外，罕見這種標稱題名的方式；且標稱"《北（邶）·白（柏）舟》"僅僅是爲了與《鄘風·柏舟》區隔，爲特例，不具備普遍意義。其次，下文所評"又命自天，命此文王"，今見《毛詩·大雅·文王之什》之《大明》篇，却未標示篇題，又可證此處補篇題實屬不當。胃，原補作"謂"，據《詩論》下文用字之例改，通"謂"。褱，同"懷"，歸嚮。尔，同"爾"。㮥，《説文》無，李守奎等認爲係"盟"字異體，簡文中讀爲"明"；李學勤、姜廣輝、李零等徑讀爲"明"。③害，何，什麽。案《詩序》云："《皇矣》，美周也。天監代殷，莫若周。周世世脩德，莫若文王。"該詩敘文王受命，上帝告誡文王之事，有云："帝謂文王：無然畔援（跋扈），無然歆羨（貪羨），誕先登于岸（鄭箋：登，成。岸，訟。……當先平獄訟，正曲直也）……/……/帝謂文王：予懷（歸）明德，不大聲以色（鄭箋：不虛廣言語，以外作容貌），不長夏（掌管諸夏）以革（亟，急），不識不知，順帝之則……"簡文所引詩句，今作"帝謂文王，予懷明德"。《墨子·天志中》所引同，《道藏》

---

① 參閱李學勤《〈詩論〉分章釋文》、姜廣輝《古〈詩序〉復原方案》（修正本），《經學今詮三編》（《中國哲學》第二十四輯），頁138、頁177。
② 參閱黃懷信《上海博物館藏戰國楚竹書〈詩論〉解義》，頁15、頁221。
③ 參閱李守奎、曲冰、孫偉龍編著《上海博物館藏戰國楚竹書（一——五）文字編》，頁16、頁353；李學勤《〈詩論〉分章釋文》、姜廣輝《古〈詩序〉復原方案》（修正本），《經學今詮三編》（《中國哲學》第二十四輯），頁138、頁177；李零《上博楚簡三篇校讀記》，頁32。

本、吴骞菴鈔本等《天志下》引《大夏》則作"帝謂文王，予懷而明德"（吴毓江校注謂"'而'字畢本無，舊本並有"），與簡文文字異而意指同。傳世本殆脱"尔（爾）"或"而"字。

〔2〕城：通"誠"。

〔3〕"又命"句：此句今見於《毛詩·大雅·文王之什》之《大明》篇。又，今作"有"，字通。害，脱文，據廖名春之說以及簡文用字之例補。①案傳世《大明》云："明明在下，赫赫在上。天難忱斯（毛傳：忱，信也），不易維王。天位（立）殷適，使不挾四方。/摰仲氏任（毛傳：摰國任姓之中女也），自彼殷商，來嫁于周，曰嬪于京（鄭箋：爲婦於周之京）。乃及王季，維德之行。/大任有身，生此文王。維此文王，小心翼翼。昭事上帝，聿懷多福。厥德不回（毛傳：回，違也），以受方國（《通釋》：方國猶言大國也）。/天監在下，有命既集。文王初載（《通釋》：載正訓生，即謂文王出生耳），天作之合。在洽之陽，在渭之涘。/文王嘉止（《通釋》：嘉止即嘉禮，謂文王將行嘉禮耳），大邦有子。大邦有子，俔（譬）天之妹。文定厥祥，親迎于渭。造舟爲梁，不（丕）顯其光。/有命自天，命此文王，于周于京。纘（嬪）女維莘，長子（莘國之長女大姒）維行，篤（《通釋》：語詞）生武王。保右（佑）命爾，燮伐（《通釋》：燮與襲雙聲，燮伐即襲伐之假借）大商。/殷商之旅，其會（旝，令旗）如林。矢于牧野，維予侯興（《通釋》：猶言維予乃興也）。上帝臨女，無貳爾心！/牧野洋洋，檀車煌煌，駟騵彭彭（毛傳：洋洋，廣也。煌煌，明也。騵馬白腹曰騵）。維師尚父，時維鷹揚。涼（佐）彼武王，肆伐大商（《通釋》：此詩'肆伐'……言用兵之疾力），會朝清明（《通釋》：會朝爲天比明、尚未大明之際）！"

〔4〕"帝胃"至"信矣"數句：有學者詮釋云："簡文'"帝謂文王，予懷爾明德"，何？誠謂之也'，是在解釋上帝爲什麽會賞識文王之'明德'。'誠謂之'即'謂之誠'，解釋……是文王之'誠'使帝'懷'，使帝歸心。可見在上帝選擇文王的過程中，'誠'確實具有至關重要的作用，它是'明德'之所出，是較'明德'更基本、更重要的範疇。……簡文'"有命自天，命此文王"，誠命之也'是解說《大雅·文王之什·大明》'有命自天，命此文王'之意。其句式當與上同，'誠命之'前疑脱一'何'字，當補之。……文王爲什麽能獲得天命呢？'誠命之也'，是文王之'誠'使天將天命授予他。強調文王獲得天命的關鍵不

---

① 參閱廖名春《上海博物館藏詩論簡校釋》，《中國哲學史》2002年第一期，頁18；並可參閱〔澳〕陳慧、廖名春、李鋭《天、人、性：讀郭店楚簡與上博竹簡》，頁148。

是別的東西，而是他的'誠'。'誠'最能打動'天'，是最重要的德行。'信矣'的意思，確實是這樣。這是對簡文前兩句以'誠'釋詩的肯定。"① "誠"在儒家政教倫理體系中固然重要，但此處之"誠"不當如此闡釋。從語法上看，"'帝胃文王'，予襄爾禁惪'，害？城胃之也"一句，後一"胃（謂）"字乃承"帝胃文王"之"胃"而言，"胃之"之"之"則是承"胃文王"之"文王"而言；"'又命自天，命此文王'，〔害〕城命之也"一句，後一"命"字乃承"命此文王"之"命"而言，"命之"之"之"指代的還是上文所涉行爲對象"文王"。總之簡文之意乃是：《詩》說"帝胃文王，予襄爾禁惪"，說的是什麼呢？說的是（帝）真地對文王說。《詩》說"又命自天，命此文王"，說的是什麼呢？說的是（天）真地命文王，不是假話空話啊。簡文"胃（謂）""命"兩種行爲，行爲主體是"帝""天"，受事者均爲文王。將"誠謂之"解爲"謂之誠"，將"誠命之"之"誠"視爲施事者、將其中受事者"之"解釋爲"天"，不僅喪失了語法上的合理性，而且竄改了"胃（謂）"與"命"的主體，以及這兩種行爲所指涉的對象，並不足取。簡文之所以強調帝謂文王、天命文王之"城（誠）"，是出於對天命信仰的強調和持守。龐樸注意到，這一部分前云"城胃之"，後云"城命之"，這種句型其他經子諸書未見，而兩見於帛書《五行》。《五行》說文第二十一章云：" '君子，知而舉之，胃（謂）之尊賢'：'君子，知而舉之'也者，猶堯之舉舜也，湯之舉伊尹也。舉之也者，成（誠）舉之也。知而弗舉，未可胃尊賢。'君子，從而士（事）之'也者，猶顔子、子路之士孔子也。士之者，成（誠）士之也。知而弗士，未可胃尊賢也。"其中"成舉之""成士（事）之"，句式與簡文"城胃之也""城命之也"完全相同，"城""成"均通"誠"，且其用法和意思亦同。二語亦可證上揭對簡文之釋讀過於隨意。又，龐樸說："我們感興趣的是，《詩論》和《五行》同用一種句型，而且是別處難得一見的句型，來表達自己的思想，這豈不是給我們提供了一個綫索，讓我們來猜測：《詩論》和《五行》，莫非同一時期的成品？或者，更是同一學派的文章？乃至，竟然便是同一手筆？"②《詩論》與《五行》在體系上有極强的關聯性，但前者所

---

① 〔澳〕陳慧、廖名春、李鋭《天、人、性：讀郭店楚簡與上博竹簡》，頁148；並可參閱廖名春《上海博物館藏詩論簡校釋》，《中國哲學史》2002年第一期，頁18。

② 參見龐樸《上博藏簡零箋》（一），原刊於《簡帛研究》網，http://www.jianbo.org/Wssf/2002/pangpu01.htm，訪問日期2017年12月13日；又見氏著《上博藏簡零箋》，《上博館藏戰國楚竹書研究》，頁235。

記大抵爲孔子論《詩經》，後者所記大抵爲子思的五行學說體系。謂之同一學派的文章，大略可取，謂之"同一時期的成品"或"竟然便是同一手筆"，則可商榷。

〔5〕"文王"數句：大意是，文王即便想停止，能夠做到嗎？這就是命。這是強調天命不會被任何人阻遏或違逆，即便是受命者本人。孔子曰："天之未喪斯文也，匡人其如予何？"（《論語·子罕》）又曰："天生德於予，桓魋其如予何？"（《論語·述而》）這些說法，從另一側面表達了同樣的意思。佳，通"雖"。上博簡《紂衣》："人佳（雖）曰不利，虗（吾）弗訐（信）之矣。"谷，通"欲"，簡帛文獻中常見；參見簡文第五章注3。已，整理本原作"也"，李學勤從之，劉樂賢釋爲"已"，姜廣輝、陳慧等從之，龐樸則以爲是"已"之誤。劉氏之說是。同簡"也"字四見，均寫作"𠃟"，而此字則寫作"𠃞"。①案廖名春讀前句爲："文王雖欲也，得乎？"認爲《詩論》意思是說，如果文王不誠，他就是想受天命，能行嗎？②將"已"字釋讀爲"也"可商，已見於前文。更值得商榷的是，這一解釋加入了"如果文王不誠"這一個原文沒有的條件。又，單周堯讀此二句爲"文王佳（唯）谷（穀）也，得乎此命也"，釋"谷（穀）"爲善；陳慧等承其說，以爲簡文之意是說文王因爲善，纔得到此天命。③此解意思亦通，且不背早期儒家之天命觀，唯上一"也"字當釋爲"已"，錄此備考。

〔6〕姜廣輝估計簡七下端留白約缺八字，簡二上端留白亦然，周鳳五以爲前者缺九字，後者缺八字。李零直接將簡七、簡二拼聯。④案：簡七下端與簡二上端之留白部分均存，直接將文字拼聯，似乎無法解釋兩簡的巨大留白。由於缺文太多，此語中之"寺"字頗難解讀，李學勤、李零、周鳳五、姜廣輝諸家均讀

---

① 參閱馬承源主編《上海博物館藏戰國楚竹書》（一），頁134—135；李學勤《〈詩論〉分章釋文》，《經學今詮三編》（《中國哲學》第二十四輯），頁138；劉樂賢《讀上博簡劄記》，《上博館藏戰國楚竹書研究》，頁384；姜廣輝《古〈詩序〉復原方案》（修正本），《經學今詮三編》（《中國哲學》第二十四輯），頁177；〔澳〕陳慧、廖名春、李銳《天、人、性：讀郭店楚簡與上博竹簡》頁149；龐樸《上博藏簡零箋》（一），原刊於《簡帛研究》網，http://www.jianbo.org/Wssf/2002/pangpu01.htm，訪問日期2017年12月13日，又見氏著《上博藏簡零箋》，《上博館藏戰國楚竹書研究》，頁235—236。

② 廖名春《上海博物館藏詩論簡校釋》，《中國哲學史》2002年第一期，頁18。

③ 參閱單周堯《楚簡〈詩論〉"文王唯谷"說》，《勉齋小學論叢》，上海古籍出版社2009年版，頁256；〔澳〕陳慧、廖名春、李銳《天、人、性：讀郭店楚簡與上博竹簡》，頁150。

④ 參閱姜廣輝《古〈詩序〉復原方案》（修正本），《經學今詮三編》（《中國哲學》第二十四輯），頁177；周鳳五《論上博〈孔子詩論〉竹簡留白問題》，《上博館藏戰國楚竹書研究》，頁189、頁188；李零《上博楚簡三篇校讀記》，頁32。

爲"時",録此以備參考。①廖名春讀"寺"爲"志",謂指天志;且將簡二文字直接拼聯簡七文字,使之成爲完整的句子:"此命也(簡七下端),志也(簡二上端)。"以爲其意即"此命,就是天志。這是説文王受命爲天子,是天的意志"。②其實"志"與"天志"並不同一,不能用後者直接替代前者。即便兩者同一,此章前文已經引録了《大明》的"又命自天,命此文王",這裏再説此命是"天的意志",幾乎就是重複。而且簡七下端、簡二上端各有大段留白,直接將其文字拼接,其合理性需要證明。文王受命,指文王膺受天命;參閱本章前文以及相關注釋。又,《中庸》第十七章載子曰:"舜其大孝也與!德爲聖人,尊爲天子,富有四海之内。宗廟饗之,子孫保之。故大德必得其位,必得其禄,必得其名,必得其壽。故天之生物,必因其材而篤焉。故栽者培之,傾者覆之。《詩》曰:'嘉樂君子,憲憲令德。宜民宜人,受禄于天。保佑命之,自天申之!'故大德者必受命。"其所引詩句出於《大雅·假樂》,"嘉"今《毛詩》作"假","憲憲"今《毛詩》作"顯顯","佑"今《毛詩》作"右",字通意同。朱熹《章句》云:"受命者,受天命爲天子。"

第十章

《訟》,㫈惪也,多言逡。[1] 亓樂安而屖,亓訶紳而芴,亓思深而遠,至矣![2]《大顕》,盛惪也,多言□□□□□□□(二)□□,□矣!《少顕》,□惪也,多言難而意退者也,衰矣,少矣![3]《邦風》,亓内勿也専,僟人谷安,大會材安。[4] 亓言旻,亓聖善。[5] 孔子曰:佳能夫□□□□□□□(三)[6]……

〔1〕"《訟》"句:"㫈惪"之"㫈",整理本隸定爲"坪",讀爲"平",濮茅左、李零、李學勤、黄懷信等學者直接釋爲"平",姜廣輝隸定爲"重"。馬承源考釋云:"'坪惪'一詞,古籍中未見,金文《平安君鼎》之

---

① 參閲李學勤《〈詩論〉分章釋文》,《經學今詮三編》(《中國哲學》第二十四輯),頁138;李零《上博楚簡三篇校讀記》,頁32;周鳳五《〈孔子詩論〉新釋文及注解》《論上博〈孔子詩論〉竹簡留白問題》,《上博館藏戰國楚竹書研究》,頁152、頁188;姜廣輝《古〈詩序〉復原方案》(修正本),《經學今詮三編》(《中國哲學》第二十四輯),頁177。

② 廖名春《上海博物館藏詩論簡校釋》,《中國哲學史》2002年第一期,頁18。

'平'作从土从平，坪、平古通用。'坪惠'讀爲'平德'。《訟》之平德，必是指文王武王之德。伐商滅紂，奄有四方，是周初的大事，在《頌·維天之命》《維清》和《我將》等諸篇中，都竭力頌揚'文王之德''文王之典'，《執競》之'執競武王，無競維烈'，'自彼成康，奄有四方'等等亦是，平德則可以理解爲平成天下之德。"李零釋云："'平德'，與下文'盛德'相對，似指平和舒緩。"其解下文之"盛德"，則謂"疑指比《頌》高亢"。①以上諸説似均值得商榷。張桂光考證云，"塝"字《詩論》中兩見，作"🈳"（"～惠"）、"🈳"（"～門"）。兩周文字"平"作偏旁，有"🈳、🈳、🈳、🈳、🈳"等變體，無一如上出兩形左上偏旁之下部多一斜出之筆，亦無一如上出兩形左上偏旁之上橫畫與兩旁短豎連接得那樣嚴密。與上列"平"字偏旁形體近似而又有斜出之筆者，如🈳（《妣嫠母簋》）、🈳（《仲考父壺》"滂"字所從）、🈳（石鼓文"滂""鰟"等字所從），諸家並釋爲"旁"。以此對照簡文"🈳""🈳"二形所從，下同而上異，拿簡文此二形之所從對照《説文·上部》"旁"字籀文"🈳"，則頗爲相近。故此字應釋爲從土雱聲，亦即"塝"字，讀爲"旁"，取其廣、大之義。②張説於簡文該字之形義均甚切當。廖名春同張説，許全勝隸作"塝"而取"炳"義，李天虹釋作"塝"而取"大"義（却頗顯游移），王志平釋爲"旁"，均可備爲參考。③俞志慧認爲："該字可隸定爲'坊'，義則取其本字'旁'。《説文》：'旁，溥也。從二闕，方聲。'《廣雅·釋詁》：'旁，大也。'同期文獻形容美德常用'盛德''令德''明德''崇德''廣德''方德'等詞，與此大德之義正相應合。"④未若隸定爲"塝"。多言遾，即"多言後"；《説文·彳部》釋"後"有云，"遾，古文後从辵"。廖名春認爲，"遾

----

① 參閱馬承源主編《上海博物館所藏戰國楚竹書》（一），頁127；濮茅左《〈孔子詩論〉簡序解析》及其附文《〈孔子詩論〉竹書現狀》，《上博館藏戰國楚竹書研究》，頁23、頁39；李零《上博楚簡三篇校讀記》，頁32—33；李學勤《〈詩論〉分章釋文》、姜廣輝《關於古〈詩序〉的編連、釋讀與定位諸問題研究》，《經學今詮三編》（《中國哲學》第二十四輯），頁138、頁152—154；黃懷信《上海博物館藏戰國楚竹書〈詩論〉解義》，頁233—234。

② 張桂光《〈戰國楚竹書·孔子詩論〉文字考釋》，《上博館藏戰國楚竹書研究》，頁336—337。

③ 參閱廖名春《上海博物館藏詩論簡校釋劄記》，許全勝《〈孔子詩論〉零拾》，李天虹《上海簡書文字三題》，王志平《〈詩論〉箋疏》，《上博館藏戰國楚竹書研究》，頁272、頁371、頁377—378、頁210。案：李天虹此文認爲郭店楚簡《耆惠義》所見"🈳""🈳"（隸定爲"坪"），與"🈳""🈳"爲同字之異體，似可商。

④ 俞志慧《〈戰國楚竹書·孔子詩論〉校箋》上，http://www.jianbo.org/Wssf/2002/yuzhihui01—1.htm，訪問日期2009年4月8日。

（後）"當讀作"厚"；曾子曰"慎終追遠，民德歸厚矣"（《論語‧學而》），"《頌》爲宗廟祭祀樂歌，主題就是'慎終追遠'，故稱'多言厚'"。①姜廣輝解"多言後"，説"雖然《周頌》歌頌周人先祖的累世之德，但主要歌頌的還是文王、武王、成王等後王之德"。李零將"後"字落實爲《周頌》之《雝》《小毖》以及《商頌‧殷武》所言之"後"，分別爲"克昌厥後""予其懲而毖後患""以保我後生"。李零又提及《周頌‧載見》，然此篇並無"後"字，《武》篇有"克開厥後"，則並未提及。②案：從邏輯上説，"慎終追遠"作爲《頌》的"主題"，與"慎終追遠"之效果即"民德歸厚"並不同一，以前者爲主題並不意味着"多言厚"。且謂《頌》詩"多言厚"，可能乖離了事實。姜廣輝解"後"爲"後王"，李零關注的語例偏重於後來、後世諸意。但如李零所説，"後"字今《頌》凡四見，與《詩論》評曰"多言逡"不甚契合。馬承源考釋認爲"後"指文王武王之後，黄懷信從之，以"後"爲子孫後代之謂。③如此詮釋，則泛泛指言後人者，如上揭"克昌厥後"，以及《周頌》之《烈文》《天作》諸篇對於前王而言"子孫保之"，以及《周頌》之《閔予小子》《訪落》《敬之》等篇對於祖考而言"維予小子"等，均可包括在内，比較符合"多言逡"之評，其弊在於膚淺，似有違於《詩論》評詩的一般風格。該字如何釋讀，還可進一步研究。又，"塝悪"與下文"盛悪"等，均係《詩經》學觀念，在儒家《詩經》學之價值體系中，《頌》達到的政教倫理境界最高，因此，"塝悪"應當高於"盛悪"。

〔2〕"丌樂"句：評論《頌》詩之樂、歌以及思。春秋戰國時期，《詩三百》配樂，而可誦（念誦詩文）、可弦（彈奏詩樂）、可歌（依琴瑟而詠詩）、可舞（舞者歌詩以節舞）。《左氏春秋》襄公二十九年（前544）記："吳公子札來聘……請觀於周樂。使工爲之歌《周南》《召南》（疏：歌《周南》《召南》之詩，而以樂音爲之節也）。曰：'美哉！始基之矣，猶未也，然勤而不怨矣。'爲之歌《邶》《鄘》《衛》。曰：'美哉淵乎！憂而不困者也。吾聞衛康叔、武公之德如是，是其衛風乎！'爲之歌《王》。曰：'美哉！思而不懼，其周之東乎！'爲之歌《鄭》。曰：'美哉！其細已甚，民弗堪也。是其先亡乎！'爲之歌

---

① 廖名春《上海博物館藏詩論簡校釋》，《中國哲學史》2002年第一期，頁19。
② 參閲姜廣輝《關於古〈詩序〉的編連、釋讀與定位諸問題研究》，《上博館藏戰國楚竹書研究》，頁154；李零《上博楚simon第三篇校讀記》，頁33。
③ 參閲馬承源主編《上海博物館所藏戰國楚竹書》（一），頁127；黄懷信《上海博物館藏戰國楚竹書〈詩論〉解義》，頁239。

《齊》。曰：'美哉！泱泱乎，大風也哉！表東海者，其大公乎！國未可量也。'爲之歌《豳》。曰：'美哉，蕩乎！樂而不淫，其周公之東乎！'爲之歌《秦》。曰：'此之謂夏聲。夫能夏則大，大之至也，其周之舊乎！'爲之歌《魏》。曰：'美哉，渢渢乎！大而婉，險而易行，以德輔此，則明主也。'爲之歌《唐》。曰：'思深哉！其有陶唐氏之遺民乎！不然，何憂之遠也？非令德之後，誰能若是？'爲之歌《陳》。曰：'國無主，其能久乎！'自《鄶》以下，無譏焉。爲之歌《小雅》。曰：'美哉！思而不貳，怨而不言，其周德之衰乎！猶有先王之遺民焉。'爲之歌《大雅》。曰：'廣哉，熙熙乎！曲而有直體，其文王之德乎！'爲之歌《頌》。曰：'至矣哉！直而不倨，曲而不屈，邇而不偪，遠而不攜（杜注：攜貳），遷而不淫，復而不厭，哀而不愁，樂而不荒，用而不匱，廣而不宣，施而不費，取而不貪，處而不底（停滯），行而不流（放縱）。五聲和，八風平。節有度，守有序，盛德之所同也。'"《墨子·公孟》篇記："子墨子謂公孟子曰：'喪禮，君與父母、妻、後子（嗣子）死，三年喪服，伯父、叔父、兄弟期，族人五月，姑、姊、舅、甥皆有數月之喪。或以不喪之閒，誦詩三百，弦詩三百，歌詩三百，舞詩三百（孫詒讓《閒詁》：謂舞人歌詩以節舞）。若用子之言，則君子何日以聽治？庶人何日以從事？'"孔子曾整理《詩三百》之樂，嘗曰："吾自衛反魯，然後樂正，《雅》《頌》各得其所。"（《論語·子罕》）這裏的《雅》《頌》指的是樂，而非《大雅》《小雅》《周頌》《魯頌》《商頌》之詩。故《史記·孔子世家》謂孔子刪詩爲三百五篇，皆弦歌之，"以求合《韶》《武》《雅》《頌》之音"。《詩論》就《頌》詩論樂，是就《頌》詩所配之樂而言的；論歌，是就依琴瑟而詠《頌》詩而言的；論思，主要是側重於《頌》詩文辭所傳達的心志。丌樂安而屖，屖，字見《說文·尸部》，从尸，辛聲，釋爲"屖遲"。《玉篇·尸部》謂"今作栖，亦作犀"。段玉裁《說文解字注》謂"屖遲"即《陳風·衡門》之"棲遲"，毛傳釋爲"遊息"。其作"犀"者，則指銳利、堅固。馬承源考釋謂讀爲"遲"或"邇"，指棲遲緩慢；李學勤、姜廣輝徑釋爲"遲"；李零從整理本，而謂可訓爲"遲"。①《頌》詩多祭祀祖先神明之作，其樂當莊重、安和而舒緩，故《詩論》謂"丌樂安而屖"。屈原《九歌·東皇太一》敘祭祀東皇之事，云："疏緩節兮安歌，陳竽瑟兮浩倡。""疏緩節兮安歌"一語，

---

① 參閱馬承源主編《上海博物館所藏戰國楚竹書》（一），頁127—128；李學勤《〈詩論〉分章釋文》、姜廣輝《古〈詩序〉復原方案》（修正本），《經學今詮三編》（《中國哲學》第二十四輯），頁138、頁177；李零《上海楚簡三篇校讀記》，頁32—33。

正可見《頌》樂之特性。丌詞紳而荡，詞，通"歌"。郭店簡《窮達以時》有謂："邵室（吕望）爲牂（臧）棘淖（棘津），戰（守）監門棘埊（地），行年七十而腞（屠）牛於朝訶（歌），鼍（舉）而爲天子帀（師），堣（遇）周文也。"紳而荡，整理本釋文作"紳而茡"。馬承源考釋云，"紳"與"茡"當指合樂歌吹之物，"紳"宜讀爲"塤"，"茡"則讀作"篪"；"紳"與"塤"爲韻部旁轉，聲紐相近，音之轉變，"茡"以"豸"爲聲符，與"篪"爲雙聲疊韻，同音通假。《說文・龠部》謂"籭"亦作"篪"，管樂。故塤篪一爲陶製管樂器，一爲竹製管樂器。《頌》之樂曲乃以塤、篪相和。① 案"紳而"下之字原寫見下左。"豸"字象猛獸張口司殺之狀，《說文・豸部》所收小篆與甲文略同，見下右。楚系簡帛"易"字寫法較爲一致，郭店簡文《老子》甲組、簡二十五之"易"，見下中：

"紳而"下之字聲符與"易""豸"筆勢均有差異，然而更接近"易"字。李守奎等將此字隸定爲"荡"。② 可從。李學勤從之，釋爲"逖"。姜廣輝從整理本，釋爲"藐"。姜廣輝云，"紳"本義爲大帶，是貴族標誌性裝飾，此處取義爲"高貴""華貴"，簡文第八章"貴且顯矣，《頌》"即其意。"茡"爲"藐"之省文。"藐"字從艸貌聲（案"貌"見《說文・皃部》，爲"皃"之籀文，大徐本說是從豹省），"貌"則從豹得聲而省其形，故"貌"可以省去"皃"而單以"豸"爲聲符，因此"茡"可視爲"藐"之省文。古音"藐"明母藥部，"貌"明母宵部，"豹"幫母藥部，三者音近可以通轉。"藐"訓爲"遠"，亦變爲"邈"。《詩論》"其歌紳而藐"，可理解爲"其歌華貴而悠遠"。這正是《頌》的聲音特點，所以《詩序》贊嘆"至矣"。李零認爲，"紳"讀爲"申"，寬展之義，"荡"從艸從易，古書從易、從狄之字常通假，疑讀爲"逖"，其義爲遠；簡文"丌樂安而犀，丌詞紳而荡"，是說《頌》的配樂（器樂）非常舒緩，歌聲（聲樂）非常悠遠。③《詩論》前言"樂"，謂之"安而犀"，後言"思"，謂之"深

---

① 參閱馬承源主編《上海博物館所藏戰國楚竹書》（一），頁127—128。
② 李守奎、曲冰、孫偉龍編著《上海博物館藏戰國楚竹書（一——五）文字編》，頁35。
③ 參閱李學勤《〈詩論〉分章釋文》、姜廣輝《古〈詩序〉復原方案》（修正本），《經學今詮三編》（《中國哲學》第二十四輯），頁138、頁177—181；李零《上博楚簡三篇校讀記》，頁33。

而遠"，中間言"訶（歌）"，謂之"紳而易"，則"紳而易"不應是評"樂"，馬承源考釋有誤。李學勤、李零之說可從。又馬承源考釋云："以上說明，《訟》不僅是西周王室宗廟祭祀的樂曲，而且也有歌與樂相和。今本《頌》各篇皆一章，凡章十句以下者今本計十八篇，多數詩句比較短，而祭祀須有一定時間，不能遽然結束，因而音樂節奏尤其緩慢，即所謂'安而犀'。比較特別的是《載芟》和《良耜》，前者三十一句，後者二十三句，這兩篇相應的儀式應該是在田野中進行的，而不在莊嚴肅穆的宗廟內，環境不同，詩句的內容和句數也有不同。儘管如此，整篇也只有一章。"①此說從各詩形制特色來思考其配樂的特質，可資參考。

〔3〕"《大顗》"數句：周鳳五、姜廣輝判斷簡二下端留白部分失缺八字，簡三上端留白失缺九字，據周鳳五說補四字。②《大顗》盛悳也，《大顗》即《大夏》，傳世《毛詩》作《大雅》。依儒家《詩經》學體系，《詩論》中界定《大顗》的"盛悳"當次於界定《訟》的"徬悳"。或謂"盛德，疑指比《頌》高亢"，恐有違於儒家《詩經》學體系，而且也不符合《詩論》本意，因爲"高亢"云云實無所謂"德"。《少顗》□悳也，《少顗》即《小夏》，傳世《毛詩》作《小雅》。依儒家《詩經》學體系，界定《少顗》的"□悳"當次於界定《大顗》的"盛德"。馬承源考釋下文"衰矣，少（小）矣"一語，引錄了一枝關於《詩》的殘簡，其文字爲"者。《少顗》亦悳之少者也"。③此簡可與《詩論》互證。"多言"句，"難"指災難、憂患或不幸。《周易·否·象傳》云："天地不交，否。君子以儉德辟難，不可榮以禄。""悥"字從宀息（悁）聲，讀爲"怨"。《詩論》中，"悥"字又或寫作"悥"形（見第五章，簡十八），或讀爲"怨"，或讀爲"願"。馬承源考釋讀"悥"爲"悁"，釋爲"怨"或"懟"；《集韻》釋"怨"云，"儔也，恚也。或作懟"（平聲二、二十二元）。馬承源又謂"退"讀爲"懟"，"退、懟同部，一聲之轉"。④李學勤用馬說，姜廣輝、李零徑釋作"怨懟"。⑤全句指《小雅》多敘時難，且多所怨懟。比如，《祈父》怨刺司馬"移我於憂，使我無所止居"（鄭玄箋"胡轉予于恤，靡所止居"語），《黄鳥》

---

① 馬承源主編《上海博物館所藏戰國楚竹書》（一），頁128。
② 參閱周鳳五《論上博〈孔子詩論〉竹簡留白問題》，《上博館藏戰國楚竹書研究》，頁189；姜廣輝《古〈詩序〉復原方案》（修正本），《經學今詮三編》（《中國哲學》第二十四輯），頁177。
③ 馬承源主編《上海博物館所藏戰國楚竹書》（一），頁129。
④ 同上。
⑤ 參閱李學勤《〈詩論〉分章釋文》、姜廣輝《古〈詩序〉復原方案》（修正本），《經學今詮三編》（《中國哲學》第二十四輯），頁138、頁177；李零《上博楚簡三篇校讀記》，頁33。

怨刺此邦之人"不我肯穀""不可與明（盟）""不可與處"，《節南山》刺幽王用尹氏以致亂，《正月》敘主人公遭暴虐之政，而感慨其何不出我之前、居我之後，《十月之交》譏皇父擅恣，日月告凶等等，正所謂"多言難而憙退者也"。《詩序》嘗謂："亂世之音怨以怒，其政乖。"《詩論》之"憙退（怨懟）"，正同《詩序》之"怨以怒"。又，李零將"多言難"坐實爲《小雅》諸詩所言之"難"，凡七見，計《常棣》一、《出車》二、《何人斯》一、《桑扈》一、《隰桑》一、《白華》一。①是以"難"字爲"多言"之對象，稍嫌於拘。衰矣，指《小雅》所敘政教衰微。第七章簡八嘗云："《十月》善諀言，《雨亡政》《即南山》皆言上之衰也，王公恥之。"傳世《詩序》也説："至于王道衰，禮義廢，政教失，國異政，家殊俗，而變風變雅作矣。"少矣，即"小矣"，指《小雅》所達政教倫理境界（即德）較之《頌》和《大雅》爲小。上揭殘簡"《少顗》亦憙之少者也"，可爲注脚。

〔4〕"《邦風》"句：指《邦風》之詩所含物事至多至廣，可觀民俗，可驗政教。《邦風》，今《毛詩》作《國風》。馬承源謂《邦風》是初名，漢因避劉邦諱改爲《國風》。②丌内勿也專，指《邦風》包容宏富。内，讀爲"納"。《孟子·萬章上》云："思天下之民匹夫匹婦有不被堯舜之澤者，若己推而内（納）之溝中。"勿，通"物"。郭店簡《尊德義》有云："下之事上也，不從亓（其）所命，而從亓所行。上好是勿（物）也，下必又（有）甚安（焉）者。"此處之"勿"，兼指草木鳥獸蟲魚等物與種種事，下文所説"人谷（俗）"亦包括在内。專，整理本讀作"溥"，連下讀，釋爲"普"，李零讀爲"博"，亦連下讀；李學勤、姜廣輝讀爲"博"，連上讀。③後一種斷句於義爲長。案"專"讀"溥"、讀"博"，於義皆通。《毛詩·大雅·公劉》："篤公劉，逝彼百泉，瞻彼溥原，迺陟南岡，乃覯于京。"毛傳："溥，大。"鄭箋："溥，廣也。"《毛詩·魯頌·泮水》："戎車孔博，徒御無斁。"《經典釋文》："博，徐云毛（毛傳）如字、王（王肅）同，大也。"《説文·十部》謂"博"字從十從專，會意，意爲"大通"；段注本改爲專亦聲。而《玉篇·十部》："博，廣也，通也。"屈原《離騷》有云："恖（思）九州之博大兮，豈唯是其有女？"孔子曾説："小子何

---

① 李零《上博楚簡三篇校讀記》，頁34。
② 馬承源主編《上海博物館所藏戰國楚竹書》（一），頁129。
③ 參閲馬承源主編《上海博物館所藏戰國楚竹書》（一），頁129；李零《上博楚簡三篇校讀記》，頁33；李學勤《〈詩論〉分章釋文》、姜廣輝《古〈詩序〉復原方案》（修正本），《經學今詮三編》（《中國哲學》第二十四輯），頁138、頁177。

莫學夫《詩》?《詩》可以興,可以觀,可以羣,可以怨。邇之事父,遠之事君。多識於鳥獸草木之名。"(《論語·陽貨》)此即指言三百篇納物至多而極其廣大。簡文第一章記孔子曰"《[訔](詩)》,亓猷塝門與",意指與此相通。唯此章特論《邦風》。參閱第一章注2。僴人谷焉,指由《邦風》可觀種種民俗。《禮記·王制》《孔叢子·巡守》《漢書·藝文志》等文獻,亦多及以詩觀察風俗之說,不具引。僴,爲"觀"之別體。①其右旁略同《説文·見部》所收"觀"字之古文,許慎謂其从囧,應該是从目之形變。人谷,即民俗;"谷"通"俗"。《禮記·緇衣》記子曰:"上人疑則百姓惑,下難知則君長勞。故君民者,章好以示民俗,慎惡以御民之淫,則民不惑矣。"郭店本作"章好以視(示)民忩",上博本作"章好以視(示)民谷","忩""谷"均當讀爲"俗"。李零將"谷"字讀爲"欲",認爲"觀人欲"指的是"觀人情"。②錢鍾書嘗論"風"一字而兼備三意:風諫、風教;土風、風謠,今語所謂地方民歌;風詠、風誦,今語所謂口頭歌唱文學。他認爲"'風'之一字而於《詩》之體用淵源包舉囊括,又並行分訓之同時合訓矣"。③其説甚是,但似未凸顯"風"與"風俗"的關聯。就儒家《詩經》學體系言,"頌""大雅""小雅"以及"風"之所以如此稱謂,均可落實。如"頌"之稱名落實爲歌功頌德。故簡文第一章謂,"又城工者可女?曰:《訟》氏已"(簡五);本章則説,"《訟》,塝惪也"。《詩序》云,"頌者,美盛德之形容,以其成功,告于神明者也"。鄭玄《詩譜》云:"《周頌》者,周室成功,致太平德洽之詩。"《正義》曰:"言'致太平德洽',即'成功'之事。據天下言之爲太平德洽,據王室言之爲功成治定。王功既成,德流兆庶,下民歌其德澤,即是頌聲作矣。""雅"之稱名以"正"意貫通"政"道。這一點,由《詩序》看得最爲清楚,所謂"雅者正也,言王政之所由廢興也。政有大小,故有小雅焉,有大雅焉"。但這種含義,在《詩論》以"盛惪"評斷《大雅》,以"□惪"或"惪之少者"評斷《小雅》時,已經奠定了。而"風"之稱名,在《詩序》中首先落實爲"風教""風諫",如謂,"《關雎》,后妃之德也,風之始也,所以風天下而正夫婦也,故用之鄉人焉,用之邦國焉。風,風(諷)也,教也,風(諷)以動之,教以化之";又謂,"上以風化下,下以風刺上,主文而譎諫,言之者無罪,聞之者足以戒,故曰風"。這一層意思,實可上溯及《詩論》第一章"戔民而愆之,亓甬心也酒可女?曰:《邦風》氏已"(簡四)以及本章所言"大會材安"

---

① 馬承源主編《上海博物館所藏戰國楚竹書》(一),頁129。
② 李零《上博楚簡三篇校讀記》,頁34。
③ 錢鍾書《管錐編》第一册,中華書局1979年版,頁58—59。

（簡三）。其次落實爲"風俗"。比如，子思謂，"古者天子將巡守……命史採民詩謠，以觀其風"（《孔叢子·巡守》）。《漢書·藝文志》謂，"古有采詩之官，王者所以觀風俗"。《漢書·食貨志上》謂，"行人振木鐸徇于路，以采詩，獻之大師，比其音律，以聞於天子。故曰王者不窺牖户而知天下"。採詩觀風，針對的主要是《國風》部分的作品。而這一將"風"之稱名落實爲觀民風的《詩經》學建構，正可溯源於《詩論》所謂"僮人谷"。《詩論》在體系上落實"風"之稱名，主要就是在這一層面。將"僮人谷"解爲"觀人欲"，便掩蓋了這一歷史關聯。大會材安，馬承源考釋云，"會材"之"會"字從日從僉，疑讀爲"斂"。"會（斂）材"見於《周禮·地官司徒·大司徒》："頒職事十有二于邦國都鄙，使以登萬民：一曰稼穡，二曰樹蓺，三曰作材，四曰阜蕃，五曰飭材，六曰通財，七曰化材，八曰斂材，九曰生材，十曰學藝，十有一曰世事，十有二曰服事。"此"斂財"爲收集物資，簡文"會（斂）材"就《邦風》佳作而言，實爲採風。李守奎等編著《文字編》、饒宗頤主編《字匯》將該字釋爲"僉"之異寫。李學勤依從整理本，釋該字爲"斂"。廖名春、李零依從整理本，讀"會材"爲"斂材"，而分別釋爲"搜羅人才""匯聚人才"。黃懷信認爲，"大斂材焉"是説"可以從《國風》中收集到大量有用的材料"。姜廣輝讀"僉"爲"驗"，讀"材"爲"在"。①案：姜説是。《説文·馬部》釋"驗"爲馬名，從馬，從僉得聲。故"僉""驗"可通。漢代玉册《孫子兵法·用間》篇"不可僉於度"，銀雀山漢墓竹簡本"僉"作"驗"。"材"通"在"，前者從木，才聲（《説文·木部》），後者從土，才聲（《説文·土部》）。簡文"大會材安"實即"大驗在焉"，意指《國風》蘊蓄宏富，政教得失之根本效驗即在裏面。簡文第一章所論，全爲政教得失之效驗。《禮記·樂記》《詩大序》謂"治世之音安""亂世之音怨""亡國之音哀"（通常讀作"治世之音，安以樂"，"亂世之音，怨以怒"，"亡國之音，哀以思"），亦是政教得失之大驗。唯簡文此處祇就《國風》立論而已。

〔5〕"丌言"句：此句謂《邦風》諸詩，言辭有文彩，而音聲美好。儒家對文采辯麗頗有肯定。《左氏春秋》襄公二十五年（前548）載仲尼曰："《志》有之：'言以足志，文以足言。'不言，誰知其志？言之無文，行而不遠。"

---

① 參閱馬承源主編《上海博物館所藏戰國楚竹書》（一），頁130；李守奎、曲冰、孫偉龍編著《上海博物館藏戰國楚竹書（一——五）文字編》，頁277；饒宗頤主編《上博藏戰國楚竹書字匯》，頁148；李學勤《〈詩論〉分章釋文》，《經學今詮三編》（《中國哲學》第二十四輯），頁138；廖名春《上海博物館藏詩論簡校釋》，《中國哲學史》2002年第一期，頁19；李零《上博楚簡三篇校讀記》，頁33—34；黃懷信《上海博物館藏戰國楚竹書〈詩論〉解義》，頁249；姜廣輝《古〈詩序〉復原方案》（修正本），《經學今詮三編》（《中國哲學》第二十四輯），頁177。

《論語·顏淵》載："棘子成曰：'君子質而已矣，何以文爲？'子貢曰：'惜乎！夫子之説君子也。駟不及舌。文猶質也，質猶文也。虎豹之鞟猶犬羊之鞟。'"朱子《集注》云："鞟，皮去毛者也。言文質等耳，不可相無。若必盡去其文而獨存其質，則君子小人無以辨矣。"聖，通"聲"。郭店簡文《告自命出》上篇謂："金石之又（有）聖（聲）也，弗鉤（扣）不鳴。"上博簡《告意論》作："金石之又聖（聲），弗鉤不鈙（鳴）。"案：《詩論》謂《國風》之聲善，當是就孔子整理後的音聲而言。又，廖名春謂《詩序》"主文而譎諫"即簡文所謂"其言文，其聲善"。①《詩序》云："故詩有六義焉：一曰風，二曰賦，三曰比，四曰興，五曰雅，六曰頌。上以風化下，下以風刺上，主文而譎諫，言之者無罪，聞之者足以戒，故曰風。"朱自清《經典常談·〈詩經〉》云："比、興都是《大序》所謂'主文而譎諫'。不直陳而用譬喻叫'主文'，委婉諷刺叫'譎諫'。"②"主文而譎諫"是對《詩論》所説詩之"言"的評論，並不指涉"丌聖善"。

〔6〕"孔子"句：簡三下端留白，周鳳五判斷大約缺佚九字，姜廣輝判斷大約缺佚八字。馬承源考釋云："'能夫'之後辭文殘失。與上下留白第四簡不能連讀。從以上論辭的例子，'孔子曰'以下是一整段論述，可能更具體地述及《訟》《大夏》《少夏》和《邦風》，大約至少缺二枚。"録此備參。③佳，李學勤、姜廣輝讀爲"惟"，李零讀爲"唯"。其實相同。④王引之《經傳釋詞》卷三："惟，獨也，常語也。或作'唯''維'。"黃懷信於"惟能夫"之下補書名"詩"，認爲此語乃孔子對上文論《頌》《大雅》《小雅》《國風》的總結，殆謂祇有讀懂那《詩》，纔可如何如何；又謂孔子興觀羣怨説可與此對讀。⑤簡文缺失嚴重，不必強爲解釋。

---

① 廖名春《上海博物館藏詩論簡校釋》，《中國哲學史》2002年第一期，頁19。
② 朱自清《經典常談》，中華書局2009年版，頁33。
③ 參閲周鳳五《論上博〈孔子詩論〉竹簡留白問題》，《上博館藏戰國楚書研究》，頁189；姜廣輝《古〈詩序〉復原方案》（修正本），《經學今詮三編》（《中國哲學》第二十四輯），頁177；馬承源主編《上海博物館所藏戰國楚竹書》（一），頁130。
④ 參閲李學勤《〈詩論〉分章釋文》、姜廣輝《古〈詩序〉復原方案》（修正本），《經學今詮三編》（《中國哲學》第二十四輯），頁138、頁177；李零《上博楚簡三篇校讀記》，頁33。
⑤ 黃懷信《上海博物館藏戰國楚竹書〈詩論〉解義》，頁251。

馬王堆漢墓帛書《五行》篇疏證

説　明

（一）底本依據國家文物局古文獻研究室編《馬王堆漢墓帛書》第一册所收《老子甲本卷後古佚書》，圖版第一七〇行至第三五一行、釋文第17頁至第27頁（文物出版社1980年版），參校荆門市博物館編《郭店楚墓竹簡》圖版第29頁至第35頁、釋文第147頁至第154頁（文物出版社1998年版，或簡稱"整理本""整理者"）。重文符號改回本字；隨文依底本標示行次，即括號中中文序數，以方便讀者取各本比較和參證。此外參閱《馬王堆漢墓帛書》整理小組編《老子甲本及卷後古佚書》（文物出版社1974年版），〔日〕池田知久《馬王堆漢墓帛書五行研究》之帛本（綫裝書局、中國社會科學出版社2005年版），〔日〕淺野裕一《帛書〈五行篇〉の思想史的位置：儒家による天への接近》（《島根大学教育学部紀要》人文・社会科学第十九卷，1985年12月），龐樸《帛書五行篇研究》之帛本（齊魯書社1988年版），李零《郭店楚簡校讀記》增訂本之簡本（北京大學出版社2002年版），魏啓鵬《簡帛文獻〈五行〉箋證》之簡本和帛本（中華書局2005年版）、陳偉等著《楚地出土戰國簡册［十四種］》之簡本（經濟科學出版社2009）等。"帛本"指帛書本，"簡本"指竹書本。

（二）帛書原文無篇題，龐樸《帛書〈五行〉篇校注》定其篇題爲"五行"（刊載於《中華文史論叢》1979年第4輯，上海古籍出版社1979年版），爲學界廣泛接受。郭店楚簡《五行》以"五行"開頭，或者當時即以"五行"名篇。

（三）分章依池田本。

（四）帛書《五行》爲經説體文獻。經（行文中或稱"經文"）原本集中在前，即圖版第一七〇行至第二一四行；説（行文中或稱"説文"）原本集中在後，即圖版第二一五行至第三五一行。[①]因爲經、説之關聯性極强，使其"同牽條屬"，閲讀理解上更爲便利，故本文糅合之，使各章經説相依相連。因此，全部經文與全部説文各自内部的行序是連貫的，可各章經與説之間的行序則不連貫，請讀者留意。另外，今存説文並不完整，經文部分自開頭第一七〇行至第一八三行前一小半，今已無説，易言之，現存説文整體上祇對應着第一八三行後一大半以下的經文。爲了明晰起見，經文各章前面標示"經"，説文各章前面標示"説"。

（五）帛書《五行》整理小組本、國家文物局古文獻研究室本、魏啓鵬本、池田本等，均不區分説文中的牒經部分，這既不合原著之體例，又不便於準確理解原著，今於説文牒經部分全加引號以爲提示。

（六）校勘之宗旨在於提供可靠的文本，以校正誤爲主，酌校異同。

（七）本校注中，《五行》文字加方框，表示補殘缺；加圓括號，表示應删除之衍文、訛文；加六角括號，表示補充脱文或更正；方框"□"代表缺文。原章節號保留，用"●"表示；句讀號從略。在行文中若使用重文符號，以"="表示；畫"～～～"的文字爲牒經内容及對經文的分釋。

第一章

案：經此章，可與經和説第十八章、第二十八章對讀。

[①] 由經文、説文的一體性而言，《五行》這兩部分實構成一篇文字；郭店簡本只有經文部分，殆由於在當時學術傳播授受的歷史語境中，這兩部分書寫成文本的時間不一，物理存在上各自相對獨立。《五行》篇這種獨特的結構，對後世發揮了重大影響。《韓非子》中，前面集中敘述主旨、後面集中一一予以闡發的經説體文獻有不少篇，比如其《内儲説》《外儲説》系列等。

【經】 ●仁 荆 於內 胃之德之行，不荆於內胃之行。[1]（一七〇） 知 荆於內胃之德之行，不荆於內胃 之行 。[2] 義荆 於內胃之德之行， 不荆於內胃之 （一七一）行。禮荆於內謂之德之行，不荆於內胃之行。聖荆於內 胃之德 之行， 不荆於內胃 （一七二）之行。[3] 德之行五，和胃之德；[4]四行和，胃之善。[5]善，人道也；德，天道也。[6]

〔1〕" 仁 荆"句：本章章節符號，據圖版殘缺處之空間估測，並依語例補。缺文據簡本及上下文義補。荆於內，大抵可理解爲生成於內。郭店簡文《城之聞之》云："……君子之立（涖）民也，身備（服）善以先之，敬斳（慎）以肘（守）之，其所才（在）者內悇（矣），民箮（孰）弗從？型（形）於中，妟（發）於色，其錫（審？）也固矣，民箮弗信？"荆，同"刑"，在本文中通"形"；簡本作"型"，用法相同。"荆於內"是《五行》體系的重要範疇。陳來説：" '德之行'是形於內的， '行'是不形於內的……什麼是形於內？ '形'我們簡單解釋就是 '發'，發於內，如果人的行是發於內心這叫德之行，如果不是發於內心的自願，祇是服從一種外在的道德義務，這樣做出來的行爲雖然也是人的行爲，但是這叫行，不叫德之行。"又説："形於內，即發於內心；不形於內，則是純粹的行爲。"①這種解讀可能未得《五行》本旨，"荆於內"強調的應該不是（由內心）發於外。《五行》的核心關注是各層次德行的生成。這有兩條路徑：一條路徑，是向外認知價值或規範，在現世生存中持守之，使其內在化，即逐步與心合一或成爲心的自覺要求，由此生成德行。比如《五行》經文第六章云："知（智）之思也長。〔長〕則得，得則不忘，不忘則明，明則 見賢人 ， 見賢人則玉色 ， 玉色 則荆，荆則知。聖之思也巠（輕），巠則荆，荆則不忘，不忘則恖（聰），恖則聞君子道，聞君子道則（王言）〔玉音〕，（王言）〔玉音〕則 荆 ， 荆則 聖。"此處所論"知（智）"和"聖"生成的圖式都包含向外認知的階段，前者所含爲見賢人而知其有德、知其所道，後者所含爲聞君子道而知其君子道；認知這些價值以後，使之生成於自己的內在，即爲德之行"知（智）"和"聖"。另外一條路徑，是向內認知和尋求德之行的基源，擴而充之，漸漸使之形於內而生成德之行。比如説文第二十一章所謂："'能誰（進）之，爲君子，弗能

---

① 參閲陳來《竹簡〈五行〉篇講稿》，生活·讀書·新知三聯書店2012年版，頁13、頁20。

進，各止於亓（其）里'：能進端，能終端，則爲君子耳矣。弗 能 進，各各止於亓里。不莊（藏）尤割（害）人，仁之理（里）也。不受許（吁）跎（嗟）者，義之理（里）也。弗能進也，則各止於亓里耳矣。終亓不莊尤割人之心，而仁復（覆）四海；終亓不受許跎之心，而義襄（纕）天下。"無論哪一條路徑，德之行之生成均須"荊於内"。冐，通"謂"。

〔2〕" 知 荊"句：簡本"知型於内"句在"義型於内""豊（禮）型於内"二句之後，其"知型"二字殘缺。本篇之"知"或通"智"，或指動詞性的知，在此句中通"智"，與上下文"仁""義""禮""聖"並列爲五。

〔3〕"聖荊"句：郭店簡第三簡下、第四簡上的對應部分，作"聖型於内胃之悳（德）之行，不型於内胃之悳之行"，整理者據上文語例及帛本，斷定下"悳之"二字爲衍文。不過學界反對此説者甚多。龐樸竹帛《五行》篇校注主張依簡文補"德之"二字，並且説："蓋'聖'乃一種德行，不是善行；只能'形於内'，不能'不形於内'。縱或有衆不能形聖德於内，亦無損其爲'德之行'；故曰'不形於内，謂之德之行'。"①此説可商。首先，帛本第一七二行之下"聖荊於内"後面的文字幾乎全殘，惟"之行"尚餘一二筆，第一七三行開頭接的是"之行"二字，這一句衹能補爲如下完整的句子："聖荊於内 胃之德 之行， 不荊於内胃 （一七二）之行"，若再於第一七二行末尾加"之德"二字，則比前後行明顯長出兩字。國家文物局古文獻研究室本發表的圖版，這一部分帛書基本上斷爲左右兩片，而圖版左片明顯朝上竄了一字餘，若將左片最上方的文字與右片最上方的文字對齊，尤可見帛本絶無可能再加上"之德"二字。其次，所謂"'聖'乃一種德行，不是善行；只能'形於内'，不能'不形於内'"云云，完全是想當然。帛書《五行》第六章論"仁""知（智）""聖"三種德之行之生成，均經過形於内的階段。簡文有對應文字，並且相當完整。其論"聖"之生成，云："聖之思也翌（輕），翌則型（形），型則不亡（忘），不亡則聰（聰），聰則聋（聞）君子道，聋君子道則玉音，玉音則型，型則聖。"此處"玉音則型，型則聖"之"型"，即指形於内。帛書説文第六章解其前文"荊則不忘"，云："不忘者不忘亓（其）所 思 也，聖之結於心者也。""結於心"三字，明白地説明了在"玉音則型，型則聖"之前，修爲者便一直走在聖形於内的路程上。"聖"有形於内的問題，經文第三章也是確證。總之，簡本後一個"德之行"確實衍"德之"二字。陳

---

① 龐樸《竹帛〈五行〉篇校注及研究》，臺北，萬卷樓圖書公司2000年版，頁30。

來講竹書《五行》，亦以爲郭店本正確無誤，解釋則似乎跟龐説相反。陳來説："……'聖'跟其他四德（德行）有所不同……如果這個字改了之後，五行裏就分不出四行了……仁義作爲道德行爲來講，意義是比較明確的。而聖這個字的道德含義，是比較模糊的，我們一般把聖作爲一個人的行爲、本質狀態。……古代人認爲聖有很高的聽覺，聽覺作爲知覺能力是能够直接了解天道的，聽風就知道下不下雨，所以聖更多地表現爲一種能力和素質，而作爲特定道德行爲的意義則不是很清晰，這跟仁義不同。……如果假設聖就是一個内在的能力，則'形'和'不形'差别不是太大。"①這種解釋令人難以理解。因爲聖"作爲特定道德行爲的意義……不是很清晰"，所以《五行》篇就不論其荆於内不荆於内，均謂之"德之行"？聖既然"就是一個内在的能力"，爲何又有"不形於内"的情況呢？邏輯上似乎有些矛盾。更重要的是，將《五行》體系中的"聖"解釋爲特定道德行爲意義不很清晰的一般聽覺能力和素質，忽視了其基本取向。《五行》雖以"恖（聰）""明"爲視聽之能力，却明確將"恖（聰）—聖""明—知（智）"之能力定位在特定的政教倫理層面上，即指向對君子道和賢人德的關注、發現和認知。這一點由《五行》經文第十七章等較然可知。

〔4〕"德之"句：意思是説，"仁""知（智）""義""禮""聖"五種德之行超越其獨立存在而合同，並且跟大體（即心）合一，叫作德。有學者主張，"'和'是説德之行能够和諧、協調，如此就是德"。②此説值得商榷。《五行》體系中指向最高境界"德"的"和"，實際上被界定爲"以多爲一""以夫 五 爲一"（見《五行》説文第七章），又稱"一者，夫五（夫）爲 一 心也，然笱（後）德"（見《五行》説文第七章）。"一"無所對待，故又謂之"蜀（獨）"。《五行》説文第七章詮釋經文"君子慎（順）亓（其）蜀（獨）也"，云："慎亓蜀者，言舍夫五而慎亓心之胃（謂） 殹 ； 蜀 然笱（後）一也"；"舍夫五而慎亓心"實際上就是"舍夫五而慎亓一"。五種德之行若祇是"和諧、協調"，則仍爲五種個體存在，並無"爲一"、舍五慎一之類可言。《五行》之"和"實爲"和五味""和羹""和五聲"之"和"，各種德之行不是簡單相加，也不是和諧協調，而是達成超越性的合一；③而且這同時意味着與心合一，且耳目

---

① 陳來《竹簡〈五行〉篇講稿》，頁15。
② 陳來《竹簡〈五行〉篇講稿》，頁16。
③ 關於這一點，請參閱拙作《〈五行〉之"和"及其〈尚書〉學基礎》，《揚州大學學報》（人文社會科學版）2014年第六期，頁34—44。

鼻口手足諸小體對此"一"、此"心"絲毫不背離。

〔5〕"四行"句：意思是說，四種德之行超越其個體存在而合同，並且跟大體（即心）合一，叫作善。四行，指四種德之行，即形於內的"仁""知（智）""義""禮"，承上文之意而有所省略。龐樸認爲"四行和"之"四行"指"仁義禮智之不刑於內者"，①學界翕然從之。比如池田知久說，"四行"大概是指上文"'不刑於內'的後天的人爲的'四行'"（即五行除去"聖"）。②陳來解此句云："行四，和謂之善。"③這類觀點值得商榷。首先，《五行》篇以"四行"指四種德之行者不乏其例。《五行》經文第十九章云："見而知之，知（智）也。知而〔安〕之，仁 也 。 安而行 之，義也。行而敬之，禮。仁義〔知（智）〕，禮（知）之所繇（由）生也。四行之所和， 和 則同，同則善。"這裏的"四行"明顯是指前文"仁""知（智）""義""禮"四種德之行。參考《五行》說文第十九章的相關詮釋，這一點更無可疑。其次，《五行》中又有以"五行"指五種德之行而堪爲旁證者。比如其經文第十八章云：" 五行之所和 ， 和 則樂，樂則有德。"並可參閱說文第十八章的對應部分。其三，《五行》篇中還有不少類似的省略，亦可爲旁證。比如其經文第二十八章云："聞君子道而說（悅），好仁者也。聞道而 威 ， 好 義者也。聞道而共（恭）， 好 禮者也。聞〔道〕而樂，有德者也。"說文第二十八章詮釋道："'聞君子道而說（悅）者，好仁者也'：道也者，天道也。言好仁者之聞君子道而以之亓（其）仁也，故能說也。說者，荊也。'聞君子道而威，好義者也'：好義〔者〕之聞君子道而以之亓 義也 ，故能威也。威者，荊也。'聞道而共，好禮者也'：言好禮者之聞君子道而以之亓禮也，故能共也。共者，荊也。'聞道而樂，有悳（德）者也'：道也者，天道也。言好德者之聞君子道而以夫五也爲一也，故能樂也。樂者和，和者悳也。"很明顯，經文"聞道而 威 ……聞道而共……聞〔道〕而樂"之"道"，均爲"君子道"之省略。案：《五行》經文第二十八章之首句，在郭店簡文中作"眷（聞）道而兌（悅）者，好惥（仁）者也"，殆脫漏"君子"二字，當從帛本補正。從《五行》義理上說，外在的行無所謂和，和的前提是内在化。"四行和"首先意味著"仁""知（智）""義""禮"四種德之行超越其個體存在而和一，且

---

① 參見龐樸《帛書〈五行〉篇校注》，《中華文史論叢》1979年第四輯（總第十二輯），上海古籍出版社1979年版，頁48。

② 參見〔日〕池田知久《馬王堆漢墓帛書五行研究》，綫裝書局、中國社會科學出版社2005年版，頁145註釋m。

③ 陳來《竹簡〈五行〉篇講稿》，頁21。

與心合同。故《五行》經文第十九章謂："四行之所和，和則同，同則善。"而說文第十九章詮釋道："和者有猶五聲之和也。同者囗約也，與心若一也。言舍夫四也，而四者同於善心也。"其次則意味着耳目鼻口手足諸小體完全不違於心。故《五行》經文第二十二章云："和則同，同則善。"而說文第二十二章詮釋道："和也者，小膿（體）變變（便便）然不囿（困）於心也，和於仁義。仁義心同者，與心若一也，囗約也，同於仁〔義〕，仁義心也，同則善耳。"又，在《五行》體系中，"德"是最高的道德境界或人格，其次是"善"。學界或以內在（形於內）、外在（不形於內）來區分"德"和"善"。比如陳來稱："……在作者的觀念中'德'和'善'有分別，'善'更多的是一種道德行爲，而'德'是一個內在的德性。當然他用的是'德行'。……'德之行五和謂之德'，這五者和諧纔是德；而不形於內的道德行爲則是善。"①由上引材料可知，《五行》對"善"的界定是，"仁""知""義""禮"四種德之行"舍夫四""與心若一"，而"小膿（體）變變（便便）然不囿（困）於心"，這難道不意味着"形於內"嗎？

〔6〕"善，人"句：意思是，善，是人道；德，是天道。案："人道"在《五行》體系中常跟"天道"相對，且往往與"善"同一。這一方面，除經文第一章外，又可參見經文第九章"善，人道也"，以及說文第十九章"所安，所行，所敬，人道也"。"天道"在《五行》體系中常跟最高的德行或人格"德"同一；除經文第一章以外，又可參閱：經與說第九章"德，天道也"；說文第十八章"所行，所安，〔所敬〕，天道也"；說文第十七章"聞君子道而不色然，而不知亓（其）天之道也，胃（謂）之不聖。……聞之而遂知亓天之道也，聖也"；說文第十八章"聞之而遂知亓天之道也，是聖矣"；說文第二十八章"'聞君子道而說（悅）者，好仁者也'：道也者，天道也"，以及"'聞道而樂，有悳（德）者也'：道也者，天道也"。

第二章

案：經此章，可與經和說第五、第十八章等對讀。

【經】君子毋中心之（一七三）憂則无中心之知，无中心之知則

---

① 陳來《竹簡〈五行〉篇講稿》，頁16。

无中心之説，无中心之説則不安，不安則不樂，不樂則无德。[1] 君子（一七四）无中心之憂則无中心之聖，无中心之聖則无中心之説，无中心之説則不安，不安則不樂，不樂則 无 （一七五）德。[2]

〔1〕"君子"句：缺文據簡本及上下文義補。就大節言，此句可與經文第十八章如下文字對讀："見賢人，明也。見而知之，知（智）也。知而安之，仁也。安而敬之，禮也。仁義，禮樂所繇（由）生也。五行之所和，和則樂，樂則有德。"並可參閲説文第十八章。君子，《五行》篇的"君子"殆有兩種意指。其一是指達到最高道德、人格境界者，即達成君子道者，亦即五種德之行超越其個體存在而和合於心，並且一體付諸行動者（此意指可參閲《五行》經文第三章、説文第二十八章）。此一層面上的"君子"與"賢人"並列，故《五行》經文第二十一章謂"索纏纏達於君子道，胃（謂）之賢"。其二是指志於"君子道"者，本章使用的是這種意指。毋，無。知，同"智"；在《五行》體系中，其特定意指是見賢人而知其有德（參見經與説第十七、十八、十九章）。龐樸認爲，這個中心之"知（智）"，或者出現在"憂"—"智"—"悦"關係中的"智"，"絶非五行仁義禮智聖中的智，亦非四行仁義禮智中的智，而是認識論中的智"，其意思爲"致思"。①録此以備參考。説，同"悦"，喜好、喜愛，介於"知"與"安""樂"之間。孔子曰："知之者不如好之者，好之者不如樂之者。"（《論語·雍也》）安，《大學》云："知止而后（後）有定，定而后能静，静而后能安，安而后能慮，慮而后能得。"朱熹《章句》："安，謂所處而安。"

〔2〕"君子"句：缺文據上下文義補。簡本脱。就大節而言，此句可與經文第十八章如下文字對讀："聞君子道，恖（聰）也。聞而知之，聖也。聖人知（而）〔天〕道〔也〕。知而行之，（聖）〔義〕也。行 之而時，德也。"並可參閲説文第十八章。郭沂認爲帛本誤增此句，"其根源在於帛本傳承者對'智'字作狹義的理解，而不知此章之'智'正用其廣義，故妄加此段。事實上，廣義的'智'已包含'聖'了，所以没有必要另外單獨論'聖'"。②龐樸也認爲，此處論"聖"的一段，"乃是由於不曾理解'智'的致思意思，誤認其爲智德而續貂上

---

① 參閱龐樸《〈五行〉補注》，郭店楚簡研究（國際）中心編《古墓新知：紀念郭店楚簡出土十週年論文專輯》，香港國際炎黄文化出版社2003年版，頁12、頁16。
② 郭沂《郭店竹简與先秦學術思想》，上海教育出版社2001年版，頁152。

去的，與整個《五行》全文及總綱的邏輯不符；宜據竹簡本予以删除"。①這種看法值得商榷。《五行》體系中"知（智）"與"聖"平行並列，除經文第二章之外，尚可證以經文第五、第六章，以及經與説第十三、十七、十八章，不可師心立説，率加質疑。總體而言，《五行》簡本多有衍脱訛誤，治《五行》當以帛本爲上。我們固然可利用簡本《五行》彌補、修正帛本之殘缺訛誤，却不可依據簡本否定帛本。

第三章

案：經此章，可與經和説第七、第十八、第二十八章對讀。

【經】五行皆荆於闕[1]内，時[2]行之，胃之君子。士有志於君子道，胃之之士。[3]

[1]闕：通"厥"。《墨子·非命中》引《太誓》云："紂夷之居，而不肯（肯）事上帝，棄闕（其）先神〔示（祇）〕而不祀也，曰：'我民有命。'毋僇其務。"《天志中》引此文，而"闕"作"厥"，"厥"乃本字。

[2]時：此前學者或不注，或解爲經常，均不妥。在《五行》體系中，"時"意爲"和"。故其説文第十八章解經文第十八章之"行之而時，悳（德）也"，云："時者，和也。和也者（惠）〔悳〕也。"關於"和"字之意，又可參閱第一章注釋4、注釋5。

[3]"士有"句：意思是説，士心向君子之道，叫作志士。君子道，修養君子德的辦法。《中庸》第十二章有云："道也者，不可須臾離也；可離非道也。"又云："君子之道費而隱（朱熹《章句》：費，用之廣也。隱，體之微也）。夫婦之愚，可以與知焉，及其至也，雖聖人亦有所不知焉；夫婦之不肖，可以能行焉，及其至也，雖聖人亦有所不能焉。天地之大也，人猶有所憾。故君子語大，天下莫能載焉；語小，天下莫能破焉。《詩》云：'鳶飛戾天，魚躍于淵。'言其上下察也。君子之道，造端乎夫婦；及其至也，察乎天地。"之士，即志士。之，通"志"。《墨子·天志中》謂"子墨子之有天之，辟（譬）〔之〕無以異乎輪人之

---

① 龐樸《〈五行〉補注》，郭店楚簡研究（國際）中心編《古墓新知：紀念郭店楚簡出土十週年論文專輯》，頁16。

有規，匠人之有矩也"，"天之"即"天志"。

第四章

【經】●善弗爲无近（一七六），得弗之不成，知弗思不得。[1] 思〔不〕睛不察，[2] 思不長不得，思不輕不刑，[3] 不刑則不安，不安 則 （一七七）不樂，不樂則无德。

〔1〕"善弗"句：得，通"德"；簡本作"悳（德）"。之，通"志"；參閱第三章注釋3。知，同"智"。

〔2〕"思〔不〕"句："不"字原脫，據簡本及上下文義補。睛，簡本作"清"，通"精"。

〔3〕"思不"句："思不長不得，思不輕不刑"，簡本作"思不倀（長）不型"，殆誤合二語而有脫漏。輕，形容思之精熟。《荀子‧不苟》篇云："夫誠者，君子之所守也，而政事之本也。唯所居以其類至，操之則得之，舍之則失之。操而得之則輕，輕則獨行，獨行而不舍則濟矣。"其中"輕"字的用法與此相近。刑，殆指形成於内。

第五章

案：經此章，可與經第二章對讀。

【經】不仁，思不能睛；不知，思不能長。不仁不知，未見君子，憂心不能（一七八） 祓祓 ， 既見君子 ， 心不 能說。[1]●《詩》曰："未見君子，憂心祓祓。亦既見之，亦既鉤之，我 心 （一七九） 則 說。"[2]此 之胃也 。[3]不仁， 思 不能睛；[4]不聖，思不能輕。不仁不聖，未見君子，憂心 不能 （一八〇） 怔怔 ，既見君子，心不 能降 。[5]

〔1〕"不仁不知"句：" 祓祓 "等八字，據上下文義以及下文所引《詩》句補；簡本此句作"不悳（仁）不智，未見君子，悥（憂）心不能惙惙；既見君子，心不能兌（悦）"，亦可爲證。龐本作"不仁不知。未見君子，憂心不能 精長 ，

思不精長，不能説"，浅野本同，①所補未得上下文意指及其《詩經》學根源；"不仁不知"之後加句號，使它與下文的因果關係被破壞。池田本作"不仁不知。未見君子，憂心不能説。既見君子，心則能説"，②所補與原文意思正好相反；"不仁不知"之後加句號，也遮蔽了它與下文的因果關係。不仁不知，雙承上文，爲兩端句。在《五行》體系中，"仁""知（智）"常爲五行或四行中並列的兩行。魏啓鵬疑此句爲緊縮複句，言人若不仁則不智也，③亦不當。君子，此處爲最高人格，即五種德之行形於内、和合爲一而行之者。祱祱，通"惙惙"，憂傷貌。

〔2〕"《詩》曰"句：簡本無"詩曰"二字，且所引詩句少兩句，作："亦既見止，亦既詢（覯）止，我心則兑（悦）"；簡本之鈔録有簡省之傾向，此爲一證。前文"不仁不知，未見君子"云云，是依託引詩中"未見君子"一句而説的，省掉此句，使得兩者之關係暗昧不明。帛本所引，今《毛詩·召南·草蟲》作："未見君子，憂心惙惙。亦既見止，亦既覯止，我心則説（悦）。"止，通"之"。《毛詩·小雅·車舝》"高山仰止"，《經典釋文》云："仰止，本或作'仰之'。"鉤，通"覯"。

〔3〕"此之"句：闕文據上下文義及簡本補。

〔4〕"思不"句：闕文據上下文及簡本補。

〔5〕"不仁不聖"句："未見君子"以下之闕文，據簡本補。池田本作"未見君子，憂心不能説。既見君子，心不□□"，④未能完備，且與原意相反。龐樸補爲"未見君子，憂心不能精清。既見君子，心不□□"，浅野本補爲"未見君子，憂心不能精清。既見君子，心不惙惙"，同爲不當。⑤魏啓鵬以爲此語引《毛詩·小雅·出車》之"未見君子，憂心忡忡；既見君子，我心則降"。⑥不妥，應是化用《召南·草蟲》"未見君子，憂心忡忡。亦既見止，亦既覯止，我心則降"，與上文所引一脈相承。佟佟，讀爲"忡忡"。

---

① 參閲龐樸《帛書五行篇研究》，齊魯書社1988年版，頁46—47；〔日〕浅野裕一《帛書〈五行篇〉の思想史的位置：儒家による天への接近》，《島根大学教育学部紀要》（人文·社會科学）第十九卷，1985年12月，頁4。

② 〔日〕池田知久《馬王堆漢墓帛書五行研究》，頁164。

③ 魏啓鵬《簡帛文獻〈五行〉箋證》，中華書局2005年版，頁9。

④ 〔日〕池田知久《馬王堆漢墓帛書五行研究》，頁164。

⑤ 參閲龐樸《帛書五行篇研究》，頁47；〔日〕浅野裕一《帛書〈五行篇〉の思想史的位置：儒家による天への接近》，《島根大学教育学部紀要》（人文·社會科学）第十九卷，頁4。

⑥ 魏啓鵬《簡帛文獻〈五行〉箋證》，頁11。

第六章

案：經、説此章，可與經和説第十三、十七、十八、十九章對讀。

【經】仁之思也睛，睛則察，察則安，安則温，温則 說 ， 說則戚 ， 戚則親 ， 親則 （一八一）（憂）〔愛〕，（憂）〔愛〕則（王）〔玉〕色，（王）〔玉〕色則刑，刑則仁。[1] 知之思也長，〔長〕則得，得則不忘，不忘則明，明則 見賢人 ， 見賢人則玉色 ， 玉（一八二） 色 則刑，刑則知。[2] ●聖之思也至，至則刑，[3] 刑則不忘，不忘則恩，[4] 恩則聞君子道，聞君子道則（王言）〔玉音〕，[5]（王言）〔玉音〕則 刑 ， 刑則 （一八三）聖。[6]

[1] "仁之"句：缺文據簡本補，字形多有不同，不具引。"安則温"以下，龐樸本作"温則 見君子道 。 見君子道 則不憂，不憂則王（玉）色，王色則形，形則仁"，浅野本同。池田本作"温則 知君子道 。 知君子道則不憂， 不 憂則王（玉）色，王色則刑，刑則仁"，[①]均不的當。句中"憂"字當作"愛"，《五行》經、説第十章所論"説→戚→親→愛"圖式可以爲證，殆以形近訛誤。《正統道藏》所收《道德真經指歸》卷九第一"爲學日益"章，謂"陷溺知故，漸漬憂恩"；據《怡蘭堂叢書》本、《津逮秘書》本、《學津討原》本，"憂"字即爲"愛"之訛。"安""温""説（悦）""戚""親""愛"均基於内心，指向德之行仁的生成，有層層遞進、逐級上升的關係。魏啓鵬釋"戚"爲親近，[②]似與其上一級之"親"無別；"戚"爲心理上之接近，在其語境中當高於"説（悦）"而不及"親"。玉色，原誤爲"王色"，據簡本正，其意指仁形於内而外顯爲温潤之面色，故其下句謂"（王）〔玉〕色則刑，刑則仁"。孔子曾説，君子比德於玉焉，"温潤而澤，仁也"（見《荀子·法行》《禮記·聘義》）。"玉色"與德行關聯之説殆源於此。儒家視顔容爲德行之外顯，予以特別重視。故子夏問孝，孔子曰"色難"（《論語·爲政》）；程頤（1033—1107）解孔子如此

[①] 参閲龐樸《帛書五行篇研究》，頁47；〔日〕浅野裕一《帛書〈五行篇〉的思想史位置：儒家による天への接近》，《島根大学教育学部紀要》（人文·社会科学）第十九卷，頁5；〔日〕池田知久《馬王堆漢墓帛書五行研究》，頁169。

[②] 魏啓鵬《簡帛文獻〈五行〉箋證》，頁12。

回答之故，云："子夏能直義，而或少温潤之色。"①

〔2〕"知之"句：脱文及殘缺文字據簡本補。"不忘則明"以下，龐樸本作"明則 見君子道， 見君子道則玉色， 玉色 則形，形則智"，淺野本同，池田本作"明則 見君子道， 見君子道則王（玉）面， 王面 則荆，荆則知"，②均不的當。《五行》常並論"見賢人"與"聞君子道"，比如其經、説第十七章和第十八章。此句下文基於"聞君子道"論德之行聖的生成，則此句當是基於"見賢人"論德之行智的生成。明，《管子·宙合》篇謂"目司視，視必順（慎）見，見察謂之明"。

〔3〕"聖之"句：指心向德之行聖的思考臻於精熟就會銘記在心；經文第四章有"思不輕不荆"，與此句意思頗有相通之處。巠，通"輕"，相關説文的牒經部分正作"輕"；簡本作"翌"，整理者讀爲"輕"，是。荆，處於德之行聖生成圖式的開始部分，與下文意味着德之行聖生成的"荆"程度不同，殆指銘記在心，故其下文説"荆則不忘"。

〔4〕悤：通"聰"。《管子·宙合》篇云："耳司聽，聽必順（慎）聞，聞審謂之聰。"在《五行》體系中，聰其實有明確的道德指向。故該句下文説"悤則聞君子道"，而經文第十七章謂"未嘗聞君子道，胃之不悤"，第十八章謂"聞君子道，悤也"。

〔5〕玉音：原訛爲"王言"，據相關説文以及簡本改正。

〔6〕"〔玉音〕"句：訛誤及缺文根據説文相關部分以及簡本補正。荆，處於德之行聖生成圖式的結束部分，意味着德之行聖的生成，大概是指指向德之行聖的思形成於内而成爲德行的一部分。

【説】●"聖之思也輕"：思也者思天[1]也，輕者尚矣。[2]"輕則荆"：荆者荆亓所思也。[3]西下子輕思於翟（二一五），路人如斬，——西下子見亓如斬也，路人如流，[4]言亓思之荆也。"荆則不忘"：不忘者不忘亓所 思 （二一六）也，[5]聖之結於心者也。"不忘則嘤"[6]：嘤者聖之臧於耳者也，[7]猶孔子之聞輕者之鼓

---

① 《二程集·河南程氏遺書》卷第九，中華書局2004年版，頁106。
② 參閲龐樸《帛書五行篇研究》，頁47—48；〔日〕淺野裕一《帛書〈五行篇〉の思想史的位置：儒家による天への接近》，《島根大學教育學部紀要》（人文·社會科學）第十九卷，頁5；〔日〕池田知久《馬王堆漢墓帛書五行研究》，頁169。

而得（二一七）夏之盧也。[8] "嘤則聞君子道"：道者天道也；聞君子道之志耳而知之也。[9] "聞君子道則 玉 （二一八） 音 "：□□□□□□而美者也，聖者聞志耳而知亓所以爲 之 者也。[10] "玉音則 刑 "：□□（二一九）□□。" 刑則聖 "：□□□□聖（二二〇）。[11]

　　〔1〕思天：池田知久譯爲"思考（被賦予於自己的内在方面的）先天的自然的東西"，①值得商榷。在《五行》體系中，"天"與"德"密切相關。其説文第七章謂"德猶天也，天乃德已"，其經文第一章、第九章均稱"善"爲"人道"、"德"爲"天道"，其説文第二十三章又謂人性獨好仁義乃是受命於"天"。故此處之"思天"當指思考德或者天道。

　　〔2〕"輕者"句：殆謂思考天道或者德臻於精熟之地就超出常人。尚，超越，高出；《論語·里仁》篇載子曰"好仁者，無以尚之"。廖名春解"輕"爲"經"，解"尚"爲"常"，且釋其義爲恒常，②可資參考。

　　〔3〕"刑者"句：殆謂銘記在心是説將其所思之天道或德銘記在心。亓，同"其"。

　　〔4〕"酉下"句：殆謂柳下惠精熟地思考於翟而忘懷其他，以至於認爲行走的路人像被斬去脚一樣静止，——這祇是柳下子見路人像被斬去脚一樣静止，路人其實像流水一樣在行走。句意是説對對象的思考高度集中，超越了對其他事物的關注。所謂"如斬"形容止，"如流"形容行，可參閲《商君書·賞刑》篇所謂"三軍之士，止之如斬足，行之如流水"。酉下子，即柳下惠（前720—前621），春秋時魯國大夫，姓展名獲，字禽，又字季；封於柳下，謚惠，故稱"柳下惠"。孟子稱之爲"聖之和者"（《孟子·萬章下》）。酉，通"柳"；鄂君啓節之"酉焚"，即《左氏春秋》宣公九年（前600）之"柳棼"。翟，鳥名，似雉而大，長尾。案《國語·魯語上》"展禽論祭爰居非政之宜"章記載："海鳥曰'爰居'，止于魯東門之外三日，臧文仲使國人祭之。展禽曰：'越哉，臧孫之爲政也！夫祀，國之大節也；而節，政之所成也。故慎制祀以爲國典。今無故而加典，非政之宜也。……今海鳥至，已不知而祀之，以爲國典，難以爲仁且智矣。夫仁者講功，

---

　　①　〔日〕池田知久《馬王堆漢墓帛書五行研究》，頁176口語譯文。
　　②　廖名春《帛書〈五行〉篇"酉下子輕思於翟"段新釋》，《古文字研究》第二十八輯，中華書局2010年版，頁598。

而智者處物。無功而祀之,非仁也;不知而不能問,非智也。今兹海其有災乎?夫廣川之鳥獸,恒知避其災也。'"爰居與翟未必是一種鳥,但展禽論祭爰居一事,似可爲"酉下子輕思於翟"的旁證。展禽說,"今兹海其有災乎?夫廣川之鳥獸,恒知避其災也",表明他確實思考過鳥獸的事情。

〔5〕"不忘"句:"思"字以意補,龐樸本、淺野本、池田本等均同;魏啓鵬補爲"志",未若補"思"字。①由上文"荆亓所思"至此處"不忘亓所思",意思更進了一層。

〔6〕嚶:通"聰"。

〔7〕"嚶者"句:意思是,(對於君子道而言)聽覺靈敏是聖藏在聽覺器官的結果;參見本章注10。臧,通"藏"。

〔8〕"猶孔"句:意思可能是,一如孔子聽擊磬者擊磬,就知道懸掛磬的是夏時候的架子。國家文物局古文獻研究室本注釋説:"其事未詳。疑'輕'讀爲'磬','廬'讀爲'虞'。虞是懸磬的架子。"②此句是以孔子之"聞"而"得",來説明藏於耳之"嚶"。其他各家之説,略可參考池田知久的相關注文。③

〔9〕"聞君"句:意思殆爲,(聽意味着)聽説君子道而記在耳朵裏而知道它。志,通"識(誌)",記。

〔10〕"聞君"句:牒經部分之缺字,據經文補。詮釋語前面之缺字,池田知久據説文第九章之"玉音(二三〇)也者,忌(己)有弗爲而美者也",補爲"玉音者忌(己)有弗爲而美者也"(其中"玉音"爲經文"玉音"二字之重文,所補實有五字)。④其説值得商榷。首先,説文第九章此語當作"天道(二三〇)也者,忌(己)有弗爲而美者也",其前牒經部分殘缺,但應該是"德,天道也"(參閲説文第九章注釋3)。説文第九章在"善"的層面上强調作爲("有事焉者"),在"德"的層面上强調與天合("忌有弗爲而美者")。這樣的"德"在《五行》體系中乃是最高境界,對應的是金聲而玉振(玉音)。此句單説"玉音",關聯的是"聖",應該還達不到"忌有弗爲而美者"的程度。姑且

———

① 參閱龐樸《帛書五行篇研究》,頁48;〔日〕淺野裕一《帛書〈五行篇〉の思想史的位置:儒家による天への接近》,《島根大学教育学部紀要》(人文·社会科学)第十九卷,頁5;〔日〕池田知久《馬王堆漢墓帛書五行研究》,頁176;魏啓鵬《簡帛文獻〈五行〉箋證》,頁84。
② 國家文物局古文獻研究室編《馬王堆漢墓帛書》第一册,文物出版社1980年版,頁26。
③ 參閱〔日〕池田知久《馬王堆漢墓帛書五行研究》,頁180—181注釋1。
④ 參閱〔日〕池田知久《馬王堆漢墓帛書五行研究》,頁176、頁181—182注釋p。

闕疑，以爲原文的復原保留更多的可能性。"聖者聞志耳而知亓（其）所以爲 之 者也"一語，"之"字原帛書漫漶，整理小組本釋作"物"，未確。①池田本依句意，並參照説文第十七章"見賢人而不色然，不知亓（其）所以爲之"一語補爲"之"，代指君子道，於義爲優。浅野本補爲"道"，意思實與池田本相同，亦可作爲參考。②此語意思是，聖就是聽説君子道、記在耳朵裏而知道它所以爲君子道的緣由。較之上一個環節"聞君子道之志耳而知之"，該環節又推進了一層。案：《五行》體系中的"聖"有三種不同層面的意義：其一是不形於内的作爲"行"的聖（見經文第一章）。其二意味着"聞志耳而知亓所以爲 之 者"，屬於認知層面（見説文第六章）。其三意味着作爲"行"的聖生成於内亦即成爲"德之行"聖，屬於道德層面（見經文第一章）。《五行》體系中的"知（智）"用法相似。參閲説文第十三章注釋1。

〔11〕"玉音"數句："玉音則 刑 ""刑則聖 "二語根據經文補足；殘缺字數據帛書圖版估測，並參考了相關著論。《五行》説文有牒經之體，故篇中有些殘缺，可通過比較經文與説文之牒經部分來補正。

第七章

案：經與説此章，可與經第三章以及經和説第八、第十八、第二十八章對讀。

【經】●"尸叴在桑，其子七氏。叔人君子，其宜一氏。"〔1〕能爲一，然后〔2〕能爲君子；君子慎其獨 也 。〔3〕" 嬰 （一八四）嬰于蜚，跂池其羽。之子于歸，袁送于野。瞻望弗及，汲（沸）〔涕〕如雨。"〔4〕能跂池其羽，然 后能 （一八五）至哀；〔5〕君子慎亓獨也。

〔1〕"尸叴"數句：所引詩句，今傳世《毛詩·曹風·鳲鳩》篇作："鳲鳩在桑，其子七兮。淑人君子，其儀一兮。"大意是，布穀鳥在桑樹上，它養育的

---

① 參閲《馬王堆漢墓帛書》整理小組編《老子甲本及卷後古佚書》，文物出版社1974年版，葉6a。
② 參閲〔日〕池田知久《馬王堆漢墓帛書五行研究》，頁176、頁182注釋q；〔日〕浅野裕一《帛書〈五行篇〉的思想史的位置：儒家による天への接近》，《島根大学教育学部紀要》（人文·社会科学）第十九卷，頁5。

小布穀鳥有七個啊；善人君子，他心中持守的義的價值是專一的啊。簡本無前二句，是其鈔寫簡省的又一例；其用字亦多不同，這裏無須一一舉列。尸鳥，讀作"鳲鳩"，即布穀。氏，通"兮"。叔，同"淑"。宜，通"義"；《毛詩》作"儀"，同。

〔2〕后：通"後"。

〔3〕慎：通"順"。《墨子·天志中》屢言"天之意不可不慎也"或者"天意不可不慎也"，又屢言"順天之意"或者"天之意不可不順"，"慎"之意即爲"順"。"順"字亦可解作"慎"。《管子·宙合》篇云："耳司聽，聽必順聞，聞審謂之聰。"又云："聽不慎不審，〔不審〕不聰，（不審）不聰則繆。"黎翔鳳注云："'不慎'承上文'順'字，'順'即'慎'也。"獨：爲《五行》體系中的特定範疇，指仁、知（智）、義、禮、聖五種行形於内且和合而成的一。

〔4〕"嬰嬰"數句：所引詩句，今傳世《毛詩·邶風·燕燕》篇作："燕燕于飛，差池其羽。之子于歸，遠送于野，瞻望弗及，泣涕如雨。"簡本所引唯有"瞻望弗及，泣涕如雨"，殆爲鈔寫簡省。此簡省亦明顯不當，下文"能㠯池其羽"云云，乃是承接被簡省的句子說的。《詩序》云："《燕燕》，衛莊姜送歸妾也。"鄭箋："莊姜無子，陳女戴嬀生子名完，莊姜以爲己子。莊公薨，完立，而州吁殺之。戴嬀於是大歸，莊姜遠送之于野，作詩見己志。"《五行》對《燕燕》的解讀有所不同，殆以爲《燕燕》之送歸乃是送亡者，參見此章說文注釋9、注釋10、注釋11。嬰嬰，讀爲"燕燕"，指燕子。蜚，通"飛"。㠯池，讀爲"差池"，猶言參差，不整齊貌。羽，翅膀。歸，舊說解爲大歸，即被夫家休棄而永歸母家，《五行》很可能理解爲入葬，即"骨肉歸復于土"之"歸"。①袁，通"遠"。汲，通"泣"；帛書《周易·屯·尚六》"乘馬煩如，汲血連如"、《中復（孚）·六三》"得敵，或鼓或皮或汲或歌"，"汲"字傳世《周易》均作"泣"。涕，原訛作"沸"，國家文物局古文獻研究室本校正爲"涕"。②是。

〔5〕"能㠯"句：缺文據文義、上文文字"能爲一，然后能爲君子"，以及簡本補。根據說文，此句大概是以燕燕送入海老燕而參差其翅翼，指言送亡者之人完全忘懷了衰絰（喪服），而惟其如此纔能極其悲哀。

---

① 參見拙文《論簡帛〈五行〉與〈詩經〉學之關係》，《文學遺產》2009年第六期，頁13注釋3。

② 國家文物局古文獻研究室編《馬王堆漢墓帛書》第一册，頁18。

【説】● "尸鳩在桑"：直之[1]。"亓子七也"：尸鳩二子耳，曰七也，（與）〔興〕言也。[2] "叔人君子，其宜一也"：叔人者□，宜（二二一）者義也。[3] 言亓所以行之義一心也。"能爲一，然笱[4]能爲君子"："能爲一"者，言能以多爲一（二二二）。[5] 以多爲一也者，言能以夫五爲一也。[6] "君子慎亓蜀也"：慎亓蜀者，言舍夫五而慎亓心之胃殹；[7] 蜀（二二三）然笱一也。一者，夫五（夫）爲一心也，然笱德[8]之一也，乃德已。德猶天也，天乃德已。"嬰嬰于罪，䎉（二二四）虒亓羽"：嬰嬰，（與）〔興〕也，言亓相送海也；方亓化，不在亓羽矣。[9] "'之子于歸，袁送于野。詹忘弗及，汲（二二五）涕如雨。'能䎉虒亓羽然笱能至哀"：言至也。[10] 䎉虒者，言不在唯絰也；不在唯絰，然笱能至（二二六）哀。[11] 夫喪，正經脩領而哀殺矣。[12] 言至内者之不在外也。[13] 是之胃蜀[14]也。蜀者，舍體（二二七）[15]。

〔1〕直之：直接説其事，説什麽就是什麽。

〔2〕"尸鳩"句：意思是説，布穀鳥實際上生養二子，之所以謂"其子七氏"，是爲了引起"其宜一氏"（"七"與"一"押韻）。尸鳩二子，《禽經》謂"鶻生三子，一爲鶻。鳩生三子，一爲鶚"（見明周嬰纂《卮林》卷之三），可見古人有鳴鳩實生二子之説。（與）〔興〕言，即興起之言；"興"原訛作"與"，以意正，亦可參閲浅野本。①

〔3〕"叔人"句：缺字依説文牒經體例，據經文補正。宜者義也，古人常釋"義"爲"宜"。《説文解字·我部》謂"義，己之威儀也"，段玉裁注有云："義之本訓謂禮容各得其宜，禮容各得其宜則善矣，故《文王》《我將》毛傳皆曰'義，善'也，引伸之訓也。"案：《我將》毛傳釋爲"善"者今作"儀"。《周禮·肆師》有"治其禮儀"，鄭司農謂"古者書'儀'但爲'義'"。

〔4〕笱：義同經文之"后（後）"。

〔5〕"能爲"句：缺文據其下緊承之語補足。以多爲一，由下文可知，即仁、知（智）、義、禮、聖五種德之行超越各自獨立狀態而生成超越性的同一體。

---

① 〔日〕浅野裕一《帛書〈五行篇〉の思想史的位置：儒家による天への接近》，《島根大学教育学部紀要》（人文·社会科学）第十九卷，頁6。

〔6〕"以多"句：意思是，以多元生成一元，就是以五種德之行生成一個同一體。 五 ，據下文"舍夫五而慎亓心……然笱一"以及"夫五（夫）爲 一 心"諸語補足，指仁、知（智）、義、禮、聖五種德之行。

〔7〕"君子"句：牒經部分"君子慎亓蜀也"一語，"慎亓蜀"三字之下各有重文符號，但所重"慎亓蜀"三字實當在"也"字之下。舊説往往不當。整理本、國家文物局古文獻研究室本、龐樸本、浅野本等，均徑將所重"慎亓蜀"三字置於"也"字之上；池田本據國家文物局古文獻研究室本注説文第十四章"親也而築之"，以及龐樸將説文第十五章"正行之直=也而遂之"處理爲"正行之，直也。直而遂之"，將本句重文"慎亓蜀"三字置於"也"字之下，得之。① 重文跳讀是帛書《五行》的一個重要書寫格式，疏證過程中得便即予以指明，不求一一窮舉。"慎亓蜀者，言舍夫五而慎亓心之胃 殹 "，意思是，隨順其獨，就是捨棄仁、知（智）、義、禮、聖五種德之行的個別存在，隨順其在内心和合生成的整一體。"殹"字原殘，學者多補爲"也"，但由殘筆看字形不合。就其語境而言，該字當是句尾助詞，相當於"也"，再結合殘筆，似可斷定爲"殹"。經文第二十章云："簡，義之方也。匿，仁之方也。剛，義之方殹。柔，仁之方也。" "殹""也"混用。

〔8〕" 蜀 然"二句："蜀"字，浅野本連上一殘字補爲"君子"，不當；龐樸本補此字爲"獨"，與上下文乃至全文意指較契合。② "然笱一也。一者"，在帛書中原作"然笱一=也者"，又是重文跳讀之例。句中後一"夫"字，涉前文衍。"心"上一字漫漶，浅野本補爲"一"，與殘筆不合，意思則是，姑從之。③ 蜀 然笱一也，基本上與"一……然笱德"同意，意思是，達成獨的境界就意味着達成了超越五種德之行之個體存在且與心和合的同一體（也就是德）。一者，夫五（夫）爲 一 心也，與上文"以多爲一也者，言能以夫 五 爲一也"一致，意思是，一就是仁、知（智）、義、禮、聖五種德之行和合且與心爲一。

---

① 參閲《馬王堆漢墓帛書》整理小組《老子甲本及卷後古佚書》，葉6b；國家文物局古文獻研究室編《馬王堆漢墓帛書》第一册，頁19、頁26注五十；龐樸《帛書五行篇研究》，頁52、頁65、頁66注七；〔日〕浅野裕一《帛書〈五行篇〉の思想史的位置：儒家による天への接近》，《島根大学教育学部紀要》（人文・社会科学）第十九卷，頁6；〔日〕池田知久《馬王堆漢墓帛書五行研究》，頁192、頁195注釋12。

② 參閲〔日〕浅野裕一《帛書〈五行篇〉の思想史的位置：儒家による天への接近》，《島根大学教育学部紀要》（人文・社会科学）第十九卷，頁5；龐樸《帛書五行篇研究》，頁52。

③ 參閲〔日〕浅野裕一《帛書〈五行篇〉の思想史的位置：儒家による天への接近》，《島根大学教育学部紀要》（人文・社会科学）第十九卷，頁6。

〔9〕"嬰嬰"句：意思殆謂，經文引"嬰（燕）嬰（燕）于罪（飛），眨（差）貤（池）亓（其）羽"這句話說燕子的事情，是起興，它說的是燕子們送老燕子入海；當老燕子入海化爲蛤之時，燕子們滿懷悲傷，無暇顧及它們的翅翼。《淮南子·墜形》篇云："鳥魚皆生於陰，（陰）屬於陽，故鳥魚皆卵（生），魚游於水，鳥飛於雲。故立冬燕雀入海化爲蛤。"段注本《說文·虫部》謂："蜃，大蛤，雉入水所匕（化）。"又謂："盒，蜃屬。有三，皆生於海。厲，千（段注以爲當作十）歲雀所匕，秦人謂之牡蠣。海蛤者，百歲燕所匕也。魁蛤，一名復絫，老服翼（蝙蝠）所匕也。"燕雀入海化爲蛤，在周秦漢時期殆爲一種普遍信仰。《孔子家語》卷六《執轡》篇記子夏向孔子請教時，提及"立冬則燕雀入海化爲蛤"，說明孔門弟子早已關注此說。而與此相類的說法亦多見於典籍。《呂氏春秋·仲春紀·仲春》云："仲春之月……始雨水。桃李華。蒼庚鳴。鷹化爲鳩。"《季春紀·季春》云："季春之月……桐始華。田鼠化爲駕。"這些內容也見於《禮記·月令》。而《禮記·王制》云："獺祭魚，然後虞人入澤梁。豺祭獸，然後田獵。鳩化爲鷹，然後設罻羅。"尤其值得注意的是《易林·恒之坤》云："燕雀衰老，悲鳴入海。憂在不飾，差池其羽。頡頏上下，寡位獨處。"這裏可能也有用燕雀入海化蛤解釋"燕燕于飛，差池其羽"之意，其中"悲鳴入海""憂在不飾"之說，堪爲《五行》此章說文所謂"相送海""方亓化，不在亓羽"的注脚；因內心悲憂而無意於翅翼之修飾，與《五行》下文所發揮的順獨"舍膻（體）"之意也較然一致。

〔10〕"之子"句：牒經部分之"汲"字據經文補。言至也，說的是到了極點。

〔11〕"眨貤"句：圖版"不在唯經"四字下有重文符號，但所重四字實應在"也"字之下，爲帛書《五行》重文跳讀的又一例。缺字據經文及說文牒經部分補。該句意思是：送老燕子入海的燕子參差不齊拍打着翅翼，說的是送亡者之人因爲內心悲哀而不關注外在的唯經；不在意唯經，這之後纔能達到悲哀的極致，纔能盡其悲哀。《五行》殆以《燕燕》之送歸爲送亡者。在，察知。唯經，即衰經，爲古代喪服的特徵性部分，喪服胸前當心處所綴一定規格的麻布稱衰，圍在頭上或纏在腰間的散麻繩分別稱爲首絰、腰絰。

〔12〕"夫喪"句：大意是，服喪而着意修飾喪服，如着意修飾頭上、腰間之麻繩或喪服的領子等，那麼哀戚之情就減少了。孔子曰："居上不寬，爲禮不敬，臨喪不哀，吾何以觀之哉？"（《論語·八佾》）殺，降等，減少。

〔13〕"言至"句：説的是在心者達到極點就不在意外在的東西了。

〔14〕蜀：《方言》卷一二謂"（一，蜀也）〔蜀，一也〕，南楚謂之獨"，郭璞注云"蜀，猶獨也"。①案："蜀"下有重文符號，所重"蜀"字當在接下來"也"字後。

〔15〕"蜀者"句：意思是，蜀（獨）是一種超越耳目鼻口手足諸小體的境界。蜀（獨），指五種德之行超越各自的個體存在而和合爲一，並且與心爲一。體，同"體"，在傳世及出土文獻中，該字或从骨，或从肉，或从身；這裏它與"蜀（獨）"對稱，在下一章説文裏它又與"心"對稱（所謂"舍亓體而獨亓心"），則顯然是指小體亦即耳目、鼻口、手足等等。《五行》中"大體""小體"的基本意思可參見説文第二十二章："耳目鼻口手足六者……人體之小者也。心……人體之大者也。"該章所舉與"心"相對的"耳目鼻口手足音聲憩（貌）色"，應該是對"小體"的更具體的表述。

第八章

案：經與説此章，可與經和説第七章對讀。

【經】●君子之爲善也，有與始也，有與終也。〔1〕君子之爲德也，有與始（一八六）也，无與終也。〔2〕

〔1〕"君子"句：意思是，君子修善，有與它一起開始的（即與小體一起開始），有與它一起結束的（即與小體一起結束）。

〔2〕"君子"句：意思是，君子修德，有與它一起開始的（即與小體一起開始），没有與它一起結束的（亦即其結束超越了耳目鼻口手足等小體）。

【説】●"君子之爲善也，有與始，有與終"：言與亓體始，與亓體終也。〔1〕"君子之爲德也，有與始，无（二二八）與終"：有與始者，言與亓體始。〔2〕无與終者，言舍亓體而獨亓心也。〔3〕

〔1〕"君子"句：意思是説，經文"君子之爲善也，有與始，有與終"，説

---

① 參閲華學誠《揚雄方言校釋匯證》，中華書局2006年版，頁860—861。

的是君子修善，和他的小體一起開始，和他的小體一起結束。體，指小體；下文"舍亓體而獨亓心"一句，以"體"與大體"心"相對，顯然也是特指"小體"。

〔2〕"君子"句：缺文據說文牒經部分及其釋經之體例補。

〔3〕"无與"句：意思是，所謂"无與終"，是說超越諸小體，而獨任五種德之行內化和合、與心同一之心。此處"舍亓體而獨亓心"與第七章經文之"慎亓獨"、第七章說文之"舍體"同義。

第九章

案：經、說此章，可與經和說第二十一章對讀。

【經】●金聲而玉振之，有德者也。〔1〕金聲，善也；（王言）〔玉音〕，聖也。〔2〕善，人道也；德（一八七），天道也。唯有德者然笱能金聲而玉振之（之）。〔3〕

〔1〕"金聲而玉振"句：意思是，以鐘發聲而以磬收韻，說的是有德者。金聲，奏樂之始，以鐘發聲；金，特指鐘。玉振，奏樂之終，以磬收韻；玉，指玉製樂器磬。之，句末助詞，表達語氣或調整音節。

〔2〕"金聲"句："玉音"原訛爲"王言"，依簡本正；根據上下文，其意等同於"玉振"。龐樸據上下文義直接改"王言"爲"玉振"，可資參考。①該句意思是，以鐘發聲說的是善，以磬收韻說的是聖。

〔3〕"唯有"句：原衍"之"字，據上下文義、說文牒經部分以及簡本刪除。該句意思是，祇有有德之人纔能達到以鐘發聲以磬收韻的境界。

【說】〔●〕"金聲，善也"：金聲（二二九）者，□□，繇德動；〔1〕善也者，有事焉者可以剛柔多鉿爲，故曰善。〔2〕"德，天道也"：天道（二三○）也者，忌有弗爲而美者也。〔3〕"雖有德者然笱能金聲而玉辰之"〔4〕：金聲而玉辰之者，動□，而笱能（二三一）并〔5〕善於外，有德者之□（二三二）。〔6〕

---

① 參閱龐樸《帛書五行篇研究》，頁55、頁56。

〔1〕"金聲"句：國家文物局古文獻研究室編《馬王堆漢墓帛書》（一）謂缺七字。由圖版判斷，其說可取。所缺文字，據說文牒經部分及其解經之體，並參考經文補正一部分，亦可參閱池田本。①"動"字，帛書中僅僅殘留左半邊，整理小組本、國家文物局古文獻研究室本、龐樸本等均釋爲"重"。不當。淺野本作"動"。是。②該字實爲"動"字之殘。下文解"金聲而玉辰之者"，有謂"動囗，而 筍（後）能 井（形）善於外"，與"金聲"對應的正是"動"，可以爲證。不過仍有闕文，說文對"金聲"的解釋意指不明。

〔2〕"善也"句：大意是，善就是說從事於善者可以剛柔和合，故而曰善。鉿，國家文物局古文獻研究室本之注釋謂從"合"得聲，義爲合，在此篇中可解爲融洽。③其說可取。"剛""柔"在《五行》中分別爲仁義之方，而以和合爲要。經文第二十章云："剛，義之方殹（也）。柔，仁之方也。《詩》曰'不勵（強）不救（絿），不剛不柔'，此之胃（謂）也。"說文第二十章解釋經文"《詩》員'不勵 諌（絿），不剛不柔'，此之胃也"云："勵者強也，諌者急也；非強之也，非急之也，非剛之也，非柔之 也，言无（無）所稱焉也。此之胃者，言仁義之和也。"所張揚也正是剛柔仁義之和。《五行》體系中"善"的基本意指爲仁、知（智）、義、禮四種德之行達成和合，此章殆側重於仁義兩種德之行之和合，或以仁、義爲四者之代表。

〔3〕" 德天 "句：國家文物局古文獻研究室本判斷缺六字。可從。但具體缺文，各家說法不一。池田本補爲"' 玉音 ， 聖也 '： 玉音 也者，忌有弗爲而美者也"。其餘各家之說，亦略可參閱池田本。④根據文義及說文牒經之體，並參酌經文，此句實當補爲"' 德 ， 天道也 '： 天道 也者，忌有弗爲而美者也"。其意思是，經文說" 德 ， 天道也 "，所謂天道，是說自己有不做却美善者。忌，通"己"。案：上一句詮釋"善"，強調的是人之作爲（"有事焉者"），本句詮釋"德"，強調的是與天合（"忌有弗爲而美者"）。這大概可以

---

　①　參閱國家文物局古文獻研究室編《馬王堆漢墓帛書》第一册，頁19；〔日〕池田知久《馬王堆漢墓帛書五行研究》，頁213。

　②　參閱《馬王堆漢墓帛書》整理小組編《老子甲本及卷後古佚書》，葉7a；國家文物局古文獻研究室編《馬王堆漢墓帛書》第一册，頁19；〔日〕淺野裕一《帛書〈五行篇〉の思想史的位置：儒家による天への接近》，《島根大学教育学部紀要》（人文・社会科学）第十九卷，頁7。

　③　參閱國家文物局古文獻研究室編《馬王堆漢墓帛書》第一册，頁26注四一。

　④　參閱國家文物局古文獻研究室編《馬王堆漢墓帛書》第一册，頁19；〔日〕池田知久《馬王堆漢墓帛書五行研究》，頁213、頁214注釋3。

説明《五行》何以稱"善"爲人道,稱"德"爲天道。

〔4〕雖:通"唯"。辰:通"振"。

〔5〕井:讀爲"形",表現,顯露。

〔6〕"有德"句:缺文淺野本補爲"美",池田本根據説文第十三章"德之至也"、第十八章"惠之至也",補爲"至",録此以備參考。①

第十章

案:經、説此章,可與經和説第十四章對讀。

【經】〔●〕不臀不説,[1]不説不戚[2],不戚不親[3],不親不愛,不愛(一八八)不仁。[4]

〔1〕臀:通"變"。説文之牒經及其闡釋部分均作"變",釋爲"竉(勉)"或"仁氣"(亦即德之行仁的基源或發端),殆指一種基於思慕和眷愛的謙遜的追求,其外顯是温潤的顏容。簡本作"弁",意思相同。説:同"悦",喜愛。

〔2〕戚:通常指親。《毛詩·大雅·行葦》:"戚戚兄弟,莫遠具爾。"毛傳:"戚戚,内相親也。"孔疏:"戚戚,猶親親。然親其所親,起於心内,故言内相親也。"在《五行》體系中,"戚"乃是心理上的接近,比"説(悦)"更進一層,但還不到"親"。

〔3〕親:在《五行》體系中,比"戚"更進一層,但還不到"愛"。

〔4〕"不愛"句:缺字據説文之牒經部分以及簡本補。

【説】●"不變不説":變也者,竉也,仁氣也。[1]變而笱能説。[2]"不説不感"[3]:説而笱能感所感。"不(二三三)感不親":感而笱能親之。"不親不愛":親而笱能愛之。"不愛不仁":愛而笱仁。□(二三四)變者而笱能説仁,感仁,親仁,愛仁,[4]以於親感亦可(二三五)。

---

① 參閲〔日〕淺野裕一《帛書〈五行篇〉的思想史的位置:儒家による天への接近》,《島根大学教育学部紀要》(人文·社会科学)第十九卷,頁7;〔日〕池田知久《馬王堆漢墓帛書五行研究》,頁213、頁216注釋j。

〔1〕"不變"句：意思是，經文説"不變不説（悦）"，所謂變（即使面色容貌呈現出温潤之感的内心的變動），就是勉，也就是德之行仁的發端。戁，讀爲"勉"，殆指内心指向"説（悦）"的一種主動的接近。仁氣，指德之行仁生成的初始基源。在古代，氣往往被視爲物生成的基礎。《周易·繫辭上傳》謂"精氣爲物"，《論衡·自然》篇謂"天地合氣，萬物自生"。郭店簡文《眚自命出》上篇有云："憙（喜）蒝（怒）悻（哀）悲之熨（氣），眚（性）也。及其見於外，則勿（物）取之也。"此數語又見於上博《眚憙論》。其中，喜怒哀樂的内在基源被稱爲氣。

〔2〕"變而"句：意思是，有了使面色容貌呈現出温潤之感的内心的變動，此後纔能對對方産生喜歡。

〔3〕慼：通戚。

〔4〕"□變"句：缺字殘留一橫畫，或補爲"也"（如池田本），從上句，或補爲"唯"（如淺野本），從下句，均與殘畫不合。①根據語例，似當補爲"能"字。經文第七章有"能爲一，然后能爲君子"，"能赾池其羽，然 后能 至哀"，可爲支持。而就文義言，" 能 變者而笴能説仁（人），感仁（人），親仁（人），愛仁（人）"，實即"變則説，説則戚，戚則親，親則愛"，與經文"不聲不説，不説不戚，不戚不親，不親不愛"意思完全相同，唯有否定句、肯定句之别。而經文第六章有"温則 説 ， 説則戚 ， 戚則親 ， 親則 （憂）〔愛〕"，亦可爲旁證。不過"能"字上面一筆與殘畫似亦不合，姑闕疑。仁，通"人"。

第十一章

案：經、説此章，可與經和説第十五、第二十、第二十一章對讀。

【經】 ●不直不迣 ， 不迣 不果，〔1〕不果不簡，不簡不行，不行不義。〔2〕

〔1〕" 不直 "二句：缺字據説文之牒經部分以及本章語例補，並參考簡

---

① 參閱〔日〕池田知久《馬王堆漢墓帛書五行研究》，頁222、頁224注釋i；〔日〕淺野裕一《帛書〈五行篇〉的思想史的位置：儒家による天への接近》，《島根大學教育學部紀要》（人文·社會科學）第十九卷，頁7。

本。意思是，沒有内心之直就不能把此直貫徹始終，不把直貫徹始終就不能決斷無畏懼。直，指内心清楚而端正地實行；經文第十五章云，"中心辯焉而正行之，直也"。迣，通"泄"，終了。《方言》第十："泄、奄，息也。"終了、止息二意相通一貫。說文相關詮釋語謂"迣也者終之者也"，對"迣"的界定是十分明確的。經文第十五章用"遂"申說"迣"字之義，而"遂"之義亦爲終了。整理本解"迣"之義爲度、超逾，古文獻研究室本疑該字讀爲"肆"，池田本以"迣"爲"泄"的假借字，解其義爲心胸舒暢的樣子，簡文作"遙"，而學者多讀爲"肆"，似皆可商。[①] 果，指有決斷而無畏懼。郭店簡文《城之鬭之》云："戡（勇）而行之不果，其悙（疑）也弗枉（往）悙（矣）。"

〔2〕"不果"三句：意思是，不能決斷無畏就不能做出抉擇，不做出抉擇就不能行而合道，行不合道就不能生成德之行義。簡，通"柬（揀）"，選擇。行，指行而合道；參閱說文第十一章注釋7。

【說】●"不直不迣"：直也者直亓中心也，義氣也。[〔1〕] 直而笱能迣。[〔2〕] 迣也者終之者也；弗受（二三六）於眾人，受之孟賁，未迣也。[〔3〕] "不迣不果"：果也者言亓弗畏也。[〔4〕] 无介於心，[果]也。[〔5〕] "不（二三七）[果不]閒"：閒也者不以小害大，不以輕害重。[〔6〕] "不閒不行"：行也者言亓所行之□□□（二三八）。[〔7〕] "[不行不義]"：[行而笱]義也。[〔8〕]

〔1〕"不直"句：意思是，經文說"不直不迣"，所謂直就是使其内心直，是德之行義的基源或發端。中心，即内心。義氣，指德之行義的發端或基源；參閱說文第十章注釋1解"仁氣"。

〔2〕"直而"句：意思是，使其内心直了之後纔能將這種直貫徹始終。

〔3〕"迣也"句：意思是，迣就是將直貫徹始終；普通人加給自己（的事情）自己不接受，猛士孟賁加給自己（的事情）就接受了，這就是沒有把直貫徹始終。眾人，即一般人。孟賁，秦武王（前310—前307在位）時齊國的猛士，可生拔牛角。

---

① 參閱《馬王堆漢墓帛書》整理小組編《老子甲本及卷後古佚書》，葉8a；國家文物局古文獻研究室編《馬王堆漢墓帛書》第一册，頁26注第四二；〔日〕池田知久《馬王堆漢墓帛書五行研究》，頁227注釋b；李零《郭店楚簡校讀記》（增訂本），北京大學出版社2002年版，頁79、頁81；劉釗《郭店楚簡校釋》，福建人民出版社2005年版，頁70、頁79—80。

〔4〕"不迣"句：意思是，經文說"不迣不果"，所謂果是說他不害怕。

〔5〕"无介"句：缺字淺野本補爲"中"，池田本據說文第十五章"无介於心，果也"，補爲"果"，後說於意爲長。①該句意思是，言行無阻礙於心，就是果敢。介，阻礙。

〔6〕"不 果 "句：缺字據經文以及說文牒經之體例補。該句意思是，經文說"不 果 不閒（柬）"，所謂"閒（柬）"亦即（正確的）抉擇，就是不因小害大、不因輕害重。閒，通"柬"，選擇。

〔7〕"不閒"句：此句殘缺部分，學界往往闕疑。《五行》經、說第十五章與經、說第十一章關係密切，頗可互相發明。說文第十五章釋經語"有大 罪而 大誅之，行也"，云："无（無）罪而殺人，有死弗爲之矣，然而大誅之者，知所以誅人之道而 行 焉，故胃（謂）之行。"此處"不閒不行"句解說"行"之意，應該也是就道而論，殆可補爲"'不閒（柬）不行'：行也者言亓所行之 道得也 "，其意是，經文說"不閒（柬）不行"，所謂行是說他踐行了應該遵行的道。王襃《四子講德論》："吾所以詠歌之者，美其君術明而臣道得也。"（《全漢文》卷四二）

〔8〕" 不行 "句：殘缺部分據經文以及說文解經之體例補；說文第十二章釋經語" 不 共（恭） 不禮 "，謂"共（恭）而笱（後）禮也"，語例相同，亦可爲旁證。該句意思是，經文說"不行不義"，就是說行而得其道而後纔能生成德之行義。

第十二章

案：經、說此章，可與經、說第十六章對讀。

【經】●不袁不敬，〔1〕不敬不嚴〔2〕，不嚴不尊，不尊不（一八九） 共 ， 不共 不 禮 。〔3〕

〔1〕"不袁"句：意思是，沒有心靈上的距離就不會生成敬。袁，通"遠"。說文第七章引《毛詩·邶風·燕燕》"之子于歸，袁送于野"，"袁"字，傳世

---

① 參閱〔日〕淺野裕一《帛書〈五行篇〉の思想史的位置：儒家による天への接近》，《島根大学教育学部紀要》（人文・社會科学）第十九卷，頁8；〔日〕池田知久《馬王堆漢墓帛書五行研究》，頁231、頁234—235注釋f。

《毛詩》正作"遠"。《五行》體系中的"袁"特指心之遠（不是排斥性的，而是向心性的），它被定義爲"禮氣"亦即德之行禮生成的基源或發端，由它逐級晉升而生成"敬""嚴""尊""共（恭）"，最終生成德之行"禮"。依儒家的認知，"遠"跟"敬"密切相關。《論語·雍也》篇記載樊遲問知（智），子曰："務民之義，敬鬼神而遠之，可謂知（智）矣。"據此，"遠"跟"敬"相通，"近"則跟褻瀆相仿。《論語·陽貨》篇記載子曰："唯女子與小人爲難養也，近之則不孫（遜），遠之則怨。"據此，"近"可以導致"不孫（遜）"，那麼相反的"遠"自然便關聯着"孫（遜）"了。

〔2〕嚴：據說文，意指敬的累積。

〔3〕"不尊"句：缺字據說文牒經部分及其釋義補，並參考簡本。"不共（恭）不禮"，簡本作"不共（恭）亡（無）豊（禮）"，意思相同。共，通"恭"。

【說】〔●〕"不袁不敬"：袁心也者，禮氣也。[1]質近者則弗能敬之，袁（二三九）者則能敬之。[2]袁者，動敬心、作敬心者也。[3]左雁而右飯之，未得敬心者也（二四〇）。[4]"不敬不嚴"：嚴猶厲厲，敬之責者也。[5]"不嚴不尊"：嚴而笱忌尊。[6]"不尊不共"：共也者，用上（二四一）敬下也。[7]共而笱禮也，有以（體）〔禮〕氣也。[8]

〔1〕"袁心"句：意思是，使心保持某種距離，就是德之行禮的基源或發端。禮氣，指德之行禮的發端或基源；參閱說文第十章注釋1解"仁氣"、說文第十一章注釋1解"義氣"。

〔2〕"質近"句：學者往往闕疑。池田本補爲"質近者則弗能敬，袁者（二三九）則能敬之"，①今參考其說，復依據圖版空間與上下文指意，稍作調整。該句意思是，內心親近者不能敬對方，內心保持某種疏遠者纔能敬對方。質近，殆與上文"袁（遠）心"相反；質，指內容或內在品質，這裏大概指內心。屈子《九章·思美人》云："芳與澤其雜糅兮，羌芳華自中出。紛郁郁其遠蒸兮，滿內而外揚。情與質信可保兮，羌居蔽而聞章。"這些都是強調情和質的內在性。

〔3〕"袁者"句：意思是，遠（即某種心靈的距離）就是發動敬心、興起和

---

① 參閱〔日〕池田知久《馬王堆漢墓帛書五行研究》，頁244、頁246注釋c。

振作敬心的元素。

〔4〕"左雁"句：缺字淺野本補爲"心者也"三字，與文義及語例契合，可從。① 該句意思是，揮左手招他來而右手給他飯吃，這是沒有得到或保持敬心。《禮記·檀弓下》："齊大饑，黔敖爲食於路，以待餓者而食之。有餓者蒙袂（鄭注：不欲見人也）輯屨（拖着鞋子），貿貿然（目眩貌）來。黔敖左奉食，右執飲曰：'嗟，來食！'揚其目而視之，曰：'予唯不食嗟來之食，以至於斯也。'從而謝焉，終不食而死。曾子聞之曰：'微與！其嗟也可去，其謝也可食。'"鄭注云："嗟來食，雖閔而呼之，非敬辭。"雁，整理小組本隸定爲"靡"，讀爲"麾"；國家文物局古文獻研究室本隸定爲"雁"，認爲是"鸛"之異體，讀爲"歡"；龐樸本隸定爲"雁"，讀爲"麾"；淺野本釋爲"麾"。② 帛書此字右邊一小部分殘損，由左邊大部分看當隸定爲"雁"，其義則當爲"靡（麾）"。

〔5〕"不敬"句：舊説之斷句、標點往往值得商榷，比如或作"不敬不嚴。嚴猶厰，厰敬之責者也"，或作"不敬不嚴。嚴猶。厰。厰敬之責者也"，或作"不敬不嚴。嚴猶厰，厰，敬之責者也"，俱不當。③ 該句意思是，經文説"不敬不嚴"，"嚴"猶"厰厰"（形容山石之累積），指敬的累積。其所釋對象爲"嚴"，未嘗釋"厰"字。"敬之責（積）者也"當獨立爲句，不當跟"厰"字連讀。《五行》經、説第十六章與經、説第十二章密切關聯，其説文釋經文之"敬而不解（懈）"，嚴也"，謂"嚴者，敬之不解（懈）者，敬之責（積）者也"，可爲旁證。嚴猶厰厰，乃《五行》頗有特色的詮解字詞的語例，相當於"嚴之爲言猶厰厰"；經文第二十章有"匿之爲言也獻匿匿"，郭店《六惪》有"啟（更？）之爲言也猶啟啟也，少而崴（實）多也"，語例均同。《春秋繁露·王道通三》云："陰，刑氣也；陽，德氣也。陰始於秋，陽始於春。春之爲言，猶偆偆也；秋之爲言，猶湫湫也。偆偆者喜樂之貌也，湫湫者憂悲之狀也。是故春喜

---

① 參閲〔日〕淺野裕一《帛書〈五行篇〉の思想史的位置：儒家による天への接近》，《島根大学教育学部紀要》（人文・社會科学）第十九卷，頁8。

② 參閲《馬王堆漢墓帛書》整理小組編《老子甲本及卷後古佚書》，葉7b；國家文物局古文獻研究室編《馬王堆漢墓帛書》第一册，頁20、頁26注四四；龐樸《帛書五行篇研究》，頁60、頁61注四；〔日〕淺野裕一《帛書〈五行篇〉の思想史的位置：儒家による天への接近》，《島根大学教育学部紀要》（人文・社會科学）第十九卷，頁8。

③ 參閲《馬王堆漢墓帛書》整理小組編《老子甲本及卷後古佚書》，葉7b—8a；國家文物局古文獻研究室編《馬王堆漢墓帛書》第一册，頁20；龐樸《帛書五行篇研究》，頁60；〔日〕淺野裕一《帛書〈五行篇〉の思想史的位置：儒家による天への接近》，《島根大学教育学部紀要》（人文・社會科学）第十九卷，頁8；魏啓鵬《簡帛文獻〈五行〉箋證》，頁89；郭沂《郭店竹簡與先秦學術思想》，頁176。

夏樂，秋憂冬悲，悲死而樂生。以夏養春，以冬藏秋，大人之志也。"其中"春之爲言，猶偆偆也；秋之爲言，猶湫湫也"，亦是採用這種語例。厰厰，猶曰"巖巖"。《毛詩·小雅·節南山》云："節彼南山，維石巖巖。"毛傳："巖巖，積石貌。"《魯頌·閟宮》謂："泰山巖巖，魯邦所詹。"厰，《集韻》卷六敘韻釋爲"山石貌"；巖，《玉篇·山部》釋爲"積石皃也"。賫，通"積"。案：儒家認爲人性無異，德行境界之殊基於德行及其種種基源之積的不同。《五行》説文第二十四章專論仁義之積及其差異。而郭店簡文《城之聞之》有云："聖人之眚（性）與中人之眚，其生而未又（有）非之。節於（而）〔天〕也，則猷（猶）是也。唯（雖）其於善道也，亦非又（有）譯婁（蟻螻）以多也。及其專（博）長而厚大也，則聖人不可由與埵之。此以民皆又眚而聖人不可莫（慕）也。……是古凡勿（物）才（在）疾之。君子曰：疾之，行之不疾，未又（有）能深之者也。……是以智而求之不疾，其迖（去）人弗遠悆（矣）。"疾行而深之，正是積之功。郭店簡文《忠信之衔》論積忠、信之觀念，云："不譌（詭）不㗉（謟），忠之至也。不甚（欺）弗智（知），信之至也。忠厎（積）則可罕（親）也，信厎（積）則可信也。忠信厎（積）而民弗罕（親）信者，未之又（有）也。"這些都可發明《五行》之意。《五行》之特色在於將積這種修爲建構在德行生成的系譜中，使之成爲各關節由低向高晉升的理論和現實基礎。

〔6〕"不嚴"句：意思是，經文"不嚴不尊"，是指積累敬而成嚴纔意味着自己尊重對方。忌尊，不能理解爲自己變得有尊嚴。《五行》此章所論系譜爲"袁（遠）心→敬→嚴→尊→共（恭）→禮"，其中"袁（遠）心"、"敬"、"嚴"、"恭"等都指主體對於對象（參閱本章注7），"尊"亦當如此，"忌尊"應該是指自己尊對方。與此章關係密切的第十六章的説文詮釋經文"嚴而威（畏）之，尊也"，稱："既嚴之，有（又）從而畏忌之，則夫閗（干犯）何緐（由）至乎才（哉）？是必尊矣。"其指向相當明確，可以爲證。

〔7〕"不尊"句：缺字浅野本補爲"居上"，龐樸本補爲"用上"，意思相同，後者更優。①《孟子·萬章下》云："用下敬上，謂之貴貴；用上敬下，謂之尊賢。貴貴、尊賢，其義一也。"可爲旁證。該句意思是，經文"不尊不共（恭）"，"共（恭）"指的是以上敬下。案：强調上對下之"共（恭）"是《五行》的重要特色，但《五行》體系中的"共（恭）"並不限於這一向度。經文第

---

① 參閱〔日〕浅野裕一《帛書〈五行篇〉の思想史的位置：儒家による天への接近》，《島根大学教育学部紀要》（人文·社会科学）第十九巻，頁8；龐樸《帛書五行篇研究》，頁60、頁61注6。

二十八章謂"聞道而共(恭), 好 禮者也", 此處之"共(恭)"便應該具有普遍意義。

〔8〕"共而"句:"禮"原訛爲"豐",以意改。本章開頭即論"禮氣", 而"禮"恰恰是以"禮氣"爲基源和發端最終生成的結果。該句意思是,有了對對方的恭之後纔有德之行禮的生成,禮的生成有賴於作爲其基源和發端的禮氣亦即"袁(遠)心"。以,憑藉。

第十三章

案:經、説此章,可與經和説第六、第十七、第十八、第十九章對讀。

【經】 ●不㥛不明 不聖不知,不聖不知不仁,不仁不安,不安不樂,不樂无德。〔1〕

〔1〕" 不㥛 "句:由圖版以及全篇體例判斷,上一章經文" 禮 "字下面殆殘缺一個章節符號、四個字,缺字據説文牒經部分補,並可參閲竹書本。竹書本相關釋文作"不聰不明,不聖不智,不智不㥛(仁),不㥛不安,不安不樂,不樂亡(無)惪(德)"。①照此,"惪"之生成須"樂","樂"之生成須"安","安"之生成須"㥛(仁)","㥛(仁)"之生成須"智","智"之生成須"聖",環環相扣,但"聖"與"明"不存在關聯,之後纔又接上"明"之生成須"聰"。有一個關節不通,已經説明簡文釋讀存在問題。而且,其間"聰"與"明"的因果鏈違背了《五行》的整體意指。在《五行》體系中,與"聖"關聯的是聞之"聰",與"智"關聯的是見之"明",聞之"聰"與見之"明"之間不存在因果聯繫。李零簡本釋文作:"不聰不明,〔不明不聖〕,不聖不智,不智不仁,不仁不安,不安不樂,不樂無德。"②照此,"聰→明→聖→智→仁→安→樂→德"一綫續續相生,看起來十分整齊順暢。但其間由"聰"到"明"、由"明"到"聖"、由"聖"到"智"的晉升,完全得不到《五行》體系的支持。《五行》篇的觀念圖式是由"聰"進至"聖"、由"明"進至"智"(參見經與説

---

① 參閲荆門市博物館編《郭店楚墓竹簡》,文物出版社1998年版,頁150。
② 參閲李零《郭店楚簡校讀記》(增訂本),頁79。

第十七、十八、十九章）。帛書此章原作"不恩不明 不=聖=不=知=不=仁=不=安=不=樂=无德"，其間有殘缺並且使用了大量重文符號，增加了釋讀的難度（所幸殘缺部分可據說文牒經部分補充）。復原其完整文字，應該作："不恩（聰）不明 不聖不知（智），不聖不知（智）不仁，不仁不安，不安不樂，不樂无德。"各子句均爲因果句；但第一個子句中，"不恩（聰）"與"不明"、"不聖"與"不知（智）"兩兩構成平行關係。也就是說，此章"恩（聰）""明"並列爲發端，接下來由"恩（聰）"進至"聖"，由"明"進至"知（智）"，"聖"和"知（智）"仍相並列；說文中"不聰（聰）明則不聖知（智），聖知（智）必繇（由）聰明"，正是解釋經文 不恩（聰）不明 不聖不智"一語。而後"聖"與"智"各以其含蘊的動態的"知"達於"仁"，這是此章一個關鍵環節，說文的相關詮釋很明確，所謂："聖始天，知（智）始人；聖爲崇，知（智）爲廣。不知不仁；不知所愛，則何愛？言仁之乘知而行之。"此外，由"知（智）"生成"仁"，又見於經與說第十八章、第十九章，不具引。而經文第十七章謂，"聞君子道而不知亓（其）君子道也，胃（謂）之不聖"；第二十八章謂，"聞君子道而說（悅），好仁者也"，說文第二十八章則詮釋說，"言好仁者之聞君子道而以之亓（其）仁也，故能說也"。綜合觀照，可斷定《五行》實際上也包含着由聞君子道而知其君子道的"聖"躍升到"仁"的理路。此後"仁→安→樂→德"，續續相生。如此纔得《五行》篇本意。恩，通"聰"。

【說】"不聰不明"：聰也者聖之臧於耳者也，明也（二四二）者知之臧於目者也。〔1〕聰，聖之始也；明，知之始也。〔2〕故曰不聰明則不聖知，聖知必繇（二四三）聰明。聖始天，知始人；聖爲崇，知爲廣。〔3〕不知不仁；不知所愛，則何愛？〔4〕言（二四四）仁之乘知而行之。〔5〕"不仁不安"：仁而能安天道也。〔6〕"不安不樂"：安也者，言與（二四五）亓體偕安也者也；安而笱能樂。〔7〕"不樂无德"：樂也者，流體機然忘〔寒〕〔塞〕。〔8〕（二四六）忘〔寒〕〔塞〕，德之至也。樂而笱有惪（二四七）。〔9〕

〔1〕"不聰"句：意思是，經文說"不聰不明"，聰（聰）是聖藏在聽覺器官耳朵的結果，明是智藏在視覺器官眼睛的結果；參見說文第六章注釋7。案：《五行》體系中的"聖"和"知（智）"都有三種不同層面的意義。關於"聖"的說

明,已見説文第六章注釋10。"知(智)"的三個層面如下:其一是不形於内的作爲"行"的智(參見經文第一章)。其二意味着見賢人而知其德何以爲賢人德,屬於認知層面(參見説文第十七章)。其三意味着作爲"行"的智生成於内亦即成爲"德之行"智,屬於道德層面(參見經文第一章)。

〔2〕"嚧,聖"句:意思是,聽之嚧(聰)是聖的發端,視之明是智的發端。《管子·宙合》篇云:"耳司聽,聽必順(慎)聞,聞審謂之聰。目司視,視必順(慎)見,見察謂之明。"

〔3〕"聖始"句:意思是,聖與智是天道(或德)與人道(或善)的開始,聖與智使德行極高至廣。《中庸》第二十七章云:"……君子尊德性而道問學,致廣大而盡精微,極高明而道中庸。温故而知新,敦厚以崇禮。"意思與此頗近。"天"指天道或者德,"人"指人道或者善。經文第一章云:"德之行五,和胃(謂)之德;四行和,胃之善。善,人道也;德,天道也。"説文第七章則説:"德猶天也,天乃德已。"案:此句前後兩個子句均爲互文見意。

〔4〕"不知"句:意思是,不知君子道、賢人德,就不能踐行之而生成仁德,其道理是,不知道愛什麽,那麽如何愛?案:"不知不仁"並非重複經文"不知(智)不仁",其續申語爲"不知所愛,則何愛",可證此語之"知"字當爲動詞。"不知"是承上文"聖""知(智)"而言的,"聖""知(智)"兩者均包含動詞性的知。經文第十七章云:"聞君子道而不知其君子道也,胃(謂)之不聖。見賢人而不知其有德也,胃之不知(智)。見而知之,知(智)也。聞而知之,聖也。"説文第十七章詮釋道:"'聞而知之,聖也':聞之而遂亓(其)天之道也,聖也。'見而知之,知(智)也':見之而遂知亓所以爲之者也,知(智)也。"而説文第十八章有云:"'聞而知之,聖也':聞而遂知其天之道也,是聖矣。聖人知天之道。道者,所道也。"説文第十九章則云:"'見而知之,知(智)也':見者,□也。知(智)者,言繇(由)所見知所不見也。'知而安之,仁也':知君子所道而諓(煥)然安之者,仁氣也。"此處"不知不仁"中的動詞性的"知",即對應着聞君子道(或者天之道)而"知"其爲君子道(或者天之道),見君子所道而"知"其爲君子所道,見賢人而"知"其有賢人德等一系列的"知"。"聖"與"智"各以其含藴的動態的"知"達於"仁",可參見經文第十三章注釋1。

〔5〕"言仁"句:意思是,所謂"不知不仁"等等是説仁憑藉知而踐行它。

〔6〕"不仁"句:意思是,經文説"不仁不安",即德行仁生成了之後纔能

安於天之道（亦即君子道）。案："仁而能安天道"一説，池田知久認爲與以下説法"是大致同樣的意思"，即經文第十八、十九章所謂"知而安之，仁也"，以及説文第十八、十九章對該語之詮釋，所謂"知君子所道而諛（煥）然安之者，仁氣也"。①其實，"仁而能安天道"一説跟這些論述有根本區別，它意味着德行仁在"安天道"前已然生成，而上揭材料却都是説經過安天道（亦即君子道）這一途徑生成德之行仁。這應該是《五行》内部的一種差異性。

〔7〕"不安"句：意思是，經文説"不安不樂"，安就是説心（即大體）與小體（即耳目鼻口手足）共同安，有了這種安以後纔能生成樂。膿（體），指小體；參見説文第八章注釋1。也者也，"者也"二字似爲衍文。

〔8〕"不樂"句：塞，原訛爲"寒"，從浅野本、龐樸本正。②該句意思是，經文説"不樂无（無）德"，樂意味着五種德行的超越性同一體若水流於大體和小體，迅疾而無塞滯。機然，迅疾貌。《淮南子·精神》篇："名實不入，機發於踵。"高誘注："機，喻疾也。"《淮南》此語源出《莊子·内篇·應帝王》，"機"字並非"喻疾"，不過謂"機"有此義，應該没有問題。忘，無。

〔9〕"忘（寒）〔塞〕"二句：意思是，五種德行的超越性同一體仿佛水流於大體小體而無塞滯，也就是德的達成。所以有了這種樂就意味着具備了德。案："德"是《五行》中的最高人格和境界，其完整表述，是仁、知（智）、義、禮、聖五種德之行超越其個體性存在而和合爲一，且與大體亦即心合一（參見經文第一章、第十八章，以及説文第七章等）。此章所論，看似是在德行仁生成後直接達成了"德"，實際則不然。這裏有必要談一談對本章的一個嚴重誤讀。"'不仁不安'：仁而能安天道也"一句，整理小組本、古文獻研究室本、龐樸本、浅野本等均斷爲"'不仁不安'：仁而能安，天道也"。③這種斷句，意味着德行仁生成且安之，便可達成天道。從德行層面上説，《五行》中的"天道"指的是最高境界"德"，此境界並非僅有"仁"這種德之行便可以達成。《五行》的原意應該是"'不仁不安'：仁而能安天道也"，形成了德之行仁，基於此而"安天道"再達

---

① 參閲〔日〕池田知久《馬王堆漢墓帛書五行研究》，頁258—259注釋j。
② 參閲〔日〕浅野裕一《帛書〈五行篇〉的思想史的位置：儒家による天への接近》，《島根大学教育学部紀要》（人文・社會科学）第十九卷，頁9；龐樸《帛書五行篇研究》，頁62。
③ 參閲《馬王堆漢墓帛書》整理小組編《老子甲本及卷後古佚書》，葉8a；國家文物局古文獻研究室編《馬王堆漢墓帛書》第一册，頁20；龐樸《帛書五行篇研究》，頁61；〔日〕浅野裕一《帛書〈五行篇〉的思想史的位置：儒家による天への接近》，《島根大学教育学部紀要》（人文・社會科学）第十九卷，頁9。

成"樂",由是便達到德這種最高境界。這裏的"天道"並非從德行意義上指最高境界,而是指君子道或者君子之所道(這也是《五行》中"天道"的常用義)。"仁而能安天道"之所以能够意味着德的生成,應該是因爲這一階段解決了仁、知(智)、義、禮、聖五種德之行實現超越性合一的問題。

第十四章

案:經、説此章,可與經和説第十、第二十一章對讀。

【經】●顔色容貌溫,(一九○)臀也。[1]以亓中心與人交,説也。[2]中心説焉,遷于兄弟,戚也。[3]戚而信之,親也。[4]親而築之,(一九一)愛也。[5]愛父,亓繼愛人,仁也。[6]

〔1〕"顔色"句:缺字據相關説文之詮釋語以及簡本補。説文有謂"心説(悦),然筍(後)顔色容貌溫以説;〔顔色容貌溫以説〕,變也",而簡本對應部分作"顔色伀佼(容貌)悃(溫),叓(變)也",均可爲證。該句意思是,面色相貌溫潤,就是内心變動的呈現。

〔2〕"以亓"句:意思是,用他的衷心跟人交往,就是喜歡。説(悦),這裏比臀(變)更進一層。

〔3〕"中心"句:意思是,内心喜歡,推移到兄弟身上,就是親近。戚,這裏比説(悦)更進一層。

〔4〕"戚而"句:缺字據説文之牒經部分補,並參考簡本以及經、説第十章。該句意思是,親近而進一步伸張它,就是親愛。信,通"伸",伸張,與上文"遷"字意思相貫;池田本解爲"確實""使確實",不當。①親,這裏比戚更進一層。

〔5〕"親而"句:缺字據説文之牒經部分補,並參閱簡文。該句意思是,親愛了而進一步使它深厚,就是愛。築,通"篤",厚。愛,這裏比親更進一層。

〔6〕"愛父"句:意思是,愛父親,其後推及愛他人,就是仁。亓繼,即其後、其次;説文牒經部分作"亓殺",意思相同。案:郭店簡文《語叢三》謂"慗

---

① 參閱〔日〕池田知久《馬王堆漢墓帛書五行研究》,頁265注釋e。

（愛）親則亓殺惡人"，與此處"愛父，亓繼愛人"，以及説文牒經部分之"愛父，亓殺愛人"，基本上是一致的。《論語·學而》記有子曰："孝弟（悌）也者，其爲仁之本與。"郭店竹書《湯吳之道》云："堯舜之行，惡（愛）罕（親）尃（尊）臤（賢）。惡罕古（故）孝……孝之殺，惡天下之民。……孝，忞（仁）之免（冕）也。"這些儒家論説均以愛父爲仁之基源。具體言之，所謂"惡（愛）罕（親）"或"孝"側重於指愛父。"親"在古籍中往往指父母，亦可單指父親或母親，無論如何，在古代中國特有的社會體制下，實際上的核心是父親，故《湯吳之道》之下文稱，"古者吳（虞）舜筶（篤）事㇇寞（瞽瞍，或謂爲瞽瞍别名），乃弋（式）丌（其）孝"，即以舜事奉其父瞽瞍爲"孝"的典範，堪爲旁證。要之，《湯吳之道》以"孝"爲仁之冕，將"孝"界定爲"惡（愛）罕（親）"，張揚"孝之殺"即"惡（愛）天下之民"，則其所謂仁，同樣是由愛親尤其是愛父推及愛人。此處"愛父，亓繼愛人，仁也"，堪稱提挈了《湯吳之道》的主旨。郭店簡文《六惪》篇謂："子也者，會埠（最＝聚）長材以事上，胃（謂）之宜（義），上共（供）下之宜（奉獻爲下之義），以奉社稷，胃之孝，古（故）人則爲□□□悬（仁）。悬者，子惪（德）也。"其界定"悬"爲子德，當是基於延伸的考慮，但本原上與"愛父，亓繼愛人，仁也"，亦有十分確鑿的一致性。儒家政教倫理觀念的一個特質，是發揚人原初、自然的血緣倫理情感。《五行》和《湯吳之道》《六惪》《語叢》倡言推愛父之情及於人而生成仁德，後來的孟子將"仁之實"歸結於"事親"（《孟子·離婁上》），又謂"老吾老以及人之老，幼吾幼以及人之幼，天下可運於掌"（《孟子·梁惠王上》），都是典型例子。而《荀子·禮論》篇説："凡生乎天地之間者，有血氣之屬必有知（智），有知之屬莫不愛其類。今夫大鳥獸則（若）失亡其羣匹，越月踰時則必反鉛（沿）過故鄉，則必徘徊焉，鳴號焉，躑躅焉（楊注：躑躅，以足擊地也），踟躕焉（楊注：踟躕，不能去之貌），然後能去之也。小者是燕爵（雀），猶有啁噍之頃焉，然後能去之。故有血氣之屬莫知於人，故人之於其親也，至死無窮。"荀子也認爲人愛親有某種必然性，却不像子思、孟子等前輩儒者那樣，以此爲内在特質並加以推衍，建構德行仁的生成系譜。這跟荀子對人性的認知有關。《荀子·性惡》篇云："今人之性，飢而欲飽，寒而欲煖，勞而欲休，此人之情性也。今人飢，見長（粻）而不敢先食者，將有所讓也；勞而不敢求息者，將有所代也。夫子之讓乎父、弟之讓乎兄，子之代乎父、弟之代乎兄，此二者皆反於性而悖於情也。然而孝子之道，禮義之文理也。"荀子殆傾向於將人對於親的愛視爲基於"知（智）"的生成物。

【説】● "顏色容貌溫，變也"：變者，勉也；勉，孫也；孫，能行變者也。[1] 能行變者□□心説；心 説（二四八），然笱顏色容貌溫以説；[2] 〔顏色容貌溫以説〕，變也。[3] "以亓中心與人交，説也"：毅毅然不莊尤割人（二四九）者，是 乃 説已。[4] 人無説心也者，弗遷於兄弟也。[5] "遷於兄弟，感也"：言遷亓 説心（二五〇）於兄弟而能相感也。[6] 兄弟不相耐者，非无所用説心也，弗遷於兄弟也。[7] "感而（二五一）信之，親也"：言信亓 感 也。[8] 搗而四體，予女天下，弗爲也。搗如兄弟，予女天下，（二五二）弗悆也。是信之已。[9] 信亓 感 而笱能相親也。[10] "親而築之，愛也"：築之者，厚；厚親（二五三）而笱能相愛也。[11] "愛父，亓殺[12]愛人，仁也"：言愛父而笱及人也。愛父而殺亓鄰 之（二五四）子，未可胃仁也（二五五）。[13]

〔1〕"顏色"句：缺字據説文牒經之體例以及經文内容補。帛書此語原作"□□□□□□變=也者□=也孫=也能行變者也"。第一個重文符號以下的文字往往釋爲"變也者，□□也，孫孫也，能行變者也"，或有小異。①這種釋讀符合重文符號的一般用法，但句法語義均不恰切；"變也者……能行變者也"之語意尤其難明。池田本"也"字上屬，釋爲"變者，勉也。勉，孫也。孫，能行變者也"，句法、語意較圓滿完備。②重文跳讀之例前面頗有揭示，此句又是一例。此章下文，如帛書"信亓感而笱能相親=也而築之=愛也"，當讀爲"信（伸）亓（其）感（戚）而笱（後）能相親也親而築（篤）之愛也"，而不應讀爲"信亓感而笱能相親親也而築之愛也"，一個重要根據是其後半當爲牒經語，亦即引錄經文"親而築（篤）之，愛也"。該句意思是，經文説"顏色容貌溫，變也"，所謂的變（即使面色相貌呈現出溫潤之感的内心的變動），就是勉（即指向"説"的内心的主動接近）；所謂勉，也就是遜；所謂遜，就是能夠激發内心變動的恭順。孫，通"遜"。

〔2〕"能行"句：前面兩個缺字，淺野本補爲"其中"，龐樸認爲與殘筆

---

① 參閲國家文物局古文獻研究室編《馬王堆漢墓帛書》第一册，頁20；〔日〕淺野裕一《帛書〈五行篇〉の思想史的位置：儒家による天への接近》，《島根大学教育学部紀要》（人文・社会科学）第十九卷，頁9；龐樸《帛書五行篇研究》，頁63。

② 參閲〔日〕池田知久《馬王堆漢墓帛書五行研究》，頁268、頁269注釋1。

不合。①該二字中的下面一個字尚殘餘右側一筆，似爲一較長之豎畫，跟"中"字右側不同。依文義及語例，此句當可補爲"能行變者，然笱 心説；心 説（二四八），然笱顔色容貌温以説"（所補"然笱"二字亦可作"而笱"，意思無異）。《五行》中同樣的語例，有經文第九章"唯有德者然笱能金聲而玉振之（之）"，説文第二十一章"唯金聲 而玉辰（振）之者，然笱忌（己）仁而以人仁，忌義而以人義"，説文第二十六章"唯有天德者，然笱鐵（幾）而知之"，説文第十章"□變者而笱能説仁（人），感仁（人），親仁（人），愛仁（人）"等。後面一個缺字，據文義及語例補。《五行》經、説常常使用頂真格，説文此章釋經文" 顔色容貌温 ，變也"，是一個典型例子。該句意思是，能激發内心變動，則其心悦；其心悦，然後臉色相貌温然而悦。

〔3〕"〔顔色〕"句：舊説均未補"顔色容貌温以説"數字。揆度上下文文義，復聯繫所釋經文"顔色容 貌温 ， 臀（變） 也"一語，此數字當補。就語例看，自"變者"至"變也"，一路採用頂針格。首句以"變者"起，以"窰（勉）也"終；次句以"窰"起，以"孫（遜）"終；又次句以"孫"起，以"能行變者也"終；又次句以"能行變者"起，以"心説"終；又次句以"心説"起，以"顔色容貌温以説"終，又次句以"顔色容貌温以説"起，以"變也"終，如此十分整飭，文義也完整順暢。此數字當係誤脱。案："能行變者"以下至此，主旨是先據心悦解釋顔色容貌之温悦，又據顔色容貌之温悦解釋"變"。其所謂"説（悦）"，與下文牒經部分所謂"以亓（其）中心與人交，説（悦）也"之"説（悦）"不同。簡單説來，此處是就心、貌談"説（悦）"，下文是就對人談"説（悦）"，指言悦人。

〔4〕"以亓"句：自"穀穀"以下，池田本補爲"穀穀 然不莊 尤割人者 ，是 乃 説已"，可從。②説文第二十一章論以"不莊（藏）尤割（害）人"爲發端的德行仁的生成圖式，以及以"不受許臤（嗟）"爲發端的德行義的生成圖式。而説文第十五章論以"直"（即"惡許臤而不受許臤，正行之"）爲發端的德行義的生成，堪稱其半壁。本章（説文第十四章）論德行仁的生成，應該涉及"不莊尤割人"這一仁德的基源，亦即爲其另外半壁。説文第二十一章基本上是綜合説文第十四、十五章的意思。全句大意是，經文説"以亓（其）中

---

① 參閲〔日〕淺野裕一：《帛書〈五行篇〉の思想史的位置：儒家による天への接近》，《島根大学教育学部紀要》（人文・社会科学）第十九卷，頁9下；龐樸《帛書五行篇研究》，頁64注釋5。

② 參閲〔日〕池田知久《馬王堆漢墓帛書五行研究》，頁268、頁272注釋f。

心與人交，説（悦）也"，所謂説（悦）就是説厚重樸實不懷藏怨恨、害人之心。穀穀然，謹慤之貌，厚重樸實之貌。莊，通"藏"。割，害；《尚書·堯典》謂"湯湯洪水方割，蕩蕩懷山襄陵，浩浩滔天"。

〔5〕"人無"句：意思是，人没有悦人之心，是因爲他不把悦人之心移至兄弟身上；與下文所謂"非无（無）所用説（悦）心也，弗遷於兄弟也"，意思相同。

〔6〕"遷於"句：據圖版，缺文當爲二字，以意補"説心"二字；其下文謂"兄弟不相耐（即不相親附）者，非无所用説（悦）心也，弗遷於兄弟也"，意思相反相成，堪爲之證。該句意思是，經文説"遷於兄弟，戚（戚）也"，説的是將悦人之心移到兄弟身上而互相親近。

〔7〕"兄弟"句：意思是，兄弟不相親附，不是没有用悦人之心的地方，祇是因爲不把悦人之心移到兄弟身上。相耐，相能，相親、相附；耐，同"能"。《毛詩·大雅·民勞》云："柔遠能邇，以定我王。"

〔8〕"戚而"句：缺字僅有最下面一殘畫，浅野本、龐樸本補爲"體"，不當；池田本補爲"戚"，是。①該句意思是，經文説"戚而信（伸）之，親也"，是説將他的親近伸展開去。

〔9〕"搗而"句：意思是，（作爲條件）將你的四肢割肉離骨，這樣的話就把天下給你，你不幹，（作爲條件）把你的兄弟割肉離骨，這樣的話就把天下給你，你不會被迷惑，這就是把親近伸展開去。搗，讀爲"咼"，同"剮"。而，代詞，相當於"你"。女，代詞，後寫作"汝"。如，通"女（汝）"。悉（mí），同"怺"，心惑。

〔10〕"信亓"句：意思是，將他對對象的親近伸展開去而後就可以生成對對象的親愛了。

〔11〕"親而"句：意思是，經文説"親而築（篤）之，愛也"，所謂篤就是加厚親愛（使親愛更深厚），使得對父母的親愛更深厚而後就能愛他們了。

〔12〕亓殺：其次、而後。

〔13〕"愛父"句：缺字以意補。

---

① 參閲〔日〕浅野裕一《帛書〈五行篇〉の思想史的位置：儒家による天への接近》，《島根大学教育学部紀要》（人文·社會科学）第十九卷，頁9；龐樸《帛書五行篇研究》，頁63、頁64；〔日〕池田知久《馬王堆漢墓帛書五行研究》，頁268、頁273注釋1。

第十五章

案：經、說此章，可與經和說第十一、第二十、第二十一章對讀。

【經】中心辯焉而正行之，直也。[1] 直而 遂之 ， 迣 也。[2] 迣而 （一九二）不畏强圉，果也。[3]（而）〔不〕以小道害大道，簡也。[4] 有大罪而大誅之，行也。[5] ●貴貴，亓等 尊 （一九三）賢，義。[6]

〔1〕"中心"句：意思是，心中清楚而正身行事，就是直。辯，明晰，清楚。《墨子·修身》篇云："慧者心辯而不繁說，多力而不伐功，以此名譽揚天下。"

〔2〕"直而"句：缺字據說文之牒經部分補，並參考簡本。該句意思是，直而貫徹始終（即端正踐行它而貫徹始終），就是迣。遂，終。迣，通"泄"，終了；參閱經文第十一章注釋1。

〔3〕" 迣而 "句：缺字據說文之牒經部分補，並參考簡本。該句意思是，迣（亦即端正踐行它且貫徹始終）而不畏懼强壯多力者，就是果敢。强圉，强壯多力，勇猛有氣力；說文作"强禦"，經典或作"彊禦"，意思均同。《毛詩·大雅·烝民》云："人亦有言：'柔則茹之，剛則吐之。'維仲山甫，柔亦不茹，剛亦不吐，不侮矜寡，不畏强禦。"《蕩》篇云："文王曰咨，咨汝殷商！曾是彊禦，曾是掊克，曾是在位，曾是在服。"毛傳曰："彊禦，彊梁禦善也。掊克，自伐而好勝人也。服，服政事也。"《左氏春秋》魯昭公元年（前541）記晉叔向引"不侮鰥寡，不畏彊禦"，定公四年（前506）記鄭公辛引"柔亦不茹，剛亦不吐。不侮矜寡，不畏彊禦"，凡此不一一舉列。屈子《離騷》云："澆身被服强圉兮，縱欲而不忍。"

〔4〕"（而）〔不〕以"句："不"字原誤爲"而"，據說文之牒經部分以及簡本正。該句意思是，不用小道危害大道，就是抉擇。簡，通"柬"。簡本作"柬"，整理者校正爲"柬"，是。

〔5〕"有大"句：意思是，有大罪就重罰他，就是行而合道。大誅，重責，嚴厲懲罰。案：原始儒家一般不排斥誅罰，但是高度重視誅罰須有道德根基。孔子嘗謂："名不正，則言不順；言不順，則事不成；事不成，則禮樂不興；禮樂不

興，則刑罰不中；刑罰不中，則民無所措手足。"（《論語・子路》）這就是強調刑罰基於道德。《禮記・樂記》云："禮樂皆得，謂之有德。德者得也。"《五行》說文第十五章釋"有大 罪而 大誅之，行也"，云："无（無）罪而殺人，有死弗爲之矣，然而大誅之者，知所以誅人之道而 行 焉，故胃（謂）之行。"郭店《眷惪義》也說："殺㱯（戮），所以敍（除）㤑（怨）也。不繇（由）亓（其）道，不行。"

〔6〕"貴貴"句：缺文據說文之牒經部分補，並參考簡本。該句意思是，尊重有才德之人與敬重地位高的人達到齊等，就是義。案：早期儒家以尊賢爲義。《中庸》第二十章載子曰："文、武之政，布在方策。其人存，則其政舉；其人亡，則其政息。人道敏政，地道敏樹。夫政也者，蒲盧也。故爲政在人（朱注：人，謂賢臣），取人以身（朱注：身，指君身），脩身以道，脩道以仁。仁者人也，親親爲大；義者宜也，尊賢爲大；親親之殺，尊賢之等，禮所生也。"郭店竹書《湯吳之道》云："恶（愛）親忘（忘）臤（賢），悬（仁）而未義也。尊臤遺親，我（義）而未悬也。古者吳（虞）舜管（篤）事𠂤寞（瞽瞍），乃弋（式）其孝；忠事帝堯，乃弋其臣。恶親尊臤，吳舜其人也。"《六惪》則云："唯（雖）才（在）中（草）茆（茅）之中，苟臤（賢），必賁（任）者（諸） 父兄，賁（任）者（諸）子弟，大材埶（設）者（諸）大官，少（小）材埶者少官，因而它（施）录（禄）焉，史（使）之足以生，足以死，胃（謂）之君，以宜（義）史人多。宜者，君惪（德）也。"這些論述均將尊賢視爲"義"，而且都側重於君上尊賢舉賢之"義"；《湯吳之道》更把尊賢之最高標誌禪讓稱爲義的極致，說，"尊臤（賢）古（故）䣜（禪）"，"䣜，義之至也"，"䣜而不傳（傳），義亙（恒）□□纪（治）也"。《五行》論義，強調"王公之尊賢者"（見經文第二十一章），亦即強調上對下的特定維度，與諸篇一致。不過它張揚的是"尊賢"與"貴貴"齊等，《湯吳之道》《六惪》《中庸》張揚的是"尊臤（賢）"與"恶（愛）親"或"親親"齊等，所以它對現世秩序有更強的針對性和衝擊力。《湯吳之道》又舉"忠事帝堯"爲虞舜之"尊臤（賢）"，與篤事瞽瞍爲虞舜之"恶（愛）親"並列，不單純採取上對下的維度（其實，即使早期儒家單提上對下之尊賢，也並不排斥尊賢的其他維度）。此外，以"尊賢"與"貴貴"齊等，與以"尊臤（賢）"與"恶（愛）親"、"親親"齊等，是指等視兩種原則，不是指將賢者與貴者或親者安排到同樣的位置上，觀《六惪》篇強調"賁（任）者（諸） 父兄，賁（任）者（諸） 子弟"，較然可知。

【説】●"中心辯焉而正行之,直也":有天下美飲食於此,許飪而予之,中心弗悉也。惡(二五六)許飪而不受許飪,正行之,直也。[1]"直而遂之,迣也":迣者,遂直者也;[2]直者□貴□□(二五七)□□□□□□□,迣也。[3]"迣而弗畏強禦,果也":強禦者,勇力者,胃□□□□□(二五八)□□□□之以□□□,无介於心,果也。[4]"不以小道害大道,閒也":閒也者,不以小愛害(二五九)大愛,不以小義害大義也。[5]見亓生也,不食亓死也,祭親執株,閒也。[6]"有大罪而(二六〇)大誅之,行也":[7]无罪而殺人,有死弗爲之矣,然而大誅之者,知所以誅人之道而行(二六一)焉,故胃之行。[8]"貴貴,亓等尊賢,義也":[9]貴貴者,貴衆貴也。[10]賢賢,長長,親親,爵爵,譔貴(二六二)者无私焉。[11]"亓等尊賢,義也":尊賢者,言等賢者也,言譔賢者也,言足諸(二六三)上位。此非以亓貴也,此亓義也。貴貴而不尊賢,未可胃義也(二六四)。[12]

〔1〕"中心"數句:圖版説文"正行之,直也"之"直"下有重文符號,但所重"直"字當在"也"字下,爲帛書《五行》篇重文跳讀的又一例。國家文物局古文獻研究室本之釋文不當,浅野本、龐樸本、池田本等處理正確。①此數句意思是:經文説"中心辯焉而正行之,直也",有天底下好吃好喝的在這裏,不恭敬地嗟歎着喊着給他吃,他内心不被迷惑。厭惡那種嗟歎的不恭敬而不接受這樣給的食物,正身而行,這就是直。參見説文第十二章注釋4。許飪,義同"吁嗟"。

〔2〕"直而"句:帛書圖版第一個"迣"字下有重文符號,但所重之"迣"字實當在"也"字之下,舊説往往不當。

〔3〕"直者"句:浅野本、池田本在"直者"下面斷句,殆非。②此句和上句均解釋經文"直而遂之,迣(泄)也",上句既已解釋"迣(泄)",此句不當

---

① 參閱國家文物局古文獻研究室編《馬王堆漢墓帛書》第一册,頁20;〔日〕浅野裕一《帛書〈五行篇〉的思想史的位置:儒家による天への接近》,《島根大學教育學部紀要》(人文・社會科學)第十九卷,頁10;龐樸《帛書五行篇研究》,頁65、頁66注釋7;〔日〕池田知久《馬王堆漢墓帛書五行研究》,頁281、頁283注釋6。

② 參閱〔日〕浅野裕一《帛書〈五行篇〉的思想史的位置:儒家による天への接近》,《島根大學教育學部紀要》(人文・社會科學)第十九卷,頁10;〔日〕池田知久《馬王堆漢墓帛書五行研究》,頁281。

回頭去解釋它前面的"直",更何況前文在解經語"中心辯焉而正行之,直也"之時,對"直"這一環節已經給出了解釋。"直者"之下不應斷句,並且它引領的句子應該還是解釋"迣(泄)"。下文解經語"不以小道害大道,閒(柬)也",先謂"閒(柬)也者,不以 愛害大 愛,不以小義害大義也",又謂"見亓(其)生也,不食亓死(尸/屍)也,祭親執株(誅),閒(柬)也",也屬於前後兩句解釋同一對象的語例。"直者"作爲陳述對象,其意思殆接近孔子所説的"直者"(《論語·子路》篇記子曰"吾黨之直者異於是")。"貴"字上面一字祇殘存右半,整理本、淺野本等補爲"唯",由殘畫看,可以信從,殆應讀爲"雖"。①《五行》經、説第十一和第十五章均論述德行義的如下生成圖式:" 直 → 迣(泄) →果→簡(柬)→行→義"。説文第十一章釋"迣(泄)"云:"迣(泄)也者終之者也;弗受於衆人,受之孟賁,未迣(泄)也。"經文第十五章釋"果"云:" 迣(泄)而 不畏強圉,果也。"説文第十五章給出了相應的解釋。總之,它們分别在"迣(泄)"和"果"兩個先後相承的環節上,强調義生成的過程包含了不爲强壯多力者改變其正身直行。故此句殘缺部分,很可能是在"迣(泄)"這一環節上,强調雖面對權貴也不改其正,所謂貫徹始終是也。當然,這祇是一種可能的解釋。又,"迣"字下原有重文符號,但所重"迣"字當在"也"字之下,舊説亦往往不當。

〔4〕"迣 而 "句:此句殘缺太甚,難以補苴;部分内容可以參考説文第十一章之注釋5。

〔5〕"不以"句:"不以小 愛害大 愛"一語,缺字參照下文"不以小義害大義",以意補。該句意思是,經文説"不以小道害大道,閒(柬)也",所謂閒(柬)亦即選擇,就是説不因爲小的愛損害大的愛,不因爲小的義損害大的義。説文第二十五章將《關雎》"繇(由)色榆(喻)於禮",稱爲"自所小好榆(喻)虖(乎)所大好"。所謂"小好"(好色)、"大好"(好禮),與此處"小愛""大愛"以及"小義""大義",均可視爲經文"小道""大道"的具體落實。聯繫下文,了解家畜之生而不忍食其肉,屬於小愛、小義;祭祀時親自殺死它獻給神靈祖先,屬於大愛、大義。

---

① 參閲《馬王堆漢墓帛書》整理小組編《老子甲本及卷後古佚書》,葉9a;〔日〕淺野裕一《帛書〈五行篇〉の思想史的位置:儒家による天への接近》,《島根大學教育學部紀要》(人文·社會科學)第十九卷,頁10。

〔6〕"見亓"句:"祭"字國家文物局古文獻研究室本釋讀爲"然"。①據圖版,其下半爲"示",釋"祭"爲優。該句意思是,了解家畜之生,不忍食其肉,祭祀則親行誅殺,這就是抉擇。孟子云:"君子之於禽獸也,見其生,不忍見其死;聞其聲,不忍食其肉:是以君子遠庖廚也。"(《孟子·梁惠王上》)死,同"尸"(後作"屍"),這裏當指被殺禽畜之肉。株,通"誅"。

〔7〕"有大"句:此語牒經,缺字據經文補。

〔8〕"知所"句:缺字浅野本、龐樸本補爲"行",是。②句意爲,知道作爲根據的懲罰人的道或者事理而踐行之,因此稱之爲行。案:儒家講德政、仁政,却不反對使用誅罰刑殺,唯堅持誅罰刑殺必須合乎道。《五行》強調"知所以誅人之道而 行 ",孔子強調"禮樂不興,則刑罰不中"(《論語·子路》),都是同樣的道理,就是說,他們反對的祇是誅罰刑殺之背離道。這一點或可參閱《荀子·宥坐》篇所記孔子殺少正卯一事:"孔子爲魯攝相,朝七日而誅少正卯。門人進問曰:'夫少正卯,魯之聞人也,夫子爲政而始誅之,得無失乎？'孔子曰:'居!吾語女(汝)其故。人有惡者五,而盜竊不與焉:一曰心達而險,二曰行辟(僻)而堅,三曰言僞而辯,四曰記醜而博,五曰順非而澤(楊注:澤,有潤澤也)。此五者有一於人,則不得免於君子之誅,而少正卯兼有之。故居處足以聚徒成羣,言談足以飾邪營(惑)衆,強足以反是獨立,此小人之桀雄也,不可不誅也。是以湯誅尹諧,文王誅潘止,周公誅管叔,太公誅華仕,管仲誅付里乙,子產誅鄧析、史付,此七子者,皆異世同心,不可不誅也。《詩》曰:'憂心悄悄,愠于羣小。'小人成羣,斯足憂矣。'"孔子講的就是所以誅人之道。

〔9〕"貴貴"句:此語牒經,缺字據經文補。

〔10〕"貴貴者"句:意思是,以衆人之所貴爲貴。孟子曰:"爲政不難,不得罪於巨室。巨室之所慕,一國慕之;一國之所慕,天下慕之;故沛然德教溢乎四海。"(《孟子·離婁上》)朱子集注:"巨室,世臣大家也。得罪,謂身不正而取怨怒也。……蓋巨室之心,難以力服,而國人素所取信;今既悦服,則國人皆服,而吾德教之所施可以無遠而不至矣。"此殆即子思子"貴衆貴"之本指,"衆貴"被看作實施德教的關鍵"。"貴衆貴"之説殆又有莊子"與人爲徒"之意。莊子謂:"外曲者,與人(之)爲徒也。擎跽曲拳(拱手跪拜、行跪拜之禮),人

---

① 參閱國家文物局古文獻研究室編《馬王堆漢墓帛書》第一册,頁21。
② 參閱〔日〕浅野裕一《帛書〈五行篇〉の思想史的位置:儒家による天への接近》,《島根大学教育学部紀要》(人文·社會科学)第十九卷,頁10;龐樸《帛書五行篇研究》,頁65。

臣之禮也,人皆爲之,吾敢不爲邪!爲人之所爲者,人亦無疵焉,是之謂與人爲徒。"(《莊子·内篇·人間世》)池田知久將"貴衆貴"譯解爲"以很多的處於尊貴地位的人爲貴",不確當。①

〔11〕"賢賢"句:意思是,崇尚有才德的賢人,敬重長上,愛自己的父母親人,尊敬有爵位的人,選用地位高的人不是出於私心。譔,通"選";帛書《戰國縱橫家書》二十六"見田倂於梁南章"有"譔擇賢者"。案:"譔貴者无私焉"之意,殆猶墨子所謂"舉公義,辟(除)私怨"(《墨子·尚賢上》)。

〔12〕"亓等"數句:意思是,經文"亓等尊賢,義也",所謂尊賢,是指差別賢者之等,選擇賢者,而置之於顯達的職位。這樣做不是因爲他地位高(而是因爲他有才德),這樣做就是義。重視地位高的人而不尊崇有才德的人,不能算作義。足,池田知久謂"大概是'措'的假借字";傳世本《周易·繫辭上》"子曰:'苟錯諸地而可矣……'"《馬王堆帛書周易·繫辭》"錯"字作"足",可以爲證。②

第十六章

案:經、説此章,可與經和説第十二章對讀。

【經】〔●〕以亓外心與人交,袁也。〔1〕袁而裝之,敬也。〔2〕敬而不解,嚴〔也〕。〔3〕嚴而威之,尊也。〔4〕尊(一九四)而不驕,共也。〔5〕共而博交,禮也。〔6〕

〔1〕"以亓"句:意思是,用他的疏闊之心跟人交接,就是遠。外心,在《五行》體系中跟"中心"相對,"中心"殆爲溫然相近之心,"外心"殆爲意願疏闊之心(呈現爲一種向心性的疏離)。參閱經文第十二章注釋1。案:《禮記·禮器》謂"禮以多爲貴者,以其外心者也",鄭玄注稱:"外心,用心於外,其德在表也。"與此處"外心"不同。

〔2〕"袁而"句:意思是,保持這種意願疏闊之心而使之莊重,就是敬。裝,殆爲"裝"之異體,通"莊"。案:依該章所論,"裝(莊)"是德行禮生

---

① 參閱〔日〕池田知久《馬王堆漢墓帛書五行研究》,頁282口語譯文。
② 參閱〔日〕池田知久《馬王堆漢墓帛書五行研究》,頁288注釋s。

成過程的一個重要環節。就整個圖式的基本方向而言，郭店簡文《語叢一》謂"豊（禮）生於牂（莊）"，與此一致。而《論語·爲政》篇記季康子問："使民敬、忠以勸，如之何？"子曰："臨之以莊則敬，孝慈則忠，舉善而教不能則勸。"其所及"莊"和"敬"的關聯，亦與此一致。

〔3〕"敬而"句："也"字以意補。此章各句之末，即每一個被定義的對象之後，都應該有"也"字；説文之牒經部分有，簡本亦不脱。該句意思是，保持這種敬不斷積累而不懈怠，就是嚴。解，通"懈"。

〔4〕"嚴而"句：意思是，保持這種嚴而又畏忌他，就是尊。威（wèi），通"畏"。

〔5〕"尊而"句：缺字依句意、行文語例（此章自始至終使用頂真格）以及説文之牒經部分補；並參考簡本。該句意思是，尊重他而不以傲慢驕矜待他，就是恭。驕，同"驕"；馬王堆漢墓帛書《老子》甲本有謂："果而毋驕，果而勿矜，果而〔勿伐〕……"。

〔6〕"共而"句：意思是，基於恭的交往具備普遍性，就是禮。博，廣泛、普遍；説文作"伯"而釋之爲"辯"，"辯"通"徧"。《中庸》第二十章謂："博學之，審問之，慎思之，明辨之，篤行之。"簡本此字作"專"，陳偉認爲讀爲"薄"，又説"薄交，也就是‘以其外心與人交'"。可備參考。①案：本章所論德行禮的生成圖式爲："袁（遠）→敬→嚴→尊→共（恭）→禮"。類似的論述又見於郭店竹書《語叢二》："情生於眚（性），豊（禮）生於情，厰（嚴）生於豊，敬生於厰，丵（競？）生於敬，恥生於丵（競？），悡（烈？）生於恥，藵（廉？）生於悡。"其所論生成圖式爲："眚（性）→情→豊（禮）→厰（嚴）→敬→丵（丵/競？）→恥→悡（烈？）→藵（廉？）"。顯然，該圖式對"豊（禮）""厰（嚴）""敬"等關鍵環節的安排與《五行》大異，甚至方向相反。但這類材料至少説明《五行》的思考和論説並不孤單。又，屈子對"敬""嚴"、與"共（恭）"相悖的"憍（驕）"或"傲"以及"禮"均有高度關注，而且它們也都有内在的聯繫，呈現出某種"組織性"。屈子《離騷》敘主人公陳詞重華，嘗云："湯禹嚴而祗敬兮，周論道而莫差。"又敘主人公使巫咸降神，皇神降而告之以吉故，曰："湯禹儼而求合兮，摯咎繇而能調。"兩"嚴"字均有本子作"儼"，但作"嚴"者更優；"儼"爲"'嚴'字後起分别文"，"古本但作'嚴'"。②總之，《離騷》這些關鍵章節集中出現了"嚴"和"敬"。《離騷》

---

① 參閲陳偉等《楚地出土戰國簡册〔十四種〕》，經濟科學出版社2009年版，頁190。
② 黄靈庚《楚辭異文辯證》，中州古籍出版社2000年版，頁74。

主人公批評宓妃，云："保厥美以驕傲（一作敖）兮，日康娛以淫遊。雖信美而無禮兮，來違棄而改求。"這裏集中出現了"共（恭）"的反面"驕傲"以及跟它相反的"禮"。屈子《九章·抽思》批評楚懷王説："憍（驕）吾以其美好兮（洪補：此言懷王自矜伐也），覽余以其修姱。"又説："憍（驕）吾以其美好兮，敖（傲）朕辭而不聽。"這些材料，可以爲《離騷》主人公批評宓妃作注脚。①

【説】● "以亓外心與人交，袁也"：外心者，非有它心也。[1] 同之心也，[2] 而有胃外心也，而有胃中心。中 心 （二六五）者，諰然者。外心者也，亓𤔔諰然者也。[3] 言之心交，袁者也。[4] "袁而莊之，敬也"：敬 者 ，□（二六六）□□□□。[5] "敬而不解，嚴也"：嚴者，敬之不解者， 敬 之責者也。[6] 是厭□□□□。[7] " 嚴 （二六七）而威之， 尊也 "： 既嚴 之，有從而畏忌之，則夫閒何繇至乎才？是必尊矣。[8] "尊 而不 （二六八） 驕 ， 共 也"：言尊而不有□□。[9] 己事君與師長者，弗胃共矣。故斯役人之道， 而笱 （二六九）共焉。[10] 共生於尊者。[11] " 共而伯交 ，禮也"：伯者辯也，言亓能柏，然笱禮也（二七〇）。[12]

〔1〕"以亓"句：意思是，經文説"以亓外心與人交，袁也"，所謂外心，並非別有一心。

〔2〕之：相當於"爲"。説文第十七章"同之聞也""同之見也"之"之"，用法相同。

〔3〕"中 心 "二句：帛書圖版在上文"中心"二字下當均有重文符號，但"心"字下的重文符號殘缺；此處" 心 "字，依據上下文義補。此二句意思是："中心"，是溫然相近之心。"外心"，是意願疏闊之心（所以經文稱持此"外心"與人交爲"袁"）。案：此二語中之"諰"字，國家文物局古文獻研究室本之注釋謂與"㥇"義近，指怯懦；浅野本讀爲"嬭"；整理小組本讀爲"惡"；魏啓鵬則讀爲"䛐"，並釋爲憂貌。諸説似均未契合《五行》本意。② " 𤔔 "字，

---

① 參閱拙作《屈原，作爲儒學傳播與影響的重要個案》，《文學遺產》2015年第五期，頁60—75。

② 參閱國家文物局古文獻研究室編《馬王堆漢墓帛書》第一册，頁27注釋56；〔日〕浅野裕一《帛書〈五行篇〉の思想史的位置：儒家による天への接近》，《島根大学教育学部紀要》（人文・社会科学）第十九卷，頁11；《馬王堆漢墓帛書》整理小組編《老子甲本及卷後古佚書》，葉9b；魏啓鵬《簡帛文獻〈五行〉箋證》，頁98。

《説文解字·明部》謂指目圍，讀爲"書卷"之"卷"，而古文以爲"䀼"字（徐鉉本作"䀷"字，段注已指言其誤）。整理小組本、國家文物局古文獻研究室本均讀爲"願"，龐本讀爲"嬽"、釋爲容，前説爲優。① "諝"字，整理小組本讀爲"廓"，可取。廓然，開闊之貌。國家文物局古文獻研究室本釋"諝然"爲"廓落在表之貌"，殆非。②此二語中，"中心"與"外心"相對，"諝然"與"諝（廓）然"相對。池田知久謂"諝"爲"煥"之假借字，"大概是温暖的意思"，是可取的。③

〔4〕"言之"句：意思是，經文是説，用此心與人交接，就是遠。之，這；亦或爲"外"字之訛。

〔5〕"袁而"句：圖版於"敬"字下有重文符號，但所重"敬"字當在其後的"也"字下，經文可以爲證。此爲帛書《五行》重文跳讀的又一例。此句殘缺的文字無以補苴，但顯然是詮釋"敬"。

〔6〕" 敬而 "句：牒經部分的缺字根據經文補。圖版牒經語原在"嚴"字下有重文符號，但所重"嚴"字當置於"也"字後。此爲帛書《五行》重文跳讀的又一例。詮釋語中的缺字"敬"，依據文義補；説文第十二章釋"嚴"有"敬之責者也"云云，亦可以爲證。該句意思是，經文説" 敬而不解 ，嚴也"，所謂嚴是指敬的不懈怠、敬的累積。

〔7〕"是厰"句：缺字無以補苴。案："厰"字是浅野本、龐樸本、國家文物局古文獻研究室本、池田本等給出的釋文，帛書整理者、魏啓鵬等給出的釋文則是"胃（謂）"。④該字雖然漫漶，但由圖版字形看不當釋作"胃（謂）"字。隸定爲"厰"亦頗難解。綜合字形及《五行》文中的相關材料，該字很可能是説文第十二章曾經出現的"厰厰"之"厰"（形容山石之累積）。則該句當可補爲"是厰 厰 □□□"。"厰厰"猶曰"巖巖"。説文第十二章詮釋"嚴"字，云："嚴

---

① 參閲《馬王堆漢墓帛書》整理小組編《老子甲本及卷後古佚書》，葉9b；國家文物局古文獻研究室編《馬王堆漢墓帛書》第一册，頁21；龐樸《帛書五行篇研究》，頁68—69注釋5。
② 參閲《馬王堆漢墓帛書》整理小組編《老子甲本及卷後古佚書》，葉9b；魏啓鵬《簡帛文獻〈五行〉箋證》，頁99；國家文物局古文獻研究室編《馬王堆漢墓帛書》第一册，頁27注釋57。
③ 參閲〔日〕池田知久《馬王堆漢墓帛書五行研究》，頁298注釋a。
④ 參閲〔日〕浅野裕一《帛書〈五行篇〉の思想史的位置：儒家による天への接近》，《島根大学教育学部紀要》（人文·社会科学）第十九卷，頁11；龐樸《帛書五行篇研究》，頁68；國家文物局古文獻研究室編《馬王堆漢墓帛書》第一册，頁21；〔日〕池田知久《馬王堆漢墓帛書五行研究》，頁295、頁297注釋9；《馬王堆漢墓帛書》整理小組編《老子甲本及卷後古佚書》，葉9b；魏啓鵬《簡帛文獻〈五行〉箋證》，頁98。

猶厰厰，敬之責者也。"很可能與此句意思相關。參閱說文第十二章注釋5。

〔8〕"嚴而"數句：牒經部分的缺字據經文補，詮釋語部分的缺字以意補。此數句意思是：經文說"嚴而威之，尊也"，既對他嚴敬，又因而畏懼顧忌他，那怎麼會做出干犯他的事情呢？因此一定會尊重他。有，通"又"。閒，諸本或不注，或注而未為允當，其義當指干犯，與整句主旨之"嚴"（敬之積）、"尊"截然相反，故而詮釋語有"既嚴之，有（又）從而畏忌之，則夫閒何繇（由）至乎才（哉）"云云。《左氏春秋》魯昭公二十六年（前516）記："單、劉贊私立少，以閒先王。"王引之《經義述聞》卷一九稱："閒之言干也。謂干犯先王之命也。"且引魯昭公二十年"臣敢貪君賜以干先王"為證。上博《詩論》第五章："虙（吾）目（以）《木苽》夛（得）希（幣）帛之不可迲（去）也，民眚（性）古（固）然，丌（其）陻（隱）志必又（有）目俞（喻）也。丌言又所載而后内（納），或前之而后交，人不可甹（觸）也。""甹（觸）""閒"意思略同。《五行》說文第二十二章云："居而不閒尊長者，不義則弗為之矣。""閒"字之用法與此處相同。才，同"哉"。

〔9〕"尊而"句：牒經部分的缺字據經文補。詮釋語部分之殘缺，舊說往往付之闕如。浅野本將此語補為"言尊而不有敬下"，難以理解。①該句詮釋對象即牒經語"尊而不驕（驕），共（恭）也"，詮釋語殘存"言尊而不有"等字，則唯經語"驕（驕）"字沒有着落，故所殘二字當為"驕（驕）心""驕（驕）矜""驕（驕）侈"之類。全句意思大概是，經文"尊而不驕（驕），共（恭）也"，說的是尊重對方而沒有驕傲自負之心。不有，無有、沒有。孔子曰："不有祝鮀之佞而有宋朝之美，難乎免於今之世矣！"（《論語·雍也》）

〔10〕"己事"二句：缺字浅野本補為"不驕"，池田本補為"而笱（後）"，後說於義為長。②此二句意思是：自己如此事奉君上和老師、尊長，不算作恭。因此，以此道對待干雜事的勞役，而後纔算恭。師長，池田知久說"大概是指百官之長"，不確。③說文第二十一章有云："'君子，知而舉之，冑（謂）之尊賢'：'君子，知而舉之'也者，猶堯之舉舜也，湯之舉伊尹也。舉之也者，

---

① 參閱〔日〕浅野裕一《帛書〈五行篇〉の思想史的位置：儒家による天への接近》，《島根大学教育学部紀要》（人文·社会科学）第十九卷，頁11。
② 參閱〔日〕浅野裕一《帛書〈五行篇〉の思想史的位置：儒家による天への接近》，《島根大学教育学部紀要》（人文·社会科学）第十九卷，頁11；〔日〕池田知久《馬王堆漢墓帛書五行研究》，頁295、頁300注釋h。
③ 參閱〔日〕池田知久《馬王堆漢墓帛書五行研究》，頁300注釋h。

成（誠）舉之也。知而弗舉，未可胃尊賢。'君子，從而士（事）之'也 者 ，猶顏子、子路之士孔子也。士之者，成士也。知而弗士，未可胃尊賢也。"此處之"師長"當即指孔子一類人。斯役，即廝役；斯，通"廝"。案：此二句以上對下之視角詮釋"共（恭）"。説文第十二章謂"共（恭）也者， 用上 敬下也"，也是強調上對下的取向。

〔11〕者：句末語氣詞。

〔12〕" 共而 "句：牒經部分之缺字依經文補，並參考了説文。該句意思是，經文説" 共而伯交 ，禮也"，"伯（博）"的意思是"辯（遍）"，對對方之恭敬達到周遍，此後就生成了德之行禮。伯，通"博"，下文釋其意爲"辯"，"辯"通"遍"。柏，通"伯"。案：本章所論德行禮的生成圖式爲："袁（遠）→敬→嚴→尊→共（恭）→禮"；其特色是強調上對下的取向。"共（恭）"被明確定位在上對下的維度上，則整個圖式也應該具有這一維度。這種定義凸顯了深刻的現實考慮，却也不影響相關範疇的普適性。在下對上維度上的"敬""嚴""尊""共（恭）""禮"都容易達成，難的是它們在上對下維度上的實現，達成了後者，前者之達成自在不言之中，——甚至祇有達成了後者，它們的普適意義纔能完整的實現。傳世《老子》第四十九章云："善者，吾善之，不善者，吾亦善之，德善。信者，吾信之，不信者，吾亦信之，德信。"《老子》強調"不善者，吾亦善之""不信者，吾亦信之"對確證自身"德善""德信"的重要性，《五行》對上揭圖式的思考方式與此相近。

第十七章

案：經、説此章，可與經和説第六、第十三、第十八、第十九章對讀。

【經】●未嘗聞君子道，胃之不恩。未嘗見賢 人 （一九五），胃之不明。聞君子道而不知亓君子道也，胃之不聖。見賢人而不知亓有德（一九六）也，胃之不知。[1]見而知之，知也。聞而知之，聖也。[2]明明，知也。墩墩，聖〔也〕。[3]"明明在下，墩墩在（一九七）上"，[4]此之胃也。

〔1〕"未嘗"數句：意思是，不曾聽説君子道，叫作不聰。未嘗見有才德之

人，叫作不明。聽説了君子道却不知道它是君子道，叫作不聖。見了有才德之人却不知道他有德，叫作不智。

〔2〕"見而"兩句：意思是，見了賢人而知其有德，就是智。聽説了君子道而知其爲君子道，就是聖。案："見而知之"與"聞而知之"又見於子思氏後學孟子的語錄。孟子曰："由堯、舜至於湯，五百有餘歲。若禹、皋陶，則見而知之；若湯，則聞而知之。由湯至於文王，五百有餘歲。若伊尹、萊朱（湯賢臣），則見而知之；若文王，則聞而知之。由文王至於孔子，五百有餘歲。若大公望、散宜生，則見而知之；若孔子，則聞而知之。由孔子而來至於今，百有餘歲，去聖人之世，若此其未遠也。近聖人之居，若此之甚也，然而無有乎爾，則亦無有乎爾。"（《孟子·盡心下》）顯然，這兩種説法的本旨仍存在，而有一定變化。

〔3〕"明明"兩句："也"字據上下文語例補，簡本有此字。此二語意思是，見—知之明察，是智。聞—知之明察，是聖。明明，這裏形容見—知之明察。《毛詩·大雅·常武》謂："赫赫明明，王命卿士。"毛傳云："明明然察也。"壑壑，通"赫赫"，這裏形容聞—知之明察。

〔4〕"明明在下"句：傳世《毛詩·大雅·大明》作"明明在下，赫赫在上"。毛傳云："明明，察也。文王之德明明於下，故赫赫然著見於天。"

【説】●"未嘗聞君子道，胃之不嘍"：同之聞也，獨不色然於君子道，故胃之不嘍。〔1〕"未（二七一）嘗見賢人，胃之不明"：同之見也，獨不色賢人，〔2〕故胃之不明。"聞君子道而不知亓（二七二）君子道也，（胃人）胃之不聖"：聞君子道而不色然，而不知亓天之道也，胃之不聖。〔3〕"見賢（二七三）人而不知亓有惪也，胃之不知"：見賢人而不色然，不知亓所以爲之，故胃之不知。〔4〕"聞而（二七四）知之，聖也"：聞之而遂知亓天之道也，聖也。〔5〕"見而知之，知也"：見之而遂知亓所以爲（二七五）之者也，知也。〔6〕"明明，知也"：知也者，緣所見知所不見也。〔7〕"赤赤，聖（貌）也"：聖者，言□□（二七六）□□□□□。〔8〕"'明明在下，赤赤在嘗'，此之胃也"：明者始在下，赤者始在嘗；□□（二七七）□□□，胃聖知也（二七八）。〔9〕

〔1〕"未嘗"句：缺字據經文補。該句意思是，經文説"未嘗聞君子道，

[胃（謂）之不] 嘆（聰）"，是説同是聽聞，獨獨不在聞君子道時驚喜變色，所以稱之爲不聰。色然，改變臉色的樣子。説文第十八章云："'見賢人，明也'：同[之見]也，獨色然辯於賢人，明也。明也者，知（智）之臧於目者。明則見賢人。〔見〕賢人而知之，曰：何居（爲什麽）？孰休兹此（何德美善於是），而（你）遂得之？是知（智）也。"其中"曰：何居？孰休兹此，而遂得之"，正是見賢人而"色然"知其爲賢人之狀。聞而知君子道之"色然"，與此相同。整理小組以爲"色然"指驚駭貌，池田知久承"色然"而釋之爲"吃驚而緊張的樣子"，龐樸疑《五行》篇諸"色然"均"危然"之誤，均不切當；國家文物局古文獻研究室本注爲"改變容色"，可從。①

〔２〕"獨不"句：意思是偏偏不爲見賢人而知其爲賢人驚喜變色。色，這裏指改變臉色。

〔３〕"聞君"句：牒經部分誤衍"胃人"二字，經文可以爲證。該句意思是，經文説"聞君子道而不知亓（其）君子道也，（胃人）胃（謂）之不聖"，是説聽到了君子之道却不驚喜變色，而不知道它是天之道，就叫作不聖。君子道，與"天之道"是同一的，故下文直接用"天之道"替换"君子道"。説文第六章云："'嘆（聰）則聞君子道'：道者天道也；聞君子道之志耳而知之也。"經文第十八章云："聞君子道，悤（聰）也。聞而知之，聖也。聖人知（而）〔天〕道〔也〕。"凡此亦均可爲證。

〔４〕"見賢"句：牒經部分之缺字據經文補。該句意思是，經文説"見賢人而不知亓（其）有悳（德）也，[胃（謂）]之不知（智）"，是説見到有才德的人而不驚喜變色，不知道他作爲賢人之所以然，所以稱之爲不智。

〔５〕"聞之"句：缺字依文義補，下文"見之而遂知亓（其）所以爲之"一句可以爲證。該句意思是，聽説了它就知道它是天之道（亦即君子道），就是聖。

〔６〕"見之"句：缺字浅野本補了一個"也"字，池田本則補了"者也"兩字，審帛書圖版，後説爲優；②説文第二十一章"能有取焉者也，能行之也"，使用了類似句式。

---

① 參閲《馬王堆漢墓帛書》整理小組編《老子甲本及卷後古佚書》，葉10a注釋32；〔日〕池田知久《馬王堆漢墓帛書五行研究》，頁310注釋a；龐樸《帛書五行篇研究》，頁71注釋5；國家文物局古文獻研究室編《馬王堆漢墓帛書》第一册，頁27注釋59。

② 參閲〔日〕浅野裕一《帛書〈五行篇〉の思想史的位置：儒家による天への接近》，《島根大学教育学部紀要》（人文・社会科学）第十九卷，頁12；〔日〕池田知久《馬王堆漢墓帛書五行研究》，頁307。

〔7〕"明明"句：牒經部分之缺字據經文補。池田本補爲"貌"，殆因不能明辨説文牒經之體而致誤。① 該句意思是，經文説"明明，知（智）也"，所謂智，就是説由所見到的知曉見不到的。所見者，殆爲賢人君子之具體行爲，所不能見者，殆即賢人君子所持守之道。《莊子·外篇·田子方》敘顔淵對孔子，云："夫子步，亦步也；夫子言，亦言也；夫子趨，亦趨也；夫子辯，亦辯也；夫子馳，亦馳也；夫子言道，回亦言道也；及奔逸絕塵而回瞠若乎後者，夫子不言而信，不比而周，无器（爵位）而民滔（涌聚）乎前，而不知所以然而已矣。"蓋夫子之步、言、趨、辯、馳以及言道，均所目見者也；使夫子"不言而信，不比而周，无器而民滔乎前，而不知所以然"者，所不能目見之道也。《周易·繫辭上傳》云："……形而上者謂之道，形而下者謂之器。"

〔8〕"赤赤"句：龐本以爲"貌"字誤衍，浅野本删之，可從，經文可以爲證；整理小組本、古文獻研究室本、池田本等予以保留，殆因不明辨説文牒經之體而致誤。② 詮釋語部分"聖者"兩字，據文義及解説體例補。《五行》説文在牒經後，提舉其核心詞予以解釋的例子頗多。説文第十六章"'袁（遠）而莊之，敬也'：敬 者 ，□□□□。'敬而不解（懈），嚴也'：嚴者，敬之不解者， 敬 之責（積）者也"，兩句話均是如此。赤赤，讀爲"赫赫"。

〔9〕" 明 明"句：牒經部分之缺字依經文補。詮釋語部分之缺字，學界往往付之闕如。池田本據説文第十四章"愛父而殺亓（其）鄰 之 子，未可胃（謂）仁也"，説文第十五章"貴貴而不尊賢，未可胃（謂）義也"，補爲"□□□ 未可胃聖知也"，值得商榷。③ 此句殆應補爲："" 明 明在下，赤赤（赫赫）在嘗（上）"，此之胃（謂）也'：明者始在下，赤（赫）者始在嘗（上）； 赤赤（赫赫） （二七七） 明明者 ，胃（謂）聖知（智）也。"從文義上説，這是回到"赤赤（赫赫）""明明"跟"聖""智"的關聯上，一如經文結尾部分所説："明明，知（智）也。銎銎（赫赫），聖〔也〕。"又，説文第十三章云："聖始天，知（智）始人；聖爲崇，知（智）爲廣。"此句所謂"明者始在下，赤（赫）者始在嘗（上）"，殆即"聖始天，知（智）始人"之意，是以互文見義的形式，呈現聖

---

① 參閱〔日〕池田知久《馬王堆漢墓帛書五行研究》，頁307。
② 參閱龐樸《帛書五行篇研究》，頁70、頁71注釋9；〔日〕浅野裕一《帛書〈五行篇〉の思想史的位置：儒家による天への接近》，《島根大学教育学部紀要》（人文·社会科学）第十九卷，頁12；《馬王堆漢墓帛書》整理小組編《老子甲本及卷後古佚書》，葉10b；國家文物局古文獻研究室編《馬王堆漢墓帛書》第一册，頁21；〔日〕池田知久《馬王堆漢墓帛書五行研究》，頁307。
③ 參閱〔日〕池田知久《馬王堆漢墓帛書五行研究》，頁307、頁312—313注釋j。

與智對天道和人道（亦即德與善）的基源作用。參見說文第十三章之注釋3。嘗，通"尚"，上。

第十八章

案：經與說此章，可與經第一、第三章，以及經和說第六、第七、第十三、第十七、第十九、第二十二、第二十八章對讀。

【經】●聞君子道，聰也。聞而知之，聖也。聖人知（而）〔天〕道〔也〕。[1]知而行之，（聖）〔義〕也。[2]行之（一九八）而時，德也。[3]見賢人，明也。[4]見而知之，知也。知而安之，仁也。安而敬之，禮也。[5]仁（一九九）義，禮樂所繇生也。[6]五行之所和，和則樂，樂則有德。[7]有德則國家（與）〔興〕。[8]文王之見也（二〇〇）女此。[9]《詩》曰"文王在尚，於昭于天"，此之胃也。[10]

〔1〕"聞君"數句："天"字原訛爲"而"，據說文改正。說文"聖人知天之道"一語即詮釋經文"聖人知（而）〔天〕道〔也〕"（這是《五行》說文中極少見的未出現牒經語的例子之一），足證經文"而"乃"天"之誤。郭店簡本同誤。"也"字原脫，據簡本補。此數句意思是：聽說君子道，是聰。聽說君子道而知曉它爲君子道，是聖。聖人知曉天道。君子道，與下文"（而）〔天〕道"是同一的；"知（而）〔天〕道"與"知之"相承，"之"被申釋爲"天道"，而"之"字明顯又指代上文的"君子道"，其間關係確鑿無疑。這一點，又可參見說文第十七章注釋3。案：在《五行》體系中，無論是"聖"還是"聖人"，都不意味着通常所理解的政教人倫的極致。"聖"指聽說君子道而知其爲君子道，"聖人"指聽說君子道而知其爲君子道之人，僅此而已。學者或提出，"聖人知天道也"一句可讀作"聖人知天，道也"；"這種理解不僅暗示聖人知天，而且通過天道而引導人民。該種解讀與《語叢一》中的另外一句話'察天道以化民氣'是相符的"。①這種讀法明顯背離了《五行》的體系。說文詮釋經語"聞而知之，聖

---

① 〔澳〕陳慧、廖名春、李銳《天、人、性：讀郭店楚簡與上博竹簡》，頁24注3。

也",云,"聞之而 遂 知亓(其)天之道也,是聖矣";接着詮釋經文"聖人知(而)〔天〕道〔也〕",説,"聖人知天之道"。可知經文絶對不能讀作"聖人知天,道也"。

〔2〕"知而"句:"義"字原訛爲"聖",據説文之牒經部分校改,簡本亦可爲證。該句意思是,知道它是天之道(亦即君子道)而踐行它,就是義。

〔3〕"行 之"句:缺字據説文之牒經部分,並參酌説文的其他相關信息補(《五行》説文之"惪"字,經文一律寫作"德");簡本亦可爲證。該句意思是,踐行君子道而使五種德之行達成超越性的合一,就是德。案:關於德與五行和的關係,參見經文第一章、第三章,以及經和説第七章、第十三章、第二十八章;第十九章、第二十二章經與説所論四行和與善的關係,則可爲旁證。

〔4〕"見賢"句:缺字據説文牒經部分補,並參考簡本。

〔5〕"見而"數句:意思是,見賢人而知道他是賢人(或者知道他之所以是賢人),就是智。知道賢人所持守之道而安處此道,就是仁。安處此道且守之以敬,就是禮。

〔6〕"仁義"句:據説文牒經部分補。該句意思是,仁義是禮樂所由生成的基底。案:牒經部分,"仁"字殘缺,作"□義,禮樂所繇(由)生也",但其詮釋語是"言禮樂之生於仁義 也",則缺字爲"仁",絶無異議。簡本對應部分作"聖智豊(禮)藥(樂)之所繇(由)生也",未若帛本切當。該句之上文基於"恖(聰)—聖""明—知(智)"論"義""德""仁""禮"諸德行境界之生成,帛本、簡本没有差異。然簡本總結爲"聖智豊(禮)藥(樂)之所繇(由)生也",無論怎麽斷句,都僅僅掛上一個"豊(禮)"字,且多出一個從上下文看没有着落、跟"豊(禮)"相並的"樂",殊覺不妥。帛書本雖然也多出這個"樂"字,但上文所論核心,除了"聖""知(智)"之基源,"義""仁""禮"都能掛上,都有安排。而且,"德"是在"義""仁""禮""知(智)""聖"五種德之行之上的超越性境界,因此"德"實際上也得到了安排。《五行》論及"快樂"之"樂"者俯拾即是,往往預示某種德行境界之生成,却很少論及"禮樂"之"樂"。此處"禮樂"之"樂"出現在總結語中,似非很經意的措置,不必過於糾結。顯然,"仁""義"與"禮"的關係此處的表達並不完整。經文第十九章云:"見而知之,知(智)也。知而〔安〕之,仁 也。安而行 之,義也。行而敬之,禮。仁義〔知(智)〕,禮(知)之所繇(由)生也。"更清晰可見"禮"由"仁""義"生成的綫索。《論語·八佾》載子曰:"人而不仁,如禮何?人而不

仁，如樂何？"可以看出"仁"對於"禮""樂"的基底作用。《中庸》第二十章載子曰："仁者人也，親親爲大；義者宜也，尊賢爲大；親親之殺，尊賢之等，禮所生也。"可以證成禮生於仁義。孟子曰："仁之實，事親是也；義之實，從兄是也。智之實，知斯二者弗去是也；禮之實，節文斯二者是也；樂之實，樂斯二者，樂則生矣。生則惡可已也，惡可已，則不知足之蹈之、手之舞之。"（《孟子·離婁上》）從中明顯可見"智""禮""樂"以"仁""義"爲基底的觀念（孟子所謂"足之蹈之、手之舞之"，當跟"禮樂"之"樂"有關。《詩大序》云"詩者，志之所之也，在心爲志，發言爲詩。情動於中而形於言，言之不足，故嗟歎之，嗟歎之不足，故永歌之，永歌之不足，不知手之舞之足之蹈之也"）。總而言之，上揭《五行》之外的材料，孔子的論説在《五行》前，孟子的論説在《五行》後，《中庸》之作始與《五行》同世，諸説具體取徑或異，但在觀念體系上的同一性却是毋庸置疑的。

〔7〕" 五行 "句：龐本據經文第十九章"四行之所和， 和 則同，同則善"，補缺字如此，浅野本、池田本同，諸家之説可從。①説文中的詮釋語有"和者有猷（猶）五聲之和也"，簡文與經文此句相應的部分作"五□□□□也，和則響（樂），響（樂）則又（有）悳（德）"，均可作爲證據。該句意思是，仁、知（智）、義、禮、聖五種德之行發生超越性的和合，達成這種和合就快樂，達成這種快樂就擁有了最高境界的德。案：《五行》涉及五種德之行和合而生成德的論説，除了本章經與説外，尚有經文第一章、第三章，以及經和説第七章、第十三章、第二十八章；經與説第十九章、第二十二章論四行和合而生成善，亦可互相參稽。

〔8〕"有德"句："國家"，簡本作"邦家（家）"。"興"字原訛爲"與"，古文獻研究室本以爲"興"字之訛誤，龐樸本、浅野本、池田本校改爲"興"，均是。②該句意思是，君王有德，天下就會興起仁義。國家，多指諸侯及大夫的封地，這裏包括天子之國。故説文詮釋語謂"國家（與）〔興〕者，言天

---

① 參閲龐樸《帛書五行篇研究》，頁71、頁73注釋3；〔日〕浅野裕一《帛書〈五行篇〉の思想史的位置：儒家による天への接近》，《島根大学教育学部紀要》（人文・社会科学）第十九卷，頁12；〔日〕池田知久《馬王堆漢墓帛書五行研究》，頁314、頁319—320注釋k。

② 參閲國家文物局古文獻研究室編《馬王堆漢墓帛書》第一册，頁18；龐樸《帛書五行篇研究》，頁71；〔日〕浅野裕一《帛書〈五行篇〉の思想史的位置：儒家による天への接近》，《島根大学教育学部紀要》（人文・社会科学）第十九卷，頁12；〔日〕池田知久《馬王堆漢墓帛書五行研究》，頁321注釋n。

下之（與）〔興〕仁義也”，徑直以“天下”釋“國家”。興，依據說文，指的是興起仁義；池田知久釋爲“達到興隆”“興盛”等，並不切當。①案：《五行》的部分論說隱含着一個特定的“預期讀者對象”——君王。“有德則國家（與）〔興〕”一語便透露了這一重要信息。說文第十二章、第十六章論“袁（遠）→敬→嚴→尊→共（恭）→禮”之圖式，於“共（恭）”這一環節上強調上對下之維度，這意味着整個圖式包括的就是上對下之敬、嚴、尊、恭、禮；經文第二十一章張揚“王公之尊賢者”，而說文第二十一章爲此提供了作爲實證的“堯之舉舜也、湯之舉伊尹也”，且宣揚君子集大成之境界乃“忌（己）仁而以人仁，忌義而以人義”，“仁俀（覆）四海、義裹（囊）天下”；說文第二十三章凸顯“卓然見於天，箸（著）於天下”的文王模式（本章說文其實也是張揚文王模式，參見下文）。凡此之類都有同樣的意義。其中說文第二十一章“忌（己）仁而以人仁，忌義而以人義”等話語，堪爲“有德則國家（與）〔興〕”之注脚。這裏的核心觀念是儒家鼓吹的化成天下。孔子曰：“爲政以德，譬如北辰，居其所而衆星共之。”（《論語・爲政》）又曰：“君子篤於親（朱熹《集注》：君子，謂在上之人也），則民興於仁……”（《論語・泰伯》）《大學》謂：“一家仁，一國興仁；一家讓，一國興讓；一人貪戾，一國作亂：其機如此。此謂一言僨（覆敗）事，一人定國（朱熹《章句》：一人，謂君也）。”孟子曰：“夫君子所過者化，所存者神，上下與天地同流，豈曰小補之哉（朱熹《集注》：非如霸者但小小補塞其罅漏而已）！”（《孟子・盡心上》）荀子曰：“請問爲國？曰聞修身，未嘗聞爲國也。君者儀也，〔民者景（影）也〕，儀正而景正。君者槃也，〔民者水也〕，槃圓而水圓。”（《荀子・君道》）這些論説骨子裏都是相通的。

〔9〕“文王”句：此處缺文，學者或謂有五字，或謂有六字，多付之闕如。簡本對應部分爲“文王之見也女（如）此”，可從。審圖版，行二〇〇下端“（與）〔興〕”字下大約有三個字的空間，但“文王”二字依稀可見，而極小，兩字大約祇佔通常一個字的空間，接下來的三個字應該也比一般字要小。而行二〇一上端確當爲二字，“也”字尚殘存左邊半筆。正因爲這一句歸結到文王，其下文引“文王在尚（上），於昭于天”，就十分自然了。該句意思是，文王之顯明於天上地下就是這樣。文王之見，殆即說文第二十三章“文王……卓然見於天，箸（著）於天下”；經與說第十七章引“明明在下，壑壑（赫赫）在上”（今見《毛

---

① 參閱〔日〕池田知久《馬王堆漢墓帛書五行研究》，頁314口語譯文、頁321注釋n。

詩・大雅・大明》，爲贊文王之德），説文第二十一章稱君子集大成，贊之曰"仁復（覆）四海、義裹（囊）天下"，都是差不多的意思。見，即顯示，顯明。李零將簡本該字隸定爲"視"，讀爲"示"，可備參考。①

〔10〕"《詩》曰"句：缺字據説文之牒經部分補，並參閲了簡本。句中所引，今《毛詩・大雅・文王》作"文王在上，於昭于天"。上博《詩論》第八章載孔子曰："《文王》曰：'文王才（在）上，於卲（昭）于天'，虐（吾）党（美）之。"

【説】●"聞君子道，聰也"：同之聞也，獨色然辯於君子道，（道）〔聰也〕。〔聰也〕者，聖之臧於耳者也。〔1〕"聞（二七九）而知之，聖也"：聞之而遂知亓天之道也，是聖矣。〔2〕聖人知天之道。道者，所道也。〔3〕"知而行（二八〇）之，義也"：知君子之所道而掾然行之，義氣也。〔4〕"行之而時，惪也"：時者，和也。和也者（惠）〔惪〕（二八一）也。〔5〕"見賢人，明也"：同之見也，獨色然辯於賢人，明也。明也者，知之臧於目者。〔6〕明則見賢（二八二）人。〔見〕賢人而知之，曰：何居？孰休烝此，而遂得之？是知也。〔7〕"知而安之，仁也"：知君子所道而諔（二八三）然安之者，仁氣也。〔8〕"（行）〔安〕而敬之，禮也"：既安止矣，而有秋秋然而敬之者，禮氣也。〔9〕（二八四）所行，所安，〔所敬〕，天道也。〔10〕"仁義，禮樂所繇生也"：言禮樂之生於仁義也。〔11〕"五行之所（二八五）和"：言和仁義也。〔12〕"和則樂"：和者有獄五聲之和也。〔13〕樂者言亓流體也，機然忘（寒）〔塞〕（二八六）也。忘（寒）〔塞〕，惪之至也。樂而笱有惪。〔14〕"有惪而國家（與）〔興〕"：國家（與）〔興〕者，言天下之（與）〔興〕仁義也。〔15〕言亓□□（二八七）樂也。〔16〕"'文王在尚，於昭于天'，此之胃也"：言大惪備成矣（二八八）。〔17〕

〔1〕"聞君"數句：國家文物局古文獻研究室本之注釋以爲原文存在脱誤，"君子道"下面的"道"字應改爲"聰也聰也"，龐樸本則徑改之爲"聰也，聰

---

① 參閲李零《郭店楚簡校讀記》（增訂本），頁79、頁82補注3。

也", 此説可從。①説文第十三章謂"'不嚶（聰）不明'：嚶（聰）也者聖之臧於耳者也", 説文第十七章謂"同之聞也, 獨不色然於君子道, 故胃（謂）之不嚶（聰）", 以及本章下文並行的部分, "'見賢人, 明也'：同之見也, 獨色然辯於賢人, 明也。明也者, 知（智）之臧（藏）於目者", 均可爲證。此數句意思是：經文説"聞君子道, 嚶（聰）也", 同爲聽聞, 偏偏變了臉色明察其爲君子道, 這就是嚶（聰）。嚶（聰）是聖藏在聽覺器官耳朵的結果。辯於君子道, 即明察於君子道。説文第二十章有"不周於匿者, 不辨於道也", 從訓詁上説, "辯於君子道"跟"辨於道"相近。辯, 通"辨", 明察。

〔２〕"聞之"句：缺字據文義補。説文第十七章云："'聞而知之, 聖也'：聞之而遂知亓（其）天之道也, 聖也。'見而知之, 知（智）也'：見而遂知亓所以爲之者也, 知（智）也。"可以爲證。

〔３〕"道者"句：意思是, 道就是所持守作爲道的。《中庸》第十二章云："道也者, 不可須臾離也；可離非道也。"郭店《眚自命出》上篇云："凡術（道）, 心述（術）爲宔（主）。術四述, 唯人術爲可術也。亓（其）厽（三）述者, 術之而已。"此語亦見於上博《眚意論》。

〔４〕"知君"句：圖版"㥒"字殘損, 其形約略可見, 其義則頗難索解。説文第十九章詮釋經文"安而行之, 義也", 云："既安之矣, 而儆然行之, 義氣也。"與此句有很強的關聯。龐樸據此將"㥒"字讀爲"儆", 懷疑是"儆"字之假借, 又依《廣韻·錫韻》釋"慼"爲"敕", 解其義爲自警惕而不敢廢慢。②殆是。該句意思爲, 知道君子以天之道爲道, 而不敢懈弛輕忽去踐行它, 就是義。義氣, 指的是德之行義。案：《五行》中的"義氣"有兩種截然不同的含義：一是指德行義的發端, 見説文第十一章。一是指德之行義本身, 見説文此章以及第十九章；説文這兩章均用"義氣"詮釋經文中的德之行"義"。

〔５〕"行之"數句：詮釋語中的"悳"字原本以形近訛爲"惠", 據經文以及説文牒經部分徑改。其意可參閱第十八章經注釋3。

〔６〕"見賢"數句：詮釋語中的缺字據上文並行的"同之聞"一語補；説文第十七章"同之聞""同之見"云云, 與此密切關聯, 亦可爲證。此數句意思是：經文説"見賢人, 明也", 是説同樣是見, 偏偏變了臉色覺察到他是賢人, 這就是

---

① 參閲國家文物局古文獻研究室編《馬王堆漢墓帛書》第一册, 頁27注釋61；龐樸《帛書五行篇研究》, 頁72、頁73注釋6。

② 參閲龐樸《帛書五行篇研究》, 頁72、頁73注釋7。

明。明是智藏在視覺器官眼睛的結果。

〔7〕"明則"數句:"明則見賢人。〔見〕賢人而知之"二語,分佈在帛書二八二行末尾及二八三行開頭,在二八二行末尾的是"明則見賢",在二八三行開頭的是"=人=而知之",國家文物局古文獻研究室本之注釋指出"見"字下誤脫重文符號,是。①當補"見"字。在《五行》體系中,由"明"到"知(智)"是一個晉升,"明"意味着見賢人(或者見賢人而體察到他是賢人),"知(智)"則意味着見賢人而知其有賢人德(或者見賢人而知其所以爲賢人)。經文第十七章云:"未嘗見賢人,胃(謂)之不明。……見賢人而不知丌有德也,胃之不知(智)。見而知之,知(智)也。"其相關説文將"未嘗見賢人,胃之不明",解釋爲"同之見也,獨不色賢人,故胃之不明",將"不知(智)"解釋爲"見賢人而不色然,不知丌(其)所以爲之"。凡此均可證明此語當有"見"字。此數語意思是:明就是見賢人。見到賢人而知道他有賢人德,説:什麼原因呢?何德美於是,汝終得之?何居,何故。休汯此,殆指美善進於此。休,善。汯,進。《毛詩·小雅·甫田》云:"攸介攸止,汯我髦士。"毛傳:"汯,進。"

〔8〕"知君"句:缺字據説文第十九章如下密切相關的材料補:"'知而安之,仁也':知君子所道而諛(煥)然安之者,仁氣也。"該句意思是,知道君子(賢人)所踐行持守的道而溫然安處此道,就是仁。仁氣,指的是德之行仁。案:《五行》中的"仁氣"有兩種截然不同的含義:一是指德行仁的發端,見説文第十章。一是指德之行仁本身,見説文此章以及第十九章;説文這兩章均用"仁氣"詮釋經文中的德之行"仁"。

〔9〕"(行)〔安〕而"句:牒經部分之"安"字原訛爲"行",據經文以及説文之文義校正。詮釋語中的缺字以意補。該句意思是,經文説"(行)〔安〕而敬之,禮也",是説既已安處君子道,而又守之以敬,就是禮。止,通"之"。有,通"又"。秋秋然,即愀愀然,恭謹貌。案:《五行》中的"禮氣"有兩種截然不同的含義:一是指德行禮的發端,見説文第十二章。一是指德之行禮本身,見説文此章以及第十九章;説文這兩章均用"禮氣"詮釋經文中的德之行"禮"。

〔10〕"所行"句:此語前面的缺字,池田知久補爲"所行,所安",與殘筆契合;池田知久又參照説文第十九章之相關語句補句末"也"字,亦可從。②參照説文第十九章"所安,所行,所敬,人道也",又可斷定此句誤脫"所敬"二

---

① 參閲國家文物局古文獻研究室編《馬王堆漢墓帛書》第一册,頁27注釋63。
② 參閲〔日〕池田知久《馬王堆漢墓帛書五行研究》,頁326、頁339注釋t。

字，遂使上文德之行"禮"的生成圖式沒有著落，應當補正。該句意思是，踐行的君子道或君子之所道，安守的君子道或君子之所道，敬奉的君子道或君子之所道，就是天道。所行，指君子道；上文有"知君子之所道而揆（僬）然行之，義氣也"。所安，指君子道；上文有"知君子所道而諛（煥）然安之者，仁氣也"。所敬，指君子道；上文承繼安君子道之意，云，"既安止（之）矣，而有（又）秋秋（愀愀）然而敬之者，禮氣也"。案：《五行》所謂天道也有兩種指涉，一是指最高之道，亦稱君子道，一是指最高之人格和道德境界，亦即德。一般說來，道與德並不同一，德乃主體對道的內在擁有，但《五行》並不嚴加區隔，往往在這兩種不同意義上使用"天道""天之道"等範疇。以天道指德、以人道指善者，見經文第一章、經與說第九章；以天道指最高之道亦即君子道者，見說文第六章、說文第十三章、經與說第十八章以及說文第二十八章。

〔11〕" 仁 義"句：牒經部分之缺字據下面的闡釋語補，闡釋語句末之缺字據語例補。句意請參閱經文第十八章注釋6。

〔12〕" 五行 "句：牒經語、闡釋語之缺字，參照說文第十九章"'四行之所和'：言和仁義也"一語補；並參閱池田本。① 該句意思是，經文說" 五行之所和 "，說的是和合以仁義為代表的仁、智、義、禮、聖五種德之行。案：此句之"仁義"應該是代指五種德之行。池田知久指出："這裏所講的'仁義'，是包含'仁義'的'五行'整體的象徵，是代表着'五行'的整體的。"②《五行》中類似的情況有：說文第十九章"'四行之所和'：言和仁義也"，說文第二十二章"'和則同'：和也者，小體（體）變變（便便）然不圉（困）於心也，和於仁義"；二者都是解釋善的生成，"仁義"代表的是仁、智、義、禮四種德之行。經文第一章云："德之行五，和胃（謂）之德；四行和，胃之善。"經文第九章云："金聲而玉振之，有德者也。金聲，善也；（王言）〔玉音〕，聖也。善，人道也；德，天道也。唯有德者然笱（後）能金聲而玉振之（之）。"以"金聲"定義"善"，以"玉音"或者"玉辰（振）"定義"聖"，以"金聲而玉振之"定義"德"，那麼，意味着"四行和"的"善"應該是指仁、智、義、禮四種德之行達成超越性的和合，意味着五行和的"德"應該是指仁、智、義、禮、聖五種德之行達成超越性的和合。參閱經文第一章及其注釋5，以及說文第七章、經與說第十九章等。

〔13〕" 和則 "句：牒經部分之缺字據經文補。該句意思是，經文說" 和則

---

① 參閱〔日〕池田知久《馬王堆漢墓帛書五行研究》，頁326、頁337注釋v。
② 參閱〔日〕池田知久《馬王堆漢墓帛書五行研究》，頁337注釋v。

樂"，所謂和是説仁、智、義、禮、聖五種德之行猶如宫、商、角、徵、羽五音之和合。猷，同"猶"。

〔14〕"樂者"數句：缺字據説文第十三章如下文字補："'不樂无（無）德'：樂也者，流膿（體）機然忘（寒）〔塞〕。忘（無）（寒）〔塞〕，德之至也。樂而笱（後）有悳（德）。"該句語意參閲説文第十三章注釋8、注釋9。

〔15〕"有悳（德）"句：諸"與"字均當爲"興"字之訛。該句語意參閲經文第十八章注釋8。

〔16〕"言亓（其）"句：缺字難以補苴，姑闕如。

〔17〕"文王"句：牒經部分，參閲經文第十八章注釋10。大悳（德）備成，意指高尚之品德格於上下。備，滿。《荀子·王制》云："聖王之用也，上察於天，下錯於地，塞備天地之間，加施萬物之上，微而明，短而長，狹而廣，神明博大以至約。"

第十九章

案：經、説此章，可與經和説第六、第十三、第十七、第十八、第二十二章對讀。

【經】●見而知之，知也。知而〔安〕之，仁|也|。〔1〕|安而行|（二〇一）之，義也。〔2〕行而敬之，禮。〔3〕仁義〔知〕，禮（知）之所繇生也。〔4〕四行之所和，|和|則同，同則善。〔5〕

〔1〕"見而"二句：脱字及缺字據説文之牒經部分補。這二句意思是，見賢人君子而知曉他所持守之道，就是智；知曉君子所持守之道而安守之，就是仁。

〔2〕"|安而|"句：缺字據説文之牒經部分補。該句意思是，安守並踐行君子所持守之道，就是義。案："安而行之"爲行之最高境界。《中庸》第二十章云："天下之達道五，所以行之者三。曰君臣也，父子也，夫婦也，昆弟也，朋友之交也：五者，天下之達道也。知、仁、勇三者，天下之達德也，所以行之者一也。或生而知之，或學而知之，或困而知之，及其知之一也；或安而行之，或利而行之，或勉强而行之，及其成功一也。"這裏的"安而行之"意味着樂意持守而踐行道，不爲利，又不勉强。

〔3〕"行而"句：意思是，踐行君子所持守之道而且尊敬它，就是禮。

〔4〕"仁義"句：此句"知（智）""禮"二字誤倒，"知（智）"字當在"仁義"下、"禮"字上，説文牒經部分作"仁〔義〕知，禮之所繇（由）生也"，可證（唯又誤脱"義"字）。舊釋或作"仁義禮知之所繇（由）生也"，或作"仁義，禮知之所繇（由）生也"，未爲允當。①理由如下：其一，此句上文敘"知（智）→仁→義→禮"之生成系譜，在該系譜中，"禮"乃基於"知（智）""仁""義"最後生成之道德境界，可證此總結語當爲"仁義知（智），禮之所繇（由）生也"，"知（智）禮"二字誤倒。下文"四行"，即指"仁""義""知（智）""禮"。其二，説文原"'仁知（智），禮之所繇（由）生也'：言禮 之 生於仁義 也 "一句，單看牒經部分，或單看闡釋語，各祇有三行，與接下來論"四行"不合。牒經部分脱"義"字，可據經文補，闡釋語脱"知（智）"字，可據牒經部分補，即説文原當作"'仁〔義〕知（智），禮之所繇（由）生也'：言禮 之 生於仁義〔知（智）〕 也 "。這也可證明經文之錯亂。簡本對應部分作"息（仁）義豊（禮）所毃（由）生也"，殆亦脱漏"知（智）"字。該句意思是，禮是從仁、義、智中產生的。案：禮由仁義生，又可參閱經文第十八章注釋6。禮由智生，經文第十八章有謂"見而知之，知（智）也。知而安之，仁也。安而敬之，禮也"；並參説文第十八章的相關詮釋。

〔5〕"四行"句：缺字據説文牒經部分補。該句意思是，仁、義、知（智）、禮四種德之行實現超越性的和合，實現超越性的和合就能跟大體心和一，跟大體心和一就生成了善。同，指與心和一，參見第十九章説文之相關詮釋，並參閱説文第二十二章。

【説】●"見而知之，知也"：見者，□也。[1]知者，言繇所見知所不見也。"知而安之，仁也"：知君子所道（二八九）而諛然安之者， 仁 氣也。"安而行之，義也"：既安之矣，而僾[2]然行之，義氣也。"行而敬（二九〇）之，禮也"：既行之矣， 有 秋秋然敬之者，禮氣也。[3]所安，所行，所敬，人道也。[4]"仁〔義〕知，禮

---

① 參閱《馬王堆漢墓帛書》整理小組編《老子甲本及卷後古佚書》，葉4b；國家文物局古文獻研究室編《馬王堆漢墓帛書》第一册，頁18；〔日〕淺野裕一《帛書〈五行篇〉の思想史的位置：儒家による天への接近》，《島根大学教育学部紀要》（人文・社会科学）第十九卷，頁13；龐樸《帛書五行篇研究》，頁74；〔日〕池田知久《馬王堆漢墓帛書五行研究》，頁345。

之所（二九一）繇生也"：言禮之生於仁義〔知〕也。[5] "四行之所和"：言和仁義也。[6] "和則同"：和者有猶五（二九二）聲之和也。[7] 同者□約也，與心若一也。[8] 言舍夫四也，而四者同於善心也。[9] 同，善（二九三）之至也。同則善矣（二九四）。

〔1〕"見者"句：缺字無法補苴，姑闕如。

〔2〕僟：龐樸讀爲"懸"，釋爲自警惕而不敢廢慢，可從；①參閱説文第十八章注釋4。

〔3〕"行而"句：缺字或補爲"又"，或補爲"有"，實際上是相同的，"有"通"又"。②該句意思是，經文"行而敬之，禮也"，就是説已經不敢廢慢地踐行君子所持守之道了，又恭謹地尊敬它，就是禮。説文第十八章有云："'（行）〔安〕而敬之，禮也'：既安止（之）矣，而有（又）秋秋（愀愀）然而敬之者，禮氣也。"語意相近而互通。參閱説文第十八章注釋9。

〔4〕"所安"句：意思是，安處的君子之道，踐行的君子之道，尊敬的君子之道，是人道。關於"人道"，參閱經文第一章注釋6。案：天道與人道相通，由説文本章界定"人道"與説文第十八章界定"天道"，較然可知。又可參閱經文第一章、經和説第九章相關內容。

〔5〕"仁〔義〕"句：根據經文，此句牒經部分殆脱漏"義"字，其下文之詮釋語亦堪爲佐證。而該句上文以"知（智）"爲基源，論德之行"仁""義""禮"之生成（"知→仁→義→禮"），"禮"是最後的生成物，亦即"禮"的生成基於"知（智）""仁""義"三者，此句作爲總結，也應當有"義"字。該句之後論"四行"之和，脱漏了"義"字則僅有"三行"，上下文不能吻合。今補。諸本作"仁知，禮之所繇（由）生也"，亦或主張補爲"仁義，禮智之所由生也"。非是。龐樸本據經文補爲"仁知〔義〕，禮〔智〕之所繇

---

① 參閱龐樸《帛書五行篇研究》，頁75、頁72、頁73注釋7。
② 參閱國家文物局古文獻研究室編《馬王堆漢墓帛書》第一册，頁22、頁27注釋67；〔日〕淺野裕一《帛書〈五行篇〉の思想史的位置：儒家による天への接近》，《島根大学教育学部紀要》（人文・社会科学）第十九卷，頁13；龐樸《帛書五行篇研究》，頁75；〔日〕池田知久《馬王堆漢墓帛書五行研究》，頁353。

（由）生也"，其補"義"字，是；其補"智"字，非是。①闡釋語部分，"之"字據語意補。説文第十八章"'仁義，禮樂所縣（由）生也'：言禮樂之生於仁義也"，語意、語例均相近，可爲佐證。闡釋語"知（智）"字誤脱，據牒經部分補。闡釋語末尾之"也"字略殘，尚可看出其基本構形。該句意思，參閲經文第十九章注釋4，並可參閲説文第十八章注釋6。

〔6〕"四行"句：意思是，四行和合，是指和合以"仁""義"爲代表的"仁""義""禮""知（智）"四種德之行。仁義，代指經文所説的"知（智）""仁""義""禮"四行；參閲説文第十八章注釋12。

〔7〕"和則"句：詮釋語中缺字以意補；説文第十八章謂，"'和則樂'：和者，有猷（猶）五聲之和也"，可爲旁證。

〔8〕"同者"句：缺字難以補苴，姑闕如。

〔9〕"言舍"句：意思是，所謂同、與心合一，説的是捨棄"知（智）""仁""義""禮"四種德之行的個體存在，四者混融和同於有善德的心。

第二十章

案：經、説此章，可與經和説第十一、第十五、第二十一章對讀。

【經】●不簡（二〇二），不行。〔1〕不匿，不辯於道。〔2〕有大罪而大誅之，簡。〔3〕有小罪而赦之，匿也。有大罪弗大誅，不（二〇三）行。〔4〕有小罪而弗赦，不辯於道。〔5〕簡之爲言也猷賀，大而罕者。〔6〕匿之爲言也猷（二〇四）匿匿，小而軫者。〔7〕簡，義之方也。匿，仁之方也。剛，義之方殹。柔，仁之方也。〔8〕《詩》曰"不勮（二〇五）不救，不剛不柔"〔9〕，此之胃也。

〔1〕"不簡"句：缺文據下文以意補。此句與下文"不匿"句並提，接下來就詮釋這兩句的核心詞"簡"和"匿"，可證缺字當補爲"不簡"。經文第十一

---

① 参閲《馬王堆漢墓帛書》整理小組編《老子甲本及卷後古佚書》，葉11b；國家文物局古文獻研究室編《馬王堆漢墓帛書》第一册，頁22；〔日〕池田知久《馬王堆漢墓帛書五行研究》，頁353；龐樸《帛書五行篇研究》，頁75。

章"不簡不行",亦可爲旁證。簡書本作"不柬"(以下三個"簡"字同),整理者校正爲"不柬",是。①該句意思是,不正確抉擇,就不能行而合道。簡,通"柬",選擇;據下文可知,此處側重於指選擇大罪而嚴厲懲處之。

〔2〕"不匿"句:意思是,不寬免小的罪過,就没搞清楚道。匿,通"昵",親近;側重於指寬免小罪而表現的親近或親善。下文稱"有小罪而赦之,匿也",寬宥小罪自然凸顯了對人的親善。又謂,"仁之盡,匿也","匿,仁之方也"。"仁"與"親"關係密切是毋庸置疑的。《説文·人部》釋"仁"即謂"親也"。然則與"仁"緊密關聯的"匿"指言親善或親近,亦無可疑。諸本往往解爲隱藏,不切。

〔3〕"有大"句:此句句末,簡本有"也"字。簡本下文"又(有)大皋(罪)而弗大敓(誅)"下,"不 行 "下,"有少皋(小罪)而弗赤(赦)"下,"不豐(辯)於道"下,均有"也"字。凡此不影響文義,故仍其舊。篇中此類情況,不一一出校。

〔4〕"有大"句:整理小組認爲簡二〇三下端殘缺二字,國家文物局古文獻研究室本補爲"誅,不",龐樸本、浅野本、池田本等並同。②此説基本上符合帛書圖版、《五行》原文意指以及説文牒經部分的相關文字,不過説文牒經部分在"誅"字前尚有一個缺字(應當是"大"),經文亦當有此字,故在"誅"字前補"大"字。證據如下:其一,帛書此章"有大罪弗 大誅 "句,簡本對應的語句作"又(有)大皋(罪)而弗大敓(誅)也",亦有"大"字。其二,經文第十五章謂"有大罪而大誅之,行也",説文第十五章之牒經部分作"有大 罪而 大誅之,行也",其詮釋語部分亦作"大誅之"。其三,觀此語上下文,"有大罪而大誅之,簡。有小罪而赦之,匿也",先擺出兩面;接下來"有小罪而弗赦,不辯 於 道",是承接"有小罪而赦之"而引申,以否定句式表達,則其前面之"有大罪"句,當是承接"有大罪而大誅之"一語而引申,並且也用否定句式表達。其四,審帛書圖版,"有大罪弗"四字的下一個殘字尚存左上一小部分,帛書中之"誅"字左上均寫作一小橫畫,與此殘畫不合;此殘畫與帛書"大"字左上部契合,唯整個字較通常情況爲小。綜合判斷,帛書這一位置很可能有"大誅不"三

---

① 參閲荆門市博物館編《郭店楚墓竹簡》,頁150—151。
② 參閲《馬王堆漢墓帛書》整理小組編《老子甲本及卷後古佚書》,葉5a;國家文物局古文獻研究室編《馬王堆漢墓帛書》第一册,頁18;龐樸《帛書五行篇研究》,頁76;〔日〕浅野裕一《帛書〈五行篇〉の思想史的位置:儒家による天への接近》,《島根大学教育学部紀要》(人文·社会科学)第十九卷,頁14;〔日〕池田知久《馬王堆漢墓帛書五行研究》,頁364、頁367—368注釋e。

字,却均比通常寫法要小,亦或者"大"字下面誤脱一字。該句意思是,有大罪却不嚴厲處罰他,就不是行而合道。

〔5〕"有小"句:缺字據文義以及説文之牒經部分補。

〔6〕"簡之"句:意思是,簡這個字的意思好比賀(衡),即衡量抉擇而予以嚴懲,針對的是大而罕見的罪過。賀,整理小組本、國家文物局古文獻研究室本讀爲"加",不當,浅野本徑作"衡",池田知久以爲是"衡"的假借字,較爲可取;①此字通"衡",説文之牒經部作"衡"。

〔7〕"匿之"句:意思是,匿這個詞好比説匿匿(暱暱),指親近、親善,針對的是小而多見的罪責。匿匿,讀爲"暱暱",親近貌。小而軫者,與上文"大而罕者"相對。軫,盛多凑集貌。《淮南子·兵略》篇有云:"畜積給足,士卒殷軫。"而説文第二十章有"軫者多矣"。

〔8〕"簡,義"四句:意思是,意味着有大而罕見之罪就嚴厲懲治他的簡(束),亦即衡量抉擇,是施行義的方法;意味着有小而多見之罪就赦免他的匿(暱),亦即親近,是施行仁的方法;剛强,是施行義的方法;温和,是施行仁的方法。方,施行之道,操作之法。叞,相當於"也"。案:此處四句作爲仁之方的匿(暱)與柔以及作爲義之方的簡(束)與剛,跟郭店《六悳》篇如下文字關聯度甚高:"悬(仁)頪(類)礜(柔)而速(束),宜(義)頪羿而斲(絶),悬(仁)礜(柔)而攴,宜(義)㢺(剛)而柬(簡)。攴之爲言也,猶攴攴也,少(小)而㞢多也。"其中"羿"字,陳偉等以爲或可讀爲"直"。"攴"字,整理本注懷疑即《説文·支部》之"更",陳偉認爲可釋爲"容",爲容納、盛受之意。"㞢"字,劉釗疑讀爲"實"。②"宜(義)頪(類)羿(直)而斲(絶)……宜(義)㢺(剛)而柬(簡)","悬(仁)頪(類)礜(柔)而速(束)……悬(仁)礜(柔)而攴(容)",與此處所注四句之意思幾乎一致。政教倫理方面,《五行》在高度重視嚴懲大罪以外,又高度重視赦免小罪,與持法家立場的學者有所不同。《管子·法法》篇云:"民毋重罪,過不大也。民毋大過,上毋赦也。上赦小過則民多重罪,積之所生也。故曰赦出則民不敬,惠行則過日

---

① 參閲《馬王堆漢墓帛書》整理小組編《老子甲本及卷後古佚書》,葉5a;國家文物局古文獻研究室編《馬王堆漢墓帛書》第一册,頁18;〔日〕浅野裕一《帛書〈五行篇〉の思想史的位置:儒家による天への接近》,《島根大学教育学部紀要》(人文·社會科學)第十九卷,頁14;〔日〕池田知久《馬王堆漢墓帛書五行研究》,頁364、頁368注釋g。

② 參閲陳偉等《楚地出土戰國簡册〔十四種〕》,頁242注釋53、注釋54;荆門市博物館編《郭店楚墓竹簡》,頁190注釋23;劉釗《郭店楚簡校釋》,頁118。

益。惠赦加於民，而囹圄雖實，殺戮雖繁，姦不勝矣。故曰邪莫如蚤（早）禁之。赦過遺善，則民不勵。有過不赦，有善不積（黎翔鳳注：不俟積成大善再賞），勵民之道，於此乎用之矣。故曰明君者，事斷者也。"又云："凡赦者，小利而大害者也，故久而不勝其禍。毋赦者，小害而大利者也，故久而不勝其福。故赦者，犇之委轡，毋赦者，痤雎（疽）之礪石也。"不過，儒家主張赦免小而多見之罪，殆非視之而不見，聽之而不聞，放任自流，而是傾向於將它們放在道德層面上來處理。其實就政教倫理而言，沒有任何一種小惡是可以被無視或忽視的。《周易·繫辭下傳》云："善不積，不足以成名；惡不積，不足以滅身。小人以小善爲无（無）益而弗爲也，以小惡爲无（無）傷而弗去也，故惡積而不可揜，罪大而不可解。"參閱說文第十五章注釋8。

〔9〕"不勵不救，不剛不柔"：今《毛詩·商頌·長發》作"不競不絿，不剛不柔"。孔疏："湯之性行，不争競，不急躁，不大剛猛，不大柔弱，舉事具得其中……"勵，强。救，通"絿"，急。

【説】●"不閒，不行"：閒者，言人行之大。〔1〕大者人行之□然者也。〔2〕世子曰："人有恆道，達□□□。"（二九五）□□□，閒也；閒則行矣。〔3〕"不匿，不辯於道"：匿者，言人行小而軫者也。〔4〕小而實大，大之□□（二九六）者也。〔5〕世子曰："知軫之爲軫也，斯公然得矣。"軫者多矣，公然者心道也。〔6〕"有小罪而赦（二九七）之，匿也。有大罪而弗大誅，不行也。有小罪而弗赦，不辯於道也。閒爲言猶衡也，大而（二九八）炭者"：直之也。〔7〕不周於匿者，不辯於道也。〔8〕"有大罪而大誅之，閒"，"匿爲言也猶匿匿，小而軫（二九九）者"：直之也。"閒，義之方也。匿，仁之方也"：言仁義之用心之所以異也。義之盡，閒（三〇〇）也。仁之盡，匿。〔9〕大義加大者，大仁加（仁）小者。故義取閒，而仁取匿。〔10〕"《詩》員'不勵不 誄（三〇一），不剛不柔'，此之胃也"：勵者强也，誄者急也；非强之也，非急之也，非剛之也，非柔之也（三〇二），言无所稱焉也。此之胃者，言仁義之和也（三〇三）。〔11〕

〔1〕"不閒"句：缺字據經文、説文文義及其解經之語例補。該句意思

是，經文説"不簡(柬)，不行"，所謂簡(柬)針對的是人的行爲中那些大的。案：此句牒經部分的處理，請參閲同章説文之注釋3。

〔2〕"大者"句：所缺之字，帛書圖版尚有殘筆，左側殆從"亻"字，而整體難以辨認。聯繫經文"簡(柬)之爲言也猷賀(衡)，大而罕者"等語，此句中的"□然"應該是形容稀少或少見，或即爲"炭(罕)然"，但跟殘筆不很切合。全句意思可能是，所謂人的行爲中大的是那些不常發生的。

〔3〕"世子"二句：由於相關信息太少，缺字難以補苴，文義不可解讀，姑付之闕如。世子，戰國儒家學者。《漢書·藝文志》著録《世子》二十一篇，並自注云："名碩，陳人也，孔門七十子之弟子。"案：審帛書圖版，行二九五下端殆殘缺三字，行二九六上端殆亦殘缺三字。龐樸本、淺野本等均未補殘缺，並將此章開頭至"達□□□"數句，處理爲説文上一章之結尾。① 這種處理方式可能值得商榷。按照説文解經之體例，此句"簡(柬)也；簡(柬)則行矣"以上，一定是詮釋經文第二十章之第一句"不簡(柬)，不行"，《五行》説文之解經，絕大多數情況下都先牒經。龐樸本將行二九六上端之缺字補爲"不簡不行"，處理爲牒經語，使全句變爲"'不簡不行'。簡也，簡則行矣"。② 然而其一，此處闕文之空間不太可能得下四個字。其二，按照《五行》語例，"簡也"意味着被定義的對象是"簡"，其定義在其上文。類似語例如説文第十一章："无(無)介於心，果也。"經文第十四章："顔色容貌溫，聲(變)也。以亓(其)中心與人交，説(悦)也。中心説(悦)焉，遷于兄弟，戚也。戚而信(伸)之，親也。親而築(篤)之，愛也。愛父，亓(其)繼愛人，仁也。"經文第十五章："中心辯焉而正行之，直也。直而遂之，肆也。肆而不畏強圉，果也。(而)〔不〕以小道害大道，簡(柬)也。有大罪而大誅之，行也。"説文第十五章："惡許(呼)訑(嗟)而不受許(呼)訑(嗟)，正行之，直也。"同章："无(無)介於心，果也。"同章："見亓(其)生也，不食亓(其)死也，祭親執株(誅)，簡(柬)也。"經文第二十章："有小罪而赦之，匿(暱)也。"其他例子毋庸一一舉列。總之，龐樸本使"簡也"上無所屬，再一次説明其方案不可從。淺野本尊重圖版殘文之空間，補"不簡不"三字，並將接下來之"簡"字

---

① 參閲龐樸《帛書五行篇研究》，頁75；〔日〕淺野裕一《帛書〈五行篇〉の思想史的位置：儒家による天への接近》，《島根大学教育学部紀要》（人文・社会科学）第十九卷，頁14。

② 參閲龐樸《帛書五行篇研究》，頁76。

改爲"行"，湊出"不簡不行也"，以牽合經文以及說文牒經之例。①可其一，改"閒"爲"行"，缺乏依據。其二，經文原作"不簡不行"，說文不太可能以"不簡不行也"這種方式牒經。要之，行二九六上端"閒也"二字以上不應該是牒經語，也容不下四個字的經文，而"人有恆道，達"數字語意未完，其下同樣容不下四個字的牒經語，那麼，說文之鈔錄經文"不簡不行"，應該是在行二九五之上端。又，《論衡·本性》篇記："周人世碩以爲：'人性有善有惡，舉人之善性，養而致之則善長；〔惡〕性（惡），養而致之則惡長。'如此，則〔情〕性各有陰陽，善惡在所養焉。故世子作《養〔性〕書》一篇。密（宓）子賤、漆雕開、公孫尼子之徒，亦論情性，與世子相出入，皆言性有善有惡。"帛書《五行》也探討人性（主要是集中於說文第二十三章）。與竹書《五行》同出於郭店戰國楚墓的儒家文獻（如《告自命出》）、上博館藏戰國楚竹書所見儒家文獻（如《詩論》《告悥論》），論說心性問題的文字甚多，足以顯示戰國儒家心性學說的盛況。

〔4〕"不匿"句：意思是，經文說"不匿，不辯於道"，所謂匿，針對的是小而多見的罪過。

〔5〕"小而"句：審圖版，此句當爲"小而實大=之□□（二九六）者也"。整理本釋作"小而實大□□□也"，一則"大"字下的重文符號沒有體現出來，二則有殘缺但基本上可以辨認的"之"和"者"未予釋讀。國家文物局古文獻研究室本釋作"小而實大，大之者也"，直接將"之"字下兩個殘缺字的空間删除；淺野本同。龐樸本釋作"小而實大，大之□者也"，即以爲"之"字下僅有一個缺字。凡此之類，均值得商榷。②由於存在闕文，該句意思難以準確把握，很可能是說即便是小事，其所關涉亦甚大，因爲大就是由小積聚而成的。傳世《老子》第六十三章云："圖難於其易，爲大於其細。天下難事，必作于易，天下大事，必作於細。是以聖人終不爲大，故能成其大。"經文第二十章注釋8所引《周易·繫辭下傳》"善不積，不足以成名；惡不積，不足以滅身"，亦可證成此意。

〔6〕"世子"句：世子說知道輇之所以爲輇，那麼普遍認爲對的就得到了。輇就是多，普遍認爲對的體現了心之道。孟子曰："口之於味也，有同耆（嗜）

---

① 參閱〔日〕淺野裕一《帛書〈五行〉の思想史的位置：儒家による天への接近》，《島根大学教育学部紀要》（人文·社会科学）第十九卷，頁14。

② 參閱《馬王堆漢墓帛書》整理小組編《老子甲本及卷後古佚書》，葉11b；國家文物局古文獻研究室編《馬王堆漢墓帛書》第一册，頁22；〔日〕淺野裕一《帛書〈五行篇〉の思想史的位置：儒家による天への接近》，《島根大学教育学部紀要》（人文·社会科学）第十九卷，頁14；龐樸《帛書五行篇研究》，頁76。

焉；耳之於聲也，有同聽焉；目之於色也，有同美焉。至於心，獨無所同然乎？心之所同然者何也？謂理也，義也。聖人先得我心之所同然耳。故理義之悅我心，猶芻豢之悅我口。"（《孟子·告子上》）公然，猶言"同然"。心道，猶言"心之所同然"。

〔7〕"有小"句：牒經部分之缺字殆爲"大"，參見經文第二十章注釋4。炭，通"罕"。直之，説什麽就是什麽；這裏暗含不須解釋之意。

〔8〕"不周"句：缺字以意補。"匿"字帛書圖版有部分殘筆，整理小組本、國家文物局古文獻研究室本均隸定爲"四"，不確；龐樸本據文意和圖版校正爲"匿"，是。①該句意思爲，不完備於意味着有小而多見之罪就赦免他的匿（暱），就是未明察道。

〔9〕"閒義"數句：意思是，經文説"閒（柬），義之方也。匿（暱），仁之方也"，説的是德之行仁和德之行義的用心之所以不同的原因。義達到極限，就是意味着有大而罕見之罪就嚴厲懲治他的閒（柬）。仁達到極限，就是意味着有小而多見之罪就赦免他的匿（暱）。案：在《五行》體系中，禮、仁、義用心各異。禮意味着對所交者既有向心力，又保持合適的精神距離；仁意味着從心理上拉近與所交者的距離，比如將對父親的愛遷至愛他人；義則意味着基於道而截斷對所交者的關心或眷顧，或者説是強調與對方的距離。

〔10〕"大 義 "二句：據語境及文義補缺字，並刪除衍文。前一句，整理本作"大□加大者大仁，加仁小者"，古文獻研究室本作"大□加大者，大仁加仁小者"，池田本作"大 義 加大者，大仁加仁小者"。均非是。淺野本作"大 義 加大者，大仁加小者"，龐樸本從之。是。②此二句意思是：大義施用於大而罕見之罪，大仁施用於小而常見之罪。所以義憑藉的是意味着有大而罕見之罪就嚴厲懲治他的閒（柬），而仁憑藉的是意味着有小而多見之罪就赦免他的匿（暱）。

〔11〕"《詩》員"數句：牒經部分之缺字依據經文，並參照闡釋語之用字補；闡釋語之缺字據上下文之語例補。此數句大意是：經文説"《詩》員（云）'不勴不 絿 ，不剛不柔'，此之胃（謂）也"，所謂勴就是強求，絿（絿）就是

---

① 參閱《馬王堆漢墓帛書》整理小組編《老子甲本及卷後古佚書》，葉12a；國家文物局古文獻研究室編《馬王堆漢墓帛書》第一册，頁22；龐樸《帛書五行篇研究》，頁76、頁78注釋9。

② 參閱《馬王堆漢墓帛書》整理小組編《老子甲本及卷後古佚書》，葉12a；國家文物局古文獻研究室編《馬王堆漢墓帛書》第一册，頁22；〔日〕池田知久《馬王堆漢墓帛書五行研究》，頁375、頁378注釋12；〔日〕淺野裕一《帛書〈五行篇〉の思想史的位置：儒家による天への接近》，《島根大学教育学部紀要》（人文·社會科學）第十九卷，頁14；龐樸《帛書五行篇研究》，頁77、頁78注釋13。

急躁；詩句説的是不對他強求，不對他急躁，不對他剛直，不對他柔弱，也就是説没有辦法稱述了（意即没有適當的言語直接、肯定的指稱這種境界，所以纔用"非甲""非乙"這種形式來表述）。而所謂"此之冐（謂）"者，説的是仁義的和合。員，通"云"。諫，通"綵"。案：仁與義相反相成。劉歆《七略》云："仁之與義，敬之與和，相反而皆相成也。"今見《漢書·藝文志》。

第二十一章

案：經、説此章，可與經和説第九、第十一、第十五、第二十章對讀。

【經】●君子雜泰成。[1]能進之，爲君子；不能進，客止於亓里。[2]（二〇六）大而罕者，能有取焉，小而軫者，能有取焉，索繡繡達於君子道，冐之賢。[3]●君（二〇七）子，知而舉之，冐之尊賢；君子，從而事之，冐之尊賢。[4]前，王公之尊賢者（二〇八）也。后，士之尊賢者也。[5]

〔1〕"君子"句：意思是，君子集道德方面的大的成就。雜泰成，簡本作"集大成"。雜，通"集"；泰，通"大"。

〔2〕"能進"句：缺字據説文之牒經部分補，並參考簡本。該句意思是，能够推進，就成爲君子；不能够推進，仁義諸德行就各各停留在其基本的起始的階段。客，通"各"；説文之牒經部分以及簡本正作"各"。里，指聚落，與説文中的"天下""四海"相對，爲狹小逼仄之境界，指基本的起始的階段。

〔3〕"大而"句：意思是，針對大而罕見之事的義，能够踐行，針對小而常見之事的仁，能够踐行，顯盛光明而達到君子道，叫作賢。索繡繡，魏启鹏認爲"索"讀爲"赫"，"繡繡"讀爲"噓噓"；赫噓噓，即顯盛光明貌。①案：此赫噓噓達到君子道的境界，跟説文第二十三章所説文王持守心好仁義之性（或者人獨有仁義之性），弗失弗離，最終"卓然見於天，箸（著）於天下"的境界，是相通的。

〔4〕"君子"句：意思是，德行極高的君子，你知道且選拔他，叫作尊賢；

---

① 參閲魏启鹏《簡帛文獻〈五行〉箋證》，頁80。

德行極高的君子，你因而事奉他，叫作尊賢。傳世《大學》云："見賢而不能舉，舉而不能先，命（慢）也。見不善而不能退，退而不能遠，過也。"君子，這裏是"知""舉""事"的對象，而不是這些行爲的發出者。

〔5〕"前，王"二句：缺字據上下文義及説文牒經部分補，並參考簡本；《五行》經文中，"後"多作"后"。簡本誤脱"前，王公之尊賢者 也 "。此二語意思是：前面這種情況，説的是王公的尊賢。後面這種情況，説的是士人的尊賢。

【説】● " 君子雜大成 "： 雜也 者，猶造之也，猶具之也。大成也者，金聲玉辰之也。〔1〕唯金聲 而玉 （三〇四） 辰之者 ，然笱忌仁而以人仁，忌義而以人義。〔2〕大成至矣，神耳矣，人以爲弗可爲 也 ，（三〇五）（林）〔無〕繇至焉耳，而不然。〔3〕"能誰之，爲君子，弗能進，各止於亓里"：能進端，能終端，（三〇六）則爲君子耳矣。弗 能 進，各各止於亓里。〔4〕不莊尤割人，仁之理也。不受許虡者，（三〇七）義之理也。〔5〕弗能進也，則各止於亓里耳矣。終亓不莊尤割人之心，而仁復四海（三〇八）；終亓不受許虡之心，而義襄天下。〔6〕仁復四海、義襄天下，而成繇亓中心行之（三〇九）〔7〕，亦君子已。"大而炭 者 ，能有取焉"：大而炭也者，言義也。能有取焉也者，能行 之也 。〔8〕" 小 （三一〇）而軫者，能有取焉"：小而軫者，言仁也。〔9〕能有取焉者也，能行之也。"衡盧盧達 於 （三一一） 君子道 ， 胃之賢 "：〔10〕衡盧盧也者，言亓達於君子道也。能仁義而遂達於 君子道 （三一二），〔11〕胃之賢也。"君子，知而舉之，胃之尊賢"："君子，知而舉之"也者，猶堯之舉舜 也 ， 湯 （三一三）之舉伊尹也。〔12〕舉之也者，成〔13〕舉之也。知而弗舉，未可胃尊賢。"君子，從而士之"也 者 （三一四），猶顏子、子路之士孔子也。〔14〕士之者，成士之也。知而弗士，未可胃尊賢也。"前，王公之尊（三一五）賢者也，後，士之尊賢者也"：直之也（三一六）。

〔1〕" 君子 "數句：缺字據經文以及説文解經之體例補。整理本斷定有六個字殘缺，未補。國家文物局古文獻研究室本將缺字補爲"君子雜大成，成也"，

龐樸本所補文字同，並將"君子集大成"處理爲牒經語。凡此均有不妥之處。①補"成也"，是由不清楚説文解經之體例造成的。《五行》説文牒經後，常分釋經文中的重點。比如説文本章之下文："'大而炭（罕）者，能有取焉'：大而炭（罕）也者，言義也。能有取焉也者，能行之也。'小而軫者，能有取焉'：小而軫者，言仁也。能有取焉者也，能行之也。"説文第二十二章云："'耳目鼻口手足六者，心之役也'：耳目也者，説（悦）聲色者也。鼻口者，説（悦）犟（臭）味者也。手足者，説（悦）勞（佚）餘（豫）者也。心也者，説（悦）仁義者也。"本章經文中的"大成"，説文詮解於下，以"大成也者"標示被詮釋的對象（即"大成也者，金聲玉辰之也"），則"大成也者"之前的闡釋性文字不應該是詮解經文最後的"成"字，而應該是詮解經文的另外一個要點"雜（集）"。此數句意思是：經文説"君子雜（集）大成"，所謂雜（集），好比説成，好比説備。所謂大成，就是金聲玉振的境界。造，成。具，備。案：關於金聲玉振，參閲經與説第九章；關於玉振或玉音，又可參閲經與説第六章。

〔2〕"唯金"句：缺字依上下文文義補，國家文物局古文獻研究室本、龐樸本、浅野本、池田本等均同。②該句意思是，祇有達到金聲玉振的境界，此後自己有仁之德而能使人有仁之德，自己有義之德而能使人有義之德。案經文第九章云："唯有德者然筍（後）能金聲而玉振之（之）。"説文第十八章云："'有惠（德）而國家（與）〔興〕'：國家（與）〔興〕者，言天下之（與）〔興〕仁義也。"德這種境界，跟金聲玉振者"忌（己）仁而以人仁，忌（己）義而以人義"，是相通的。

〔3〕"大成"句：缺字以意補。"無"字魏啓鵬釋爲"林"，義不可通。龐樸以爲該字係殘筆，即殘存"無"字下半。③然準其上下左右來審視圖版，此字看起來並不殘缺，或爲"無"字之訛。該句意思是，大成（道德方面的大的成就），很神奇啊，人們認爲做不到，沒有辦法達成，却並非如此。

---

① 參閲《馬王堆漢墓帛書》整理小組編《老子甲本及卷後古佚書》，葉12a；國家文物局古文獻研究室編《馬王堆漢墓帛書》第一册，頁22；龐樸《帛書五行篇研究》，頁79。

② 參閲國家文物局古文獻研究室編《馬王堆漢墓帛書》第一册，頁22；龐樸《帛書五行篇研究》，頁79；〔日〕浅野裕一《帛書〈五行篇〉の思想史的位置：儒家による天への接近》，《島根大学教育学部紀要》（人文・社会科学）第十九卷，頁15；〔日〕池田知久《馬王堆漢墓帛書五行研究》，頁396。

③ 參閲魏啓鵬《簡帛文獻〈五行〉箋證》，頁109—110；龐樸《帛書五行篇研究》，頁79、頁81注釋5。

〔4〕"能誰（進）"數句：缺字以意補，下文"弗能進也，則各止於亓（其）里耳矣"，亦可以爲證。此數句意思是：經文説"能誰（進）之，爲君子，弗能進，各止於亓（其）里"，就是説，能推進仁義之始端，能擴充仁義之始端，就能成爲君子。若不能推進、擴充仁義之始端，仁義諸德行就會各各停留在其基本的起始階段。誰，通"進"。進端，推進仁義之始端。終端，意同"進端"；故此章一面説"能進端，能終端"如何如何，另一面則説"弗能進"如何如何，一面説"弗能進也，則各止於亓（其）里耳矣"，另一面則説"終亓（其）不莊（藏）尤割（害）人之心……終亓（其）不受許（吁）跿（嗟）之心"。終，充。案：《五行》體系爲孟子學説的重要本源。孟子説："五穀者，種之美者也；苟爲不熟，不如荑稗。夫仁亦在乎熟之而已矣。"（《孟子·告子上》）又説："惻隱之心，仁之端也；羞惡之心，義之端也；辭讓之心，禮之端也；是非之心，智之端也。人之有是四端也，猶其有四體也。……凡有四端於我者，知皆擴而充之矣，若火之始然（燃）、泉之始達。苟能充之，足以保四海；苟不充之，不足以事父母。"（《孟子·公孫丑上》）孟子此類論説，深受《五行》進端、終端説之影響。

〔5〕"不莊（藏）"二句：意思是，不藏怨害人，是仁的基本的起始階段。厭惡那種嗟歎的不恭敬而不接受這樣給的食物，是義的基本的起始階段。理，通"里"；參閱經文第二十一章注釋2。

〔6〕"終亓（其）"句：意思是，擴充他不藏怨害人之心，那麼仁就可以覆庇四海；擴充他厭惡不敬而不接受嗟來之食之心，那麼義就可以囊括天下。復，讀爲"覆"。四海，猶言"天下"。襄，整理小組注謂猶"囊"，指包括，國家文物局古文獻研究室本之注釋從之，魏啓鵬謂該字讀爲"揚"，並解"義襄天下"爲義名揚於天下；篇中"復（覆）"字與"襄"並列而意近，則前説爲優。①案：《五行》此説又是孟子充心説之本源。孟子曰："人皆有所不忍，達之於其所忍，仁也。人皆有所不爲，達之於其所爲，義也。人能充無欲害人之心，而仁不可勝用也。人能充無穿踰之心，而義不可勝用也。人能充無受爾汝之實，無所往而不爲義也。"（《孟子·盡心下》）"仁不可勝用""義不可勝用""無所往而不爲義"，正是"仁復（覆）四海""義襄（囊）天下"之意，可證"復（覆）四海""襄（囊）天下"乃形容仁義之實，非指言仁義之名。

---

① 參閱《馬王堆漢墓帛書》整理小組編《老子甲本及卷後古佚書》，葉13a注釋40；國家文物局古文獻研究室編《馬王堆漢墓帛書》第一册，頁27注釋72；魏啓鵬《簡帛文獻〈五行〉箋證》，頁110。

〔7〕成（誠）繇（由）亓（其）中心行之：指確實發自內心踐行仁義之德。成，通"誠"。案：金聲而玉振之的集大成的君子境界，是《五行》中最高的道德和人格。它意味着仁、智、義、禮、聖五種德之行超越個體存在而達成超越性的合一，並且與大體亦即心同一。達成這一境界，由心而行即是道德，價值不再是被踐行的對象，而是主體自身。孟子曾説："舜明於庶物，察於人倫，由仁義行，非行仁義也。"（《孟子・離婁下》）"由仁義行"即發明《五行》"成（誠）繇（由）亓（其）中心行之"之意。

〔8〕"大而"數句：牒經部分之缺字據經文補。詮釋語之缺字以意補；下文並行的"能有取焉者也，能行之也"，亦可爲證。整理小組判斷行三一〇之下端殘缺二字，國家文物局古文獻研究室本補爲"之，小"，"小"字屬下句，近是。①但根據圖版，此處實際殘缺三字，一字屬下句。此數句意思是：經文説"大而炭（罕）者，能有取焉"，所謂大而罕者，説的是（針對大而罕見之事的）義。所謂能有取焉，説的是能夠踐行它。

〔9〕"小而"句：意思是，所謂小而軫者，説的是（針對小而常見之事的）仁。

〔10〕"衡盧"句：牒經，其中缺字據經文補。衡盧盧，即"赫嚧嚧"，顯盛光明貌。

〔11〕"能仁"句：缺字據上下文文義補。

〔12〕"君子"句：缺字以意補。此句乃以舜與伊尹爲"君子"、賢者，以堯與湯爲"王公之尊賢者"。

〔13〕成：通"誠"。

〔14〕"君子"句：缺字依文義和語例補。此句乃以孔子爲"君子"、賢者，以顏回、子路爲"士之尊賢者"。士，通"事"。

第二十二章

案：經、説此章，可與經和説第十九、第二十三章對讀。

---

① 參閲《馬王堆漢墓帛書》整理小組編《老子甲本及卷後古佚書》，葉12b；國家文物局古文獻研究室編《馬王堆漢墓帛書》第一冊，頁22。

【經】〔●〕耳目鼻口手足六者，心之役也。[1]心曰唯，莫敢不唯（二〇九）。[2]心曰若，莫敢不若。[3]心曰進，莫敢不進。[4]〔心曰退，莫敢不退。心曰深，莫敢不深〕。[5]心曰淺，莫敢不淺。和則同，同則（二一〇）善。[6]

〔1〕"耳目"句：意思是，耳目、鼻口、手足（四肢）六者，是心役使的對象。案：此句區隔耳目鼻口手足和心，表達心爲君、諸體爲臣民之意。跟竹書《五行》同出於郭店楚墓的《緇衣》篇記載孔子曰："民以君爲心，君以民爲體。心好則體安之，君好則民欲（欲）之。古（故）心以體瀘（廢），君以民芒（亡）。"這裏以"心"比"君"、以"體"比"民"，似乎可見《五行》區隔心體、以心爲君以諸體爲"役"的一般思想背景。

〔2〕"心曰"句：缺字據文義及說文之牒經部分補，並參閱了簡本。該句意思是，心恭敬地應答，耳目鼻口手足沒有哪個不恭敬地應答。唯，應答聲，用於對尊長，表示恭敬。下文之"諾"亦爲應答聲。《禮記·曲禮上》："父召無諾，先生召無諾，唯而起。"鄭注云："應辭；'唯'恭於'諾'。"

〔3〕"心曰"句：缺字據文義以及說文補，並參閱了簡本。案：簡本文字頗有差異，而"心曰如（諾）"（帛本作"心曰若"）、"心曰進""心曰後"（帛本作"心曰退"，"後"字當爲"退"字之訛）、"心曰宋（深）""心曰漾（淺）"諸語，徑省作"如（諾）""進"、"後"（當爲"退"字之訛）、"宋（深）""漾（淺）"，似亦可見其鈔寫簡省之傾向。

〔4〕"心曰"句：缺字以文義以及說文之牒經部分補，並參閱了簡本。

〔5〕"心曰"二句：此二句原脫。說文"若（諾）亦然，進亦然，退亦然"，顯然是承"心曰雖（唯），莫敢不雖（唯）"之意，而概言經文之"心曰若（諾），莫敢不若（諾）。心曰進，莫敢不進。〔心曰退，莫敢不退〕"，可證經文脫漏"心曰退，莫敢不退"一句。說文接下來牒經云"心曰深，莫敢不深。心曰淺，莫敢不淺"，對照帛本經文，可知帛本經文又脫漏了"心曰深，莫敢不深"一句。簡本有"後，莫敢不後；深，莫敢不深"（"後"字當爲"退"字之訛），正對應"心曰退，莫敢不退。心曰深，莫敢不深"。今補。

〔6〕"和則"句：缺字據說文牒經部分及其詮釋語補，並參考簡本。該句意思是，耳目鼻口手足諸小體和順於心且和合於仁義（仁義當是代指仁義禮智四種德之行的超越性同一體），那麼仁義就跟心和同若一了，仁義跟心和同若一，就生成了善。

【説】●"耳目鼻口手足六者，心之役也"：耳目也者，説[1]聲色者也。鼻口者，説䏿味[2]者也。手足（三一七）者，説𩛆餘[3]者也。心也者，説仁義者也。[4]之數體者皆有説也，而六者爲心役，何居？[5]（三一八）曰：心貴也。有天下之美聲色於此，不義則不聽弗視也。有天下之美䏿味於此（三一九），[6]不義則弗求弗食也。居而不閒尊長者，不義則弗爲之矣。[7]何居？曰：幾不口不（三二〇）勝口、小不勝大、賤不勝貴也才？[8]故曰心之役也。耳目鼻口手足六者，人口口，人（三二一）體之小者也。[9]心，人口口，人體之大者也，故曰君也。[10]"心曰雖，莫敢不雖"：心曰雖，耳目（三二二）鼻口手足音聲憩色皆雖，是莫敢不雖也。[11]若[12]亦然，進亦然，退亦然。"心曰深，莫（三二三）敢不深。心曰淺，莫敢不淺"：深者甚也，淺者不甚也。深淺有道矣。[13]故父譁，口含（三二四）食則堵之，手執業則投之，雖而不若，走而不趨，是莫敢不深也。[14]於兄則不如（三二五）是亓甚也，是莫敢不淺也。"和則同"：和也者，小體變變然不囿於心也，和於仁義。[15]仁義心（三二六）同者，與心若一也，口約也，同於仁義，仁〔義〕心也。[16]同則善耳（三二七）。

〔1〕説：同"悦"。
〔2〕䏿味：即氣味。䏿，讀爲"臭"，香氣。
〔3〕𩛆餘：猶言"佚豫"；手足悦𩛆餘，即孟子所説四肢好安佚之意。案孟子曰："口之於味也，目之於色也，耳之於聲也，鼻之於臭也，四肢之於安佚也，性也；有命焉，君子不謂性也。"（《孟子·盡心下》）《五行》合説"耳目""鼻口"之性，孟子則分列之，《五行》之"四肢"即孟子所謂"手足"。《五行》謂"耳目"悦"聲色"，"鼻口"悦"䏿（臭）味"，"手足"悦"𩛆餘（佚豫）"，孟子謂"耳"好"聲"，"目"好"色"，"鼻"好"臭"，"口"好"味"，"四肢"好"安佚"，意指完全相同。是孟子論小體之性，亦以《五行》爲本源。

〔4〕"心也"句：缺字以意補。説文第二十三章謂"文王……源心之生（性）則巍然知亓（其）好仁義也"，可爲旁證。案：此章自"耳目也者"以下，論耳目、鼻口、手足以及心之性，亦關聯着諸小體以及大體的官能。郭店竹書《語

叢一》云:"容絶(色),目鈂(司)也。聖(聲),耳鈂也。臭,髳(鼻)鈂也。未(味),口鈂也。懸(氣),容鈂也。志,心鈂。"其論目、耳、鼻、口、容、心之職能,跟《五行》論大體小體之性頗能貫通。《五行》論大體小體的官能,又明顯影響了《孟子》《荀子》等儒典。此外,如《管子·宙合》篇云,"耳司聽,聽必順(慎)聞,聞審謂之聰。目司視,視必順見,見察謂之明。心司慮,慮必順言,言得謂之知(智)",亦可作爲參照。凡此不一一舉列。

〔5〕"之數"句:缺字以意補;下文"居而不閒尊長者,不義則弗爲之矣。何居",亦可作爲旁證。該句意思是,它們幾體都有所喜好,可六者被心役使,是什麼原因呢?之,代詞。何居,何故;居,語助詞,表示疑問。

〔6〕"有天"句:缺字以意補。上文"有天下之美聲色於此",跟此句並行,可作爲旁證。

〔7〕"居而"句:意思是,平居不干犯輩分高的人,是因爲心認爲那不符合義就不去做啊。閒,干犯。

〔8〕"幾不"句:行三二〇末端,一般認爲殘缺一字(該字圖版有部分殘畫,但不可辨識)。按照語例,此處很可能殘缺二字,且末字爲"不"。行三二一上端殘缺三字,末字殘存左邊一筆,可補爲"小",屬下句。同時依語例和文義,補"不勝"二字。該句意思是,難道不是□不能勝過□、小不能勝過大、賤不能勝過貴嗎?幾不,即豈不;幾,通"豈"。《荀子·榮辱》篇云:"人之情,食欲有芻豢,衣欲有文繡,行欲有輿馬,又欲夫餘財蓄積之富也,然而窮年累世不知(不)足,是人之情也。今人之生也,方知蓄雞猗(狗)豬彘,又蓄牛羊,然而食不敢有酒肉;餘刀布,有囷窌,然而衣不敢有絲帛;約者有筐篋之藏,然而行不敢有輿馬。是何也?非不欲也,(幾不)長慮顧後而恐無以繼之故也。於是又節用御欲,收斂蓄藏,以繼之也。是於己長慮顧後,幾不甚善矣哉!"楊倞注謂"幾"讀爲"豈"。才,同"哉"。

〔9〕"耳目"句:依文義補"人"字,另外兩個缺字姑且闕如。此句論人之小體,下文作爲對照而論人之大體,謂"心,人□□,人體之大者也",可作爲旁證。

〔10〕"心,人"句:兩個缺字姑且闕如,此處之"人□□"應當與上句的"人□□"相對。句意殆謂心於人體爲大者,故稱之爲君。以心爲人體之大者、爲君,亦頗見於後世的儒典《孟子》和《荀子》。《管子·心術上》云:"心之在體,君之位也。九竅之有職,官之分也。心處其道,九竅循理。嗜欲充益,目不見

色，耳不聞聲。故曰：上離其道，下失其事。"亦可相互參酌。

〔11〕"心曰"句：缺字以意補，經與說第二十二章多次並論"耳目鼻口手足"。該句意爲，經文"心曰雖（唯），莫敢不雖（唯）"，是指心說唯（恭敬的應答），耳目鼻口手足聲音相貌容顏都說唯，這就是沒有哪個敢不說唯。雖，通"唯"。音聲懇色，指聲音相貌臉色；其被包括在跟心相對的小體之中，又可參見《語叢一》論目之殹（司）、耳之殹（司）、夋（鼻）之殹（司）、口之殹（司）、容之殹（司）、心之殹（司），"音聲懇色"關聯的是"容之殹（司）"。懇，即"懇"，用同"貌"。

〔12〕若：通"諾"。

〔13〕"心曰"數句：牒經部分之缺字以意補，並參閱了簡本。此數句意思是：經文說"心曰深，莫敢不深。心曰淺，莫敢不淺"，所謂深是指程度深，所謂淺是指程度不深。程度深與程度淺是有規律的。

〔14〕"故父"句："含"字以意補，"含"與"堵（吐）"關聯、貫通，"執"與"投"關聯、貫通。《禮記·玉藻》云："父命呼，唯而不諾，手執業則投之，食在口則吐之，走而不趨。"與此句可以互相發明。此句意思是，因此父親喊自己，自己口中有食物就吐了它，手中持業版就拋下它，以唯之敬應答而不是以諾的方式應答，跑去而不是快步走去，這就說明如果心回應的程度深，那麼耳目鼻口手足回應時沒有哪個敢程度不深。諄，即"呼"。堵，讀爲"吐"。執業，持業版誦習。馬瑞辰《毛詩·周頌·有瞽》篇通釋云："至弟子之言習業、請業，皆謂書所問於版，以備遺忘。蓋弟子之有業版，猶人臣之有笏。"

〔15〕"和則"句：意思是，經文說"和則同"，所謂和，指耳目鼻口手足諸小體安順流暢不掛礙於心（即小體、大體如一），與仁義和同若一。變變然，安順流暢貌；變變，讀爲"便便"。囬，整理小組本釋爲"困"，魏啓鵬本從之，國家文物局古文獻研究室本釋爲"囬"，其注釋疑讀爲"貫"或"患"，龐樸等從之，姑從後說。①仁義，當是代指仁、知（智）、義、禮四種德之行的超越性同一體；參見說文第十八章注釋12。

〔16〕"仁義"句：前一個缺字無以補苴，姑闕如。前句與此句並論"仁義"，"同於仁"語不當單言仁。圖版"同於仁"之"仁"字下有重文符號，疑其

---

① 參閱《馬王堆漢墓帛書》整理小組編《老子甲本及卷後古佚書》，葉14a；魏啓鵬《簡帛文獻〈五行〉箋證》，頁113、頁114；國家文物局古文獻研究室編《馬王堆漢墓帛書》第一冊，頁27注釋78；龐樸《帛書五行篇研究》，頁84注釋9。

後"義"字下脫重文符號，以意補。

第二十三章

案：經、説此章，可與經和説第二十二章對讀。又，將經和説第二十三、二十四、二十五、二十六章合讀，有助於觀察四種認知和言説方式的整體一致性及其各自的特色。

【經】〔●〕目而知之，胃之進之。[1]

[1]"目而"句：缺字據説文之牒經部分補，並參閱了簡本。該句意思是，比較而得知某種道理與價值，叫作進步。目，讀爲"侔"，説文釋其義爲比，指比較。進之，"之"爲助詞，用於句末以調整音節，故相應説文徑以"進"取代經文的"進之"。

【説】●"目而知之，胃之進之"：弗目也，目則知之矣；知之則進耳。目之也者，比之也。[1]"天監在（三二八）下，有命既雜"者也，天之監下也，雜命焉耳。[2]遁草木之生，則有生焉，而无（三二九）好惡焉。[3]遁禽獸之生，[4]則有好惡焉，而无禮義焉。遁人之生，則巍然知亓好（三三〇）仁義也。[5]不遁亓所以受命也，遁之則得之矣。是目之已。[6]故目萬物之生而知人（三三一）獨有仁義也，進耳。[7]"文王在上，於昭于天"，[8]此之胃也。文王源耳目之生而知亓好（三三二）聲色也，[9]源鼻口之生而知亓好雙味也，源手足之生而知亓好嬰餘也，源心（三三三）之生則巍然知亓好仁義也。[10]故執之而弗失，親之而弗離，故卓然見於天，箸於（三三四）天下。[11]无他焉，目也。故目人體而知亓莫貴於仁義也，進耳（三三五）。

[1]"目而"二句：意思是，經文"目（侔）而知之，胃（謂）之進之"，説的是不比較，比較就知道道理或價值了；知道道理或價值就進步了。目（侔）就是比較。

〔2〕"天監"句：缺字據傳世《毛詩·大雅·大明》篇補，《大明》謂"天監在下，有命既集"。該句意思是，"天監在下，有命既雜（集）"，是說上天注視下界，給萬物以生命。命，即生命。《禮記·祭法》云："大凡生於天地之間者皆曰命。"亦或稱之爲"生"。《荀子·王制》篇云："水火有氣而無生，草木有生而無知，禽獸有知而無義，人有氣、有生、有知，亦且有義，故最爲天下貴也。"雜，通"集"，指降而付予之。或問朱子"命"字之義，朱子曰："命，謂天之付與……"（黎靖德編《朱子語類》卷六一，《孟子》十一《盡心下》）

〔3〕"遁草"句：缺字以意補。下句禽獸之性較草木高一級，於禽獸之性強調"則有好惡焉"，則草木之性應該是無好惡。或祇補"好惡"二字，於語例不合。該句意思是，考察草木之性，就會發現草木之性是有生命，而無好惡。遁，同"循"，尋求，考察。《墨子·經上》云："循所聞而得其意，心之察也。"《莊子·外篇·秋水》："請循其本。"草木之生，亦即草木之性；生，本性，後作"性"。

〔4〕"遁禽"句：缺字據上下句語例，以意補。"遁（循）草木之生（性）""遁（循）禽獸之生（性）""遁（循）人之生（性）"三者並列，表達方式也整齊劃一。

〔5〕"遁人"句：缺字參照下文"源心之生（性）則巍然知亓（其）好仁義也"一語，以意補。巍然，高大貌，凸顯貌。

〔6〕"不遁"二句：意思是，不考察它們從上天那裏稟受的生命，考察這些的話就會得到如上認知了。這就是比較啊。

〔7〕"故目"句：缺字以意補；"知"字落實的是"目（俾）而知之"之"知"，"人獨有仁義"落實的是上文所論之三"遁（循）"。該句意思是，所以比較草木、禽獸和人之性，而知道人獨有仁義，就是進步。

〔8〕"文王在上"句：引詩出自《毛詩·大雅·文王》。於，歎詞，表示感歎或讚美。昭，光明，顯著。

〔9〕"文王"句：缺字以意補。該句之下"好鞶（臭）味""好劈（佚）餘（豫）""好仁義"並論鼻口、手足以及心之性，可以爲證。該句意思是，文王探究耳朵眼睛之性，而知道它們喜好美好的聲音和顏色。源，探求，探究根源。"原""源"爲古今字。《說文·蟲部》："厵，水（泉）本也，從蟲出厂下。原，篆文，从泉。"段玉裁注："後人以'原'代'高平曰邍'之'邍'，而別製'源'字爲'本原'之'原'，積非成是久矣。"墨子曰："子墨子言曰：'必立

儀，言而毋儀，譬猶運鈞之上而立朝夕者也，是非利害之辨不可得而明知也。故言必有三表。'何謂三表？子墨子言曰：'有本之者，有原之者，有用之者。於何本之？上本之於古者聖王之事。於何原之？下原察百姓耳目之實。於何用之？廢（發）以爲刑政，觀其中國家百姓人民之利。此所謂言有三表也……'"（《墨子·非命上》）《非命上》"原之"之"原"，用法、意指同此處之"源"。

〔10〕"源 心 "句：缺字以意補。該句之上並論"源耳目之生（性）""源鼻口之生（性）""源手足之生（性）"，可以爲證。

〔11〕"故執"句：意思是，所以（文王）持守心好仁義之性而不丟失，親近心好仁義之性而不偏離，所以他高高地顯露在上天，著名於天下。箸，通"著"，顯明。

第二十四章

案：將經與説第二十三、二十四、二十五、二十六章合讀，有助於觀察四種認知和言説方式的整體一致性及各自的特色。

【經】〔●〕辟而知之，[1]胃之進之。

〔1〕辟：通"譬"，用打比方的方法説明。

【説】●"辟而知之，胃之進之"：弗辟也，辟則知之矣，知之則進耳。辟丘之與山也，丘之所以 如 （三三六）名山者，不責也。[1]舜有仁，我亦有仁，而不如舜之仁，不責也。舜有義，而我 亦有 （三三七） 義 ，而不如舜之義，不責也。[2]辟比之而知吾所以不如舜，進耳。

〔1〕"辟丘"句：缺字以意補。作爲喻體，丘"不 如 "名山指向的本體，是下文所説的我之仁"不如"舜之仁、我之義"不如"舜之義，其結論則是辟比之而知吾所以"不如"舜。此處當補"如"字是確鑿無疑的。整理本判斷行三三六下端"不"之下無缺字，國家文物局古文獻研究室本認爲"不"下殘缺一字而付諸闕

如，龐樸本亦然，不確；淺野本、池田本補"如"字，是。①該句意思是，拿土丘和山來打比方，土丘之所以趕不上有名的大山，是因爲積累不夠。案：或以爲《五行》"辟（譬）而知之"之"辟（譬）"指譬比、比較，"以此與彼，以我與他人相比較"。②單看丘之與山，所謂辟（譬）的確像是比較。但《五行》篇之定義"辟（譬）"，實際上是就"丘—山"跟"我—舜"之間的關係而言的，這不是比較，而是類比。另外，"目（侔）而知之"之"目（侔）"明確被定義爲"比"亦即比較，與之並列而不同的"辟（譬）而知之"之"辟（譬）"不應該還是指比較。

〔２〕"舜有"二句：缺字依上下文補。案：《五行》認爲人性無異，實際養成之德行境界却不同，關鍵在是否積。重視德行之積是《五行》的特質之一（説文此章之外，又可參見説文第十二、第十六章），它在這一方面同樣深刻影響了後世的儒學。《孟子·公孫丑上》記有若曰："麒麟之於走獸，鳳凰之於飛鳥，太山之於丘垤，河海之於行潦，類也。聖人之於民，亦類也。出於其類，拔乎其萃，自生民以來，未有盛於孔子也。"其以丘垤之不及太山等，説明衆人之不及孔子，與《五行》説文此章以丘不及名山，説明"我"之仁義緣何不及舜之仁義，方式相同，義理相近。而孟子云："我知言，我善養吾浩然之氣。……其爲氣也，至大至剛，以直養而無害，則塞于天地之間。其爲氣也，配義與道；無是，餒也。是集義所生者，非義襲而取之也。行有不慊於心，則餒矣。"（《孟子·公孫丑上》）荀子云："積土成山，風雨興焉；積水成淵，蛟龍生焉；積善成德，而神明自得，聖心備焉。故不積蹞步，無以致千里；不積小流，無以成江海。"（《荀子·勸學》）又云："今使塗之人伏術爲學，專心一志，思索孰察，加日縣久，積善而不息，則通於神明，參於天地矣。故聖人者，人之所積而致矣。"（《荀子·性惡》）凡此之類，跟《五行》都有極深刻的關聯。參閲説文第十二章注釋５。

---

① 參閲《馬王堆漢墓帛書》整理小組編《老子甲本及卷後古佚書》，葉14b；國家文物局古文獻研究室編《馬王堆漢墓帛書》第一册，頁24；龐樸《帛書五行篇研究》，頁86；〔日〕淺野裕一《帛書〈五行篇〉の思想史的位置：儒家による天への接近》，《島根大学教育学部紀要》（人文・社会科学）第十九卷，頁18；〔日〕池田知久《馬王堆漢墓帛書五行研究》，頁455。

② 參閲魏啓鵬《簡帛文獻〈五行〉箋證》，頁118。

第二十五章

案：將經與説第二十三、二十四、二十五、二十六章合讀，有助於觀察四種認知和言説方式的整體一致性及各自的特色。

【經】〔●〕諭而知之，胃之進 之 。〔1〕

〔1〕"諭（喻）而"句：缺字以意補。經與説第二十三章的核心是" 目（侔） 而 知之，胃（謂）之進之"，經與説第二十四章的核心是"辟（譬）而知之，胃（謂）之進之"，這些均可作爲旁證；並參閲簡本。該句意思是，通過説明而認知了道理或價值，叫作進步。諭，通"喻"，表明、説明。《荀子·正名》篇云："單足以喻則單，單不足以喻則兼。"楊倞注："單，物之單名也。兼，復名也。喻，曉也。謂若止喻其物，則謂之馬；喻其毛色，則謂之白馬、黃馬之比也。"池田知久解"諭（喻）"爲"比較"，或者"大概就是以程度低（或規模小）的事實爲基礎，比較地搞清楚程度高（或規模大）的事實的本質的意思"，未爲的切。① " 目（侔）而 知之""辟（譬）而知之""諭（喻）而知之"" 鑯（幾） 而知之 "爲四種並行而不同的認知和言説方式，"目（侔）"被明確定義爲"比"即比較，"諭（喻）"便不應該還是"比較"。説文第二十五章具體使用的"諭（喻）"，亦足可説明這一點。魏啓鵬解"諭（喻）"爲"比喻""類比"，以爲"諭（喻）而知之"指的是"以比喻、類比而知之"。②此説同樣不確。因爲四種認知和言説方式中的"辟（譬）"纔是"比喻""類比"之意，"諭（喻）而知之"之"諭（喻）"不應該還取此意。

【説】〔●〕"榆而 知 之，胃之進 之 "：（三三八）弗榆也，榆則知之 矣 ；知之則進耳。〔1〕榆之也者，自所小好榆虖所大好。〔2〕"茭芍 淑女 ， 唔 （三三九）眛求之"，思色也。〔3〕"求之弗得，唔眛思伏"，言亓急也。〔4〕"繇才繇才，姥椑反廁"，言亓甚 急也 。〔5〕 急 （三四〇）如此亓甚也，交諸父母之廁，爲諸？則有死弗爲之矣。〔6〕

---

① 參閲〔日〕池田知久《馬王堆漢墓帛書五行研究》，頁460口語譯文及注釋a。
② 參閲魏啓鵬《簡帛文獻〈五行〉箋證》，頁118。

交諸兄弟之廁，亦弗爲也。交 諸 （三四一）邦人之廁，亦弗爲也。[7] 畏 父兄，亓殺畏人，禮也。[8] 繇色榆於禮，進耳。[9]（三四二）

〔1〕"榆而"句：牒經部分之缺字，依經文補，闡釋語之缺字以意補。該句意思是，經文稱"榆（喻）而 知 之，胃（謂）之進 之 "，就是説你不説明，説明就知道道理或價值了；知道道理或價值就是進步。榆，讀爲"諭"。

〔2〕"榆之"句：意思是，所謂説明，就是用小的喜好（比如好色）來説明大的喜好（比如好禮）。虖，同"乎"。

〔3〕"茭芍（窈窕）"句：缺字據傳世《毛詩・周南・關雎》補，並參考了下文"唔眛思伏"之用字；此處所引詩句，今《關雎》作"窈窕淑女，寤寐求之"。茭芍，整理本、國家文物局古文獻研究室本等均讀爲"窈窕"。 唔 眛，整理本、國家文物局古文獻研究室本等均讀爲"寤寐"。其説可從。①該句意思是，"茭芍（窈窕） 淑女 ， 唔 眛（寤寐）求之"，説的是想念美色。

〔4〕"求之"句：所引詩句，今《毛詩・周南・關雎》作"求之不得，寤寐思服"。該句意思是，"求之弗得，唔眛（寤寐）思伏"，説的是他思念美色的迫切。思伏，亦即"思服"，思念；伏，通"服"。

〔5〕"繇才（悠哉）"句：缺字據上下文意指補。所引詩句，今《毛詩・周南・關雎》作"悠哉悠哉，輾轉反側"。繇才，讀爲"悠哉"。婘槫，讀爲"輾轉"。廁，通"側"。該句意思是，所謂"繇才繇才，婘槫反廁"，是説他思念美色非常急迫。

〔6〕" 急 如"句：缺字以意補。該句意思是，思念美色的急切到如此嚴重的地步了，那在父母身邊跟她交往，這事做嗎？寧死也不做這事。交諸，交之於；諸，"之於"之合音。爲諸，即爲之乎；諸，"之乎"之合音。

〔7〕"交 諸 "句：缺字依上文之"交諸"補。邦人，國人、百姓。

〔8〕" 畏 父"句：缺字以意補。經文第十四章"愛父，亓繼愛人，仁也"，可作爲旁證。該句意思是，敬畏父親兄長，其次敬畏國人，就是禮。

〔9〕"繇色"句：用喜好美色之事説明或弄明白了喜好禮的重要性，就是進

---

① 參閲《馬王堆漢墓帛書》整理小組編《老子甲本及卷後古佚書》，葉15a；國家文物局古文獻研究室編《馬王堆漢墓帛書》第一册，頁24；〔日〕淺野裕一《帛書〈五行篇〉の思想史的位置：儒家による天への接近》，《島根大学教育学部紀要》（人文・社会科学）第十九卷，頁18。

步。案：此章論説"禮"，向前向後可以勾連孔子孟子等人的"男女授受不親"之意（分别見《禮記·坊記》《孟子·離婁上》）。"交諸父母之廁（側）""交諸兄弟之廁（側）""交諸邦人之廁（側）"之"交"字，國家文物局古文獻研究室本注釋爲"交合"，魏啓鵬解爲"性交"，顯然值得商榷。①若洵指性交，不交於父母兄弟邦人之側，實無須推揚。此處"交"字當釋爲"此與彼受"，寬泛一點説就是"交往"。《禮記·坊記》記孔子云："禮，非祭，男女不交爵。"又記孔子説："夫禮，坊民所淫，章民之别，使民無嫌，以爲民紀者也。故男女無媒不交，無幣不相見，恐男女之無别也。以此坊民，民猶有自獻其身。"《禮記·曲禮上》亦云："男女非有行媒，不相知名；非受幣，不交、不親。"此處"交諸父母之廁（側）""交諸兄弟之廁（側）""交諸邦人之廁（側）"諸語，是指在父母身邊，寧死也不與所思之窈窕淑女親行授受交往，也不在兄弟之側、國人之側行之。《禮記·坊記》載孔子曰："好德如好色，諸侯不下漁色。故君子遠色，以爲民紀。故男女授受不親（鄭注：不親者，不以手相與也），御婦人則進左手（御者在右，前左手，則身微背之），姑、姊妹、女子子已嫁而反，男子不與同席而坐。寡婦不夜哭（鄭注：嫌思人道）。婦人疾，問之，不問其疾（鄭注：嫌媚，略之也，問增損而已）。以此坊民，民猶淫泆而亂於族。"《禮記·内則》云："男不言内，女不言外。非祭非喪，不相授器（鄭注：祭嚴，喪遽，不嫌也）。其相授，則女受以篚，其無篚，則皆坐奠之而后取之。"可見依禮，男女於交往授受之際甚爲嚴飭。郭店簡《語叢一》云："《豊（禮）》，交之行述（術）也。"寬泛地講，儒家之禮規範的是一切人際交往，包括男女之交。又，《五行》圍繞"父"這一核心來定義"仁"和"禮"，方式是高度一致的。經文第十四章謂"愛父，亓（其）繼愛人，仁也"，説文此章謂"畏父兄，亓殺（其次）畏人，禮也"，結構完全相同，二者都是論説基於對父親的情感行爲的外向投射，在"愛"這一向度上的投射是"仁"，在"畏"這一向度上的投射則是"禮"。

第二十六章

案：將經與説第二十三、二十四、二十五、二十六章合讀，有助於觀察四種認知和言説方式的整體一致性及各自的特色。

---

① 參閲國家文物局古文獻研究室編《馬王堆漢墓帛書》第一册，頁27注釋82；魏啓鵬《簡帛文獻〈五行〉箋證》，頁119。

【經】〔●〕幾而知之，（二一一）天也。[1]（設）〔《詩》〕曰"上帝臨女，毋貳爾心"，此之胃也。[2]

〔1〕" 幾而 "句：缺字據說文之牒經部分補。該句意思殆爲，把握隱微之幾兆而知曉事情，是有天德。幾，整理小組讀爲"譏"，釋之爲察；國家文物局古文獻研究室本疑讀爲"計"，釋之爲謀、慮；龐樸讀爲"機"，釋之爲吉凶之先兆；魏啟鵬《馬王堆帛書〈德行〉校釋》讀爲"儝"，釋之爲精謹；魏啟鵬《郭店楚簡〈五行〉箋證》與池田知久等讀爲"幾"，似較可從。在經、說第二十六章中該字均作動詞用。①《周易·繫辭下傳》載孔子論"知幾"，曰："知幾其神乎？君子上交不諂，下交不瀆，其知幾乎（韓康伯注：形而上者況之道。形而下者況之器。於道不冥而有求焉，未離乎諂也。於器不絕而有交焉，未免乎瀆也。能無諂、瀆，窮理者乎）？幾者，動之微，吉之先見者也（《正義》：幾，微也。是已動之微，動謂心動、事動。初動之時，其理未著，唯纖微而已。若其已著之後，則心事顯露，不得爲幾。若未動之前，又寂然頓无（無），兼亦不得稱幾也。幾是離无入有，在有无之際，故云動之微也。若事著之後乃成爲吉，此幾在吉之先，豫前已見，故云吉之先見者也。此直云吉不云凶者，凡豫前知幾，皆向吉而背凶，違凶而就吉，无復有凶，故特云吉也）。君子見幾而作，不俟終日。……君子知微知彰，知柔知剛，萬夫之望。"又載孔子論"知化"，曰："天下何思何慮？天下同歸而殊塗，一致而百慮，天下何思何慮？日往則月來，月往則日來，日月相推而明生焉。寒往則暑來，暑往則寒來，寒暑相推而歲成焉。往者屈也，來者信也，屈信相感而利生焉。尺蠖之屈，以求信也。龍蛇之蟄，以存身也。精義入神，以致用也（韓康伯注：精義，物理之微者也。神寂然不動，感而遂通，故能乘天下之微，會而通其用也）。利用安身，以崇德也。過此以往，未之或知也。窮神知化，德之盛也（《正義》：過此以往未之或知也者，言精義入神以致用，利用安身以崇德，此二者皆人理之極，過此二者以往，則微妙不可知，故云未之或知也。窮神知化，德之盛者，此言過此二者以往之事。若能過此以往，則窮極微妙之神，曉知變化之道，乃是聖人德之盛極也）。"《五行》此章論"幾（幾）而知之"，與孔子"知化""知幾"之說頗有相通之處。《周易·繫辭上傳》："夫《易》，聖人之所以

---

① 參閱《馬王堆漢墓帛書》整理小組編《老子甲本及卷後古佚書》，葉16a；國家文物局古文獻研究室編《馬王堆漢墓帛書》第一册，頁27註釋83；龐樸《帛書五行篇研究》，頁87註釋3；魏啟鵬《簡帛文獻〈五行〉箋證》，頁119、頁44；〔日〕池田知久《馬王堆漢墓帛書五行研究》，頁474—475註釋a。

極深而研幾也。唯深也，故能通天下之志。唯幾也，故能成天下之務。唯神也，故不疾而速，不行而至。"

〔2〕"〔《詩》〕曰"句："設"字殆爲"詩"之訛。所引詩句，今《毛詩·大雅·大明》篇作："上帝臨女，無貳爾心。"腻，讀爲"貳"。女，第二人稱，後作"汝"。

【説】●"鑯而知之，天也"：鑯也者，齎數也。[1]唯有天德者，然笱鑯而知之。"上帝臨女，毋澶（三四三）璽心"[2]："上帝臨女"，言鑯之也。[3]"毋澶璽心"，俱鑯之也（三四四）。[4]

〔1〕"鑯而"句：意思是，經文説"鑯（幾）而知之，天也"，所謂鑯（幾）就是持數以知。齎，持。數，殆與筮法有關。《左氏春秋》魯僖公十五年（前645）載晉大夫韓萬之孫韓簡曰："龜，象也；筮，數也。物生而後有象，象而後有滋，滋而後有數。"《五行》此句所説，很可能關涉孔子之《易》學。《周易·繫辭上傳》云："子曰：'知變化之道者，其知神之所爲乎？《易》有聖人之道四焉：以言者尚其辭，以動者尚其變，以制器者尚其象，以卜筮者尚其占。'是以君子將有爲也，將有行也，問焉而以言。其受命也如響，无（無）有遠近幽深，遂知來物。非天下之至精，其孰能與于此？參伍以變，錯綜其數，通其變，遂成天（下）〔地〕之文；極其數，遂定天下之象。非天下之至變，其孰能與于此？易无思也，无爲也，寂然不動，感而遂通天下之故。非天下之至神，其孰能與于此？夫《易》，聖人之所以極深而研幾也。唯深也，故能通天下之志。唯幾也，故能成天下之務。唯神也，故不疾而速，不行而至。子曰'《易》有聖人之道四焉'者，此之謂也。"

〔2〕澶：讀爲"貳"。璽：讀爲"爾"。

〔3〕"上帝"句：缺字以意補。該句意思是，經文引"上帝臨女（汝）"爲證，是説上帝之事是幾微難知者。《中庸》第三十三章云："《詩》云：'予懷明德，不大聲以色……'子曰：'聲色之於以化民，末也。'《詩》曰'德輶如毛'，毛猶有倫；'上天之載，無聲無臭'，至矣！"

〔4〕"毋澶"句：意思是，經文引"毋澶（貳）璽（爾）心"爲證，澶（貳）璽（爾）心也是幾微難知者，跟"上帝臨女（汝）"一樣。

第二十七章

【經】〔●〕天（生）〔施〕諸亓人，天也。其人施諸 人 ， 儥 （二一二）也。[1]其人施諸人，不得亓人，不爲法。[2]

〔1〕"天（生）〔施〕"句：分章符號"●"據説文補。"生"殆爲"施"之訛。"天施諸亓（其）人"與"其人施諸 人 "是相對的兩面，施與的主體有"天""人"之異，其行爲則均是施諸人；若作"天生諸亓（其）人"，則無法跟"其人施諸 人 "構成相對的兩面，意思殊難理解。簡本作"（大）〔天〕陛（施）者（諸）其人"。魏啓鵬稱，"陛"讀爲"施"，二字古韻同隷歌部，其聲定、書準旁紐，音近通假。① 簡本殆是。説文牒經及闡釋語部分各有一個"天生"，亦均應爲"天施"之訛。"人"字據説文之牒經部分補，並且參考了簡本。"人"字後面一個缺字，龐樸本、池田本等補爲"人"，似不甚切，這樣補恐怕主要是論者被通常"天""人"相對觀念誤導的結果。② 簡本作"儥"。該字不見於傳世字書，李零疑以音近讀爲狎（"狎"與"習"音義相近），魏啓鵬疑讀爲"佮"，訓爲"合"，後説似更可取。③ 依《五行》之意，天施諸其人，如説文所舉天授命文王，關鍵在天。其人施諸人，如説文所舉文王之施諸弘夭、散宜生，有適合的對象纔可爲法，其人而得合適的對象正是合。不過《五行》所述主要是"王公之尊賢"，不是一般的君臣遇合。屈子《離騷》所謂"湯禹嚴而求合兮，摰咎繇而能調"，可以發明此意。

〔2〕"其人"句：意思是，其人施之於人，若得不到適當的人（亦即適當的對象），就不算是模範或法式。

【説】●"天（生）〔施〕諸（无）〔亓〕人，天也"：天（生）〔施〕諸亓人也者，如文王者也。[1]"亓人它者人"也者，如文王之它者弘夭、散（三四五）宜生也。[2]"亓人它者人，不得亓人不爲法"：言所它之者不得如散宜生、弘夭者也，則弗 爲法 （三四六）矣。[3]

---

① 參閲魏啓鵬《簡帛文獻〈五行〉箋證》，頁45。
② 參閲龐樸《帛書五行篇研究》，頁88；〔日〕池田知久《馬王堆漢墓帛書五行研究》，頁483、頁484注釋b。
③ 參閲李零《郭店楚簡校讀記》（增訂本），頁81—82；魏啓鵬《簡帛文獻〈五行〉箋證》，頁45。

〔1〕"天（生）〔施〕"句："生"爲"施"之訛，參見經文第二十七章注釋1。牒經部分之"亓"字原訛爲"无（無）"，據經文改正。該句意思是，經文說"天（生）〔施〕諸（无）〔亓（其）〕人，天也"，所謂天施之於其人，就好比天授命於文王。案：上博《詩論》第九章云："…'帝冑（謂）文王，予襃（懷）尔（爾）㮯（明）惪（德）'，害（何）？城（誠）冑（謂）之也。'又（有）命自天，命此文王'，〔害（何）〕？城（誠）命之也，信矣。孔子曰：此命也夫！文王隹（雖）谷（欲）已，旻（得）唐（乎）？此命也。□□□□□□□□□□寺（時？）也，文王受命矣。"《毛詩·大雅·皇矣》三言"帝謂文王"，如"帝謂文王：'無然畔援，無然歆羨，誕先登于岸'"，"帝謂文王：'予懷〔尔（爾）〕明德，不大聲以色，不長夏以革，不識不知，順帝之則'"，是爲天命文王的具體事項。

〔2〕"亓人"句：意思是，經文所謂其人施之於其人者，就好比文王施之於散宜生、弘夭等人。它，通"施"。者，通"諸"。弘夭、散宜生，周賢臣，起初一起輔佐文王，後又輔佐武王滅商；"弘夭"典籍常寫作"閎夭"。

〔3〕"亓人"句：缺字據經文補。該句意思是，經文說"亓（其）人它（施）者（諸）人，不得亓（其）人不爲法"，說的是所施與的對象得不到散宜生、弘夭那樣的人，就算不上是模範或法式。

第二十八章

案：經與說此章，可與經第三章，以及經和說第七、第十八、第二十八章對讀。

【經】●聞君子道而說，好仁者也。〔1〕聞道而威，好（二一三）義者也。〔2〕聞道而共，好禮者也。〔3〕聞〔道〕而樂，有德者也（二一四）。〔4〕

〔1〕"聞君"句："君子道"簡本作"道"，似是鈔寫簡省，但所指却是相同的。該句意思是，聽說君子道而持守、踐行之，以至於生成自己的仁之德，因此而能喜悦，這是喜好仁的人。

〔2〕"聞道"句：缺字據說文之牒經部分補，並參閱了簡本。該句意思是，

聽說君子道而持守、踐行之，以至於生成自己的義之德，因此而能畏懼，這是喜好義的人。威，通"畏"；簡本作"畏"。

〔3〕"聞道"句：缺字據文義及説文之牒經部分補，並參閲了簡本。該句意思是，聽説君子道而持守、踐行之，以至於生成自己的禮之德，因此而能恭，這是喜好禮的人。共，通"恭"。

〔4〕聞〔道〕"句：脱字據文義、上下文語例以及説文之牒經部分補，並參閲了簡本。"有德者"簡本作"好惪者"。帛本説文之牒經部分亦作"有惪（德）者"，互相印證，帛本應該没有問題。按説文的詮釋，"聞〔道〕而樂，有德者也"，是説好德者聽了君子道，持守之踐行之，而使仁、智、義、禮、聖五種德之行達成超越性的同一（生成了德），所以能够快樂。那麽僅僅是"好德"，還不能"樂"，聞道且生成了德，纔能樂。從這個意義上説，帛本作"聞〔道〕而樂，有德者也"，可能更爲切當。簡本作"好惪者"，很可能是被上文"好悬（仁）者""好義者""好豊（禮）者"形成的思維定勢誤導。不過問題也許更爲複雜。依據帛本説文，"聞君子道而説者，好仁者也"，意思是，聽了君子道而持守、踐行之，以至於生成自己的仁之德，因此而能喜悦，這種人是喜好仁的人；所謂"好義者""好禮者"，也都是同樣的情況。聞君子道而"説（悦）"、而"威（畏）"、而"共（恭）"，均是在仁、義、禮等德行生成之後，而各被稱爲"好仁者""好義者""好禮者"，則聞君子道，持守之踐行之，生成德而"樂"，也同樣可以稱爲"好德者"，相關説文基本上是這種意思。姑且闕疑。

【説】〔●〕"聞君子道而説者，好仁者也"：道也者，天道也。言好仁者之聞君子道而以之亓（三四七）仁也，故能説也。説者，荆也。[1]"聞君子道而威，好義者也"：好義〔者〕之聞君子道而以之亓 義也 ，（三四八）故能威也。威者，荆也。[2]"聞道而共，好禮者也"：言好禮者之聞君子道而以之亓禮（三四九）也，故能共。共者，荆也。[3]"聞道而樂，有惪者也"：道也者，天道也。言好德者之聞君子（三五〇）道而以夫五也爲一也，故能樂也。樂者和，和者惪也（三五一）。[4]

〔1〕"聞君子道而説"數句：帛本"故能説（悦）"之"説（悦）"字下有重文符號，但所重"説（悦）"字當在接下來的"也"字後，爲帛書《五行》重文

跳讀又一例。此數句意思是：經文稱"聞君子道而説（悦）者，好仁者也"，道（或君子道）就是天道。喜歡仁德的人聽説君子道而修持之，達成他自己的仁德，因此能够喜悦。這種喜悦，意味着仁形成於内。"以之亓（其）仁"之"之"，意爲至。案孔子曰："仁遠乎哉？我欲仁，斯仁至矣！"（《論語·述而》）又曰："爲仁由己，而由人乎哉？"（《論語·顔淵》）可資參考。

〔2〕"聞君子道而威"數句：帛本牒經部分之"好義"二字下各有重文符號，接下來之"者"字下殆脱漏重文符號，所重"好義者"三字實當在接下來的"也"字下，爲帛書《五行》重文跳讀又一例；上下文"好仁者之聞君子道""好禮者之聞君子道""好德者之聞君子道"，與此句"好義〔者〕之聞君子道"，爲同一語例，可以互證。"義也"二字以意補；上下文"以之亓（其）仁也""以之亓（其）禮也"，可以爲證。帛本"故能威（畏）"之"威（畏）"字下有重文符號，但所重"威（畏）"字當在接下來的"也"字後，爲帛書《五行》重文跳讀又一例。此數句意思是：經文説"聞君子道而威（畏），好義者也"，是指喜好義的人聽了君子道而修持之，達成他自己的德之行義，因此能够畏懼。這種畏懼，意味着義形成於内。

〔3〕"聞道而共"數句：意思是，經文稱"聞道而共（恭），好禮者也"，説的是喜好禮的人聽了君子道而修持之，達成他自己的德之行禮，因此能够恭敬。這種恭敬，意味着禮形成於内。

〔4〕"聞道而樂"數句：帛本"樂"字下有重文符號，但所重"樂"字實當在"也"字之下。此數句意思是：經文稱"聞道而樂，有悳（德）者也"，所謂道（或君子道），就是天道。經文是説喜好德的人聽了君子道而修持之，將那仁、知（智）、義、禮、聖五種德之行和合爲一，所以能够快樂。快樂就是和，和就是德。

附　論

衛宏作《詩序》説駁議——兼申鄭玄子夏作《大序》、子夏毛公作《小序》説

對於中國文學史、詩學史、《詩經》學史乃至一般經學史來説，傳世《詩序》的作者問題極爲重要，古今學者對此討論雖多，却並無可以信從的定論，連一個有較高共識度的基本判斷都没有。毫無疑問，解決這一問題的難度非常大，所以近今學者太半因循舊説，一小半則取迴避、漠視的態度。而實事求是地講，要想研究中國文學、詩學、《詩經》學以及經學，對於《詩序》的作者，必須給出一個基本的判斷。[①]

關於《詩序》作者的種種説法，朱彝尊（1629—1709）在《經義考》卷九九"卜子《詩序》"下列舉甚爲詳備。[②]《四庫全書總目提要》卷一五經部十五著録《詩序》二卷，並且討論了其作者問題，相對較爲簡明，今録其要者於下：

案《詩序》之説，紛如聚訟。以爲《大序》子夏作，《小

[①] 有經學史研究者云："關於《詩序》的作者，歷代異説紛紜，至今尚無定論。……實際上這個問題目前看來是無法解決的，更何況《詩序》對《詩經》研究並不十分重要。祇是因爲歷代儒者對此問題過於重視，故這裏也稍加述及。"（許道勛、徐洪興《中國經學史》，上海人民出版社2006年版，頁340）經學史研究者如此輕視《詩序》，令人驚異。

[②] 參閲朱彝尊撰，林慶彰、蔣秋華、楊晉龍等主編《經義考新校》，上海古籍出版社2010年版，頁1842—1872。

序》子夏、毛公合作者,鄭玄《詩譜》也。以爲子夏所序《詩》即今《毛詩序》者,王肅《家語注》也。以爲衛宏受學謝曼卿、作《詩序》者,《後漢書·儒林傳》也。以爲子夏所創,毛公及衛宏又加潤益者,《隋書·經籍志》也。以爲子夏不序《詩》者,韓愈也。以爲子夏惟裁初句,以下出於毛公者,成伯璵也。以爲詩人所自製者,王安石也。以《小序》爲國史之舊文,以《大序》爲孔子作者,明道程子也。以首句即爲孔子所題者,王得臣也。以爲毛《傳》初行尚未有《序》,其後門人互相傳授,各記其師說者,曹粹中也。以爲村野妄人所作,昌言排擊而不顧者,則倡之者鄭樵、王質,和之者朱子也。然樵所作《詩辨妄》一出,周孚即作《非鄭樵詩辨妄》一卷,摘其四十二事攻之。質所作《詩總聞》,亦不甚行於世。朱子同時,如呂祖謙、陳傅良、葉適,皆以同志之交,各持異議。黄震篤信朱學,而所作《日鈔》,亦申《序》說。馬端臨作《經籍考》,於他書無所考辨,惟《詩序》一事,反覆攻詰至數千言。自元明以至今日,越數百年,儒者尚各分左右袒也。豈非說經之家第一爭詬之端乎?考鄭元(案即鄭玄,避康熙諱而更易)之釋《南陔》曰,子夏序《詩》,篇義各編,遭戰國至秦而《南陔》六詩亡,毛公作《傳》,各引其序冠之篇首,故《詩》雖亡而義猶在也。程大昌《考古編》亦曰,今六《序》兩語之下,明言有義無辭,知其爲秦火之後見《序》而不見《詩》者所爲。朱鶴齡《毛詩通義序》又舉《宛丘》篇序首句與毛《傳》異辭。其說皆足爲《小序》首句原在毛前之明證。邱光庭《兼明書》舉《鄭風·出其東門》篇,謂毛《傳》與《序》不符。曹粹中《放齋詩說》亦舉《召南·羔羊》《曹風·鳲鳩》《衛風·君子偕老》三篇,謂《傳》意《序》意不相應。《序》若出於毛,安得自相違戾?其說尤足爲續申之語出於毛後之明證。觀蔡邕本治《魯詩》,而所作《獨斷》載《周頌》三十一篇之《序》,皆祇有首二句,與《毛序》文有詳略,而大旨略同。蓋子夏五傳至孫卿,孫卿授毛亨,毛亨授毛萇,是《毛詩》距孫卿再傳。申培師浮邱伯,浮邱伯師孫卿,是《魯詩》距孫卿亦再傳。故二家之《序》大同小異,其爲孫卿以來遞相授受者可知。

其所授受祇首二句，而以下出於各家之演説，亦可知也。且《唐書·藝文志》稱"《韓詩》，卜商序，韓嬰注，二十二卷"，是《韓詩》亦有《序》，其《序》亦稱出子夏矣。而《韓》詩遺説之傳於今者往往與毛迥異，豈非傳其學者遞有增改之故哉？今參考諸説，定《序》首二語爲毛萇以前經師所傳，以下續申之詞爲毛萇以下弟子所附，仍録冠《詩》部之首，明淵源之有自。併録朱子之《辨説》，著門户所由分。蓋數百年朋黨之爭，兹其發端矣。

《提要》列舉歷代關於《詩序》作者的説法凡十一種，並論斷《詩序》"首二語爲毛萇以前經師所傳，以下續申之詞爲毛萇以下弟子所附"。這一論斷實有一部分合理性，却未被廣泛接受。毛萇即通常所謂"小毛公"，嘗爲河間獻王（劉德，？—前130）博士；他所師承的是毛亨，通常稱爲"大毛公"。三國時期吴人陸璣説："孔子刪《詩》，授卜商。商爲之序，以授魯人曾申，申授魏人李克，克授魯人孟仲子，仲子授根牟子，根牟子授趙人荀卿，荀卿授魯國毛亨。亨作《詁訓傳》以授趙國毛萇。時人謂亨爲大毛公，萇爲小毛公。以其所傳，故名其詩曰《毛詩》。萇爲河間獻王博士……"（《毛詩草木鳥獸蟲魚疏》卷下"毛詩"條）孔穎達（574—681）在疏解"毛詩國風"時，引鄭玄《詩譜》云："魯人大毛公爲《詁訓傳》於其家，河間獻王得而獻之，以小毛公爲博士。"近人胡樸安臚列十三家關於《詩序》作者的論斷，又將其綜括合併爲八種：（一）子夏所作説；（二）衛宏所作説；（三）子夏、毛公合作説；（四）子夏、毛公、衛宏合作説；（五）詩人自作説；（六）孔子所作説；（七）國史所作説；（八）毛公門人所作説。胡氏自己的判斷是："……《毛詩》之序，淵源於子夏，敘録於毛公，增益於衛宏等。"[1]徐澄宇更舉列二十四家之説，將其總括爲十一類。徐氏本人的判斷是："……《詩序》之傳，蓋自子夏，口耳相承，時有增損……至衛宏始著之於篇。其義爲子夏以來相授之義，其文則衛宏之所纂也。"[2]二氏均認定《詩序》跟衛宏有關，但都將《詩序》之源頭歸結於子夏，明顯有調停歧説之意。

---

[1] 參閲胡樸安《詩經學》，商務印書館1930年版，頁17—19、頁20。
[2] 參閲徐澄宇《詩經學纂要》，中華書局1936年版，頁21—23、頁25。

總體上看，近代以來，學界沿用最多的説法是衛宏作《序》説。其關鍵根據，是范曄《後漢書·儒林傳》所記載："衛宏字敬仲，東海人也。少與河南鄭興俱好古學。初，九江謝曼卿善《毛詩》，乃爲其訓。宏從曼卿受學，因作《毛詩序》，善得《風》《雅》之旨，于今傳於世。"

筆者略揭數例，以管窺近代以降，學界承襲衛宏作《序》説的壓倒性傾向。比如，蔣伯潛（1892—1956）、蔣祖怡（1913—1992）稱："這樣杜撰瞎猜地論《詩》的，無過於所謂《詩序》。……或云《序》之首句是大毛公作，此句以下是小毛公作；……或云《大序》是子夏作，《小序》是子夏、毛公合作；……這些都是隋唐以後的傳説，其實，范曄的《後漢書·儒林傳》裏，有很明確的記載……則《詩序》爲後漢人衛宏（字敬仲）所作，鐵案如山，不可推翻了，所以《史記》和《漢書》中，從没有提到它過。"①何耿鏞則説："《詩序》相傳爲子夏所作，實不可信。近人多以爲是東漢衛宏所作，根據是《後漢書·儒林傳》的記載……"②李澤厚、劉綱紀主編的《中國美學史》云："關於《毛詩序》的作者，歷來有各種不同的説法。……我們認爲《後漢書·儒林傳》對《毛詩序》的作者有明確記載，指出是衛宏所作，這應當是最爲可信的説法。但所謂衛宏所作，並非衛宏一人的創見，而是對毛萇一派的詩説的纂集整理。"③此説也明顯有調和之意。

實際上，衛宏作《詩序》説最不可信。筆者首先説明幾個最簡單的事實。衛宏是東漢光武帝（25—57在位）、明帝（58—75在位）時期的人物，光武帝時官拜議郎。班固（32—92）《漢志》著録："《詩經》二十八卷，魯、齊、韓三家"，乃三家《詩》之今文經。王引之（1766—1834）認爲，魯、齊、韓三家，"蓋以十五《國風》爲十五卷，《小雅》七十四篇爲七卷（前六十篇爲六卷，後十四篇爲一卷），《大雅》三十一篇爲三卷（前二十篇爲二卷，後十一篇爲一卷），三《頌》爲三卷，合爲二十八卷。《周頌》三十一篇，每篇一章，視《國風》大小《雅》魯商《頌》諸篇，章句最少，故併爲一卷也。"《漢志》

---

① 蔣伯潛、蔣祖怡《經與經學》，世界書局1941年版，頁32—33。
② 何耿鏞《經學簡史》，廈門大學出版社1993年版，頁24。
③ 李澤厚、劉綱紀主編《中國美學史》第一卷，中國社會科學出版社1987年版，頁570。

又著録"《毛詩》二十九卷",乃《毛詩》之古文經。王引之以爲,"《毛詩》經文當爲二十八卷,與齊、魯、韓三家同。其序別爲一卷,則二十九卷矣"。《漢志》又著録"《毛詩故訓傳》三十卷"。王引之以爲,"毛公作傳,分《周頌》爲三卷,又以《序》置諸篇之首,是以云三十卷也"。不過,王先謙(1842—1917)認爲,四家《詩》之十五《國風》均爲十三卷,因爲《邶鄘衛》共爲一卷,毛公作《詩傳》,析之爲《邶風》《鄘風》《衛風》三卷,所以有三十卷。無論如何,《毛詩》自《漢志》著録時便已有《序》,是可以肯定的事實;起初其《序》獨立爲一卷,後來被分置各篇之首。而衆所周知,《漢志》乃删劉歆《七略》之繁冗、取其指要而成的。故徐復觀斷言,"在劉歆《七略》著録'《毛詩故訓傳》三十卷'時,《毛詩》已經定型。……《毛詩故訓傳》定篇著録時已經有了《詩序》。衛宏生於西漢之末,而活躍於東漢之初,此斷非他的年齡所能及",這是合乎情理的判斷。[①]除此之外,鄭玄後於衛宏者約百年,范曄(398—445)後於衛宏者約三四百年。若衛宏所作誠爲傳世《詩序》,從一般情理來看,作爲經學家的鄭玄不知,而作爲史學家的范曄却知曉,亦頗不合情理。

《毛詩序》"《關雎》,后妃之德也"以下,《經典釋文》引沈重(500—583)曰:"案鄭《詩譜》意,《大序》是子夏作,《小序》是子夏、毛公合作。卜商意有不盡,毛更足成之。"[②]鄭玄這種説法是迄今所知對《詩序》作者最早的明確表述,應當受到高度重視。不過,僅此一個方面不足以駁倒根深蒂固的衛宏作《序》説,筆者所以反駁該説而重申鄭玄的看法,還有很多重要的依據。

一、《後漢書》之記載不符合《詩序》之實際

可以反駁衛宏作《序》説的第一個重要事實是,《後漢書》的記載

[①] 各家論斷參閲王引之《經義述聞》卷七《毛詩下》"毛詩經二十九卷"條;王先謙《漢書補注·藝文志第十》;顧實《漢書藝文志講疏》,上海古籍出版社2009年版,頁35—39;徐復觀《中國經學史的基礎》,《徐復觀論經學史二種》,上海書店出版社2002年版,頁120—121。

[②] 案:漢人相承之説,以"《關雎》,后妃之德也"至"用之邦國焉",爲《關雎序》,亦謂之《大序》,以下則爲《小序》;宋人相承之説,以"詩者,志之所之也"至"是謂四始,詩之至也",爲《大序》,其餘各序一詩之由者爲《小序》(參閲胡樸安《詩經學》,頁16)。本文一般採用宋人之説。

明顯不符合傳世《詩序》的實際。

首先,比較《詩序》和《毛傳》,可清晰見出前者有大量超出後者的內容。這可以從兩方面來考察:

（一）《詩序》認定《詩》的編次有政教倫理意義。《詩序》云:"《魚麗》,美萬物盛多,能備禮也。文、武以《天保》以上治內,《采薇》以下治外,始於憂勤,終於逸樂,故美萬物盛多,可以告於神明矣。"《天保》以上指《小雅》的《鹿鳴》《四牡》《皇皇者華》《常棣》《伐木》以及《天保》,《采薇》以下指《小雅》的《采薇》《出車》以及《杕杜》,《詩序》把這些作品納入到一個治理諸夏和夷狄的井然有序的政教倫理體系中。《詩序》又云:"《天保》,下報上也。君能下下以成其政,臣能歸美以報其上焉。"按鄭箋,此序乃是上探《鹿鳴》至《伐木》五詩而言的,"皆君所以下臣也";而《天保》則意味着"臣亦宜歸美於王,以崇君之尊而福祿之,以答其歌"。故《孔疏》發之,謂"聖人示法,義取相成"。《詩序》復云:"《車攻》,宣王復古也。宣王能內脩政事,外攘夷狄,復文、武之境土,脩車馬,備器械,復會諸侯於東都,因田獵而選車徒焉。"按孔疏,此序乃上探《六月》《采芑》而言（《詩序》云:"《六月》,宣王北伐也","《采芑》,宣王南征也"）,"以詩次有義,故序者每乘上篇而詳之"。這一方面最堪作爲例證的,則是《周南》《召南》二十五詩之序蘊含着儒家由修身到齊家、到治國、到平天下依次發展的理念。朱熹綜論《周南》十一詩,云:"按此篇首五詩,皆言后妃之德。《關雎》舉其全體而言也。《葛覃》《卷耳》言其志行之在己,《樛木》《螽斯》美其德惠之及人,皆指其一事而言也。其詞雖主於后妃,然其實則皆所以著明文王身脩家齊之效也。至於《桃夭》《兔罝》《芣苢》,則家齊而國治之效。《漢廣》《汝墳》,則以南國之詩附焉,而見天下已有可平之漸也。若《麟之趾》,則又王者之瑞,有非人力所致而自至者,故復以是終焉,而序者以爲《關雎》之應也。夫其所以至此,后妃之德固不爲無所助矣,然妻道無成,則亦豈得而專之哉。今言《詩》者,或乃專美后妃而不本於文王,其亦誤矣。"朱熹又綜論《召南》十四詩,云:"愚按《鵲巢》至於《采蘋》,言夫人、大夫妻,以見當時國君、大夫被文王之化,而能脩身以正其家也。《甘棠》以下,又見由方伯能布文王之化，而國君能脩之家以及其國也。其詞雖無及於文王者，然文王明德新民之功，至是而其所施者溥矣，抑所謂其民皞皞而不知爲之者與？唯《何彼穠矣》之詩爲不可曉，當闕所疑耳。"①總之，《詩序》有把《詩》的編次在政教倫理意義上序列化、系統化的傾向。而從《毛傳》當中，我們根本找不到詩作序列化的明確依據。

（二）《詩序》對詩篇意旨的界說常常超出《毛傳》。《鄭風·褰裳》云："子惠思我，褰裳涉溱。子不我思，豈無他人？狂童之狂也且！/子惠思我，褰裳涉洧。子不我思，豈無他士？狂童之狂也且！"毛傳衹說：

> 惠，愛也。溱，水名也。
> 狂行童昏所化也。
> 洧，水名也。
> 士，事也。

《詩序》則說："《褰裳》，思見正也。狂童恣行，國人思大國之正己也。"與此相似，《鄭風·風雨》云："風雨淒淒，雞鳴喈喈。既見君子，云胡不夷？/風雨瀟瀟，雞鳴膠膠。既見君子，云胡不瘳？/風雨如晦，雞鳴不已。既見君子，云胡不喜？"毛傳衹說：

> 興也。風且雨淒淒然，雞猶守時而鳴喈喈然。
> 胡，何；夷，說（悅）也。
> 瀟瀟，暴疾也。膠膠，猶"喈喈"也。
> 瘳，愈也。
> 晦，昏也。

《詩序》則說："《風雨》，思君子也。亂世則思君子不改其度焉。"顯然，由這兩首詩的毛傳根本不能自然而然地推出《詩序》的意思。而仔細比對，可知《詩序》像這樣超出《毛傳》者，幾乎俯拾即是。

其次，《詩序》與《毛傳》尚有非常清楚的矛盾。

---

① 案孟子曰："霸者之民，驩虞如也；王者之民，皞皞如也。殺之而不怨，利之而不庸（功），民日遷善而不知爲之者。夫君子所過者化，所存者神，上下與天地同流，豈曰小補之哉！"（《孟子·盡心上》）

《陳風・宛丘》序云："《宛丘》，刺幽公也。淫荒昏亂，游蕩無度焉。"該詩首章曰："子之湯兮，宛丘之上兮。洵有情兮，而無望兮。"毛傳曰："子，大夫也。"可見，《毛傳》認爲此詩是譏刺陳大夫游蕩無度，而非譏刺陳幽公（前854—前832在位）。鄭箋意識到《毛傳》《詩序》之間的矛盾，所以改《毛傳》之説，云："子者，斥幽公也；游蕩無所不爲。"

《小雅・湛露》序云："《湛露》，天子燕諸侯也。"其詩有云："湛湛露斯，匪陽不晞。厭厭夜飲，不醉無歸。"毛傳曰："夜飲，燕私也。宗子將有事，則族人皆侍，不醉而出，是不親也；醉而不出，是渫宗也。"顯然，《毛傳》並不以天子燕諸侯説《湛露》，而偏主於宗子與族人之間。所謂宗子，乃是宗法制度中族人兄弟所共尊的嫡長子。所謂燕私，乃是古代祭祀之後同族親屬的私宴。《小雅・楚茨》云："諸父兄弟，備言燕私。"毛傳曰："燕而盡其私恩。"鄭箋云："祭祀畢，歸賓客之俎，同姓則留與之燕，所以尊賓客、親骨肉也。"《禮記・祭統》云："凡爲俎者，以骨爲主。骨有貴賤，殷人貴髀，周人貴肩；凡前貴於後。俎者，所以明祭之必有惠也。是故貴者取貴骨，賤者取賤骨。貴者不重，賤者不虛，示均也。惠均則政行，政行則事成，事成則功立。功之所以立者，不可不知也。俎者，所以明惠之必均也。"鄭箋既遷就《詩序》，又不願離棄《毛傳》，故云："天子燕諸侯之禮亡，此假宗子與族人燕爲説爾，族人猶羣臣也，其醉不出、不醉出，猶諸侯之義也。"鄭箋之意在調和《序》《傳》，但頗爲迂曲。按照《毛傳》，所謂"夜飲"實爲"燕私"自身，並非假借之言，"夜飲，燕私也"一語定性，至爲明切。孔疏云："《書》傳曰：……燕私者何？已而與族人飲。飲而不醉是不親，醉而不出是不敬。與此傳同。"[1]詩本身也明確地説："厭厭夜飲，在宗載考。"毛傳云："夜飲必於宗室。"毛傳《召南・采蘋》"于以奠之？宗室牖下"，指出："宗室，大宗之廟也。"總而言之，毛傳所謂"宗子""族人""燕私"乃是直接解詩，並非借來説天子燕諸侯之禮；宗子燕族人跟天子燕諸侯是兩種

---

[1] 案：孔疏所引《書》傳，參見《尚書大傳》，朱維錚主編《中國經學史基本叢書》第一册，上海書店出版社2012年版，頁36—37。

性質不同的禮制，《序》《傳》的矛盾根本就是不可調和的。①

《小雅·小弁》序云："《小弁》，刺幽王也。太子之傅作焉。"詩中有云："民莫不穀，我獨于罹。"毛傳曰："幽王取申女，生大子宜臼；又説（悦）褒姒，生子伯服，立以爲后，而放宜臼，將殺之。"詩中又云："何辜于天？我罪伊何？"毛傳曰："舜之怨慕，日號泣于旻天、于父母。""舜之怨慕"云云見《尚書·大禹謨》（今文無）與《孟子·萬章上》。前者云："帝初于歷山，往于田，日號泣于旻天、于父母……"僞孔傳説："仁覆愍下謂之旻天；言舜初耕于歷山之時，爲父母所疾，日號泣于旻天及父母，克己自責，不責於人。"後者云："萬章問曰：'舜往于田，號泣于旻天，何爲其號泣也？'孟子曰：'怨慕也。'"朱熹《集注》："怨慕，怨己之不得其親而思慕也。"毛傳很明顯是以舜見疾於父母，比太子宜臼見放並將見殺於其父幽王與褒姒，以"何辜于天？我罪伊何"云云，比舜之號泣於旻天於父母。由此可以推斷，《毛傳》應該是説《小弁》一詩乃太子宜臼所自作。今文《詩》説雖往往與《毛詩》不同，却可以證成上文的判斷。王充（27—約97）《論衡·書虛》篇云："伯奇放流，首髮早白，《詩》云

---

① 有學者認爲，這裏的《毛傳》跟《詩序》並不矛盾，因爲毛公釋《大雅·板》"大宗維翰"一語云："王者，天下之大宗"，而且《周禮·春官·大宗伯》有"以飲食之禮，親宗族兄弟"之類説法。其實，《毛傳》所謂"王者，天下之大宗"，就天子跟同姓諸侯的宗法關係而言是正確無誤的，但《板》詩之"大宗"不當指周王。《板》第七章云："价（善）人維藩，大師維垣。大邦維屏，大宗維翰。懷德維寧，宗子維城。無俾城壞，無獨斯畏。""翰"與"藩""垣""屏""城"並言，都比喻捍衛王朝和天下的關鍵力量，它們所指涉的"价人""大師""大邦""大宗""宗子"都不可能是指周王（參閲錢杭《周代宗法制度史研究》，學林出版社1991年版，頁69—72）。"大宗維翰"之"大宗"，嚴格意義應如鄭箋所説，乃"王之同姓世嫡子也"。不必諱言，《毛傳》有宗君合一的觀念，但即便把《湛露》傳中的"宗子"換成《板》傳所説的"王者"，《湛露》傳中的"族人"也不能換成諸侯，因爲周代不乏異姓諸侯，則《湛露》傳的整個意思仍然是説天子燕族人的禮制，而不是《詩序》所謂天子燕諸侯。總之，《湛露》序天子燕諸侯同該詩之《毛傳》宗子與族人爲燕，無論如何都是兩碼事。《鄭箋》以爲是借宗子燕族人，來説天子燕諸侯，雖然迂曲，但它區分兩種禮制却是非常正確。錢杭指出："宗法制度與分封制的性質並不相同。宗法制度存在於宗族内部，它以宗法血緣共同體爲前提；而分封制度存在於國家内部，它的前提是國家這個政治地域共同體；宗法制因宗族先於分封而存在，故不可以分封制的形成爲條件；同樣道理，分封制也因國家的超血緣性質，故可包括、也可超越宗法制，它的存在也根本不必以宗法制的存在爲條件。"如錢杭所説，殷、周都先於分封制度而存在着宗法，而周公開創大分封局面以前及以後，武王與周公、成王等人先後分封神農、堯、舜、禹之後以及尚父和殷人之後裔，這些都是對異姓的分封。《荀子·儒效》篇云："……周公……兼制天下，立七十一國，姬姓獨居五十三人，而天下不稱偏焉。"周代分封雖以同姓爲主流，但異姓受封者並不少見。（參閲錢杭《周代宗法制度史研究》，頁50、頁48—59）從這種史實看，《詩序》所説的天子燕諸侯跟《毛傳》所説的宗子燕族人也絶對不可混爲一談。

'維憂用老'。"引詩出自《小弁》。殆王充認爲,《小弁》乃伯奇因後母譖毀,遭父親尹吉甫之放流而作。班固《漢書·馮奉世傳》之傳贊云:"讒邪交亂,貞良被害,自古而然。故伯奇放流,孟子(案指作《巷伯》之寺人孟子)宮刑,申生雉經,屈原赴湘,《小弁》之詩作,《離騷》之辭興。"是班氏之説與王充所記同。《孟子·公孫丑下》記公孫丑問孟子云:"高子曰:'《小弁》,小人之詩也。'"孟子曰:"何以言之?"曰:"怨。"趙岐(約108—201)注云:"《小弁》,《小雅》之篇,伯奇之詩也。"孟子接下來又謂"《小弁》之怨,親親也",趙岐注云:"伯奇仁人,而父虐之,故作《小弁》之詩曰:何辜于天?親親而悲怨之詞也。"是趙氏之説亦同。《初學記》卷二引舊題蔡邕(133—192)《琴操·履霜操》云:"《履霜操》者,伯奇之所作也。伯奇,尹吉甫之子也。甫聽其後妻之言,疑其孝子伯奇,遂逐之。伯奇編水荷而衣之,采蘋花而食之,清朝履霜,而自傷無罪見放逐,乃援琴而鼓之。"①尹吉甫爲周宣王(前827—前782在位)重臣,其子伯奇與周幽王(前781—前771在位)太子宜咎遭遇酷似,其發生之時代亦相接。今文《詩》以《小弁》爲伯奇作,應當可以旁證《毛傳》以《小弁》爲宜咎作。總之,《毛傳》與《詩序》應該是迥然不同的。

一方面,《詩序》的内容大量溢出《毛傳》,一方面,《序》《傳》之間常常表現出異常鮮明的矛盾,而且這些歧異並非由所謂《傳》主訓詁、《序》論大意的體例差別所造成。②凡此種種,絶對不能使人看出衛宏"善得《風》《雅》之旨",其師謝曼卿則"善《毛

---

① 徐堅《初學記》,中華書局1962年版,頁31。
② 馬瑞辰辨析《毛詩詁訓傳》(簡稱《毛傳》)之體,將"詁訓傳"離析爲三小端、兩大端。三小端即"詁(故)""訓""傳";"蓋散言則'故''訓''傳'俱可通稱,對言則'故訓'與'傳'異,連言'故訓'與分言'故''訓'者又異"。兩大端即"詁訓"與"傳":"詁第就其字之義旨而證明之,訓則兼其之比興而訓導之","詁訓……博習古文,通其轉注、假借,不煩章解句釋","第就經文所言者而詮釋之";"傳則並經文所未言者而引伸之"。(參閱馬瑞辰《雜考各説·毛詩詁訓傳名義考》,《毛詩傳箋通釋》,中華書局1989年版,頁4—5)。簡單言之,"詁(故)訓"之爲體,主要是關注文本字面的意義;"傳"之爲體,則主要是對文本意義的引申,跟字面意思較遠。"詁"與"傳"之不同,觀《漢志》著録《齊詩》學著述有《齊后氏詁》,又有《齊后氏傳》,有《齊孫氏詁》,又有《齊孫氏傳》,更可一目了然。據筆者考察,《毛傳》之"傳"並非"主訓詁",它以興體解詩者,幾乎没有一處不超出通常的訓詁範圍。毛公傳三百篇不少作品之所以停留在訓詁層面上,乃是因爲詩意由《詩序》足可彰顯,而不必費詞,決非他不關注詩的大意。《傳》對《序》的這種依賴性也凸顯了《序》先於《傳》而存在的特徵,可爲駁斥衛宏作序説之一證。

詩》",以爲衛宏作《詩序》是"對毛萇一派的詩説的纂集整理"等等,也難以成立。《後漢書》的説法因此就喪失了依據。若傳世《詩序》確屬衛宏在《毛傳》基礎上作成,即便不甚"得《風》《雅》之旨",也不至於犯如此拙劣的錯誤。結論顯然祇有兩種:或者《後漢書》是正確的,但傳世《詩序》却並非范曄所謂《詩序》,一如馬融之《毛詩傳》絶非毛亨之《毛詩傳》;①或者《後漢書》是錯誤的,衛宏本來就没有作什麽《詩序》。這兩種結論,毫無疑問都是對衛宏作傳世《詩序》一説的否定。

二、衛宏作《序》説在傳世文獻方面的反證

從傳世文獻方面看,衛宏作《序》説還有一些强有力的反證。

首先,衛宏之前已有多人引用過《詩序》。

《三國志·魏書·文帝紀》云:"(黄初四年)夏五月,有鵜鶘鳥集靈芝池,詔曰:'此詩人所謂污澤也。《曹詩》刺恭公遠君子而近小人,今豈有賢智之士處於下位乎?否則斯鳥何爲而至?其博舉天下儁德茂才、獨行君子,以答曹人之刺。'"今《毛詩·曹風·候人》之序云:"《候人》,刺近小人也。共公遠君子而好近小人焉。"宋代以降,有不少學者認爲魏文帝(220—226在位)此詔是最早引用《詩序》的文獻。比如,南宋末年王應麟(1223—1296)在《困學紀聞》卷三引葉氏曰:"漢世文章未有引《詩序》者。魏黄初四年詔云,《曹詩》刺遠君子,近小人。蓋《詩序》至此始行。"②論者進一步把這一點看成是《詩序》晚出或衛宏作《詩序》的證據。夷考其實,這種説法祇不過是知其一,而不知其二。清代學者錢大昕(1728—1804)曾反駁説:

---

① 馬融《毛詩傳》今存十二條,《正義》及《經典釋文》所引有十一條,《水經注》所引有一條(參閲黄焯《論四家詩異同之故》,《詩説·總論上》,長江文藝出版社1981年版,頁9)。黄以周駁斥國史、孔子、衛宏作序説,而肯定子夏、毛公作序的説法。其言有云:"……范書言宏作序,别爲之序耳,非即今之《詩序》也。是猶鄭君序《易》非《十翼》之《序卦》,馬融《書序》非百篇序也(鄭《序》見《世説·文學篇》注,馬《序》見《泰誓》正義)。"(見氏著《論詩序》,《儆季雜著二·群經説二》,《黄式三黄以周合集》第十五册,上海古籍出版社2014年版,頁253)凡此之類都可以跟本文的論説相發明,此不具引。

② 王應麟《困學紀聞》(全校本),上海古籍出版社2008年版,頁426。

陳啓源云:"司馬相如《難蜀父老》云,王事未有不始於憂勤,而終逸樂,此《魚麗》序也。班固《東京賦》云'德廣所及',《漢廣》序也。一當武帝時,一當明帝時,可謂非漢世邪?"惠定宇云:"《左傳》襄廿九年'此之謂夏聲',服虔《解誼》云:'秦仲始有車馬禮樂之好,侍御之臣,戎車四牡,田狩之事,與諸夏同風,故曰夏聲';又蔡邕《獨斷》載《周頌》卅一章,盡録《詩序》,自《清廟》至《般》,一字不異。何得云至黄初時,始行於世也?"①

案《詩序》云:"《魚麗》,美萬物盛多,能備禮也。文、武以《天保》以上治内,《采薇》以下治外,始於憂勤,終於逸樂,故美萬物盛多,可以告於神明矣。"又曰:"《漢廣》,德廣所及也。文王之道被于南國,美化行乎江漢之域,無思犯禮,求而不可得也。"復曰:"《車鄰》,美秦仲也。秦仲始大,有車馬禮樂侍御之好焉。"司馬相如(前179—前118)、班固、服虔(靈帝中平末曾任九江太守)等漢代學者確實引用了《詩序》,《詩序》至黄初間始見徵引、始行的説法毫無根據。而且司馬相如在衛宏之前,《詩序》不出於衛宏殆已無疑議矣。

其次,更重要的一個事實是,漢代今古文《詩》其實都有《序》,而且漢代今古文《詩序》實際上具有共同的本源。證據主要有以下幾宗:

　　(一)鄭玄注《儀禮》時未見《毛詩》,却引用過與《毛詩序》基本一致的一種詩序。

　　《儀禮·鄉飲酒禮》云:"笙入堂下,磬南,北面立。樂《南陔》《白華》《華黍》。……乃間歌《魚麗》,笙《由庚》;歌《南有嘉魚》,笙《崇丘》;歌《南山有臺》,笙《由儀》。"鄭玄注曰:"《南陔》《白華》《華黍》,《小雅》篇也,今亡,其義未聞。昔周之興也,周公制禮作樂,采時世之詩以爲樂歌,所以通情、相風切

---

　　① 錢大昕《困學紀聞校》,《嘉定錢大昕全集》第八册,江蘇古籍出版社1997年版,頁18—19。案:古人徵引典籍不株守原文。《文選》所收《難蜀父老》之原文是:"且夫王者固未有不始於憂勤,而終於逸樂者也。然則受命之符,合在於兹。"又,"德廣所及"實出於班固《東都賦》,所謂:"抗五聲,極六律。歌九功,舞八佾。《韶》《武》備,泰古畢。四夷閒奏,德廣所及。"

也，其有此篇明矣。後世衰微，幽、厲尤甚。禮樂之書，稍稍廢棄。孔子曰：'吾自衛反魯，然後樂正，《雅》《頌》各得其所。'謂當時在者而復重雜亂者也，惡能存其亡者乎？且正考父校商之名《頌》十二篇于周大師，歸以祀其先王。至孔子二百年之間，五篇而已，此其信也。"鄭注又曰："《由庚》《崇丘》《由儀》，今亡，其義未聞。"《儀禮·燕禮》云："笙入，立于縣中，奏《南陔》《白華》《華黍》。……乃間歌《魚麗》，笙《由庚》；歌《南有嘉魚》，笙《崇丘》；歌《南山有臺》，笙《由儀》。"鄭注也説過六笙詩"其義未聞"之類的話。然而《毛詩序》明明白白地説："《南陔》，孝子相戒以養也。《白華》，孝子之絜白也。《華黍》，時和歲豐，宜黍稷也。有其義而亡其辭。……《由庚》，萬物得由其道也。《崇丘》，萬物得極其高大也。《由儀》，萬物之生各得其宜也。有其義而亡其辭。"鄭玄箋《南陔》《白華》《華黍》之序，曰："此三篇者，《鄉飲酒》《燕禮（禮）》用焉……孔子論《詩》，《雅》《頌》各得其所，時俱在耳，篇第當在於此，遭戰國及秦之世而亡之。其義則與衆篇之義合編，故存。至毛公爲《詁訓傳》，乃分衆篇之義，各置於其篇端……"又箋《由庚》《崇丘》《由儀》三篇之序，曰："此三篇者，《鄉飲酒》《燕禮（禮）》亦用焉……亦遭世亂而亡之。"《毛詩序》中，六笙詩之義又略見於《小雅·六月》序："《南陔》廢則孝友缺矣。《白華》廢則廉恥缺矣。《華黍》廢則蓄積缺矣。《由庚》廢則陰陽失其道理矣。……《崇丘》廢則萬物不遂矣。……《由儀》廢則萬物失其道理矣。"與各篇之序相通一致。拿《毛詩序》以及鄭箋來比較鄭玄對《鄉飲酒禮》六篇笙詩的注，斷然可知鄭玄注釋《儀禮》時尚未見《毛詩》（包括《毛詩》古經、《毛詩序》以及《毛傳》），故夢夢然不知"其義"。清末黃以周（1828—1899）以爲，鄭玄注《儀禮》"升……歌""笙入""合樂""間歌"諸詩，"純用《毛》義"，① 顯然是一個誤判。王應麟云："鄭康成先通《韓詩》，故注二《禮》，與箋《詩》異。"閻若璩（1636—1704）按稱"二《禮》謂《周禮》

---

① 黃以周《答鄭康成學業次第問》，《儆季雜著五·文鈔四》，《黃式三黃以周合集》第十五册，頁592。

《禮記》"。①其實與鄭玄箋《詩》異者,何止《周禮》《禮記》之鄭注?《儀禮》之鄭注亦然。

但是《儀禮·鄉飲酒禮》云:

> 設席于堂廉,東上。工四人,二瑟,瑟先。相者二人,皆左何瑟,後首,挎越,内弦,右手相。樂正先升,立于西階東。工入,升自西階,北面坐。相者東面坐。遂授瑟,乃降。工歌《鹿鳴》《四牡》《皇皇者華》。卒歌,主人獻工。工左瑟,一人拜,不興,受爵。主人阼階上拜送爵。薦脯醢,使人相祭。工飲,不拜,既爵,授主人爵。衆工則不拜,受爵,祭飲,辯有脯醢,不祭。大師則爲之洗。賓、介降,主人辭降。工不辭洗。笙入堂下,磬南,北面立,樂《南陔》《白華》《華黍》。主人獻之于西階上。一人拜,盡階,不升堂,受爵,主人拜送爵。階前坐祭,立飲,不拜,既爵,升授主人爵。衆笙則不拜,受爵,坐祭,立飲,辯有脯醢,不祭。乃間歌《魚麗》,笙《由庚》;歌《南有嘉魚》,笙《崇丘》;歌《南山有臺》,笙《由儀》。乃合樂:《周南·關雎》《葛覃》《卷耳》,《召南·鵲巢》《采蘩》《采蘋》。工告于樂正曰:"正歌備。"樂正告于賓,乃降。

這裏涉及《小雅》的《鹿鳴》《四牡》《皇皇者華》《魚麗》《南有嘉魚》《南山有臺》,《周南》的《關雎》《葛覃》《卷耳》,《召南》的《鵲巢》《采蘩》《采蘋》等十二首歌詩,鄭玄之注跟《毛詩序》驚人地一致。今將鄭注之相關内容録入表3左欄,將《毛詩序》相關内容録入表3右欄,以爲對比:

表3　鄭玄《儀禮·鄉飲酒禮》注與《毛詩序》内容比較

鄭玄《儀禮·鄉飲酒禮》注	《毛詩序》
《鹿鳴》,君與臣下及四方之賓燕,講道脩政之樂歌也。	《鹿鳴》,燕羣臣嘉賓也。既飲食之,又實幣帛筐篚以將其厚意,然後忠臣嘉賓得盡其心矣。
《四牡》,君勞使臣之來樂歌也。	《四牡》,勞使臣之來也。有功而見知,則說(悦)矣。

---

① 王應麟《困學紀聞》(全校本),頁379。

（续表）

鄭玄《儀禮·鄉飲酒禮》注	《毛詩序》
《皇皇者華》，君遣使臣之樂歌也。	《皇皇者華》，君遣使臣也。送之以禮樂，言遠而有光華也。
《魚麗》，言大平年豐物多也。	《魚麗》，美萬物盛多，能備禮也。文、武以《天保》以上治內，《采薇》以下治外，始於憂勤，終於逸樂，故美萬物盛多，可以告於神明矣。
《南有嘉魚》，言大平，君子有酒，樂與賢者共之也。	《南有嘉魚》，樂與賢也。大平之君子至誠，樂與賢者共之也。
《南山有臺》，言大平之治，以賢者爲本。	《南山有臺》，樂得賢也。得賢，則能爲邦家立大平之基矣。
《關雎》，言后妃之德。	《關雎》，后妃之德也。……《關雎》樂得淑女以配君子，憂在進賢，不淫其色（《正義》：謂后妃不淫恣己身之色），哀窈窕，思賢才，而無傷善之心焉，是《關雎》之義也。
《葛覃》，言后妃之職。	《葛覃》，后妃之本也。后妃在父母家，則志在於女功之事，躬儉節用，服澣濯之衣，尊敬師傅，則可以歸安父母，化天下以婦道也。
《卷耳》，言后妃之志。	《卷耳》，后妃之志也。又當輔佐君子，求賢審官，知臣下之勤勞，內有進賢之志，而無險詖私謁之心，朝夕思念，至於憂勤也。
《鵲巢》，言國君夫人之德。	《鵲巢》，夫人之德也。國君積行累功以致爵位，夫人起家而居有之（鄭箋：謂嫁於諸侯也），德如鳲鳩乃可以配焉。
《采蘩》，言國君夫人不失職。	《采蘩》，夫人不失職也。夫人可以奉祭祀，則不失職矣。
《采蘋》，言卿大夫之妻能脩其法度。	《采蘋》，大夫妻能以禮自防也。

鄭注謂"《葛覃》，言后妃之職"，看似與《毛詩序》異，然所謂"后妃之職"，殆指女功之事。《國語·魯語下》"公父文伯之母論勞逸"章記載：

公父文伯（案即公父歜）退朝，朝其母（案即公父穆伯之妻敬姜），其母方績。文伯曰：「以歜之家而主猶績，懼忏（觸犯）季孫之怒也，其以歜爲不能事主乎！」

其母嘆曰：「魯其亡乎，使僮子備官而未之聞耶！居，吾語女（汝）。昔聖王之處民也，擇瘠土而處之，勞其民而用之，故長王天下。夫民勞則思，思則善心生；逸則淫，淫則忘善，忘善則惡心生。沃土之民不材，逸也。瘠土之民莫不嚮義，勞也。是故天子大采朝日，與三公、九卿祖識地德；日中考政，與百官之政事，師尹維旅、牧、相宣序民事；少采夕月，與大史、司載糾虔天刑；日入監九御，使潔奉禘、郊之粢盛，而後即安。諸侯朝修天子之業命，晝考其國職，夕省其典刑，夜儆百工，使無慆淫，而後即安。卿大夫朝考其職，晝講其庶政，夕序其業，夜庀其家事，而後即安。士朝受業，晝而講貫，夕而習復，夜而計過無憾，而後即安。自庶人以下，明而動，晦而休，無日以怠。王后親織玄紞，公侯之夫人加之以紘、綖，卿之内子爲大帶，命婦成祭服，列士之妻加之以朝服，自庶士以下，皆衣其夫。社而賦事，蒸而獻功，男女效績，愆則有辟，古之制也。君子勞心，小人勞力，先王之訓也。自上以下，誰敢淫心舍力？今我，寡也，爾又在下位，朝夕處事，猶恐忘先人之業。況有怠惰，其何以避辟！吾冀而（爾）朝夕修我曰：『必無廢先人。』爾今日胡不自安，以是承君之官，余懼穆伯之絶嗣也！」

仲尼聞之曰：「弟子志之，季氏之婦不淫矣。」

敬姜所論，即天子、諸侯、卿大夫、士以及王后、公侯之夫人、卿之内子、命婦、列士之妻各自之職；后妃夫人之職主要在於女功。因此《毛詩序》就女功之事論《葛覃》，與鄭注《儀禮》就后妃之職論《葛覃》，本質上是一致的。然則鄭玄注《鄉飲酒禮》之十二首歌詩時，並未見《毛詩》，但他對諸詩內容的界定却幾乎跟《毛詩序》尤其是其首序完全一致。這祇能有一種解釋，即鄭玄所直接引用或間接化用的，是與《毛詩序》基本上一致的今文《詩序》，最大的可能則是《韓詩序》。根據《後漢書・張曹鄭列傳》，鄭玄初從東郡張恭祖受《周官》《禮記》《左氏春秋》《韓詩》以及《古文尚書》，《韓詩》是鄭玄本業。故清儒馬瑞辰（1782—1853）謂，鄭玄注《禮》，"非不兼採

《齊》《魯》二家之説，要不若《韓詩》是從其師説，爲最多耳"。①

除了上揭内容外，從鄭玄對《鄉飲酒禮》的其他注釋中，也明顯可以看出，今古文《詩序》對《周南》《召南》二十五首詩歌的看法，存在一些具有根本意義的共識。譬如，鄭注《鄉飲酒禮》"乃合樂，《周南》：《關雎》《葛覃》《卷耳》。《召南》：《鵲巢》《采蘩》《采蘋》"云云，曰：

> 《周南》《召南》，《國風》篇也，王后、國君夫人房中之樂歌也。……昔大王、王季居于岐山之陽，躬行《召南》之教，以興王業。及文王而行《周南》之教，以受命。《大雅》云："刑于寡妻，至于兄弟，以御于家邦。"謂此也。其始一國耳，文王作邑于豐，以故地爲卿士之采地，乃分爲二國。周，周公所食；召，召公所食。於時文王三分天下有其二，德化被于南土，是以其詩有仁賢之風者，屬之《召南》焉；有聖人之風者，屬之《周南》焉。夫婦之道，生民之本，王政之端。此六篇者，其教之原也。故國君與其臣下及四方之賓燕，用之合樂也。鄉樂者，《風》也。《小雅》爲諸侯之樂，《大雅》《頌》爲天子之樂。《鄉飲酒》升歌《小雅》，禮盛者可以進取也。燕合鄉樂，禮輕者可以逮下也。《春秋傳》曰：《肆夏》《繁遏》《渠》，"天子所以享元侯也"；《文王》《大明》《緜》，"兩君相見之樂也"。然則諸侯相與燕，升歌《大雅》，合《小雅》。天子與次國、小國之君燕，亦如之；與大國之君燕，升歌《頌》，合《大雅》。其笙間之篇未聞（孔疏：謂如《由庚》《由儀》之等篇名未聞）。

鄭玄此注以后妃、國君夫人之德行爲根本，來解釋《周南》《召南》差不多全部詩篇，與《毛詩小序》同；鄭注進而將這些篇什歸結於文王之化，與《毛詩大序》《小序》同。《毛詩大序》云："……《關雎》《麟趾》之化，王者之風，故繫之周公。南，言化自北而南也。《鵲巢》《騶虞》之德，諸侯之風也，先王之所以教，故繫之召公。"鄭箋云："從北而南，謂其化從岐周被江漢之域也。先王，斥大王、王

---

① 參閱馬瑞辰《雜考各説·鄭箋多本毛詩考》，《毛詩傳箋通釋》，頁22—23。

季。"《正義》曰:"太王始有王迹,周之追諡上至太王而已,故知'先王'斥太王、王季。"《毛詩序》這些論說的核心實際上就是文王之化,故孔疏解釋這段序文,云:

> ……《關雎》《麟趾》之化,是王者之風,文王之所以教民也。王者必聖,周公聖人,故繫之周公。不直名爲"周"而連言"南"者,言此文王之化自北土而行於南方故也。《鵲巢》《騶虞》之德,是諸侯之風,先王大王、王季所以教化民也。諸侯必賢,召公賢人,故繫之召公。不復言"南",意與"周南"同也。《周南》言"化",《召南》言"德"者,變文耳。……諸侯之風言"先王之所以教",王者之風不言"文王之所以教"者,二《南》皆文王之化,不嫌非文王也;但文王所行,兼行先王之道,感文王之化爲《周南》,感先王之化爲《召南》,不言"先王之教"無以知其然,故特著之也。此實文王之詩,而繫之二公者,《志》張逸問:"'王者之風',王者當在《雅》,在《風》何?"答曰:"文王以諸侯而有王者之化,述其本,宜爲《風》。"逸以文王稱"王",則詩當在《雅》,故問之。鄭以此詩所述,述文王爲諸侯時事,以有王者之化,故稱"王者之風",於時實是諸侯,詩人不爲作雅。文王三分有二之化,故稱"王者之風",是其風者,王業基本。此述服事殷時王業基本之事,故云"述其本,宜爲《風》"也。化霑一國謂之爲《風》,道被四方乃名爲《雅》,文王纔得六州,未能天下統一,雖則大於諸侯,正是諸侯之大者耳。此二《南》之人猶以諸侯待之,爲作風詩,不作雅體。體實是風,不得謂之爲雅。文王末年,身實稱王,又不可以《國風》之詩繫之王身。名無所繫,詩不可棄,因二公爲王行化,是故繫之二公。

二《南》之《小序》明確涉及文王之化者,有《漢廣》序、《汝墳》序、《羔羊》序、《摽有梅》序、《野有死麕》序、《騶虞》序;但究其實際,文王之化乃《毛詩》二《南》全部《小序》的潛臺詞。[①]在這

---

① 參閱拙作《文王化天下:早期〈詩經〉闡釋的一種重要理念》,《新亞論叢》第十八期(萬卷樓圖書館股份有限公司2017年版),頁19—36。

一宗旨上，《毛詩大序》《小序》跟鄭注《鄉飲酒禮》所關聯的今文《詩序》的一致性，同樣是確鑿無疑的。而鄭注把《關雎》《葛覃》《卷耳》《鵲巢》《采蘩》《采蘋》六詩稱爲"教之原"，且謂"夫婦之道，生民之本，王政之端"，跟《毛詩大序》謂《關雎》爲《風》之始、"所以風天下而正夫婦也"，謂《周南》《召南》爲"正始之道，王化之基"等，也明顯一致。這一類材料，又隱隱約約透露了鄭玄所習今文《詩》不惟有《序》，而且其《序》同樣由類似"大序"和"小序"的兩個部分構成；其所習今文《詩序》跟傳世《毛詩大序》《小序》（尤其是其首序）相通一致的內容，是不可以《鄉飲酒禮》所及十二首歌詩爲限量的。同時必須重視的是，《儀禮·燕禮》同樣涉及《小雅》的《鹿鳴》《四牡》《皇皇者華》《魚麗》《南有嘉魚》《南山有臺》，《周南》的《關雎》《葛覃》《卷耳》，《召南》的《鵲巢》《采蘩》《采蘋》等十二首歌詩，《儀禮·大射》則又有"乃歌《鹿鳴》三終"等等，鄭玄對相關詩篇的基本注釋，跟上揭他對《鄉飲酒禮》的相關注釋完全相同。鄭注《儀禮》時《毛詩》的"缺席"、鄭注《儀禮》與《毛詩序》的一致性，由是又重新搬演了一遍。

　　有必要考慮一下，上揭鄭玄《儀禮》注是否存在追改的可能呢？這種可能性顯然不大。孔穎達嘗疏解《南陔》《白華》《華黍》三詩之序，云："案《儀禮》鄭注解《關雎》《鵲巢》《鹿鳴》《四牡》之等，皆取《詩序》爲義，而云未見毛傳者，注述大事，更須研精，得毛傳之後，大誤者追而正之，可知者不復改定，故也。"這一判斷的合理性是十分有限的。因爲鄭玄沒有任何理由僅僅依據後來所箋釋的《毛詩》，追改《儀禮》十二首歌詩之注，却不追改六篇笙詩之注，以至於鄭注依然再三再四地重復六篇笙詩"其義未聞"。而同時需要重視的是，鄭玄幾次說過自己當初注釋《禮記》，未見《毛詩》，後來得見《毛詩》，但舊注已行，所以不復改之。《禮記·坊記》引《邶風·燕燕》，鄭注說是夫人定姜之詩；鄭箋《毛詩》，則依從《詩序》，將《燕燕》解釋爲莊姜之詩。鄭玄答炅模云："爲《記》注時，就盧君，先師亦然，後乃得毛公傳，（記）〔既〕古書，儀（義）又（且）〔宜〕然。《記》注已行，不復改之。"《禮記·禮器》曰："《詩》云：'匪革其猶，聿追來孝。'"鄭注云："革，急也。猶，道也。

聿,述也。言文王改作者,非必欲急行己之道,乃追述先祖之業,來居此爲孝。"《禮器》所引詩句,傳世《毛詩·大雅·文王有聲》作"匪棘其欲,遹追來孝",鄭箋云:"棘,急。來,勤也。文王受命而猶不自足,築豐邑之城,大小適與成偶,大於諸侯,小於天子之制。此非以急成從己之欲,欲廣都邑,乃述追王季勤孝之行,進其業也。"《禮器》注與此箋差異甚大,比如注以"孝"屬文王,箋以"孝"屬王季等。鄭玄答(靈)〔炅〕模云:"爲《記》注之時,依循舊本,此文是也。後得《毛詩傳》而爲《詩》注,更從毛本,故與《記》不同。'"①從鄭玄這一表白,應該可以推知他得見《毛詩》之後對待既成的《儀禮》注的基本情況。鄭玄這種開通的心態,足以說明孔疏所謂"注述大事,更須研精,得毛傳之後,大誤者追而正之"云云,袛不過是想當然爾。孔疏該判斷之所以產生,深層原因是習見所囿,沒有清醒地意識到今文《詩》跟《毛詩》一樣有序,而且今古文《詩序》有高度的同一性。

(二)以鄭玄注《儀禮》十二歌詩爲參照,又可進一步確認蔡邕《獨斷》述論《周頌》三十一篇,所依據的也是今文《詩序》。

蔡邕治今文《詩》學,第一個重要證據是,蔡邕所寫石經爲《魯詩》。《隋書·經籍志》於小學門著録《一字石經魯詩》六卷等經典,且謂"後漢鐫刻七經,著於石碑,皆蔡邕所書"。第二個重要證據是,蔡邕所援引之《詩經》文本,往往不同於《毛詩》。《後漢書》蔡邕本傳載其《釋誨》云:"速速方(欶)〔穀〕,(夭)〔天〕夭是加。"②與《毛詩·小雅·正月》作"蔌蔌"(見"蔌蔌方有穀")及"杕"(見"天夭是杕")者異。陳子展(1898—1990)認爲作"速速""夭夭是加"者爲《魯詩》,③李賢(653—684)等注釋蔡邕傳,則謂"《韓詩》亦同",要之非《毛詩》文字。《釋誨》又引"百歲之後,歸乎其居",李賢等注謂"《詩·晉風》",跟《毛詩·唐風·葛

---

① 參見鄭小同編《鄭志》卷上,王雲五主編《叢書集成初編》本《鄭志》(二種),商務印書館1939年版,頁14—15;並參鄭箋《小雅·南陔》《白華》《華黍》三篇序之孔疏,以及鄭箋《邶風·燕燕》"先君之思,以勖寡人"之孔疏。

② 馬瑞辰以爲"欶"爲"穀"字轉寫之訛,參見氏著《毛詩傳箋通釋》,頁610。

③ 陳子展《詩經直解》,復旦大學出版社1983年版,頁660。案:上一"夭"字當爲"天"字之訛。

生》作"歸于其居"者異。本傳載蔡邕封事云："宣王遭旱，密勿祗畏。"典出《大雅·雲漢》。然而作"密勿"同《魯詩》，跟《毛詩》作"黽勉"者異。錢大昕指出："《雲漢》之詩云'黽勉畏去'。劉向引《詩》'黽勉從事'作'密勿從事'。向世習《魯詩》，知《魯詩》'黽勉'字皆作'密勿'矣。伯喈封事，蓋用《雲漢》詩文，而章懷不能注也。"①蔡邕本傳記蔡邕答詔問災異八事，引《詩》云："畏天之怒，不敢戲豫。"今《毛詩·大雅·板》作"敬天之怒，無敢戲豫"。第三個重要證據，是蔡邕有強烈拒斥古文經學的心態。《後漢書》蔡邕本傳云："熹平四年，乃與五官中郎將堂谿典、光禄大夫楊賜、諫議大夫馬日磾、議郎張馴韓説、太史令單颺等，奏求正定六經文字。靈帝許之，邕乃自書（册）〔丹〕於碑，使工鐫刻立於太學門外。於是後儒晚學，咸取正焉。及碑始立，其觀視及摹寫者，車乘日千餘兩，填塞街陌。"蔡邕立碑之旨，説到底是爲了"抵抗古文的侵蝕"。②而作爲主導"正定六經文字"的學者之一，蔡邕引《詩》與《毛詩》趨異，實在是意味深遠。

進一步基於蔡邕的《詩經》學立場，來看《獨斷》論《周頌》三十一詩之旨意，發現是驚人的。今取《獨斷》述論《周頌》三十一篇的内容，與《毛詩序》對比見表4如下：③

表4 《獨斷》述《周頌》内容與《毛詩序》之比較

蔡邕《獨斷》卷上	《毛詩序》
《清廟》，一章八句，洛邑既成，諸侯朝見，宗祀文王之所歌也。	《清廟》，祀文王也。周公既成洛邑，朝諸侯，率以祀文王焉。（鄭箋：清廟者，祭有清明之德者之宮也，謂祭文王也。天德清明，文王象焉，故祭之而歌此詩也。廟之言貌也，死者精神不可得而見，但以生時之居，立宮室象貌爲之耳。成洛邑，居攝五年時。）

---

① 錢大昕《廿二史考異》，《嘉定錢大昕全集》第二册，頁282。
② 參閱戴維《詩經研究史》，湖南教育出版社2001年版，頁128。
③ 所引蔡邕《獨斷》，據明程榮纂輯《漢魏叢書》，吉林大學出版社影印萬曆新安程氏刊本，1992年版。

(续表)

蔡邕《獨斷》卷上	《毛詩序》
《維天之命》，一章八句，告太平於文王之所歌也。	《維天之命》，大平告文王也。
《維清》，一章五句，奏《象舞》之歌也。	《維清》，奏《象舞》也。（鄭箋：象舞，象用兵時刺伐之舞，武王制焉。）
《烈文》，一章十三句，成王即政，諸侯助祭之所歌也。	《烈文》，成王即政，諸侯助祭也。
《天作》，一章七句，祝先王公之所歌也。（"祝"字疑爲"祀"字之訛）	《天作》，祀先王先公也。（鄭箋：先王，謂大王已下。先公，諸盩至不窋。）
《昊天有成命》，一章七句，郊祀天地之所歌也。	《昊天有成命》，郊祀天地也。
《我將》，一章十句，祀文王於明堂之所歌也。	《我將》，祀文王於明堂也。
《時邁》，一章十五句，巡守告祭柴望之所歌也。	《時邁》，巡守告祭柴望也。（鄭箋：巡守告祭者，天子巡行邦國，至于方岳之下而封禪也。）
《執競》，一章十四句，祀武王之所歌也。	《執競》，祀武王也。
《思文》，一章八句，祀后稷配天之所歌也。	《思文》，后稷配天也。
《臣工》，一章十句，諸侯助祭遣之於廟之所歌也。	《臣工》，諸侯助祭遣於廟也。
《噫嘻》，一章八句，春夏祈穀于上帝之所歌也。	《噫嘻》，春夏祈穀于上帝也。
《振鷺》，一章八句，二王之後來助祭之所歌也。	《振鷺》，二王之後來助祭也。（鄭箋：二王，夏、殷也。其後，杞也、宋也。）
《豐年》，一章七句，蒸嘗秋冬之所歌也。	《豐年》，秋冬報也。（鄭箋：報者，謂嘗也、烝也。）
《有瞽》，一章十三句，始作樂，合諸樂而奏之所歌也。	《有瞽》，始作樂，而合乎祖也。（鄭箋：王者治定制禮，功成作樂。合者，大合諸樂而奏之。）

（續表）

蔡邕《獨斷》卷上	《毛詩序》
《潛》，一章六句，季冬薦魚、春獻鮪之所歌也。	《潛》，季冬薦魚、春獻鮪也。
《雍》，一章十六句，禘太祖之所歌也。	《雝》，禘大祖也。（鄭箋：禘，大祭也。大於四時，而小於祫。大祖，謂文王。）
《載見》，一章十四句，諸侯始見于武王廟之所歌也。	《載見》，諸侯始見乎武王廟也。
《有客》，一章十三句，微子來見祖廟之所歌也。	《有客》，微子來見祖廟也。
《武》，一章七句，奏《大武》周（武）〔公〕所定一代之樂之所歌也。①	《武》，奏《大武》也。（鄭箋：《大武》，周公作樂所爲舞也。）
《閔予小子》，一章十一句，成王除武王之喪，將始即政，朝於廟之所歌也。	《閔予小子》，嗣王朝於廟也。（鄭箋：嗣王者，謂成王。除武王之喪，將始即政，朝於廟也。）
《訪落》，一章十二句，成王謀政於廟之所歌也。	《訪落》，嗣王謀於廟也。（鄭箋：謀者，謀政事也。）
《敬之》，一章十二句，群臣進戒嗣王之所歌也。	《敬之》，羣臣進戒嗣王也。
《小毖》，一章八句，嗣王求忠臣助己之所歌也。	《小毖》，嗣王求助也。（鄭箋：毖，慎也。天下之事，當慎其小。小時而不慎，後爲禍大。故成王求忠臣早輔助己爲政，以救患難。）

---

① 案："周武"當爲"周公"之訛，主要有以下根據：其一，傳世《毛詩序》，舉凡"文王""武王""厲王""宣王""幽王""平王""桓王"等周王，均徑稱"某王"，並無稱"周某"者，而"周公"倒是習見。其二，鄭箋《毛序》以"周公作樂所爲舞"來解釋《大武》，應該是據今文《詩》說來補充相關信息（見下文所論）。其三，制禮作樂、《大武》、"一代之樂"等，總是跟周公關聯在一起。《吕氏春秋·古樂》篇云："武王即位，以六師伐殷，六師未至，以銳兵克之於牧野。歸，乃薦俘馘于京太室，乃命周公爲作《大武》。"傳世《詩序》曰："《酌》，告成《大武》也。言能酌先祖之道，以養天下也。"其鄭箋云："周公居攝六年，制禮作樂，歸政成王，乃後祭於廟而奏之。其始成，告之而已。"傳世《詩序》云："《有瞽》，始作樂，而合乎祖也。"其《正義》曰："《有瞽》詩者，始作樂而合於太祖之樂歌也。謂周公攝政六年，制禮作樂，一代之樂功成，而合諸樂器於太祖之廟，奏之告神，以知和否。詩人述其事而爲此歌焉。"

（續表）

蔡邕《獨斷》卷上	《毛詩序》
《載芟》，一章三十一句，春耤田祈社稷之所歌也。	《載芟》，春籍田而祈社稷也。
《良耜》，一章二十三句，秋報社稷之所歌也。	《良耜》，秋報社稷也。
《絲衣》，一章九句，繹賓尸之所歌也。	《絲衣》，繹賓尸也。高子曰：靈星之尸也。
《酌》，一章九句，告成《大武》，言能酌先祖之道以養天下之所歌也。	《酌》，告成《大武》也。言能酌先祖之道，以養天下也。
《桓》，一章九句，師祭講武類禡之所歌也。	《桓》，講武類禡也。桓，武志也。（鄭箋：類也、禡也，皆師祭也。）
《賚》，一章六句，大封於廟，賜有德之所歌也。	《賚》，大封於廟也。賚，予也；言所以錫予善人也。（鄭箋：大封，武王伐紂時，封諸臣有功者。）
《般》，一章七句，巡狩祀四嶽、河海之所歌也。	《般》，巡狩而祀四嶽河海也。

顯而易見，《獨斷》述論《周頌》三十一篇之主旨，跟《毛詩序》差不多完全一致。鑒於蔡邕的經學立場，以鄭玄未見《毛詩》，而所注《儀禮》十二歌詩引用了與《毛詩序》高度一致的今文《詩序》作參照，可斷定《獨斷》採錄的也是今文《詩序》；——最大的可能是《魯詩序》，但今文三家之《詩序》也應該是高度一致的。《獨斷》謂《臣工》"一章十句"，《毛詩》之《臣工》則是一章十五句，《獨斷》謂《有客》"一章十三句"，《毛詩》之《有客》則爲一章十二句，似亦可以證成《獨斷》所據爲今文《詩》。①

蔡邕《獨斷》作於靈帝建寧年間（168—172）。②鄭玄在建寧四年

---

① 朱東潤稱"《魯詩》之序何若，不可考"（參閱氏著《詩心論發凡》，《詩三百篇探故》，上海古籍出版社1981年版，頁100），顯然是沒有意識到《獨斷》所引極有可能就是《魯詩序》。

② 參閱邵毅平《蔡邕入吳始得〈論衡〉說獻疑》，中華書局編輯部編《文史》第二十六輯，中華書局1986年版，頁353—358。

（171）至中平元年（184）間遭黨錮之禁，前後有十四年。① 這是鄭玄"隱修經業，杜門不出"（《後漢書·張曹鄭列傳》），在注釋經典方面取得最偉大成就的時期。段玉裁（1735—1815）曾説，鄭玄此十四年中注《禮》，"故《三禮》爲最精""最美而傳之最久"；黨錮既解，鄭玄乃注《古文尚書》《毛詩》《論語》《周易》，爲時有限，故"俱遜《三禮》"。② 黄以周也判斷，鄭玄之學業次第，"以從學而論，先通《京氏易》《公羊春秋》，次治《周官》《禮記》《左氏春秋》《韓詩》《古文尚書》，最後治《毛詩》。以箸（著）述而言，先注《周官》，次《禮記》，次《禮經》，次《古文尚書》，次《論語》，次《毛詩》，最後乃注《易》"。③ 蔡邕在編撰《獨斷》時，很可能跟鄭玄在注《三禮》時一樣尚未得見《毛詩》，他們對上舉《詩經》相關篇什的述論或注釋得益於各自的今文《詩》學背景。而以《獨斷》所引今文《詩序》爲參照，可以斷定上表所録《毛序》箋的畫綫部分，應該是鄭玄在自己原來接受的今文《詩》學的引導下做出的補充。比如，《獨斷》所引可能呈現了今文《詩序》的一個統一體式，即强調《周頌》三十一篇在儀式中的"歌"的性質，這一點是《毛詩序》不曾凸顯的信息。鄭玄箋《清廟》序云，"天德清明，文王象焉，故祭之而歌此詩也"。他强調《清廟》作爲歌的儀式功能，應該是依今文《詩序》做的補充。作爲個案，這一補充具有某種普遍意義。鄭玄注解《儀禮》十二歌詩時嘗謂，"《鹿鳴》，君與臣下及四方之賓燕，講道脩政之樂歌也"；"《四牡》，君勞使臣之來樂歌也"；"《皇皇者華》，君遣使臣之樂歌也"。跟《毛序》相比，這些注强調《鹿鳴》諸詩作爲儀式樂歌的性質，應該也汲取了今文《詩序》的因子。又比如，《毛序》云："《豐年》，秋冬報也。"鄭箋曰："報者，謂嘗也、烝也。"此箋顯然有今文《詩序》"《豐年》……蒸嘗秋冬之所歌也"作爲支持。表中這類材料暗示，今文《詩序》爲鄭箋提供支持的例子可能還大量存在。

---

① 參閲王利器《鄭康成年譜》，齊魯書社1983年版，頁71—88。
② 段玉裁《與劉端臨第四書》，《經韵樓集》附劉盼遂輯校《經韵樓文集補編》卷下，鳳凰出版社2010年版，頁32。
③ 黄以周《答鄭康成學業次第問》，《儆季雜著五·文鈔四》，《黄式三黄以周合集》第十五册，頁593。

在上引鄭玄《禮》注和蔡邕《獨斷》之外，還有一些零散材料不僅證明了今文《詩序》的存在，而且證明了今文《詩序》與《毛詩序》的高度一致性。《藝文類聚》卷八九，木部下"夫栘"條引《韓詩序》，云："《夫栘》，燕兄弟也。閔管、蔡之失道。"①夫栘即常棣。《毛傳》釋《小雅・常棣》之"常棣之華，鄂不韡韡"，云："常棣，棣也。"《經典釋文》曰："本或作'常棣，栘'……"而《毛詩序》云："《常棣》，燕兄弟也。閔管、蔡之失道，故作《常棣》焉。"可見此詩韓序、毛序並無差異。朱熹《詩經集傳》注《雨無正》，引元城劉氏（安世）曰："嘗讀《韓詩》，有《雨無極》篇，《序》云：'《雨無極》，正大夫刺幽王也。'至其詩之文，則比《毛詩》篇首多'雨無其極，傷我稼穡'八字。"②《韓詩》名之曰"雨無極"，乃提挈該詩之首句。《毛詩》題作"雨無正"，則正是"雨無極"之意。《毛詩・衛風・氓》有"士也罔極"一語，毛傳謂"極，中也"，"中"之義即爲正，《周禮・地官・大司徒》"以五禮防萬民之僞，而教之中"，即爲其例。總之，《韓詩・雨無極》於《毛詩》作《雨無正》。而《毛序》云："《雨無正》，大夫刺幽王也。雨自上下者也，衆多如雨，而非所以爲政也。"很明顯，此詩《毛序》《韓序》的首序亦無不同（該詩正文有"正大夫離居"語，爲《韓序》"正大夫"所本，《毛序》只説"大夫"，但實際内涵與《韓序》不異）。李賢等注《後漢書・楊震列傳》"詩人所謂蝃蝀者也"一句，引《韓詩序》云："《蝃蝀》，刺奔女也。'蝃蝀在東，莫之敢指'，詩人言蝃蝀在東者，邪色乘陽，人君淫泆之徵。臣子爲君父隱臧（藏），故言莫之敢指。"按照一般模式，此處的序文應該祇有"《蝃蝀》，刺奔女也"一句，其下文字是對詩句的具體詮釋，而不是常見序文中的續申之語，殆亦爲《韓詩》之説。今《毛詩序》曰："《蝃蝀》，止奔也。衛文公能

---

① 歐陽詢《藝文類聚》，上海古籍出版社1999年版，頁1546。案：《藝文類聚》並未未言明引自《韓詩序》，但《吕氏家塾讀詩記》釋《常棣》序時，引董氏曰："《韓詩敘》：'《夫栘》，燕兄弟也。閔管蔡之失道也。'"（《吕祖謙全集》第四册，浙江古籍出版社2008年版，頁317）兩相比較，可斷定《類聚》所引正是《韓詩》。

② 按宋人劉安世引《韓詩・雨無極》序，又見馬永卿《元城語録》卷中（馬永卿輯、王崇慶解《元城語録解》，商務印書館1939年版，頁26），以及吕祖謙《吕氏家塾讀詩記》卷二〇（《吕祖謙全集》第四册，頁432）。

以道化其民，淫奔之恥，國人不齒也。"顯然，《蝃蝀》一詩，《韓序》《毛序》之首序亦基本相同。《毛詩》之續序進一步有所發揮，跟李賢等人所引《韓詩》之具體說解比，差異性是比較明顯的。而這似乎就是今古文《詩》學走過的路：本根的同一性漸漸滋生出了枝葉的巨大差異性。

綜上所論，鄭玄注《儀禮》十二首歌詩、蔡邕《獨斷》論列《周頌》三十一篇之核心旨意、《藝文類聚》等類書之輯錄、典籍舊注之援引等，都曾採用或存留今文《詩序》，且與傳世《毛詩序》的首序基本上全同，差異主要是在續序或有或無，而均有續序者間或頗有參差。這一批材料所關涉的作品，在《毛詩》中散見於《風》《雅》《頌》三大部分，所關涉的學說體系則至少有《韓詩》和《魯詩》。這是非常驚人的重大學術事件。① 前儒總是偏執今古文《詩》學不同這一思維定勢，總是把自己掌握的某些跟《毛詩》相符的材料視爲用古文說。比如前引著名學者錢大昕、陳啓源等，都把蔡邕《獨斷》論列《周頌》三十一篇跟《毛詩序》符同，當成《毛詩序》行於世的證據；黃以周則斷言鄭注《儀禮》十二歌詩"純用毛義"。這些觀點都背離了漢代學術發展的實際，導致對《詩序》的認知遲遲沒有取得應有的進展。其實如上文所論，給《毛傳》作箋的經學大師鄭玄在注釋《儀禮》十二首歌詩、六篇笙詩時，根本就沒有見過《毛詩》。此事發生在鄭玄身上，現在看來不可思議，卻是不容抹殺的事實。

由上引傳世文獻中的材料完全可以肯定：其一，漢代今古文《詩》都有序，除《毛詩序》基本上完整地流傳到今天外，《韓序》《魯序》也能找到不少珍貴的遺存。其二，今古文《詩序》（包括大序），尤其是小序中的首序，有共同的本源。其三，今古文《詩序》的續序——續申首序之序而非繼初成之序所作的序，殆主要是經師各依傳承，並融會

---

① 《水經注》卷三四《江水》"又南過江陵縣南"注引《韓詩序》："其地在南郡、南陽之間。"（見陳橋驛《水經注校釋》，杭州大學出版社1999年版，頁599）王應麟《詩考》引《韓詩序》："《關雎》，刺時也。"（見氏著《詩考·補遺》，王應麟《詩考 詩地理考》，中華書局2011年，頁149）《文選》卷三四曹植《七啓》"諷《漢廣》之所詠"，李善注引《韓詩序》："《漢廣》，悅人也。"這些例子與《毛詩序》均有歧異，但衹是片段，看不出是取自首序，還是節引或提挈續序，因此不足以拿來做比較。即便可資比較，跟上文所述今文《詩序》與《毛詩序》相同者相比，也是小巫見大巫。

自己的理解,進一步申説、補足首序的結果。①這意味着《詩序》只能產生於今古文《詩》學分流劃派、各成家法之前,亦即最遲是在西漢宣帝(前73—前49在位)以前,這是保守到不能再保守的判斷;②東漢衛宏作傳世《詩序》的説法根本就不能成立。所以,有關《詩序》作者和時代的看法還是鄭玄之説最爲合理,即《大序》爲子夏作,《小序》爲子夏、毛公合作,子夏意有不盡,毛公則更申明之。

三、出土文獻對本文論點的證明

從出土文獻方面看,上博竹書《詩論》問世,爲學界重新認知《毛詩序》的作者和時代提供了不可多得的機遇、思路和佐證,進一步證明衛宏作《序》説之不實、子夏與毛公作《序》説之有據。

毋庸諱言,對《詩論》所含各層面價值的全面和深入的探討,以及對《詩論》與傳統學術史的深度整合,還有待於進一步的努力。本文祇需要關注兩方面的基本事實:一是《詩論》思考的問題,一是《詩論》撰著的時代及其淵源。

《詩論》刊布之後,有學者曾試圖證明它就是《毛詩序》的原始

---

① 學術史上,有些學者試圖把小序的首序和續序無一例外地切開,並將它們分屬於不同作者。比如唐成伯瑜《毛詩指説》、明郝敬(1558—1639)《毛詩原解》把序中到"也"字而止的初句歸於子夏,其下皆歸於大毛公;程大昌(1123—1195)《詩論》則把初句歸爲古序,把續申之語全歸於衛宏;《四庫全書總目》把序首二語歸於毛萇以前經師,把下面的續申之語歸於毛萇以下的弟子等(參閲張西堂《詩經六論》,商務印書館1957年版,頁116—124)。這種處置方式過於簡單和機械,没有充分認識到問題的複雜性。《詩序》究竟有哪些内容出於子夏、有哪些内容出於毛亨,不可以如此一刀切。大體説來,《詩大序》以及《小序》的首序創制於子夏。然而,《小序》的少數續序亦當出於子夏之手,其大多數續序則應該是出自毛公。毛公是否進一步申説或補充子夏之序,要看它是否完滿。《詩序》云:"《小弁》,刺幽王也。太子之傅作焉。"此序之續序就未必出自毛亨。因爲依《毛傳》之意,《小弁》乃是周幽王太子宜咎自己所爲(參見上文所論)。《詩序》又云:"《常棣》,燕兄弟也。閔管、蔡之失道,故作《常棣》焉。"此序的續序也未必出自毛公。鄭箋根據《左傳》解釋説:"周公弔二叔之不咸,而使兄弟之恩疏。召公爲作此詩,而歌之以親之。"《毛詩正義》疏解此序時,引《鄭志》:"張逸問《常棣》箋云:'周仲文以《左氏》論之,三辟之興,皆在叔世,謂三代之末,即二叔宜夏殷末也。'答曰:'此注《左氏》者亦云管、蔡耳。又此序子夏所爲,親受聖人,足自明矣。'"張逸的意思是二叔不當指殷亡之後、周代初期的管叔與蔡叔。鄭玄則以子夏序中明確地説到管、蔡,來證明自己的説法。按鄭玄的回答,《常棣》一詩之續序也出自子夏。

② 錢穆認爲,漢代經學之有家法大概在西漢宣帝以後(參閲氏著《兩漢經學今古文平議》,商務印書館2001年版,頁239)。

祖本。但實事求是地説，我們現在還不能指望從具體觀點中，找出《詩論》和《詩序》一一對應、相似甚或相同的關係。祇要認真讀一讀這兩種文獻，就可以確知這種關係並不存在（當然，局部的、小範圍的對應和勾連是存在的）。我們更應當關注的基本事實是，從思考的問題上看，《詩論》跟《詩序》有明顯的對應。

《詩論》第三章云："孔子曰：甞（詩）亡（無）隱（隱）志，樂亡隱情，旻（文）亡隱音（意）。"單就詩歌而言，這一表述從詩歌認知和闡釋的立場上，用互文的形式，強調表現於詩的志、情、意是可以認知的；它暗含的前提性的認知，乃是詩言説志、情、意。傳世《詩序》云："詩者，志之所之也，在心爲志，發言爲詩。情動於中而形於言⋯⋯情發於聲，聲成文謂之音。"不管具體考釋有多少歧見，都必須承認，這兩段文字明顯是對應的，都是對詩歌本質的思索，都將詩的本質歸結爲内在的情志。

《詩論》第一章記載："孔子曰：《甞》，丌（其）猷（猶）㙭門與？戔（殘）民而逸（逸）之，丌甬（用）心也酒（將）可（何）女（如）？曰：《邦風》氏（是）已。民之又（有）戚（感）惓（惓）也，上下之不和者，丌甬心也酒可女？曰：《少夏》氏（是）已。□□□□□可女？曰：《大夏》氏已。又城（成）工（功）者可女？曰：《訟》氏已。"這是從肯定《詩三百》含蓄廣大、深厚的意義上，論析《國風》《小雅》《大雅》《頌》與政教倫理的因緣關係：殘害百姓而至於使之逃亡，百姓之用心將如何，觀《國風》可知；百姓有憂患，臣民與尊長不和睦，其用心將如何，觀《小雅》可知；⋯⋯政教倫理、道德事業上獲得巨大成功，將會有什麼樣的結果，觀《頌》詩可知。傳世《詩序》云："⋯⋯一國之事，繫一人之本，謂之風。言天下之事，形四方之風，謂之雅。雅者，正也，言王政之所由廢興也。政有小大，故有《小雅》焉，有《大雅》焉。頌者，美盛德之形容，以其成功告於神明者也。"不管具體考釋有多少歧見，都必須承認這兩段文字明顯對應，是對《邦風》（《國風》）、《小雅》《大雅》以及《頌》的根本思索，或者説是對整個《詩》的根本思索，而且這些思索同樣有根本上的一致性。聯繫《詩序》所謂："情發於聲，聲成文謂之音，治世之音安，以樂其政和；亂世之音怨，以怒其政乖；亡國之音哀，以思其民困。"更可見《詩論》對《詩》與政教倫理因緣關係的認知深刻影響了《詩序》，《詩論》認爲《詩》乃是臣民對政教倫理的呈現與回應，這一點被《詩序》極深刻地繼承。而《小序》基於這一立場的認知，也比比皆是。如謂，"《兔罝》，<u>后妃之化也</u>。《關雎》之化行，則莫不好德，賢人衆多也"；"《行露》，召伯聽訟也。衰亂之俗微，<u>貞信之教興</u>，彊暴之男不能侵陵貞女也"；"《東門之池》，刺時也。<u>疾其君之淫昏</u>，而思賢女以配君子也"；"《天保》，<u>下報上也。君能下下以成其政</u>，臣能歸美以報其上焉"；"《靈臺》，民始附也。<u>文王受命</u>，而民樂其有靈德以及鳥獸昆蟲焉"（序文下畫直綫的部分提示的是君上的政教倫理，下畫曲綫的部分提示的是臣下做出的回應）。

《詩論》第四章云：

　　《關疋》之改，《梂木》之旹（持），《樛㙛》之䎽（智），《鵲榡》之遆（歸），《甘棠》之保（報），《綠衣》之思，《鵑鵙》之情，害（曷）？曰：童（動）而皆臤（賢）於丌（其）初者也。《關疋》㠯（以）色俞（喻）於豊（禮），□□□□□□□兩矣，丌四章則俞矣。以䛊（琴）䛊（瑟）之敓（悦），㣊（擬）好色之䛊（願），以鐘鼓之樂，合二姓之好，反内（納）於豊，不亦能改虖？《梂木》福斯（斯）在君子，不□□□□□□□□□□，不亦能旹虖？《樛㙛》□□□□□，不求不可得，不攴（攻）不可能，不亦䎽（知）亙（恒）唐（乎）？《鵲榡》出㠯百兩（輛），不亦又（有）虎（御）乎？《甘棠》…思及丌人，敬䛊（愛）丌杳（樹），丌保厚矣。甘棠之䛊，㠯卲公…□□□□□□□□□□□□□青（情）䛊也。《關疋》之改，則丌思賹（貤／益）矣。《梂木》之旹，則以丌录（祿）也。《樛㙛》之䎽，則䎽不可得也。《鵲榡》之遆，則虎者百兩矣。《甘棠》之保，美卲公也。《綠衣》之思（憂），思古（故）人也。《鵑鵙》之情，㠯丌蜀（獨）也。

不管具體考釋有多少歧見，都必須承認這類文字跟傳世《小序》有高度的對應關係，是對《詩三百》中一系列具體詩作之内涵與特色的探討。——毋庸置疑，落實到具體詩篇，《詩論》與《毛詩序》的差異性是相當明顯的，但同時也要認識到兩者在根本上的一致性。比如，《詩論》論《周南·關雎》，沒有任何跟"后妃之德"有關的信息，可《詩論》用主人公返歸於禮來詮釋《關雎》，凸顯守禮的重要性，跟《詩序》張揚禮又是明顯一致的，《漢廣》序就用"無思犯禮"來落實文王之化；更何況在《詩序》之體系中，《關雎》也曾明確被落實到禮上，《麟之趾》序稱"《關雎》之化行，則天下無犯非禮"，即爲明證。又比如，《詩論》論《周南·樛木》，沒有任何跟"后妃逮下"有關的信息，可《詩論》張揚"福斬（斯）在君子"，殆謂德行善良者天降之以福（"君子"以德言），與《詩序》張揚上天對德的終極關懷亦明顯一致，《詩序》謂"《皇矣》，美周也。天監代殷，莫若周。周世世脩德，莫若文王"，就凸顯了天向善德的理念，儘管它是從聖王受命層面上説的。

綜上所論，《詩論》的具體觀點雖未必跟《詩序》一致，但它凸顯了人們對《詩三百》整體及其具體篇什之内涵、特色的求索，而且提供了漢唐《詩經》學發展的某種穩定的基礎。這些正是《詩序》產生的本源。

接下來需要確認的一個基本事實是，根據各方面的鑒定，包括《詩論》在内的這一批竹書產生于戰國時代，是公元前278年楚國遷郢都以前貴族墓中的隨葬品，其文字内容毫無疑問源自竹書產生以前。[1]有研究者指出，《詩論》多引孔子親説，與七十子著作中的《中庸》等具有相同的風格，其作者應當跟孔子有相當接近的關係。[2]至於把這位作者落實爲孔子弟子子夏，或子羔，或者其他孔子再傳弟子，對本文來説，都不是關鍵。關鍵是《詩論》的主體内容乃是引述孔子的論説，可以溯源到孔子。

由上述兩個方面——《詩論》思考的問題、《詩論》撰著的時代及

---

[1] 案：上博館藏戰國楚竹書乃1994年從香港古玩市場購得（有著論稱1995年，殆誤），是"楚國遷郢都以前貴族墓中的隨葬品"。參閱馬承源《戰國楚竹書的發現保護和整理》，馬承源主編《上海博物館藏戰國楚竹書》（一），頁1—2；並參陳燮君《仰視長天尋藝程——沉痛悼念馬承源先生》，《上海文博論叢》第九輯，上海辭書出版社2004年版，頁8。

[2] 參閱李學勤《〈詩論〉的體裁和作者》，《上博館藏戰國楚竹書研究》，頁51—57。

其學術思想史淵源，足可證明像傳世《詩序》這樣，從整體以及具體篇什方面追索《詩三百》意義和特色的做法，在戰國乃至春秋末期就已經萌生了，並且造就了《詩論》等一批彌足珍貴的成果。這些成果，非常有力地凸顯了鄭玄"子夏作《大序》，子夏、毛公作《小序》説"的現實性：《詩序》作爲《詩論》那種學術探求和基本規定性的水到渠成的延展與結果，不可能產生於孔子之後太久。認定這一學術探求以及基本歷史增長點懸置了戰國、秦、西漢四五百年的時間（在這個漫長的歷史時期内，除短暫的秦王朝以外，《詩》被持續不斷地推尊爲神聖典籍，吸引了一大批高才秀士），直到東漢初期才由衛宏推出進一步的成果，無論怎麽説都不合情理。因此，爲近今絶大多數學者所信從的衛宏作《序》説便再一次喪失了歷史的依據。

　　換一個角度，我們也必須認識到，在《詩論》中，作爲《詩序》核心，作爲《詩序》政教倫理取向和功能之彰顯的"美刺"主題，根本就不存在，而像《詩序》那樣成熟的序詩形式也還没有生成，所以把傳世《詩序》上溯到孔子乃至孔子以前的説法，同樣得不到歷史事實的支持。有學者曾提出，《毛詩》首序產生于作品被編輯的時代，其產生同周代禮樂制度存在着對應關係。比如《周頌》的《清廟》《維天之命》《維清》，《大雅》的《文王》《大明》《緜》，《小雅》的《四牡》《皇皇者華》《采薇》《杕杜》《出車》，《周南》的《關雎》《葛覃》《卷耳》，《召南》的《鵲巢》《采蘩》《采蘋》等都被用於儀式，它們"一旦被編入用於儀式歌奏的詩文本，説明其儀式功用、倫理意義的《詩序》也就隨之產生了"；而《魏風》的《葛屨》，《陳風》的《墓門》，《小雅》的《節南山》《何人斯》《十月之交》《小旻》《賓之初筵》，《大雅》的《板》《民勞》《蕩》《桑柔》，《鄘風》的《牆有茨》等，都是獻詩諷諫制度的產物，其《詩序》"反映了樂官記録這些詩歌時所面對的事實"；此外大部分《國風》之詩以及部分《小雅》之詩，則是周代採詩制度的產物，其序亦然。所獻之詩，序與詩歌的内容合若符節；所採之詩，序與詩歌的内容則有明顯的間隔。[①]這種認知顯然要面對很多方面的挑戰。

---

① 參閲馬銀琴《〈毛詩〉首序產生的時代》，《文學遺產》2002年第二期，頁16—22。

來自傳世文獻的最有力的挑戰有以下兩個方面：其一，由《儀禮》可知，《鹿鳴》《四牡》《皇皇者華》《魚麗》《南有嘉魚》《南山有臺》《關雎》《葛覃》《卷耳》《鵲巢》《采蘩》《采蘋》等十二首歌詩，既用於鄉飲酒禮，又用於燕禮；其中《關雎》《葛覃》《卷耳》《鵲巢》《采蘩》《采蘋》等還用於鄉射禮。據鄭玄注，鄉飲酒禮乃諸侯之鄉大夫宴處士之賢者之禮，鄉射禮乃州長或鄉大夫會聚民衆射於序庠之禮，燕禮乃諸侯燕飲羣臣之禮。而《詩序》之説，若"《關雎》，后妃之德也。……《葛覃》，后妃之本也。……《卷耳》，后妃之志也。……《鵲巢》，夫人之德也。……《采蘩》，夫人不失職也。……《采蘋》，大夫妻能循法度也"等，明顯跟各詩在鄉飲酒、鄉射以及燕禮中的儀式功用不合。更爲重要的是，若事實確像上揭論斷所説，相關《序》文是諸詩被編入儀式時就産生的、説明其儀式功用的文字，那麼各詩在不同禮儀中的功用怎麽可能像現在《詩序》所説的這樣整齊劃一、固定不變呢？除了這十幾首歌詩外，既用於鄉飲酒禮又用於燕禮的六篇笙詩，同樣可以證明《詩序》説明儀式功用的説法有一點想當然。其二，從傳世三百多首詩的序文來看，揭示詩篇主名是《詩序》的重要功能，若上揭論斷確有其據，那麼反映"樂官記録……詩歌時所面對的事實"的獻詩之序必會明確地標示主名。但上揭論斷所舉例證，其實祇有《何人斯》《民勞》《板》《蕩》《桑柔》《賓之初筵》的序文有主名（《節南山》序中的主名出自詩本身，不足爲證）。而《詩序》認爲，《小雅》的《祈父》《白駒》《我行其野》等詩刺宣王（或大夫刺宣王），《正月》《十月之交》《雨無正》《小旻》《小宛》《小弁》《巧言》《谷風》《蓼莪》《四月》《北山》《鼓鍾》《楚茨》《信南山》《甫田》《大田》《瞻彼洛矣》《裳裳者華》《桑扈》《鴛鴦》《頍弁》《車舝》《青蠅》《魚藻》《采菽》《角弓》《菀柳》《采緑》《黍苗》《隰桑》《白華》《瓠葉》《漸漸之石》《苕之華》《何草不黄》等詩刺幽王（或大夫刺幽王）。依上述論斷，這些詩應當都是獻詩諷諫制度的産物。設若《詩序》確實"反映了樂官記録這些詩歌時所面對的事實"，那麼這一大批詩歌的序文都應當很明確地標示主名，然而諸詩之序一無主名可言。因此，稱《詩序》的首序跟周代禮樂制度有關則可，謂《詩序》具體文字即由此禮樂制度産生，或謂《詩序》産生于作品被編輯的時代，顯然有違於事實和情理。

從出土文獻方面看，竹書《詩論》是上述論斷極有力的反證。《詩論》在文本方面的淵源絕對不可能早於孔子。如果《毛詩》首序確實產生于作品被編輯，或者詩篇"一旦被編入儀式歌奏"的時代，總之是在孔子以前，那麼孔子跟他的弟子以《詩論》這種比較素樸的形式和內容來探討《詩三百》，可真是咄咄怪事。

總之，竹書《詩論》具有非常重要的指標意義，它一方面足以證明《毛詩序》不可能產生於孔子之前，一方面也足以證明《毛詩序》不可能產生於孔子之後太久。有鑒於此，鄭玄對《詩序》作者和時代的揭示具有極強的合理性，其他說法則大抵是附會想象之辭。

四、其他方面的證據

論斷《詩序》作者和時代，還有一些重要因素需要考量。

首先一點是，必須充分認識鄭玄特殊的《詩經》學淵源，以及四家《詩》盛衰的獨特學術背景，這些都可以加強鄭說的權威性。

鄭玄先治三家《詩》，並以《韓詩》為本業，而後纘治《毛詩》；他先以今文《詩》說注《三禮》，而後纘箋釋《毛詩故訓傳》，卓然成為大家。毛、鄭之學興，而今文《詩》學遂告式微。如黃焯（1902—1985）所說："自鄭玄箋《詩》以後，《毛詩》獨行，而三家廢，《齊詩》亡於魏氏，《魯詩》亡於西晉，《韓詩》雖存，無傳之者。"① 降至唐代，孔穎達等奉詔作《五經正義》，且於永徽四年（653）頒行天下；《詩經》方面，遂定《毛詩》之學於一尊。清代大儒段玉裁、陳奐（1786—1863）、馬瑞辰、胡承珙（1776—1832）等在《毛傳》《鄭箋》《孔疏》基礎上賡續有作，使《毛詩》之學持續放射出耀眼的光芒。相形之下，三家《詩》學至東漢而章句猥繁，蔓延支離，終成"無用"之學，繼之者鮮焉。想當初轅固（生卒年不詳）傳《齊詩》，於漢景帝（前156—前141在位）時立為博士，其後夏侯始昌、后蒼、翼奉、匡衡、蕭望之（？—前47）、師丹（？—5）、伏理諸人皆至大官，徒

---

① 黃焯《論四家詩異同之故》，《詩說·總論上》，頁9。

衆甚盛。東漢亦有伏恭（前6—84）、景鸞、陳紀（129—199）、荀爽（128—190）等人説《齊詩》，但此後説《齊詩》者無名家。今文《詩》學中，《魯詩》最先出亦最盛，漢文帝（前179—前157）始以申培（約前219—前135）爲博士，其後孔安國（約前156—前74）、瑕丘江公、王式、韋賢（前148—前67）、韋玄成（？—前36）等次第守學不衰。自漢末蔡邕之後，説《魯詩》者無能人。韓嬰（生卒年不詳）傳《韓詩》，文帝時亦爲博士，其後薛漢（？—70）父子以章句名，而杜撫定《韓詩章句》，趙曄詣杜撫受《韓詩》。趙曄之後，東漢説《韓詩》者亦無能人。降至三國，士人不以學問爲本，專以交遊爲業，承三家《詩》學者於史傳中寥寥可數。兩晉以降，三家遂相繼亡佚（案：《韓詩》僅餘《外傳》，其"内傳"之學，幾於蕩然無存）。①

　　從這種學術背景以及《詩》學之淵源、盛衰來看，鄭玄的觀點有不同尋常的分量。一方面，其立説有《詩》學傳承方面的依據，另一方面，他做論斷時，可以系統比對今古文《詩》學，包括今古文《詩序》的同異及傳承授受。他論斷《毛序》出自卜商和毛公，至少有一個非常關鍵的前提，就是對卜商《韓詩序》與傳世《毛詩序》所做的系統的比對。由於《韓詩》内傳體著述亡於有宋，《舊唐書·經籍志》《新唐書·藝文志》著録《韓詩》二十二卷，卜商序，韓嬰撰注，應該不無根據。《韓詩序》既出自卜商，以《韓詩》爲本業的鄭玄又説傳世《詩序》出自卜商和毛公，其中的全部意味和分量絶非一般説法可以相提並論。古往今來，具備鄭玄這種《詩》學條件的學者並無第二人，我們没有理由不高度重視他的觀點。

　　其次，揆度《小雅·南陔》等六篇笙詩之序，可以發現衛宏作《序》説根本就得不到《詩序》本身的支持。《序》云："《南陔》，孝子相戒以養也。《白華》，孝子之絜白也。《華黍》，時和歲豐，宜黍稷也。有其義而亡其辭。"又云："《由庚》，萬物得由其道也。《崇丘》，萬物得極其高大也。《由儀》，萬物之生各得其宜也。有其義而亡其辭。"認同衛宏作《序》説，就會陷入一種自相矛盾的尷尬：笙詩之序意味着笙詩"其義"有另外一個本源，亦即意味着寫定或確定

---

① 參閲陳戌國《論三家詩勝義及四家詩盛衰》，《詩經芻議》，嶽麓書社1997年版，頁44—58。

笙詩"其義"者是衛宏之先的某一個或者某些學者；而且，説笙詩"有其義而亡其辭"，其實就是説其他三百零五首詩篇"有其義且不亡其辭"，這意味着另外三百零五首作品的"其義"也都有衛宏以外的先在本源。因此，堅信衛宏作《毛詩序》，《毛詩序》本身就會成爲强大的反駁力量。而接受鄭玄的説法則不存在這種尷尬。笙詩之序，"有其義而亡其辭"一句作爲續序出自毛公之手，其餘文字作爲首序出於子夏，首序和續序正好相輔相成，相與爲一。①

最后，既然《詩序》爲子夏、毛亨合作，文章第一部分列舉的《序》《傳》矛盾就可以得到合理的解釋。道理很簡單，毛公續序跟子夏詩序的關係，殆跟《鄭箋》與《毛傳》的關係類似。《鄭箋》以宗《毛傳》爲主，續序以宗首序爲主，"其義若隱略，則更表明"。而《毛傳》跟《詩序》的關係，跟《鄭箋》與《毛傳》的另外一層關係類似。《鄭箋》雖以宗《毛傳》爲主，《毛傳》雖以宗《詩序》爲主，但"如有不同，即下己意"。②比如，《詩序》《毛傳》以刺幽王或宣王解釋《小雅》的《十月之交》《雨無正》《小旻》《小宛》諸詩，《鄭箋》則以爲是刺厲王。《毛傳》解詩，對《詩序》不需要亦步亦趨（當然趨同是主要的一面）。由《傳》《箋》的實際情況可知，漢代學者在保持《詩序》原貌的情形下另做解釋，並不奇怪。③

除此之外，黄焯論《詩序》出於子夏而跟衛宏無涉，也有不少可以參閲的看法。比如他説："《詩序》與古經傳合者甚多，如《鴟鴞》

---

① 黄以周也認爲"有其義而亡其辭"一句，是毛公的續申之語（參見氏著《論詩序》，《儆季雜著二·群經説二》，《黄式三黄以周合集》第十五册，頁253）。

② 鄭玄《六藝論》自謂，"注《詩》，宗毛爲主，毛義若隱略，則更表明；如有不同，即下己意，使可識别也"（見《經典釋文·毛詩音義上》，皮錫瑞《六藝論疏證》，《皮錫瑞全集》第三册，中華書局2015年版，頁555）。陳澧以爲這幾句話"字字精要"（參見氏著《東塾讀書記〔外一種〕》，生活·讀書·新知三聯書店1998年版，頁109）。

③ 這一觀點也可以説明《毛詩》跟三家《詩》的部分歧異。比如，《韓詩》以爲《邶風·燕燕》是衛定姜送歸其娣而作，《毛序》則以爲是衛莊姜送歸妾所作；《魯詩》以爲《邶風·式微》爲黎莊夫人作，《毛序》則以爲是黎侯寓於衛，其臣勸之而作；《韓詩》以爲《邶風·二子乘舟》是衛公子伋之傅母作，《毛序》則以爲是國人作；《魯詩》以爲《衛風·碩人》乃是衛莊姜傅母作，《毛序》則以爲是國人閔莊姜而作。（以上參閲董治安主編《兩漢全書》第二册《韓詩故》，山東大學出版社1999年版，頁5；以及朱東潤《詩三百篇探故》，頁14—15）這種差異不足以證明今古文《詩序》原本不同，因爲《齊詩》《魯詩》《韓詩》之説不等同於今文《詩序》之説，一如《毛傳》以《小弁》爲幽王太子宜咎自作，而《毛序》則以爲該詩是太子之傅所作一樣。

序與《書·金縢》合，《都人士》序與《禮記·緇衣》合，《南陔》六篇序與《儀禮》合，《東方未明》序與《周官》合，《商頌·那》序與《國語》合，《卷耳》《碩人》《桑中》《鶉之奔奔》《載馳》《清人》《黃鳥》《四牡》《常棣》《湛露》《彤弓》《皇矣》《行葦》《泂酌》及曲沃州吁衛伋鄭忽等事皆與《左傳》合。夫《左傳》《國語》《周官》等書，至漢末始盛行，而《詩序》皆與之合，其與衛宏無涉可知。"① 這也是一個重要觀察，可以證成本文的基本論斷。

餘　　論

需要説明的是，我們反駁衛宏作傳世《詩序》的説法，重申鄭玄對《詩序》作者的判斷，並非沒有任何困難，隱瞞這些困難有悖於嚴謹、求實的治學態度。應該承認，書闕有間，解決任何歷史難題都委實不易，更何況《詩序》作者和時代是學術史上最艱深的問題之一。從古至今很多學者之所以承襲舊說，不加深究，甚至避而不談，有時候是出於無奈，並非不清楚這一問題跟中國學術史關涉至深。坦誠地講，迄今爲止關於《詩序》作者、時代的所有説法都存在一些問題。筆者撰寫此文，是因爲近代以來，信從衛宏作《序》説的學者最多，而衛宏作《序》説却最不可信，鄭玄對《詩序》作者和時代的論斷最爲有據，却每每不見信。筆者坦誠地把論證中的困難展示出來，以凸顯進一步研討的必要。有上述傳世或出土文獻的證據，完全可以推翻衛宏作《序》的説法，但子夏、毛公作《序》説雖然得到很多重要證據的支持，完全可以成立，却面臨着兩個主要的困難：

第一，鄭玄注《儀禮》六篇笙詩，屢稱"其義未聞""笙間之篇未聞"，可見在他所依據的今文《詩》説中，笙詩並沒有序，其所據今文《詩序》也並未在其他小序中論及六笙詩。而傳世《毛詩》不僅有六篇笙詩之序，而且《毛詩·小雅·六月》之序再次論及六篇笙詩的意義，與六笙詩各自的序文高度一致。這一事實對反駁衛宏作《序》説幾乎沒有什麽影響，但對確定今古文《詩》學均有序、今古文《詩序》有

---

① 黄焯《論詩序》，《詩説·總論上》，頁4。

共同的本源來説，却有些許不利，當然它的分量遠不敵可以提供支持的材料。

　　這種情形的産生，或者跟簡帛在流傳中發生殘缺有關。在學術創始時期，典籍之傳布尤其艱難，殘佚往往而有，子夏《詩序》經由多個渠道流傳，實在不能説每一個渠道都不遭受此厄。後來經師各拾其墜，各有所獲，一如子貢（前520—前456）所説："文、武之道未墜於地，在人。賢者識其大者，不賢者識其小者，莫不有文、武之道焉。"（《論語·子張》）這形諸文字，難免有同有異、有多有少。傳世《詩序》中笙詩有序，殆因爲《毛詩》一系所存獨多，而今文《詩序》却在流傳的某個重要節點上發生了這一缺失。由《漢志》所著錄《毛詩》之情形看，《詩序》原初是獨立成卷的，更容易使位置相連、相近的六篇笙詩之序發生殘缺。上博館藏戰國楚竹書《詩論》發生的殘缺較然可見。湖南長沙馬王堆漢墓帛書《五行》，在鈔錄時殆已經缺失了説解部分的前面五章半。事實上，就連傳世的《毛詩序》都難免殘缺。《毛詩大序》明揭《詩》有六義，即風、賦、比、興、雅、頌，但今傳本僅僅解釋了風、雅、頌；興對《毛詩》之學極爲重要，以至於《毛傳》獨標興體，但今傳《毛詩大序》連興的解釋都没有。①其間最大的可能，是解釋賦、比、興的文字在流傳中遭受了成片的殘缺（新見《詩論》第一章並論《邦風》《小雅》《大雅》以及《頌》，中間關於《大雅》的論説殘缺殆盡，與此頗爲相似）。在這種情形下，今古文《詩序》在這一點上互有參差，也就不足爲奇了。今文三家看來都没有笙詩之序，相關文字殆在三家分立前就已經殘缺；就是説，在申培、轅固、韓嬰以前的時代，這種殘缺很可能就已經發生了。

　　第二，更讓人費解的是，《毛詩大序》跟《小序》的首序至少在字面上存在着尖鋭的矛盾。《大序》云："至于王道衰，禮義廢，政教

―――――――
　　① 李澤厚等認爲，《毛詩序》對賦、比、興雖没有解釋，但"主文而譎諫"一句隱含了對賦、比、興作用的説明（見李澤厚、劉綱紀主編《中國美學史》第一卷，頁582）。這種説法難以讓人信服。《大序》云："故詩有六義焉，一曰風，二曰賦，三曰比，四曰興，五曰雅，六曰頌。上以風化下，下以風刺上，主文而譎諫，言之者無罪，聞之者足以戒，故曰風。……是以一國之事，繫一人之本，謂之《風》。言天下之事，形四方之風，謂之《雅》。……《頌》者，美盛德之形容，以其成功告於神明者也。"若謂"主文而譎諫"暗含了對賦、比、興作用的説明，則三者便衹局限於"風"，而不能貫通到"雅""頌"之中。這種理解既不合漢語表達的規律，也不合《毛詩》之學的實際。

失，國異政，家殊俗，而變風、變雅作矣。國史明乎得失之迹，傷人倫之廢，哀刑政之苛，吟詠性情以風其上，達於事變而懷其舊俗者也。故變風發乎情，止乎禮義。發乎情，民之性也。止乎禮義，先王之澤也。"這段話似乎是指變風、變雅爲國史所作，跟《小序》首序的具體説明斷然不同。以《邶風》爲例，《緑衣》《燕燕》《日月》以及《終風》，《小序》之首序認爲是衛莊姜傷己而作；《泉水》，《小序》之首序認爲是衛女思歸而作。以《大雅》爲例，《民勞》，《小序》以爲是召穆公刺厲王；《板》，《小序》以爲是凡伯刺厲王；《蕩》，《小序》以爲是召穆公傷厲王無道；《抑》，《小序》以爲是衛武公刺厲王，亦以自警；《桑柔》，《小序》以爲是芮伯刺厲王；《雲漢》，《小序》以爲是仍叔美宣王；《嵩高》《烝民》《韓奕》《江漢》，《小序》以爲是尹吉甫美宣王；《常武》，《小序》以爲是召穆公美宣王；《瞻卬》《召旻》，《小序》以爲是凡伯刺幽王。這些詩作小序之首序，跟《毛詩大序》篇篇都有矛盾。

　　鄭玄和孔穎達明顯意識到了這一問題。孔疏"國史明乎得失之迹"云云，説："……國之史官，皆博聞强識之士，明曉於人君得失善惡之迹，禮義廢則人倫亂，政教失則法令酷，國史傷此人倫之廢棄，哀此刑政之苛虐，哀傷之志鬱積於内，乃吟詠己之性情，以風刺其上，覬其改惡爲善，所以作變詩也。國史者，周官大史、小史、外史、御史之等皆是也；此承變風、變雅之下，則兼具天子、諸侯之史矣。得失之迹者，人君既往之所行也。明曉得失之迹、哀傷而詠情性者，詩人也，非史官也。《民勞》《常武》，公卿之作也。《黄鳥》《碩人》，國人之風。然則凡是臣民皆得諷刺，不必要其國史所爲。此文特言'國史'者，鄭答張逸云：'國史采衆詩時，明其好惡，令瞽矇歌之。其無作主，皆國史主之，令可歌。'如此言，是由國史掌書，故託文史也。"這種説法頗有道理。學術史上可資爲證者，若秦相吕不韋（前292—前235）輯智略士作書，而稱之爲《吕氏春秋》；漢淮南王劉安（前179—前122）集衆人之力作書，而稱之爲《淮南子》；《莊子》名爲"莊子"，而多莊周後學之作等。周人甚至有把誦他人詩作當成作詩的習慣。《國語·周語中》記富辰諫襄王以狄伐鄭，有云："周文公之詩曰：'兄弟鬩于牆，外禦其侮。'"（"富辰諫襄王以狄伐鄭及以狄女爲后"章）

鬩牆云云今見《毛詩·小雅·常棣》,則《常棣》被視爲周公作(周公謚號爲"文")。而《左氏春秋》僖公二十四年(前636)記富辰諫周襄王以狄伐鄭,則說:"召穆公思周德之不類,故糾合宗族于成周而作詩,曰:'常棣之華,鄂不韡韡。凡今之人,莫如兄弟。'其四章曰:'兄弟鬩于牆,外禦其侮。'如是,則兄弟雖有小忿,不廢懿親。"則《常棣》又被視爲召穆公所作。一個是被稱爲"《春秋》內傳"的《左傳》,一個是被稱爲"《春秋》外傳"的《國語》,而同樣是出自富辰之口,對於作《常棣》者卻有兩種不同說法。可見誦他人之詩也被視爲作詩。後來美時君、刺時政或感傷時事而誦古者,亦往往被稱作詩。①也許就是由於這個原因,《大序》把誦讀意義上的"作"跟創作意義上的"作"混爲一事。

洵如此,困難自然被化解。但假如鄭箋、孔疏的解釋不得其實,《大序》跟《小序》之首序間有如此鮮明和繁多的矛盾,對於確立子夏作《大序》以及《小序》之首序乃至一部分《小序》之續序,而"卜商意有不盡,毛更足成之"的說法,就是相當不利的因素。不過,這並非祇對本文的論證不利,任何一種主張《大序》《小序》同出一源的說法(包括衛宏作《序》說等)都會受到損傷,無一倖免。因此不能說這一矛盾使本文的論證不成立。總而言之,這看起來是一個相當棘手的問題,對本文來說如此,對關於《詩序》作者、年代的其他絕大多數判斷來說也是如此。但鄭玄"其無作主,皆國史主之"一說,應該是合理的。

概括言之,筆者強烈否定《後漢書》"衛宏作《毛詩序》說",而張揚鄭玄"子夏、毛公作《序》說",主要是因爲:其一,《後漢書》對《詩序》的評價明顯得不到傳世《序》《傳》的支持,而子夏、毛公

---

① 參閱黃焯《論四家詩異同之故》,《詩說·總論上》,頁9—10。案:《毛詩序》、孔穎達《毛詩正義》、杜預《左傳》注等主張周公作《常棣》。《毛序》云:"《常棣》,燕兄弟也。閔管蔡之失道,故作《常棣》焉。"孔穎達疏解此序,反復強調周公作《常棣》,而召穆公"重歌此周公所作之詩"以親兄弟,即是說《常棣》乃"召穆公所作誦古之篇,非造之也"。鄭玄殆主張召穆公作《常棣》。其箋《常棣》序,云:"周公弔二叔之不咸,而使兄弟之恩疏。召公爲作此詩,而歌之以親之。"鄭玄此箋的意指還是比較明確的。孔穎達在疏解《常棣》序時引鄭玄答趙商問,曰:"凡賦詩者,或造篇,或誦古。"(亦可參見鄭小同編《鄭志》卷上,王雲五主編《叢書集成初編》本《鄭志》二種,頁12)但鄭玄未必是針對《常棣》說這番話的。

作《序》說則與傳世《序》《傳》的情形無礙。其二，在衛宏以前，傳世《詩序》即被多人引用，因此它不可能是衛宏所撰著。其三，漢代今古文《詩》均有序，而且今古文《詩序》有共同的本源，《詩序》不可能產生於今古文《詩》學分家劃派之後，最起碼產生於西漢中期以前。因此，衛宏作《序》說站不住脚，而子夏、毛公作《序》說殆得其實。其四，合二、三兩項而觀之，本文論列古籍所引《詩序》凡五六十條，均當源自衛宏出生以前，即便衛宏確曾作《序》，也不可能是傳世《詩序》。其五，出土戰國楚竹書《詩論》承載的主要是孔子《詩經》學的理念體系，其中蘊含着《詩序》所由產生和成立的基本學術思想探求乃至理論基礎，凸顯了子夏、毛公作《序》說的現實性，表明把《詩序》之撰著歸結到孔子前或孔子後太久都不合情理，從而有力地證成了子夏、毛公作《序》說。其六，鄭玄具有獨特的《詩》學淵源和背景，他能對比今古文《詩》學的兩大體系，他的説法具有足够的權威性，在《詩序》作者、時代問題上，信范曄而不信鄭玄看起來毫無理據。最後，衛宏作《序》說得不到《詩序》本身的支持，而子夏、毛公作《序》說却不存在這一方面的問題。

新出土《詩論》以及中國早期詩學的體系化根源

在傳世文獻中,《詩大序》堪稱中國《詩經》學及一般詩學的第一篇重要文獻,但它帶有明顯的碎片化的痕迹。比如它論及"志""情""性"等若干重要範疇,可是這些範疇在體系和邏輯上的關聯並未獲得清晰的界定,甚至存在某種"錯位的銜接"。這種情況倒是表明了《大序》以某種體系化的根源爲前提。恰恰是這一體系化根源的遺失,使得人們在認知早期《詩經》學及一般詩學時出現了一系列重大偏差。這些偏差約略可歸納爲五類:

一是在論及中國詩學史或文學批評思想史時,撇開緣情一面,單獨推尊"言志"。比如有學者提出,"詩言志"是中國文學批評"開山的綱領"。有學者稱:"'詩言志'說是儒家美學的一大重鎮。……相對於'詩言志',另一個詩學命題'詩緣情'是後起之秀……"①

二是認爲在中國詩學史上,"詩言志"與"詩緣情"兩種觀念原本異趣,魏晉以後纔逐漸走向融合。比如有學者稱,"詩言志"與"詩緣情"兩大思潮如二水分流,其交融且臻於成熟的標誌是劉勰(約465—約532)《文心雕龍》的情志說。②

三是認爲在中國詩學史上,"詩言志""詩緣情"兩說同源而異流。具體說來,即認爲就本來意義言,"詩言志"與"詩緣情"並不矛盾,"詩言志"之"志"彈性强,包羅廣,並不專指儒家的德、道,跟陸機(261—303)"詩緣情"說之"情"不存在對立;而就學說流派言,以荀子(約前313—前238)和漢儒爲代表的正統言志派(包括《詩大序》),與以陸機爲代表的緣情說旨趣相異,有明顯差別,即前者强

---

① 分別參閱朱自清《詩言志辨》序,華東師範大學出版社1996年版,頁4;張節末《美學史上聱己之辯的一段演進:從言志説到緣情説》,《文藝研究》1994年第五期,頁21—30;並可參閱陳伯海《釋"詩言志":兼論中國詩學"開山的綱領"》,《文學遺產》2005年第三期,頁79—91。

② 參閱陳書錄《"言志"與"緣情"兩大思潮的交融:論〈文心雕龍〉中的情志説》,《南京師大學報》(社會科學版)1986年第四期,頁73—79。案:陳文這一主旨,與吳熙貴《劉勰發展了"詩言志"與"詩緣情"的理論:初論〈文心雕龍〉中的情與志》(《南充師院學報》1985年第一期,頁15—21)一文頗爲相近。

調儒家思想規範，注重以思想制約感情，後者注重個人感情的抒發，予感情以獨立的地位。①

四是認爲在中國詩學或文藝思想史上，"詩言志"與"詩緣情"乃前後相繼的兩個階段。比如有學者强調，在中國詩歌理論批評史上，"'言志'跟'緣情'到底兩樣，是不能混爲一談的"；"言志"本義是諷頌，不離政教，東漢以降進而引申、擴展至表達窮通出處的懷抱，又進而引申、擴展至表現德性，又進而引申、擴展至與"言情"衹是一個意義。又有學者稱，"言志與緣情是中國藝術思想史上兩種不同的藝術觀"；中國藝術思想從言志發展到緣情，大致經歷了三個階段，即志的自身同一（"言志"），志之分化（"情志一也"），以及情的獨立（"情有者理必無"）。這第二個階段從邏輯上看不能算作一個獨立的階段，它衹是一個量變過程；從更細微處區分，把它獨立，能跟通常藝術史的歷史分期相適應，有助於認識各個時期的藝術現象。②那麽由"詩言志"轉變到"詩緣情"的歷史動因是什麽呢？有學者提出，"發憤"說是"詩緣情"說賴以産生的理論平台。有學者認爲，漢代詩論多次不自覺地拈出所謂"止乎禮義"的"情"，無意中爲"詩言志"向"詩緣情"轉化架起了一座橋梁。有學者稱，曹丕（187—226）的創作實踐及其文論是"詩言志"向"詩緣情"發展的先導。有學者稱，中國詩歌由《詩經》時"志"占據主導地位，至漢以後"情"慢慢增加，直到陸機《文賦》之"詩緣情"觀，中國詩學實現了從一種功利功能向審美功能的轉化。有學者稱，魏晉《詩經》學重政教、重"情"之解讀方式是從"詩言志"到"詩緣情"的過渡。有學者稱，"詩言志"說是上古詩、禮、樂三位一體的必然結果，魏晉南北朝時期，個體意識和審美

---

① 參閲陳頎《同源異流兩詩系：對"言志"、"緣情"的再思考》，《青海社會科學》1992年第一期，頁56—63。

② 分别參閲朱自清《詩言志辨》，頁29、頁1—47；朱蘭芝《從言志到緣情：中國藝術思想史的一條綫索》，《山東社會科學》1990年第六期，頁60—64。

意識的覺醒促成了"詩緣情"説。①

　　五是認爲"言志"説側重於詩特别是《詩經》的功用,"緣情"説側重於詩歌的本源。比如有學者提出,"詩言志"和"詩緣情"中的"詩"内涵不同:"詩言志"是閲讀理論的總結,核心爲賦詩以言志,其"詩"指《詩經》,"詩緣情"是創作理論的總結,其"詩"指"詩體"之詩;"詩緣情"理論的提出和五言詩體寫作的興盛同步,並且是針對五言詩的。有學者提出,"詩言志"是功能論,"詩緣情"是本源論;所謂"功能敘述"或稱"功能論",即論述某一事物可能或應該具備的功用;所謂"本源敘述"或稱"本源論",即論述某一事物産生的源頭(或本體)、動因或過程,但以前者爲主體。從先秦兩漢文獻中,能夠找到"從文學的功能敘述轉換爲文學的本源敘述"漸次發生的證據。②

　　這種列舉和歸納可能掛一漏萬,但能夠説明基本問題便足矣。因爲對我們來説更重要的是,上海博物館所藏戰國楚竹書《詩論》載録的大抵是孔子《詩經》學及一般詩學的理論體系,它纔是中國《詩經》學和一般詩學最早的重要文獻。見於《尚書·堯典》的"詩言志"固爲"開山的綱領",但它並非呈現在確定且相對完整的體系中,若不聯繫其他經典文本,幾乎不能得出準確、完整的理解。從前爲這一開山綱領提

---

①　分别參閲滕福海《"發憤":"詩言志"向"緣情"説發展的樞紐》,徐中玉、郭豫適主編《古代文學理論研究》第二十二輯,華東師範大學出版社2004年版,頁44—54;鄧晶艷《漢代詩論:"詩言志"向"詩緣情"發展的無意的橋梁》,《廊坊師範學院學報》(社會科學版)2011年第六期,頁28—29;鄧晶艷《曹丕:"詩言志"向"詩緣情"發展的先導》,《棗莊學院學報》2012年第一期,頁35—37;普琪《從詩言志和詩緣情解讀中國古典詩歌中的情》,《文學教育》2017年第一期下,頁25;趙婧《從"詩言志"到"詩緣情":論魏晉〈詩經〉學之作用》,《柳州師專學報》2012年第四期,頁21—23;王妍《從"詩言志"到"詩緣情"》,《哈爾濱工業大學學報》(社會科學版)2003年第一期,頁94—98。案:在中國文學史上,早期發憤抒情説清晰、有力的表達和實踐,最值得注意者有二事:其一是屈原(約前353—約前278)《九章·惜誦》云:"惜誦以致愍兮,發憤以抒情。"屈子全部作品都貫穿着這一精神。其二是司馬遷(前145或前135—?)《史記·太史公自序》所説:"昔西伯拘羑里,演《周易》;孔子戹陳、蔡,作《春秋》;屈原放逐,著《離騷》;左丘失明,厥有《國語》;孫子臏脚,而論兵法;不韋遷蜀,世傳《吕覽》;韓非囚秦,《説難》《孤憤》;《詩》三百篇,大抵賢聖發憤之所爲作也。此人皆意有所鬱結,不得通其道也,故述往事,思來者。"(又可參見《漢書·司馬遷傳》所載史公《報任安書》)而司馬遷作《太史公書》也貫穿着這一精神。

②　分别參閲戴偉華《論五言詩的起源:從"詩言志"、"詩緣情"的差異説起》,《中國社會科學》2005年第六期,頁154—164;劉兆轅《上古詩論的角度演變論析:從"詩言志"的功能論到"詩緣情"的本源論》,《社會科學戰綫》2016年第二期,頁270—274。

供體系化支持的最重要的詩學文獻,是《毛詩大序》。現在有了《詩論》,很多固化已久的歷史敘述都應當改寫。——《左氏春秋》所記賦詩言志主要是用詩層面的現象,它雖然早於《詩論》,却不具備嚴格的"詩學"意義。所以我們必須從《詩論》開始。

一、基於詩言"性"的詩言"情"

在傳統《詩經》學或一般詩學中,"性"不是一個引人注目的範疇。孔子論詩呈現的詩與"性"的深刻關聯,徹底刷新了這一認知。作爲儒家學派的創始人,孔子曾依據《周南·葛覃》《召南·甘棠》《衛風·木瓜》《唐風·有杕之杜》諸詩,來體察和論説"民眚"(亦即人性)。比如《詩論》第五章記載孔子曰:

> 虐(吾)吕(以)《萬軸》昌(得)氏(祇)初之耆(志),民眚(性)古(固)然,見丌(其)兑(美),必谷(欲)反(返)丌本。夫萬(葛)之見訶(歌)也,則曰蔬(絺)茷(綌)之古(故)也。后稷之見貴也,則曰文、武之惪(德)也。虐曰《甘棠》得宗宙(廟)之敬,民眚古然,甚貴丌人,必敬丌立(位),敓(悦)丌人,必好丌所爲,亞(惡)丌人者亦然。虐曰《木苽》昌(得)㢟(幣)帛之不可迲(去)也,民眚古然,丌陧(隱)志必又(有)目俞(喻)也,丌言又所載而后(後)内(納),或前之而后交,人不可軥(觸)也。虐曰《斲杜》吕雀(爵)□之不可無也,民眚古然,□□□女(如)此可(何),斯雀之矣。鯢(御)丌所惡(愛),必曰:虐奚舍之?賓(儐)贈氏(是)也。

筆者將結合傳世《葛覃》《甘棠》《有杕之杜》,詮釋《詩論》所揭人性的三種面向,並揭明其普遍意義(孔子由《木瓜》論人性,則將放在本文第二部分論析)。

《周南·葛覃》之前兩章云:"葛之覃兮,施于中谷,維葉萋萋。黃鳥于飛,集于灌木,其鳴喈喈。/葛之覃兮,施于中谷,維葉莫莫。是刈是濩,爲絺爲綌,服之無斁。"孔子從該詩體認的是人性"氏

(衹）初"亦即敬初的一面。該詩敘割取和整治葛以爲細葛布粗葛布，樂其所製服裝之美而服之不厭，由是推原起初葛延生於谷中，葉既盛，飛鳥鳴，反復詠唱。孔子認爲這顯示了人性之敬重初始，"見丌（其）兇（美），必谷（欲）反（返）丌本"。他對詩的解讀，以及對人性的認知，都相當獨到和深至。孔子進一步推衍人性這一面向曰，"后稷之見貴也，則吕（以）文、武之悳（德）也"；就是說，人們見文王武王德行美盛，回歸其本而崇重其始祖后稷，也是人性的彰顯。這一層雖是申說前面的意思，却直接針對《大雅·生民》《周頌·思文》諸追詠后稷的作品，尤其是前者，是在詩學層面上進一步敞開。

孔子對人性"氐（衹）初"的論斷，其實也不僅僅適合於他明確舉證的《葛覃》，以及蘊含其中的《生民》和《思文》。這一基於《詩經》文本閱讀與現實思辨的認知，是孔子對《詩經》與人性的雙重重要判斷，無論對人性，還是對《詩經》，均具有普遍意義（毫無疑問，我們這樣論説《詩經》或《詩經》中的具體作品，必然關聯着它們在一般詩學層面上的表徵作用，這一點毋庸一一提示）。《大雅·文王》歌詠"文王受命作周"（《詩序》）；《大明》歌詠王季與大任（即文王父母），特別是歌詠文王有明德以及天復命武王；《緜》言"文王之興，本由大王"（《詩序》），故由文王之興追詠其祖父大王（即古公亶父）與其祖母大姜；《思齊》言"文王所以聖"（《詩序》），由文王之政德追詠其母大任，兼及其祖母大姜與其妻大姒；《皇矣》歌詠"周世世脩德，而莫若文王"（《詩序》）；《下武》由武王有聖德，而歌詠其父文王之業以及周先人之功；《文王有聲》由武王得人君之道，而詠讚文王得人君之道；《公劉》"美公劉之厚於民"（《詩序》）。凡此亦無不根源於人見其美而必欲返歸其本的敬初之性。至於《周頌》諸篇，如《清廟》《維天之命》《維清》《我將》之歌文王，《烈文》之歌"前王"（毛傳釋"前王"爲武王，鄭箋釋之爲文王武王），《天作》之歌大王文王，《武》之歌武王文王，《昊天有成命》之歌文、武、成王，《執競》之歌武、成、康王等，亦均跟人的敬初之性以及詩緣性而發的機制有關。《魯頌·閟宮》頌魯僖公（前659—前627在位），而上及后稷、姜嫄，下及大王、文、武、周公；《商頌·玄鳥》

頌商湯、武丁（前1250—前1192在位）；①《長發》頌玄王契與商湯等等。諸如此類，均可說明同樣的道理。其他就不必一一提示了。孔子看重舉一反三，他沒有也無須在同一論題下作窮盡性的列舉。總之對他來說，作爲《詩三百》一大批詩作基底的這種返本敬初的回望均出於人性。

不可忽視的是，返本敬初觀念在《詩論》中有更加形而上的表達。如其第四章云：

  《關疋》之改，《梂木》之旹（持），《鼜坣》之督（智），《鵲樸》之逞（歸），《甘棠》之保（報），《綠衣》之思，《鶂鶂》之情，害（曷）？曰：童（動）而皆臤（賢）於丌（其）初者也。《關疋》㠯（以）色俞（喻）於豊（禮），□□□□□□□□兩矣，丌四章則俞矣。㠯瑟（琴）硏（瑟）之敓（悅），㐱（擬）好色之恋（願），㠯鐘鼓之樂，合二姓之好，反內（納）於豊，不亦能改虖？《梂木》福斯（斯）在君子，不□□□□□□□□□□□□□□□，不亦能旹虖？《鼜坣》□□□□□，不求不可夏（得），不叐（攻）不可能，不亦督（知）亙（恒）虖（乎）？《鵲樸》出㠯百兩（輛），不亦又（有）鮱（御）乎？《甘棠》…思及丌人，敬蛋（愛）丌查（樹），丌保厚矣。甘棠之蛋，㠯邵公…□□□□□□□□青（情）蛋也。《關疋》之改，則丌思賹（賹/益）矣。《梂木》之旹，則以丌彔（祿）也。《鼜坣》之督，則督不可夏也。《鵲樸》之逞，則鮱者百兩矣。《甘棠》之保，美邵公也。《綠衣》之惪（憂），思古（故）人也。《鶂鶂》之情，㠯丌蜀（獨）也。

此章論析《周南》的《關雎》《樛木》《漢廣》，《召南》的《鵲巢》《甘棠》，以及《邶風》的《綠衣》《燕燕》諸詩，核心認知是"童（動）而皆臤（賢）於丌（其）初"，——大要是说世人動舉皆崇重其初始，跟第五章所論"氏（祗）初""反（返）本"之人性完全一

---

① 案武丁在位時間，據夏商周斷代工程專家組編著《夏商周斷代工程1996—2000年階段成果報告》（簡本），頁88。

致,祇不過所謂"初"由側重於時間進一步形上化,變而爲側重於政教倫理。據《詩論》之意,《關雎》張揚合二姓之好的婚姻之禮,《樛木》張揚有德則受福祿的超越性關懷,《漢廣》張揚"不求不可得,不支(攻)不可能"的恒常之道,《甘棠》張揚誠美之、愛之,則必厚報之,《緑衣》張揚思故人之憂(案該詩有云"我思古人,俾無訧兮""我思古人,實獲我心"),《燕燕》張揚超越外在形貌的情,這些都從政教倫理層面上凸顯了更加形上化的重初觀念。①基於《詩論》體系的内在規定性,這種重初返本亦必然是人性的凸顯。②清醒地認識這一點十分重要,——既涉及詩學,又涉及人學亦即心性之學與政教倫理(《論語·學而》載有子曰,"君子務本,本立而道生";《禮記·禮器》云:"禮也者,反本脩古,不忘其初者也")。

傳世《召南·甘棠》云:"蔽芾甘棠,勿翦勿伐,召伯所茇(止舍)。/蔽芾甘棠,勿翦勿敗(勿敗猶言勿伐),召伯所憩。/蔽芾甘棠,勿翦勿拜(掰),召伯所說(舍)。"該詩美召公爲伯之功德,大意是説召公不擾民,止息於甘棠樹下而聽訟,故詩人敬愛此樹。孔子從中體察的人性的一個面向是,"甚貴丌(其)人,必敬丌立(位),敓(悦)丌人,必好丌所爲,亞(惡)丌人者亦然"。就是説,孔子認爲其歌者甚貴召伯,故敬召伯所曾止息之甘棠樹,悦召伯,故好召伯之所爲,這凸顯了普遍的人性。上文所引《詩論》第四章論《甘棠》云:"《甘棠》…思及丌(其)人,敬蚕(愛)丌查(樹),丌保(報)厚矣。甘棠之蚕,目邵公…□□□□□□□□□□□□□青(情)蚕也。"③此數語殘

---

① 孤立地看,"《鳲鳩》之情,目(以)丌(其)蜀(獨)也"一語之政教倫理意涵不很明晰。《五行》經、説第七章乃接着《詩論》的話頭説,其觀念對《詩論》有繼承,也有推進。《五行》就内在的哀與外在的衰絰(喪服)詮釋《燕燕》,謂,"能駐(差)馳(池)亓(其)羽然笱(後)能至哀"(經文第七章);又謂,"駐馳者,言不在唯(衰)絰也;不在唯絰,然笱能至哀。夫喪,正絰脩領而哀殺矣。言至内者之不在外也。是之胃(謂)蜀"(説文第七章)。凡此均可作爲理解《詩論》的參考。

② 《詩論》第四章雖然未以"孔子曰"引領,所記仍當是孔子之論,故其主旨跟下第五章所記孔子之説高度一致。

③ 《詩論》久佚,但孔子論《詩》之影響已從不同程度和側面上進入了人們長久持守的傳統。與《甘棠》直接相關的例子是,鄭箋《甘棠》,有云:"召伯聽男女之訟,不重煩勞百姓,止舍小棠之下而聽斷焉。國人被其德,説其化,思其人,敬其樹。"孔子論《甘棠》,則説"敓(悦)丌(其)人,必好丌所爲","思及丌人,敬蚕(愛)丌查(樹)"。此箋當源自孔説,甚至還承襲了孔説的具體話語。

缺嚴重，却仍然可作《詩論》第五章以人性論《甘棠》的補充。

孔子對《甘棠》及人性的雙重認知也並未就此止步。他進一步以貴重其人則尊敬其位的人性，來詮釋宗廟之敬，所謂"虐（吾）曰（以）《甘棠》得宗宙（廟）之敬"。宗廟供奉先人神主。孔子認爲，詩人崇重召公而敬召公所嘗止息的甘棠，其道理正可以詮釋人們崇重先人而敬宗廟以及宗廟中的先人牌位，這些都根源於人性。孔子這一認知，同樣有大量篇什充當潛在支持。《詩經》中的《頌》差不多篇篇都關聯着宗廟之敬，尤其是《周頌》部分。《詩論》第一章記孔子曰："又（有）城（成）工（功）者可（何）女（如）？曰：《訟》氏（是）已。"《詩序》承其意説："頌者，美盛德之形容，以其成功告於神明者也。"究其實際，美盛德、告成功僅僅是《頌》詩的一面，其不可忽視的另一面則是宗廟之敬。故《詩論》第二章評論《清廟》，強調云："《清宙》，王悳（德）也，至矣！敬宗宙（廟）之豊（禮），目爲丌（其）杏（本）；'秉旻（文）之悳'，目爲丌䍐（質）；'肅雽（雝）顯相□□□□ □□□□□□□□□行此者，丌又（有）不王虐（乎）？"這再次説明，孔子論《詩》的意義絕不限於他直接舉出的篇什，祇關注他直接論析的篇章及其數量，太過簡單化，太過機械和偏執。要真正讀懂孔子，必須讀懂他的表達方式。

孔子還曾基於詮釋《唐風·有杕之杜》，來發揮對人性的認知。相關表述頗有殘缺，可其要點還是相當清晰的。傳世《唐風·有杕之杜》云："有杕之杜，生于道左。彼君子兮，噬肯適我？中心好之，曷飲食之？/有杕之杜，生于道周（毛傳：周，曲也）。彼君子兮，噬肯來遊？中心好之，曷飲食之？"其大意是，"我"發自肺腑好彼君子，彼君子可肯來"我"處遊樂乎？若來，"我"又如何招待他呢？鄭玄解"中心好之，曷飲食之"二語，云："曷，何也。言中心誠好之，何但飲食之，當盡禮極歡以待之。"孔子顯然不這樣理解，他説："㲻（御）丌（其）所惡（愛），必曰：虐（吾）奚舍之？"大抵是指，導引、迎接所愛，必念叨説，"我"安排他住何所呢？這應該是孔子就"中心好之，曷飲食之"二語作出的對應性的發揮。故孔子對此二語的理解應該是，"我"由衷好之，又以何飲之食之呢？無疑是要飲之以美酒、食之以肴饌。故孔子又據此斷言"雀□之不可無"（"雀"通

"爵",指飲酒之禮),且謂其根源在於普遍的人性。《王風‧丘中有麻》殆亦曾爲孔子關注。依《毛詩》,該詩前二章云:"丘中有麻,彼留子嗟(毛傳:留,大夫氏)。彼留子嗟,將其來施施。/丘中有麥,彼留子國。彼留子國,將其來食。"首章之意爲請彼留氏子嗟舒行而來,次章之意爲請彼留氏子國來食來飲("將"字殆同《衛風‧氓》篇"將子無怒"之"將",意指願或請),但兩章互文見義,不必泥於字面。顯然,《丘中有麻》當亦可從人性層面上證成"雀(爵)□之不可無"。

在《詩論》中,孔子用來申説此意的是"賓(儐)贈",即導引、迎接賓客以及饋贈;其所謂"禦(御)亓(其)所惡(愛),必曰:虐(吾)奚舍之",言下之意是不欲所愛之人離去。《毛詩‧小雅‧白駒》之前二章云:"皎皎白駒,食我場苗。縶之維之,以永今朝。所謂伊人,於焉逍遥。/皎皎白駒,食我場藿。縶之維之,以永今夕。所謂伊人,於焉嘉客。"其大意是,伊人乘少壯白馬前來做客,彼白馬正在食"我"場圃之苗與豆葉,"我"絆住它拴住它(不使其主人離去),以延長今日今夜的相聚。此詩"以永今朝""以永今夕"諸語,正可發明和補充孔子論《有杕之杜》之意指。要之,孔子殆謂《有杕之杜》一詩,主人招待賓客,飲之食之而不欲其遽去,彼此有所贈遺,凡此亦均出於人性。

綜觀上述論析,可以説《詩論》呈現了一個原本不爲人知的重要事實:關注"民眚"(亦即人性)乃孔子論《詩》的特質。孔子的論述方式決定了他舉證的篇章有限,但不管是他對"民眚(性)"的認知,還是他對相關作品的詮釋,都有極強的普遍意義。對孔子來説,《詩》表現的就是人性的種種面向,這種理念或可概括爲"詩言性";——必須承認,這是《詩論》暗含的一個重要判斷。孔子"詩言性"觀念是早期《詩經》學及一般詩學極深刻、極重要的理論建構。説它重要,不僅是因爲它在此前不爲世人所知,而且是因爲它使得我們真正走近了早期儒家詩學以及《詩經》學的根。以"詩言性"觀念爲基礎,孔子很自然地建立了"詩言情"學説。

在早期儒家的觀念體系中,"詩言情"與"詩言性"本質上是一致的。這一點,新見孔門弟子以及子思子的文獻提供了確鑿有力的證明。

郭店簡書《眚自命出》上篇云："衍（道）台（始）於青（情），青生於眚（性）。"其下篇稱："青出於眚。"此二語又見於上博簡的《眚意論》。郭店簡書《語叢二》也説"情生於眚"。這是對"情""性"關係的重要論斷。不僅如此，《語叢二》還十分詳細地分析了性生成的種種社會情感及行爲。結合情出於性、性自命出、命自天降的觀念（案《眚自命出》上篇以及《眚意論》又謂"眚自命出，命自天降"），郭店儒典關於這一系列核心範疇及相關情感、行爲的完整邏輯關係，可用表5標示：

表5 "天""命""性"等核心範疇在郭店簡書中的邏輯關係

天	命	眚（性）	惡（愛）*	眚→惡→親→忠	惡（愛）生於眚，親生於惡，忠生於親。（《語叢二》）
			慾（欲）*	眚→慾→慮→恬→静→尚	慾（欲）生於眚，慮生於慾，恬（倍）生於慮，静（爭）生於恬，尚（黨）生於静。（《語叢二》）
				慾→念→怀→豺	念（貪）生於慾（欲），怀（殆相當於"負"或"倍"）生於念，豺（?）生於怀。（《語叢二》）
				慾→楥→吁→忘	楥（諉）生於慾（欲），吁（訐）生於楥，忘（妄）生於吁。（《語叢二》）
				慾→浸→惡→逃	浸（侵）生於慾（欲），惡（懸）生於浸，逃（盜）生於惡。（《語叢二》）
			返（急）	慾→返→𥄜	返（急）生於慾（欲），𥄜（?）生於返。（《語叢二》）
			情、厰（嚴）、敬	眚→情→豊→厰→敬→𢍰（𢍰）→悡→𥁕	情生於眚，豊（禮）生於情，厰（嚴）生於豊，敬生於厰，𢍰（兢?）生於敬，恥生於𢍰（兢?），悡（烈?）生於恥，𥁕（廉?）生於悡。（《語叢二》）

（續表）

天命	眚（性）	智*、敓(悦)、好(好)*	眚→智→卯→敓→好→從	智生於眚，卯（謀）生於智，敓（悦）生於卯，好（好）生於敓，從生於好。（《語叢二》）
		子（慈）、易	眚→子→易→肆→容	子（慈）生於眚，易生於子，肆（肆）生於易，容生於肆。（《語叢二》）
		惡*、忢（怒）*	眚→惡→忢→乘→惎→惻	惡生於眚，忢（怒）生於惡，乘（勝）生於忢，惎（忌恨）生於乘，惻（賊）生於惎。（《語叢二》）
		愳（喜）*、樂*、悲	眚→愳→樂→悲	愳（喜）生於眚，樂生於愳，悲生於樂。（《語叢二》）
		慍（愠）*、憂、悽（哀）*	眚→慍→憂→悽	慍（愠）生於眚，憂生於慍，悽（哀）生於憂。（《語叢二》）
		瞿（懼）*、監（惄）、望	眚→瞿→監→望	瞿（懼）生於眚，監（惄）生於瞿，望生於監。（《語叢二》）
		彊（强）	眚→彊→立→劙	彊（强）生於眚，立生於彊，劙（斷）生於立。（《語叢二》）
		㲽〔休（弱）〕	眚→㲽→悈→北	（㲽）〔休（弱）〕生於眚，悈（疑）生於㲽，北生於悈。（《語叢二》）

上表前面三列，是邏輯層次上由本至末、具有生成關係的三個根本範疇，即"天""命""眚（性）"。第四列各項，從邏輯架構上説均屬於生於性的"青（情）"，附之以部分進一步的繼生情感；其中帶星號（*）者常以情的身份見於傳世文獻，比如《荀子·正名》篇謂"性之好、惡、喜、怒、哀、樂謂之情"，六者均見於上表。第五列是由"眚（性）"或"眚"生成的情感逐步生成其他行爲的完整系譜。[1]事實一目瞭然，孔門七十子及其後學對由性生情的分析十分具體和豐富。

基於這一觀念背景，很容易理解早期儒典中的"性"爲何總落實爲"情"。《五行》説文第二十三章云：

"目（侔）而知之，胃（謂）之進之"：弗目也，目則知

---

[1] 案：何者爲繼生感情，何者爲繼生行爲，有時頗難區分，這裏主要是考慮其側重點。

之矣；知之則進耳。目之也者，比之也。"天監在下，有命既雜（集）"者也，天之監下也，雜命焉耳。遁（循）草木之生（性），則有生焉，而无（無）好惡焉。遁禽獸之生（性），則有好惡焉，而无禮義焉。遁人之生（性），則巍然知丌（其）好仁義也。不遁丌所以受命也，遁之則得之矣。是目之已。故目萬物之生（性）而知人獨有仁義也，進耳。"文王在上，於昭于天"，此之胃也。文王源耳目之生（性）而知丌好聲色也，源鼻口之生（性）而知丌好犨（臭）味也，源手足之生（性）而知丌好勶（佚）餘（豫）也，源心之生（性）則巍然知丌好仁義也。故執之而弗失，親之而弗離，故卓然見於天，箸（著）於天下。无他焉，目也。故目人膻（體）而知丌莫貴於仁義也，進耳。

這一章定義禽獸之性的"好惡"，以及定義人之性的"好（仁義）"，定義耳目之性的"好（聲色）"，定義鼻口之性的"好（犨味）"，定義手足之性的"好（勶餘）"，定義心之性的"好（仁義）"，實際上都屬於"情"。性從邏輯和實際上說需要由情來落實。

由是，"詩言性"亦必然落實爲"詩言情"。《詩論》在具體界定"民眚（性）"時，呈現的是如下範疇：

（一）谷（欲）："……民眚（性）古（固）然，見丌（其）光（美），必谷反（返）丌本。"

（二）敬："民眚古然，甚貴丌人，必敬丌立（位）。"

（三）敓（悅）、好、亞（惡）："民眚古然……敓丌人，必好丌所爲，亞丌人者亦然。"

（四）惡（愛）："民眚古然……御（禦）丌所惡，必曰：虐（吾）奚舍之。"

由表5所列與《詩論》密切關聯的文獻材料，斷然可知《詩論》用來定義人性的"谷（欲）""敬""敓（悅）""好""亞（惡）""惡（愛）"等，都屬於情。《詩論》還有以下論析詩之情的顯例：

（一）"《雚埜》之督（智），則督（知）不可異（得）也。"（《詩論》第四章）

（二）"《綠衣》之悳（憂），思古（故）人也。"（《詩論》第四章）

（三）"《燕燕》之情，目（以）亓（其）蜀（獨）也。"（《詩論》第四章）

（四）"《北風》不絕（絶）人之怨。"（《詩論》第五章）

（五）"《斳杜》則情憙亓（其）至也。"（《詩論》第五章）

（六）"《湯之水》亓（其）悉（愛）婦䄋（烈）。"（《詩論》第六章）

（七）"《菜蒿》之悉（愛）婦□。"（《詩論》第六章）

（八）"《北・白舟》悶。"（《詩論》第六章）

（九）"《浴風》悲（悲）。"（《詩論》第六章）

（十）"《㤴又長楚》旻（得）而悔（悔）之也。"（《詩論》第六章）

（十一）"《相鼠》言亞（惡）而不夏（文）。"（《詩論》第六章）

（十二）"《黃鳥》則困而谷（欲）反（返）亓（其）古（故）也，多恥者亓忍（病）之虐（乎）？"（《詩論》第七章）

以上所涉"督（智）""悳（憂）""情""憙""悉（愛）""悲（悲）""亞（惡）""谷（欲）""恥"等情感元素與性的關聯，明確見於《語叢二》；而斷定"怨""悶""悔（悔）"三者屬於情，應該也不存在問題，特別是"怨"，它跟《語叢二》所論源於性的"望"明顯是一致的。

總之，一如《荀子・正名》篇所説，"性者，天之就也；情者，性之質也"，——性為情之基源，情為性之質體，"詩言性"落實為"詩言情"是自然而然的事情。

二、處於深刻互文關係中的"詩言志"

《詩論》第三章記孔子曰："訾（詩）亡（無）隱（隱）志，樂亡隱情，旻（文）亡隱音（意）。"在整個《詩論》中，這應該是最受關注的一句名言，可是有很多問題需要仔細辨正。

首先要明確的是，從《詩論》整體内容來看，"峕（詩）亡（無）隱（隱）志"主要是基於對詩尤其是《詩三百》的認知而做出的論斷。《詩論》主體内容便是對《詩三百》及其具體作品的認知。① 比如，《詩論》第一章記載："孔子曰：《峕》，丌（其）猷（猶）㫄門與？戔（殘）民而㥨（逸）之，丌甬（用）心也酒（將）可（何）女（如）？曰：《邦風》氏（是）已。民之又（有）戚（感）患（惓）也，上下之不和者，丌甬心也酒可女？曰：《少頀》氏（是）已。□□□□□可女？曰：《大頀》氏已。又城（成）工（功）者可女？曰：《訟》氏已。"這是說孔子通過讀《詩》，通過讀《邦風》《大雅》《小雅》以及《頌》，認知了政教倫理之得失以及由此導致的民心之向背。又如上文所論，《詩論》第四章論述由《周南》的《關雎》《樛木》，《召南》的《鵲巢》《甘棠》，以及《邶風》的《綠衣》《燕燕》，認知人"童（動）而皆臤（賢）於丌（其）初"的本性，第五章論述由《周南·葛覃》《召南·甘棠》《衛風·木瓜》《唐風·有杕之杜》，認知人性敬初返本等種種面相。這些都是極爲典型的例子。而其他論說也差不多全是對詩的認知。有鑒於此，可以說，《詩論》之所以具有《詩經》學及一般詩學的重要意義，乃基於它是中國文本闡釋學的奠基之作。②

---

① 包括對《詩》樂的認知。如其第十章有云："《訟》，㫄惪也，多言遂。丌（其）樂安而屖（遲），丌訶（歌）紳而蕩（逖），丌思深而遠，至矣！……《邦風》，丌内（納）勿（物）也尃（溥/博），儕（觀）人谷（俗）安（焉），大會（驗）材（在）安（焉）。丌言旻（文），丌聖（聲）善。"

② 特別有意思的是，孔子這些論斷所包含的對於詩、樂、文的認知立場，跟《左氏春秋》魯襄公二十九年（前544）所記季札觀、評周樂相同："吳公子札來聘……請觀於周樂。使工爲之歌《周南》《召南》。曰：'美哉！始基之矣，猶未也，然勤而不怨矣。'爲之歌《邶》《鄘》《衛》。曰：'美哉淵乎！憂而不困者也。吾聞衛康叔、武公之德如是，是其衛風乎！'爲之歌《王》……爲之歌《鄭》……爲之歌《齊》……爲之歌《豳》……爲之歌《秦》……爲之歌《魏》……爲之歌《唐》……爲之歌《陳》。曰：'國無主，其能久乎！'自《鄶》以下，無譏焉。爲之歌《小雅》……爲之歌《大雅》……爲之歌《頌》……見舞《象箾》《南籥》者……見舞《大武》者……見舞《韶濩》者……見舞《大夏》者……見舞《韶箾》者，曰：'德至矣哉，大矣！如天之無不幬也，如地之無不載也。雖甚盛德，其蔑以加於此矣。觀止矣！若有他樂，吾不敢請已。'"季札的評議顯然是基於他對周樂的認知，堪爲"樂亡（無）隱（隱）情"的直接例證，亦堪爲"峕（詩）亡（無）隱（隱）志……旻（文）亡（無）隱音（意）"的旁證。

傳世文獻中有不少孔子讀《詩》、論《詩》的材料，可以爲理解《詩論》提供旁證。比如《孔叢子・記義》篇云：

> 孔子讀《詩》及《小雅》，喟然而歎曰："吾於《周南》《召南》，見周道之所以盛也。於《柏舟》，見匹夫執志之不可易也。於《淇澳（奥）》，見學之可以爲君子也。於《考槃》，見遁世之士而不悶也。於《木瓜》，見苞苴之禮行也。於《緇衣》，見好賢之心至也。於《雞鳴》，見古之君子不忘其敬也。於《伐檀》，見賢者之先事後食也。於《蟋蟀》，見陶唐儉德之大也。於《下泉》，見亂世之思明君也。於《七月》，見豳公之所造周也。於《東山》，見周公之先公而後私也。於《狼跋》，見周公之遠志所以爲聖也。於《鹿鳴》，見君臣之有禮也。於《彤弓》，見有功之必報也。於《（羔羊）〔無羊〕》，見善政之有應也。於《節南山》，見忠臣之憂世也。於《蓼莪》，見孝子之思養也。於《楚茨》，見孝子之思祭也。於《裳裳者華》，見古之賢者世保其祿也。於《采菽》，見古之明王所以敬諸侯也。"①

這裏呈現的認知《詩經》作品的角度乃至其中某些具體認知，跟《詩論》完全一致，毋庸費辭。而毫無疑問，孔子"罟（詩）亡（無）隱（隱）志"等論斷背後，還有對詩、樂、文更廣泛的認知作爲支持。

總之，較之以《詩序》《毛傳》《鄭箋》《孔疏》爲核心的漢唐《詩經》學形態模式，孔子建構的《詩》學體系凸顯了主體及其認知活動。這在很大程度上跟孔子以《詩》教的身份有關。

其次，"罟（詩）亡（無）隱（隱）志，樂亡隱情，旻（文）亡隱音（意）"三語，看起來是分別概言詩、樂、文三個方面，實際上三者具有高度的互文關係，拘泥於字面將不得其實。換言之，孔子並非説詩僅關涉志而不關涉情、意，樂僅關涉情而不關涉志、意，文僅關涉

---

① 案：《淇澳》，傳世《毛詩・衛風》作《淇奥》。又，《羔羊》必爲《無羊》形近之訛。孔子這番評説，自《國風》而《小雅》，全同今本順序，不應在《小雅・彤弓》和《節南山》間忽出《羔羊》。或以爲所謂"善政之有應"是指興復牧人之職，故牛羊衆多，其實應該是指《無羊》末章所説："牧人乃夢，衆（螽）維魚矣，旐維旟矣。大人占之：'衆維魚矣，實維豐年；旐維旟矣，室家溱溱。'"

意而不關涉志、情，對他來説，詩、樂、文每一個認知對象都同時關聯這三個方面。最直接的證據是，上一節所揭孔子論《周南·葛覃》《召南·甘棠》《唐風·有杕之杜》以及《邶風》的《綠衣》《燕燕》等一系列作品，都明顯是着眼於情和意，這是無可置疑的事實。因此，單就詩這一方面來說，孔子的完整意思乃是"詩無隱志、情、意"。《史記·孔子世家》記載："孔子學鼓琴師襄子，十日不進。師襄子曰：'可以益矣。'孔子曰：'丘已習其曲矣，未得其數也。'有閒，曰：'已習其數，可以益矣。'孔子曰：'丘未得其志也。'有閒，曰：'已習其志，可以益矣。'孔子曰：'丘未得其爲人也。'有閒，（曰）有所穆然深思焉，有所怡然高望而遠志焉。曰：'丘得其爲人，黯然而黑，幾（頎）然而長，眼如望羊（遠視貌），如王四國，非文王其誰能爲此也！'師襄子辟（避）席再拜，曰：'師蓋云《文王操》也。'"此記載未必全爲史實，但應該可以説明孔子認爲樂亦根於"志"，並且樂之"志"也是可以認知的。孔子清醒地認識到以言達意有其局限性。《周易·繫辭上傳》記孔子曰："書不盡言，言不盡意（孔疏：意有深邃委曲，非言可寫，是言不盡意也）。"此説與"旻（文）亡（無）隱（隱）音（意）"並不矛盾，"旻（文）亡（無）隱（隱）音（意）"乃強調見於文的"意"是可以被認知的。《孝經鉤命訣》記孔子曰："吾志在《春秋》，行在《孝經》。"此説抑或後起，卻應該可以説明孔子雖明提"詩"與"志"的關聯，卻並無排他性，詩、樂之外的《春秋》之文同樣可以"志"論。孟子稱孔子曾説："知我者其惟《春秋》乎！罪我者其惟《春秋》乎！"（《孟子·滕文公下》）顯見文中之"志"是可以被認知的。而同樣的道理，《周易·繫辭下傳》謂"聖人之情見乎辭"，則文辭亦可以"情"論，又何嘗僅限於樂？要之，孔子的完整意思是，詩、樂、文三者均可從"志""情""意"三方面論，"志""情""意"三者之見於詩、樂、文者都是可以認知的。

最後，《詩論》既是文本闡釋學的經典，又是一般詩學的經典；易言之，《詩論》的闡釋學論説藴含着一般詩學的論説，亦即是以一般詩學的論説爲前提的。這就意味着，"峕（詩）亡（無）隱（隱）志"固然是孔子對詩的認知，卻表明他從詩歌創作或本源上確認了"詩言志"這一前提。而更進一步論,單就詩歌而言,由於孔子的完整意思是說"詩無隱志、情、意",那麼,他所確認的前提性的論斷也必須完整地表達爲"詩言志、情、意"。孔子説過"不言,誰知其志"(參見下引),若非詩言志、情、意,所謂詩的志、情、意均可認知便無從談起。

《尚書·堯典》謂:"詩言志,歌永言(歌長言詩之意),聲依永(聲之曲折又依長言),律和聲(聲中律乃爲和)……"在中國詩學這一"開山的綱領"中,"詩""歌""聲"是一串説下來的,相互間並無橫向的互文關係。《詩論》以"詩""樂""文"互文,使三者均一關聯志、情、意,從詩學上説是一個重大發展。這種表達方式,意味着脱離孔子設置的互文語境,而單提含蘊其中的"詩言志"觀,往往會喪失孔子真實或完整的意思。①

孔子確曾單論"詩"與"志"的關聯,而不涉及"情"和"意"。上博簡《民之父母》與傳世《禮記·孔子閒居》均記載了孔子的"五至"説。前者有謂"勿(物)之所至者,《志(詩)》亦至安(焉)",後者對應部分則作"志之所至,《詩》亦至焉"。其實二者所記是高度同一的(儘管簡文可能更接近本真):"勿(物)"爲目標對象,心對此對象之趨向即爲"志",二者具有高度的一體性。可能這兩個"版本"加起來,纔算得上是孔子對"詩言志"觀的具體説明,其間凸顯的是"詩"與"志"或者"詩"與心對"物"之所向的關係。《左氏春秋》襄公二十五年(前548)記載:

> 冬,十月,子展相鄭伯如晉,拜陳之功(杜注:謝晉受其功)。子西復伐陳,陳及鄭平(杜注:前雖入陳,服之而已。故更伐以結成)。仲尼曰:"《志》有之:'言以足志,文以足言(杜注:足,猶成也)。'不言,誰知其志?言之無文,行而不遠。晉爲伯,鄭入陳,非文辭不爲功。慎辭哉!"

此前,鄭子産(約前580—前522)獻入陳之功於諸侯之盟主晉,善爲言

---

① 基於此,我們在指涉《詩論》或者孔子的詩學體系時,也許可以採用包括文學藝術在內的廣義的"詩學"觀。

辭，故晉受其功。孔子據此事論"言以足志""不言，誰知其志"，凸顯的是"文"與"志"的關係。這與從作詩層面上說"詩言志"立場是相同的，可以互相發明。

在不存在跟"情""意"互文的語境，單論"志"與詩的關係時，孔子所說的"志"應該理解爲囊括通常所謂"志""情""意"的完整的心之所向。先秦典籍中有"志""情"同一、互解的確鑿例子。比如《左氏春秋》魯昭公二十五年（前517）記子大叔游吉（？—前506）引子產之言，曰："民有好惡、喜怒、哀樂，生于六氣（杜注：此六者，皆稟陰陽風雨晦明之氣），是故審則宜類，以制六志（杜注：爲禮以制好惡、喜怒、哀樂六志，使不過節）。"而《禮記·禮運》篇云："何謂人情？喜、怒、哀、懼、愛、惡、欲七者，弗學而能。"孔穎達（574—648）疏云："'喜、怒、哀、懼、愛、惡、欲'者，案昭二十五年《左傳》云，天有六氣，在人爲六情，謂'喜怒''哀樂''好惡'。此之'喜''怒'及'哀''惡'與彼同也，此云'欲'則彼云'樂'也，此云'愛'則彼'好'也，謂六情之外增一'懼'而爲七。"《正義》釋《左氏》"六志"，説得更爲明確："此六'志'，《禮記》謂之六'情'。在己爲'情'，情動爲'志'，'情''志'一也，所從言之異耳。"六種"志"加上"懼"而成爲七種"情"，足以顯示"志"與"情"的内在同一性。這一點成了孔穎達詮釋經典的強力主張。《禮記·曲禮上》有謂"志不可滿"。《正義》云："'志不可滿'者，六情徧覩在心未見爲志。"總之孔穎達認爲，"情"與"志"僅有未動與動、未現與現的差異。其觀點未必完全切當，但謂"情""志"具有同一性，是無可置疑的。實際上，上博《詩論》也有"志""情"互通一致的顯例。其第四章謂《關雎》"目（以）琴（琴）瑟（瑟）之敓（悦），悆（擬）好色之惡（願）"。"好"屬於情，"惡（願）"等同於"志"（參見下文所論）。《詩論》將"好色"歸於"志"，足見"情"與"志"的關係。而"志"和"意"，從訓詁學上説原本可以互訓。段注本《説文解字·心部》謂："志，意也，从心㞢，㞢亦聲。"又謂："意，志也，从心音，察言而知意也。""志"主要是就心而稱謂其所之，"意"則往往是就言而稱謂心之所之，就是説後者往往多一層相關的指涉，即言語或文辭。要之,"志"既可等同於"情",又可等同於"意"。這從某種程度上意味着它可以指涉包括通常所謂情、意、志在內的整個心之所向。由於《詩論》隱含着孔子對詩與志、情、意關係的完整表述,當傳世文獻中單獨出現孔子對"詩""志"關係的論說時,我們對"志"應該採取這種綜合的理解。

明確了以上數事,下文將圍繞"志""情""意"三者之合一,從詩歌本源或生成層面上審視孔子的詩學觀。

就通常對"志"的理解而言,《詩論》有兩種情況值得注意:

其一,《詩論》直接提到了"志"。如其第五章記孔子曰,"虗(吾)目(以)《萳㡀》夏(得)氏(祗)初之岂(志)……虗曰《木苀》夏(得)希(幣)帛之不可迬(去)也,民善古然,亓陾(隱)志必又(有)目俞(喻)也……"第五章論《鄘風·柏舟》云,"《白舟》又(有)𣶃(溺)志,既曰天也,獣(猶)又(有)悹(怨)言",其大意是指該詩主人公心志有所沈溺,所以既呼天啊,又發出怨尤之言(案該詩有云:"母也天只,不諒人只")。第六章論《小雅·蓼莪》云,"《蓼莪》又(有)孝志"。《孔叢子·記義》篇記孔子慨歎於《狼跋》,"見周公之遠志所以爲聖也"等,有同樣的性質。

其二,"志"在很大程度上可以理解爲"願"。《論語·公冶長》記載:"顏淵、季路侍。子曰:'盍各言爾志?'子路曰:'願車、馬、衣、輕裘,與朋友共,敝之而無憾。'顏淵曰:'願無伐善,無施勞。'子路曰:'願聞子之志。'子曰:'老者安之,朋友信之,少者懷之。'"孔子要顏淵(前521—前481)、季路(前542—前480)言"志",二子均答以"願如何如何"。《論語·先進》篇記載,子路、曾皙(曾參父,生卒年月不詳)、冉有(前522—前489)、公西華(前509—?)侍坐,公西華表示"宗廟之事,如會同,端章甫,願爲小相焉",子路、曾皙、冉有亦各有表白,孔子概言之曰"各言其志"。總之,觀"志"之風盛行於孔門師徒授受之際,而其言"志"又每每說"願如何如何",可見這兩個範疇有極高的同一性。《詩論》也曾以"願"這一範疇解詩,並且明確地將它稱爲"志"。其第五章謂:"《木苀》又(有)寙(藏)忎(願)而未夏(得)達也,交□□□□□□□□□□□□□□□□□因木芯（瓜）之保（報），昌（以）俞（喻）丌宸（願）者也。"同章將《木芯》主人公之"寂（藏）忑（願）"稱爲"隉（隱）志"。其第四章論《關雎》有云，"昌（以）盉（琴）歽（瑟）之敓（悅），忢（擬）好色之忑（願），昌（以）鐘鼓之樂，合二姓之 好"，其中"忑"字是同樣的用法。儘管這些例子中，"志""忑（忎）"或者"宸"指的是詩篇主人公之志，邏輯上並不等同於詩本身或詩作者之志，但亦不過相差一間耳。一個極爲簡單的事實是，論者顯然知道詩作主人公之志都是被書寫的對象，而且對它的書寫跟對創作主體之志的書寫有某種同一性。

　　傾向於將"詩言志"與"詩緣情"對立起來的學者，常基於政教倫理來詮釋"志"。比如陳伯海云："'詩言志'中的'志'，孕育於上古歌謠、樂舞及宗教、巫術等一體化活動中的祝咒意向，並經禮樂文明的範鑄、改造，轉型、確立爲與古代社會政教及人生規範相關聯的懷抱，大體上是可以肯定的。……它所標示的情意指向……同帶有普遍性的人生理念密切相聯繫，甚至大多數情況下仍與社會政教息息相關（超世之'志'的產生往往由對時世的失望而導致，故可看作爲現實社會政治的一種反撥），這就使'言志'和純屬私人化的情意表現有了分界。朱自清先生將'詩言志'與'詩緣情'定爲古代詩學中前後興起的新老兩個傳統……眼光畢竟犀利。也只有拿'志'同泛漫的'情'區劃開來，才能確切地把握中國詩學的主導精神。"① 祇要知道《詩論》將"好色之忑（願）"視爲"志"，就可以明白，對《詩論》或孔子詩學來説，這種解釋僅僅是一種想象。因爲"好色之忑（願）"作爲"志"，不可能是"經禮樂文明的範鑄、改造"，而轉型確立的"與古代社會政教及人生規範相關聯的懷抱"。

　　顯而易見，上述"志""忑（忎/願）"或者"宸（願）"側重於指一般的心志，在孔子的認知中，這顯然祇是詩歌本源的一個層面。如上一節所揭示，在"訾（詩）亾（無）隉（隱）志，樂亾隉情，旻（文）亾隉音（意）"這一總綱的統括下，孔子或《詩論》的大量論説均落實

---

① 陳伯海《釋"詩言志"：兼論中國詩學"開山的綱領"》，《文學遺產》2005年第三期，頁82—83。

於跟一般的"志"相異的"情";而孔子對詩的所有認知,比由《葛覃》《甘棠》諸詩見人之性,由《木瓜》《柏舟》諸詩見人之志,由《關雎》諸詩見人之願,由《綠衣》《燕燕》諸詩見人之情等等,又都可歸結爲由詩見"意"。這一系列的事實有力證明,對孔子來説,詩生成的根源乃是包括志、情、意諸多元素的心之所向;——被置於互文語境中的"詩(詩)亡(無)隱(隱)志"實際上是説詩無隱志、情、意,而它藴含的前提"詩言志"實際上是説詩言志、情、意。

孔子詩學觀中的民之"甬(用)心",跟這種綜合指向頗爲匹配。《詩論》第一章記孔子就《邦風》《小雅》《大雅》《頌》論詩中的"甬(用)心",云:"戔(殘)民而猶(逸)之,丌(其)甬(用)心也㭬(將)可(何)女(如)?曰:《邦風》氏(是)已。民之又(有)戚(慼)悓(惓)也,上下之不和者,丌甬心也㭬可女?曰:《少歌》氏已。□□□□□□可女?曰:《大歌》氏已。又城工(成功)者可女?曰:《訟》氏已。"其中論《大雅》的部分有殘缺,論《頌》的部分有省略,但仍可見出孔子是以"甬(用)心"來論斷《詩三百》之全體。而"甬(用)心"關涉的恰恰是心的綜合指向,包括通常所説的志、情、意等等。由新見孔門七十子及其後學的典籍可知,用心的核心是"思"。郭店《眚自命出》上篇云:"凡思之甬(用)心爲甚。"下篇云:"凡甬(用)心之㷖(躁)者,思爲戡(甚)。"二語亦見於上博《眚悥論》。"思"顯然也是關聯志、情、意的綜合體。《詩論》第四章云:"《關疋》目(以)色俞(喻)於豊(禮)……以蓏(琴)瓩(瑟)之敓(悦),悆(擬)好色之忎(願),目鐘鼓之樂,合二姓之好,反内(納)於豊(禮),不亦能改虖?……《關疋》之改,則丌思賹(賹/益)矣。"這是説《關雎》主人公思之進益,是由好色改而爲好禮,"思"中兼有"情"與"志"。該章又説:"《緑衣》之慐(憂),思古(故)人也。"更明確顯示了"情""思"之爲一體。《詩論》第十章云:"《訟》,㫄惠(德)也,多言逡。丌(其)樂安而犀(遲),丌訶(歌)紳而葛(逖),丌思深而遠,至矣。"《左氏春秋》魯襄公二十九年(前544)記載季札觀《頌》,而評之曰:"至矣哉!直而不倨,曲而不屈,邇而不偪,遠而不攜(杜注:攜貳),遷而不淫,復而不厭,哀而不愁,樂而不荒,用而不匱，廣而不宣，施而不費，取而不貪，處而不底（停滯），行而不流（放縱）。五聲和，八風平。節有度，守有序，盛德之所同也。"其基本內容，大抵可以用來解釋孔子何以推《頌》詩爲極致，且稱其思"深而遠"；"思"明顯是心的綜合指向。

還應留意的是，在這一層面上，孔子詩學再次顯示了它的獨特和深邃。《詩論》第五章記孔子曰："虗（吾）㠯（以）《木苽》昪（得）帀（幣）帛之不可迲（去）也，民眚（性）古（固）然，丌（其）陞（隱）志必又（有）㕥（喻）也，丌言又所載而后（後）内（納），或前之而后交，人不可𠦝（觸）也。"跟解讀《周南·葛覃》《召南·甘棠》《唐風·有杕之杜》相似，孔子是從人性的高度詮釋《木瓜》的。傳世《衛風·木瓜》云："投我以木瓜，報之以瓊琚。匪報也，永以爲好也。/投我以木桃，報之以瓊瑤。匪報也，永以爲好也。/投我以木李，報之以瓊玖。匪報也，永以爲好也。"孔子對該詩的理解是，彼投贈"我"以木瓜，"我"報之以瓊琚或者瓊瑤或者瓊玖（毛傳云："瓊，玉之美者；琚，佩玉名"，"瓊瑤，美玉"，"瓊玖，玉名"），目的在於傳達"陞（隱）志"；由此孔子進一步引申和提升，確認了幣帛之禮對建構合理化表達的重要性。①孔子認爲，傳達者以某種形式顯白隱志，乃人性之必然；其意有適當的載體而後被接受，也是人性之必然。這一觀點具有極重要的詩學意義，它實際上是賦"詩言志"以人性的基底。

---

① 案《禮記·坊記》篇載子曰："禮之先幣帛也，欲民之先事而後禄也（鄭注：此禮，謂所執之贄以見者也。既相見，乃奉幣帛以修好也）。先財而後禮則民利（鄭注：財，幣帛也。利，猶貪也），無辭而行情則民争（鄭注：辭，辭讓也。情主利欲也）。"據鄭注，孔子大意是說，幣帛晚於相見之贄（先後是就贄和幣帛而言的），目的是禁止民之貪心，使民以事爲先而以得爲後。其立意與《詩論》所記孔子論幣帛之不可去明顯不同。上引《詩論》第五章云："丌（其）言又（有）所載而后内（納），或前之而后（後）交"，看起來與《坊記》所説相似，然其意實爲：其言被相關禮物如幣帛等負載着而後被接收到，有時先致禮而後發生言行交接。簡文所謂先後，是以行幣帛之禮爲先，以言語交接爲後。郭店《眚自命出》上篇云："肖（幣）帛，所以爲信與訨（證）也，其訇（詞）宜道（導）也。"此語亦見於上博《眚㥯論》。這也是論説以幣帛導詞的適當性，即強調先行幣帛之禮，而後進行言語交接。又，毫無疑問，孔子對《木瓜》的認知同樣有普遍意義。《毛詩·王風·丘中有麻》之前兩章，敘"我"邀請彼留氏子國與子嗟舒行而來，冀設食以待之。其末章則説："丘中有李，彼留之子。彼留之子，貽我佩玖。"這顯然是說彼留氏來會食飲，而饋"我"以佩玖（毛傳云："玖，石次玉者"），與《木瓜》彼投"我"以木瓜，"我"報之以瓊琚等，實際上沒有差別，當亦可證成"帀（幣）帛之不可迲（去）"。

三、體系核心"性""心""物"以及該體系在《詩序》中的孑遺

綜上所論,《詩論》或孔子詩學的核心理念既不是"情"也不是"志",而是"性"。換句話説,《詩論》或孔子詩學是以人性爲基底建構的言志、言情的統一體,在這裏,"詩言情"的根基被歸結爲"詩言性",而"言志"也被歸結爲人之性。因此,過於凸顯詩言志一面,或者將詩言志與詩緣情兩面對立起來,即便合乎漢代以降的史實,也有悖於孔子或《詩論》的詩學體系。

進一步聯繫新見孔門七十子至子思子時期的儒典,可以發現,《詩論》或孔子詩學還隱含着兩個關鍵元素,即"物"與"心";——它因此又很自然地隱含了後人矚目的"感物"説。

郭店竹書《眚自命出》上篇云:"凡眚(性)爲宔(主),勿(物)取之也。金石之又(有)聖(聲)也,弗鉤(扣)不鳴。人唯(雖)又眚,心弗取不出。"又説:"凡敢(動)眚(性)者,勿(物)也。"這兩段話基本上也見於上博竹書《眚悥論》。其意大抵是説,性平時處於"休眠"狀態,在存在對象目標亦即"勿(物)"的情況下(或者説在物的發動下),由"心"將它激活,就好比鐘磬有發聲之質,但平時並不發聲,祇有敲擊它它纔發聲,心就是使"性之聲"發出來的那位敲擊者。子思論人性,以大體、小體分别論之(大體指心,小體指耳目鼻口手足),以爲心之性爲好仁義,耳目之性爲好聲色,鼻口之性爲好臭味,手足之性爲好佚豫,其論斷人之性爲好仁義或獨有仁義的依據主要在於心之性(參見上引《五行》説文第二十三章)。然不惟大體之性需要由心取出,衆小體之性也必須由心取出。所以傳世《大學》強調:"心不在焉,視而不見,聽而不聞,食而不知其味。"①

"凡眚(性)爲宔(主),勿(物)取之也"一説,包含一種很深

---

① 這主要是就心的官能而言的。早期儒家論心,一方面關注其性,一方面關注其官能。其詳請參閱拙作《〈五行〉學説與〈荀子〉》,《北京大學學報》(哲學社會科學版)2013年第1期,頁75—87;以及拙作《從〈五行〉學説到〈荀子〉:一段被湮没的重要學術思想史》,《出土文獻與中國文學研究:第三届出土文獻與中國文學研究學術研討會(國際)論文集》,齊魯書社2013年版,頁49—73。

刻的"感物"説，並且從人性的根子上確立了物的意義。郭店簡文《眚自命出》上篇有云："悥（意）荅（怒）㦛（哀）悲之燹（氣），眚（性）也。及其見於外，則勿（物）取之也。"此數語又見於上博《眚悥論》。《禮記·樂記》云："人生而静，天之性也。感於物而動，性之欲也。物至知（智）知，然後好惡形焉。"大抵是説物"激活"性，而性進一步生成情。上文已經提及，上博簡《民之父母》記孔子"五至"説，謂"勿（物）之所至者，《志（詩）》亦至安（焉）"；《禮記·孔子閒居》則謂"志之所至，《詩》亦至焉"。這兩種表述看起來差别巨大，其本旨實際上是一致的。"志"爲心之所之，"勿（物）"是心之所之的對象，兩者不過是一體之兩面。就詩歌而言，言"志"，必然包含心所之的對象物；言"物"，亦必然意味着它是心的對象物。因此，"勿（物）之所至"也就是"志之所至"。不管是從物取性而出的層面上説，還是從心基於對象物存在而產生志這一層面上説，"物"對於早期儒家詩學的意義都是不可忽視的。

　　一言以蔽之，早期儒家詩學最核心的範疇是"心""性""物"；"言志"與"言情"實圍繞這三者形成一個有複雜内在勾連的有機體。它的基本面已經明顯超越了我們的常識性認知。基於新見載録孔子學説的《詩論》，以及新發現的孔門七十子至子思子時代的其他儒典，我們可以復原早期儒家詩學極爲豐富的内容（這裏呈現的僅僅是其中的一小部分）。《詩論》深刻影響傳世《詩序》，是毋庸置疑的事實。[①]可是從《詩序》回望《詩論》，我們祇能得到若干碎片化的認知。[②]

　　比如《詩序》云："《生民》，尊祖也。后稷生於姜嫄，文、武之功起於后稷，故推以配天焉。"該序要旨，明顯源自《詩論》第五章"后稷之見貴也，則目（以）文、武之㥁（德）也"。《詩序》云："《緜》，文王之興，本由大王也。"又云："《思齊》，文王所以聖也。"《正義》申之曰："作《思齊》詩者，言文王所以得聖，由其賢

[①] 參閱拙文《上博戰國楚竹書〈詩論〉的〈詩經〉學史價值》，《中國詩歌研究》第三輯，中華書局2005年版，頁1—27；以及《論上博戰國楚竹書〈詩論〉的〈詩經〉學史價值》，北京大學中文系、北京大學詩歌中心編《立雪集》，人民文學出版社2005年版，頁726—767。

[②] 毋庸諱言，《詩序》無須也無意於重複《詩論》，發《詩序》之肇端的作者也不可能預料到《詩論》會一下子從人們的歷史視野中消失兩千年。

母所生。文王自天性當聖，聖亦由母大賢，故歌詠其母。言文王之聖有所以而然也。"這類表述所蘊含的基本意指符同於孔子論《葛覃》《關雎》諸詩的返本敬初觀念——所謂"氏（祇）初""見亓（其）𦒱（美），必谷（欲）反（返）亓本""童（動）而皆臤（賢）於亓初"云云，差別僅僅在於《詩序》並未明確將這種指向歸結到人性層面上。

《詩大序》云："詩者，志之所之也，在心爲志，發言爲詩。情動于中而形于言，言之不足，故嗟歎之，嗟歎之不足，故永歌之，永歌之不足，不知手之舞之、足之蹈之也。"《詩論》將詩的本源歸結爲"志""情""意"，其中"意"和"志"具有高度的同一性，所以"志"與"情"二者更爲重要。《詩大序》基本上承繼了這層意思，但以"情"直接承接"志"，畢竟呈現了某種混亂，誤導後人直接將"情"等同於"志"。其實《詩序》解詩，頗有發明其志者。例言之：

（一）"《卷耳》，后妃之志也，又當輔佐君子，求賢審官，知臣下之勤勞。內有進賢之志，而無險詖私謁之心，朝夕思念，至於憂勤也。"

（二）"《凱風》，美孝子也。衛之淫風流行，雖有七子之母猶不能安其室，故美七子能盡其孝道，以慰其母心，而成其志爾（疏：成其志者，成言孝子自責之意）。"

（三）"《衡門》，誘僖公也。愿而無立志（釋文：愿……謹也），故作是詩以誘掖其君也。"

（四）"《鴟鴞》，周公救亂也。成王未知周公之志，公乃爲詩以遺王，名之曰《鴟鴞》焉。"

（五）"《雲漢》，仍叔美宣王也。宣王承厲王之烈，內有撥亂之志，遇烖（災）而懼，側身脩行，欲銷去之。天下喜於王化復行，百姓見憂，故作是詩也。"

（六）"《桓》，講武類禡也（鄭箋：類也、禡也，皆師祭也）。桓，武志也（釋文：本或以此句爲注）。"

由這類例子看來，《詩序》體系中的"志"指向通常所說的意志，不能直接解釋爲"情"。"志""情"二者在《詩序》中發生某種程度的錯位銜接，多半是《詩序》碎片化地承襲《詩論》或孔子詩學的結果，——《詩序》無意於完整地呈現該體系中詩跟志、情的關係等等。《詩大序》認同人性對詩歌發生的根本作用，故云："國史明乎得失之迹，傷人倫之廢，哀刑政之苛，吟詠情性，以風其上，達於事變而懷其舊俗者也。故變風發乎情，止乎禮義。發乎情，民之性也；止乎禮義，先王之澤也。"①這裏"情""性"一併被視爲詩歌產生之本源（所謂"吟詠情性"云云），而"發乎情"又被歸結爲"民之性"，約略顯示了孔子以"性"論詩的早期儒家詩學的特質，顯示了孔門七十子時代儒家對"情""性"關係的認知。後世對其論"性"的一面幾乎完全無視。若非《詩論》重見天日，人們將永遠不能認識到"性"原本是早期儒家詩學異常重要的範疇。

餘　論

《詩序》之後直到上一世紀結束，中國沒有出現其他跟《詩論》或孔子詩學發生過直接關聯的詩學文獻，②因此對"詩言志"的所有詮釋都缺乏該體系的支持，也都被《詩序》承繼的孔子詩學的碎片誤導。《漢書·藝文志》云："《書》曰：'詩言志，（哥）〔歌〕詠言。'故哀樂之心感，而（哥）〔歌〕詠之聲發。誦其言謂之詩，詠其聲謂之（哥）〔歌〕。"這基本上是用"哀樂之心"亦即"情"來演繹"詩言志"的"志"。孔穎達依循這一理路，來詮釋《堯典》和《詩序》的相關文字。比如《詩序》云："詩者，志之所之也，在心爲志，發言爲詩。"孔疏解釋道："詩者，人志意之所之適也；雖有所適，猶未發口，蘊藏在心，謂之爲志；發見於言，乃名爲詩。言作詩者，所以舒心志憤懣，而卒成於歌詠，故《虞書》謂之'詩言志'也。包管萬慮，其名曰心。感物而動，乃呼爲志。志之所適，外物感焉。言悅豫之志，則和樂興，而頌聲作；憂愁之志，則哀傷起，而怨刺生。《藝文志》云哀樂之情感，歌詠之聲發，此之謂也。"孔疏以"情"爲"志"的興

---

① 案：關於傳世《詩序》對《詩論》的承繼，還應該提及的一個要點是，《大序》謂"變風发乎情，止乎禮義"，明顯有孔子謂《關雎》"反內（納）於豊（禮）"的意味。

② 《詩論》在詩學範圍外產生了更爲深遠的影響。它不僅滋育了子思、孟子、荀子等數代儒家學者聲勢浩大的心性學說體系，而且影響了墨、道等各家學説。

發（如謂悦豫之志興發爲和樂之情、憂愁之志興發爲哀傷之情等等），並且基本上以"哀樂之情"的"情"來詮釋"詩言志"的"志"。①由新見《詩論》或孔子詩學來觀察，這類解釋存在明顯的問題：傳世《詩序》是以孔子詩學爲前提的，可上揭這類解釋缺乏對孔子詩學特別是其"詩言志"觀的整體理解，即没有從"詩—志""樂—情""文—意"三者的互文關係中完整把握孔子詩學的意指；就《詩序》的這一根源性體系而言，甚至就《詩序》本身而言，簡單地將"志""情"等同並不合理。②

新見《詩論》等早期儒典説明，本文開頭羅列的那些論斷都明顯背離了事實。《尚書·堯典》的"詩言志"雖是中國詩學"開山的綱領"，但其實際支持是《詩序》以前的早期儒家學説，特別是新發現的孔子詩學論説或《詩論》。而依據《詩論》及其他早期儒典，"詩言志"與"詩緣情"兩個面向在由"心""物""性"構成的理論基底上是高度統一的，獨尊"詩言志"並不妥當；——即便傳世文獻曾記載孔子單提"詩言志"，其所謂"志"也應該理解爲包括"志""情""意"在内的綜合的心之所之。"詩言志"與"詩緣情"

---

① 順着這一條思路，當代有學者指出："在我國文學發展過程中，由於'志'長期被解釋成合乎禮教規範的思想，'情'被視爲是與政教對立的'私情'，因而在詩論中常常出現'言志'和'緣情'的對立。有時甚至産生激烈的爭辯。唐孔穎達早已看出，'志'與'情'是一個東西，'言志'與'緣情'並無本質的區别。"（郭紹虞主編《中國歷代文論選》第一册，上海古籍出版社1979年版，頁3）又有學者説，"言志"與"緣情"名異實同；古人論詩，常用到"志""情"兩字，意義大體相同；其用"言志""緣情"兩語，意思也基本相同，都是指詩歌抒發内心的情感，不涉及與政教有無關係的問題，也就是説"詩言志""詩緣情"二語本身不含重視政教或不顧政教的意義，前者是説詩表述内心所存想，後者是説詩依據内心所存想而作。既然"言志""緣情"在古人那裏並無對立意味，則今日亦不應用它們作爲兩種對立的詩歌觀念。（參閱黄益元《"言志"、"緣情"名異實同論》，《九江師專學報》哲學社會科學1985年第一、第二期合刊，頁82—84，轉頁73；楊明《言志與緣情辨》，《上海師範大學學報》哲學社會科學版2007年第一期，頁39—49）

② 《左氏春秋》所記内容跟孔子有很深的關係。《史記·十二諸侯年表》序稱："……孔子明王道，干七十餘君，莫能用，故西觀周室，論史記舊聞，興於魯而次《春秋》，上記隱，下至哀之獲麟，約其辭文，去其煩重，以制義法，王道備，人事浹。七十子之徒口受其傳指，爲有所刺譏褒諱挹損之文辭不可以書見也。魯君子左丘明懼弟子人人異端，各安其意，失其真，故因孔子史記具論其語，成《左氏春秋》。"據此，《左氏春秋》乃左丘明因孔子《春秋》具論孔子口傳弟子者而成。而孔子高度重視子産。《左氏春秋》昭公二十年（前522）曾記載："及子産卒，仲尼聞之，出涕曰：'古之遺愛也。'"如此説來，孔子對《左氏春秋》昭公二十五年所記子産稱六種情爲"六志"一説應當並不陌生，但他顯然没有在這種意義上使用"志"和"情"。

在早期儒家詩學中絶非異趣。説"詩言志""詩緣情"兩説同源,但在後世有不同的歷史發展,大抵是合乎事實的,可嚴格地説,並不能簡單地將早期儒家詩學中的"志"等同於"情","詩言志""詩緣情"二者乃一體所育,也並無先後。所謂"言志""言情"或者"緣情"原本都是就詩的生成而言的,其間不存在功用論和本源論的差異。不過,所有的錯判都是有情可原的,它們基於兩個無法改變的歷史前提:一是《詩論》及其他相關早期儒典歷時約兩千年的"缺席",二是以《詩序》《毛傳》爲代表的强大的漢唐《詩經》學體系的成立(所有過於强調"詩言志"一面特别是過於强調"志"的政教倫理意義的論説,都攜帶着漢唐《詩經》學形態模式的巨大規定性)。在這一前提條件下,《詩序》承載的《詩論》或孔子詩學的碎片嚴重誤導了人們的認知。

《詩經》學誤讀二題

　　進入《詩經》學領域，你會面對學術史上一系列難以匹敵的大師，諸如春秋晚期的孔子、孔門弟子子夏、漢末鄭玄、南宋朱熹、清代陳奐和馬瑞辰等；現在還應該補上孔子的孫子子思。自然，你也會面對汗牛充棟的闡釋或研究著作（孔子的《詩經》學論説除見於《論語》等傳世文獻以外，現今又有更集中、更系統、更完整的《詩論》，見於上海博物館所藏戰國楚竹書；子思的《詩經》學論説，則集中在帛書及簡書《五行》篇，見於湖南長沙馬王堆漢墓以及湖北荊門郭店戰國楚墓），其時間跨度幾乎跟《詩》本身的歷史一樣漫長，很多成果繞不過去，甚至難以超越。然而毫無疑問，這是一個充滿誤讀的學術領域。本文掘發其中最常見的跟六義有關的兩個誤讀，以就正於大方之家。

一、誤先儒"頌之言容"爲指言舞容

　　《詩經》分《風》《雅》《頌》三大類；《風》含《周南》《召南》《邶風》等十五國風，《雅》含《小雅》《大雅》，《頌》含《周頌》《魯頌》《商頌》。這些人們耳熟能詳。《頌》何以稱爲"頌"，孔子、子夏、鄭玄等學者的解釋，重點均在於美盛德，而後人的理解，重點則在於"舞容"。

　　子夏《毛詩大序》云："頌者，美盛德之形容，以其成功，告於神明也。"[①] 孔疏云："……'頌者，美盛德之形容'，明訓'頌'爲'容'，解'頌'名也。'以其成功，告於神明'，解'頌'體也。"《大序》解"頌"之要點是"美盛德"，孔疏解"頌"，要點已顯露了向"容"轉移的端倪。然孔疏在強調"形容"時，並未忽視更根本的"盛德"，故云："《易》稱'聖人擬諸形容，象其物宜'，則'形容'者，謂形狀容貌也。作頌者美盛德之形容，則天子政教有形容

[①] 筆者認同鄭玄所説子夏作《大序》、子夏與毛公作《小序》的觀點，具體原因，請參閱拙作《衛宏作〈詩序〉説駁議：兼申鄭玄子夏作〈大序〉、子夏毛公作〈小序〉説》，《中國學術》第十四輯，商務印書館2003年版，頁163—187；或參考本書附論相關內容。

也。可美之'形容',正謂道教周備也。故《頌譜》云'天子之德,光被四表,格于上下,無不覆燾,無不持載,此之謂容',其意出於此也。'成功'者,營造之功畢也。天之所營在於命聖,聖之所營在於任賢,賢之所營在於養民。民安而財豐,衆和而事節,如是則司牧之功畢矣。干戈既戢,夷狄來賓,嘉瑞悉臻,遠邇咸服,羣生盡遂其性,萬物各得其所,即是成功之驗也。"孔疏所主張之"形容",尚不離"政教""道教"(即道德教化),與後儒所說的舞容仍是兩碼事。後儒循其端而發展,越來越傾向於把《大序》釋"頌"所說的"形容"理解爲祭祀神明的舞容。清儒阮元(1764—1849)《揅經室集·釋頌》云:"'頌'之訓爲'美盛德'者,餘義也。'頌'之訓爲'形容'者,本義也。且'頌'字即'容'字也。……所謂'商頌''周頌''魯頌'者,若曰'商之樣子''周之樣子''魯之樣子'而已,無深義也。……惟三《頌》各章皆是舞容,故稱爲'頌'。若元以後戲曲,歌者舞者與樂器全動作也。"①這種説法視"美盛德"爲餘義,視"形容"或"舞容"爲本義,已完全將《大序》以德行爲本的解釋,轉化成了以舞容爲本。此後襲用此説者更仆難數,已經成爲學界絶對主流。此説也許揭破了《頌》原初命名爲"頌"的本意,但對孔子、子夏、鄭玄等先儒《詩》説來説,誠爲一大誤解。不加辨正,將難以把握先秦及漢代《詩經》學的實際。

鄭玄《周頌譜》云:"頌之言容。天子之德光被四表,格于上下,無不覆燾,無不持載,此之謂容。於是和樂興焉,頌聲乃作。"阮元釋"頌"爲"容"即承此説而變之,故嘗引錄"頌之言容"一語。可鄭玄的解釋非常清楚,確鑿無疑,其所謂"頌之言容"是指德行廣大、無不包容,亦即無不覆被和持載,如天如地然。這種德行的極致境界,跟莊子學派的"道"或"仁"德相似。《莊子·外篇·天道》云:"夫道,於大不終,於小不遺,故萬物備。廣廣(曠曠)乎其無不容也,淵〔淵〕乎其不可測也。"《莊子·外篇·繕性》云:"夫德,和也;道,理也。德無不容,仁也;道無不理,義也;義明而物親,忠也;

----

① 阮元《揅經室集》,中華書局年版1993年版,頁18—19。案:"樣"即"樣"。《説文·木部》"樣",段玉裁注云:"唐人'式樣'字從手作'樣'。"

中純實而反乎情,樂也;信行容體而順乎文,禮也。"從新出早期儒典來看,鄭玄用來闡釋"頌"的"容"實際上意味着《五行》說文第二十一章"仁復(覆)四海、義襄(囊)天下"的至高道德境界,意味着《五行》說文第二十三章所塑造的"卓然見於天,箸(著)於天下"的文王人格範式。鄭說跟《大序》之共同點,是立足於從德行盛大來解釋"頌"。鄭玄徑直釋"頌"爲"容",儘管還是從德行方面來界定"容"字,却表明他在《大序》基礎上又有一定進展,即主旨更爲明確了。而在具體箋釋《頌》詩時,鄭玄對以德釋"頌"的觀念有相當多的發掘。《周頌·天作》云:"彼作矣,文王康之。彼徂矣,岐有夷之行。"鄭箋云:"……大王、文王之道,卓爾與天地合其德。"《周頌·噫嘻》云:"噫嘻成王,既昭假爾。"鄭箋云:"噫嘻乎,能成周王之功,其德已著至矣。謂光被四表,格于上下也。"這些具體箋釋再次說明,依鄭玄之見,《頌》之所以命名爲"頌",是因爲其中詩作呈現了天子德行如天覆地載般的極至狀態。當然這主要是就《周頌》而言的。孔疏解釋《大序》"頌者,美盛德之形容,以其成功,告於神明也",嘗特意強調:"此解頌者,唯《周頌》耳,其商、魯之《頌》則異於是矣。"這是很有道理的提醒,彰顯了《詩經》學的實際。鄭玄在箋注《毛詩》以前嘗注《周禮》,其解釋《春官宗伯·大師》所記六詩之頌,曰:"頌之言誦也,容也,誦今之德廣以美之。"這一解釋兼"誦""容"兩者而言,但其中前後兩"誦"字承接,而"德廣"則與前面"容"字承接——"德廣"實即對"容"的進一步申說。鄭玄此注的實質內涵跟《周頌譜》是相同的。

在《詩經》學領域,鄭箋和《詩序》之前還有一篇不可忽視的文獻,即戰國楚竹書《詩論》。其第十章有云:"《訟》,旁惪(德)也,多言逡。亓(其)樂安而屖(遲),亓詞(歌)紳而荡(逖),亓思深而遠,至矣。""旁"讀爲"旁",釋爲廣大、普遍。殆孔子早已把"頌"的內涵界定爲大德,《詩序》及鄭《譜》、鄭《箋》之說並非無源之水。而後人誤解《詩序》、鄭《箋》一事,由《詩論》佐證,看得更爲明切。

從更寬廣的歷史—文化背景中看,鄭玄用來界定"頌"或"容"字的"光被四表,格于上下,無不覆燾,無不持載",最早作爲天子和大人的道德極致境界,見於《尚書》《易傳》《左氏春秋》等典籍。《尚書·堯典》云:"曰若稽古帝堯,曰放勳。欽明文思安安,允恭克讓,光被四表,格于上下。克明俊德,以親九族,九族既睦。平章百姓,百姓昭明。協和萬邦,黎民於變時雍。"這是贊美帝堯之德。而《洛誥》云:"惟公德明光于上下,勤施于四方,旁作穆穆,迓衡不迷……"這是贊美周公之德。《周易·乾·文言》曰:"夫大人者,與天地合其德,與日月合其明,與四時合其序,與鬼神合其吉凶。"這是贊美大人之德。通常所謂"無不覆燾,無不持載"云云,亦正是"與天地合其德"。《左氏春秋》襄公二十九年(前544)載吳公子季札聘魯,觀周樂,見舞舜樂《韶箾》,曰:"德至矣哉,大矣!如天之無不幬也,如地之無不載也。雖甚盛德,其蔑以加於此矣。觀止矣!"這是贊美帝舜之德。而《禮記·中庸》第三十章云:"仲尼祖述堯舜,憲章文武,上律天時,下襲水土。辟如天地之無不持載,無不覆幬……"這是贊美孔子之德。總之,至高至大至廣至深如天如地的德行,乃是中國社會和文化對帝王或大人的強烈期求。孔子、子夏、鄭玄對"頌"的詮釋有強有力的傳統依據。

其實,這一點到漢代依然沒有改變。董仲舒(前179—前104)《春秋繁露·深察名號》篇云:"天覆無外,地載兼愛,風行令而一其威,雨布施而均其德,王術之謂也。"《三代改制質文》云:"……德侔天地者稱皇帝,天佑而子之,號稱天子。"《順命》篇亦云:"……德侔天地者,皇天右而子之,號稱天子。"這依然是儒者對天子的政教倫理期求。有意思的是,漢代帝王往往認同這種政教倫理期求。《漢書·高后紀》載高后四年(前184)夏詔曰:"凡有天下治萬民者,蓋之如天,容之如地;上有驩心以使百姓,百姓欣然以事其上,驩欣交通而天下治。"《漢書·景帝紀》載景帝元年(前156)冬詔曰:"孝文皇帝臨天下,通關梁,不異遠方;除誹謗,去肉刑,賞賜長老,收恤孤獨,以遂群生;減耆(嗜)欲,不受獻,罪人不帑,不誅亡罪,不私其利也;除宮刑,出美人,重絕人之世也。……德厚侔天地,利澤施四海,靡不獲福。"《漢書·宣帝紀》載宣帝甘露二年(前52)詔曰:"蓋聞五帝三王,禮所不施,不及以政。今匈奴單于稱北藩臣,朝正月,朕之不逮,德不能弘覆。其以客禮待之,位在諸侯王上。"所謂"蓋之如天，容之如地""德厚侔天地"以及德之"弘覆"，正是漢儒及孔子、子夏《詩》學所謂的"頌"。

就現存完整的漢代《毛詩》學的材料來看，作爲《詩經》的三大構成部分即《風》《雅》《頌》，其稱名即意味着三種不同層次的政教倫理價值，"頌"最高，"雅"次之，"風"又次之。這種道德或政教倫理方面的梯級序列，其實源自孔子的《詩》學體系。上博《詩論》第十章云："《訟》，塝惪（德）也，多言逡。丌（其）樂安而屖（遲），丌（其）訶（歌）紳而荡（逖），丌（其）思深而遠，至矣！《大顕》，盛惪（德）也，多言□□□□□□□□□，□矣！《少顕》，□惪（德）也，多言難而悥退（怨懟）者也，衰矣，少（小）矣！《邦風》，丌（其）内（納）勿（物）也専（溥、博），儥（觀）人谷（俗）安（焉），大會（驗）材（在）安（焉）。丌（其）言殳（文），丌（其）聖（聲）善。"在《詩論》中，從《邦風》到《小雅》《大雅》和《頌》（這裏的《頌》顯然也側重於指《周頌》），政教倫理境界的梯級晉升是一種確鑿無疑的《詩》學認知。以《詩序》爲核心的漢代《詩經》學承繼了這一認知，也是無可置疑的事實。把"頌之言容"的"容"理解爲舞容，既違背了孔子、子夏、鄭玄等先儒説《詩》的本意，也違背了當時仍有重大影響的政教倫理觀念，既模糊了先秦至漢代《詩經》學對帝王、大人之德行的高標準和高要求，也模糊了這一時期《詩經》學的特質。

二、誤朱熹賦比興之"比"爲比喻

《詩經》六義是歷代《詩經》學的核心範疇，賦、比、興尤其如此。至少是近代以降，大多數學者解釋賦、比、興，都好引朱熹《詩集傳》的如下看法：

> 賦者，敷陳其事而直言之者也。（《詩經·周南·葛覃》傳）
> 比者，以彼物比此物也。（《詩經·周南·螽斯》傳）
> 興者，先言他物以引起所詠之詞也。（《詩經·周南·關

雎》傳）

這樣做本身無可非議，但是在引用朱說之後，幾乎全部學者都進一步把"比"界定爲修辭學上的比喻。比如，當代長期治《詩經》學的學者夏傳才說："比，現代修辭學列爲比喻和比擬兩種辭格，古代《詩經》學則統稱爲'比'。朱熹《詩集傳》說：'比者，以彼物比此物也'。……這就是說：對本質上不同的兩種事物，利用它們之間在某一方面的相似點來打比方，或者是用淺顯常見的事物來說明抽象的道理和情感，使人易於理解；或者藉以描繪和渲染事物的特徵，使事物生動、具體、形象地表現出來，給人以鮮明深刻的印象。"①這種做法在《詩經》研究領域極具普遍性，但却暗含着對朱子《詩》學的嚴重誤解。

　　從《詩》本身來看，視賦比興之比爲比喻或有道理，可朱子所說的比絕對不是比喻。《詩經·邶風·柏舟》之"我心匪鑒，不可以茹""我心匪石，不可轉也。我心匪席，不可卷也"，《小雅·何人斯》之"彼何人斯，其爲飄風？胡不自北？胡不自南"，《大雅·板》之"价人維藩，大師維垣，大邦維屏，大宗維翰。懷德維寧，宗子維城"等，都是修辭學上的隱喻，而《詩集傳》均說相關章節爲賦。《邶風·簡兮》之"碩人俁俁，公庭萬舞。有力如虎，執轡如組"，《衛風·碩人》之"手如柔荑，膚如凝脂，領如蝤蠐，齒如瓠犀，螓首蛾眉"，《小雅·天保》之"天保定爾，以莫不興。如山如阜，如岡如陵。如川之方至，以莫不增"，以及"如月之恒，如日之升。如南山之壽，不騫不崩。如松柏之茂，無不爾或承"，《小雅·斯干》之"秩秩斯干（水涯），幽幽南山。如竹苞矣，如松茂矣"，以及"如跂斯翼，如矢斯棘；如鳥斯革，如翬斯飛"，《小雅·小宛》之"溫溫恭人，如集于木。惴惴小心，如臨于谷。戰戰兢兢，如履薄冰"，《大雅·板》之"天之牖民，如壎如篪，如璋如圭，如取如攜"，《大雅·常武》之"王旅嘽嘽，如飛如翰，如江如漢。如山之苞，如川之流"，《大雅·召旻》之"如彼歲旱，草不潰茂，如彼棲苴。我相此邦，無不潰止"等，均爲修辭學上的明喻，而《詩集傳》也說相關章節爲賦。

---

① 夏傳才《詩經語言藝術新編》，語文出版社1998年版，頁132。

简单地说,比喻衹是一種修辭格,朱子《詩》學中的比則是一種詩歌創作的法度。朱子曾説立六義之目的,在"使歌者知作詩之法度也"。①而作爲詩歌創作法度,比有一個重要特點,就是"不説破"。朱子指出:"説出那物事來是興,不説出那物事是比。如'南有喬木',只是説箇'漢有遊女';……《關雎》亦然,皆是興體。比底只是從頭比下來,不説破。興、比相近,却不同。"又説:"且如'關關雎鳩'本是興起,到得下面説'窈窕淑女',此方是入題説那實事。蓋興是以一箇物事貼一箇物事説,上文興而起,下文便接説實事。如'麟之趾',下文便接'振振公子',一箇對一箇説。蓋公本是箇好底人,子也好,孫也好,族人也好,譬如麟,趾也好,定也好,角也好。及比,則却不入題了。如比那一物説,便是説實事。如'螽斯羽,詵詵兮。宜爾子孫,振振兮','螽斯羽'一句,便是説那人了,下面'宜爾子孫',依舊是就'螽斯羽'上説,更不用説實事,此所以謂之比。大率《詩》中比、興皆類此。"總之,"比是以一物比一物,而所指之事常在言外。興是借彼一物以引起此事,而其事常在下句"。②

正因爲朱子《詩》學中的比"不説出那物事""不説破",所以它不可能是修辭學上的明喻、隱喻等,——它們都會説出"那物事"來。這裏舉一個"不説破"的典型例子。在朱子看來,《小雅·鶴鳴》是一首通篇用比的典型個案,儘管我們不一定認同他對該詩的詮釋,但仔細閲讀,可領會其所謂比究竟有什麼樣的特點。《鶴鳴》第一章云:"鶴鳴于九皋,聲聞于野。魚潛在淵,或在于渚。樂彼之園,爰有樹檀,其下維蘀。它山之石,可以爲錯。"朱子《詩集傳》解釋説:"此詩之作,不可知其所由,然必陳善納誨之詞也。蓋鶴鳴于九皋,而聲聞于野,言誠之不可揜也;魚潛在淵,而或在于渚,言理之無定在也;園有樹檀,而其下維蘀,言愛當知其惡也;他山之石,而可以爲錯,言憎當知其善也。由是四者引而申之,觸類而長之,天下之理其庶幾乎!"按朱子之意,《鶴鳴》要説的是"誠之不可揜""理之無定在""愛當知其惡""憎當知其善"等道理,可這些道理都隱含在一系列具有類比意

---

① 黎靖德編《朱子語類》卷八〇,《詩》一《綱領》,頁2067。
② 黎靖德編《朱子語類》卷八〇,《詩》一《綱領》,頁2069。

義的物象中，未予説破，因此它纔被朱子視爲比。

把朱子《詩》學中的比理解爲修辭學上的比喻，不僅是對朱子的誤讀，而且是對他的矮化，就是説，是把他界定的創作法度矮化成了一般的語言表達手段。①

---

① 關於朱子詩學之比，又可參閲常森《論屈原詩歌的比體藝術》，《北京大學學報》（哲學社會科學版）2011年第5期，頁31—43。

"思無邪"作爲《詩經》學話語及其意義轉換

孔子曾説:"《詩三百》,一言以蔽之,曰'思無邪'。"(《論語·爲政》)此後"思無邪"就成了《詩經》學的重要命題。但當歷代學者不斷追求這一命題的本旨,並意欲給出一種合理的解釋時,他們可能在立場和認知上犯了錯,亦即忽視了該命題之内涵在歷史發展中的複雜變化。認定歷史上祇有一個"思無邪",未免太過幼稚了。孔子這樣説當然有自己的界定,可戰國中期以前,孔子後學對"思無邪"之"思"有一個誤解,促成了漢代經學家對這一話語的新解釋,奠定了人們對該話語最基本的認知;而宋代以降,質疑漢唐舊説者漸多,以朱熹爲代表的學者爲了消除舊有解釋與《詩經》學發展的緊張對立狀態,再一次完成了這一話語的"意義轉換"。總之,歷史不斷地層累。而當下對這一命題的所有詮釋,幾乎都是不同舊説的餘緒。

毫無疑問,孔子以"思無邪"論《詩》的本意,以及該命題在後世發生的深刻意義轉換,是值得探討的重要學術史論題。

一、孔子以"思無邪"概言《詩三百》之本意

"思無邪"一語本出《詩經·魯頌·駉》篇。該詩首章云:"駉駉牡馬,在坰之野。薄言駉者,有驈有皇,有驪有黄,以車彭彭。思無疆,思馬斯臧。"其次章、三章、末章之内容與表達結構跟首章差不多完全一致,祇不過各自側重點稍異,而收束語則分别作"思無期,思馬斯才(在)","思無斁,思馬斯作","思無邪,思馬斯徂"。

首先要明確的是,《駉》詩各章之"思"均爲語助詞。宋項安世(1129—1208)已經指出:"'思',語辭也。用之句末,如'不可求思''不可泳思''不可度思''天惟顯思',用之句首,如'思齊大任''思媚周姜''思文后稷''思樂泮水',皆語辭也。説者必欲爲'思慮'之'思',則過矣。……'於繹思''敷時繹思',皆當以爲語辭。'繹'者不絶之意,'繹思'猶'繹如'也。"(《項氏家説·説經篇四·〈詩〉中"思"字》)俞樾(1821—1907)評論道:

"此説是也,惜其未及'思無邪'句。按:《駉》篇首章'思無疆,思馬斯臧',次章'思無期,思馬斯才',三章'思無斁,思馬斯作',四章'思無邪,思馬斯徂',八'思'字並語辭。"①實際上,項安世固未直接提及《駉》詩八個語例,却也没有必要窮舉,讀者理應舉一反三。俞氏之前,清儒陳奂《詩毛氏傳疏》持論與項説相類(如其注釋"思無疆,思馬斯臧"二句,謂"'思'皆爲語助。……解者俱以'思'爲'思慮'之'思',失之")。②

"無疆"指馬匹滿布遠野而無邊無際,這幾乎不需要解釋。接下來需要考證的是"無期""無斁"以及"無邪",特别是最後的"無邪"。

"無期"殆與"無疆"同意,乃由形容時間無窮盡,轉而爲形容空間無窮盡。有學者統計《殷周金文集成》之祈壽嘏辭,發現"眉壽無期"出現了19次,"萬年無期"出現了18次,"男女無期"出現了3次,"壽老無期"出現了2次,而"萬年無疆"出現了150次,"眉壽無疆"出現了78次,"壽無疆"出現了5次,"永命無疆"出現了4次,"眉考無疆""年無疆""壽老無疆""千歲無疆"等各出現了2次。③"無期"指言時間恒久,是常見用法,但它可以用原本形容空間無邊際的語彙"無疆"來替代;反過來説,道理完全一樣。綜合銘文及《駉》詩兩方面的材料,可知"無疆""無期"之指涉對象每每發生時空轉换,時間性語彙可用以描述空間,空間性語彙亦可用以描述時間。于省吾解"無期"爲"無記""無算",意思雖是,取徑似乎過於迂曲。④

"無斁"本亦指時間之無終盡。《説文·攴部》云:"斁,解(懈)也,从攴,睪聲。《詩》云'服之無斁',斁,厭也。一曰終

---

① 俞樾《曲園雜纂·説項》"《詩》中'思'字"條,《春在堂全書》第三册,鳳凰出版社2010年版,頁182下。
② 有學者認爲,至陳奂纔提出《駉》詩八個"思"字均爲語助詞,而一般解者俱以爲"思慮"之"思"(見薛耀天《"思無邪"新解:兼談〈詩·駉〉篇的主題及孔子對〈詩〉的總評價》,《天津師大學報》1984年第三期,頁80)。殆亦非是。
③ 孫孝忠《周代的祈壽風與祝嘏辭》,《廈門大學學報》(哲學社會科學版)2012年第六期,頁58。
④ 參見于省吾《澤螺居詩經新證》卷中"思無疆"條,《澤螺居詩經新證·澤螺居楚辭新證》,中華書局2003年版,頁116。

也。"值得注意的是"一曰"指涉的後一種説法。用此意,則"無數"實即"無疆""無期"。"終"字可用於空間層面,比如《莊子·外篇·天道》云,"夫道,於大不終,於小不遺,故萬物備。廣廣(曠曠)乎其無不容也,淵乎其不可測也";亦可用於時間層面,比如《周易·繫辭下傳》云,"《易》之爲書也,原始要終,以爲質也"(注曰:"質,體也。卦兼終始之義也")。在《殷周金文集成》的祝壽嘏辭中,"需冬(令終)"出現了63次,"需冬需後(靈終靈後)"出現了11次。①這些都是以"終"字指言時間。故《駉》詩第三章,以"無數"形容空間之無終盡,與其上文之"無疆""無期"並無差異。于省吾讀"數"爲"度",解"無度"爲無數,取徑似亦失於迂曲。②

值得注意的是,《詩三百》各篇若使用重章疊句,處於各章相同功能位置的語彙,其意指常常相同或相近,至少往往可以貫通。③《駉》詩採取重章疊句之表達方式,其第四章之"無邪",與前數章之"無疆""無期""無數"處於相同的功能位置,其意指與前三者一致,即同樣是形容空間之無邊際,便也毫不奇怪。于省吾嘗考證从吾从牙之古字可通,謂《儀禮·聘禮》"賓進,訝受几于筵前",鄭注謂"今文'訝'爲'梧'",《山海經·海内北經》之"騶吾",《史記·滑稽列傳》作"騶牙",《公羊傳》文公二年(前625)"戰于彭衙",《經典釋文》謂"衙……本或作'牙'"等等,均可爲證。而"圄"與"圉"古同用,《説文·㚔部》云:"圉,囹圄,所以拘辠人,从㚔从囗。一曰:圉,垂也。"段注:"他書作'囹圉'者,同音相叚也。"《左傳》隱公十一年(前712)"亦聊以固吾圉也",杜注謂"圉,邊垂(陲)也"。然則,"無邪"即"無圉",猶言"無邊",指牧馬之繁多。④此説甚是。李光地(1642—1718)

---

① 孫孝忠《周代的祈壽風與祝嘏辭》,《廈門大學學報》(哲學社會科學版)2012年第六期,頁58。

② 參見于省吾《澤螺居詩經新證》卷中"思無疆"條,《澤螺居詩經新證·澤螺居楚辭新證》,頁116—117。

③ 參閱拙作《論共時性理解對〈詩經〉、〈楚辭〉研究的意義》,《社會科學戰綫》1999年第二期,頁140—148;中國人民大學書報資料中心《中國古代、近代文學研究》1999年第七期,頁57—65。

④ 參見于省吾《澤螺居詩經新證》卷中"思無疆"條,《澤螺居詩經新證·澤螺居楚辭新證》,頁117。

曾提出："'邪'字，古多作'餘'解，《史記》《漢書》尚如此。'思無邪'，恐是言思之周盡而無餘也。觀上'無疆''無期''無斁'，都是説思之深的意思。……'思無邪'，從來都説是'邪正'之'邪'……其實他經説道理學問，至世事人情，容有搜求未盡者，惟《詩》窮盡事物曲折，情僞變幻，無有遺餘，故曰'思無邪'也。"①廖平（1852—1932）講《大言賦》《小言賦》，則謂《詩》"思無邪"讀作"思無涯"，"涯"即《莊子·内篇·養生主》"生也有涯""知也無涯"之"涯"；又謂"思無疆""思無期""思無斁（繹）"中，"疆""期""繹"三字亦皆言疆域，非邪正之義。②上世紀八十年代，薛耀天據《史記·曆書》"歸邪於終"、裴駰《集解》謂"邪"音"餘"，而《左傳》文公元年同句"邪"本作"餘"，斷定在西漢，"邪""餘"二字還是同聲通用的，故"思無邪"之"無邪"猶言"無餘"，與"無疆""無期""無斁"同爲無窮無盡之義。③李光地將"思"理解爲實詞，其不當已經無須贅言。單就對"邪"和"無邪"的解釋而言，以上三説固然有所不同，其取意則可謂異曲同工，于氏之説相對更爲完密。④

以上解讀的合理性，回到《駉》詩原文，可以看得十分清楚。該詩曰：

  駉駉牡馬，在坰之野。薄言駉者，有驈有皇，有驪有黄，以車彭彭。思無疆，思馬斯臧。
  駉駉牡馬，在坰之野。薄言駉者，有騅有駓，有騂有騏，以車伾伾。思無期，思馬斯才。
  駉駉牡馬，在坰之野。薄言駉者，有驒有駱，有駵有雒，以車繹繹。思無斁，思馬斯作。
  駉駉牡馬，在坰之野。薄言駉者，有駰有騢，有驔有魚，以車

---

① 李光地《榕村語録·詩》，《榕村語録 榕村續語録》，中華書局1995年版，頁243。
② 廖平《楚詞講義》第四課，《廖平全集》（十），上海古籍出版社2015年版，頁359。
③ 薛耀天《"思無邪"新解：兼談〈詩·駉〉篇的主題及孔子對〈詩〉的總評價》，《天津師大學報》1984年第三期，頁81—82。
④ 孫以昭先生力主此説，並推出新意。參閲氏著《孔子"思無邪"新探》，《安徽大學學報》（哲學社會科學版）1998年第四期，頁58—61；氏著《三合齋論叢》，中華書局2002年版，頁267—274。

袪袪。思無邪,思馬斯徂。

毛傳謂,驪馬白跨曰驈,黃白曰皇,純黑曰驪,黃騂曰黃;蒼白雜毛曰騅,黃白雜毛曰駓,赤黃曰騂,蒼祺曰騏;青驪驎曰驔,白馬黑鬣曰駱,赤身黑鬣曰騮,黑身白鬣曰雒;陰白雜毛曰駰,彤白雜毛曰騢,豪骭曰驒,二目白曰魚。這些不必細細解釋,大要均是指各種毛色的馬。而所謂"無疆""無期""無斁""無邪",正指言形形色色的馬兒滿布遠野,無邊無際,無窮無盡。首章之"臧"同"藏";——坰野無邊際,形形色色的馬兒藏於其林叢藪澤之間。次章之"才"通"在",文獻中屢見;——坰野無盡頭,形形色色的馬兒無所不在。三章之"作"指起,末章之"徂"指往;——坰野無終了,形形色色的馬兒卧起往來於其間,亦無終了。這樣理解文從字順,義理圓通,故《駉》詩自身實可證明"無邪"本指無邊際、無窮盡。

孔子引"思無邪"一語概括《詩三百》,當是指三百篇之蘊藏既富且廣,無所不包,是就其內容而言的。① 歐陽修(1007—1072)《詩譜補亡後序》云:"蓋《詩》述商、周,自《生民》《玄鳥》上陳稷、契,下迄陳靈公,千五六百歲之間,旁及列國、君臣世次、國地、山川、封域圖牒,鳥獸、草木、魚蟲之名,與其風俗善惡,方言訓故,盛衰治亂、美刺之由,無所不載……"(《居士集》卷四一)② 借用這段話來幫助我們理解孔子以"思無邪"概言《詩三百》之本意,至少在方向上是十分正確的。

于省吾詮解《駉》詩"思無邪"之本義完全可以信從,但他認爲孔子謂"《詩三百》,一言以蔽之,曰'思無邪'",乃是"以'思'爲'思念'之'思','邪'爲'邪正'之'邪'",③ 則顯然是根據通

---

① 薛耀天稱,孔子用"思無邪"來概括《詩三百》,是指《詩三百》內容極其豐富,可以給人多種多樣的知識(參見氏著《"思無邪"新解:兼談〈詩·駉〉篇的主題及孔子對〈詩〉的總評價》,《天津師大學報》1984年第三期,頁82);孫以昭先生謂孔子借用引申,發揮爲"廣闊無邊、包羅萬象"之意,用來概括《詩三百》豐富廣闊的內容(參閱氏著《孔子"思無邪"新探》,《安徽大學學報》1998年第四期,頁61;氏著《三合齋論叢》,頁273)。甚是。

② 歐陽修著,洪本健校箋《歐陽修詩文集校箋》,上海古籍出版社2009年版,頁1057。案:歐陽修此說對《詩經》作品之產生時代認知有誤,其他則是。

③ 參見于省吾《澤螺居詩經新證》卷中"思無疆"條,《澤螺居詩經新證·澤螺居楚辭新證》,頁117。

常之見揣度孔子之心。

我們先看看"思無邪"之"思"。有學者謂,《論語》"思"字二十五見,一見於人名(即"原思"),一見於"思無邪",餘者全爲實詞,①以此證明"思無邪"之"思"當爲實詞。這樣的考察並不具備完整的意義。

由過去幾十年出土的簡帛遺存來看,傳世文獻在呈現孔子思想學說方面的局限性是十分明顯的。《詩經》學方面所見材料儘管仍然有限,却足以證明孔子所傳授、評説的《詩經》文本與傳世《詩經》不存在本質上的差異。出土文獻中,最值得關注的是上海博物館所藏戰國楚竹書《詩論》,通常也被稱爲《孔子詩論》。在文本構成中起引導作用的"孔子曰"得到確認,"卜子曰""子上曰"諸釋文被排除以後,②《詩論》的基本性質變得十分清楚。首先,《詩論》現存有六處"孔子曰"(此外當另有若干處遺失),它們差不多引導着這個文本的全部文字。其次,《詩論》之内容是從各個層面上研討《詩經》,比如論普遍的詩的本質,論《詩經》之全體,論《詩經》各類如"邦風"(今作"國風")、"少顕"(今作"小雅")、"大顕"(今作"大雅")、"訟"(今作'頌'),論各部分五十餘首具體作品或其中具體詩句等等。這兩方面意味着,《詩論》雖出於孔子後學之手,其内容却主要是孔子本人的《詩經》學建構;《詩論》對認知孔子學説的價值約略與《論語》相類,祇不過它側重於記録孔子研究《詩》與以《詩》教的材料而已。總之,《詩論》是現今所知與《論語》中孔子論説《詩經》的材料關係最明確的文獻。

在考辨孔子以"思無邪"論《詩》時,《詩論》提供給我們的信息是多方面的,首先就涉及孔子對"思"字的理解。傳世《毛詩·周

---

① 余輩《從產生背景看"思無邪"的本義》,《浙江教育學院學報》(社會科學)2005年第一期,頁81。

② 參見李零《參加"新出簡帛國際學術研討會"的幾點感想》,《上博楚簡三篇校讀記》,頁130—132;馬承源《〈詩論〉講授者爲孔子之説不可移》,《馬承源文博論集》,上海古籍出版社2007年版,頁361—366;濮茅左《關於上海戰國竹簡中"孔子"的認定:論〈孔子詩論〉中合文是"孔子"而非"卜子"、"子上"》,《中華文史論叢》2001年第三輯,總第六十七輯,上海古籍出版社2002年版,頁1—10、頁11—35。另外,美國學者夏含夷(Edward L. Shaughnessy)清楚地回顧了這一爭議的解決過程,參見氏著《重寫中國古代文獻》,頁20—21。

南·漢廣》云:"南有喬木,不可休(息)〔思〕。漢有游女,不可求思。漢之廣矣,不可泳思。江之永矣,不可方(乘泭以求濟)思。/翹翹錯薪,言刈其楚。之子于歸,言秣其馬。漢之廣矣,不可泳思。江之永矣,不可方思。/翹翹錯薪,言刈其蔞。之子于歸,言秣其駒。漢之廣矣,不可泳思。江之永矣,不可方思。"《詩論》第四章論曰:"《樊枲(漢廣)》□□□□,不求不可复(得),不攴(攻)不可能,不亦曶(智)亙(恒)虖(乎)?"又曰:"《樊枲(漢廣)》之曶(智),則曶(智)不可复(得)也。"筆者認爲,這些評論代表了孔子對《漢廣》的認知。而由這些評論,可以斷定孔子並不把該詩中的"思"字理解爲實詞,否則無法解釋他給出的《漢廣》"不求不可复(得),不攴(攻)不可能"的斷語。實際上,傳世《中庸》第十六章記子曰:"鬼神之爲德,其盛矣乎!視之而弗見,聽之而弗聞,體物而不可遺。使天下之人,齊明盛服,以承祭祀。洋洋乎如在其上,如在其左右!《詩》曰:'神之格思,不可度思,矧可射思。'夫微之顯,誠之不可揜,如此夫。"孔子所引"神之格思"諸語,出自《詩經·大雅·抑》篇,他的相關論說,也表明他並未把作爲語助詞的"思"理解爲實詞,——比如"思念""思慮""思考"之"思"。

其次,更重要的是,《詩論》評析五十餘首作品或其部分文字,幾乎比後世所有舊說都更加契合對象的本旨,——即便涉及較爲明顯的形而上的發揮。比如《詩論》第五章記孔子曰:"虐(吾)吕(以)《萬䌷(葛覃)》夏(得)氐(祇)初之㞢(志),民眚(性)古(固)然,見丌(其)美,必谷(欲)反(返)丌本。夫萬(葛)之見訶(歌)也,則㠯蔴(絺)苁(綌)之古(故)也。后稷之見貴也,則㠯文、武之悳(德)也。"其大意是說,吾讀《萬䌷(葛覃)》而把握了人敬初之志,人性本來如此,見物事之美,一定回求本初,葛之所以受到歌詠,就是因爲由葛之纖維製作的絺綌服裝的緣故,是由於見到絺綌服裝之美而推及其原本。這種評析,其合理性簡直超越一切舊說,而且相當深刻。鑒於這一事實,認爲孔子予取予求、斷章取義地拿"思無邪"來概括《詩三百》就不太合理,孔子言談之間必有相當慎重的拿捏,其對原作本旨亦必有相當深入的琢磨。這一點,看看《論語》所記孔子如何論《周南》《召南》就知道了，《詩論》現存評析《周南》的《關雎》《葛覃》《樛木》《兔罝》《漢廣》，以及《召南》的《鵲巢》《甘棠》的文字，亦均可爲證。總之，孔子以"思無邪"概言《詩三百》，不太可能乖離它在原詩中的本意。

而尤其不可忽視的是，《詩論》的核心內容可以證明，孔子以"思無邪"概言《詩三百》，乃是指三百篇之蘊藏既富且廣、無所不包。《詩論》第一章云："□□□□□□孔子曰：《㲋（詩）》，丌（其）猷滂門與？戔（殘）民而欲（逸）之，丌甬（用）心也酒（將）可（何）女（如）？曰：《邦風》氏（是）已。民之又慼患（感患）也，上下之不和者，丌甬心也酒可女？曰：《少顕（小雅）》氏（是）已。□□□□□可女？曰：《大顕（大雅）》氏已。又（有）城（成）工（功）者可女？曰：《訟》（《頌》）氏已。""滂門"即廣大之門。孔子是以城門之廣納人物，類比《詩》之蘊蓄宏富，故他接下來便説《詩三百》各部分篇什因應着政教的種種情態。《詩論》第十章論述《頌》《大雅》《小雅》以及《邦風》（即今《國風》），這裏衹看其中論《邦風》者，所謂："《邦風》，丌内（納）勿（物）也專（溥、博），僅（觀）人谷（俗）安（焉），大會（驗）材（在）安（焉）。丌言戈（文），丌聖（聲）善。"這一論説，幾乎可作孔子以"思無邪"概言《詩三百》的注脚。此語雖然衹是就《國風》而言的，衹是説《國風》之詩所含之物事至多至廣，可由以觀民俗，可由以驗政教，但移之以論《詩三百》之整體，也完全合理。《論語·陽貨》篇記子曰："小子何莫學夫《詩》？《詩》，可以興，可以觀，可以羣，可以怨。邇之事父，遠之事君。多識於鳥獸草木之名。"這段論説與《詩論》謂《邦風》納物博大驗在、《㲋（詩）》如大門廣納人物，顯然是貫通的。《詩論》第一章謂，殘民而使之逃逸，民之用心由《邦風》可知；民有憂患，上下不和，其用心由《小雅》可知；爲政者功成德盛，則頌聲起，由《頌》詩可知；同樣的道理可以適用於《大雅》，惜乎相關論析缺佚。這些文字與稱《邦風》納物博、大驗在，同樣可以貫通。《禮記·樂記》《詩大序》謂"治世之音安""亂世之音怨""亡國之音哀"（通常讀作"治世之音，安以樂"，"亂世之音，怨以怒"，"亡國之音，哀以思"，不當），其實也都可證成《詩》三百篇有大驗在焉。子思謂,"古者天子……巡守……命史採民詩謠,以觀其風"(《孔叢子·巡守》)。《漢書·藝文志》謂,"古有采詩之官,王者所以觀風俗"。《漢書·食貨志上》謂,"行人振木鐸徇于路,以采詩,獻之大師,比其音律,以聞於天子。故曰王者不窺牖戶而知天下"。①凡此之類,均亦包含《詩論》所謂由《邦風》可以觀民俗之意。而這一切,又均可一言以蔽之曰"思無邪"。

謂孔子引《駉》詩"思無邪"形容《詩三百》之蘊藏既富且廣、無所不包,而"思"爲語詞,驗之《駉》詩本文而通,驗之《孔子詩論》的核心内容而通,驗之《論語》諸傳世文獻中的早期儒家《詩》説亦通,可以説是信而有徵了;認爲孔子引"思無邪"乃概言三百篇之思想純正無邪,從《孔子詩論》等重要文獻中找不到任何支持,其不可信從,又何疑哉?

二、第一次意義置換之啓基:關於"思無邪"之"思"

在孔子弟子至子思時代,"思無邪"的意義發生了一次深刻的轉換:"思"字實詞化,即被理解爲"思想""思慮"之"思",對《駉》詩"思無疆""思無期""思無邪"的接受因此也發生了通盤的變化。

湖北荆門郭店村戰國楚簡之《語叢三》有云:"思亡(無)彊(疆),思亡亓(期),思亡紒(邪),思(簡四十八)亡不繇(由)我者(簡四十九)。"②這兩隻簡的拼合應該没有問題,其中前三語明顯是引自《駉》詩(未引與三者並列的"思無斁")。由最後一句斷

---

① 關於採詩之説,參閲拙文《論以禮解〈詩〉之限定:從〈詩論〉評〈關雎〉説開去》,《國學研究》第三十九卷,北京大學出版社2017年版,頁50—57。

② 案:劉釗疑"思亡(無)不繇我者"相當於《駉》詩之"思無斁"(見氏著《郭店楚簡校釋》,頁220),殆非,一者意義實不能説通,二者所處位置與原詩有參差。又,"紒"字從陳松長隸定,讀作"邪"(參見氏著《郭店楚簡〈語叢〉小識》八則,《古文字研究》第二十二輯,中華書局2000年版,頁259)。該字原寫作"𢝔",廖名春隸定爲"㤅",讀爲"愛",又謂"愛""斁"義近,均有滿足之意;"思無愛"相當於"思無斁",而"思亡(無)不繇我(義)者"則相當於"思無邪"(參見氏著《新出楚簡試論》,頁78)。當以陳説爲是。

語看來，"思"很明顯被視爲實詞。這有兩種可能：其一，言説者發生了誤讀；其二，言説者衹是借用《駉》篇文字，衹是借以强調"神思"之"思"關聯萬有，無所不包，"我"則是"思"的主體，——也就是説，言説者無意於持守原詩之本義。總之，引自《駉》詩的這幾句都被用來描繪"思"的特性。《文心雕龍·神思》篇云："古人云：形在江海之上，心存魏闕之下。神思之謂也。文之思也，其神遠矣。故寂然凝慮，思接千載；悄焉動容，視通萬里；吟詠之間，吐納珠玉之聲；眉睫之前，卷舒風雲之色：其思理之致乎！"這段文字雖然偏重於談論文思，却可見一般"思"的特性，用來説明《語叢三》所謂"思亡（無）彊（疆），思亡亓（期），思亡紒（邪）"，是再好不過的材料。其實，自孔子創立儒家以來"思"就被高度關注，其背後有《洪範》"五事"重"思"的悠久傳統。① 進入戰國，孔子弟子或者再傳弟子更反復强調"思"爲心之官能。比如郭店簡文《眚自命出》上篇稱"凡思之甬（用）心爲甚"，下篇又稱"凡甬（用）心之髞（躁）者，思爲戡（甚）"；同樣的話語亦見於上博簡文《眚意論》。郭店簡《語叢一》則説："容絕（色），目馭（司）也。聖（聲），耳馭也。臭，矣（鼻）馭也。未（味），口馭也。燹（氣），容馭也。志，心馭。"上揭相關内容，基本上已接近我們熟知的"心之官則思"（《孟子·告子上》）。既然心被視爲思的主體，那就意味着"我"是思維的主體，這就是《語叢三》所謂"思亡不邇我者"之意（它這樣説，差不多就是强調"思"乃心之官能）。

值得注意的是，僅僅從小學層面上説，《語叢三》此語尚可作另外一種解釋。廖名春將"我"讀爲"義"，認爲"思無不由義者"就是解釋"思無邪"，同時也是對"思無疆""思無期"諸語的限定，易言之，"思無疆""思無期"等都得"由義"，都不能越出"義"的界限。李零亦讀"我"爲"義"。② 從小學層面上説，讀"我"爲"義"不存在任何問題。郭店簡《湯吳之道》有云："恶（愛）罤（親）宄（忘）臤（賢），忞（仁）而未義也。尊臤遺罤，我（義）而未忞

---

① 參閲拙作《簡帛〈五行〉篇與〈尚書〉之學》，何志華、沈培等編《先秦兩漢古籍國際學術研討會論文集》，社會科學文獻出版社2011年版，頁116—120。

② 參閲廖名春《新出楚簡試論》，頁78；李零《郭店楚簡校讀記》（增訂本），頁149、頁152。

（仁）也。"後一個"義"字便直接寫作"我"。從義理層面上説，如果這種解釋成立，對"思無邪"的第一種意義置换便已經完成了。

必須强調，讀"我"爲"義"，"思無不由義者"也祇能理解爲思没有不由義的，亦即思均由義，若解釋爲思"都得'由義'"或"不能越出'義'的界限"，則是將"無不"偷换成了"都得""都不能不"。而作爲一個全程判斷，"思無不由義者"陳述的一般事實可能並不存在。郭店簡《眚自命出》之上篇云："義也者，羣善之茲（蕰）也。"同語又見於上博簡《眚壴論》。其意是説"義"爲羣善之表徵。郭店簡《六悳》篇云："悬（仁），内也；宜（義），外也；豊（禮）、樂，共也。"《語叢一》云："悬生於人，我（義）生於道。或生於内，或生於外。"馬王堆帛書《五行》經文之第四章説："善弗爲无（無）近，得（德）弗之不成，知（智）弗思不得。思〔不〕睛（精）不察，思不長不得，思不輕不刑（形），不刑則不安，不安則不樂，不樂則无（無）德。"《五行》經文第十一章曰："不直不迣，不迣不果，不果不簡，不簡不行，不行不義。"其説文第十一章闡釋道："'不直不迣'：直也者直亓（其）中心也，義氣也。直而笱（後）能迣。迣也者終之者也；弗受於衆人，受之孟賁，未迣也。'不迣不果'：果也者言亓弗畏也。无介於心，果也。'不果不閒（簡）'：閒也者不以小害大，不以輕害重。'不閒不行'：行也者言亓所行之□□□。'不行不義'：行而笱義也。"這些都是説，"義"成爲現實的德之行，需要經歷生成於主體的過程。在其生成以前，主體之"思"又如何"由義"呢？孟子曾説："舜明於庶物，察於人倫，由仁義行，非行仁義也。"（《孟子·離婁下》）德明如舜者纔可以"由仁義行"，謂生民"思無不由義"，豈不廓落？可見，泛泛地説思無不由義，其實背離了儒家心性學説的宗旨。

綜上所論，《語叢三》"思亡彊（疆）"云云對"思無邪"諸語的意義置换，祇是將"思"當成了"思想"之"思"。這次意義置换並未明確落實到《詩經》學層面上，但在儒學範域，孔子以"思無邪"概言《詩三百》的强勢話語猶然在耳，稱這次意義置换同樣有《詩經》學意義並不過分；這裏所謂的"《詩經》學意義"，主要不是指對《駉》詩的解讀，而是指對《詩三百》以及孔子《詩》説的認知。

三、第一次意義置換之完成：關於"思無邪"

在對"思無邪"這一《詩》學話語的第一次意義置換開啓以後，這次意義置換的最終完成可以說是呼之欲出了。這是極爲自然和重要的一步：基於"思無邪"之"思"被理解爲實詞（"神思"之"思"），"思無邪"之"邪"差不多同時就被理解成了"邪正"之"邪"。毫無疑問，這牽動了後人對《詩經》與《詩經》學兩方面的認知。

孔子開啓了《詩三百》經典化（即轉化爲儒家經典）的旅程，戰國時期，數代儒家學者不斷加以詮釋或再詮釋，《詩》最終被賦予了系統的儒學價值，成了儒家重要經典；而至漢初，這一進程又從民間學術層面躍升至官學層面，《詩經》被立在學官，《詩》的經典化最終完成。由此，對傳統《詩》學話語的認知、闡釋或者再闡釋，都必然地在這一學說體系的基礎上進行。

孔子以"思無邪"概括《詩》三百篇，魏何晏《論語集解》引漢儒包咸（前7—65）之言曰："歸於正。"宋邢昺之《正義》云："此章言爲政之道在於去邪歸正，故舉《詩》要當一句以言之。……《詩》雖有三百篇之多，可舉一句當盡其理也。……《詩》之爲體，論功頌德，止僻防邪，大抵皆歸於正，故此一句可以當之也。"俞樾曾評價說："包注……止釋'無邪'二字，不釋'思'字。邢疏……亦止釋'無邪'，不及'思'字。得古義矣。"[①]這種觀察可能有一點表面化。上述二學者未釋"思"字，殆以之爲常語而無須解釋；且按照邢疏，若無詩思之正，《詩》之爲體何以"論功頌德，止僻防邪"，而"大抵皆歸於正"？"止僻防邪"本身就意味着"正"了。故包注、邢疏雖不及"思"字，可思正之意却含蘊其中。南朝梁皇侃（488—545）《論語義疏》引衛瓘（220—291）曰："不曰'思正'，而曰'思無邪'，明正無所思邪、邪去則合於正也。"這些都是值得注意的《論語》古注，直接關涉對孔子以"思無邪"爲《詩經》學話語的理解。

在《詩經》學方面，《韓詩外傳》雖是外傳體著述，[②]却較早顯示

---

① 俞樾《曲園雜纂·說項》"《詩》中'思'字"條，《春在堂全書》第三册，頁182下。
② 漢代《詩經》著述內、外傳體之區隔及其各自特質，參閱拙文《論漢代〈詩經〉著述之內外傳體》，《國學研究》第三十卷，北京大學出版社2012年版，頁145—170。

了"思無邪"被理解爲用心純正的端倪。其卷三第二十一章云:

> 公儀休相魯,而嗜魚。一國人獻魚而不受。其弟諫曰:"嗜魚,不受,何也?"曰:"夫(欲)〔唯〕嗜魚,故不受也。受魚而免於相,則不能自給魚。無受而不免於相,長自給於魚。"此明於爲己者也。故《老子》曰:"後其身而身先,外其身而身存。非以其無私乎,故能成其私。"《詩》曰:"思無邪。"此之謂也。

《外傳》雖牽附《老子》"無私"云云,可它以"思無邪"爲思想之純正,則甚較然。《詩序》以"僖公能遵伯禽之法"解《駉》詩,云:"《駉》,頌僖公也。僖公能遵伯禽之法,儉以足用,寬以愛民,務農重穀,牧于坰野,魯人尊之,於是季孫行父請命于周,而史克作是頌。"鄭玄基於此意解"思無疆,思馬斯臧",曰:"臧,善也。僖公之思遵伯禽之法,反覆思之無有竟已,乃至於思馬斯善。多其所及廣博。"又解"思無斁,思馬斯作",曰:"斁,厭也。思遵伯禽之法無厭倦也。作,謂牧之使可乘駕也。"又解"思無邪,思馬斯徂",曰:"徂,猶行也。思遵伯禽之法專心無復邪意也,牧馬使可走行。"

總之,包咸、鄭玄以下,絕大多數學者將"思"解釋爲動詞性的思考或者名詞性的思想,將"邪"解釋爲"正邪"之"邪",將"思無邪"解爲詩思之正。其所謂正,自然是基於儒家政教規範而言的。《文心雕龍·明詩》篇謂,"詩者,持也,持人情性;三百之蔽,義歸無邪,持之爲訓,有符焉爾",可以説是這一次意義轉換的結果和表徵。此時,關於《詩三百》的所有詮釋都可以落實和證明"思無邪"的取向,這一取向因此就意味着三百篇或者"詩人"全都是向世間提供儒學價值的淵藪(一如上文所說,並非本然如此,這祇是《詩》經典化的結果)。我們幾乎可以依據這一取向及其嬗變,來區隔和定義《詩經》學發展的形態模式,——就是説,這一取向凸顯了漢唐《詩經》學的特質。

之所以使用"《詩經》學形態模式"這一表述,而不偏倚於歷史時段,是因爲某一歷史時段成熟的形態模式往往不會在後來的歷史時段中消失,往往會反反復復發揮其影響作用,即使新的形態模式正在生成甚或已經成熟。作爲一種形態模式的"漢唐《詩經》學"就是如此,它至今依然會在某些歷史層面上浮現。① 比如北宋謝良佐（1050—1103）稱："君子之於《詩》，非徒誦其言，又將以考其情性；非徒以考其情性，又將以考先王之澤。蓋法度禮樂雖亡，於此猶能併與其深微之意而傳之。故其爲言，率皆樂而不淫，憂而不困，怨而不怒，哀而不愁。如《綠衣》，傷己之詩也，其言不過曰'我思古人，俾無訧兮'。《擊鼓》，怨上之詩也，其言不過曰'土國城漕，我獨南行'。至軍旅數起，'大夫久役'，止曰'自詒伊阻'（案指《邶風·雄雉》）。'行役無期度……思其危難以風焉'，不過曰'苟無飢渴'而已（案指《王風·君子于役》）。若夫'言天下之事'，'美盛德之形容'，固不待言而可知也。其與憂愁思慮之作，孰能優游不迫也？孔子所以有取焉。作《詩》者如此，讀《詩》者其可以邪心讀之乎！"② 略早於朱熹的學者張戒嘗云："孔子曰：'《詩》三百，一言以蔽之，曰：思無邪。'世儒解釋終不了。余嘗觀古今詩人，然後知斯言良有以也。《詩序》有云：'詩者，志之所之也。在心爲志，發言爲詩，情動於中而形于言……'其正少，其邪多。孔子刪詩，取其思無邪者而已。自建安七子、六朝、有唐及近世諸人，思無邪者，惟陶淵明、杜子美耳，餘皆不免落邪思也。"（《歲寒堂詩話》卷上三六）③ 呂祖謙說得更加簡潔："仲尼謂《詩》三百，一言以蔽之，曰'思無邪'。詩人以無邪之思作之，學者亦以無邪之思觀之，閔惜懲創之意，隱然自見於言外矣。"④ 這些論說雖皆出於宋人，却都呈現着漢唐《詩經》學形態模式的特質。而張戒的說法，再次明確了漢唐《詩》學形態模式的邏輯前提是孔子刪詩或編《詩》。

---

① 本文側重於從歷時性層面上觀照對象，因此不細緻考究不同《詩經》學形態模式的共時性呈現或疊加的問題，但這一問題顯然不能忽視。就是說，對於"思無邪"作爲《詩經》學話語的不同歷史意涵的共時性呈現或疊加，筆者也並不漠視，僅僅是本文宗旨不在這裏而已。
② 呂祖謙《呂氏家塾讀詩記·綱領》，《呂祖謙全集》第四册，頁1。
③ 張戒撰，陳應鸞校注《歲寒堂詩話箋注》，巴蜀書社2000年版，頁107。案：據陳應鸞考證，張戒卒於紹興三十年（1160），參閱前著之前言，頁3—6；並參氏著《張戒生平及其詩話作時略考》，《文學遺產》1989年第六期，頁82—84。
④ 呂祖謙《呂氏家塾讀詩記·變風·鄘》，《呂祖謙全集》第四册，頁109。

四、第二次意義置換以及《詩》學內在衝突之消解

不管孔子如何理解，他引用"思無邪"的本意是定義《詩三百》，或者說是定義由"詩人"製作的這一批文本。在漢唐《詩經》學的形態模式中，"思無邪"作爲《詩》學話語的內涵已被完全置換，但在定義《詩三百》這一點上，傳統依然在延續。以《詩序》爲核心，以毛傳、鄭箋、孔疏等著述爲拱衛的整個體系及其言說方式，都在證明"思無邪"這一《詩》學話語的新意涵。衹要這個體系不坍塌，衹要這一批文本被禁錮在漢唐《詩經》學形態模式中，那麼對這一《詩》學話語的這種新詮釋就不會出現問題。

漢唐《詩經》學形態模式遭遇的嚴峻挑戰，來自對文本自身價值的認同。朱熹說："今欲觀《詩》，不若且置《小序》及舊說，只將元詩虛心熟讀，徐徐玩味。"又說："……須先去了《小序》，只將本文熟讀玩味，仍不可先看諸家注解。看得久之，自然認得此詩是說個甚事。"又說："《詩》《書》略看訓詁，解釋文意令通而已，却只玩味本文。其道理只在本文……"①在文本的力量釋放後，漢唐《詩經》學的整個體系便出現了塌陷。所以朱熹提出，變風"多是淫亂之詩"，"今但去讀看，便自有那輕薄底意思在了"。②《詩序》解《鄘風·桑中》云："《桑中》，刺奔也。"朱子則說："此正文中無戒意，只是直述他淫亂事爾。"③總之，朱熹認爲，就三百篇之本文而言，"思有邪"者正多。他指出："若以爲作詩者'思無邪'，則《桑中》《溱洧》之詩，果無邪耶？……如《桑中》《溱洧》之類，皆是淫奔之人所作，非詩人作此以諷刺其人也。"又說："若言作詩者'思無邪'，則其間有邪底多。"④朱熹反對《詩大序》"變風發乎情，止乎禮義"的說法，稱："中間許多不正詩，如何會止乎禮義？"⑤朱熹基於文本自明性建構的認知還得到一般創作經驗的支持。朱熹云："詩者，人心之

---

① 參閱黎靖德編《朱子語類》卷八〇，《詩》一《論讀詩》、《易》三《綱領下》，頁2085、頁1653。
② 參閱黎靖德編《朱子語類》卷八〇，《詩》一《綱領》，頁2068、頁2067。
③ 黎靖德編《朱子語類》卷八〇，《詩》一《綱領》，頁2068。
④ 參閱黎靖德編《朱子語類》卷二三，《論語》五《爲政篇上》，頁539、頁538。
⑤ 黎靖德編《朱子語類》卷二三，《論語》五《爲政篇上》，頁540。

感物而形於言之餘也。心之所感有邪正，故言之所形有是非。"（《詩集傳序》）朱熹注孔子所説"興於《詩》，立于禮，成于樂"（《論語·泰伯》），强調"《詩》本性情"，"以《詩》觀之，雖千百載之遠，人之情偽只此而已，更無兩般"，"天地無終窮，人情安得有異"。① 他批評前儒盡以美刺説詩，曰："大率古人作詩，與今人作詩一般，其間亦自有感物道情，吟詠情性，幾時盡是譏刺他人？"②

在漢唐《詩經》學形態模式成熟以後，朱熹《詩經》學説從各個方面看都稱得上是與之並列的新的形態模式，它絕對不是宋代《詩經》學的全部，却足可命名爲"宋代《詩經》學形態模式"。在這一學説體系面前，漢唐儒者以詩人、詩思之正定義的"思無邪"這一《詩》學命題已經不能成立，它跟這一新體系發生了嚴重衝突。在傳統《詩經》學發展的整個過程中，孔子的論説都受到高度的尊重。既然孔子以"思無邪"概言《詩三百》，那麼這一命題就不會被朱熹徹底拋棄，再度進行意義置換於是成了歷史的必然。③

朱熹認爲，孔子以"思無邪"概言《詩三百》，不是説"作詩之人所思皆無邪"，而是説《詩》之"用"歸於使人"無邪"，是《詩》之"立教如此"，是讀《詩》之"功用"如此。朱熹《論語集注》闡釋孔子此言，曰："凡《詩》之言，善者可以感發人之善心，惡者可以懲創人之逸志，其用歸於使人得其情性之正而已。然其言微婉，且或各因一事而發，求其直指全體，則未有若此之明且盡者。故夫子言《詩》三百篇，而惟此一言足以盡蓋其義，其示人之意亦深切矣。"朱子又説："'思無邪'，如《正風》《雅》《頌》等詩，可以起人善心。如《變風》等詩，極有不好者，可以使人知戒懼不敢做。大段好詩者，大夫作；那一等不好詩，只是閭巷小人作。前輩多説是作詩之'思'，不是如此。其間多有淫奔不好底詩，不成也是無邪思？……今使人讀好底詩，固是知勸；若讀不好底詩，便悚然戒懼，知得此心本不欲如此者，

---

① 黎靖德編《朱子語類》卷八〇，《詩》一《論讀詩》，頁2083—2084。
② 黎靖德編《朱子語類》卷八〇，《詩》一《綱領》，頁2076。
③ 可以作爲旁證的是，《詩經·召南·野有死麕》朱熹未斥爲淫詩，跟傳世《論語》曾記載孔子高度推尊《周南》《召南》有密切關係。《論語·陽貨》篇記載子謂伯魚曰："女（汝）爲《周南》《召南》矣乎？人而不爲《周南》《召南》，其猶正墻面而立也與？"

是此心之失。所以讀《詩》者，使人心無邪也，此是《詩》之功用如此。"①所謂"思無邪"者，"要使讀《詩》人'思無邪'耳。讀三百篇詩，善爲可法，惡爲可戒，故使人'思無邪'也"；"《詩》之立教如此：可以感發人之善心，可以懲創人之逸志"，《詩》之功用"能使人無邪也"。②朱熹認定《邶風·靜女》《鄘風·桑中》《王風·大車》《鄭風·將仲子》等幾十首詩歌爲"淫詩"，却没有像王柏（1197—1274）那樣力主把這些詩歌逐出《詩經》，他認爲孔子將這些詩歌編入三百零五篇，目的是使讀者"即其辭而玩其理以養心"（《詩集傳·關雎》），"淫詩"雖有邪志而無妨，"讀三百篇詩，善爲可法，惡爲可戒，故使人'思無邪'也"。③

這一《詩經》學形態模式凸顯了《詩》學立教者的存在，——很明顯，他就是通常所説刪《詩》、編《詩》的孔子。從某種意義上説，這是回到儒家《詩經》學最原初的立意來重新定義"思無邪"。太史公謂："古者詩三千餘篇，及至孔子，去其重，取可施於禮義……三百五篇……"（《史記·孔子世家》）朱子則説得更加細緻："昔周盛時，上自郊廟朝廷，而下達於鄉黨閭巷，其言粹然無不出於正者。聖人固已協之聲律，而用之鄉人、用之邦國，以化天下。至於列國之詩，則天子巡狩，亦必陳而觀之，以行黜陟之典。降自昭、穆而後，寖以陵夷。至於東遷，而遂廢不講矣。孔子生於其時，既不得位，無以行勸懲黜陟之政，於是特舉其籍而討論之，去其重複，正其紛亂，而其善之不足以爲法、惡之不足以爲戒者，則亦刊而去之，以從簡約，示久遠，使夫學者即是而有以考其得失，善者師之而惡者改焉。是以其政雖不足以行於一時，而其教實被於萬世。是則詩之所以爲教者然也。"（《詩集傳序》）就"思無邪"這一《詩》學話語而言，由朱子《詩》學表徵的新的形態模式祇是否棄了漢唐形態模式對它的定義，孔子依然是這一體系的核心。

在《詩經》學的這一種形態模式中，閱讀主體必須發揮其積極性和主導性。——由於《詩三百》中存在"淫詩"，由於其中思有邪者正

---

① 黎靖德編《朱子語類》卷二三，《論語》五《爲政篇上》，頁546—547。
② 參閱黎靖德編《朱子語類》卷二三，《論語》五《爲政篇上》，頁539、頁538。
③ 黎靖德編《朱子語類》卷二三，《論語》五《爲政篇上》，頁539。

多，堅持"即其辭而玩其理以養心"的朱熹必然會強化閱讀主體的自覺批判，缺少這一點，致力於使讀者"思無邪"的立教期待就會落空。①故朱熹云："孔子之稱'思無邪'也，以爲《詩》三百篇勸善懲惡，雖其要歸無不出於正，然未有若此言之約而盡者耳，非以作詩之人所思皆無邪也。今必曰彼以無邪之思鋪陳淫亂之事，而閔惜懲創之意自見於言外，則曷若曰彼雖以有邪之思作之，而我以無邪之思讀之，則彼之自狀其醜者乃所以爲吾警懼懲創之資耶？而況曲爲訓説而求其無邪於彼，不若反而得之於我之易也；巧爲辨數而歸其無邪於彼，不若反而責之於我之切也。"②閱讀的過程，恰便是正心誠意的過程。《大雅·抑》曰："視爾友君子，輯柔爾顔，不遐有愆。相在爾室，尚不愧于屋漏。"朱子釋之云："言視爾友於君子之時，和柔爾之顔色，其戒懼之意，常若自省曰，豈不至於有過乎？蓋常人之情，其脩於顯者，無不如此。視爾獨居於室之時，亦當庶幾不愧於屋漏，然後可耳。……此言不但脩之於外，又當戒謹恐懼乎其所不睹不聞也。子思子曰：'君子不動而敬，不言而信。'又曰：'夫微之顯，誠之不可揜如此。'此正心誠意之極功，而武公及之，則亦聖賢之徒矣！"朱熹注《論語》孔子蔽《詩》以"思無邪"事，引范祖禹（1041—1098）之言曰："《詩》之義，主於正己而已。故一言可以蔽之，'思無邪'是也。學者必務知要，知要則能守約，守約則足以盡博矣。經禮三百，曲禮三千，亦可以一言以蔽之，曰'毋不敬'。"③朱子自己又説："'毋不敬'，《禮》之所以爲教；'思無邪'，《詩》之所以爲教。"④在朱熹的闡釋體系中，以"思無邪"概括《詩三百》，跟以"毋不敬"概括"經禮""曲禮"，是一樣的道理；范祖禹的觀點，正好凸顯了朱子從讀者立場上，重新定義"思無邪"這一《詩》學話語的取向。

　　朱子《詩》學代表的這種新的《詩經》學形態模式雖然重新給出

---

　　① 有意思的是，《詩論》也特別凸顯閱讀主體的批判。參閱拙作《上傳戰國楚竹書〈詩論〉的〈詩經〉學史價值》，《中國詩歌研究》第三輯，頁1—27。
　　② 朱熹《晦庵先生朱文公文集·雜著·讀吕氏詩記〈桑中〉篇》，《朱子全書》第二十三册，頁3371。
　　③ 朱熹《論孟精義·論語精義》，《朱子全書》第七册，頁64。案："毋不敬"一語出於《禮記·曲禮》。
　　④ 黎靖德編《朱子語類》卷二三，《論語》五《爲政篇上》，頁545。

了一些定義和設計，目的則仍在實現《詩經》所負載的儒學價值（毫無疑問，儒學價值本身也有承繼前人和重新解釋的問題）。故朱子論學《詩》之大旨云："本之二《南》以求其端，參之列國以盡其變，正之於《雅》以大其規，和之於《頌》以要其止：此學《詩》之大旨也。於是乎章句以綱之，訓詁以紀之，諷詠以昌之，涵濡以體之，察之情性隱微之間，審之言行樞機之始，則修身及家、平均天下之道，其亦不待他求而得於此矣。"（《詩集傳序》）朱子將讀經納入格致誠正、修齊治平的完整模式中，同時，其《詩》教還從"《詩》"向一般的"詩"延伸。故曰："詩者，人心之感物而形於言之餘也。心之所感有邪正，故言之所形有是非。惟聖人在上，則其所感者無不正，而其言皆足以為教。其或感之雜，而所發不能無可擇者，則上之人必思所以自反，而因有以勸懲之。是亦所以為教也。"（《詩集傳序》）

朱子《詩》學代表的這種新的形態模式可以說是儒學內部"撥亂反正"的結果。不過，這一體系既釋放了文本，又釋放了閱讀主體，最終會導致一切經學附會的崩塌，而走向現代《詩經》學形態模式的建構。這恐怕是朱子本人未嘗料及的更偉大的歷史意義。

餘　　論

孔子最先將"思無邪"定義為《詩經》學話語，這一定義，不出意外地成了見載於竹書《詩論》以及傳世《論語》等著述的孔子《詩經》學形態模式的表徵。此後對該話語的重新定義以及對其原初意指的復歸（這種復歸不是重複孔子，而是基於一個嶄新的歷史起點來認同孔子），則又表徵了《詩經》學另外幾個具有複雜關係的重要形態模式，比如漢唐《詩經》學形態模式、朱熹或者宋代《詩經》學形態模式、現代《詩經》學形態模式等等。本文無意於觀照"思無邪"所關涉的《詩經》學之全體，僅僅擇取它關聯的《詩經》學發展過程的幾個核心關節，予以剖釋。而不可否認的是，現代《詩經》學研究大抵都承襲著上揭《詩經》學的歷史存在，——或者重複某種舊有模式，或者混合幾種舊有模式，或者拾取甚至曲解某種舊有模式接著說。

文章最後，我們緊緊圍繞對"思無邪"這一《詩》學話語的認知，对此略作考查。當下有學者説："'思無邪'作爲孔子最重要的詩論，其原始意義清晰、明朗。孔子從禮的層面給予界定，認爲詩即周代禮樂制度的有機組成部分，因此詩三百篇合於禮。"①又有學者説，孔子以"思無邪"一言概論《詩三百》，"是對《詩經》全部作品的基本思想内容作出的合乎其哲學和道德觀念的肯定評價"。又稱："孔子欲發揮《詩經》在上層社會和中下層社會的政治作用，是本於《詩》是'思無邪'的；欲以禮樂治國而使《詩》教先行，也是本於《詩》是'思無邪'的。因此可以説，在充分相信《詩經》的思想内容的基礎上所作出的'思無邪'的論斷，乃是孔子政治、哲學、教育等各種思想和觀點的協奏曲中一個格外響亮、格外重要的音符。"②還有學者説："毋庸置疑的是，無論後人對'思無邪'作何種解釋，它的意思仍是説：《詩經》中的所有篇章都合乎孔子的政治思想、倫理道德和審美標準。"③這些論斷不過是重複漢唐《詩經》學的形態模式而已，孔子本人實際上並未如此定義"思無邪"；換句話説，這些論斷僅僅是從漢唐《詩經》學的形態模式上看才正確，跟孔子本人的《詩經》學形態模式則相距甚遠。

　　有學者提出："朱熹説：'凡詩之言，善者可以感發人之善心，惡者可以懲創人之逸志，其用歸於使人得其性之正而已。'這種解釋是頗能領會孔子'思無邪'思想實質的。所以，我們認爲，'思無邪'並非孔子批評尺度寬泛，肯定了《詩經》所有的思想内容。相反它卻告訴我們，孔子的批評尺度是嚴格的。'思無邪'是從作品與讀者閱讀的角度，爲讀者規範了一個領會《詩經》思想内容的小圈子。它帶有鮮明的政治傾向性，顯示出强烈的階級功利的色彩。"④這一觀點明顯是依違朱熹的觀點，無需贅言。又有學者説："《詩》是周代禮樂文明的重要載體，是周代貴族參與社會政治活動的重要方式，孔子以《詩》爲教，是他承傳周代禮樂文明的文化理想的重要實現途徑。孔子所關注的，不

---

① 姚娟《"思無邪"新論》，《商丘師範學院學報》2008年第一期，頁39。
② 參閲蔣長棟《孔子"思無邪"本義新探》，《懷化師專社會科學學報》1988年第二期，頁87、頁90。
③ 董曄、李妍妍《〈詩經〉和〈論語〉中的"思無邪"比較》，《唐都學刊》2006年第三期，頁131。
④ 詹福瑞《孔子論詩管見》，《河北大學學報》1985年第二期，頁70。

是《詩》本身,而是《詩》的禮樂教化意義。正是從這一點出發,可以較爲肯定地説,'《詩》三百,一言以蔽之,曰:思無邪',和上博簡《孔子詩論》中的'《詩》其猶旁門'一樣,都是對《詩》寬泛廣闊、包羅萬象的實用功能的概括,與'《詩》,可以興,可以觀,可以羣,可以怨。邇之事父,遠之事君。多識於鳥獸草木之名'(《論語·陽貨》)及'授之以政''使於四方''達政''專對'(《論語·子路》)等社會文化功能是相銜接的。因此,'思無邪'既不是對《詩》的思想内容的概括,也不是强調學《詩》、讀《詩》之法,而是指稱《詩》全面而廣泛的社會文化功能,實質是强調學《詩》的重要意義。"①對孔子以"思無邪"概言《詩三百》本意的這種論析相當含混。乍看起來,它接近孔子的原初立場,但將孔子之意歸結到"《詩》寬泛廣闊、包羅萬象的實用功能"亦即"學《詩》的重要意義"上,接近的則是朱子以《詩》之用"歸於使人得其情性之正"來定義"思無邪"的理念;孔子以"思無邪"概言《詩三百》其實就是對《詩》的内容的認知,這一點,上博《詩論》便是有力的證明。

除此之外,值得注意的是,今人常常基於對舊説的誤讀"接着説"。比如,有學者提出:"……對禮崩樂壞的痛心疾首,對'克己復禮'的熱忱執著的追求,促使孔子對'詩言志'的'志'予以特殊的限定,即要求其'無邪'。他企圖以《詩》'無邪'來取代'詩言志'。"又稱:"'無邪'論由於它根植於社會的政治、倫理、道德的土壤裏,因而理論本身帶有濃重的社會政治色彩,而表現出了極大的局限性、片面性。'言志'論,儘管也不是一個純文學的命題,却由於它是'詩用話傳達出内心的意向',既表現了廣闊豐富的社會内容,又展示了主體情感意志抒發及其内在生命活力的獨創性和多樣性,它無疑更符合藝術規律。"②這大抵是基於漢唐《詩經》學形態模式,來詮釋孔子以"思無邪"概括《詩三百》的意圖,又進一步將該命題與"詩言志"對立(質言之,此説與漢唐《詩經》學家對孔子以"思無邪"概言《詩三百》的解讀仍有差異,即漢唐《詩經》學家認爲孔子之意是

---

① 趙玉敏《"思無邪"本義辨正》,《學術交流》2007年第六期,頁156。
② 參閲吳瑞霞《孔子的〈詩〉"無邪"新探》,《湖北師範學院學報》(哲學社會科學)1997年第二期,頁41、頁42。

説《詩三百》呈現的詩人之思純正無邪，而此説則認爲孔子之意是要求詩人呈現無邪之志）。論者誤解孔子以"思無邪"概言《詩三百》之本意，無需贅言。他甚至還人爲製造了孔子所謂"思無邪"跟其"詩言志"觀的暌隔。上博館藏《詩論》第三章稱"訾（詩）亡（無）隱（隱）志"，作爲該文本的核心意指之一，此語其實已從詩作認知角度上確認了詩言志。上博簡文《民之父母》及傳世《禮記·孔子閒居》均記載了孔子的"五至"說，前者記孔子稱"勿（物）之所至者，《志（詩）》亦至安（焉）"，後者記孔子稱"志之所至，《詩》亦至焉"。①郭店簡文《語叢一》綜論六經，則謂："《詩》，所以會古含（今）之恃（志）也者。"孔子《詩經》學形態模式根本就不存在用"思無邪"替代"詩言志"的情況，——"詩言志"對於三百篇之"思無邪"其實是前提性的。

又比如，朱熹《論語集注》解孔子以"思無邪"概論《詩三百》之意，引程頤之言説："思無邪者，誠也。"今人或將程、朱詮解"思無邪"之"誠"理解爲真實不虛，謂："子曰：'詩，可以興，可以觀，可以羣，可以怨。'……言志抒情，貴在'思無邪'，即真誠不虛假。"②又謂："《詩經》中的篇章，不見得篇篇都很完美，但却見原璞真情的流淌。孔子説：'《詩三百》，一言以蔽之，曰"思無邪"'（《論語·爲政篇》）。'思無邪'，就是心無雜念，將真情實感充分地展現出來。……今人作詩也要用心，惟有用心，情始真、詩才美。明人瞿佑《歸田詩話》序説：'夫思無邪者，誠也。人能以誠誦詩，則善惡皆有益。學詩之要，豈有外於誠乎。'説的就是這個道理……"③所引《歸田詩話》序文出自木訥之手，木訥所謂"誠"根本就不是指一般的真誠或真情實感，而且主要是落實到讀者身上。故該序後文謂："非先生以誠而得古人作詩之要，蘊蓄之久，安能記之詳而評之當哉……"木訥序引孔子以"思無邪"概論《詩三百》，繼而申之曰"思無邪者，

---

① 這兩種表達本旨一致，而側重點不同，"志"爲心之所之，"勿（物）"則是心之所之的對象。不過，"勿（物）之所至者，《志（詩）》亦至安（焉）"一説，可能更契合孔子以"思無邪"概括《詩三百》的本意。
② 楊化玉著《化玉詩草》，文化藝術出版社2010年版，李一序，頁2。
③ 陳繼光著《天風海韻：古國詩蹤溯尋錄》，中國文化出版社2014年版，頁290—291。

誠也", 乃沿用程頤、朱熹的解釋。朱子確曾慨言,"思無邪者, 誠也"一語,"每常只泛看過","子細思量, 極有義理。蓋行無邪, 未是誠; 思無邪, 乃可爲誠也"。或問朱子:"'思無邪, 誠也'。所思皆無邪, 則便是實理。"朱子回答:"下'實理'字不得, 只得下'實心'字。言無邪, 也未見得是實; 行無邪, 也未見得是實; 惟'思無邪', 則見得透底是實。"朱子還說:"'思無邪, 誠也', 是表裏皆無邪, 徹底無毫髮之不正。世人固有修飾於外, 而其中未必能純正。惟至於思亦無邪, 斯可謂之誠。"① 鄭浩(1863—1947)以爲,"無邪"猶言"無斁""無徐", 意指無厭斁、無虛徐;"夫子蓋言《詩》三百篇, 無論孝子忠臣、怨男愁女, 皆出於至情流溢, 直寫衷曲, 毫無僞託虛徐之意。即所謂詩言志者, 此三百篇之所同也, 故曰一言以蔽之。惟詩人性情千古如照, 故讀者易收感興之效, 若夫《詩》之是非得失, 則在乎知人世, 而非此章論《詩》之本旨矣。"② 這與將孔子概論《詩三百》之"思無邪"理解爲泛泛的"誠"相近, 所謂"至情流溢, 直寫衷曲, 毫無僞託虛徐之意", 正是一般的"誠"。這樣的詮釋可能有更多的一般詩學的價值, 但它不僅誤解了孔子本意, 偏離了孔子《詩經》學形態模式, 而且也不符合漢唐《詩經》學形態模式以及朱子所表徵的《詩經》學新的形態模式。程頤、朱熹以"誠"字解釋孔子的《詩》學話語"思無邪", 乃是指外在之言行與内在之思皆無邪, 不僅意味着"真誠", 而且意味着合乎正確的價值(如所謂"徹底無毫髮之不正")。吳澄(1249—1333)説得十分清楚:"程子曰:'思無邪者, 誠也。'此'邪'字指私欲惡念而言。有理無欲, 有善無惡, 是爲無邪; 無邪斯不妄, 不妄之謂誠。以《大學》之目, 則'誠意'之事也。《易·文言傳》曰'閑邪存其誠', 此'邪'字非私欲惡念之謂。誠者, 聖人無妄真實之心也。物接乎外, 閑之而不干乎内, 内心不二不襍, 而誠自存。以《大學》之目, 則'正心'之事也。凡人昧然於理欲、善惡之分者, 從欲作惡, 如病狂之人, 蹈水入火, 安然不以爲

---

① 參閱黎靖德編《朱子語類》卷二三, 《論語》五《爲政篇上》, 頁543、頁544。
② 鄭浩《論語集注述要》, 臺北, 力行書局1933年版, 頁50—51。

非。蚩蚩蠢蠢,冥頑不靈,殆與禽獸無異。"①吳澄理解《大學》"誠意""正心"是否切當,此處無須討論,重要的是,他也認識到,程子以"誠"釋孔子的《詩》學話語"思無邪",實關乎儒學的根本價值。總而言之,今人將孔子以"思無邪"綜論《詩三百》的主旨解釋爲泛泛的真誠,往往是錯誤地理解和銜接了朱子的學説體系。

---

① 吳澄《思無邪齋説》,《吳文正集》卷五,《景印文淵閣四庫全書》第1197册,集部第136册,臺灣商務印書館股份有限公司1986年版,頁76上。

孟子四端説探源

上海博物館藏戰國楚竹書《詩論》，亦即學界通常所謂《孔子詩論》，彰顯了一個被埋没千百年的事實："性"原本是早期《詩經》學乃至一般詩學的核心範疇之一。《詩論》第五章謂孔子由《葛覃》（今見《毛詩‧周南》）、《甘棠》（今見《召南》）、《木瓜》（今見《邶風》）、《有杕之杜》（今見《唐風》）諸詩，把握了"民眚（性）"亦即人性的多種面相，諸如"氏（祗）初"，"見丌（其）竞（美），必谷（欲）反（返）丌（其）本"，"甚貴丌（其）人，必敬丌（其）立（位），敓（悦）丌（其）人，必好丌（其）所爲，亞（惡）丌（其）人者亦然"，以及"丌陞（隱）志必又（有）目（以）俞（喻）"，"人不可瞏（觸）"等。傳世《毛詩序》初成於孔門弟子子夏，基本定型於漢初的毛公（毛亨）。鄭玄《詩譜》謂《大序》是子夏作，《小序》是子夏、毛公合作，卜商意有不盡，毛更足成之（見《毛詩序》"《關雎》，后妃之德也"《經典釋文》所引），此説可以在很大程度上得到傳世和出土文獻的證實。① 由《詩序》看，"性"在《詩經》學以及一般詩學體系中的意義明顯趨於淡化。

然而有意思的是，在孔門七十子及其後學的心性學説中，"性"顯然已壯大爲整個體系的核心。見於湖南長沙馬王堆漢墓帛書的《五行》（其核心内容又見於湖北荆門郭店村戰國楚墓之竹書），將人之性定義爲" 好 仁義"和"獨有仁義"，其立論依據，主要在於心之性巍然好仁義，——迥異於耳目之性好聲色、鼻口之性好臭味、手足之性好佚豫（《五行》説文第二十三章）。《五行》是孔子之孫子思的學説體系。子思再傳弟子孟子更明確地提出了性善説，並將此説之依據落實爲心有仁、義、禮、智四端，在思想史上備受關注。

孟子曰：

> 人皆有不忍人之心。……所以謂人皆有不忍人之心者，今人乍見孺子將入於井，皆有怵惕惻隱之心。非所以内（納）交於孺子之

---

① 參閲拙作《衛宏作〈詩序〉説駁議：兼申鄭玄子夏作〈大序〉、子夏毛公合作〈小序〉説》，《中國學術》第十四輯，商務印書館2003年版，頁163—187；或參考本書附論相關内容。

父母也,非所以要譽於鄉黨朋友也,非惡其聲而然也。由是觀之,無惻隱之心,非人也;無羞惡之心,非人也;無辭讓之心,非人也;無是非之心,非人也。惻隱之心,仁之端也;羞惡之心,義之端也;辭讓之心,禮之端也;是非之心,智之端也。人之有是四端也,猶其有四體也。(《孟子·公孫丑上》)

這段文字之大意是說,人區隔於"非人",而普遍具有"惻隱之心""羞惡之心""辭讓之心"和"是非之心",四者乃德行仁、義、禮、智之發端。依孟子之見,人有此四端乃性善說成立的依據。他在解釋"性善"說之本旨時,稱:"乃若其情則可以爲善矣,乃所謂善也。若夫爲不善,非才之罪也。惻隱之心,人皆有之;羞惡之心,人皆有之;恭敬之心,人皆有之;是非之心,人皆有之。惻隱之心,仁也;羞惡之心,義也;恭敬之心,禮也;是非之心,智也。仁義禮智,非由外鑠我也,我固有之也,弗思耳矣。故曰:求則得之,舍則失之……"(《孟子·告子上》)這段文字"直因用以著其本體"(朱熹《集注》),其完整意義,則仍然是說人原初具備"惻隱之心""羞惡之心""恭敬之心"(相當於"辭讓之心")和"是非之心",分別爲仁、義、禮、智之端,擴充此四端則可生成仁、義、禮、智四種德行。在孟子體系中,人有此四端,是安身立命、修齊治平之根基:"有是四端而自謂不能者,自賊者也;謂其君不能者,賊其君者也。凡有四端於我者,知皆擴而充之矣,若火之始然(燃)、泉之始達。苟能充之,足以保四海;苟不充之,不足以事父母。"(《孟子·公孫丑上》)孟子講仁政,而人有此四端恰恰是實施仁政的根本:"先王有不忍人之心,斯有不忍人之政矣。以不忍人之心,行不忍人之政,治天下可運之掌上。"(《孟子·公孫丑上》)在孟子的設計中,"不忍人之心"與"怵惕惻隱之心"明顯具有同一性。總之,四端說對孟子體系的重要性幾乎怎麼評價都不過分,它堪稱把握孟子學說的秘鑰。

年湮代遠,書缺有間。單就傳世文獻來看,孟子四端說堪稱前無古人、石破天驚的創造,幾乎所有對思想史有所瞭解的學人對此說的開創性都無異議。然而現在,出土文獻告訴我們,這種"認識"祇不過是一種想像而已,跟歷史的真相相距甚遠。

1973年長沙馬王堆漢墓出土了帛書《五行》，該文本通常被分爲經、説兩大部分，經集中陳述文本主旨，説則一一闡釋經文之意義。1993年，相當於其經文部分的文字又出土於荆門郭店村之戰國楚墓。抛却基於《荀子·非十二子》等傳世文獻的一系列想像，在《五行》出土前的兩千多年間，人們對子思五行學説的理解堪稱一窮二白。《五行》的出土，註定要改寫儒學發展過程中這一段極爲重要的歷史。

《五行》經文第二十一章云："君子雜（集）泰（大）成。能進之，爲君子；不能進，客（各）止於亓（其）里。"《五行》説文第二十一章解釋其意，云：

"君子雜（集）大成"：雜（集）也者，猶造之也，猶具之也。大成也者，金聲玉辰（振）之也。唯金聲而玉辰（振）之者，然笱（後）忌（己）仁而以人仁，忌（己）義而以人義。大成至矣，神耳矣，人以爲弗可爲也，無繇（由）至焉耳，而不然。"能誰（進）之，爲君子，弗能進，各止於亓（其）里"：能進端，能終端，則爲君子耳矣。弗能進，各各止於亓（其）里。不莊（藏）尤割（害）人，仁之理（里）也。不受許（吁）跓（嗟）者，義之理（里）也。弗能進也，則各止於亓（其）里耳矣。終亓（其）不莊（藏）尤割（害）人之心，而仁復（覆）四海；終亓（其）不受許（吁）跓（嗟）之心，而義裏（囊）天下。仁復（覆）四海、義裏（囊）天下，而成（誠）繇（由）亓（其）中心行之，亦君子已。

在這段文字中，"里"是跟"四海"和"天下"相對待的空間觀念，原本指的是狹小的聚落；"仁之里""義之里"譬指仁與義的原初端緒，——這裏明確稱之爲"端"，且説推進、擴充此"端"，最終可達"仁復（覆）四海""義裏（囊）天下"的境界。出現在這裏的仁之"端"、義之"端"、"近端""終（充）端"等觀念，一下子就穿透了因爲傳世文獻缺失而造成的延續千百年的歷史黑洞，孟子四端説之源頭豁然開朗。而且，《五行》以"不莊（藏）尤割（害）人之心"爲仁之"端",與《孟子》以"惻隱之心"或"不忍人之心"爲"仁之端",是高度一致的;其以厭惡不敬而不受嗟來之食爲義之"端"①,與《孟子》以"羞惡之心"爲"義之端",也高度一致。孟子體系中的"端"和充"端"觀念,以及他對"仁之端""義之端"的具體界定,均源自《五行》,或者爲《五行》所啓示、所引導。在面對這種超越千百年習見説法的歷史真相時,我們不應該感到意外,我們衹不過是發現了水之源、木之根而已。

而同樣不可忽視的是,古人常以"氣"爲物形成的基源以及始端。比如,《周易·繫辭上傳》説"精氣爲物",王弼(226—249)注云:"精氣煙煴,聚而成物。"孔穎達(574—648)疏曰:"云'精氣爲物'者,謂陰陽精靈之氣,氤氲積聚而爲萬物也。"《莊子·外篇·至樂》描述個體生命變化的完整過程,則説:"……察其始而本无(無)生,非徒无生也而本无形,非徒无形也而本无氣。雜乎芒芴之間,變而有氣,氣變而有形,形變而有生……""氣"作爲"生"的基源或始端,也十分確鑿。而子思在體系建構中,明顯採用了"氣"的這種用法。比如《五行》經文第十四章云:"顔色容 貌温 , 臀(變) 也。以亓(其)中心與人交,説(悦)也。中心説焉,遷于兄弟,戚 也。 戚 而信(伸)之,親 也 。 親而篤(篤)之 ,愛也。愛父,亓(其)繼愛人,仁也。"《五行》説文第十四章解釋道:

" 顔色容貌温 ,變也":變者,寃(勉)也;寃,孫(遜)也;孫(遜),能行變者也。能行變者□□心説(悦); 心 説(悦) ,然筍(後)顔色容貌温以説(悦);〔顔色容貌温以説(悦)〕,變也。"以亓(其)中心與人交,説(悦)也":毅毅(謹愨貌) 然不莊(藏)尤割(害)人者,是乃説(悦)已 。人無説(悦)心也者,弗遷於兄弟也。"遷於兄弟,感(咸)也":言遷亓(其) 説(悦)心 於兄弟而能相感(咸)也。兄弟不相耐(能)者,非无所用説(悦)心也,弗遷於兄弟也。"感(咸)而信(伸)之,親也":言信(伸)亓(其) 感(咸) 也。搗(劋)

---

① 定義爲義之端的"不受許(吁)嗟(嗟)之心",《五行》説文第十五章説得十分明確:"有天下美飲食於此,許跂而予之,中心弗恭(悚)也。惡許跂而不受許跂,正行之,直也。"

而（爾）四體（體），予女（汝）天下，弗爲也。揖如（汝）兄弟，予女（汝）天下，弗㦽（怵）也。是信（伸）之已。信（伸）亓（其）感（戚）而笱（後）能相親也。"親而築（篤）之，愛也"：築（篤）之者，厚；厚親而笱（後）能相愛也。"愛父，亓殺（其繼）愛人，仁也"：言愛父而笱（後）及人也。愛父而殺亓（其）鄰之子，未可胃（謂）仁也。

不必解釋得過於複雜，概括言之，《五行》經、說第十四章的核心是論述仁德生成的如下圖式："變→悅→戚→親→愛→仁"；"變"實際上處於仁德生成的這一個圖式的發端。值得注意的是，《五行》當中，作爲仁德發端的"變"又被稱爲"仁氣"。比如，其經文第十章云："不臂（變）不說（悅），不說（悅）不戚，不戚不親，不親不愛，不愛不仁。"其說文第十章詮釋道：

"不變不說（悅）"：變也者，窢（勉）也，仁氣也。變而笱（後）能說（悅）。"不說不感（戚）"：說（悅）而笱（後）能感（戚）所感（戚）。"不感（戚）不親"：感（戚）而笱（後）能親之。"不親不愛"：親而笱（後）能愛之。"不愛不仁"：愛而笱（後）仁也。□變者而笱（後）能說（悅）仁（人），感（戚）仁（人），親仁（人），愛仁（人），以於親感（戚）亦可。

"變"被稱爲"仁氣"，更凸顯了它作爲仁德生成之端的意義；既然"□變者而笱（後）能說（悅）仁（人），感（戚）仁（人），親仁（人），愛仁（人）"，則"變"與"不莊（藏）尤割（害）人之心"高度一致，以後者爲仁之"端"，也就意味着以"變"或"仁氣"爲仁之"端"。與此相似，《五行》還基於"義氣"和"禮氣"詮釋了義和禮這兩種德行的生成（分別見其說文第十一章、第十二章），兩者實際上也被定義爲義之端、禮之端，這裏不再引錄，感興趣的朋友可以自行按察。總之，《五行》以"仁氣"即"變""窢""遯"爲德行仁之基源，以"義氣"即"直""直亓（其）中心"爲德行義之基源，以"禮氣"即"動敬心、作敬心"之"遠"或者"遠心"爲德行禮之基源,其實就是以"仁氣""義氣""禮氣"爲仁、義、禮諸德行之端。而其以"動敬心、作敬心"之"遠"("禮氣")爲禮之端,與《孟子》以"恭敬""辭讓"之心爲"禮之端",關係也非常明顯。凡此之類,也都是《孟子》四端説的先導。《孟子》四端説之源自《五行》,由此獲得了進一步的確證。

《五行》現存文字未曾清晰凸顯智之"端",但即便它原初確實没有這一方面的設計,由其所論仁之端、義之端、禮之端三端,到《孟子》的仁、義、禮、智四端,也主要是量的增益而非質的飛躍,其間思想史承接前行的軌迹不可漠視,更不可抹殺。

論《莊子》"卮言"乃"危言"之訛
——兼談莊派學人"言无（無）言"的理論設計和實踐

歷史地講，自春秋末至戰國中後期，我國出現過一個意義深遠的"文學"自覺的熱潮。①期間數代哲人爲文學確立了"遊戲規則"，並且奉獻了各不相同的卓有成效的實踐。比如孔子闡釋《詩三百》，基於心物兩端，確立了詩言性、詩言志、詩言情相與爲一的理論體系。②孔子之孫子思確立和實踐了"目（侔）""諭（喻）""辟（譬）"等論説方式，且區隔了直言和"（與）〔興〕言"。③墨子（約前468—前376）確立並實踐了"出言談爲文學"的準則"三表"，亦即"三法"。④莊子（前365—前290）及其後學構築了基於寓言、重言及危言的"言无（無）言"理論，同時推出了一系列"不可無一，不可有二"的創造性成果。屈原確立了"發憤以舒情"的創作觀，並在以《莊子》寓言爲代表的寄理寓言之外，開拓了寄情寓言的新天地。⑤所有這

---

① 所謂"歷史地説"，是指不偏執後世的"文學"觀念來横暴切割歷史，而高度尊重歷史的"文學"觀念及其具體化呈現。對幾千年的"文學"歷史發展而言，任何階段上的"文學"概念都祇有相對的價值，不能將它作爲絕對標準來切割整個歷史的進程。也就是説，面對幾千年中國"文學"的歷史，我們應該調整姿態，確認持守"文學相對論"乃是進入真實歷史維度的根基。

② 孔子的具體説法主要見於上海博物館藏戰國楚竹書《詩論》。詳情請參閱拙作《上博〈詩論〉"晢""心""命"等範疇論析》，《饒宗頤國學院院刊》第3期（2016年5月），頁77—109。

③ 子思論"目（侔）而知之""諭（喻）而知之""辟（譬）而知之"，以及他對相關方法的具體應用，見於湖南長沙馬王堆漢墓帛書《五行》經與説第二十三至二十五章；其區隔直言和"（與）〔興〕言"，見於帛書《五行》説文之第七、第二十、第二十一章。

④ 墨子論"爲文學、出言談"之儀，見於《墨子・天志中》；論作爲"出言談、由文學"之義法的"三法"（所謂"有本之者，有原之者，有用之者。於其本之？考之天鬼之志、聖王之事。於其原之者？徵以先王之書。用之柰何？發而爲刑"），見於《墨子・非命中》；論"出言談"，或作爲"爲文學、出言談"之義法的"三法"（所謂"有考之者，有原之者，有用之者。惡乎考之？考先聖大王之事。惡乎原之？察衆之耳目之請。惡乎用之？發而爲政乎國，察萬民而觀之"），見於《墨子・非命下》；論"三表"（所謂"有本之者，有原之者，有用之者。於何本之？上本之於古者聖王之事。於何原之？下原察百姓耳目之實。於何用之？廢以爲刑政，觀其中國家百姓人民之利"），見於《墨子・非命上》。《墨子》書中有不少議論都是按照這些原則展開的。

⑤ "發憤以舒情"出自屈子《九章・惜誦》。關於寄情寓言，參閲拙著《屈原及其詩歌研究》，北京大學出版社2012年版，頁271—301。

些，都是十分顯著的標誌。

但是在承載孔子《詩經》學乃至一般詩學體系的《詩論》與承載子思五行學説的《五行》出土以前，相關傳世文獻仿佛一個個孤零零的斷片，不能清晰呈現歷史的複雜勾連，甚至不能完整呈現它們自身的意義。其中一些關鍵思想因此遭受了兩千多年的誤讀。對《莊子》"卮言"的誤讀是極爲典型的例子之一。[①]這一誤讀，使人們無法真切理解莊子及其後學基於三言而展開的"言无（無）言"的理論設計和實踐。

一、不能自明的"卮言"與流傳兩千年的訛誤

傳世《莊子·雜篇·寓言》稱："寓言十九，重言十七，卮言日出，和以天倪。"這段話透露的信息是，寓言、重言以及"卮言"是莊子及其後學出言談爲文學的基本方式。解讀到這一層，我想人人都會認同。傳世《莊子·雜篇·天下》解釋道："莊周……以天下爲沈濁，不可與莊語，以卮言爲曼衍，以重言爲真，以寓言爲廣。"大意是説，莊周認爲世人心態灰暗微妙，不能跟他們正兒八經談説道理，所以就使用了三言。很明顯，三言的特質在於充分考慮了受衆，它們是莊子及其後學爲了聽讀對象設計且普遍採用的方法。

《寓言》篇的進一步解釋説得更爲具體。關於寓言，《寓言》篇云："寓言十九，藉外論之。親父不爲其子媒。親父譽之，不若非其父者也。非吾罪也，人之罪也。與己同則應，不與己同則反。同於己爲是之，異於己爲非之。"寓言被比作由媒人包裝和傳達父親推銷兒子的意圖，其產生之宗旨，被定位於應對世人在是非判斷上的自我中心主義。《莊子·外篇·在宥》也曾批評説："世俗之人，皆喜人之同乎己而惡人之異於己也。同於己而欲之，異於己而不欲者，以出乎衆爲心也。"總之，世人的自我中心使人們固執己見、力排異說，寓言循"藉外論之"的迂回道路，從表達形式上，使言談者跟自己的理念或意圖拉開一定距離，從而降低受衆的排斥，提升向受衆傳達的效力。《莊子》這樣

[①] 另一個典型例子是對中國早期詩説的誤讀，參閲附論《新出土〈詩論〉以及中國早期詩學的體系化根源》。

説頗有道理。在通常情況下，你表達自我的姿態越直接、越強烈、越執著，受衆對你的戒備和排斥心就會越重。老子警示人們説："企者不立，跨者不行，自見者不明，自是者不彰，自伐者无（無）功，自矜者不長。"（傳世《老子》第二十四章）之所以如此，便跟上揭心理有關。

關於重言，《寓言》篇進一步解釋道："重言十七，所以已言也。"其大旨也還是清楚的。郭象（252—312）注曾將"重"字解釋爲"世之所重"，陸德明（約550—630）《經典釋文》以爲"重言"指"爲人所重者之言"，成玄英（608—？）疏以爲"重言"指"長老鄉閭尊重者"或"老人"之言。後人往往認同這種理解。可郭嵩燾（1818—1891）《莊子評注》指出："重，當爲直容切。《廣韻》：重，複也。莊生之文，注焉而不窮，引焉而不竭者是也。郭云'世之所重'，作柱用切者，誤。"郭嵩燾的觀點可能更爲合理。要説借重，寓言也有這一用意，"藉外論之"就包括借重。所以單據這一點，並不能將寓言和重言區分開來。"重言"之"重"應當是從文本構成的層面上説的，即寓言是指把論説寄託於外在的人、物及其故事中，重言則應該是已有寓言而再造寓言重複之，利用"三人成市虎"的受衆心理，達到止爭論、彌指責的效果，故謂"所以已言也"。①

十分耐人尋味的是，相對於"寓言""重言"來説，所謂"卮言"更需要進一步詮釋，但《寓言》篇却僅僅重抄了一遍"卮言日出"，没有增加任何額外的信息。惟其如此，迄今所有關於"卮言"解釋差不多都是基於附會的想像。郭注云："夫卮，滿則傾，空則仰，非持故也。况之於言，因物隨變，唯彼之從……"《經典釋文》引王叔之云："夫卮器，滿即傾，空則仰，隨物而變，非執一守故者也；施之於言，而隨人從變，已無常主者也。"成疏云："卮，酒器也。……夫卮滿則傾，卮空則仰，空滿任物，傾仰隨人。無心之言，即卮言也……又解：卮，

---

① 戰國時期，人們對這種心理有極爲清醒的認識。《戰國策·魏策二》記："龐葱與太子質於邯鄲，謂魏王曰：'今一人言市有虎，王信之乎？'王曰：'否。''二人言市有虎，王信之乎？'王曰：'寡人疑之矣。''三人言市有虎，王信之乎？'王曰：'寡人信之矣。'"《戰國策·秦策二》記甘茂曰："昔者曾子處費，費人有與曾子同名族者而殺人，人告曾子母曰：'曾參殺人。'曾子之母曰：'吾子不殺人。'織自若。有頃焉，人又曰：'曾參殺人。'其母尚織自若也。頃之，一人又告之曰：'曾參殺人。'其母懼，投杼逾牆而走。"本文僅僅從一般的心理層面關注這些材料。

支也。支離其言,言無的當,故謂之卮言耳。"郭注之卮當是欹器,或稱之爲侑卮,成疏把它和作爲飲酒器具的卮混淆,足見各家衹不過是附會想像而已。①更重要的是,所謂"因物隨變,唯彼之從",所謂"隨人從變,已無常主",所謂"傾仰隨人"或者"無心",何嘗符合《莊子》作品的實際? 就思想言,《莊子》特別是其內篇,從總體上說既不同於老,又不同於孔,不同於之前或同世其他任何一家,它骨子裏最不隨人,豈可以"傾仰隨人""無心"之類論之?②這樣説《莊子》衹得到了皮相,衹是囫圇吞下了"彼且爲嬰兒,亦與之爲嬰兒;彼且爲无(無)町畦,亦與之爲无(無)町畦;彼且爲无(無)崖,亦與之爲无(無)崖"之類謬悠之説、荒唐之言、無端崖之辭。衹有認識到莊子有獨見之明,才算是抓住了"達之,入於无(無)疵"這一立言的本旨和要害。③《莊子·雜篇·外物》云:"唯至人乃能遊於世而不僻,順人而不失己。"衹看到"順人"的一面,看不到更重要的"不失己"的一面,豈能算是得到了真《莊子》? 《經典釋文》引司馬彪(約240—306)解"卮言",云:"謂支離無首尾言也。"所謂"支離無首尾言"主要是從形式方面着眼的,亦明顯不符合《莊子》作品之實際。清儒林雲銘(1628—1697後)云:"《莊子》當以傳奇之法讀之,使其論一人、寫一事有原有委,鬚眉畢張,無不躍躍欲出,千載而下,可想見也。"④"有原有委"就是説有本末先後,《莊子》有哪一類篇章能以"支離無首尾"概而視之呢? 除了上揭各家説法以外,古今學者對"卮言"的其他解釋還有很多,而大要由此滋生,無須一一舉列。

總之,所謂"卮言"最難索解,《寓言》篇却衹是重抄了一遍"卮言日出",不加任何進一步的詮釋。這究竟透露了什麼樣的歷史信息呢? 需要明確的是,《寓言》篇論述和詮釋三言的部分,幾乎是用戰國

---

① 《荀子·宥坐》云:"孔子觀於魯桓公之廟,有欹器焉。孔子問於守廟者曰:'此爲何器?'守廟者曰:'此蓋爲宥坐之器。'孔子曰:'吾聞宥坐之器,虛則欹,中則正,滿則覆。'"《文子·九守》云:"……三皇五帝有戒之器,命曰侑卮,其沖(盅/空虛)即正,其盈即覆。"這些是對欹器或侑卮的較早介紹。酒器卮始起源於周代,主要流行於戰國至秦漢時期,唐宋以後漸少使用(參閱李春祥編著《飲食器具考》,知識產權出版社2006年版,頁151)。

② 林雲銘反復强調"莊子另是一種學問"(參閲《莊子因·莊子雜説》,華東師範大學出版社2011年版,頁7)。

③ 這兩句中的引文出自《莊子·內篇·人間世》。

④ 林雲銘《莊子因·莊子雜説》,頁12。

中期以前就成熟的"經說體"結撰的。①我們可以用下面的形式,觀照其經與說的要點以及二者的對應關係:

【經】寓言十九(①),重言十七(②),巵言日出(③),和以天倪(④)。

【說】寓言十九(①),藉外論之。親父不爲其子媒。親父譽之,不若非其父者也。非吾罪也,人之罪也。與己同則應,不與己同則反。同於己爲是之,異於己爲非之。重言十七(②),所以已言也。是爲耆艾。年先矣,而无(無)經緯本末以期年耆者,是非先也。人而无(無)以先人,无(無)人道也。人而无(無)人道,是之謂陳人。巵言日出(③)。和以天倪(④),因以曼衍,所以窮年。不言則齊,齊與言不齊,言與齊不齊也,故曰〔言〕无(無)言。言无(無)言,終身言,未嘗(不)言;終身不言,未嘗不言。有自也而可,有自也而不可。有自也而然,有自也而不然。惡乎然?然於然。惡乎不然?不然於不然。惡乎可?可於可。惡乎不可?不可於不可。物固有所然,物固有所可。无(無)物不然,无(無)物不可。非巵言日出,和以天倪,孰得其久!萬物皆種也,以不同形相禪,始卒若環,莫得其倫,是謂天均。天均者,天倪也。

我們可以把這種言說方式跟《五行》經、說第二十章做一個形式上的比較:

【經】不簡(柬),不行(①)。不匿,不辯於道(②)。有大罪而大誅之,簡(③)。有小罪而赦之,匿也。有大罪弗大誅,不行。有小罪而弗赦,不辯於道。簡之爲言也猶(猶)賀(衡),大而罕者(④)。匿之爲言也猶(猶)匿匿(暱暱),小而軫者(⑤)。簡,義之方也。匿,仁之方也(⑥)。剛,義之方殹。柔,仁之方也(⑦)。《詩》曰"不勮不救(捄),不剛不

---

① 本文所謂經說體是就單一獨立文本而言的。兩個文本一經一說,不能以經說體論;經說體也並非就一個文本對於它所詮釋的另外一個文本亦即經而言的。傳世《大學》、馬王堆漢墓帛書所見《五行》是較早且成熟的經說體文,《韓非子》之内、外《儲說》等則是戰國晚期成熟的經說體文。

柔"，此之胃（謂）也（⑧）。

【説】"不闎（柬），不行"（①）：闎者，言人行之大。大者人行之□（炭？）然者也。世子曰："人有恆道，達□□□。"□□□，闎也；闎則行矣。"不匿，不辯於道"（②）：匿者，言人行小而軫者也。小而實大，大之□□者也。世子曰："知軫之爲軫也，斯公然得矣。"軫者多矣，公然者心道也。"有小罪而赦之，匿也。有大罪而弗大誅，不行也。有小罪而弗赦，不辨於道也。闎爲言猶衡也，大而炭（罕）者"（④）：直之也。不周於匿者，不辨於道也。"有大罪而大誅之，闎"（③），"匿爲言也猶匿匿（暱暱），小而軫者"（⑤）：直之也。"闎，義之方也。匿，仁之方也"（⑥）：言仁義之用心之所以異也。義之盡，闎也。仁之盡，匿。大義加大者，大仁加（仁）小者。故義取闎，而仁取匿。"《詩》員（云）'不勴不詠（絿），不剛不柔'，此之胃（謂）也"（⑧）：勴者強也，詠（絿）者急也；非強之也，非急之也，非剛之也，非柔之也，言无（無）所稱焉也。此之胃（謂）者，言仁義之和也。

《五行》中，經是思想核心，説是對經的詮釋；説之釋經，必先牒經。上引經第二十章可分解爲八個被解釋語句或者句羣，除第七個外，説全都予以詮解。《五行》中的經基本上都得到了説的詮解，此章第七個句羣沒有得到解釋，不爲常例，抑或抄寫時發生了脱漏。而特別值得注意的是，此章經第三、第四、第五個語句或句羣，説僅僅抄錄了一遍，未加任何解釋，其所標"直之"，可理解爲説什麼就是什麼，而且很明白毋庸解釋。以《五行》此章對比上引《寓言》篇，事實就十分清楚了。其相當於經的文字含四個語句，第一句"寓言十九"、第二句"重言十七"、第四句"和以天倪"，在相當於説的文字中都有明確詳審的解釋（《莊子·內篇·齊物論》早就有"和之以天倪"之説了，這裏也還是予以解釋），獨獨第三句"卮言日出"祇是重抄了一遍，下文雖然又回到了"卮言日出，和以天倪"，對"卮言"還是沒有任何解釋。這一現象看起來極不正常。從字面上説，"卮言"不是比"寓言"和"重言"更難索解、更應該解釋嗎？從經説體成立的宗旨上看，説就是要解釋經文的，若《寓言》原文確作"卮言"，後面說中怎麼可能祇重抄一遍就了事呢？

"卮言"之所以沒有得到進一步解釋，是因爲對莊子及其後學來說，它根本不需要解釋（一如《五行》說文標示"直之"的那些部分），是因爲它原本是"危言"，因形近而訛變，才成了"卮言"。這一訛誤的發生很可能是在秦漢時期或者更早。①"危"有正直、端正之意，對莊子及其後學來說顯然是常識。自古以來言有"危言"，而行有"危行"。《逸周書·武順》篇云："危言不干德曰正。"《論語·憲問》篇記載孔子曰："邦有道，危言危行；邦無道，危行言孫（遜）。""危言"就是直言正論，是什麼就說什麼，說什麼就是什麼；"危行"就是正直的行爲。衆所周知，商人已席地而坐，甲骨文"跽"即雙膝著地、上身挺直之坐姿。"唐代以'席地而坐'爲主"，"五代、宋代……向普遍使用桌、椅、凳、机（兀）子（方凳）等高起高坐起居方式轉化"，"北宋中期以後已大體與現代近似"。②戰國時期坐姿之種種，毋庸細論，大要說來，有"箕坐"，又叫"箕踞"，即臀部著地，張開兩腿作簸箕狀，古人以爲輕慢不敬。故原壤夷（箕踞）俟，孔子厲聲責之，並且"以杖叩其脛"（《論語·憲問》）。《莊子·外篇·至樂》記，"莊子妻死，惠子弔之，莊子則方箕踞鼓盆而歌"，惠子亦怒而責之。合禮的坐姿則有"安坐""危坐"等。"安坐"即跪而放鬆上身，臀部挨著脚後跟。《莊子·雜篇·說劍》云："大王安坐定氣，劍事已畢奏矣。""危坐"即跪而聳起上身、臀部離開脚後跟，其實就是正身而跪，表示嚴肅恭敬。《管子·弟子職》云："出入恭敬，如見賓客。危坐鄉（向）師，顏色毋（無）怍。"《文選》卷五一收錄東方朔《非有先生論》，有謂："於是吳王懼然易容，捐薦去几，危坐而聽。"綜上所述各個方面，"危"指端正、正直早已是社會共識，指直言莊論之"危言"亦早已是世間常語。《莊子·外篇·繕性》云："古之行身者，不以辯飾知（智），不以知（智）窮天下，不以知（智）窮德，危然處其所而反其性已，又何爲哉！"郭象注

---

① "卮（巵）""危"形近易溷，《居延漢簡》甲編圖版1956有"赤卮五枚，直二百五十"，其中的"卮"就被誤釋爲"危"（參閱謝桂華《漢晉簡牘論叢》，廣西師範大學出版社2014年版，頁17）。

② 參閱白壽彝主編《中國通史》第十一册，上海人民出版社2015年版，頁813—814。

曰："危然，獨正之貌。"用其常義而已。所以，"危言"在莊子及其後學那裏，甚至在當時所有學者那裏，都毋庸解釋，它衹是言説的一種常見行爲和方式。這就是爲什麼在上引《寓言》篇相當於説的文字中，"危言日出"僅僅是被重寫了一遍。

二、危言以及由它支撐的"言无（無）言"的文學世界

《天下》篇云："莊周……以天下爲沈濁，不可與莊語，以（卮）〔危〕言爲曼衍，以重言爲真，以寓言爲廣。"其間"莊"字同樣有正的意思。《逸周書·謚法》篇云："履正爲莊。"朱右曾（1799—1858）釋云："莊，嚴正也。"從一般語義和具體語境來看，"危言""莊語"顯然是一回事兒，都是指正論或正經話。

郭象注《寓言》篇之"寓言十九"，云："寄之他人，則十言而九見信。"《經典釋文》説："寓，寄也。以人不信己，故託之他人，十言而九見信也。"成玄英的疏也差不多。郭象注《寓言》篇之"重言十七"，曰："世之所重，則十言而七見信。"成疏云："重言，長老鄉閭尊重者也。老人之言，猶十信其七也。"如此這般從"見信"的程度上解釋"十九"和"十七"，是關於《莊子》的一大誤解。其根由，在於未將相關語句放到其所在的語境中把握，未能領會語境對於這些元素的系統規定性，——必須確認，任何一個元素都衹能從其語境系統中彰顯自己的本意。作爲這一語境的三個要素之一，"（卮）〔危〕言日出"是指直言莊語每天出現，"日出"毫無疑問指頻度。這意味着"十九""十七"也必然是就頻度而言的；"寓言十九，重言十七"，就是説寓言有十分之九、重言有十分之七，表明其多。①司馬遷説莊周"著書十餘萬言，大抵率寓言也"（《史記·老子韓非列傳》），倒是呈現了"寓言十九"的本意。其次在這一語境中，"十九""十七""日出"都是指頻度，其方向是則遞降的，所以"（卮）〔危〕言日出"不是指危言多，恰恰相反，其意好比"每天説

---

① 古有習語"什一"等，"十九""十七"之意不難理解。

幾句正經話"（不多）；——當然也可以採用遞升的方式表述，比如《天下》篇所謂"以（巵）〔危〕言爲曼衍，以重言爲真，以寓言爲廣"。這又涉及對《莊子》的另一個重大誤讀。張默生（1895—1979）《莊子新釋》注"巵言日出，和以天倪"二語，云："《莊子》全書皆巵言，故不復以數計之。寓言、重言，莫不在其範圍之内也。"究其實際，如果所謂"巵言"真的等於《莊子》全書所言，它與寓言、重言的區隔就毫無意義了，它跟二者並列爲三就違背了基本的邏輯。結合《天下》《寓言》二文，意思很清楚，莊周認識到無法與天下人直言正論説正經話，所以直言正論每天出現一點，而倚重重言，尤其是倚重寓言（實際上重言也是寓言，參見下文所論）。

我們可以看看《莊子》使用三言的幾個具體例子。内七篇中，使用危言最多的是《齊物論》。該篇開頭"南郭子綦隱机而坐"，結尾"故昔者堯問於舜""齧缺問乎王倪""瞿鵲子問乎長梧子""罔兩問景（影）""昔者莊周夢爲蝴蝶"等，以人、物及其故事來承載和轉達論議，屬於"藉外論之"的寓言，其中間部分則差不多全是危言莊語（當然，不否認有些局部夾雜着寓言的成分，比如"狙公賦芧"；而昭文之鼓琴、師曠之枝策、惠子之據梧等缺乏故事性，算不上是寓言），但統計兩類文字的字數，差不多是各佔半壁江山。① 以這種配比使用三言，使《齊物論》成爲内篇乃至《莊子》全書中的"少數派"。《逍遥遊》全篇，"此小大之辯（辨）也"以上，及"堯讓天下於許由"以下，全都是寓言，主要包括：鵬徙南海（寓言組），許由辭堯讓天下，姑射山神人（寓言組），大瓠、大樗（二者亦構成寓言組）；寓言佔全篇絶大部分篇幅，具體印證了"寓言十九"的本意。② 在鵬徙南海寓言組中，引齊諧之言重複鵬徙南海之事，引棘答湯問重複大鵬小鳥之事，這些是人、物故事以及言説主旨高度疊合一致的重言。在姑射神人寓言組中，以堯見姑射山四神人一事，重複並承續肩吾、連叔問答托出的姑射山神

---

① 這兩類文字若以字數計（將"狙公賦芧"算到寓言部分），則此篇之莊語危言約有1600字，寓言約有1400字。不過這樣的統計意義不是很大，僅作參考。

② 其中"小知（智）不及大知（智），小年不及大年"一段，看上去與危言極似，實際上是鵬與蜩、學鳩寓言中的所指。從功能上説，它跟"此小大之辯（辨）也"——湯賢臣棘講述的鯤鵬、斥鷃故事的所指，是一樣的性質。

人,是主旨相同、人與物及其故事亦大抵相同或有高度關聯的重言。①大瓠、大樗寓言主旨相同,唯寓言主體形象(大瓠和大樗)及其具體故事有較多差異,故相對於大瓠寓言,大樗寓言是又一種形式的重言。《莊子》書中,不是每一則寓言都跟着一則重言,可重言數量也不少,僅僅次於寓言,具體印證了"重言十七"之意。——不過獨立地看,重言也是寓言。從"故夫知(智)效一官,行比(庇)一鄉,德合一君,而(能)徵一國者"開始,到"至人无(無)己,神人无(無)功,聖人无(無)名",是全篇的直言正論,亦即莊語卮言(其間宋榮子、列子之例缺乏故事性,故也算不上是寓言)。②卮言在全篇中佔最少的篇幅(大約祇有160字),具體印證了"卮言日出"的意思(即直言正論、正經話每天纔説幾句)。《養生主》就更明顯了,全篇之卮言分處首尾,祇有幾行(大概有70字),其他全爲寓言。總之,從莊子及其後學立場上説,天下人心態微妙灰暗、溺於小辯,"不能與莊語",爲了提高對他們言説的有效性,莊語卮言祇能少之又少。

但是道理很清楚,越是仰仗寓言(包括重言),卮言就越不可無。因爲寓言對言説者的意義指向有一定的遮蔽性,《莊子》內七篇的寓言尤其如此。爲了吸引聽讀對象,降低他們基於自我中心的戒備拒斥心理,提高跟他們交談或交流的有效性,言説者很多時候都在淡化表白自我的姿態和強度,有意製造某種"遮蔽效果"。宋儒林希逸(1193—?)稱:"若《莊子》者,其書雖爲不經,實天下所不可無者。郭子玄謂其不經而爲百家之冠,此語甚公。然此書不可不讀,亦最

---

① 《寓言》篇在申説重言時有一段話,説:"是爲耆艾。年先矣,而无(無)經緯本末以期年耆者,是非先也。人而无以先人,无人道也。人而无人道,是之謂陳人。"《逍遥游》中重言所"借用"之齊諧、湯賢臣棘、堯等,確可歸爲以道先人之耆艾,但恐怕不能過於刻板地理解《寓言》篇這一表述,既不能認爲重言只能"借用"耆艾,也不能認爲寓言就不能"借用"耆艾。關於"齊諧",崔譔注、司馬彪注、成玄英疏、俞樾等都認爲是人名。俞樾云:"按下文'諧之言曰',則當作人名爲允。若是書名,不得但稱'諧'。"(以上諸家説,均參見郭慶藩《莊子集釋》)

② 就《莊子》《韓非子》等先秦典籍的實際情況看,寓言一定是故事(或者一定包含故事),從某種意義上説,這是受衆的要求,寓言原本就是爲受衆而存在的藝術體式,但故事未必就是寓言。簡單言之,一般故事是一個開放的結構,它不負載言説者給定的意義指向,接受多元的解讀,但寓言中的故事卻被言説者給定的意義指向封閉,從言説者製作寓言的宗旨上看,它不接受多元的解讀(其詳請參閱拙著《先秦文學專題講義》,山西教育出版社2005年版,頁308—328)。

難讀。"(《莊子鬳齋口義·發題》)①《莊子》之難讀,一方面跟莊派學人思想及思維方式之卓異超羣有關,一方面則根源於他們獨樹一幟的表達方式。莊子是先秦最善於製造陷阱的言說者之一(另一個是屈原),他傳達意指的形式出人意表、超逸古今,故治斯學者每每陷入迷陣而不自知。這在很大程度上是由於莊子在表達上的自我遮蔽。一如上文所說,莊派學人大量使用寓言,是爲了在受衆那裏收到更好的表達效果。就説《逍遥遊》吧,其寓言主體形象,比如鯤鵬以及作爲比照對象的知了、斑鳩、鷃雀,以及許由、姑射山神人、大瓠、大樗等,林林總總,紛紛亮相,表演五花八門、離奇詭譎的故事。有時候寓言還套着寓言,如大瓠寓言中,又有以漂洗綿絮爲業的宋人的遭際,以及購買宋人製藥方子的客的遭際等。這些人、物及其故事使受衆目不暇接,乍驚乍愕,歎爲觀止,給他們巨大的聽、讀快感。然而,它們具有較大的自由解讀的空間,如果没有卮言來規定它們的指向,受衆的思考將泛濫無歸,偏離言說者意欲傳達的對天地人的思考。換一個角度來説,寓言可以從功能上切分爲能指和所指兩部分,其能指(即人、物及其故事)有脱離所指而被獨立接受的極高的可能和風險。這就是爲什麼一大批寓言,後人僅僅熟知它們的故事(亦即能指),他們甚至自作主張從其能指中引申出一堆堆道理,却完全不曉得甚至完全不關注起初言說者賦予這些能指的目的或意圖(亦即所指)。凡此均表明,在《莊子》三言的言説構成裏面,卮言是不可無的。卮言出現的頻率不高,其所佔篇幅不大,却呈現着各個篇章的核心思想,對接受寓言(包括重言)有定性和定向的作用,它實際上是三言架構的支柱。如此説來,《莊子》三言乃是兼顧文本内容、表達形式、接受效果的整體性建構,卮言是根幹,寓言(包括重言)是枝葉,它們相輔相成,造就了那個根深葉茂、風光無限的文學境界。

　　卮言不僅是《莊子》文學世界的定海神針,而且發揮着獨特的結構性作用,所以《天下》篇説"以(卮)〔卮〕言爲曼衍"。成疏等舊注往往把"曼衍"解釋爲"無心",其不當跟把"卮言"解釋爲"無心之言"是相同的,完全是師心立説,想當然。"曼衍"之意即連屬衍生,

---

① 郭子玄即郭象,"不經而爲百家之冠"一語出自其《莊子序》。

"以（巵）〔危〕言爲曼衍"，是説《莊子》之寓言（包括重言）爲危言所連屬、所衍生。《逍遥遊》中的危言是：

> 故夫知（智）效一官，行比（庇）一鄉，德合一君，而（能）徵一國者，其自視也，亦若此矣。而宋榮子猶然笑之。且舉世而譽之而不加勸，舉世而非之而不加沮，定乎内外之分，辯（辨）乎榮辱之境，斯已矣。彼其於世未數數然也。雖然，猶有未樹也。夫列子御風而行，泠然善也，旬有五日而後反。彼於致福者，未數數然也。此雖免乎行，猶有所待者也。若夫乘天地之正，而御六氣之辯（變），以遊无窮者，彼且惡乎待哉？故曰：至人无己，神人无功，聖人无名。

從結構文本的功能上看，此段危言最值得注意的有兩點：首先，起頭一句，一下子收攏了上文關於鯤鵬與學鳩、斥鴳的全部寓言（包括重言）。其次，最後一句，又發散衍生出了下文一系列寓言（包括重言）。"聖人无名"衍生出堯讓天下於許由，"神人无功"衍生出姑射山神人（其中堯見姑射山四子，對於肩吾連叔談論之姑射山神人來説，又是重言），"至人无己"衍生出大瓠、大樗寓言（後者對於前者也是重言）。《養生主》開頭有一段危言莊語："……爲善無近名，爲惡無近刑，緣督（比喻守中循虛因順固然）以爲經，可以保身，可以全生（性），可以養親，可以盡年。"這一主旨發散衍生出了下文庖丁爲文惠君解牛、右師介（亦即獨足）、秦失弔老聃、薪盡火傳等一系列寓言。《德充符》臨近結尾有一段危言莊語：

> 故聖人有所遊，而知（智）爲孽，約爲膠，德爲接，工爲商。聖人不謀，惡用知（智）？不斵，惡用膠？无喪，惡用德？不貨，惡用商？四者，天鬻也。天鬻者，天食也。既受食於天，又惡用人！有人之形，无人之情。有人之形，故羣於人；无人之情，故是非不得於身。眇乎小哉，所以屬於人也！警乎大哉，獨成其天！

其中"有人之形，无人之情。……警乎大哉，獨成其天"之意，連屬、收攏了上文的全部寓言，包括"魯有兀者王駘""申徒嘉兀者也""魯有兀者叔山无（無）趾""魯哀公問於仲尼""闉跂支離无（無）脤説衛靈公"與"甕瓷大癭説齊桓公";又衍生出文末的寓言"惠子謂莊子",討論"人故无情"的問題(莊子將"人故无情"界定爲"人之不以好惡內傷其身,常因自然而不益生也")。①由上舉三篇,足以看出卮言對莊子及其後學建構文本的結構性意義。卮言堪稱莊子及其後學在文本中鋪設的龍骨,一系列寓言被它強有力的延伸綫貫穿和組織在一起。"以(巵)〔卮〕言爲曼衍"的夫子自道,實際上點破了莊子及其後學結構文本的這一奧秘。

所謂"重言",強調的也是結構、衍生文本的功能。《莊子》中的重言有三種,一是主旨相同,人、物及其故事基本上疊合;二是主旨相同或者密切相關,人、物及其故事也大致相同或密切相關;三是主旨相同或密切相關,人、物及其故事有一致處,又有足以產生陌生化效果的差異性或個性。不管哪一種情況,重言的特質都在於續續相生,有"連跗接萼,搖曳無窮"的味道。內七篇之《德充符》在這一方面頗爲典型。其卮言以上諸寓言,即(1)"魯有兀者王駘",(2)"申徒嘉兀者也",(3)"魯有兀者叔山无(無)趾",(4)"魯哀公問於仲尼",(5)"闉跂支離无脹(脣)説衛靈公"與"甕瓷大癭説齊桓公",主旨分別是:(1)"死生亦大矣,而不得與之變;雖天地覆墜,亦將不與之遺;審乎无假而不與物遷,命物之化而守其宗也";(2)"知不可柰何(奈何)而安之若命,唯有德者能之";(3)"以死生爲一條,以可不可爲一貫";(4)"死生存亡、窮達貧富、賢與不肖毁譽、飢渴寒暑,是事之變、命之行也;日夜相代乎前,而知(智)不能規(窺)乎其始者也。故不足以滑和,不可入於靈府。使之和豫通而不失於兌(悦),使日夜无郤(隙)而與物爲春……"(5)"德有所長而形有所忘"。從本質上説,諸寓言之旨意是相通一貫的,即超越死生等物之化、事之變,而且都可以歸結到其後卮言所説的"有人之形,无人之情",故"是非不得於身",而"獨成其天"。如果不考慮排列之首末,單著眼其實質,這些寓言互相都是對方的"重言";

---

① 案:兀者,即斷去一足之人。闉跂支離,《經典釋文》引司馬彪注曰,"言脚常曲,行體不正卷縮也"。甕瓷,大癭貌。大癭,殆即盯狀腺腫大。"闉跂支離無脹(脣)説衛靈公"與"甕瓷大癭説齊桓公"並列作爲能指,其所指是"德有所長而形有所忘",雖然能指的情節十分簡單,但整體看來,這一段仍然具備完整的寓言的性質。

即便重言的定義考慮了排位的先後，那第一則寓言以下的寓言也都是前面寓言的重言。重言既顯示了文本在主旨和形式方面的穩定性，又使得文本有足夠空間來展示繁複的差異性。宣穎評《德充符》云："德充符者，德充於内，則自有外見之符也。劈頭出一箇兀者，又一箇兀者，又一箇兀者，又一箇惡人，又一箇闉跂支離無脈，又一箇甕盎大癭，令讀者如登舞場，怪狀錯落，不知何故。蓋深明德符全不是外邊的事，先要抹去形骸一邊，則德之所以爲德，不言自見，却撰出如許傀儡，劈面翻來，真是以文爲戲也。"（《南華經解》卷五）重言使得寓言不至於成爲獨角戲。郭嵩燾抓住"莊生之文，注焉而不窮，引焉而不竭"，來詮釋"重言"的旨意，堪稱有第三隻眼。

一如上文所引，《莊子・寓言》篇云："不言則齊，齊與言不齊，言與齊不齊也，故曰〔言〕无言。言无言，終身言，未嘗（不）言；終身不言，未嘗不言。"其大意是，沒有言説則道理完備，沒有言説的道理完備與言説的道理不完備不一樣，言説的道理不完備和沒有言説的道理完備不一樣，所以要言説沒有言説（的言説）。言説沒有言説（的言説）意味着終身言説，却未曾言説；終身不言説，却未曾不言説。很明顯，"不言則齊"是從道的立場上説的。"言无言"之要點在"言"而非"无言"，就是説，它歸根結底仍是"言"。莊子及其後學始終處在一種悖論中。《莊子・外篇・知北遊》云："道不可聞，聞而非也；道不可見，見而非也；道不可言，言而非也。知形形之不形乎！道不當名。"又云："有問道而應之者，不知道也。雖問道者，亦未聞道。道無問，問无應。无問問之，是問窮也；无應應之，是无内也。以无内待問窮，若是者，外不觀乎宇宙，内不知乎大初，是以不過乎崑崙，不遊乎太虛。"道不形、不可言、不可命名，道不可見、不可聞，道不可問、問也不可答，道是莊子及其後學面對的一個無法以通常路徑認知和表達的無與倫比的對象，可是他們不能不叩問和言説道。《寓言》對三言的這一論説表明，莊派學人設計三言的言説方式不僅是由於受衆，而且是由於超越性的道，其"言无言"的藝術是在受衆和道的雙重規定下產生的。

如何達成"言无言"這一目標呢？就是要使寓言、重言、危言有機地融合。《寓言》篇說："寓言十九，重言十七，（卮）〔危〕言日出，和以天倪。"《齊物論》已有"和之以天倪"，《經典釋文》稱班固解"天倪"爲"天研"。《史記・貨殖列傳》謂"昔者越王句踐困於會稽之上，乃用范蠡、計然"，劉宋裴駰集解引徐廣（352—425）曰："計然者，范蠡之師也，名研……"《漢書・貨殖傳》同語，顏師古（581—645）注謂"計然一號計研"。唐司馬貞《史記索隱》曰："《吳越春秋》謂之'計倪'。……'倪'之與'研'是一人，聲相近而相亂耳。""計倪"就是"計研"，而且不必是聲相近而亂。錢大昕《聲類》卷三"名號之異"有云："計倪，計研也。……按《莊子》'和之以天倪'，班固作'天研'，是'倪'與'研'通。"馬敘倫《莊子義證》注《齊物論》"天倪"之"倪"，云："當從班固作'研'，疑紐雙聲相通借也。《説文》曰：'研，䃺也'。"（案"䃺"同"磨"）聞一多《莊子義疏》解《齊物論》"天倪"之"倪"，曰："案'倪'讀爲'硯'，'硯''研'一字。《正字通》：'硯，同研。'《漢書・貨殖傳》計研（《史記・貨殖傳》集解引徐廣同），《吳越春秋》卷七作'計硯'，《越絕書》卷四作'計倪'。"綜合各家説法，"天倪"即"天研"，亦即天䃺（磨）。《説文解字・石部》解"研"爲"䃺"，又云："䃻，䃺也，從石，豈聲。古者公輸班作䃻。"研究中國農具史的專家指出，"石轉磨是春秋戰國時代發明的具有劃時代意義的穀物加工新農具"，"現在已知，確認爲戰國時代的石轉磨已有三例"；"石轉磨的主要功能並非祇是磨製麵粉，加工豆漿或其他流質也是其重要功能。……從春秋戰國時期所見實物證明，這個時代石轉磨結構原理已基本定形，儘管以後出現了尺寸相當懸殊的石轉磨，但結構已不再發生原則變化，祇是齒形不斷有所發展。石轉磨流傳了兩千五六百年，一直是加工麵粉及豆漿的主要工具，直到新中國成立初期，仍是農村重要的制粉、制漿工具。就是當代的某些農村也仍可見到使用者"。① 《莊子》"天倪"是基於石轉磨而產生的類比符號。其所謂"寓言十九，重言十七，（卮）〔危〕言日出，和以天倪"，是指將配比不同的寓言、重言和危言放入這天磨中，研製出一個奇異詭譎的文學世界。

---

① 參閱周昕《中國農具發展史》，山東科學技術出版社2005年版，頁301、頁303、頁304。

所以，論《莊子》三言固要關注三者之分，更要關注三者之和。和意味着以多元混融生成一元，如簡帛《五行》篇所謂五行和、四行和之和，如傳世典籍通常所謂五味和、五聲和之和。《齊物論》謂"何謂和之以天倪？曰：'是不是，然不然……'""是"與"不是"、"然"與"不然"本是二元，和兩者以天磨，意味着雙方達成互相容受和認可。具體到討論三言的語境，和必然是針對寓言、重言、卮言三方面而言的，三者祇有其一則無所謂和。《寓言》篇有一段文字長期、普遍地被誤讀爲"卮言日出，和以天倪，因以曼衍，所以窮年"。比如成疏云："隨日新之變轉，合天然之倪分，故能因循萬有，接物無心，所以窮造化之天年，極生涯之遐壽也。"將"和之以天倪"解爲"合天然之倪分"，且不説其誤解了"天倪"，實際上還將此語等同於"和天倪"，行爲"和"的實際對象"之"被棄置，"天倪"作爲"以"引出的行爲工具被偷换爲行爲的對象。其實如上文所論，"天倪"即天磨，"之"作爲行爲"和"的受事對象，指代的是"它們"，亦即上文所説的寓言、重言和卮言。從第一部分所揭經説體結構來看，"（卮）〔危〕言日出"祇是重抄了一遍經文而没有任何解釋，它獨立成句，與上文解釋"寓言""重言"的兩部分並列爲三，一起充當"和"的對象，——説並未改變經的内在結構。按照這種行文體式，必須將上揭文字處理爲："卮言日出。和以天倪，因以曼衍，所以窮年。"後一句意爲，用天磨將寓言、重言、卮言調和在一起，順承之以研磨所得物品的散漫流衍或延伸變化，用來終其天年。①至於下文"非（卮）〔危〕言日出，和以天倪，孰得其久"，意思是説，若非危言每天才出現幾句，並以天磨調和寓言、重言和卮言，誰能得到言説的持久呢？"和"仍然是指寓言、重言、卮言之和。郭象釋此語云："夫唯言隨物制而任其天然之分者，能無夭落。"成疏釋爲："自非隨日新之變，達天然之理者，誰能證長生久視之道乎！"這些極具代表性和典型性的解釋，都使得"和"的實際對象被毫無根據地偷換。

綜上所論，《莊子》"言无言"目標之達成，是降低危言莊語的

---

① 現代整理者幾乎全都將"（卮）〔危〕言日出"與下文"和以天倪，因以曼衍，所以窮年"作爲一句話處理，顯然是没有讀懂原文的旨意及其經説體表達形式。

配比，更多地依賴寓言和重言。《莊子‧内篇‧人間世》説，顏回爲勸諫年壯行獨的衛君設計了一套遊説辦法，其中一條是"成而上比"，並解釋説："成而上比者，與古爲徒。其言雖教，謫之實也，古之有也，非吾有也。若然者，雖直而不病，是之謂與古爲徒。"這道破了《莊子》寓言（包括重言）理論設計與實踐的深層考量。寓言追求的效果就是"雖直而不病"，它有言説者的强烈存在或本位（"其言雖教"之"教"就凸顯了這一點），却致力於營造一種"古之有也，非吾有也"的言説姿態和接受印象，這從本質上説也就是"藉外"。"言无言"就是要達成如下的效果："其言雖教，謫之實也……非吾有也。"《天下》篇謂莊子之言説爲"謬悠之説，荒唐之言，无端崖之辭"，這主要是指涉基於寓言和重言而形成的風格，意味着相對於言説者的主旨，應該意識到寓言和重言的外溢效應或價值。跟老子、孔子式的直接論説相比，甚至跟莊子之前及同世所有的言説傳統相比，莊派學人的言説形式都是獨樹一幟的，他們製造了歷史上一大批無與倫比的"有意味的形式"。不過仍須强調，假如真以爲莊子及其後學的自我因此消失，就太過天真了。

三、闡釋學上的興言與直言：危言乃至三言説的歷史觸媒？

值得進一步思考的問題是，難道莊派學人突然就想到了危言、重言和寓言嗎？肯定不是。那麽是何種歷史機緣，促成了他們對言語乃至文本營構方式的這種理論及實踐的自覺呢？這一問題十分複雜，而最應該注意的恐怕是新近發現的子思五行説。

莊子比亞聖孟子略小，孟子的師祖就是子思。負載子思五行學説的《五行》在從歷史中缺席兩千年後，於1973年、1993年兩次出土。《五行》對爲文學出言談的一系列方法達成了自覺，並且有明確而具體的運用。這些方法首先包括：（1）經、説第二十五章論析的"諭（喻）"亦即説明。該章説文指出，喻的一般原則是用小好説明大好，比如《詩經‧周南‧關雎》以好色之事説明好禮的重要性。（2）經、説第二十四章論析的"辟（譬）"亦即比方。其具體用例是："辟（譬）

丘之與山也，丘之所以不 如 名山者，不責（積）也。舜有仁，我亦有仁，而不如舜之仁，不責（積）也。舜有義，而我 亦有義，而不如舜之義，不責（積）也。辟（譬）比之而知吾所以不如舜，進耳。"

（3）經、説第二十三章論析的"目（侔）"亦即比較。其具體用例是：比較草木之性（即有生而無好惡）、禽獸之性（即有好惡而無禮義）與人之性，確定人之性是獨有仁義；比較耳目之性（即好聲色）、鼻口之性（即好美味）、手足之性（即好佚豫）與心之性，確認心之性是巍然好仁義。這些想法和實踐看起來有一些簡單，却意味着一種難能可貴的自覺。就好比吃喝雖然很容易，知味則不簡單。

其次值得關注的是《五行》對直言、"（與）〔興〕言"的論析。《五行》經第七章云："'尸（鳲）叴（鳩）在桑，其子七氏（兮）。叔（淑）人君子，其宜（義）一氏（兮）。'能爲一，然後能爲君子；君子慎（順）其獨 也 。"説之第七章解釋道：

"尸（鳲）叴（鳩）在桑"：直之。"亓（其）子七也"：尸（鳲）叴（鳩）二子耳，曰七也，（與）〔興〕言也。" 叔（淑）人君子 ，其 宜（義）一也 "： 叔（淑） 人者□， 宜 者義也。言亓（其）所以行之義一心也。

首先這裏明確提出了"（與）〔興〕言"。鳲鳩僅二子，但《詩三百·曹風·鳲鳩》却説"亓（其）子七也"，這句詩因此被《五行》稱爲"（與）〔興〕言"。古人確有鳲鳩二子之説，[①]《五行》殆謂《鳲鳩》變"二"爲"七"，是爲了引起下文的" 叔（淑）人君子 ，其 宜（義）一也 "（"七"與"一"押韻）。朱熹謂賦比興之興有全不取義者。比如《詩經·召南·小星》云："嘒彼小星，三五在東。肅肅宵征，夙夜在公。寔命不同。"朱傳曰："興也。……蓋衆妾進御於君，不敢當夕，見星而往，見星而還，故因所見以起興。其於義無所取，特取'在東''在公'兩字之相應耳。"《五行》"（與）〔興〕言"之"興"跟通常所謂賦比興之"興"不可等同，但它將"亓（其）子七也"視爲興言的根據，却跟朱熹所説取字之應的興較然一致。而對

[①]《禽經》謂"鸛生三子，一爲鶴。鳩生三子，一爲鶚"（見明周要纂《卮林》卷之三）。

本文來說更重要的是，《五行》又説"尸（鳲）㘅（鳩）在桑"是"直之"，這是跟"（與）〔興〕言"相對的。"（與）〔興〕言"意味着因爲某種需要不按事實講述，"直之"的意思應該是説什麼就是什麼（並且無須解釋），它所指涉的對象或可稱爲"直言"。直言、興言作爲兩種相對的言説方式出現在《五行》中，意義相當深遠。

而且《五行》不止一次提及直言。比如，本文第一部分引《五行》説第二十章在解經時，將其中三個句子或句羣界定爲直言。《五行》經第二十一章云："君子，知而舉之，胃（謂）之尊賢；君子，從而事之，胃（謂）之尊賢。前，王公之尊賢者也。后（後），士之尊賢者也。"説之第二十一章解釋道："'前，王公之尊賢者也。後，士之尊賢者也'：直之也。"《五行》這些"直之"，可理解爲直接就是它們原來的意思、説什麼就是什麼；因爲無須解釋，這幾個地方説文僅僅重抄經文，標上"直之"二字便了事。

《五行》對"諭（喻）""辟（譬）""目（侔）"等言説方式的自覺，對直言、"（與）〔興〕言"的闡發，跟莊子及其後學對寓言、重言、卮言的自覺，有高度的一致性（前者構成了後者的歷史語境，説其間没有歷史關聯是不可理喻的）。其中直言與卮言、興言與寓言（包括重言）的同一性，特别耐人尋味。雖然從《莊子》立場上説，《五行》通體都是卮言莊語，跟寓言（包括重言）幾乎扯不上什麼關係，但《莊子》的卮言確實就是"説什麼就是什麼"的言説方式，在這一點上，它跟《五行》的直言是相同的（拿《五行》篇"有小罪而赦之，匿也"一段直言，來跟《逍遥遊》裏面的卮言對比，便十分清楚了）；而與卮言相對的寓言（包括重言），則幾乎就意味着説什麼不是什麼（至少意味着説什麼不見得是什麼），它意味着因應某種需要，從某種程度上有意偏離言説者面對的實際，在這一點上，它跟《五行》的興言又是相同的。學術史就是這樣，前人撒下的幾顆種子，後來往往會衍生出一片大樹。

《五行》在這一層面上影響《莊子》，有一個重要旁證，即它同樣影響了《墨子》。這裏僅舉一個例子。《墨子·小取》篇云："辟（譬）也者，舉也（他）物而以明之也。侔也者，比辭而俱行也。"《五行》高度關注的"辟（譬）"和"目（侔）"兩種認知與言説方式同時出現在《小取》的具體言辯方法中，是一個足以說明問題的有力證據。在諸子百花齊放、百家爭鳴的時代，設想哪一位哲人置身事外，獨自放歌，顯然是不合理的。

結　語

　　誠如魯迅所說："從來如此，便對嗎？"錯誤流傳兩千年，終究也還是錯誤。由於"危言"譌爲"卮言"，千百年來人們聚訟紛紜，却不能把握《莊子》真意，《莊子》基於三言建構的"言无（無）言"的文學觀念體系遂不得其解，而偏離《莊子》現實文本的附會和想像則俯拾即是。將"卮言"復原爲"危言"，用來解釋《莊子》對三言的相關表述都很妥帖穩當，而且符合《莊子》營構文本的實際，符合它所屬歷史語境中的一系列相關信息。這些毫無疑問都值得高度重視。

　　總之，《莊子》之危言就是莊語正論；寓言就是以人、物及其故事負載和傳達言說者的意圖和主旨；重言可以說是寓言的復沓，它一方面使言說之主旨、人、物及其故事呈現出某種穩定性，一方面使文本滋生出繁複多變的形式意味。《莊子》"言无言"的觀念體系既回應了超越性的道，又回應了具有強烈自主性、封閉性和排他性的受衆，其主旨在於使危言、重言與寓言達成有機融合，使之相與爲一。它一方面控制和減少危言的出現頻次，一方面又高度重視和仰賴危言對文本的定性、定向作用，以及其連屬衍生文本的結構性功能；它一方面以寓言、重言爲輸送言說意指的主要載體，一方面又警示此舉的外溢效應。顯然，這是一個相當成熟和精密的體系化的設計。

相關簡帛古書及其中書篇名目要覽

書篇名	通常所使用稱名
《𢼸》（上博簡《詩論》《訽𢜪論》）	《詩》
《時》（郭店簡《訽自命出》《六惪》）	《詩》
《寺》（郭店簡《兹衣》）	《詩》
《詩》（馬王堆帛書《五行》）	—
《詩》（郭店簡《語叢一》）	—
《箸》（郭店簡《訽自命出》《六惪》，上博簡《訽𢜪論》）	《書》
《豊》（郭店簡《訽自命出》《六惪》《語叢一》，上博簡《訽𢜪論》）	《禮》
《樂》（郭店簡《訽自命出》《六惪》《語叢一》）	—
《𤱩》（上博簡《訽𢜪論》）	《樂》
《易》（郭店簡《六惪》《語叢一》）	—
《春秋》（郭店簡《六惪》《語叢一》）	—
《邦風》（上博簡《詩論》）	—（《國風》）
《關疋》（上博簡《詩論》）	《關雎》（《詩經·周南》）
《䓈䉛》（上博簡《詩論》）	《葛覃》（《詩經·周南》）
《㤓而》（上博簡《詩論》）	《卷耳》（《詩經·周南》）
《樛木》（上博簡《詩論》）	《樛木》（《詩經·周南》）
《中氏》（上博簡《詩論》）	《螽斯》（《詩經·周南》）
《兔䖒》（上博簡《詩論》）	《兔罝》（《詩經·周南》）
《枎而》（上博簡《詩論》）	《芣苢》（《詩經·周南》）
《𣵡㙒》（上博簡《詩論》）	《漢廣》（《詩經·周南》）

（續表）

書篇名	通常所使用稱名
《䳫樢》（上博簡《詩論》）	《鵲巢》（《詩經·召南》）
《甘棠》（上博簡《詩論》）	—（《詩經·召南》）
《北·白舟》（上博簡《詩論》）	《邶·柏舟》（《詩經》）
《綠衣》（上博簡《詩論》）	—（《詩經·邶風》）
《鶂鶂》（上博簡《詩論》）	《燕燕》（《詩經·邶風》）
《浴風》（上博簡《詩論》）	《谷風》（《詩經·邶風》）
《北風》（上博簡《詩論》）	—（《詩經·邶風》）
《白舟》（上博簡《詩論》）	《柏舟》（《詩經·鄘風》）
《牆又薺》（上博簡《詩論》）	《牆有茨》（《詩經·鄘風》）
《相鼠》（上博簡《詩論》）	—（《詩經·鄘風》）
《木苽》（上博簡《詩論》）	《木瓜》（《詩經·衛風》）
《君子腸腸》（上博簡《詩論》）	《君子陽陽》（《詩經·王風》）
《湯之水》（上博簡《詩論》）	《揚之水》（《詩經·王風》）
《又兔》（上博簡《詩論》）	《有兔》（《詩經·王風·兔爰》）
《菜葛》（上博簡《詩論》）	《采葛》（《詩經·王風》）
《㓝中》（上博簡《詩論》）	《將仲》（《詩經·鄭風·將仲子》）
《涉秦》（上博簡《詩論》）	《涉溱》（《詩經·鄭風·褰裳》）
《東方未明》（上博簡《詩論》）	—（《詩經·齊風》）
《於差》（上博簡《詩論》）	《猗嗟》（《詩經·齊風》）
《七衛》（上博簡《詩論》）	《蟋蟀》（《詩經·唐風》）
《角幡》（上博簡《詩論》）	《角枕》（《詩經·唐風·葛生》）
《备丘》（上博簡《詩論》）	《宛丘》（《詩經·陳風》）
《陞又萇楚》（上博簡《詩論》）	《隰有萇楚》（《詩經·檜風》）
《尸鴿》（上博簡《詩論》）	《鳲鳩》（《詩經·曹風》）
《少顕》（上博簡《詩論》）	《小雅》（《詩經》）
《少夏》（郭店簡《兹衣》）	《小雅》（《詩經》）
《麋鳴》（上博簡《詩論》）	《鹿鳴》（《詩經·小雅》）
《伐木》（上博簡《詩論》）	—（《詩經·小雅》）
《天保》（上博簡《詩論》）	—（《詩經·小雅》）
《審雷》（上博簡《詩論》）	《湛露》（《詩經·小雅》）
《蜻蜻者莪》（上博簡《詩論》）	《菁菁者莪》（《詩經·小雅》）
《諄父》（上博簡《詩論》）	《祈父》（《詩經·小雅》）

（續表）

書篇名	通常所使用稱名
《黄鳥》（上博簡《詩論》）	《黄鳥》（《詩經·小雅》）
《即南山》（上博簡《詩論》）	《節南山》（《詩經·小雅》）
《十月》（上博簡《詩論》）	—（《詩經·小雅·十月之交》）
《雨亡政》（上博簡《詩論》）	《雨無正》（《詩經·小雅》）
《少旻》（上博簡《詩論》）	《小旻》（《詩經·小雅》）
《少𩓰》（上博簡《詩論》）	《小宛》（《詩經·小雅》）
《少㝸》（上博簡《詩論》）	《小弁》（《詩經·小雅》）
《考言》（上博簡《詩論》）	《巧言》（《詩經·小雅》）
《翏莪》（上博簡《詩論》）	《蓼莪》（《詩經·小雅》）
《贇大車》（上博簡《詩論》）	《將大車》（《詩經·小雅·無將大車》）
《少明》（上博簡《詩論》）	《小明》（《詩經·小雅》）
《大田》（上博簡《詩論》）	—（《詩經·小雅》）
《棠棠者芋》（上博簡《詩論》）	《裳裳者華》（《詩經·小雅》）
《青蠅》（上博簡《詩論》）	《青蠅》（《詩經·小雅》）
《大䫉》（上博簡《詩論》）	《大雅》（《詩經》）
《大夏》（郭店簡《茲衣》）	《大雅》（《詩經》）
《文王》（上博簡《詩論》）	—（《詩經·大雅》）
《訟》（上博簡《詩論》）	《頌》（《詩經》）
《清宙》（上博簡《詩論》）	《清廟》（《詩經·周頌》）
《剌旻》（上博簡《詩論》）	《烈文》（《詩經·周頌》）
《昊天又城命》（上博簡《詩論》）	《昊天有成命》（《詩經·周頌》）
《武》（郭店簡《眚自命出》，上博簡《眚意論》）	—（《詩經·周頌》）
《埅》（郭店簡《眚自命出》，上博簡《眚意論》）	《賚》（《詩經·周頌》）
《河水》（上博簡《詩論》）	—（逸篇）
《尹享》（郭店簡《茲衣》）	《尹誥》（《尚書·咸有一德》，佚；"晚書"有）
《康享》（郭店簡《茲衣》、郭店簡《城之餌之》）	《康誥》（《尚書》）
《君奭》（郭店簡《茲衣》、郭店簡《城之餌之》）	—（《尚書》）

（續表）

書篇名	通常所使用稱名
《君迪》（郭店簡《兹衣》）	《君陳》（《尚書》，佚；"晚書"有）
《君舌》（郭店簡《兹衣》）	《君牙》（《尚書》，佚；"晚書"有）
《邵垩》（郭店簡《兹衣》）	《吕刑》（《尚書》）
《吕垩》（郭店簡《兹衣》）	《吕刑》（《尚書》）
《晉公之募命》（郭店簡《兹衣》）	《祭公之顧命》（《逸周書·祭公》）
《吴時》（郭店簡《湯吴之道》）	《虞志》
《大禹》（郭店簡《城之斝之》）	《大禹》
《𢚩命》（郭店簡《城之斝之》）	？
《卲》（郭店簡《告自命出》，上博簡《告意論》）	《韶》
《夏》（郭店簡《告自命出》，上博簡《告意論》）	—
《頖》（上博簡《告意論》）	《夏》
《兹衣》（郭店簡）	《緇衣》（《禮記》）
《紂衣》（上博簡）	《緇衣》（《禮記》）
《魯穆公昏子思》（郭店簡）	《魯穆公問子思》
《窮達以時》（郭店簡）	《窮達以時》
《五行》（郭店簡）	—
《湯吴之道》（郭店簡）	《唐虞之道》
《忠信之衍》（郭店簡）	《忠信之道》
《城之斝之》（郭店簡）	《成之聞之》
《眘悳義》（郭店簡）	《尊德義》
《告自命出》（郭店簡）	《性自命出》
《告意論》（上博簡）	《性情論》
《六悳》（郭店簡）	《六德》
《語叢一》（郭店簡）	—
《語叢二》（郭店簡）	—
《語叢三》（郭店簡）	—
《語叢四》（郭店簡）	—
《大一生水》（郭店簡）	《太一生水》

（續表）

書篇名	通常所使用稱名
《子羔》	—
《民之父母》（上博簡）	—
《魯邦大旱》（上博簡）	《魯邦大旱》
《頌壁氏》（上博簡）	《容成氏》
《敓蔑之戟》（上博簡）	《曹沫之陳》
《季庚子䎽於孔子》（上博簡）	《季庚（康）子問於孔子》
《鬾神又所明又所不明》（上博簡）	《鬼神之明》

主要參考文獻

白於藍編著：《簡牘帛書通假字字典》，福州：福建人民出版社，2008年。
班固撰，顏師古注：《漢書》，北京：中華書局，1962年。
班固編撰，顧實講疏：《漢書藝文志講疏》，上海：上海古籍出版社，1987年。
比爾德、漢德森：《當代學術入門：古典學》，董樂山譯，瀋陽：遼寧教育出版社，1998年。
常森：《先秦諸子研究》，北京：人民教育出版社，2008年。
常森：《屈原及其詩歌研究》，北京：北京大學出版社，2012年。
常森：《屈原及楚辭學論考》，北京：北京大學出版社，2016年。
陳慧、廖名春、李銳：《天、人、性：讀郭店楚簡與上博竹簡》，上海：上海古籍出版社，2014年。
陳癸淼：《名家與名學：先秦詭辯學派研究》，臺北：臺灣學生書局有限公司，2010年版。
陳立：《白虎通疏證》，吳則虞點校，北京：中華書局，1994年。
陳啓天編：《韓非子校釋》，上海：中華書局，1940年。
陳啓天：《增訂韓非子校釋》，臺北：臺灣商務印書館股份有限公司，1969年。
陳仕珂輯：《孔子家語疏證》，上海：上海書店，1987年。
陳戍國：《詩經芻議》，長沙：嶽麓書社，1997年。
陳偉等：《楚地出土戰國簡册〔十四種〕》，北京：經濟科學出版社，2009年。

池田知久：《馬王堆漢墓帛書五行研究》，北京：綫裝書局、中國社會科學出版社，2005年。

池田知久：《池田知久簡帛研究論集》，曹峰译，北京：中華書局，2006年。

丁四新：《郭店楚墓竹簡思想研究》，北京：東方出版社，2000年。

馮浩菲：《鄭氏詩譜訂考》，上海：上海古籍出版社，2008年。

冨谷至：《木簡・竹簡の語る中国古代：書記の文化史》，東京：岩波書店，2014年。

傅斯年：《性命古訓辨證》，劉夢溪主編《中國現代學術經典・傅斯年卷》，石家莊：河北教育出版社，1996年。

傅亞庶：《孔叢子校釋》，北京：中華書局，2011年。

高亨纂：《古字通假會典》，董治安整理，濟南：齊魯書社，1989年。

高明：《帛書老子校注》，北京：中華書局，1996年。

葛瑞漢：《論道者：中國古代哲學論辯》，張海晏譯，北京：中國社會科學出版社，2003年。

顧史考：《郭店楚簡先秦儒書宏微觀》，上海：上海古籍出版社，2012年。

顧頡剛等編著：《古史辨》一至七册，海口：海南出版社，2005年。

顧野王：《宋本玉篇》（根據張氏澤存堂本影印），北京：北京市中國書店，1983年。

郭沫若：《管子集校》，《郭沫若全集》歷史編第五至第八卷，北京：人民出版社，1984年。

郭齊勇主編：《儒家文化研究》（第一輯），《新出楚簡研究專號》，北京：生活・讀書・新知三聯書店，2007年。

郭慶藩：《莊子集釋》，北京：中華書局，2004年。

國家文物局古文獻研究室編：《馬王堆漢墓帛書》（第一册），北京：文物出版社，1980年。

何晏集解：《論語》，據《影印日本〈論語〉古鈔本三種》，北京：北京大學出版社，2013年。

何晏注，邢昺疏：《論語注疏》，北京：北京大學出版社，2000年。

横田恭三：《中国古代簡牘のすべて》，東京：二玄社，2012年。

洪興祖：《楚辭補注》，北京：中華書局，1983年。
華學誠匯證：《揚雄方言校釋匯證》，北京：中華書局，2006年。
黃德寬、徐在國：《〈上海博物館藏戰國楚竹書（一）·孔子詩論〉釋文補正》，《安徽大學學報》（哲學社會科學版）2002年第二期。
黃懷信：《上海博物館藏戰國楚竹書〈詩論〉解義》，北京：社會科學文獻出版社，2004年。
黃人二：《戰國楚簡研究》，上海：上海古籍出版社，2012年。
胡適：《胡適學術文集·中國哲學史》，姜義華主編，北京：中華書局，1991年。
江文思、安樂哲編：《孟子心性之學》，梁溪譯，北京：社會科學文獻出版社，2005年。
荊門市博物館編：《郭店楚墓竹簡》，北京：文物出版社，1998年。
克萊德·克拉克洪：《論人類學與古典學的關係》，吳銀玲譯，北京：北京大學出版社，2013年。
孔穎達疏：《尚書正義》，北京：北京大學出版社，2000年。
黎靖德編：《朱子語類》，北京：中華書局，1994年。
黎翔鳳：《管子校注》，北京：中華書局，2004年。
Li Feng（李峰），David Prager Branner（林德威）：*Writing and Literacy in Early China*，Seattle & London：University of Washington Press，2013。
李零：《郭店楚簡校讀記》（增訂本），北京：北京大學出版社，2002年。
李零：《上博楚簡三篇校讀記》，北京：中國人民大學出版社，2007年。
李守奎、曲冰、孫偉龍編著：《上海博物館藏戰國楚竹書（一——五）文字編》，北京：作家出版社，2007年。
李學勤：《簡帛佚籍與學術史》，南昌：江西教育出版社，2001年。
梁濤：《郭店竹簡與思孟學派》，北京：中國人民大學出版社，2008年。
廖名春：《上海博物館藏詩論簡校釋》，《中國哲學史》2002年第一期。

廖名春：《郭店楚簡老子校釋》，北京：清華大學出版社，2003年。
廖名春：《新出楚簡試論》，臺北：臺灣古籍出版有限公司，2001年。
劉寶楠：《論語正義》，北京：中華書局，1990年。
劉冬穎：《出土文獻與先秦儒家〈詩〉學研究》，北京：知識產權出版社，2010年。
劉鳳苞：《南華雪心編》，北京：中華書局，2013年。
劉文典：《莊子補正》，北京：中華書局，2015年。
劉向、劉歆撰，姚振宗輯錄，鄧駿捷校補：《七略別錄佚文‧七略佚文》，上海：上海古籍出版社，2008年。
劉釗：《郭店楚簡校釋》，福州：福建人民出版社，2005年。
柳詒徵：《中國文化史》，上海：上海古籍出版社，2001年。
陸德明撰，吳承仕疏證：《經典釋文序錄疏證》，北京：中華書局，2008年。
馬承源主編：《上海博物館藏戰國楚竹書》（第一冊），上海：上海古籍出版社，2001年。
馬承源主編：《上海博物館藏戰國楚竹書》（第二冊），上海：上海古籍出版社，2002年。
馬雷特：《牛津六講：人類學與古典學》，何源遠譯，北京：北京大學出版社，2013年。
馬瑞辰：《毛詩傳箋通釋》，北京：中華書局，1989年。
毛亨傳，鄭玄箋，孔穎達疏：《毛詩正義》，北京：北京大學出版社，2000年。
龐樸：《帛書五行篇研究》，濟南：齊魯書社，1988年。
彭浩校編：《郭店楚簡〈老子〉校讀》，武漢：湖北人民出版社，2000年。
駢宇騫：《簡帛文獻綱要》，北京：北京大學出版社，2015年。
駢宇騫、段書安編著：《二十世紀出土簡帛綜述》，北京：文物出版社，2006年。
Tsuen-Hsuin Tsien（錢存訓）：*Written on Bamboo and Silk*, Chicago & London：the University of Chicago Press, 2004年。
錢穆：《四書釋義》，北京：九州出版社，2013年。

裘錫圭主編：《長沙馬王堆漢墓簡帛集成》（第一冊、第三冊），北京：中華書局，2014年。

饒宗頤主編：《上博藏戰國楚竹書字匯》，合肥：安徽大學出版社，2012年。

上海大學古代文明研究中心、清華大學思想文化研究所編：《上博館藏戰國楚竹書研究》，上海：上海書店出版社，2002年。

上海大學古代文明研究中心、清華大學思想文化研究所編：《上博館藏戰國楚竹書研究續編》，上海：上海書店出版社，2004年。

司馬遷撰，裴駰集解，司馬貞索隱，張守節正義：《史記》，北京：中華書局，1959年。

孫星衍：《尚書今古文注疏》，北京：中華書局，2004年。

孫詒讓：《墨子閒詁》，北京：中華書局，2001年。

滕壬生：《楚系簡帛文字編》（增訂本），武漢：湖北教育出版社，2008年。

王弼注，孔穎達疏：《周易正義》，北京：北京大學出版社，2000年。

王弼注，樓宇烈校釋：《老子道德經注校釋》，北京：中華書局，2008年。

王夫之：《楚辭通釋》，上海：上海人民出版社，1975年。

王聘珍：《大戴禮記解詁》，北京：中華書局，1983年。

王先謙：《荀子集解》，北京：中華書局，1988。

王先慎：《韓非子集解》，北京：中華書局，1998年。

魏啓鵬：《簡帛文獻〈五行〉箋證》，北京：中華書局，2005年。

吳光等編校：《王陽明全集》，上海：上海古籍出版社，2014年。

吳光主編：《劉宗周全集》，杭州：浙江古籍出版社，2007年。

夏含夷：《重寫中國古代文獻》，上海：上海古籍出版社，2012年。

夏含夷：《海外夷堅志：古史異觀二集》，上海：上海古籍出版社，2016年。

夏含夷：《西觀漢記：西方漢學出土文獻研究概要》，上海：上海古籍出版社，2018年。

徐復觀：《兩漢思想史》，上海：華東師範大學出版社，2001年。

徐復觀：《中國人性論史·先秦篇》，北京：九州出版社，2014年。

許建平：《敦煌經學文獻論稿》，杭州：浙江大學出版社，2016年。
許慎：《說文解字》，北京：中華書局，1963年。
許慎撰，段玉裁注：《說文解字注》，上海：上海古籍出版社，1988年。
許維遹校釋：《韓詩外傳集釋》，北京：中華書局，1980年。
荀況撰，楊倞注，盧文弨、謝墉校：《荀子》（附校勘補遺），北京：中華書局，1985年。
嚴可均校輯：《全上古三代秦漢三國六朝文》，北京：中華書局，1958年。
尤里奇·馮·維拉莫威茲-莫侖道夫：《古典學的歷史》，陳恒譯，北京：生活·讀書·新知三聯書店，2008年。
俞樾：《諸子平議》，上海：上海書店，1988年。
趙岐注，孫奭疏：《孟子注疏》，北京：北京大學出版社，2000年。
鄭玄注，賈公彥疏：《周禮注疏》，北京：北京大學出版社，2000年。
鄭玄注，孔穎達疏：《禮記正義》，北京：北京大學出版社，2000年。
《中國哲學》編輯部、國際儒聯學術委員會編：《郭店楚簡研究》（《中國哲學》第二十輯），瀋陽：遼寧教育出版社，1999年。
《中國哲學》編輯部、國際儒聯學術委員會編：《郭店簡與儒學研究》（《中國哲學》第二十一輯），瀋陽：遼寧教育出版社，2000年。
《中國哲學》編輯部編：《經學今詮三編》，《中國哲學》第二十四輯，瀋陽：遼寧教育出版社，2002年。
朱謙之：《老子校釋》，北京：中華書局，1984年。
朱熹：《楚辭集注》，上海：上海古籍出版社，合肥：安徽文藝出版社，2001年。
朱熹：《四書章句集注》，北京：中華書局，1983年。
朱熹：《詩集傳》，北京：文學古籍刊行社，1955年。
朱熹集注：《詩集傳》，上海：上海古籍出版社，1980年。
左丘明傳，杜預注，孔穎達疏：《春秋左傳正義》，北京：北京大學出版社，2000年。
舊題左丘明撰：《國語》，上海：上海古籍出版社，1998年。

書名篇名索引

說明：基於新出土《詩論》的實際情況，本書所用《詩經》文獻具體到篇名和類名，所用簡帛文獻之研究成果，除著作外，一般亦具體到篇名，其他著作則祇具體到書名。名稱相同而所指實際不同者，分別臚列。同一對象如有若干不同角度的稱名，則先列通用名，以括注形式列舉本書曾用稱謂。

B

《白華》130, 238, 239, 240, 245, 246, 259, 261

《白駒》(《毛詩·小雅·白駒》) 259, 276

《柏舟》(《邶·白舟》,《邶風·柏舟》) 71, 80, 117, 120, 280, 301

《柏舟》(《詩經·鄘風·柏舟》,《鄘風·柏舟》) 70, 71, 120

《般》238, 250

《板》(《大雅·板》,《毛詩·大雅·板》) 235, 247, 258, 259, 265, 301

《鴇羽》(《毛詩·唐風·鴇羽》) 104

《北風》(《邶風·北風》,《毛詩·邶風·北風》) 22, 47, 64, 65, 66, 67, 280, 335

《北京考古集成》42

《北山》64, 65, 66, 67, 109, 259

《邶風》(《邶》,《毛詩·邶風》) 35, 80, 81, 126, 231, 265, 273, 281, 282, 296, 328

《邶鄘衛》231

《閟宮》(《魯頌·閟宮》) 163, 272

《變風》319

《辯命論》88

《摽有梅》244

《別錄》10, 12

《豳》127, 281

《賓之初筵》258, 259

《兵家思想研究》10

《兵書略》11

《帛書〈五行〉篇校注》134, 139
《帛書五行篇研究》134, 144, 145, 146, 148, 152, 155, 162, 163, 167, 170, 171, 172, 175, 177, 181, 185, 186, 189, 192, 196, 197, 198, 199, 202, 203, 204, 207, 213, 217, 221, 223
《帛書〈五行〉篇"酉下子輕思於翟"段新釋》147
《帛書〈五行篇〉の思想史的位置：儒家による天への接近》134, 144, 145, 146, 148, 149, 151, 152, 156, 157, 158, 160, 162, 163, 167, 170, 171, 172, 175, 176, 177, 180, 181, 182, 185, 186, 189, 196, 197, 199, 200, 202, 203, 204, 207, 217, 219

C

《采蘩》240, 241, 243, 245, 258, 259
《采葛》62, 75, 76, 280
《采綠》259
《采蘋》(《召南·采蘋》) 232, 234, 240, 241, 243, 245, 258, 259
《采齊》84
《采苢》232
《采菽》91, 259, 282
《采薇》88, 232, 238, 241, 258
《蔡邕入吳始得〈論衡〉説獻疑》250

《曹風》(《毛詩·曹風》) 112
《曹丕："詩言志"向"詩緣情"發展的先導》270
《曹詩》237
《草蟲》(《毛詩·召南·草蟲》,《召南·草蟲》) 28, 144
《曾侯乙編鐘》100, 115
《裳裳者華》106, 107, 108, 259
《常棣》(《毛詩·小雅·常棣》,《小雅·常棣》) 130, 232, 252, 254, 263, 266, 272
《常武》(《大雅·常武》,《毛詩·大雅·常武》) 184, 265, 301
《車攻》(《詩·小雅·車攻》) 108, 232
《車鄰》238
《車舝》(《毛詩·小雅·車舝》) 144, 259
《陳風》(《陳》,《毛詩·陳風》) 111, 127, 258, 281
《臣工》248, 250
《稱》69
《成之聞之》41, 48, 49, 159
《鴟鴞》262, 292
《崇丘》238, 239, 240, 261
《出車》(《毛詩·小雅·出車》) 130, 144, 232
《出其東門》(《鄭風·出其東門》) 228
《出土文獻》6, 12, 13, 14, 16
《出土文獻與古典學重建》6, 12,

13, 14, 16
《出土文獻與先秦儒家〈詩〉學研究》30
《出土文獻與中國文學研究：第三屆出土文獻與中國文學研究學術研討會（國際）論文集》290
《初學記》236
《楚茨》(《小雅·楚茨》) 22, 84, 234, 259, 282
《楚辭》12, 116, 117
《楚辭集解》118
《楚詞講義》307
《楚辭異文辯證》179
《楚地出土戰國簡冊〔十四種〕》134, 179, 200
《楚篋》42
《楚簡〈詩論〉"文王唯谷"說》123
《楚系簡帛文字編》97
《春秋》(《春秋經》) 7, 9, 11, 31, 37, 43, 53, 56, 84, 91, 110, 266, 270, 283, 294
《春秋繁露》162, 299
《春秋傳》243
《春秋左傳正義》53
《春在堂全書》305, 315
《鶉之賁賁》(《鶉之奔奔》,《毛詩·鄘風·鶉之賁賁》) 28, 60, 263
《從產生背景看"思無邪"的本義》309
《從上博簡〈詩論〉第20號簡看孔子的"民性"觀》57
《從"詩言志"到"詩緣情"》270
《從"詩言志"到"詩緣情"：論魏晉〈詩經〉學之作用》270
《從詩言志和詩緣情解讀中國古典詩歌中的情》270
《叢書集成初編》246
《從〈五行〉學說到〈荀子〉：一段被湮沒的重要學術思想史》290

D

《大車》(《王風·大車》) 41, 320
《大東》61
《大明》(《大雅·文王之什·大明》,《毛詩·大雅·大明》) 43, 115, 120, 121, 124, 184, 191, 215, 222, 243, 258, 272
《大田》77, 78, 79, 259
《大武》249, 250, 281
《大學》8, 10, 50, 117, 141, 190, 206, 290, 326, 327, 338
《大學章句》(《章句》) 141, 190
《大雅》(《大夏》) 19, 24, 77, 124, 127, 129, 130, 131, 133, 230, 243, 255, 258, 264, 265, 281, 288, 296, 300, 311
《大言賦》307
《大一生水》108
《當代學術入門：古典學》1, 3, 4, 5
《蕩》76, 173, 258, 259, 265

《道德真經指歸》145
《道藏》120
《〈鄧析〉書錄》43
《蝃蝀》252, 253
《杕杜》(《小雅・杕杜》) 61, 232, 258
《東都賦》238
《東方未明》73, 74, 263
《東京賦》238
《東門之池》256
《東山》282
《東塾讀書記〔外一種〕》262
《都人士》263
《獨斷》228, 238, 246, 247, 248, 249, 250, 251, 252, 253
《讀書雜志・墨子第一》72
《對〈孔子詩論〉釋讀的一點意見》21

E

《蛾術編・説字》116
《爾雅》8, 26, 69, 107, 108, 113
《二程集・河南程氏遺書》146
《二子乘舟》(《邶風・二子乘舟》) 262

F

《伐木》100, 101, 232
《伐檀》91, 92, 93, 282
《繁遏》243

《方技略》11
《方言》113, 154, 159
《訪落》126, 249
《放齋詩説》228
《非有先生論》340
《非鄭樵詩辨妄》228
《汾沮洳》(《毛詩・魏風・汾沮洳》) 101
《風》(《邦風》,《國風》,《毛詩・國風》) 19, 21, 22, 23, 24, 29, 38, 65, 75, 124, 130, 131, 132, 133, 230, 231, 236, 237, 243, 244, 245, 253, 255, 258, 264, 281, 282, 288, 296, 300, 311, 312
《豐年》248, 251
《風雨》(《鄭風・風雨》) 29, 233
《夫栘》(《常棣》,《毛詩・小雅・常棣》) 252
《苤苢》88, 232
《甫田》(《毛詩・小雅・甫田》) 78, 193, 259
《阜陽漢簡詩經研究》66

G

《甘棠》(《召南・甘棠》) 29, 32, 33, 35, 36, 40, 43, 44, 45, 46, 47, 51, 52, 53, 54, 55, 56, 57, 62, 63, 232, 256, 271, 273, 274, 281, 282, 287, 289, 311, 328
《羔裘》29

書名篇名索引

《羔羊》(《召南·羔羊》) 228, 244
《葛屨》258
《葛生》(《毛詩·唐風·葛生》) 62, 88, 89, 246
《葛覃》(《毛詩·周南·葛覃》,《詩經·周南·葛覃》,《周南·葛覃》) 29, 36, 47, 48, 51, 62, 232, 240, 241, 242, 243, 245, 259, 271, 272, 286, 292, 300, 310, 311, 328
《亙先》32
《公劉》(《毛詩·大雅·公劉》) 130, 272
《公羊傳》(《公羊春秋》) 8, 56, 251, 306
《孤憤》270
《古代哲學的智慧》12
《古典學的歷史》2
《谷風》(《邶風·谷風》,《小雅·谷風》) 80, 81, 259, 280
《穀梁傳》(《春秋穀梁傳》) 8, 37, 43, 59
《古墓新知：紀念郭店楚簡出土十週年紀念專輯》141, 142
《古〈詩序〉復原方案》(修正本) 123, 124, 127, 128, 129, 130, 132, 133
《古史辨》4
《古文尚書》242, 251
《古文四聲韻》30, 83
《古文字論集》48, 51

《古璽文編》59
《古易音訓》50
《鼓鍾》259
《關雎》(《毛詩·周南·關雎》,《詩經·周南·關雎》,《周南·關雎》) 29, 32, 33, 36, 37, 38, 40, 44, 45, 58, 69, 74, 115, 131, 176, 219, 231, 232, 240, 241, 243, 244, 245, 253, 256, 257, 258, 259, 273, 274, 281, 282, 285, 286, 287, 288, 289, 292, 294, 300, 302, 311, 328, 350
《關雎序》231
《關於古〈詩序〉的編連、釋讀與定位諸問題研究》125, 126
《關於上海戰國竹簡中"孔子"的認定：論〈孔子詩論〉中合文是"孔子"而非"卜子"、"子上"》309
《管錐編》131
《管子》41, 106, 118, 146, 150, 200, 212, 340
《廣雅》23, 94, 125
《廣韻》192, 336
《歸田詩話》325
《郭店楚簡校讀記》(增訂本) 134, 159, 164, 191, 223, 313
《郭店楚簡校釋》159, 200, 312
《郭店楚簡文字編》38
《郭店楚簡〈五行〉箋證》221
《郭店楚簡〈語叢〉小識》312

《郭店楚墓竹簡》134，164，199，200
《郭店竹簡與先秦學術思想》141，162
《郭沫若全集·甲骨文字研究》49
《國語》7，61，90，91，92，96，147，201，203，221，241，242，263，265，266，270，283，306

H

《韓非子》135，338，343
《韓詩》(《韓》) 88，116，229，239，242，243，246，252，253，260，261，262
《韩诗故》262
《韓詩外傳》(《外傳》) 22，101，261，315，316
《韓詩序》(《韓詩敘》，《韓序》) 242，252，253，261
《韓詩章句》261
《韓奕》265
《漢代詩論："詩言志"向"詩緣情"發展的無意的橋梁》270
《漢廣》(《毛詩·周南·漢廣》，《詩·周南·漢廣》) 29，32，33，34，36，40，41，45，115，232，238，244，253，256，257，273，274，279，309，310，311
《汗簡》30
《漢晉簡牘論叢》340

《漢書》9，10，11，12，92，102，110，131，132，202，205，230，231，236，264，270，293，299，307，312，348
《漢書補注》231
《漢書藝文志講疏》231
《漢魏叢書》247
《昊天有成命》114，118，248，272
《何彼穠矣》233
《何草不黃》259
《何人斯》(《小雅·何人斯》) 61，62，64，130，258，259，301
《河水》90，91，92，93
《鶴鳴》(《小雅·鶴鳴》) 302
《衡立碑》30
《衡門》291
《鴻雁》22
《後漢書》9，228，230，231，237，242，246，247，251，252，266
《候人》(《毛詩·曹風·候人》) 237
《□篡》42
《瓠葉》259
《華黍》238，239，240，245，246，261
《淮南子》(《淮南》) 6，10，48，59，153，167，200，265
《桓》250，292
《黃帝內經》6
《皇皇者華》232，240，241，245，251，258，259

《黃鳥》(《小雅·黃鳥》)104, 105, 129, 263, 265, 280
《黃氏日鈔》(《日鈔》)228
《黃式三黃以周合集》237, 239, 251, 262
《皇矣》(《大雅·皇矣》,《毛詩·大雅·皇矣》,《詩·大雅·皇矣》,《詩經·大雅·皇矣》)24, 28, 42, 87, 115, 120, 224, 257, 263, 272

J

《擊鼓》317
《雞鳴》282
《輯略》11
《集韻》(《韻》)20, 23, 30, 75, 129, 163
《嘉定錢大昕全集》238, 247
《甲骨文字典》25, 26, 57
《假樂》(《大雅·假樂》)124
《兼明書》228
《簡帛文獻〈五行〉箋證》134, 144, 145, 148, 162, 180, 181, 205, 207, 208, 213, 217, 218, 220, 221, 223
《戩壽堂所藏殷虛文字》42
《簡兮》(《邶風·簡兮》)87, 90, 301
《漸漸之石》259
《江漢》(《詩經·大雅·江漢》)118, 265

《將仲子》(《鄭風·將仲子》)74, 320
《角弓》259
《節南山》(《毛詩·小雅·節南山》)79, 80, 95, 96, 130, 163, 258, 259, 282
《津逮秘書》145
《金石簡帛詩經研究》62, 63, 89
《金文編》32
《金文大字典》114
《近代漢語詞彙研究》36
《晉語》99
《經典常談·〈詩經〉》133
《經典釋文》109, 116, 130, 144, 231, 237, 252, 306, 328, 336, 337, 341, 346, 348
《經籍考》228
《菁菁者莪》105, 106, 107
《京氏易》251
《經學簡史》230
《經學今詮三編》(《中國哲學》第二十四輯)18, 19, 23, 24, 27, 30, 31, 32, 39, 40, 43, 44, 45, 46, 48, 50, 52, 57, 58, 59, 60, 64, 65, 68, 69, 70, 71, 72, 73, 75, 76, 79, 80, 82, 83, 85, 87, 89, 95, 97, 98, 99, 101, 102, 103, 104, 106, 110, 114, 120, 123, 124, 125, 127, 128, 129, 130, 132, 133
《經義考》227
《經義考新校》227

《經義述聞》86, 107, 108, 182, 231
《經與經學》230
《經韵樓集》251
《經韵樓文集補編》251
《經傳釋詞》133
《儆季雜著》251, 262
《井人妄鐘》42
《静女》(《邶風·静女》) 320
《敬之》126, 249
《駉》(《詩經·魯頌·駉》) 304, 305, 306, 307, 308, 312, 313, 314, 316
《泂酌》263
《鳩飛》90, 91
《樛木》(《樛木》,《毛詩·周南·樛木》,《周南·樛木》) 29, 32, 33, 36, 40, 41, 45, 232, 256, 257, 273, 274, 281, 311
《九歌》26, 118, 127
《九章》161, 180, 270, 334
《九章算術》6
《舊唐書·經籍志》261
《居士集》308
《居延漢簡》340
《聚學軒叢書》30
《卷耳》85, 86, 232, 240, 241, 243, 245, 258, 259, 263, 292
《君子偕老》(《衛風·君子偕老》) 228
《君子陽陽》76
《君子于役》(《王風·君子于役》) 317

K

《凱風》291
《考古編》228
《考槃》282
《孔叢子》57, 64, 71, 79, 80, 82, 93, 96, 131, 132, 281, 286, 312
《孔子的〈詩〉"無邪"新探》324
《孔子家語》(《家語》) 43, 51, 52, 53, 54, 55, 153
《孔子家語注》(《家語注》) 228
《孔子論詩管見》323
《孔子"思無邪"本義新探》323
《孔子"思無邪"新探》307, 308
《孔子文學思想研究》62
《鄶風》(《鄶》,《毛詩·檜風》) 82, 127
《頍弁》259
《困學紀聞》237, 240

L

《賚》250
《狼跋》282, 286
《老子》15, 36, 80, 97, 108, 128, 179, 183, 203, 316, 336
《老子甲本及卷後古佚書》134, 149, 152, 156, 159, 162, 167, 176, 180, 181, 185, 186, 196, 198, 199, 200, 203, 204, 207, 208, 209,

213, 217, 219, 221
《樂》(《樂經》) 7, 8, 31, 110
《離騷》(《騷》) 5, 27, 49, 53, 130, 173, 179, 180, 223, 236, 270
《禮》7, 9, 27, 31, 59, 74, 110, 220, 239, 242, 251, 252, 321
《禮記》(《記》) 8, 10, 15, 23, 27, 29, 30, 33, 37, 39, 43, 49, 50, 51, 53, 55, 56, 59, 60, 63, 66, 70, 75, 84, 101, 119, 123, 124, 131, 132, 142, 145, 153, 162, 166, 174, 178, 179, 189, 192, 195, 210, 213, 215, 220, 222, 234, 240, 242, 245, 246, 251, 257, 263, 274, 283, 285, 289, 291, 299, 310, 311, 325
《禮記正義》50, 59
《禮志》59
《隸辨》30
《良耜》129, 250
《兩漢經學今古文平議》254
《兩漢全書》262
《兩漢思想史》12
《蓼莪》(《毛詩‧小雅‧蓼莪》,《小雅‧蓼莪》) 81, 82, 104, 259, 282, 286
《蓼蕭》(《小雅‧南有嘉魚之什‧蓼蕭》) 107, 108
《廖平全集》307
《列女傳》12, 88
《烈文》114, 118, 126, 248, 272
《麟之趾》(《麟趾》) 33, 232, 243, 244, 257
《靈臺》256
《劉勰發展了"詩言志"與"詩緣情"的理論:初論〈文心雕龍〉中的情與志》268
《六德》45, 162, 169, 174, 200, 314
《六書正譌》25
《六藝論》262
《六藝論疏證》262
《六藝略》11
《六月》(《毛詩‧小雅‧六月》,《小雅‧六月》) 91, 232, 239, 263
《魯邦大旱》30
《魯穆公問子思》52
《魯詩》9, 228, 246, 247, 253, 260, 261, 262
《魯詩序》250, 253
《魯頌》127
《鹿鳴》47, 57, 68, 232, 240, 245, 251, 259, 282
《論共時性理解對〈詩經〉,〈楚辭〉研究的意義》306
《論漢代〈詩經〉著述之內外傳體》315
《論衡》158, 203, 235
《論簡帛〈五行〉與〈詩經〉學之關係》150
《論屈原詩歌的比體藝術》303
《論人類學與古典學的關係》2
《論上博戰國楚竹書〈詩論〉的〈詩經〉學史價值》291

《論五言詩的起源：從"詩言志"，
　"詩緣情"的差異說起》270
《論以禮解〈詩〉之限定：從〈詩
　論〉評〈關雎〉說開去》312
《論語》（《論》，《語》）8, 9, 10,
　20, 31, 36, 38, 40, 45, 49, 50, 53,
　56, 69, 74, 78, 95, 97, 99, 104,
　105, 106, 110, 118, 119, 123, 126,
　127, 131, 133, 141, 145, 147, 153,
　161, 169, 173, 176, 177, 179, 182,
　188, 190, 226, 251, 263, 274,
　282, 286, 296, 304, 309, 310,
　311, 312, 315, 319, 321, 322, 324,
　325, 340
《論語集解》315
《論語集注》(《集注》)38, 53, 78,
　97, 99, 133, 190, 319, 325
《論語集注述要》326
《論語疏》53
《論語義疏》315
《論語正義》315
《呂氏春秋》(《呂覽》)50, 53, 153,
　249, 265, 270
《呂氏家塾讀詩記》252, 317
《履霜操》(《琴操·履霜操》)236
《呂思勉文集·中國文化思想史九
　種》4, 5
《呂祖謙全集》252, 317
《綠衣》(《毛詩·邶風·綠衣》)29,
　32, 33, 35, 36, 40, 44, 46, 256,
　265, 273, 274, 280, 281, 282,
　287, 288, 317

M

《馬承源文博論集》309
《馬王堆帛書〈德行〉校釋》221
《馬王堆帛書周易》178
《馬王堆漢墓帛書》134, 148, 149,
　150, 152, 156, 159, 162, 167, 170,
　176, 177, 180, 181, 185, 186, 189,
　192, 193, 196, 197, 198, 199,
　200, 203, 204, 207, 208, 209,
　213, 217, 219, 220, 221
《馬王堆漢墓帛書五行研究》134,
　139, 144, 145, 146, 147, 148, 149,
　152, 156, 157, 158, 159, 160, 161,
　167, 168, 170, 171, 172, 175, 178,
　181, 182, 185, 186, 189, 190, 193,
　194, 196, 197, 198, 199, 200,
　204, 207, 217, 218, 221, 223
《毛詩草木鳥獸蟲魚疏》89, 229
《毛詩大序》(《大序》，《詩大
　序》)29, 132, 133, 189, 227, 228,
　230, 231, 243, 245, 254, 258,
　264, 265, 266, 268, 271, 292,
　293, 296, 297, 298, 311, 318, 328
《毛詩詁訓傳》(《詁訓傳》，
　《毛》，《毛詩》，《毛詩傳》，
　《毛傳》，《詩傳》，《傳》)21,
　23, 24, 27, 38, 61, 75, 80, 101,
　118, 124, 130, 150, 228, 229,

230, 231, 232, 233, 234, 235, 236, 237, 238, 239, 242, 244, 245, 246, 247, 250, 251, 252, 253, 254, 258, 260, 262, 263, 264, 266, 267, 276, 282, 295, 298, 300
《〈毛詩〉首序產生的時代》258
《毛詩通義序》228
《毛詩小序》(《小序》) 71, 227, 228, 230, 231, 243, 244, 245, 254, 256, 258, 264, 265, 266, 296, 318, 328
《毛詩原解》27, 254
《毛詩正義》(《正義》,《孔疏》) 27, 66, 77, 131, 232, 237, 241, 244, 249, 254, 260, 266, 282, 285, 291
《毛詩指説》34, 254
《毛詩傳箋通釋》(《通釋》) 112, 113, 114, 118, 121, 236, 243, 246
《美學史上羣己之辯的一段演進：從言志説到緣情説》268
《氓》(《毛詩·衛風·氓》,《衛風·氓》) 70, 252, 276
《孟子》(《孟》) 4, 8, 9, 10, 28, 36, 41, 48, 52, 57, 74, 76, 78, 91, 92, 93, 117, 130, 147, 163, 169, 177, 184, 189, 190, 204, 208, 209, 211, 212, 215, 217, 220, 233, 235, 236, 293, 313, 314, 329, 331, 333
《孟子集注》36, 329

《孟子·萬章下》235
《緜》243, 258, 272, 291
《沔水》90
《勉齋小學論叢》123
《民勞》(《毛詩·大雅·民勞》) 77, 172, 258, 259, 265
《民之父母》29, 48, 284, 291, 325
《閔予小子》126, 249
《墨子》23, 72, 120, 121, 127, 142, 150, 173, 178, 215, 216, 334, 352, 353
《墨子閒詁》(《閒詁》) 127
《木瓜》(《毛詩·衛風·木瓜》,《衛風·木瓜》) 31, 35, 47, 57, 58, 62, 63, 72, 182, 271, 281, 282, 287, 289, 328
《墓門》258

N

《那》(《商頌·那》) 263
《南》244
《南陔》(《小雅·南陔》) 228, 238, 239, 240, 245, 246, 261, 263
《南華經解》347
《南山有臺》238, 239, 240, 241
《難蜀父老》238
《南有嘉魚》238, 239, 240, 241, 245, 259
《南籥》281
《牛津六講：人類學與古典學》1

《女曰雞鳴》(《毛詩·鄭風·女曰雞鳴》) 63

O

《歐陽修詩文集校箋》308

P

《泮水》(《毛詩·魯頌·泮水》) 130
《皮錫瑞全集》262
《篇海類編》30
《平安君鼎》124

Q

《七略》10, 11, 205, 231
《七月》(《毛詩·豳風·七月》) 77, 282
《淇澳》282
《祈父》103, 104, 129, 259
《齊后氏詁》236
《齊后氏傳》236
《齊風》(《毛詩·齊風》,《齊》) 73, 112, 127, 281
《齊詩》(《齊》) 236, 260, 261, 262
《齊孫氏詁》236
《齊孫氏傳》236
《褰裳》(《鄭風·褰裳》) 29, 86, 87, 90, 233
《潛》249
《墻有茨》(《毛詩·鄘風·牆有茨》) 62, 83, 84, 258

《巧言》94, 100, 259
《秦風》(《秦》) 104, 105, 127, 281
《禽經》151, 351
《溱洧》318
《清廟》(《毛詩·清廟》) 25, 26, 27, 28, 56, 114, 118, 238, 247, 251, 258, 272, 275
《清人》263
《青蠅》84, 85, 259
《窮達以時》59, 128
《丘中有麻》(《毛詩·王風·丘中有麻》,《王風·丘中有麻》) 276, 289
《裘錫圭學術文集·簡牘帛書卷》16
《屈原及其詩歌研究》334
《屈原,作為儒學傳播與影響的重要個案》180
《渠》243
《曲園雜纂》305, 315
《全漢文》12, 43, 119, 160
《泉水》265
《權輿》61
《鵲巢》(《召南·鵲巢》) 29, 32, 33, 34, 36, 37, 40, 42, 43, 45, 46, 232, 240, 241, 243, 244, 245, 256, 258, 259, 273, 311
《羣經平議》99

R

《日月》265
《容成氏》10, 33, 34, 98

《榕村語錄 榕村續語錄》307
《汝墳》232, 244

S

《三德》20
《三輔黃圖》102
《三輔黃圖校釋》103
《三國志》237
《三合齋論叢》307, 308
《三禮》251, 260
《〈三言〉副詞研究》36
《桑扈》29, 130, 259
《桑柔》77, 258, 259, 265
《桑中》(《鄘風·桑中》) 61, 88, 263, 318, 320
《山海經》306
《商君書》147
《商頌》85, 127, 296
《上博藏戰國楚竹書字匯》(《字匯》) 19, 20, 33, 34, 35, 42, 47, 48, 71, 72, 83, 84, 98, 103, 105, 132
《上博楚簡三篇校讀記》(《校讀記》) 18, 19, 21, 23, 24, 26, 27, 31, 32, 37, 39, 40, 42, 44, 45, 48, 51, 57, 58, 59, 60, 61, 62, 63, 64, 65, 67, 68, 69, 70, 71, 72, 73, 75, 76, 79, 82, 83, 84, 85, 87, 88, 89, 90, 94, 95, 98, 99, 100, 101, 102, 103, 104, 105, 106, 109, 110,
113, 114, 120, 123, 124, 125, 127, 128, 129, 130, 131, 132, 133, 309
《上博館藏戰國楚竹書研究》23, 24, 27, 31, 61, 62, 76, 80, 81, 82, 85, 89, 90, 94, 109, 110, 117, 122, 123, 124, 125, 126, 129, 133, 257
《上博〈詩論〉"𠰉""心""命"等範疇論析》334
《上博戰國楚竹書〈詩論〉的〈詩經〉學史價值》291, 321
《上古詩論的角度演變論析：從"詩言志"的功能論到"詩緣情"的本源論》270
《上海博物館藏詩論簡校釋》20, 21, 22, 24, 25, 30, 33, 39, 40, 42, 48, 58, 121, 122, 123, 124, 126, 132, 133
《上海博物館藏戰國楚竹書〈詩論〉解義》20, 28, 39, 40, 43, 44, 69, 71, 75, 76, 78, 79, 81, 82, 85, 86, 90, 97, 101, 109, 118, 119, 120, 125, 126, 132, 133
《上海博物館藏戰國楚竹書》(一) 18, 19, 20, 21, 23, 26, 30, 31, 33, 34, 35, 37, 38, 39, 40, 41, 42, 44, 46, 48, 49, 50, 52, 57, 58, 59, 61, 62, 63, 64, 65, 68, 69, 70, 71, 72, 73, 75, 77, 80, 81, 83, 85, 86, 87, 89, 97, 98, 100, 101, 102, 104, 105, 108, 109, 110, 111, 113, 114, 115, 116, 123, 125, 126, 127, 128,

129, 130, 131, 132, 133, 257
《〈上海博物館藏戰國楚竹書（一）〉讀本》26
《〈上海博物館藏戰國楚竹書（一）·孔子詩論〉釋文補正》（《釋文補正》）21, 23, 35, 42, 48, 59
《上海博物館藏戰國楚竹書（一——五）文字編》（《文字編》）19, 20, 21, 23, 26, 28, 31, 33, 34, 35, 39, 41, 42, 44, 47, 48, 49, 51, 52, 57, 71, 72, 73, 75, 77, 82, 83, 84, 87, 97, 98, 100, 101, 103, 104, 105, 106, 108, 109, 111, 113, 114, 115, 116, 118, 120, 128, 132
《上海文博論叢》257
《尚書》（《書》）7, 8, 9, 12, 21, 22, 23, 26, 29, 31, 41, 48, 52, 94, 99, 103, 110, 142, 172, 234, 235, 237, 263, 270, 284, 293, 294, 298, 299, 313, 318
《尚書大傳》234
《尚書隸古定釋文》30
《韶》127, 238
《韶濩》281
《韶箾》281, 299
《聲類》348
《生民》272, 291, 308
《詩》（今文《詩》,《詩經》,《詩三百》,《志》）5, 7, 8, 9, 11, 12, 15, 18, 19, 20, 21, 22, 24, 27, 28, 29, 30, 31, 33, 34, 38, 41, 43, 54, 55, 58, 64, 65, 67, 68, 71, 79, 80, 82, 84, 87, 88, 90, 91, 92, 93, 96, 104, 107, 110, 117, 119, 123, 124, 126, 127, 129, 131, 133, 142, 143, 144, 156, 177, 187, 191, 198, 201, 204, 221, 222, 227, 228, 229, 230, 231, 232, 233, 235, 236, 238, 239, 240, 245, 246, 247, 249, 250, 251, 253, 254, 255, 256, 257, 258, 260, 261, 262, 263, 264, 267, 268, 269, 270, 271, 272, 273, 274, 275, 276, 281, 282, 284, 288, 291, 295, 296, 297, 298, 300, 301, 302, 303, 304, 305, 306, 307, 308, 309, 310, 311, 312, 314, 315, 316, 317, 318, 319, 320, 321, 322, 323, 324, 325, 326, 327, 328, 334, 335, 338, 339
《詩辨妄》228
《詩賦略》11
《詩含神霧》34
《詩集傳》（《集傳》,《詩經集傳》）37, 64, 75, 100, 101, 104, 107, 108, 252, 300, 301, 302, 319, 320, 322
《詩經芻議》261
《〈詩經〉和〈論語〉中的"思無邪"比較》323
《詩經今注》90
《詩經六論》254

《詩經學》229, 231
《詩經學纂要》229
《詩經研究叢刊》31
《詩經研究史》247
《詩經語言藝術新編》301
《詩經原始》86, 88
《詩經直解》246
《鳲鳩》(《曹風・鳲鳩》,《毛詩・曹風・鳲鳩》,《毛詩・鳲鳩》,《詩三百・曹風・鳲鳩》) 46, 112, 116, 149, 228, 351
《詩考》253
《詩論》(《孔子詩論》) 9, 16, 18, 20, 21, 24, 26, 27, 28, 29, 30, 31, 32, 34, 35, 36, 37, 38, 41, 43, 44, 45, 46, 53, 54, 55, 56, 57, 58, 61, 62, 63, 65, 66, 67, 70, 71, 72, 73, 74, 75, 76, 77, 78, 79, 80, 81, 82, 84, 85, 87, 88, 89, 90, 91, 92, 93, 94, 95, 96, 97, 98, 99, 101, 102, 103, 104, 105, 106, 107, 108, 109, 110, 111, 115, 116, 117, 119, 120, 122, 123, 125, 126, 127, 128, 129, 130, 131, 132, 133, 203, 224, 254, 255, 256, 257, 258, 260, 264, 268, 270, 271, 273, 274, 275, 276, 279, 280, 281, 282, 283, 284, 285, 286, 287, 288, 289, 290, 291, 292, 293, 294, 295, 296, 298, 300, 309, 310, 311, 312, 321, 322, 324, 325, 328, 334, 335
《〈詩論〉分章釋文》(《釋文》) 19, 64, 67, 113, 123, 124, 125, 127, 128, 129, 130, 132, 133
《〈詩論〉簡的編聯與復原》40
《〈詩論〉說〈關雎〉等七篇釋義》35, 44
《詩毛氏傳疏》305
《詩譜》34, 52, 118, 131, 228, 229, 231, 297, 298, 328
《詩譜補亡後序》308
《詩三百篇探故》250, 262
《詩三家義集疏》34
《詩騷與漢魏文學研究》62
《詩說》237, 260, 263, 266
《詩序》(今古文《詩序》,今文《詩序》,《毛詩序》,《毛序》,《序》,傳世《詩序》) 18, 22, 24, 25, 33, 38, 44, 45, 48, 62, 64, 65, 66, 69, 74, 78, 81, 84, 94, 95, 97, 99, 100, 101, 104, 106, 107, 113, 114, 115, 116, 120, 128, 130, 131, 133, 150, 227, 228, 229, 230, 231, 232, 233, 234, 235, 236, 237, 238, 239, 240, 241, 242, 243, 245, 246, 249, 250, 251, 252, 253, 254, 255, 256, 257, 258, 259, 260, 261, 262, 263, 264, 266, 267, 272, 275, 282, 290, 291, 292, 293, 294, 295, 298, 300, 316, 317, 318, 328

《詩言志辨》268, 269
《詩總聞》228
《十六經》105
《時邁》248
《十翼》237
《十月之交》93, 94, 95, 96, 130, 258, 259, 262
《史記》(《太史公書》) 6, 8, 36, 38, 48, 84, 99, 230, 270, 283, 294, 306, 307, 320, 341, 348
《史記集解》307
《史記索隱》348
《世》6, 7
《釋誨》246
《釋"詩言志": 兼論中國詩學"開山的綱領"》268, 287
《世說新語》(《世說》) 237
《式微》(《邶風·式微》) 262
《世子》202
《書序》(《序》) 237
《叔卣》42
《黍苗》28, 91, 259
《術數略》11
《雙劍誃尚書新證 雙劍誃詩經新證 雙劍誃易經新證》116, 117
《水經注》237, 253
《水經注校譯》253
《說文假借義證》40, 62
《說文解字》(《說文》) 19, 20, 21, 24, 25, 26, 28, 31, 33, 34, 35, 38, 39, 40, 44, 45, 46, 47, 48, 49, 50, 51, 52, 57, 59, 62, 65, 68, 69, 74, 77, 82, 83, 84, 89, 94, 95, 98, 99, 100, 103, 105, 109, 110, 112, 113, 114, 115, 116, 118, 120, 125, 127, 128, 130, 131, 132, 151, 153, 181, 199, 200, 215, 285, 305, 306, 348
《說文解字注》(段玉裁注,段注) 20, 24, 25, 34, 38, 46, 47, 49, 68, 69, 98, 99, 103, 127, 130, 151, 153, 181, 215, 285, 306,
《說文解字注箋》34, 112
《說文通訓定聲》80, 116
《說苑》(《新苑》) 6, 12, 43
《說苑敘錄》12
《碩人》(《衛風·碩人》) 262, 263, 265, 301
《斯干》(《小雅·斯干》) 301
《思齊》272, 291
《思文》(《周頌·思文》) 248, 272
《"思無邪"本義辨正》324
《"思無邪"新解: 兼談〈詩·駉〉篇的主題及孔子對〈詩〉的總評價》305, 307, 308
《"思無邪"新論》323
《絲衣》250
《四庫全書總目提要》(《四庫全書總目》,《提要》) 227, 229, 254
《四牡》232, 240, 245, 251, 258, 259, 263
《肆夏》243
《四月》259

《四子講德論》160
《嵩高》265
《頌》(三《頌》,《訟》)19, 24, 29, 124, 125, 126, 127, 128, 129, 130, 131, 133, 230, 239, 243, 253, 255, 264, 275, 281, 288, 296, 297, 298, 300, 311, 319, 322
《頌譜》297
《隋書·經籍志》228, 246
《歲寒堂詩話》317
《歲寒堂詩話箋注》317
《孫子兵法》132

T

《太平經》36
《談〈詩論〉"詩無隱志"章》32
《唐風》(《唐》,《毛詩·唐風》,《詩·晉風》)61, 62, 63, 89, 127, 246, 281, 328
《唐風·有杕之杜》61, 72, 271, 275, 281, 282, 289
《唐書·藝文志》228
《唐虞之道》169, 174, 313
《桃夭》232
《天保》(《小雅·天保》)101, 102, 103, 232, 238, 241, 256, 301
《天風海韻：古國詩蹤溯尋錄》325
《天，人，性：讀郭店楚簡與上博楚簡》49, 55, 60, 121, 122, 123, 187

《天問》102
《天作》(《周頌·天作》)126, 248, 272, 298
《苕之華》259
《庭燎》61
《彤弓》(《小雅·彤弓》)263, 282
《同源異流兩詩系：對"言志"，"緣情"的再思考》269
《兔罝》47, 69, 232, 256, 311
《兔爰》77
《擇兮》29

W

《菀柳》259
《宛丘》(《陳風·宛丘》)90, 98, 111, 112, 115, 119, 228, 234
《萬》90
《王風》(《毛詩·王風》,《王》)62, 75, 76, 126, 281
《望山楚簡》35
《望山楚簡文字編》35
《維清》125, 248
《維天之命》(《頌·維天之命》)125, 248, 258, 272
《緯書集成》34
《衛風》(《毛詩·衛風》,《衛》)126, 231, 281, 282
《魏風》(《魏》)91, 127, 258, 281
《魏風·碩鼠》22
《衛宏作〈詩序〉說駁議：兼申鄭玄

子夏作〈大序〉，子夏毛公作〈小序〉説》296, 328
《爲吏之道》105
《渭陽》（《秦風·渭陽》）90
《文賦》269
《文王》（《大雅·文王》，《毛詩·大雅·文王》）113, 117, 151, 191, 215, 243, 272
《文王操》283
《文王化天下：早期〈詩經〉闡釋的一種重要理念》244
《文王有聲》（《毛詩·大雅·文王有聲》）246, 272
《文王之什》（《毛詩·大雅·文王之什》）121
《文心雕龍》268, 313, 316
《文選》238, 253, 340
《聞一多全集·風詩類鈔乙》66
《文源》40
《文子》337
《我將》29, 125, 151, 248, 272
《我行其野》276
《無將大車》108, 109
《無羊》282
《吳文正集》327
《吳越春秋》36, 348
《武》（《大武》）126, 127, 238, 249, 250, 272, 281
《五經正義》260
《五行》16, 37, 44, 45, 46, 52, 69, 74, 106, 110, 117, 134, 135, 136, 137, 138, 139, 140, 141, 142, 144, 145, 146, 147, 148, 149, 152, 153, 154, 156, 157, 160, 161, 162, 163, 164, 165, 167, 168, 169, 171, 174, 175, 176, 177, 178, 179, 180, 181, 182, 183, 185, 186, 187, 188, 189, 190, 192, 193, 194, 199, 200, 202, 203, 204, 206, 207, 208, 209, 210, 211, 212, 217, 220, 221, 222, 223, 225, 226, 264, 274, 278, 290, 296, 298, 314, 328, 330, 331, 332, 333, 334, 335, 338, 339, 340, 349, 350, 351, 352
《〈五行〉學説與〈荀子〉》290
《〈五行〉之"和"及其〈尚書〉學基礎》138

X

《蟋蟀》29, 47, 63, 64, 282
《隰桑》29, 130, 259
《隰有萇楚》（《毛詩·隰有萇楚》）82, 280
《下泉》282
《夏商周斷代工程1996—2000年階段成果報告》94, 273
《下武》272
《先秦兩漢古籍國際學術研討會論文集》313
《先秦文學專題講義》343
《先秦諸子研究》10

《相鼠》(《毛詩·鄘風·相鼠》,
　《鄘風·相鼠》) 82, 83, 280
《巷伯》236
《項氏家說》304
《象箭》281
《小忞》126, 249
《小弁》(《小雅·小弁》) 100, 101,
　235, 236, 254, 259, 262
《小旻》96, 97, 98, 258, 259, 262
《小明》79
《小宛》(《小雅·小宛》) 98, 99,
　259, 262, 301
《小星》(《詩經·召南·小星》) 351
《小雅》(《毛詩·小雅》,《少夏》,
　《小夏》, 小《雅》) 19, 23, 24,
　38, 61, 64, 71, 77, 79, 81, 83, 91,
　96, 101, 105, 124, 127, 129, 130,
　131, 133, 230, 232, 236, 238,
　240, 243, 245, 255, 258, 259,
　262, 264, 281, 282, 288, 296,
　300, 311
《小言賦》307
《孝經》8, 53, 83, 283
《孝經鉤命訣》283
《新出楚簡試論》47, 312, 313
《新出土文獻與古代文明研究》
　109
《新臺》(《邶風·新臺》) 62, 90, 91
《新唐書·藝文志》261
《新序》6, 12
《信南山》259

《行露》256, 263
《行葦》(《毛詩·大雅·行葦》) 157
《性情論》9, 23, 133, 192, 203, 277,
　288, 289, 290, 291, 313, 314
《性自命出》9, 23, 38, 40, 51, 58,
　59, 74, 95, 114, 133, 158, 192,
　203, 277, 288, 289, 290, 291,
　313, 314
《雄雉》(《邶風·雄雉》) 317
《徐復觀論經學史二種》231
《玄鳥》(《商頌·玄鳥》) 272, 308
《學津討原》145
《荀子》(《荀》) 9, 21, 24, 29, 36,
　37, 38, 43, 50, 62, 75, 83, 110,
　127, 143, 145, 169, 177, 190, 195,
　212, 215, 217, 218, 235, 278, 280,
　330, 337

Y

《雅》24, 29, 127, 163, 230, 236,
　237, 239, 244, 253, 264, 296,
　300, 319, 322
《揅經室集》297
《言志與緣情辨》294
《"言志"與"緣情"兩大思潮的
　交融:論〈文心雕龍〉中的情志
　說》268
《"言志","緣情"名異實同論》
　294
《燕燕》(《邶風·燕燕》,《毛詩·

邶風·燕燕》)29, 32, 33, 35, 36, 40, 44, 46, 64, 150, 153, 160, 245, 256, 262, 265, 273, 274, 280, 281, 282, 287

《揚雄方言校釋匯證》154

《揚之水》(《唐風·揚之水》)75

《揚之水》(《王風·揚之水》)73, 75, 81, 280

《揚之水》(《鄭風·揚之水》)75

《仰視長天尋藝程——沉痛悼念馬承源先生》257

《養性書》203

《姚際恒著作集·詩經通論》66

《野有蔓草》(《毛詩·鄭風·野有蔓草》)29, 39

《野有死麕》(《詩經·召南·野有死麕》)244, 319

《伊川經說·詩解》89

《猗嗟》112, 116

《噫嘻》(《周頌·噫嘻》)248, 298

《一字石經魯詩》246

《怡蘭堂叢書》145

《儀禮》(《禮經》)8, 25, 42, 62, 67, 238, 239, 240, 241, 242, 243, 245, 246, 251, 253, 259, 263, 306

《抑》(《大雅·抑》,《詩經·大雅·抑》)77, 265, 310, 321

《妣母簋》125

《易林》153

《藝文類聚》252, 253

《逸周書》48, 340, 341

《殷其靁》(《詩·國風·召南·殷其靁》)61, 62

《殷武》(《周頌·殷武》)126

《殷虛書契前編》42

《音韻叢稿》115

《殷周金文集成》305, 306

《飲食器具考》337

《雍》(《雝》)126, 249

《鄘風》(《毛詩·鄘風》,《鄘》)62, 80, 83, 126, 231, 258, 281

《由庚》238, 239, 240, 243, 261

《由儀》238, 239, 240, 243, 261

《有杕之杜》(《杕杜》,《唐風·有杕之杜》)47, 60, 61, 62, 63, 72, 271, 276, 328

《有瞽》(《毛詩·周頌·有瞽》)213, 248, 249

《有客》249, 250

《有女同車》(《鄭風·有女同車》)29, 67

《魚麗》232, 238, 239, 240, 241, 245, 259

《俞平伯全集·讀詩札記》86

《魚藻》259

《語叢》169

《語叢二》179, 277, 278, 280

《語叢三》114, 168, 312, 313, 314

《語叢四》83, 85, 94

《語叢一》29, 53, 59, 91, 178, 187, 211, 213, 220, 313, 314, 325

《雨無極》(《韓詩·雨無極》)252

《雨無正》95, 96, 130, 252, 259, 262
《語言學史》1
《玉篇》(《篇》) 20, 59, 80, 103, 105, 110, 115, 130, 163
《鴛鴦》259
《元城語錄》252
《元城語錄解》252
《越絕書》348
《雲漢》(《大雅·雲漢》,《毛詩·大雅·雲漢》) 52, 247, 265, 292

Z

《載馳》263
《載見》(《周頌·載見》) 126, 249
《載芟》129, 250
《澤螺居詩經新證·澤螺居楚辭新證》305, 306, 308
《瞻卬》(《毛詩·大雅·瞻卬》) 77, 103, 265
《瞻彼洛矣》259
《戰國策》21, 44, 52, 336
《〈戰國楚竹書·孔子詩論〉校箋》125
《戰國古文字典: 戰國文字聲系》178
《戰國縱橫家書》178
《湛露》(《小雅·湛露》) 109, 110, 234, 235, 263
《張戒生平及其詩話作時略考》317

《張壽碑》30
《長發》(《毛詩·商頌·長發》) 201, 273
《招魂》53
《昭穆制度研究》56
《召旻》(《大雅·召旻》) 22, 77, 80, 265, 301
《召南》(《毛詩·召南》) 35, 126, 232, 240, 243, 244, 245, 311, 319
《振鷺》248
《烝民》(《毛詩·大雅·烝民》) 173, 265
《正月》(《毛詩·小雅·正月》) 130, 246, 259
《正風》319
《鄭風》(《毛詩·鄭風》,《鄭》) 68, 74, 86, 126, 281
《鄭箋》(《箋》) 38, 235, 260, 262, 282, 298
《鄭康成年譜》251
《鄭氏佚書·孝經注》53
《鄭志》(《志》) 244, 246, 254, 266
《正字通》348
《卮林》151, 351
《執競》248, 272
《執轡》153
《志》132, 284
《終風》265
《中弓》23
《中國服裝史》88
《中國經學史基本叢書》234

《中國經學史》(吳雁南, 秦學頎, 李禹階) 9
《中國經學史》(許道勛, 徐洪興) 8, 9, 227
《中國歷代文論選》294
《中國美學史》230, 264
《中國農具發展史》348
《中國人性論史・先秦篇》54
《中國通史》340
《中國文化史》8
《中國學術思想史》4
《中國衣經》88
《中國字例》115
《螽斯》(《毛詩・周南・螽斯》,《詩經・周南・螽斯》) 47, 62, 64, 232, 300
《中庸章句》(《章句》) 124, 142
《仲考父壺》125
《重寫中國古代文獻》15, 309
《周代的祈壽風與祝嘏辭》305, 306
《周代宗法制度史研究》235
《周禮》(《周官》) 8, 52, 56, 77, 78, 101, 132, 151, 235, 239, 240, 242, 251, 252, 263, 298
《周禮正義》56
《周南》(《毛詩・周南》) 33, 34, 62, 69, 85, 126, 232, 240, 243, 244, 245, 258, 281, 282, 296, 311, 319, 328
《周書》103

《周頌》(《毛詩・周頌》) 25, 27, 126, 127, 131, 228, 230, 231, 238, 246, 247, 250, 251, 253, 258, 272, 275, 296, 298, 300
《周易》(《易》) 7, 8, 9, 11, 29, 31, 33, 41, 48, 50, 66, 103, 117, 129, 150, 158, 178, 186, 201, 203, 221, 222, 237, 251, 270, 283, 296, 298, 306, 326, 331
《周易正義》(《正義》) 221
《籀韻》30
《諸子略》11
《諸子平議》24
《朱子全書》41, 321
《朱子全書・詩序辨說》(《詩序辨說》)(《辨說》) 91, 229
《朱子學提綱》8
《朱子語類》10, 215, 302, 318, 319, 320, 321, 326
《竹帛〈五行〉篇校注及研究》137
《竹簡〈五行〉篇講稿》136, 138, 139, 140
《著》(《毛詩・齊風・著》) 87
《莊子》10, 22, 29, 59, 62, 65, 94, 110, 167, 178, 186, 215, 265, 297, 306, 307, 331, 334, 335, 336, 337, 339, 340, 341, 342, 343, 344, 345, 346, 347, 348, 349, 350, 352, 353
《莊子集釋》343
《莊子評注》336

《莊子釋文》65
《〈莊子‧天下篇〉述義》10
《莊子新釋》342
《莊子鬳齋口義》344
《莊子義疏》348
《莊子義證》348
《莊子因》337
《莊子注》344
《酌》249, 250
《子羔》18
《子衿》47, 68
《字彙》30, 35

《字彙補》30
《騶虞》243, 244
《尊德義》125, 174
《左傳》(《左氏春秋》,《左氏》)
　　8, 20, 22, 28, 31, 49, 53, 54, 55,
　　60, 78, 85, 90, 91, 97, 103, 126,
　　132, 147, 173, 182, 222, 238,
　　242, 251, 254, 263, 266, 271,
　　281, 284, 285, 288, 294, 298,
　　299, 306, 307
《左氏傳解誼》238

後　記

　　2009年10月初，我應邀去東京大學文學部講學，當時擬利用接下來兩年較集中的時間完成三個課題：一個是《詩經》學的，一個是《楚辭》學的，一個是簡帛學的。簡帛學方面的課題，具體説來就是利用以《詩論》與《五行》爲核心的新見儒典（《詩論》與《五行》分別負載着孔子的《詩經》學體系與子思的五行學説），深度結合傳世文獻，重新檢討先秦學術思想，重建我國"軸心時代"思想學術發展的真實歷史軌迹和景觀。這一視域將涉及春秋戰國時期之《尚書》學、《詩經》學、《孟子》之學以及《荀子》之學，甚至涉及老、墨、莊、屈諸子，其中很多方面都是學術思想認知上的"黑洞"。當時祇是計劃完成這三個方面的課題。事實上，每一個方面我在國内均已做過不少工作，相關研究甚或已經進行了十年二十年之久，當然是斷斷續續的，因爲總是有新的任務插隊。

　　在東大任職兩年，時間過得飛快。授課餘暇，大抵祇完成了其中《楚辭》學方面的研究和撰著計劃，而且也僅僅是階段性的。這項研究的一部分成果是《屈原及其詩歌研究》，2012年由北京大學出版社出版；另一部分成果是《屈原及楚辭學論考》，直到2016年纔由北京大學出版社出版。兩書原本是一個整體，因爲篇幅過大析分爲二。很多朋友都深有體會的是，治中國古典學的難處，是歷史層累至多至厚。不予以清理，必會落入雲山霧罩的境地；要對相關的學術史問題進行清理辨證，正本清源、考鏡源流又是題中應有之義。凡此之類的清理工作既煩雜又艱巨，學力不足則不能有爲，識斷不精則不能貼合出新，文證不詳悉、義理不覈辯則勢成廓落。治中國古典學不僅需要證實，而且需要證實到位，否則不過是公説婆説，意義不大。

　　2011年10月1日，我回到北京大學，之後又花了一年多時間，對簡帛《詩論》和《五行》的研究纔形成了一個相當初步的階段性結果。這一階段性成果，先是以"簡帛《五行》《詩論》與學術思想史的重構"爲題，獲批爲北京大學中文系自主科研項目（2013年）；嗣後以"出土文獻《五行》《詩論》與先秦學術思想史的重構"爲題，獲批爲國家社會科學基金後期資助項目（2014年），很快又獲得北大中文系自主科研基金追加的支持（2015年）。"重構"？是的，對歷史的認知始終是在重構中持續推進的。這一個簡帛研究計劃努力達成的目標，是通過"重構"，一方面要使中國古典學時期傳統文史哲領域的一些核心認知回歸（至少是更接近）歷史的真實，一方面要推進對《詩論》和《五行》的創造性開掘，並且爲今後使用這兩個重要文獻提供保真程度高、學術含量大、堪爲依據的校注成果。

　　儘管我對這一研究計劃所涉論域之宏博艱深有充足的估計，但具體研究中所面對的很多情況還是始料未及的。研究進行得越是深入，新出簡帛古書與傳世文獻之整合推進得越是到位，以《詩論》《五行》爲代表的新出儒典對中國古典學的重大價值就越是令人震撼。曾有好幾位朋友善意地表達過類似的意思：既然《詩論》《五行》等古書兩千年來都埋在地下，那就説明這兩千年來學者未能從中受益，對兩千年的思想發展没有實質性影響，而真正影響中國思想史發展的畢竟還是那些傳世文獻。這樣的思考可能太簡單化了。毫無疑問，評判簡帛古書的價值應該實事求是、具體情況具體分析，不是所有簡帛古書的價值都一模一樣。我國古典學時期的古書重現人間，自然有與衆不同的重要性。首先，它們改變了中國古典學的本體。比如，負載孔子《詩經》學及一般詩學思想的《詩論》、負載子思五行學説的《五行》等，絕大多數漢代學者都未曾知悉，即便後人運用驚天的想象都不能得其萬一。其次，它們改變了後人關於中國古典學源頭的一系列歷史敘述。《詩論》固然被埋埋兩千多年，但是它基本的《詩經》學及一般詩學的理念不僅塑造了傳世《詩序》等著述，而且經由它們影響了嗣後兩千多年的《詩經》學和一般詩學；《詩論》的核心範疇，比如"眚（性）""命"等等，直接滋生了七十子及其後學的心性學説體系（其間《孟子》《荀子》等重要著述一直流傳），並且經由它們影響了嗣後兩千多年中國學術思想的主體。《五行》固然被埋埋兩千年，但它對人性的認知，它關於德行生成與培養的思考（比如擴充仁之端、義之端以成就仁義之德，積仁、積義以提升德行境界等），直接塑造了孟子與荀子的體系，並經由它們影響了嗣後兩千多年的學術思想；與此同時，《五行》體系還深刻影響了墨家、莊子及其後學以及屈原等先哲，並且同樣經由它們對嗣後兩千多年的歷史發揮了不可忽視的影響。這裏無法也無須窮盡性地舉列諸如此類的個案，但僅僅這幾個例子，便足以挑戰下面的說法，如稱兩千年來的學者未能從《詩論》《五行》等簡帛古書中受益，因此《詩論》《五行》等簡帛古書對我國兩千年的思想發展沒有實質性影響等等。見於簡帛的這些古書原本深刻影響了那些作爲兩千年學術、思想、文化傳統之基底的傳世文獻（比如《孟子》《荀子》《墨子》《莊子》等），所以也不能簡單地說"真正影響中國思想史發展的畢竟還是那些傳世文獻"。

在準備申請結項時，整個項目的成果已經接近一百五十萬字，其篇幅過於龐大，遂將其中校注竹書《詩論》和帛書《五行》的部分析分出來，單獨出版，特別感謝全國古籍整理出版規劃領導小組及相關專家將本成果列入國家古籍整理出版專項資助項目。這就是本書主體內容的由來。其後附有六篇長短不一的論文，《衛宏作〈詩序〉說駁議——兼申鄭玄子夏作〈大序〉、子夏毛公作〈小序〉說》一文，原刊發於《中國學術》第十四輯（商務印書館2003年出版）；《新出土〈詩論〉以及中國早期詩學的體系化根源》一文，即將發表於《北京大學學報》2019年第一期；《〈詩經〉學誤讀二題》一文，原刊發於《棗莊學院學報》2008年第一期；《"思無邪"作爲〈詩經〉學話語及其意義轉換》一文，原發表於《文學評論》2018年第三期（中國人民大學書報資料中心《中國古代、近代文學研究》2018年第八期予以全文轉載）；《孟子四端說探源》一文，原刊發於《文史知識》2018年第二期；《論〈莊子〉"卮言"乃"危言"之訛——兼談莊派學人"言无（無）言"的理論設計和實踐》一文，即將刊發於《安徽大學學報》2018年第五期。這六篇文章均與《詩論》《五行》有關，有助於深入了解《詩論》《五行》蘊含的學術信息及價值。不過，要想得到更深刻、更具體、更全面的了解，還是應該關注筆者即將出版的《出土文獻〈詩論〉〈五行〉與先秦學術思想史的重構》。

　　本書出版，謹向大西克也教授（東京大學）、沈培教授（香港中文大學）、廖名春教授（清華大學）、許建平教授（浙江大學）、王博教授（北京大學）、劉玉才教授（北京大學）、顧永新教授（北京大學）、相關匿名評審專家、徐邁女史（北京大學出版社），以及其他在各個環節上對本人的簡帛研究計劃予以支持和教示的專家、朋友和機構，表示由衷的感謝！

　　此外應該提及的是，這一課題的部分原稿跟着我以及我妻子彭春凌去過不少地方。我2009年10月至2011年10月在東京大學工作時，我妻子有一年時間在東大東洋文化研究所做訪問研究。2014年8月至2015年7月，她在哈佛燕京學社作訪問學者，期間我跟她一起在劍橋和美國其他地方流連了將近半年。2017年冬春之際，我們又一起去東京大學調研，當時她已有幾個月的身孕。東京大學附近的幾家公寓，文京區役所那家簡單樸實、有時安靜有時又極吵鬧的咖啡館，室內即可觀賞窗外松鼠在樹上爬來跳去，室外大雪紛飛室內却熱得衹能穿短袖的馬薩諸塞州劍橋市的Peabody Terrace公寓等，都有我們一起研究和寫作的記憶，歷久彌新。呵，兒子近期已經會用稚拙的童音説一些關鍵詞了，比如"吃""喝""抱""瓜"（指西瓜）、"哈"（指哈密瓜）、"花""那兒""雕"（指附近公園的一座雕像）、"布"（指附近公園的一處人造瀑布）等等。他在外邊已會主動地喊"阿姨""爺爺"之類的稱呼。他總能最早地發現天上的月亮。即便大白天，月亮隱隱約約掛在高樓的一角，他也常常指給我們看："那兒。"我們指月亮給他看，也常説"那兒"。於是後來他想看月亮的時候，便説："那兒。"他已經可以跟家人簡單地對話了。比如問他："下來走走吧？"他常回答："走啊走。"問他："去看看吧？"他常回答："看看。"

2012年10月28日初稿
2018年9月8日修改